SWB Thriller

Wolfgang Ruehl

Der Ikarus-Komplex

Thriller

SWB

Verlag

Die Handlung und die handelnden
Personen sind frei erfunden.
Jede Ähnlichkeit mit lebenden oder bereits
verstorbenen Personen ist zufällig.

Bibliografische Information der Deutschen Nationalbibliothek
Die Deutsche Nationalbibliothek verzeichnet diese Publikation in
der Deutschen Nationalbibliografie; detaillierte bibliografische
Daten sind im Internet über http://dnb.d-nb.de abrufbar.

1. Auflage 2014

ISBN 978-3-944264-48-6

Gaisburgstraße 4 B, 70182 Stuttgart
Printed in Germany

Titelbild und Umschlaggestaltung: Harry Thiel und Patrick Henn
Lektorat: Carolin Ehrfeld, Nürtingen
Satz: Julia Karl / www.juka-satzschmie.de

Druck und Bindung: E. Kurz + Co., Druck und
Medientechnik GmbH, Stuttgart, www.e-kurz.de
Dieses Buch wurde auf chlor- und säurefreiem Papier gedruckt.

www.swb-verlag.de

Für David Fried

Wir sind der Stoff,
aus dem die Träume sind, und unser kleines Leben,
wird von einem großen Schlaf umringt.
Prospero, Der Sturm - William Shakespeare

Infiziert

Trond stieg aus der Dusche, frottierte seine Haare und betrachtete sich im Spiegel. Irgendetwas war anders heute. Kein neues graues Haar oder aufgequollene Augen nach einer durchzechten Nacht, nein, äußerlich hatte er sich nicht verändert. Und doch erschien es ihm, als betrachte er eine völlig fremde Person. Noch erstaunlicher: Dieser Umstand erschreckte ihn nicht, im Gegenteil. Er griff nach seinem Glied und seinen Hoden, und drückte sie. Nein, damit hatte es nichts zu tun.

Er lächelte sein Lächeln, das beide Augen, aber nur einen Mundwinkel benötigte. Die Frauen mochten es, weil es halunkig daherkam. Ihm erschien es plötzlich aufgesetzt, falsch und unpassend. Er schüttelte den Gedanken ab.

»Bullshit«, murmelte er während er in seinen Bademantel schlüpfte und in die Küche ging. Er setzte den Kaffee auf, fummelte eine Zigarette aus der Packung und zündete sie an. Der Rauch schmeckte fremd und abstoßend. Trond drückte die Zigarette gleich wieder aus. Was er brauchte, war ein ordentliches Frühstück. Dabei würde er seinen Tag planen, die Dinge erledigen, die zu erledigen waren, diesen Verrückten finden. Ganz nebenher, ohne sich konzentrieren zu müssen, sah er einen neuen, vielversprechenden Weg. Die Informationen, die er in den vergangen Tagen gesammelt hatte, erschienen vor seinem geistigen Auge als ob sie über Nacht neu sortiert worden waren. Kleine Gesten, denen er zuvor keine Bedeutung zugemessen hatte, ein Zögern seines Gesprächspartners, ein nervöses Zucken und ein Dutzend weiterer Details materialisierten sich aus seiner Erinnerung zu Indizien, wurden mit bisher kaum beachteten Aussagen verknüpft, und relativierten diese. Es war, als ob ein Team von Helfern über Nacht sämtliche Informationen, die er in den vergangenen Tagen gesammelt hatte, analysiert habe und ihm jetzt, in diesem Moment, die Auswertung ihrer Recherche vortrug. Der Professor war nicht verschwunden, er war gegangen. Von sich aus und ohne direktes Betreiben Dritter, allerdings ungeplant. Ein Mann in seiner Position hätte sein Umfeld nicht im Unklaren gelassen. Er war gegangen, weil sich etwas Grundlegendes verändert hatte. Diese Veränderung war der Schlüssel.

»Finde die Veränderung und du findest den Mann«, dachte der Ermittler.

Trond fühlte sich großartig. Euphorisch, voller Tatendrang und mit einem messerscharfen Verstand versehen. Eine Droge? Die Euphorie erinnerte ihn an die Kokspartys vergangener Jahre, aber Kokain und Zigaretten waren Waffenbrüder, nein, völlig ausgeschlossen. Das war es nicht. Er ging ins Schlafzimmer und kleidete sich an.

Trond schloss die Augen und konzentrierte sich auf dieses seltsame Wohlgefühl, das er irrtümlich als drogenbedingt klassifiziert hatte und genoss es in vollen Zügen. Ein Gefühl, als könne er ganz allein die Welt regieren. Er sah sich um und betrachtete seine Wohnung als sehe er sie zum ersten Mal. Nur wenige Sekunden waren nötig, um sie gedanklich zu entrümpeln. Drei Kategorien: Dinge die notwendig waren, Dinge, denen er sich entledigen sollte und Dinge, die man zu Geld machen konnte. Seine gedankliche Inventur ergab einen beträchtlichen Platzgewinn und eine Summe, mit der man etwas anfangen konnte. Was, das würde sich zeigen.

»Dies ist ein besonderer Moment«, sagte er mit feierlicher Stimme. Und genau so fühlte er sich auch an. Wie damals, als er früh um fünf zu Fuß nach Hause gegangen war, nachdem Susanne ihn zum Mann gemacht hatte, ein besonderer Moment, eine Initiation.

Kraft durchströmte ihn, wie nach einem harten Trainingsdurchlauf, nur dass sich diese Kraft nicht in seinem Körper, sondern in seinem Kopf bündelte, als ob jemand seine Synapsen neu verknüpft hätte, als ob alles, was er jemals gelernt und erfahren hatte zu einer neuen Ordnung zusammengefügt worden war, zu einer Ordnung, die erstmals, so erschien es ihm, einen Sinn ergab. Trond fühlte sich auserwählt, als habe er eine Bestimmung bekommen. Ein Verdacht bezüglich der Veränderung seiner Persönlichkeit zündete wie eine Silvesterrakete, schoss als Gewissheit in den Himmel und explodierte in drei synchron sichtbare Gedankenkaskaden. Wer war es? Wann ist es passiert, und was bedeutet es?

Gedankenkaskade eins und zwei erloschen unmittelbar nachdem Trond sie als zweitrangig eingestuft hatte. Sie war es und zwar gestern Abend. Er würde sich später mit der Frage befassen, ob er darauf reagieren würde oder nicht. Kaskade Nummer drei verblieb als einzig relevante, leuchtete weiter und schwebte langsam herab, wobei sie in tausend Lichter zerstob, jede eine neue Option darstellend, die sich ihm jetzt eröffnete. Doch zunächst einmal galt es, sich Gewissheit zu verschaffen. Ein Test. Ein Test musste her. Er überlegte fieberhaft. Wie konnte ein solcher Test aussehen? Er ging ins Wohnzimmer und sah sich um. Regal, Tisch, Sofa, Bilder, Sideboard, Fernseher, Fernseher, Sideboard, Bilder, Sofa, Tisch, Regal. Nach einem kurzen Moment des Zögerns schaltete er den Fernseher ein, zappte durch die Programme und stoppte auf dem Dokumentationskanal. Er schloss die Augen und konzentrierte sich auf den Sprechertext.

»Ich begrüße unseren heutigen Gast im Studio Telefon, um mit ihm über sein neues Buch und über Träume zu sprechen.

»Herr Stribritz, was haben Sie heute Nacht geträumt?«

»Das kann ich Ihnen gar nicht so genau sagen, ich erinnere nur einen kleinen Teil meiner Träume.«

»Schade, dann erklären Sie uns doch bitte, was sind Träume?«

»Ein Neurologe würde diese Frage anders beantworten als ein Psychologe, und der wiederum würde eine andere Erklärung finden als ein

Ethnologe. Ich habe in meinem Buch das Phänomen Traum aus verschiedenen Perspektiven betrachtet. Für die indigenen Völker des amerikanischen Kontinents, um ein Beispiel zu nennen, sind Traum und Wirklichkeit ein und dasselbe. Es sind lediglich unterschiedliche Ausprägungen derselben Realität, wobei, und das ist interessant, der Traum eine höhere Form der Wirklichkeit darstellt.«

Trond stoppte das Programm und holte tief Luft. Dann wiederholte er den Text, Wort für Wort, ohne Zögern und ohne einen einzigen Fehler.

»Gut«, sagte er zu sich selbst, »und jetzt das ganze mit Bild und Ton.«

Er drückte die Start-Taste, und diesmal betrachtete er den Film.

»In der indianischen Kultur wird der Traum als Ursache gesehen und die Realität als Folge dieser Ursache. Ein großer Träumer ist in der Vorstellung der indigenen Völker jemand, der Großes für sein Volk zu leisten vermag. Für die indigenen Völker Amerikas sind Träume ein theologischer Grundsatz – ein Glaubensbekenntnis. Er gilt als ethischer Grundsatz und bildet somit eine Richtschnur für das Verhalten des Einzelnen, nach dem dieser sein ganzes Leben ausrichtet.«

»Nun gut, aber das sind doch sehr einfache, sehr ursprüngliche Vorstellungen.«

»Ich sehe das nicht so. Sie müssen sich vergegenwärtigen, dass diese Vorstellung auf dem gesamten amerikanischen Kontinent seit vielen tausend Jahren verbreitet ist, bei den Eskimos im Norden bis zu den Yahgan Indianern in Feuerland. Es ist eine enorme kulturelle Leistung, ein so großes Gebiet mit so unterschiedlichen Kulturen spirituell zu synchronisieren.«

Trond stoppte den Fernseher erneut und wiederholte den Text, wiederum vollständig und fehlerfrei, wobei er seine Gedankenaufzeichnung diesmal zusätzliche um eine Beschreibung der verschiedenen Bildsequenzen bereicherte.

»Nicht zu fassen«, murmelte er, »das ist wirklich nicht zu fassen.«

Trond lachte laut auf.

Kein Zweifel. Sie hatten ihn infiziert. Sie hatte ihn infiziert. Frau Dr. Keitel, aus welchem Grund auch immer. Das würde er noch herausfinden, aber das spielte in diesem Moment keine Rolle.

Trond lief aufgeregt in seinem Wohnzimmer auf und ab. Von diesem Moment an würde nichts mehr so sein wie vorher. Jetzt lag es allein an ihm. Er hatte die Fähigkeit und er hatte den Willen diese Fähigkeit einzusetzen. Mehr als das. Was er in sich spürte, ging deutlich über das Jagdfieber hinaus, das ihn bei jedem seiner Fälle befiel. Dieser Fall war anders als die anderen. Er würde alles verändern. Er würde ihn verändern. Trond fühlte sich wie jemand, der im Dienste einer großen Sache steht, wie jemand der seine Bestimmung gefunden hat. Er stutzte. Seine Bestimmung? Er spürte, dass die Leere in ihm beseitigt worden war, er spürte ein Ziel, sah es aber nicht. Noch nicht. Was zum Teufel konnte das wohl für eine Bestimmung sein? Er hatte nicht die leiseste Spur einer Ahnung.

wenige Wochen vorher …

Commander Wu

Commander Wu betrachtete das Geschehen im 52. Stock des Ponte Tower aus sicherer Entfernung zwei Stockwerke tiefer durch die Fensterfront des riesigen runden Innenhofs, von wo aus der schmale Verbindungsgang des 52. Stockwerks einsehbar war. Das Gebäude erinnerte mehr an eine heruntergekommene Haftanstalt, als an ein Appartementhaus und zwar nicht nur, weil das Gebäude völlig heruntergekommen war, sondern auch wegen seiner Bewohner. Das ganze Stockwerk schien eine riesige Party zu feiern, was an sich nichts Ungewöhnliches war, denn dort oben residierte der Oberst, der den Drogenhandel dieses Vertikalghettos kontrollierte. Seine Gang zog tanzend um den offenen Verbindungsgang und trommelte mit Holzstöcken auf dem verrosteten Metallgeländer herum. Gerade umringten sie Lungile, den Helfer des Mechanikers, ein schmächtiger junger Mann mit einem verkrüppeltem Fuß, der hier oben jedoch einiges Ansehen genoss, weil er für die Fahrstühle und damit für die Verbindung zur Außenwelt verantwortlich war. Lungile konnte sich als einziges Nicht-Gangmitglied unbehelligt in den oberen Stockwerken bewegen.

Neben Commander Wu standen Hatchet, das Beil, sowie zwei weitere Mitarbeiter und beobachteten das dekadente Treiben mit wissenschaftlichem Interesse und der gebührenden Verachtung. Sie beobachteten, wie die Gang Lungile ihn auf Schultern trug und dabei zu wilden Techno Rhythmen tanzte. Vielleicht hatte er den Müllschlucker repariert, oder eine defekte Klimaanlage. Vielleicht trieben sie aber auch nur ihren Spaß mit ihm.

»Lungile in da house«, sangen sie. Sie, das war die Führungsclique des Mannes, der hier das Sagen hatte. Die Leibgarde des Obersten bestand, wie die seines großen Vorbilds, ausschließlich aus Frauen, spärlich bekleideten Frauen, normalerweise. Aber heute war kein normaler Tag, und die Garde war unbekleidet. Zu wilden Rhythmen tanzend, trugen sie den hilflos lachenden Lungile durch den kreisförmigen Gang und Lungile fügte sich. Auch er wusste nicht, warum er gefeiert wurde. Vielleicht war es einfach an der Zeit.

Lungile war vor vier Jahren nach Hillbrow gekommen. Eine glückliche Fügung hatte bestimmt, dass Kwanele, der Mechaniker, den vor Ehrfurcht erstarrten Jungen aus der Provinz zufällig bemerkte.

»Das ist das höchste Apartmenthaus der südlichen Hemisphäre«, sagte Kwanele. Lungile hatte nicht die geringste Ahnung, was die südliche Hemisphäre war, aber er lächelte.

»Das hellste Köpfchen bist du nicht«, dachte Kwanele und wollte sich gerade wieder seine Arbeit zuwenden, als Lungile ihm ein kleines Bündel Geldscheine entgegenstreckte, das er mit auf den Weg bekommen hatte.

»Ich habe Hunger«, sagte er.

»Um Himmels willen, steck das bloß weg«, zischte Kwanele und sah sich ängstlich um.

»Schon wieder so ein armes Schwein, das von seiner Verwandtschaft in die Stadt geschickt wurde, um es loszuwerden«, dachte er. Kwanele betrachtete den Jungen von oben bis unten. Sein Urteil fiel verheerend aus:Schwächliche Statur, ein hängendes Lid, ein Klumpfuß, naiv und gutgläubig. Das perfekte Opfer. Der würde hier keinen einzigen Tag überleben, so viel war klar.

Kwanele traf eine Entscheidung. Dieses eine Mal würde er der Hyäne Hillbrow ihr Opfer entreißen. Diesen einen würden sie nicht bekommen.

»Komm mit, mal sehen was wir für dich zu essen finden«, sagte er und winkte den Jungen zu sich.

So wurde Lungile Kwaneles Helfer. Er bezog ein Matratzenlager im Materialraum und wich Kwanele fortan nicht mehr von der Seite. Lungile erwies sich als gelehriger Schüler. Außerdem war er aufgrund seiner schmächtigen Gestalt perfekt geeignet, um Arbeiten an den schwer zugänglichen Fahrstuhlwinden auszuführen. Kein Kabelschacht war zu eng für den Jungen.

So gelang es Kwanele, mit Hilfe des Jungen den Fahrstuhl Nummer 2, der seit mehr als zwei Jahren defekt war, wieder in Betrieb zu nehmen.

Daraufhin bekam Lungile ein Zimmer im dritten Stock. Das Zimmer war ein dunkles Loch, denn die Fenster zum riesigen Innenhof ließen kein Licht durch, da sich der Müll bis in den fünften Stock türmte und die Fenster der tieferen Stockwerke vollständig verdeckte. Der Müll war das größte Problem des Hillbrow Tower. Die Crack Junkies und andere dubiose Gestalten warteten vor den Müllschluckern auf Opfer, weshalb die Bewohner in den oberen Stockwerken dazu übergegangen waren, ihren Müll direkt in den Innenhof zu werfen. Schlimmer noch als die Dunkelheit waren der Gestank und das Ungeziefer. Besonders im Sommer. Wenn es ganz unerträglich wurde, taten sich einige Bewohner zusammen und gingen gegen die Crack-Junkies vor. Es gab dann einen dumpfen Schlag, wenn die Junkies im Innenhof, den die Bewohner »Core« nannten, aufschlugen. Danach war der Weg zu den Müllschluckern für ein paar Tage frei. So lange, bis es zu einem neuen Vorfall kam.

Lungile war mittlerweile zu einem vollwertigen Mechaniker geworden und bewohnte ein kleines Apartment im neunten Stock. Das machte ihn zu einer Respektsperson, denn die Fahrstühle waren die Lebensader des Hillbrow Towers.

Die Region zwischen dem neunten und dem zwanzigsten Stockwerk wurde von zwei rivalisierenden Banden aus Simbabwe beherrscht. Sie führten die Bordellbetriebe, in denen hunderte von Sexsklavinnen gehalten wurden. Ab und zu gelang es einer von ihnen zu entkommen und in den Core zu springen. Seltsam, die weiblichen Selbstmörderinnen stürzten sich stets in den Innenhof, die männlichen sprangen nach außen aus dem Gebäude.

Vier Fahrstühle führten vom Parterre in den 32. Stock, zwei von dort aus in den 54. Stock. Oberhalb des 32. Stockwerks war Little Lagos. Das Revier der nigerianischen Koks- und Crack-Dealer. Da Lungile sich ausschließlich für Maschinen interessierte, wurde er von den Dealern und Junkies nicht behelligt. Also beschloss Kwanele, Lungile die Verantwortung für die Fahrstühle 5 und 6 zu übertragen.

Als Lungile sein Apartment im 33. Stock bezog, funktionierte nur einer der beiden Fahrstühle nach oben, was zu permanenten, meist gewalttätigen Auseinandersetzungen zwischen den verschiedenen nigerianischen Gangs führte. Diese Gewalttätigkeiten eskalierten ausgerechnet an Silvester, als es zu einer wilden Schießerei kam. Der Versuch, diese Schießerei mit zwei Hundertschaften Polizei zu beenden, scheiterte, weil die Bewohner begannen, Einrichtungsgegenstände aus dem Tower auf die Polizei und die Feuerwehrkräfte zu werfen. Bilanz: 120 Tote.

Lungile hatte das Silvesterfest damit verbracht, eine neue Spule für den Hauptantrieb von Fahrstuhl Nummer 6 zu wickeln. Am Morgen des Neujahrstages, die brennenden Trümmer hüllten das Gebäude immer noch in Rauch, hatte er den Fahrstuhl in Betrieb genommen. Einfach so, als sei nichts selbstverständlicher auf der Welt. Die Nachricht verbreitete sich wie ein Lauffeuer. Ein eigens zu diesem Anlass einberufener Kriegsrat hatte die Regelung eingeführt, die bis heute gilt. Fahrstuhl Nummer 6 war den Leuten des Obersten vorbehalten, Fahrstuhl Nummer 5 diente allen anderen Bewohnern oberhalb des 32. Stockwerks. Lungile war auf diese Weise zu einer Art Chefmechaniker des Obersten geworden. Um den sicheren Betrieb des Fahrstuhls Nummer 6 zu gewährleisten, ordnete der Oberst an, dass Lungile in der Nähe seines Hauptquartiers untergebracht werden sollte. Also bezog Lungile ein neues Apartment im 51. Stock mit einem atemberaubenden Blick weit über Hillbrow hinaus.

Er bewegte sich unauffällig und sicher inmitten der gefährlichsten Bande Hillbrows. Allerdings vermied er den direkten Kontakt mit dem Obersten oder seiner Garde.

Zu dieser Zeit traf der Oberst immer häufiger mit einer Gruppe Chinesen, die ihm die exklusiven Vertriebsrechte an einer neuen, rein synthetischen Droge in Aussicht stellte. Lungile verstand nichts von Drogen und wollte damit auch nichts zu schaffen haben. Drogen verwandelten die Menschen in Monster, mit leblosen Augen, oder in Greise. Die neue Droge jedoch war anders. Mit der neuen Droge zog eine ausgelassene Stimmung in den Tower. Die Schüsse verstummten, stattdessen beherrschten jetzt monotone, elektronische Rhythmen die oberen Etagen. Sie klagen vertraut, wie die Rhythmen, die er aus seinem Dorf kannte. Die neue Ausgelassenheit machte den Hillbrow Tower jedoch nicht zu einem friedlichen Ort. Vielmehr führte sie zu einer unerklärlichen Häufung von Unfällen, in deren Verlauf Menschen in den Core stürzten und auf diese Weise zu Tode kamen.

Seit vier Jahren lebte Lungile im Hillbrow Tower, länger als die meisten die ihn jetzt feierten und auf ihren Schultern trugen.

»Lungile in da house.« Alle stimmten in den Gesang ein.

Nach einem halben Dutzend Wiederholungen kam ein Schwachkopf auf die verhängnisvolle Idee, den Refrain etwas abzuändern.

»Lungile in da core«, rief er, nur so zum Spaß. Und nur so zum Spaß fielen die anderen in den Gesang ein.

»Lungile in da core.«

So nahm das Verhängnis seinen Lauf. Der brave Mechaniker wurde unter lautem Gejohle in den dunklen Schlund des Monsters geworfen.

Vier mühevolle Jahre hatte er gebraucht, um in den 54. Stock zu gelangen, vier Sekunden für die einhundertsiebzig Meter zurück dahin, wo sein Aufstieg begonnen hatte.

»Wer war das?«, dröhnte eine Stimme durch den Gang. Augenblicklich trat eine gespenstische Ruhe ein. »Welcher miese Stricher ist auf die Idee gekommen, den Mechaniker zu entsorgen? Ich frag das nur einmal.«

Der Oberst sprach mit beunruhigend ruhiger Stimme. Kreisförmig um den Täter herum, verwandelte sich das Mienenspiel der Anwesenden von Ausgelassenheit in Entsetzen.

»Du da, Krötengesicht«, sagte der Oberst und deutet mit dem Finger zuerst auf den Schuldigen und dann in die unheimliche Tiefe. »Sieh nach, ob ihm was passiert ist.«

Der Angesprochene zögerte und sah sich hilfesuchend um.

»Helft ihm«, kommandierte der Oberst, woraufhin der Mann von der Garde ergriffen und über die Brüstung in den dunklen Schlund des Core geworfen wurde.

Aus ihrem gesicherten Beobachtungsposten verfolgten die Chinesen das Schauspiel, ohne eine Regung zu zeigen. Hatchet blickte auf seine Armbanduhr und kritzelte eine Notiz auf das Papier im Klemmbrett. Er blickte erwartungsvoll zu seiner Chefin.

»Du holst den Kopf«, sagte Commander Wu, »aber nur den des zweiten Mannes.«

Tronds Traum

Zu Beginn des freien Falls schoss Trond eine Maximaldosis Adrenalin in die Blutbahn, unmittelbar gefolgt von einem explosionsartig auftretenden Angstgefühl, das sich in seiner Magengegend entlud. Dann folgte die Blockade der Atemwege und ein verzweifelt gegen den Kreislaufkollaps ankämpfendes Herzrasen. Eines der beiden Organe, das in dieser Situation noch in der Lage war seinen Dienst zu verrichten.

Das andere Organ, sein Hirn, empfing gerade das Bild eines mehrstöckigen Flachbaus mit Vorstadtbegrünung, auf den Trond mit beängstigender Geschwindigkeit zustürzte. Mit Ausnahme seines Magens zerrte die Schwerkraft an jedem seiner Körperteile und zog ihn in die Tiefe.

Dieser Falltraum verfolgte Trond seit seiner frühesten Kindheit, was nicht bedeutete, dass er dadurch an Schrecken verloren hätte. Allerdings hatte Trond im Laufe der Jahre gelernt ein Angstsymptom weitestgehend in den Griff zu bekommen. Er schrie nicht mehr laut, wie er es als Kind getan hatte. Alle anderen Symptome jedoch traten mit derselben Vehemenz auf, wie sie es vom ersten Tag an getan hatten.

Trond ertrug sein Ikarus Schicksal stumm und wunderte sich, so wie jedes Mal, über die visuellen Details, die ihm die Perspektive von oben bot. Neben dem Flachbau erkannte er deutlich ein schmuckes Doppelhaus mit Satteldach und einen mit Narzissen umsäumten Zierteich, den ein zum Optimismus neigendes Gemüt als Aufschlagstelle mit zumindest theoretischer Überlebenschance, in Betracht gezogen hätte. Vergebens allerdings, denn viel zu schnell verschwand der Teich aus seinem Sichtfeld. Außerstande seinen Fall zu steuern, stürzte Trond geradewegs auf das graue Flachdach zu. Mit abnehmender Entfernung nahm die Detaildichte der ins Hirn übertragenen Bilder zu. Deutlich konnte er das mit ausgebleichter Teerpappe bedachte Fahrstuhlhaus erkennen, ebenso den Blitzableiter, der das Flachdach am Rande eine Handbreit hoch umzäunte. Trond flog mit rasender Geschwindigkeit auf das Fahrstuhlhaus zu und erkannte mit Entsetzen das zur Taubenabwehr montierte Stachelband am Rande des Häuschens. Dort wollte er auf keinen Fall aufschlagen. Also warf er sich mit aller Kraft zur Seite, schaffte es knapp, dem Fahrstuhlhaus auszuweichen, und schlug hart auf dem Boden neben seinem Bett auf.

Das Erste, was er hörte, als er erwachte, war der Dreißigtonner, der sich vor seiner Wohnung PS-gewaltig gegen seine Ladung stemmte, so laut, als fahre er direkt durch das Schlafzimmer. Rufus, der übergewichtige Molosser seiner Ex-Frau, den Trond sich »nur für zwei Nächte« hatte aufschwatzen lassen, lag direkt vor ihm und sah ihn mitleidig an. Unbeeindruckt grunzte er kurz auf, bevor er sein zwanzigstündiges Tagesschlafpensum fortsetzte. Trond erhob sich, trottete zum Fenster, schloss es und schlurfte kraftlos in die Küche. Er sah auf die Uhr. Halb fünf. Sein Traum hatte ihn deutlich stärker mitgenommen als üblich. Er war hellwach, jeder Knochen in seinem Leib schmerzte und der Pelz auf seiner Zunge verbreitete einen faden Geschmack in seinem Mund. Zwecklos der Versuch, heute noch einmal Schlaf zu finden. Eine Kindheitserinnerung drängte sich auf. Das Gesicht seiner Mutter, die ihn jedes Mal völlig verängstigt angesehen hatte, wenn er schreiend aus diesem Traum erwacht war, so, als sei er von einem bösen Geist besessen. Ganz anders die Reaktion seines Vaters und seiner Brüder. In deren Augen war nicht Besorgnis, sondern Verachtung zu sehen gewesen.

In den vergangenen Jahren hatte Trond seinen Traum mit einer ganzen Reihe von Ereignissen in Verbindung gebracht, aber niemals mit seiner Kindheit. Seltsam. Er versuchte, diese Erinnerung wie eine lästige Fliege zu verscheuchen. Ein Festtagsfrühstück wäre die passende Maßnahme, um auf andere Gedanken zu kommen und die verbleibenden Stunden bis zum Morgen sinnvoll zu nutzen.

Sein Fastenbrecher war eine Omelettevariation mit Kartoffeln, viel Speck und einem viertel Liter Rotwein, die nach ihrer Pflicht in der Pfanne noch eine kurze Kür im Backofen zu durchlaufen hatte, wo sie mit einer fingerdicken Schicht geriebenem Käse auflaufartig den Wochen-Kalorienbedarf einer mittelgroßen Modelagentur aufgebrannt bekam.

Vom Speckduft angelockt schleppte Rufus sich in die Küche und hockte sich nötigend vor seinen Mitbewohner. Dabei setzte er einen Blick auf, mit dem er als Welpe beim Schnorren von Menschenfutter großen Erfolg gehabt hatte, der aber jetzt, im letzten Viertel seines Hundelebens, einiges von seinem ursprünglichen Charme eingebüßt hatte und ihn heute immer seltener an sein Ziel brachte. Trond schob das Tier mit dem Fuß beiseite, ließ sich jedoch nach einer Weile von der Beharrlichkeit des Molossers erweichen und warf dem Tier ein Stück Speck hin. Rufus Reflexe waren schon seit Jahren außerstande, den Leckerbissen im Flug aufzuschnappen und so wartete er, bis der Speck auf den Boden gefallen war, um ihn dann grunzend aufzuschlabbern. Das Tier vergewisserte sich mit einem routinemäßigen Blick zu seinem Gönner, dass mehr nicht zu erwarten war, furzte kurz zum Dank und trottete zu seinem Schlafplatz zurück.

Der erste Schluck weckte Tronds Nikotinrezeptoren. Kaffee und Zigaretten bildeten für gewöhnlich sein Frühstück. Heute war es anders. Heute würde er sich eine feste Grundlage gönnen. Mehr noch, heute würde er pünktlich sein. Er würde frisch rasiert, geduscht und gut gelaunt zur Arbeit erscheinen.

Nachdem er den ersten Happen seiner Frühstückskomposition zu sich genommen hatte, zögerte er. Etwas fehlte. Er versuchte sich an frühere Zeiten zu erinnern, als er noch regelmäßig zu Hause gefrühstückt hatte, damals, als sein Leben noch halbwegs in geregelten Bahnen verlaufen war. Was war da noch gleich? Genau, eine Zeitung. Trond erhob sich und verließ die Wohnung. Um diese Tageszeit würde sich im Treppenhaus niemand aufhalten, er konnte also im Bademantel bleiben.

Die Briefkästen im Erdgeschoss boten ein breit gefächertes Angebot verschiedener Tageszeitungen. Trond entschied sich für die

Rundschau der Realschullehrerin einen Stock über ihm. Sie hatte schon vor Jahren aufgehört, ihn zu grüßen. Zurück in der Küche, überflog er zunächst den Sportteil, eine seit Jahren wenig erfreuliche Lektüre, da sich seine Fußballmannschaft, ebenso wie seine Karriere, dauerhaft in einer absteigenden Phase befand. Zweite Liga mit nur mehr theoretischen Aufstiegschancen. Er leerte seinen Teller und beendete die Mahlzeit konventionell mit einer Zigarette.

Frisch rasiert, geduscht und ausgesprochen gut gelaunt verließ er die Wohnung, den Hund im Schlepptau, stieg in seinen Wagen und fuhr los.

Wenig später erreichte Trond sein Büro, eilte die beiden Stockwerke hoch, schloss die Etagentür auf und polierte das Messingschild neben der Eingangstüre mit dem Ellenbogen. Ein lieb gewonnenes, tägliches Ritual.

TROND FAKSEN PRIVATE ERMITTLUNGEN, stand da.

Die Vorlesung

Untrüglicher Indikator für das bevorstehende Ende der Vorlesung war der Umstand, dass sich bereits die ersten Studenten erhoben und ihre Plätze verließen. Dr. Fechtner, etwas zu klein und etwas zu kahl, um dem Idealtypus des kaukasischen Männertypus auch nur nahezukommen, hatte eine ausgeprägte Veranlagung Dinge persönlich zu nehmen und prägte sich daher die Gesichter der Deserteure genau ein. Bei der kommenden mündlichen Prüfung würden sie die Quittung für ihr respektloses Verhalten bekommen.

»Bevor die Auflösungserscheinungen ein vollkommen unerträgliches Ausmaß annehmen«, stichelte er in Richtung der Emigranten, »möchte ich kurz auf das Thema der nächsten Vorlesung hinweisen. Wir werden uns in der kommenden Woche mit einem Fadenwurm, der Myrmeconema neotropicum, befassen. Dieses außergewöhnliche Wesen verdient unser Interesse, weil es in der Parasitologie als absoluter Virtuose gelten kann. Der Fadenwurm kapert das Nervensystem einer speziellen Ameisenart namens Cephalotes atratus, und steuert deren Verhalten. Nachdem der Parasit die Kontrolle über die Ameise erlangt hat, färbt er deren Hinterteil rot und gibt der Ameise den Befehl, einen ganz bestimmten Strauch hochzuklettern, einen Strauch an dem rote Beeren hängen. Der Fadenwurm zwingt die Ameise, oben am Ende des Astes zu verharren und ihr rot gefärbtes Hinterteil in die Höhe zu strecken. Und zwar so lange, bis sie von einem Vogel gefressen wird. Die Ameise ist also der Zwischenwirt. Der Zielwirt des Fadenwurms ist der Vogel. Über den Umweg der Ameise gelangen die Eier des Fadenwurms in den Verdauungstrakt des Vogels. Dort pflanzt sich der Wurm fort und legt Eier, die über den Kot des Vogels weiter verbreitet werden, wodurch ein neuer Lebenszyklus beginnt.

Wir werden uns in der kommenden Woche mit der Frage befassen, welche biologischen Prozesse diese bemerkenswerte Konditionierung der Ameise verursachen. Akarophobiker seien also gewarnt, es kann hässlich werden. Ich danke Ihnen.«

Das unappetitliche Abschlussthema bewirkte ein deutlich verhaltenes Klopfen der Studentenschaft.

Der Professor bemerkte den üblichen Tross unterdurchschnittlicher Studenten, die sich auf ihn zu bewegten, um ihm mit Belanglosigkeiten die Zeit zu stehlen. Daher war er höchst erfreut, die Stimme des Assistenten der Institutsleitung zu hören, die ihn höflich bat, ins Zimmer des Dekans zu kommen.

»Es ist sehr wichtig.«

Mit einer Geste des Bedauerns ließ er die Studenten stehen.

»Es geht um Prof. Dr. de Jager«, erklärte der Assistent auf die Frage des Biologen, was denn los sei. Mehr könne er nicht sagen, aber Frau Dr. Keitel und ein Vertreter der Anwaltskanzlei Mitscherlich, Hofer und Abogast seien auch anwesend. Dr. Fechtner wunderte sich über die seltsame Zusammenstellung der Gesprächsrunde und fühlte sich geschmeichelt, wenngleich ein gewisses Unbehagen in ihm hochkroch. Was, wenn es um die Publikation in der *Science* ging? Seine Reaktion auf den Artikel des Kollegen war alles andere als verhalten gewesen. Unangemessen, wie viele seiner Kollegen meinten, aber ganz sicher kein Fall für einen Anwalt.

»Hallo Herr Dr. Fechtner, schön, dass Sie so kurzfristig kommen konnten«, begrüßte ihn der Dekan. »Frau Dr. Keitel ist Ihnen bekannt und das hier ist Dr. Mitscherlich von Mitscherlich, Hofer und Abogast, der Anwaltskanzlei, die unser Institut seit Jahren, und das zu unserer äußersten Zufriedenheit, wie ich an dieser Stelle anmerken möchte, vertritt. Sie erlauben, dass ich gleich zur Sache komme.«

Der Dekan fühlte sich sichtlich wohl in seiner Rolle als Moderator und lief mit hinter seinem Rücken verschränkten Armen auf und ab, während er anhob, die Anwesenden über den Grund ihres Zusammentreffens in Kenntnis zu setzen.

»Es verdichten sich die Anzeichen dafür, dass das Verschwinden von Prof. de Jager nicht, wie ursprünglich angenommen, auf private Gründe zurückzuführen ist. Er ist, wie Sie wissen, nach den Semesterferien nicht ins Institut zurückgekehrt und hat zwei wichtige Konferenzen versäumt, was schon deshalb bemerkenswert ist, weil es bei einer dieser Konferenzen um seinen Forschungsetat ging. Außerdem ist er seit geraumer Zeit telefonisch nicht mehr erreichbar und reagiert auch nicht auf E-Mails. Das soll zwar in der Vergangenheit schon häufiger bei Kollegen vorgekommen sein, die ein Forschungssemester eingelegt haben«, bemerkte der Dekan mit Blick auf Dr. Fechtner, »aber wir sind beunruhigt. Sehr beunruhigt, denn zu Beginn des Semesters haben die wissenschaftlichen Mitarbeiter des Professors festgestellt, dass seine Versuchsdokumentationen aus dem Institut geschafft worden sind. Damit steht im Raum, ob rechtliche Belange der Universität tangiert werden. Doch damit nicht genug. Wir sind davon in Kenntnis gesetzt worden, dass die Eltern eines unserer Studenten Vermisstenanzeige erstattet haben. Dieser Student ist, Sie werden es sich denken können, der Assistent von Prof. de Jager. Auch er ist nicht auffindbar.«

»Wann genau ist Dr. de Jager denn verschwunden?«, wollte der Anwalt wissen.

»Das lässt sich nicht mit Gewissheit sagen. Der Professor hat ein Forschungssemester eingelegt. Möglicherweise schon vor sechs Monaten.«

»Und der Student?«

»Vor wenigen Wochen. Er hat angegeben, eine Reise unternehmen zu wollen und ist nicht zurückgekehrt.«

Der Dekan machte eine kurze Pause und betrachtete die Anwesenden.

»Welche Art von Forschungen hat der Professor betrieben?«, wollte der Anwalt wissen.

»Das wird Ihnen Herr Dr. Fechtner erklären können, den wir aus genau diesem Grunde zu uns gebeten haben. Wir können nicht ausschließen, dass es einen Kausalzusammenhang mit der unlängst in der *Science* veröffentlichten Studie geben könnte.«

Alle Blicke richteten sich auf den Biologen, der überrascht aussah und nicht die leiseste Ahnung hatte, was er zur Klärung des Sachverhaltes beitragen sollte.

»Nun, äh, wie jeder weiß, war ich wenig erfreut über die Veröffentlichung, deren These ich, um es höflich zu formulieren, für äußerst gewagt halte. Aber jeder, der mich kennt, weiß, dass ich mit dem Verschwinden von Prof. de Jager …«, begann Dr. Fechtner sich zu verteidigen.

»Aber nein, mein Lieber«, unterbrach ihn der Dekan. »Sie verstehen uns vollkommen falsch. Sie sind hier nicht als Verdächtiger vorgeladen, sondern als Biologe und Fachmann.«

Frau Dr. Keitel und der Anwalt schmunzelten und Fechtner kam sich vor wie ein Vollidiot. Er nahm die Flasche Mineralwasser, die auf dem Tisch stand, goss sein Glas voll und nahm einen kräftigen Schluck.

»Worum es uns geht, ist Folgendes«, fuhr der Dekan fort. »Wir möchten, dass Sie uns über Ihren Kenntnisstand bezüglich der Forschungen von Dr. de Jager informieren, damit wir feststellen können, ob der Vorfall für das Institut juristisch relevant ist oder nicht. Immerhin hat Dr. de Jager Sie in seinem Artikel zweimal zitiert, und ein Außenstehender könnte durchaus den Eindruck gewinnen, seine eigenen Forschungsergebnisse beruhten, zumindest teilweise, auch auf Ihrer Arbeit, Herr Dr. Fechtner.«

Der Biologe hatte sich mittlerweile wieder gefangen und verfiel augenblicklich in den Sprachduktus des Dozenten.

»Wie Sie selbst wissen, Herr Dr. Pauli, ist der Umstand in wissenschaftlichen Aufsätzen zitiert zu werden, oftmals eher ein Fluch als ein Segen. Ich habe bereits unmittelbar nach der Veröffentlichung kritisch Stellung genommen und im Hause meine Zweifel an den Thesen des geschätzten Kollegen formuliert. Ich bin mir natürlich darüber im Klaren, dass eine Veröffentlichung in einem renommierten internationalen Magazin auch für das Institut von Nutzen sein kann. Daher habe ich es vorgezogen, meine persönliche Meinung zu den Kernaussagen von Prof. de Jager nicht öffentlich zu artikulieren.«

Der Dekan sah auf seine Uhr, sichtlich bemüht, den respektvollen Unterton beizubehalten.

»Uns allen ist klar, dass Sie sich vollkommen korrekt verhalten haben, Herr Dr. Fechtner. Wir möchten Sie lediglich bitten, insbesondere Herrn Dr. Mitscherlich einen kurzen Einblick in das Forschungsgebiet von Dr. de Jager zu geben, damit wir feststellen können, welche weiteren Maßnahmen zu ergreifen sind.«

»Ich verstehe«, sagte Dr. Fechtner, der sich bereits die ganze Zeit fragte, was Frau Dr. Keitel, die bis jetzt noch gar nichts gesagt hatte, in dieser illustren Runde zu suchen hatte. Dr. Keitel war Professorin der Philosophie und gehörte somit einem anderen Institut an, den Geisteswissenschaftlern, das von den Naturwissenschaftlern wegen ihres Standortes und als versteckte Anspielung auf die Aktualität des dort vermittelten Wissens verächtlich »Die Altstadt« genannt wurde.

»Also, um es allgemeinverständlich auszudrücken: Prof. de Jager ist Neurophysiologe und befasst sich mit der Untersuchung von Aufbau und Leistungen des zerebralen Anteils des Zentralnervensystems von höher entwickelten Lebewesen. In dem bereits zitierten Artikel, der auch Nichtfachleuten verständlich sein dürfte, ging es vor allem um neuronale Vorgänge bei der Wahrnehmung, beim Denken, beim emotionalen Reagieren sowie bei der Bewegungs- und Verhaltenssteuerung. Die Kernthese von Prof. de Jager besteht darin, dass seiner Meinung nach der Mensch sein eigenes Handeln weitaus weniger bestimmt als allgemeinhin angenommen. Vielmehr sei das Gehirn des Menschen aus innerem Antrieb selbstständig in der Lage, Denkprozesse und damit verbunden auch Handlungen auszuführen. Er hat dabei auf Ergebnisse aus meinem Forschungsbereich, der Parasitologie, verwiesen, stark vereinfacht und missverständlich, sodass seine Rückschlüsse, formulieren wir es vorsichtig, mehr als gewagt sind. Billige Effekthascherei, wenn Sie mir diese Bemerkung gestatten.«

»Vielen Dank. Was uns im Besonderen interessiert«, unterbrach ihn der Dekan, »ist die Frage, wie weit er mit seinen Forschungen gekommen ist und wo genau er angesetzt hat.«

»Prof. de Jager hat sich schwerpunktmäßig mit Prionen befasst. Das sind Proteine, sogenannte PrPs, die an der Zellmembran zu finden sind, besonders hoch konzentriert im zentralen Nervensystem.«

Der Anwalt beugte sich interessiert nach vorne. »Ich habe im Zusammenhang mit dem Rinderwahnsinn von Prionen gehört.«

Dr. Fechtner, jetzt in seinem Element, nickte anerkennend in Richtung des Anwalts.

»Richtig. Anomale oder mutierte Prione können neurologische Störungen verursachen. BSE bei Kühen, Scapies bei Schafen oder die Creutzfeldt-Jacob-Krankheit beim Menschen.«

»Dann gibt es also auch »normale« Prione, was haben die denn für eine Funktion?«

»Über die Funktion von nicht pathogenen Prionen ist sehr wenig bekannt«, stellte Dr. Fechtner fest und sah einen erstaunten Anwalt. »Prof. de Jager hat in besagtem Artikel die These aufgestellt, genau diese Prione, definierte Unterarten dieser Prionen, um genau zu sein, seien für eine Reihe von Steuerungsabläufen im Gehirn zuständig. Bis dahin eine durchaus vertretbare Theorie. Wir wissen von Effekten, die Prionen bei der Gedächtnisbildung haben können. Allerdings ist Prof. de Jager weit über diese Ansätze hinausgegangen. Er hat die These aufgestellt, dass definierbare Verhaltensmuster durch bestimmte Prionen-Mutanten ausgelöst werden könnten.«

»Und das ist Ihrer Meinung nach nicht möglich?«, wollte Dr. Mitscherlich wissen.

»Das ist vollkommener Unsinn. Und seine Begründung, ähnliche Abläufe seinen in der Parasitologie zu beobachten, halten keiner wissenschaftlichen Prüfung stand.« Dr. Fechtner unterstrich den letzten Teil seines Satzes mit einer abfälligen Handbewegung.

»Keiner bekannten wissenschaftlichen Prüfung«, warf Frau Dr. Keitel ein.

Der Biologe schüttelte heftig den Kopf und begann in Richtung der Geisteswissenschaftlerin zu argumentieren.

»Sehr verehrte Kollegin, Sie können versichert sein, dass ich mich nicht leichtfertig zu einem Urteil über einen Kollegen hinreißen lasse. Aber in diesem konkreten Fall ist die Sachlage so eindeutig, wie eine Sachlage nur sein kann.«

»Ich denke, Ihre Vorbehalte sind ausreichend deutlich geworden«, stellte der Dekan leicht verärgert fest und wies den Biologen mit einer Geste an, diesen Aspekt nicht weiter zu vertiefen. »Uns interessiert ein Sachverhalt besonders, und wir möchten Sie bitten, diese Frage unabhängig von Ihren persönlichen Vorbehalten rein wissenschaftlich zu beantworten: Halten Sie es für möglich, dass durch Prione Verhaltensänderungen von höheren Lebewesen oder sogar Menschen herbeigeführt werden können?«

Dr. Fechtner hatte schon mitten in der Frage begonnen, heftig mit dem Kopf zu schütteln.

»Vollkommen ausgeschlossen.«

Der Dekan nickte und sah sich um. Da niemand eine weitere Frage stellte, erhob er sich.

»Herr Dr. Fechtner, wir danken Ihnen, das war es schon.«

Der Biologe war verwirrt. Man erwartete ganz offensichtlich von ihm, dass er sich jetzt, wo es darum ging, wie das Institut in dieser Sache verfahren werde, verabschieden sollte, was er als Kränkung empfand. Er nickte kurz und erhob sich. Dem Dekan war die Reaktion des Biologen nicht entgangen.

»Es geht jetzt lediglich noch um ein paar juristische Dinge, wir werden Sie über den Vorgang auf dem Laufenden halten, Herr Kollege.«

Dr. Fechtner verließ den Raum, und der Dekan griff zur Kaffeekanne, um seine Tasse zu füllen. Er nutzte den Löffel als Maßeinheit, um eine penibel genau bestimmte Menge Zucker zuzuführen.

»So viel dazu. Ich habe Frau Dr. Keitel zu dieser Besprechung gebeten, weil sie als Geisteswissenschaftlerin und Fachfrau für Wissenschaftsgeschichte einen Aspekt in unsere Überlegungen einbringen wird, der bis dato noch nicht berücksichtigt worden ist. Frau Dr. Keitel darf ich Sie kurz um eine Stellungnahme bitten?«

Die Angesprochene, eine perfekt gekleidete, sehr frauliche Erscheinung mit einem betörend schönen Lächeln, beugte sich leicht nach vorne, verschränkte ihre Finger wie zum Gebet und sah die Anwesenden einen nach dem anderen kurz an, bevor sie zu sprechen begann.

»Ich denke, wir sind uns bezüglich der Frage, ob die Thesen Professor de Jagers einer kritischen wissenschaftlichen Prüfung standhalten oder nicht, einig. Diese Frage ist irrelevant. Allein die theoretische Möglichkeit, dass seine Arbeit oder Teile seiner Arbeit genutzt werden könnten, um Menschen zu manipulieren, zwingt uns, tätig zu werden. Wir können weder ausschließen, dass die Forschungen von Prof. de Jager das Interesse Dritter geweckt haben, noch dass er selbst beabsichtigt, diese Forschungen außerhalb des hier geltenden ethischen und juristischen Rahmens fortzuführen. Wie es scheint, können wir zum jetzigen Zeitpunkt nicht feststellen, wie weit seine Forschungen gediehen sind.«

Dr. Mitscherlich war von der Kompaktheit und Eindeutigkeit der Aussage beeindruckt. Er nickte.

»Ich halte es für angebracht«, fuhr Frau Dr. Keitel fort, »über die Vermisstenanzeige hinaus weitere Maßnahmen zu ergreifen. Wir müssen alles in unserer Macht stehende unternehmen, um den Professor ausfindig zu machen.«

»Ich stimme dieser Einschätzung zu, und möchte empfehlen, auf eine Dokumentation dessen, was wir im Folgenden beschließen werden, zu verzichten«, ergänzte der Anwalt.

Obduktion

Commander Wu hatte schon einige Obduktionen miterlebt, wobei diese etwas Besonderes darstellte. Der Kopf wirkte etwas verloren, so rumpflos auf dem Edelstahltisch mit der Abflussrinne in der Mitte. Außerdem weigerte er sich, in der neuralen Stellung mit der Nase nach oben zu verbleiben und kippte ständig zur Seite. Hatchet korrigierte die Position immer wieder und wurde zunehmend grober.

»Ich glaube nicht, dass du ihn noch gefügt machen kannst«, scherzte Commander Wu und ergänzte: »Lass uns anfangen.«

Den Kopf in der einen, die Säge in der anderen Hand, wartete Hatchet auf genauere Anweisungen. Der Schädel war zuvor von einem Helfer rasiert worden und Commander Wu hatte die Schnittstelle in Form einer gepunkteten Linie auf dem Kopf markiert.

»Fang an der Stirn an«, sagte sie. »Aber sei vorsichtig, das Gewebe direkt unter der Hirnhaut darf nicht beschädigt werden.«

Commander Wu war ernsthaft besorgt, denn Hatchet war als Grobmotoriker für diese Art von Eingriffen denkbar wenig qualifiziert. Ihr blieb aber keine andere Wahl, da ihr Forscherteam über den Ursprung der Gewebeproben nichts zu wissen brauchte.

»Vorsichtig einmal herumsägen und dann die Schädeldecke abheben«, präzisierte sie.

Hatchet zögerte nicht und begann erstaunlich geschickt den Befehl auszuführen. Als er den ersten Teil erledigt hatte, blickte er kurz zu ihr auf und wartete bis sie nickte. Erst dann zog er vorsichtig die Schädeldecke ab, was ein unangenehm schmatzendes Geräusch verursachte.

Dieses Geräusch lag tief versteckt in Commander Wus Langzeitgedächtnis und förderte mit unerwarteter Vehemenz eine Erinnerung hervor: Die Erinnerung an ihre erste Obduktion, damals in der psychiatrischen Klinik Urumqi in der Provinz Xinjiang.

Der Tote damals war ein stark abgemagerter Mann zwischen dreißig und vierzig Jahren. Das kalte Neonlicht ließ seine fahle Haut unwirklich bleich erscheinen, wie eine feine Porzellanarbeit. Vernarbte Wunden an den Handgelenken deuteten darauf hin, dass er längere Zeit fixiert gewesen war. Die lange, in groben Stichen ausgeführte Naht auf der Brust zog den Blick des Betrachters unwillkürlich an und war ein untrügliches Indiz dafür, dass seine Organe bereits am Vortag, dem Tag seines Ablebens, entnommen worden waren. Die Hämatome auf Oberschenkeln und Rücken hatten die Farbe von fauligem Obst und der Geruch, den der Leichnam verströmte, wurde nur unzureichend vom Desinfektionsmittel überdeckt, mit dem die Seziertische abgespritzt worden waren. Commander Wu nickte, woraufhin der diensthabende Amtsarzt begann, den Schädel der Leiche mit Hilfe einer Säge zu öffnen. Der Blick des Arztes wanderte zwischen seinem Arbeitsobjekt und dem Commander hin und her. Der Pathologe hatte schon viele Mitarbeiter des Geheimdienstes bei solchen Aktionen in die Knie gehen sehen. Besonders der Umstand, dass Commander Wu eine Frau war, erregte die Neugierde des Arztes. Allzu gern hätte er sie zurückweichen gesehen. Aber Commander Wu tat ihm den Gefallen nicht. Sie stand da, wo sie stand, weil sie härter war als viele ihrer männlichen Kollegen. Sie gehörte zu denen, die sich nicht den Ansatz einer Blöße gaben. Sie betrachtete die Leiche auf dem Seziertisch ohne die kleinste emotionale Regung. Den Blick abzuwenden wäre ein Zeichen von Schwäche gewesen.

»Was ist so besonders an diesem hier?«, wollte der Pathologe wissen und bedauerte augenblicklich, die Frage gestellt zu haben, als ihn der Blick Commander Wus traf, der zu sagen schien: »Kümmere dich nicht um Dinge, die dich nichts angehen, sonst landest du genau da, auf deinem eigenen Seziertisch.«

»Hippocampus, Stirnlappen und zwei Peripherieproben«, wechselte der Mann mit dem grünen Kittel und dem Mundschutz schnell das Thema, indem er die Order wiederholte, die zuvor besprochen worden war. Wu nickte. Jetzt konnte sie den Blick abwenden und über die lückenhafte Fliesenlandschaft schweifen lassen, die den trostlosen Raum umgab. Den Anblick des Toten scheute sie nicht.

Sie hatte schon viele Tote gesehen. Das war ein fester Bestandteil ihrer Arbeit. Inhaftierung war die Währung, mit der Widerstand gegen das System bezahlt wurde. Den Unbelehrbaren drohte der Tod. Beide Seiten wussten das. So waren die Regeln des Systems, und Commander Wu war ein Teil dieses Systems. Härte und Zielstrebigkeit waren die herausragenden Eigenschaften des Commanders, und diese Eigenschaften stellte sie mit Hingabe in den Dienst der großen Sache. Das war ihr Beitrag für das System, das bald das mächtigste der Welt sein würde. Die Macht des Systems basierte auf Menschen, wie sie einer war. Menschen, die sich loyal und uneigennützig in den Dienst einer Sache stellten. Commander Wu war Patriotin. China gehörte die Zukunft. China vereinte das Beste aus beiden Systemen. Deshalb war China dem Rest der Welt überlegen. Nicht weil es über mehr Menschen verfügte als die anderen Großmächte, nein, das war es nicht. China ging gezielt und koordiniert vor, während die westliche Welt aus unkoordinierten Interessengruppen bestand. Eine geschickte Koordination von Einzelinitiativen, das war der Garant für den Erfolg des Ganzen. Es waren Menschen wie Commander Wu, die den großen Plan in die Tat umsetzten. Davon war sie überzeugt. Ihre Mission war eine solche Einzelinitiative zum Wohle des ganzen Staates – für sich betrachtet zwar nur ein kleiner Baustein aber zweifellos ein wichtiger Bestandteil des großen Plans. Der große Plan lautete: die Provinz Xinjiang, ohne deren Rohstoffe China seine ehrgeizigen wirtschaftlichen Ziele niemals würde erreichen können, vollständig und nachhaltig unter Kontrolle zu bringen. An diesem Plan arbeitete Commander Wu seit vielen Jahren. Als Wus Eltern in die Provinz abkommandiert wurden, betrug der Anteil von Han Chinesen an der Gesamtbevölkerung weniger als zehn Prozent. Heute waren es mehr als sechzig. Das war die erste Phase des Plans. Aus der Mehrheit eine Minderheit machen. Diese Phase war abgeschlossen. Jetzt ging es darum, den immer wieder aufkeimenden Widerstand zu brechen.

Commander Wu kannte den Mann auf dem Seziertisch. Sie waren einander bereits vor elf Jahren begegnet. Damals im Rahmen der Operation »Harter Schlag«. Der Tote war Uigure und gehörte zu einer der sieben einflussreichen Familien. Wu war damals, 1999, als Angehörige einer Sondereinheit der Armee an der Niederschlagung des Aufstandes der Separatisten, uigurischer Moslems, die sich für mehr Autonomie und freie Religionsausübung eingesetzt hatten, beteiligt gewesen. Im Grunde genommen war ihr Schicksal eng mit dem des Toten verknüpft. Ihr Aufstieg hatte die gleiche Ursache wie der Abstieg des Mannes auf dem Tisch. Als Angehöriger eines einflussreichen Clans und als praktizierender Moslem stellte er eine Gefahr dar. Daher wurde er zur Abschreckung angeklagt und zu sieben Jahren Haft verurteilt. Das Arbeitslager hatte ihn weder von seinem Glauben abbringen, noch ihn zur Kooperation bewegen können. Das machte ihn für das Projekt von Commander Wu interessant. Was war es, das den Mann dazu brachte, sein Leben zu opfern? Warum war sein Glaube stärker als sein Überlebenswille?

Die einzige Gefahr für Chinas Zukunft war der Glaube, die große Macht der Vergangenheit. Die Zukunft, das war die Welt des Wissens. Und niemand würde sich China auf seinem Weg in die Zukunft entgegenstellen. Nicht, solange Commander Wu auf ihrem Posten stand.

Der Tote damals leistete selbst auf dem Seziertisch noch Widerstand. Sein Schädel schien sich mit aller Gewalt gegen das Arbeitsgerät des Chirurgen zu wehren. Dieses Geräusch der stumpfen Trennscheibe, die sich durch das Knochengewebe fraß und der Geruch des feinen Knochenstaubes, der in Wus Nase drang, verursachten ihr Unbehagen.

Unter Hatchets groben Händen war Widerstand zwecklos. Die Schädelplatte ihres heutigen Probanden ließ sich problemlos entfernen.

Commander Wu nickte zufrieden und deutete auf den Frontallappen des Neokortex, dem Sitz der Persönlichkeit.

Gespräch mit dem Dekan

Trond betrat zum ersten Mal ein Universitätsgebäude. Er war verunsichert, denn er hatte erwartet, einen Pförtner anzutreffen, dem er sein Anliegen hätte vortragen können. Stattdessen wuselten Hunderte von jungen Menschen um ihn herum, die aus allen Richtungen kamen und in alle Richtungen unterwegs waren. Schließlich stieß er auf einen Mann, der ein Sakko trug, was den Schluss nahelegte, dass es sich um einen Dozenten handeln könnte. Trond sprach ihn an und erhielt die gewünschte Information. Wenige Augenblicke später stand er im Vorzimmer des Dekans und wurde von der Vorzimmerdame begrüßt.

»Der Herr Dekan erwartet Sie bereits«, bemerkte die Sekretärin mit routiniert perfekter Höflichkeit und öffnete die Tür.

Trond sah einen Mann Mitte fünfzig, schlank, mit grauen Schläfen, Wachposten einer ansonsten makellos braunen Föhnfrisur mit angedeuteter Tolle, untrügliches Indiz dafür, dass ihr Träger in der Wertewelt der 50er-Jahre sozialisiert worden war. In der Hand einen wertvollen Füllfederhalter, mit dem er beeindruckend schwungvoll ein Dokument in der Unterschriftenmappe abzeichnete. Der Dekan warf einen letzten Blick auf seine Unterschrift, klappte die Mappe zu und erhob sich zur Begrüßung seines Gastes.

»Prof. Pauli, sehr angenehm.«

»Trond Faksen, wir haben telefoniert.«

»Schön, dass Sie kommen konnten.« Der Dekan streckte dem Privatdetektiv seine Hand entgegen. »Bitte nehmen Sie Platz, es geht um eine etwas delikate Angelegenheit.«

Trond genügte ein Blick auf den Schreibtisch des Dekans, um zu erfassen, mit wem er es zu tun hatte und wie sein Gegenüber aus der Reserve zu locken war. »Delikate Angelegenheiten sind mein Geschäft, ansonsten hätten Sie vermutlich die Polizei eingeschaltet.«

»Die Polizei ist durchaus in diesen Vorgang involviert, befasst sich aber mit einem anderen Aspekt der Untersuchung«, rechtfertigte sich der Dekan etwas verunsichert, weil Trond seiner Einladung sich zu setzen nicht nachgekommen war und stattdessen wie ein neugieriges Kind durch das Büro streifte.

»Kann ich Ihnen etwas zu trinken anbieten?«

»Kaffee, wenn das keine Umstände macht.«

»Keineswegs. Schwarz?«

»Nein, Milch und Zucker, das ganze Programm bitte.«

Trond inspizierte das Bücherregal mit vorgetäuschtem Kennerblick, den Kopf mal nach links, mal nach rechts neigend, um die Titel lesen zu können. Dann schlenderte er auf den Stuhl zu, der wie eine Anklagebank vor dem mächtigen Schreibtisch des Dekans stand. Prof. Pauli griff zum Telefon, orderte den Kaffee und wartete bis sich sein Gast gesetzt hatte, um danach ebenfalls Platz zu nehmen.

»Darf ich fragen, wie Sie auf mich gekommen sind?«

»Nun, Sie stehen im Branchenbuch unter dem Buchstaben F ziemlich weit vorne.«

»Verstehe«, sagte Trond, wenig überzeugt, denn er kannte das Branchenbuch und wusste, dass allein unter dem Buchstaben A ein gutes Dutzend Detekteien eingetragen waren. Der Dekan, ein aufmerksamer Beobachter und Menschenkenner, begann zu lächeln und schob eine weitere Erklärung nach.

»Nein, ich will ehrlich zu Ihnen sein. Ich habe einen Bekannten im Justizministerium gefragt, wen er mir empfehlen würde, wenn ich jemanden suchte, der viele Kontakte und wenig Skrupel hat. Der Mann hat keine Sekunde überlegt und Ihren Namen genannt.«

»Ich vermute, Sie wollen das als Kompliment verstanden wissen«, knurrte Trond und beschloss, die Gelegenheit zu nutzen, um sich eine Zigarette anzuzünden, was der Akademiker mit Entsetzen zur Kenntnis nahm. »Sie sagten, es ginge um einen Mitarbeiter Ihres Instituts, der verschwunden ist, einen Dr. Jäger.«

»De Jager, Professor de Jager«, korrigierte ihn der Dekan, während er fieberhaft überlegte, welcher Gegenstand in Reichweite seines Gastes sich als Aschenbecher gebrauchen ließe. »Richtig. Das ist unser Problem. Professor de Jager ist unauffindbar und es gelingt uns nicht, Kontakt zu ihm aufzunehmen. Daher sind wir in Sorge. Es handelt sich um einen ausgesprochen zuverlässigen Kollegen, der seit sehr vielen Jahren hier im Institut tätig ist. Er hat ein Forschungssemester eingelegt. Das bedeutet, er unterrichtet zurzeit nicht. Daher ist uns seine Abwesenheit zunächst nicht aufgefallen. Erst als bekannt wurde, dass auch sein Assistent verschwunden ist, haben wir einige Recherchen angestellt.« Der Dekan war bemüht, einen professionellen Eindruck zu vermitteln. Er schilderte den Sachverhalt so, als seien Vorgänge dieser Art an der Tagesordnung. Dabei verrieten seine Hände, dass dem nicht so war. Sie suchten nervös nach etwas, mit dem sie sich beschäftigen konnten, und rückten Blätter und Stifte auf dem pedantisch aufgeräumten Schreibtisch zurecht.

»Es verdichten sich die Anzeichen, dass wichtige Unterlagen aus dem Institut verschwunden sind. Wir haben, wie ich bereits erwähnte, die Polizei informiert, die eine Vermisstenanzeige aufgenommen hat, uns aber erklärte, dass dies keine umfassenden Nachforschungen zur Folge haben würde, sofern keine Anzeichen für ein Verbrechen vorlägen. Diese Anzeichen gibt es, glücklicherweise möchte ich hinzufügen, nicht. Trotzdem sind wir beunruhigt und daher haben wir beschlossen, uns an jemanden zu wenden, der weiterführende Recherchen anstellen kann.«

Trond nickte väterlich. »Können Sie mir etwas über das Forschungsgebiet von Prof. de Jager sagen? Woran hat er gearbeitet?« Die Asche von Tronds Zigarette begann sich hinter der Glut beängstigend zu krümmen und der Dekan arbeitete fieberhaft an der Frage der Entsorgung. Er war sichtlich erleichtert, als seine Vorzimmerdame mit einem Tablett in der Hand erschien.

»Ah, sehr schön, da sind ja die Erfrischungen.« Dr. Pauli räumte einen Teil seines Schreibtisches frei, um Platz für das Tablett zu schaffen. »Und einen Aschenbecher bitte, schnell.«

Seine Sekretärin sah ihn hilflos an.

»Nun machen Sie schon.«

Sie verließ den Raum hastiger, als sie ihn betreten hatte. Trond, dessen Blick ihr gefolgt war, wandte sich wieder dem Dekan zu, wobei die Asche seiner Zigarette abfiel, was ihn aber nicht weiter bekümmerte. Er warf einen amüsierten Blick auf das zierliche Tässchen, das offensichtlich für den Kaffee bestimmt war. Trond war eindeutig der Bechertyp.

Der Dekan, er hatte den Absturz der Zigarettenasche verärgert zur Kenntnis genommen und einen besorgten Blick auf den Boden geworfen, nahm den Gesprächsfaden wieder auf.

»Wo waren wir stehen geblieben? Ach ja, Sie fragten nach dem Fachgebiet von Professor de Jager. Er ist hier am Institut mit Hirnforschung befasst. Ein für Laien nur sehr schwer verständliches Spezialgebiet, nichts Spektakuläres, zellphysiologische Grundlagenforschung.«

Trond schien mit der Antwort nicht zufrieden, denn er sah den Dekan an, als erwarte er eine ausführlichere Antwort auf seine Frage. So entstand eine peinliche Pause, in der Trond ein Experiment mit der Oberflächenspannung von heißem Kaffee durchführte. Er goss Milch in die Tasse, bis diese randvoll war, und schaufelte anschließend drei gehäufte Löffel Zucker hinzu. Die Oberfläche des Getränks wölbte sich beängstigend, hielt aber stand, zumindest so lange, bis Trond mit dem Löffel hineinstach und wild zu rühren begann, vermutlich mit der Absicht, nach Abschluss des ersten Tests auch noch das Fassungsvermögen der Untertasse experimentell zu ermitteln. Der Dekan tat sich sichtlich schwer damit, das grobe Treiben seines Gastes mit dem feinen Porzellan zu ertragen und gleichzeitig dessen Erwartung einer detaillierten Antwort zu erfüllen.

Trond hatte den Rührvorgang mittlerweile abgeschlossen und führte das von seinem ursprünglichen Geschmack weitestgehend befreite Getränk umständlich mit zwei Fingern zu seinem Mund, wobei er sich weit nach vorne beugte, um der tropfenden Spur Gelegenheit zu bieten, sich auf dem Boden und nicht auf seiner Kleidung auszubreiten. Laut schlürfend sog er das Getränk auf, was sich als überflüssige Vorsichtsmaßnahme erwies, da das Heißgetränk durch die übermäßige Zufuhr von Milch diese Bezeichnung eigentlich nicht mehr verdiente. Dann war er bereit, die Konversation wieder aufzunehmen.

Die Sekretärin hatte mittlerweile einen Aschenbecher aufgetrieben, den sie vor Trond auf den Schreibtisch stellte. Er nickte kurz und drückte seine Zigarette aus, das heißt, er drückte sie nicht ganz aus. Genau genommen knickte er lediglich die Glut ab, die so noch etwas vor sich hinkokeln konnte. Die Hand des Dekans zuckte mehrmals in Richtung des qualmenden Störenfrieds, gab aber schließlich auf, nachdem er sich erfolgreich eingeredet hatte, dies sei eine Prüfung und das rücksichtslose Verhalten seines Gastes im Grunde genommen eine Qualifikation, die sich im Laufe seiner Ermittlungen durchaus als ein Vorteil erweisen könnte. Ja, genau so würde es sein.

»Sie waren gerade dabei zu erklären, worin die Forschungsarbeit von diesem de Jager bestanden hat.«

»Ja genau, wie ich bereits erwähnt habe, handelt es sich um Hirnforschung, ein Forschungsgebiet, das, lassen Sie es mich so formulieren, etwas abseits des öffentlichen Interesses liegt, nicht ganz einfach zu verstehen ist und nur für eine sehr begrenzte Anzahl von Fachleuten eine gewisse Relevanz hat. Ich möchte Sie hier nicht mit Details und Fachtermini langweilen, zumal ich selbst kein Biologe bin und auch nur sehr rudimentäre Kenntnisse auf diesem Fachgebiet habe.«

Trond versuchte, seinen Kaffeelöffel auf dem Zeigefinger zu balancieren, wobei er alle zwei Sekunden korrigierend eingreifen musste.

»Auf jeden Fall«, fuhr der Dekan fort, während er mit einem Auge das ungeschickte Hantieren des Privatermittlers besorgt verfolgte, »haben wir eine Mappe mit Informationen für Sie zusammengestellt. Fotos des Gesuchten, Auszüge aus seiner Personalakte, alle wesentlichen Fakten, die Sie benötigen.«

Der Dekan zog ein Schubfach seines Schreibtisches auf, holte eine Mappe hervor und reichte sie Trond, der daraufhin seinen Löffel fallen ließ.

»Pardon«, entschuldigte er sich, kroch unter den Tisch, wo er sich etwas länger als notwendig aufhielt, was dem Dekan aber nicht auffiel. Als Trond wieder auftauchte, legte er den Löffel mit einem Anflug von Schuldbewusstsein wieder auf die immer noch überschwemmte Untertasse. Dann nahm er die Mappe an sich und blätterte sie zügig durch.

»Da steht nichts über sein Forschungsgebiet«, stellte er lapidar fest.

Der Dekan begann, nervös auf seinem Sessel hin und her zu rutschen.

»Ich möchte nicht unhöflich erscheinen, aber wie ich bereits erwähnt habe, hat sich Professor de Jager mit äußerst komplexen Fragen der Prionenforschung befasst. Es gibt auf diesem Planeten vielleicht eine Handvoll Personen, die in der Lage sind, diese Arbeiten zu bewerten. Ich gehöre nicht dazu und ich bezweifle, dass Sie verstehen würden, um was genau es dabei geht. Außerdem kann ich nicht sehen, welche Bedeutung das für Ihre Ermittlungen haben sollte. Wir möchten lediglich, dass Sie den Professor finden und uns seinen Aufenthaltsort mitteilen. Vielleicht sind wir ja zu naiv, aber wir hatten gehofft, Sie könnten, mit welchen Methoden auch immer, einfach herausfinden, wo er sich aufhält.«

»Ich habe einen norwegischen Migrationshintergrund«, entgegnete Trond und sah sein Gegenüber schweigend an, als ob diese Aussage alles erklären würde. Der Dekan hielt Tronds Blick stand, jetzt vollends davon überzeugt, den falschen Mann für die Aufgabe ausgewählt zu haben.

»Das ist interessant, aber …«

Trond unterbrach den Dekan mit einer herrischen Geste. »Das bedeutet, ich stamme in direkter Linie von Wikingern ab. Wikinger sind ein stolzes und kriegerisches Seefahrervolk, das keinen großen Beitrag zur Welt der Wissenschaften geleistet hat. Den ruhmreicheren Teil unserer Geschichte sind wir plündernd durch die Welt gezogen. Das führt zu so etwas wie einer natürlichen Verachtung von Autoritäten, die einem erzählen wollen, dass alles zum Besten steht und man sich keine Gedanken über Dinge zu machen braucht, von denen man nichts versteht.«

»Nichts lag mir ferner, als respektlos erscheinen zu wollen«, beeilte sich der Dekan, zu erklären.

»Sehr gut. Reden wir also Klartext. Es gibt zwei Möglichkeiten. Erstens: Das Verschwinden Ihres Mitarbeiters hat nichts mit seiner Arbeit am Institut zu tun. Vielleicht ist er mit seinem Assistent oder dem Forschungsetat durchgebrannt. In diesem Fall werden drei Tagessätze ausreichen, um die Sache aufzuklären. Oder – Möglichkeit zwei – es besteht ein Zusammenhang zwischen seiner Arbeit und seinem Verschwinden. In diesem Fall muss ich so viel wie möglich über die Arbeit Ihres geschätzten Professors erfahren, weil ich nur so in Erfahrung bringen kann, ob er sich: Möglichkeit zwei a, davongemacht hat, um sein Wissen anderweitig zu versilbern, oder, Möglichkeit zwei b, und jetzt wird die Geschichte aufwändig, entführt worden ist, weil ein Dritter an seinen Kenntnisse interessiert ist. Das ist die Ausgangssituation. Und in solchen Fällen pflege ich nach einer altbewährten Bullenmethode vorzugehen, die da heißt: Alle Möglichkeiten in Betracht ziehen und alle Spuren verfolgen. Und da Möglichkeit eins aus meiner Sicht eher unwahrscheinlich ist, erwarte ich von Ihnen Auskunft darüber, woran genau Dr. de Jager gearbeitet hat, und wer außer den besagten Fachleuten sonst noch an seinen Forschungen interessiert sein könnte.«

Der Dekan war durchaus beeindruckt von der schnellen Auffassungsgabe seines Gegenübers. Andererseits wollte er sich nicht in die Defensive drängen lassen und konterte daher spitz:

»Ich habe Ihr Anliegen bereits verstanden, bevor Sie in Ihre amüsante Vernehmungssprache verfallen sind.«

Trond lächelte breit und spreizte die Finger seiner Hand auf dem Tisch, wodurch diese noch prankenhafter erschienen.

»Dann sind wir uns ja einig.«

»Gut, wenn Sie meinen, dass detaillierte Informationen über das Forschungsgebiet des Professors für Ihre Ermittlungen von Belang sind, werden wir Ihnen gerne einige Auszüge seiner Publikationen zur Verfügung stellen. Außerdem werde ich ein Treffen mit Dr. Fechtner veranlassen, einem Biologen aus unserem Institut, der Ihren Wissensdurst sicherlich wird stillen können.«

Der Dekan erhob sich, um das Gespräch zu beenden. »Kann ich sonst noch etwas für Sie tun?«

»Nein, ich denke das reicht fürs Erste.«

Er klopfte mit den Fingerknöcheln auf den Schreibtisch, wohl in der Annahme, dies sei eine im universitären Umfeld übliche Verabschiedungsgeste, stand auf, und verließ das Büro.

Kaum hatte der Privatermittler das Büro verlassen, betraten Frau Dr. Keitel und Dr. Mitscherlich das Arbeitszimmer des Dekans. Sie überraschten den Institutsleiter kniend vor seinem Schreibtisch, beim Versuch, die Kaffeeflecken auf dem Boden mit einem Papiertaschentuch zu beseitigen. »Ein Malheur, wenn man sich nicht gleich drum kümmert, bleibt ein Fleck«, entschuldigte sich der Dekan, bot seinen Gästen einen Platz an und ließ sich erschöpft in seinen Schreibtischsessel fallen. Er betätigte die Kommandotaste seines Telefons.

»Einen Cognac bitte, Frau Sauermann.« Er blickte seine Gäste an und drückte eine weitere Taste seines Telefons, um die Freisprechfunktion abzuschalten. »Ich weiß, es ist eigentlich noch zu früh, aber Sie hatten ja Gelegenheit, unserer Konversation zu folgen. Möchten Sie auch einen?«

Frau Dr. Keitel schlug die Beine übereinander und lächelte breit.

»Nein, danke.«

Auch Herr Mitscherlich winkte ab.

Frau Sauermann brachte den Cognac. »Wenn Sie so freundlich wären …«, bemerkte der Dekan und deutete auf den Aschenbecher. Seine Sekretärin nahm ihn an sich und verließ das Zimmer.

»Ich muss zugeben, ich bin etwas verwirrt. Ich bin den Umgang mit dieser«, der Dekan zögerte einen Moment, »Personengruppe nicht gewohnt. Was ist Ihre Meinung?«

Frau Dr. Keitel beugte sich etwas nach vorne. »Ich denke, wir haben den richtigen Mann für die Aufgabe ausgewählt. Er ist grob, instinktgeleitet, distanzlos und er hat Biss. Außerdem eilt ihm der Ruf voraus, nicht besonders ehrgeizig zu sein. Bezahlen Sie ihn pauschal dafür, dass er den Professor findet. Dann wird er schnell arbeiten und nicht so tief in die Materie vordringen, dass er unser Projekt gefährden könnte.«

»Ich fürchte, ich kann Ihren Optimismus in dieser Sache nicht teilen«, bemerkte der Anwalt. »Der Kerl hat sofort einen Zusammenhang zwischen dem Verschwinden des Professors und seiner Forschungsarbeit hergestellt. Das spricht für seine Fähigkeiten als Ermittler und gegen die These, dass wir uns keine Sorgen machen müssen.«

Frau Dr. Keitel zog es vor, die Anmerkungen von Dr. Mitscherlich nicht zu kommentieren, obwohl sie ganz offensichtlich nicht seiner Meinung war.

»Und was sollen wir bezüglich der von ihm geforderten Informationen tun?«, fragte der Dekan.

»Geben Sie ihm etwas Fachliteratur, am besten in Englisch. Daran kann er sich die Zähne ausbeißen. Das mit Dr. Fechtner war eine gute Idee. Nach diesem Gespräch wird er keine Ambitionen mehr verspüren, tiefer in die Welt der Wissenschaft einzutauchen.«

Der Dekan wandte seinen Blick dem Anwalt zu. »Da kann ich Frau Dr. Keitel nur zustimmen«, erwiderte dieser.

»Aber was ist mit dem Prometheus-Projekt? Müssen wir unsere Partner vom Verschwinden des Professors in Kenntnis setzen? Aus juristischer Sicht?«

Frau Dr. Keitel war froh, dem Anwalt die Beantwortung dieser Frage überlassen zu können.

»Aus juristischer Sicht besteht kein Anlass, Ihre Partner in der jetzigen Phase der Verhandlungen zu informieren. Das würde sie nur verunsichern. Wir sollten versuchen, etwas Zeit zu gewinnen. Dieser Trond Faksen sollte die verlangten Informationen zeitnah erhalten, damit er schnell zu Ergebnissen kommen kann. Wenn die Ergebnisse vorliegen, können wir anhand der neuen Faktenlage entscheiden.«

Der Dekan nickte. »Das klingt plausibel. Frau Dr. Keitel?«

»Nur die notwendigsten Informationen an den Ermittler, keine Informationen an unsere Partner«, resümierte sie und fuhr nach einer kurzen Denkpause fort: »Um eine dezente Verzögerung des Projektes kümmere ich mich selbst. Keine Infos in dieser Sache an diesen Privatdetektiv.«

»Und Sie meinen, er wird keine Schwierigkeiten machen?«, fragte der Anwalt.

»Ich denke nicht.«

»Wenn ihr euch da mal nicht täuscht«, murmelte Trond, zog seinen Ohrstöpsel heraus, startete den Wagen, und fuhr los.

Stade Malien Bamako

Die Straßen waren wie leergefegt, was in Bamako so viel bedeutete, dass man es in Sichtweite nur mit Hunderten statt mit Tausenden von Fahrzeugen zu tun hatte und daher ab und an in den zweiten Gang schalten konnte. Der kam ansonsten nur bei Fahrten außerhalb der Stadt zum Einsatz. Man kam also halbwegs zügig voran, vorausgesetzt, man beherrschte die richtige Technik, die *Gendarmes couchés*, die liegenden Polizisten, zu überfahren. Diese von einer völlig ahnungslosen Behördenseele zur Verkehrsberuhigung gedachten Straßenschwellen mussten ab einer gewissen Geschwindigkeit schräg angefahren werden, da man ansonsten Gefahr lief, dass es einem die Vorderachse abriss.

Swartsman beherrschte diese Technik wie kein Zweiter. Er genoss die leeren Straßen und bewegte seinen Peugeot in Richtung Café du Sport. Das Radio lief. Bamako führte 2:1 gegen den AS Douanes aus dem Senegal. Der Moderator sprach die Namen der Spieler aus, als handele es sich um Heilige. »Mahamadou Sidibé zu Ibrahim Thiam, der tänzelt zwei Gegenspieler aus und passt in die Spitze, Abdoulaye Camara versucht, Cédric Kanté in Szene zu setzen, etwas zu kurz. Jetzt ein Konter. Kann Bamako den Vorsprung über die verbleibenden zwanzig Minuten retten?«

Swartsman erreichte das Café, vor dem eine beängstigende Anzahl von Mopeds geparkt war. Er stellte den Peugeot in der Seitenstraße neben dem Café ab und legte als Diebstahlschutz einen dreckigen Lappen über den sichtbaren Teil des Radios. Vor dem Lokal drängten sich die Kids um den zerfledderten Lautsprecher, den der Wirt an einem geflickten Kabel aus dem Fenster gehängt hatte – für die Sportbegeisterten, die sich das Bier drinnen nicht leisten konnten. Swartsman schob sich an den sans bières vorbei und ließ den Wagenschlüssel durch seine Finger gleiten wie ein Pilger seine Gebetskette. Nicht dass es dieser Geste bedurft hätte, um sich Zutritt zum Café zu verschaffen, nein, Swartsman war bekannt hier, eine angesehene

Persönlichkeit. Er war der beste Fitter Bamakos. Kein gewöhnlicher Automechaniker, sondern jemand, der es verstand, jedes greifbare Ersatzteil passend zu machen. Das Getriebe eines alten Mercedes in einen Peugeot einbauen? Kein Problem. Ebenso wenig, wie die Antriebswellen eines Transporters in ein Taxi zu verpflanzen. Swartsman galt als Magier in diesen Dingen, was nicht weiter verwunderlich war, denn Gerüchte besagten, dass sein Großvater Deutscher war. Hinter vorgehaltener Hand wurde gemunkelt, sein Großvater sei damals vom Himmel gefallen, was natürlich völliger Unsinn war. Trotzdem tat Swartsman nichts, um diesen Gerüchten entgegenzutreten.

Der Kupfermann nickte ihm zu. Auch er war ein angesehener Mann, da er Kontakte zu Aushilfsarbeitern der Firma hatte, die versuchte, im Vorort ein Kraftwerk zu bauen. Dank dieser Kontakte wusste der Kupfermann, wo die Leitungen vergraben wurden, die man dann ausbuddeln und an den Metallwarenhändler verscherbeln konnte.

Swartsman hatte sich bis zur Theke vorgearbeitet. FouFou kam mit Nachschub bepackt aus dem Lager. Er war kaum größer als ein sitzender Hund, konnte aber zwei Kisten auf einmal schleppen. FouFou arbeitete umsonst und durfte dafür die Reste aus den Flaschen trinken, was ihm an Tagen wie diesem einen veritablen Vollrausch einbrachte. Außerdem bekam er durch seine Arbeit als Erster Zugriff auf die Schnapsleichen, die am Hintereingang gefleddert wurden. Das war der Grund, warum er Klamotten trug, in die er, wenn er mit dem Saufen so weitermachte, niemals hineinwachsen würde. FouFou erkannte Swartsman und deutete auf das Ende der Theke. Die Menge vor Swartsman geriet tumultartig in Bewegung. Tor für Senegal, aus abseitsverdächtiger Position, aber das Tor wurde gegeben. So viel konnte er der Kakophonie von Verwünschungen entnehmen. Die Menge forderte den Kopf des Schiedsrichters.

Swartsman erreichte das Ende der Theke und spendierte einem Platzhalter zwei Bier, woraufhin dieser seinen Hocker räumte. Der Mechaniker ließ seinen Blick über die aufgebrachte Menge schweifen. Fußball interessierte ihn nicht sonderlich, aber es war ein kulturelles Großereignis und bot somit eine gute Gelegenheit, Kontakte zu knüpfen. Genau deshalb war er hier. Er sondierte das Terrain. Die üblichen Schnorrer und Tagediebe. Swartsman erkannte einige der Kids aus der Nachbarschaft, Drogba, der seinen Spitznamen einem Fußballtrikot verdankte, das er Tag und Nacht trug, und seine Gang waren da. Wenige Meter von der Gang entfernt, bemerkte Swartsman einen jungen Chinesen, der sich in der Nähe des Ausgangs aufhielt und deutlich weniger am Geschehen auf dem Bildschirm interessiert war als an Drogba und seiner Bande. Swartsman fixierte ihn, und als sich ihre Blicke trafen, war Swartsmans Neugierde geweckt. Ein schwuler Chinese? Vielleicht. Ganz sicher aber ein verrückter Chinese, denn in einem Laden wie dem Café du Sport als Asiate allein aufzuschlagen, war für sich schon ein Wagnis, dabei aber einer Gruppe junger Männer nachzustellen, war ein selbstmörderisches Unterfangen. Swartsman behielt diesen Teil der Theke im Auge, so wie ein Naturfotograf eine vielversprechende Jagdszene beobachtet. Vielleicht würde der Tag ja noch einen exotischen Ausklang bekommen. Swartsman hatte noch nie einen Chinesen allein an einem Ort wie diesem gesehen. Chinesen mieden die Öffentlichkeit und traten wenn, dann stets in Gruppen auf. Auch mieden sie Plätze, an denen Afrikaner verkehrten. Sie blieben lieber unter sich und zeigten sich in der Öffentlichkeit nur, wenn es sich nicht vermeiden ließ. Darin unterschieden sich die neuen Herren, wie sie von den islamischen Predigern gerne genannt wurden, von den europäischen Ausländern, die ganz offen die sonnige Seite der Straße für sich beanspruchten. Den Chinesen fehlte der offen zur Schau getragene herrische neokoloniale Auftritt, sie agierten im Verborgenen.

Die Menge im Café geriet erneut in Aufruhr. Das Spiel wurde unterbrochen. Ein Sufi, er betreute die Jugend- Fußballmannschaft des Viertels und genoss ein gewisses Ansehen, weil er dank seiner Verbindungen Karten für den Africa Cup organisieren konnte, heizte die Menge auf und stimmte Hasstriaden gegen den Schiedsrichter an, den er bezichtigte, ein Christ zu sein, der den Ungläubigen zum Sieg verhelfen wolle. Dass der Senegal ebenso wie Mali ein islamisches Land war, schien im Café du Sport niemanden zu interessieren.

Swartsman hatte Mühe, der Übertragung zu folgen. Wie es schien, war ein Strafstoß gegen Stade Malien Bamako verhängt worden und für einen Moment wurde es beängstigend leise im Café. Alle Augen richteten sich auf Soumbeyla Diakite, den Keeper, der auch das Tor der Adler, so nannte sich die Nationalelf, hütete. Gegen den Strafstoß des Senegalesen, den der Moderator nicht einmal namentlich nennen wollte, war er jedoch machtlos. Noch drei Minuten. Swartsman wusste, was jetzt passieren würde, und beschloss, das Feld zu räumen. Er sah sich um. Der Chinese würde in Schwierigkeiten geraten, wenn Stade Malien das Spiel verlor, so viel war sicher, aber er war verschwunden, ebenso wie Drogba und seine Gang. Schlaues Kerlchen, sei's drum. Swartsman verließ das Café und ging zu seinem Wagen. Vielleicht würde er es nach Hause schaffen, bevor die aufgebrachte Menge über die Stadt herfallen würde.

Er war kaum einen Block weit gekommen, als er feststellen musste, dass er sich gründlich verschätzt hatte. Mit langen Stangen bewaffnete Horden drangen bereits jetzt laut grölend in die Geschäfte der Ausländer ein und trieben sie durch die Straßen. Um sich in Sicherheit bringen zu können, blieb den Überfallenen nichts anderes übrig, als dem Mob ihre Habe zu überlassen. Das bedeutete einen wichtigen Zeitgewinn für Swartsman. Erst wenn die Läden der Ausländer geplündert waren, würde sich die Menge über die Autos hermachen und sie anzünden. Es blieb also wenig Zeit. Swartsman hatte sich zwei Blocks in Richtung seiner Werkstatt vorgearbeitet, als er den Chinesen aus dem Café du Sport bemerkte, der von einer Gruppe Jugendlicher verfolgt wurde. Der Chinese lief mit hohem Tempo, ohne durch seine Verfolger in Panik zu geraten. Ab und zu sah er sich kurz um und erhöhte das Tempo, sobald er den Eindruck hatte, dass seine Verfolger Boden gut machten. Wie es schien, hatte er die Situation unter Kontrolle. Swartsman zögerte. Neben dem Chinesen angekommen, verlangsamte er das Tempo und riss die Beifahrertür auf. Der Flüchtende betrachtete Swartsman, überlegte einen Moment, sah sich noch einmal um und sprang dann in den fahrenden Wagen. Steine und Stöcke prasselten auf das Fahrzeug nieder, während sie das Weite suchten.

Swartsman gab Gas. »Nach hinten und unter die Decke«, kommandierte er. Der Chinese tat, wie ihm befohlen. Die Unruhen hatten ein besorgniserregendes Ausmaß angenommen. Überall waren Menschen zu sehen, die Stoffballen, bunte Eimer, Hausrat oder Elektrogeräte aus den demolierten Läden schleppten. Einige versuchten, Swartsman anzuhalten, und boten ihm einen Teil ihrer Beute als Gegenleistung für den Transport an. Er winkte ab. Schließlich erreichten sie sein Viertel. Hier war es etwas ruhiger, da es sich um ein rein afrikanisches Quartier handelte.

Swartsman stieg aus, zog das Metalltor auf, fuhr den Wagen in die Werkstatt und verriegelte das Tor mit einer schweren Eisenkette. Der Chinese lugte aus dem Wagen, duckte sich jedoch wieder, als Swartsman ihm ein Zeichen gab. Seydou trieb sich manchmal am Sonntag in der Werkstatt herum, um kleinere Arbeiten auf eigene Rechnung zu erledigen. Erst als Swartsman sich vergewissert hatte, dass außer ihnen niemand hier war, befreite er den Asiaten aus seinem Versteck im Fond des Wagens.

Der Chinese bedankte sich in einem erbärmlichen Französisch.

»Keine Ursache«, sagte Swartsman. »Das ist ein gefährliches Spiel, das du da spielst. Du bist der einzige Chinese, den ich kenne, der sich allein in der Stadt herumtreibt.«

Der Angesprochene zuckte mit den Schultern und sah sich in der Werkstatt um.

»Mach dir mal keine Sorgen, ich habe schon eine Idee, wie du dich revanchieren kannst«, sagte Swartsman, aber der Chinese reagierte nicht.

»Hast du auch einen Namen? Ich bin Swartsman.«

»Li Bao«, sagte der Chinese.

Swartsman schlenderte zum Kühlschrank, eine Eigenkonstruktion, die er mithilfe einiger Lkw-Batterien vor den regelmäßig auftretenden Stromausfällen geschützt hatte, und holte zwei für hiesige Verhältnisse perfekt temperierte Flaschen Bier.

»Gehörst du zu der chinesischen Baufirma?«

»Welche Baufirma?«

»Na die, die das Stadion gebaut hat.«

»Nein.«

»Aber du kennst die Firma.«

Li Bao nickte.

Ein paar Minuten Small Talk würden ausreichen, um herauszufinden, ob Swartsman dem Chinesen näher kommen konnte. »Wie hieß der Laden gleich noch?«

»CAFEC«, antwortete Li Bao.

»Und was bedeutet das?«

China Africa Engineering Company. Ist ein staatlicher Baukonzern. Jeder Chinese kennt ihn.«

Swartsman war sichtlich bemüht, ein Gespräch in Gang zu bringen, aber der Chinese machte es ihm nicht gerade leicht. »Die Chinesen sind nicht besonders beliebt hier, ich meine, bei der Bevölkerung.«

»Kann schon sein.«

»Was machst du? Ich meine …«

»Alles, was ansteht, kleinere Jobs.«

»Aber sicher doch für die Chinesen?«

»Hab' nichts mit denen zu schaffen«, sagte Li Bao und bediente sich wie selbstverständlich an den Zigaretten, die auf dem Tisch lagen.

»Natürlich nicht, du bist schließlich einer von uns, das sieht doch jeder«, scherzte Swartsman.

»Das sind Kaderchinesen, Funktionäre und Geschäftemacher.«

»Und die chinesischen Arbeiter? Warum habt ihr keine Afrikaner beschäftigt, als ihr das Stadion gebaut habt? Das ist hier nicht gut angekommen.«

»Das sind keine Arbeiter«, knurrte Li Bao.

»Keine Arbeiter?«

Li Bao schüttelte den Kopf, sah aber keinen Anlass für eine ausführliche Erklärung.

»Genau das ist der Grund, warum euch niemand leiden kann«, dachte Swartsman. »Ihr Chinesen macht, was ihr wollt, und haltet es nicht für nötig, irgendjemandem irgendetwas zu erklären.« Swartsman spürte eine mittelschwere Verärgerung in sich aufsteigen, unterdrückte diese aber, da der Hintern des Chinesen eine echte Versuchung darstellte und er die Hoffnung noch nicht aufgegeben hatte, sich seinen Gast gefügig zu machen.

»Was soll das bedeuten, keine Arbeiter? Ich meine, sie haben Helme getragen und gearbeitet.«

»Das waren Sträflinge«, erklärte Li Bao ungerührt, als sei dies das Selbstverständlichste auf der Welt.

»Woher willst du das wissen?«

»Ich weiß es eben.«

Swartsman beugte sich neugierig zu seinem Gast vor und sah ihn lange an. »Du warst einer von ihnen, stimmt's?«

Li Bao hielt dem Blick des Afrikaners stand, ohne auch nur das Anzeichen einer Reaktion zu zeigen, antwortete jedoch nicht.

Swartsman ließ sich nach hinten in seinen Sitz fallen, knallte seine Pranke auf die Lehne des Sessels und lachte.

»Chinese und Ex-Sträfling, ohne Papiere, ohne Freunde – Das sind gleich vier Handicaps, du hast wirklich Nerven. Das muss man dir lassen.«

Swartsmans Instinkt, eigentlich eine zuverlässige Instanz, rührte sich nicht, obwohl er Grund genug gehabt hätte, Alarm zu schlagen. In den vergangenen Jahren war er zu oft ignoriert worden, und zwar immer dann, wenn Swartsmans Libido ins Spiel kam. Genau dieses Szenario zeichnete sich gerade ab. Damit war der Ärger vorprogrammiert. Swartsman und der Ärger waren zwei unzertrennliche Gefährten, die sich selten aus den Augen verloren. Folglich konnte Swartsman nicht anders als anzumerken:

»Du kannst ein paar Tage hierbleiben, wenn du willst. Bis sich die Unruhen gelegt haben.«

Li Bao nickte. »Danke.«

Von draußen drang Lärm ins Zimmer. Swartsman lugte durchs Fenster. Er deutete auf die Gruppe Jugendlicher aus dem Café du Sport, die laut grölend an der Werkstatt vorbeizog und Beutestücke ihres Raubzuges wie Trophäen schwenkte.

»Da sind deine Freunde wieder.«

Li Bao warf einen flüchtigen Blick auf die Truppe. Der Anführer trug ein blaues Fußballtrikot des FC Chelsea. Auf dem Rücken die Nummer 11 und darüber den Namen Drogba. Er zog die Augenbrauen hoch und beobachtete genau, in welcher Baracke die Truppe verschwand.

»Keine Gefahr«, stellte der Fitter fest, »die werden den Krempel verhökern und sich dann betrinken.«

»Hast du wenigstens Geld?«, wollte Swartsman wissen.

»Ich komm schon klar, das soll dein Problem nicht sein.«

»Das bezweifle ich stark, aber du musst wissen, was du tust. Noch ein Bier?«

Li Bao begab sich zurück zu seinem Platz und nickte.

Recherchen vor Ort

Trond saß in seinem Wagen, die Lehne weit zurückgefahren und blies den Zigarettenrauch durch das halb geöffnete Fenster nach draußen. Er gab eine Kurzwahl in sein Autotelefon ein.

»Overkott.« Die Stimme des Mannes am anderen Ende der Leitung klang geschäftig und desinteressiert zugleich.

»Trond Faksen.«

»Du schon wieder.«

»Was heißt schon wieder, wir haben drei Monate nicht mehr telefoniert.«

»Schon wieder bedeutet, dass es jedes Mal Ärger gibt, wenn du anrufst, und mein Bedarf an Ärger ist für heute mehr als gedeckt.«

»Trotzdem würde ich mir ein wenig mehr Entgegenkommen und Respekt wünschen.«

»Leider kann man der Pest nicht mit Höflichkeit und Respekt begegnen. Also, was liegt an?«

»Ich brauche ein Telefonprofil. Der Mann heißt Prof. Rob de Jager, wohnt in Heidelberg, Bussardweg 6. Die letzten sechs Monate, mobil und Festnetz.«

»Du hast wohl den Schuss nicht gehört. Völlig unmöglich. Dazu brauche ich eine richterliche Verfügung.«

»Für eine offizielle Ermittlung braucht man eine richterliche Verfügung. Das ist aber keine offizielle Ermittlung. Ich habe dich angerufen, weil du Ausbildungsleiter bist. Mach eine Übung daraus und fertig. Ich muss dir ja wohl nicht erklären, wie das geht, oder?«

Overkotts Stimme wechselte ansatzlos von herrisch auf versöhnlich. »Mann, das ist nicht mehr wie früher, man kann nicht mehr einfach so im Privatleben von unbescholtenen Bürgern herumschnüffeln, die Zeiten haben sich geändert.«

»Blödsinn, nichts hat sich geändert.« Trond missfiel die mangelnde Kooperationsbereitschaft Overkotts und er hielt den Zeitpunkt für angebracht, schwereres Geschütz aufzufahren. »Hör zu, ich habe keine Lust, das hier mit dir zu diskutieren. Ich habe auch keine Lust, mir jedes Mal, wenn ich mich melde, dein Gemaule anzuhören. Ich habe damals für die gesamte Abteilung den Kopf hingehalten. Auch für dich. Wir haben eine Vereinbarung getroffen und ihr werdet euch verdammt noch mal an diese Vereinbarung halten. Ich will das Profil und du wirst es mir beschaffen. Mit oder ohne richterlichen Beschluss, das ist mir scheißegal. Und gewöhn dir einen anderen Ton an, wenn du mit mir sprichst. Ich bin kein Hausierer. Haben wir uns verstanden?«

»Okay, okay, lass stecken.« Der Widerstand am anderen Ende der Leitung war endgültig gebrochen.

»Gut. Und wenn du schon dabei bist, kannst du auch seine Kreditkarten checken. Alle Ausgaben der letzten sechs Monate. Hast du was zu schreiben?«

»Schieß los.«

Trond gab die Bankverbindung aus der Personalakte des Professors durch. »Brauchst du seine Passnummer?«

»Nicht nötig.«

»Die Kreditkartennummer bekommst du in einer Stunde. Wann hast du das Profil?«

»Ein, maximal zwei Tage, ich melde mich.«

»Sehr gut. Und grüß den Rest der Truppe.«

»Einen Teufel werd ich tun.«

Trond legte auf und brachte den Sitz wieder in eine aufrechte Position. Overkott, dieser Idiot. Trond erinnerte sich nur zu gut, wie er mit flehendem Blick auf seiner Schreibtischkante gesessen hatte, damals, 2004, als sie in der Zollinspektion des Frankfurter Flughafens die Revision am Hals hatten. Irgendwie waren die Jungs dahintergekommen, dass der Reinheitsgehalt des Kokains im Zentrallager im Verlauf der Einlagerung stark abgenommen hatte, von neunzig auf fünfundvierzig Prozent, wie eine Stichprobe der Innenrevision ergeben hatte. Niemand schmuggelte gestrecktes Kokain, also musste die verantwortliche Behörde dahinter stecken. Trond hatte ein abenteuerliches Konstrukt mit sich als Einzeltäter abgeliefert und die Kollegen so vor dem Schlimmsten bewahrt. Als Gegenleistung hatte er den Reptilienfonds und die Zusage einer zeitlich unbegrenzten Kooperation der Abteilung erhalten. Traurig, dass er diese Zusage jetzt schon mit Gewalt einfordern musste.

Trond sah sich um. Dann stieg er aus und näherte sich der Doppelhaushälfte mit der Nummer 6. Das Schloss hielt Tronds Bemühungen nicht lange stand und sprang auf. Er betrat das Haus, als sei es sein eigenes, sich beiläufig vergewissernd, dass ihn niemand beobachtete. Die Garderobe in der Diele war verwaist. Der Spiegel sauber, keine Spur von Staub. Er betrat das Bad. Kein Raum verriet mehr über seine Bewohner als das Bad. Eckbadewanne, zweisitzig mit Whirlpoolfunktion, großzügige Duschkabine, Toilette und Bidet. Perfekt sauber, keine Wasserflecken an den Armaturen, kein Stäubchen auf den Ablagen. Nichts, was darauf hindeutete, dass der Raum in den vergangenen Tagen genutzt worden wäre. Zu sauber jedoch für ein verlassenes Haus. Es roch nach Reinigungsmitteln. Ganz offensichtlich war jemand vor nicht allzu langer Zeit hier gewesen und hatte geputzt. Es lagen keinerlei Gebrauchsgegenstände offen herum. Trond öffnete den verspiegelten Toilettenschrank. Gesichtscreme, Shampoo, Spülung für trockenes, an der Wurzel fettendes Haar. Was es nicht alles gab. Kein Aftershave, kein Rasierschaum, aber ein Einwegrasierer. Trond klopfte den Ladyshave vorsichtig auf die Glasplatte und betrachtete die winzigen Haarpartikel. »Brünett«, murmelte er und pustete die Spuren beiseite. Dann ordnete er alle Gegenstände exakt wieder so an, wie er sie vorgefunden hatte, und verließ das Bad.

Ungläubig betrachtete Trond das Wohnzimmer. Nicht, dass ein ordentliches Wohnzimmer ihn in Erstaunen versetzen konnte. Jedes Wohnzimmer in der Ersten Welt war ordentlicher als sein eigenes. Aber dieses hatte etwas erschreckend Besonderes. Es sah aus wie der Ausstellungsraum eines Möbelhauses. Rotes Ledersofa eines namhaften Herstellers, Designertisch, filigrane Regale. Jedes Möbelstück und jedes Detail war hochwertig und dabei vollkommen austauschbar. Keine persönliche Note, nichts, was auf einen speziellen Menschen mir speziellen Vorlieben oder Wünschen hindeutete. Ein Prospektmotiv, steril und kalt auf Maximalkonsens getrimmt. Eine Einrichtung, die versuchte, alle anzusprechen, aber niemanden wirklich interessierte. Dazu ein 42 Zoll-Flachbildschirm, eine Mittelklasse-Stereoanlage mit einem Dutzend »Best Of«-Titeln sowie einigen wenigen Klassiktiteln. Weniger als nichts, der typische Mittelklasseeinrichtungsscheiß. Die Wohnung einer Person ohne Persönlichkeit. Trond begab sich ins obere Stockwerk und öffnete verschiedene Türen bis er das Büro gefunden hatte. Verglaster Aktenschrank, abgeschlossen. Wuchtiger Schreibtisch, ebenfalls abgeschlossen, die Oberfläche so sauber, dass kein Unfallchirurg gezögert hätte, hier eine Not-OP durchzuführen. Ein Multifunktions-Drucker, kein Computer. Trond schaltete den Drucker an, holte seinen Handheldcomputer aus der Tasche, verband ihn mit dem USB-Port des Druckers und startete ihn. Die Software würde eine Weile brauchen, um den Speicher zu kopieren. Trond ließ sich in den Schreibtischstuhl fallen, der nach neuesten ergonomischen Gesichtspunkten gestaltet war. Eine Wohltat für seine Bandscheiben. Er unterdrückte den Impuls, die Beine auf den Schreibtisch zu werfen und wandte sich stattdessen der Telefonanlage zu. Er drückte auf die Wahlwiederholungstaste des Telefons und betrachtete das Display, auf dem eine Nummer erschien. Er notierte die Nummer. Dann holte er sein Handy hervor und wählte die Nummer.

»Reisebüro Voggenreiter, Militz, was kann ich für Sie tun?«

»De Jager, entschuldigen Sie die Störung.« Trond räusperte sich, um einige Sekunden zu gewinnen. Mehr brauchte es in der Regel nicht für einen Geistesblitz. »Ich sitze gerade an den Steuern und kann Ihre letzte Rechnung nicht mehr finden, ich suche nur den Rechnungsbetrag und das Datum.«

»Wollen Sie eine neue Rechnung?«

»Nein, nein, sie ist ja schon bezahlt. Ich brauche nur den Betrag und das Datum, für meine Steuererklärung.«

»Ich bin nur die Praktikantin, ich weiß nicht, ob ich das telefonisch machen darf.«

»Es freut mich zu sehen, dass Sie verantwortlich mit den Daten Ihrer Kunden umgehen«, säuselte Trond. »Aber in diesem Falle sind es meine eigenen und Sie würden mir eine große Freude machen. Ich muss die Unterlagen morgen beim Finanzamt abgeben.«

»Wie sagten Sie, war Ihr Name?«

»Professor de Jager, Bussardweg 6. Sie können mich auch unter meiner Festnetznummer zurückrufen, wenn Sie wollen.«

»Einen Moment bitte, ich rufe zurück.«

Trond legte auf und lächelte, sicher, die junge Dame überzeugt zu haben. Er fand den Ordner mit den Kreditkartenauszügen, blätterte, bis er gefunden hatte, was er suchte, und nahm einen Beleg aus dem Ordner. Dann kontrollierte er seinen Handheld und nickte zufrieden, als der Kopiervorgang abgeschlossen war. Er steckte das Kabel ein und wollte den Drucker wieder ausschalten, als sein Blick auf einen kleinen Bilderrahmen fiel, der verdeckt auf dem Regal lag. Das Telefon klingelte.

»De Jager.«

»Reisebüro Voggenreiter, wir haben telefoniert. Ich habe den Vorgang gefunden. Das war im Oktober. Einen Moment bitte, der Rechnungsbetrag war 947 Euro.«

»947? Sind Sie sicher?«

»Ja, nach Lanzarote, einfach, Hotel Casa del Embajador.«

»Ich danke Ihnen. Sie haben mich gerettet.«

»Keine Ursache. Auf Wiedersehen, Herr de Jager.«

Trond legte auf, notierte den Namen des Hotels und nahm dann den Bilderrahmen an sich. Er betrachtete das Foto. Es zeigte eine junge Dame, Anfang zwanzig, etwas pausbackig, in der üblichen Urlaubspose neben einem älteren Herrn, beide lächelnd. Im Hintergrund eine Hotelanlage der gehobenen Mittelklasse. »Der letzte Urlaub mit dem Herrn Papa«, murmelte Trond, nahm das Bild aus dem Rahmen, legte es auf den Drucker und kopierte es. Anschließend kopierte er den Kontoauszug und legte das Original zurück in den Ordner. Dann platzierte er das Bild sorgfältig wieder im Regal. Zufrieden mit seiner Beute, ließ er noch einmal seinen Blick durch den Raum schweifen und verließ das Haus, nicht ohne den Medoc an sich genommen zu haben, der ihm im Weinregal der Speisekammer aufgefallen war.

Ein Souvenir

Swartsmans Kunden kamen im Minutentakt in die Werkstatt, um ihre offenen Rechnungen zu begleichen. Es war, als stünde das Jüngste Gericht unmittelbar bevor und jeder wolle die Gelegenheit nutzen, seine irdischen Belange zu regeln, bevor es zu spät sein würde. Längst vergessene Freunde meldeten sich und schleppten Aufmerksamkeiten in flüssiger und fester Form herbei, die, in Ermangelung geeigneter Stellfläche, längst große Teile des Bodens von Swartsmans Büro einnahmen. Jeder Gast fand freundliche Worte für den König der Fitter, mehr als der angesehenste Bürger Bamakos auf seiner Trauerfeier hätte erwarten dürfen.

Swartsman nahm die Aufmerksamkeiten entgegen wie ein Warlord die Loyalitätsbekundungen des unterlegenen Gegners: Souverän und emotionslos.

Jeder der Gäste hatte neben dem Umschlag mit dem Geld und der Aufmerksamkeit einen Zettel mitgebracht, den Swartsman, nachdem er die Tilgung der Schulden in seinem Kassenbuch vermerkt hatte, kurz überflog und auf den Stapel legte. Ein Kabelbaum Toyota Celica, Hinterachse 7-er BMW, Scheinwerfer Peugeot 406, Einspritzpumpen, Radaufhängungen, Getriebe, Bordelektrik, Scheiben, Dichtungen, Schalter, Spiegel, Sicherungen, Anlasser, Lichtmaschinen, Zylinderköpfe, Auspuffkrümmer, kurzum das ganze Geraffel, das notwendig war, um den altersschwachen Fuhrpark zusammenzuflicken, der sich tagtäglich durch die Staubmetropole Malis quälte und dem an jedem anderen Platz auf der Welt die Schrottpresse sicher gewesen wäre. Hier jedoch war der Autoschrott Garant für die Mobilität der Menschen und damit ein bedeutender Wirtschaftsfaktor. Die Fitter hielten den fahrbaren Schrott in Bewegung und Swartsman war der König der Fitter, einer Zunft, die nur auf dem schwarzen Kontinent anzutreffen ist und die entfernt etwas mit dem zu tun hat, was man im Rest der Welt als Automechaniker bezeichnen würde. Dabei war ein Fitter bedeutend mehr als ein simpler Automechaniker. Ein Fitter war Magier, Konstrukteur, Werkstoffkundler und Improvisationskünstler in einer Person. Wer sonst konnte ein Peugeotgetriebe an einen Toyotamotor flanschen und die Kraft mittels einer Lkw-Kardanwelle auf ein Chevrolet-Differenzial übertragen? Wer konnte Kolben für Zylinder gießen, die seit Jahrzehnten auf keiner Ersatzteilliste mehr aufgeführt waren? Wer Abstreifringe aus Kupferdrähten fertigen? Niemand konnte das, außer eben die Fitter.

Die Fitter von Bamako waren die Besten auf dem ganzen Kontinent und Swartsman war ihr ungekrönter König. Er hatte die Fähigkeit, Motoren zum Leben zu erwecken, bereits als Kind erworben und war als Zwölfjähriger schon allein zu seinen ersten Kunden geschickt worden. Das Geheimnis seiner außerordentlichen Fähigkeiten stand als Slogan, bemerkenswerterweise in englischer Sprache, über seiner Werkstatt geschrieben: »German Engineering.«

Swartsmans Großvater war ein deutscher Flugzeugmechaniker gewesen, den es in den neunzehndreißiger Jahren nach Mali verschlagen hatte und der über eine ganze Reihe von Talenten verfügte, von denen Swartsman einige geerbt hatte.

Doch dieser Nimbus der mechanischen Unfehlbarkeit war nicht die Ursache für den Auflauf in seiner Werkstatt. Vielmehr hatte es sich in ganz Bamako herumgesprochen, dass Swartsman im Besitz eines Visums und quasi bereits auf dem Weg nach Deutschland war, um Teile zu beschaffen. Diese Gelegenheit wollte sich niemand entgehen lassen. Die Aussicht, Zugriff auf schwer zu beschaffende Ersatzteile zu erhalten, wollte jeder in der Stadt, der auch nur im Entferntesten etwas mit Autos oder Motoren zu tun hatte, nutzen. So kam es, dass sich nicht nur die Kunden, Kollegen und entfernten Bekannten des Fitters in der Werkstatt einfanden, sondern auch Kleinspediteure, Taxiunternehmer und Händler. Die weniger gut Informierten unter ihnen waren in Begleitung von jungen Damen mit zweifelhaftem Ruf gekommen, um ihrem Anliegen Nachdruck zu verleihen. Swartsman nahm auch deren Wunschzettel entgegen und legte sie auf den Stapel, allerdings ohne die Offerte auch nur eines Blickes zu würdigen.

Als fast der gesamte Boden seines Büros mit Aufmerksamkeiten bedeckt war, beendete Swartsman seine Audienz. Seydou, sein Faktotum, betrachtete das Flaschenmeer ungläubig. Nie zuvor hatte er einen vergleichbar großen Schatz gesehen. Swartsman kratzte seinen Bauch und überlegte.

»Nimm dir ein paar Flaschen.« Eine beiläufige Geste erklärte das Ende der Audienz.»Und hol Didier vom Café du Sport her. Er soll sich das Zeugs ansehen und mir einen guten Preis machen.«

Seydou nickte und verschwand mit seiner Beute. Swartsman begleitete ihn zur Tür, nicht aus Höflichkeit, sondern um sicherzugehen, dass er sich auch tatsächlich auf den Weg machen würde. Dann verrammelte er das Tor. Ihm blieb eine Stunde, wenn Seydou sich gleich über die Flaschen hermachen würde, und davon konnte man ausgehen, drei, vielleicht sogar vier Stunden. Genug Zeit, um sich einem Problem zuzuwenden, das dringend beseitigt werden musste. Vorher war an eine Abreise nicht zu denken.

»Dieser verdammte Chinese«, fluchte Swartsman leise vor sich hin, während er alle noch freien Fenster mit Laken verhängte. »Hängt hier zwei Tage ab, ziert sich wie eine Primadonna und entpuppt sich dann als ein Monster. Ich sollte froh sein, dass er mich nicht im Schlaf gekillt hat.« Er ging in die Werkstatt und vergewisserte sich, dass auch hier alle Türen verschlossen und alle Fenster verhängt waren. Dann räumte er den Schrott neben dem Altöltank beiseite und zerrte eine Zinkwanne hervor, auf die er am Morgen provisorisch eine Metallplatte geheftet hatte. Er löste die Platte mit einigen heftigen Hammerschlägen, schob sie beiseite und betrachtete die kopflose Leiche. Er überlegte, ob er den Toten entkleiden sollte. Die Leiche trug ein blaues Chelsea-Trikot mit der Nummer 11, darunter stand der Name Drogba. Er verwarf diese Idee, kramte die Säbelsäge aus der Werkzeugkiste, setzte die Schutzbrille auf und begann, den Leichnam zu zerteilen. Dieser verdammte Chinese. Er würde ihn eigenhändig erwürgen, wenn er ihn noch einmal in die Finger bekäme. Nicht zu fassen. Da soll einer schlau werden aus diesen Typen. Man rettete ihnen den Hals, beherbergte sie für ein paar Tage und dann verschwanden sie ohne ein Wort und hinterließen einem eine kopflose Leiche. Was waren das für Manieren? Eine Leiche zurückzulassen, das war schon unhöflich, man hatte seinen Müll zu beseitigen, wenn man ging, aber warum zum Teufel hatte er den armen Kerl geköpft? Versteh einer die Asiaten.

Swartsman hatte das erste Bein abgetrennt, legte es ordentlich neben den Rumpf und begab sich an das zweite. So wie es schien, war der Chinese mit dem Kopf seines Opfers zu Fuß durch die Stadt spaziert. Nicht zu glauben. Nachdem Swartsman die unteren Extremitäten abgetrennt und ordentlich neben dem Rumpf platziert hatte, legte er sein Werkzeug beiseite und holte den Samsonite-Koffer, den er eigens zu diesem Zweck auf dem Basar erstanden hatte. Dann stopfte er den Toten in einen Müllsack und stopfte ihn in den Koffer. Wirklich eine praktische Erfindung, diese Rollkoffer. Er wuchtete das Gepäckstück in den Kofferraum seines Peugeot und beseitigte alle Spuren, die auf die vorübergehende Anwesenheit des Fußballfans hätten hindeuten können. Schließlich stieg er in den Wagen und machte sich auf den Weg zum Fluss.

Auf dem Rückweg, er hatte sich zur Entspannung ein Sixpack gegönnt, kam zum ersten Mal so etwas wie Vorfreude auf seine Reise auf. Er kannte Deutschland, war bereits zweimal dort gewesen und verfügte über die richtigen Kontakte. Die Schrotthändler, die beiden Container, alles war vorbereitet. Und dann war da noch die Stadt. Diese unglaubliche Stadt. Er bedauerte, niemanden zu haben, dem er erzählen konnte, was dort in den Clubs und den Darkrooms vor sich ging. Es hätte ihm auch niemand geglaubt. Was für ein Land! Alles verlief geordnet und geregelt. Die Fußgänger blieben vor den roten Ampeln stehen und konnten unbehelligt bei Grün die Straße überqueren. Niemand kam im Verkehr zu Schaden. Man konnte nachts gefahrlos durch den Park gehen, die Häuser hatten Gärten, die Gartenmöbel auf der Veranda wurden nicht gestohlen und auf den Fensterbänken standen Blumenkästen. Allerdings, auch das Paradies hatte seine Schattenseiten. Mal eben an den Fluss fahren, um eine kopflose Leiche zu entsorgen, die ein Freund in der Werkstatt liegen gelassen hatte, das konnte man in Deutschland nicht. Dafür gab es Sex mit wem man wollte. Besonders einfach mit Männern. An eigens dafür eingerichteten Orten, und zwar ohne sie auch nur ansprechen zu müssen. Dabei wäre das kein Problem gewesen. Swartsman sprach ausgezeichnet Deutsch. Sein Großvater hatte es ihm beigebracht. Er hatte ihm überhaupt alles beigebracht. Schon als kleiner Junge hatte er ihm geholfen, die Motoren instand zu setzen. »Motor.« Das war das erste Wort gewesen, das er gesprochen hatte und damit war seine Bestimmung klar. Er hatte es einfach im Blut. Es war direkt von seinem Großvater auf ihn übergegangen. Die Natur hatte es dabei für angebracht gehalten, eine Generation zu überspringen. Sein Vater, Nangila, was so viel bedeutete wie »auf einer Reise geboren«, war ein Nichtsnutz. Ein Säufer, der sich bald nach Swartsmans Geburt aus dem Staub gemacht und den der Großvater weggejagt hatte, als er nach Jahren noch einmal ins Dorf gekommen war. Dieser freundliche alte Mann hatte ihn gelehrt, dass Motoren eine Seele haben und dass man diese Seele hören kann. Er benutzte einen alten Schalltrichter, um die großen Maschinen einzustellen. Er tat das nur nach dem Gehör und Swartsman beherrschte diese Kunst ebenfalls. Er brauchte keine Tabellen und Messgeräte, um Zündzeitpunkt oder Vergaser einzustellen. Das Ohr war sein Messgerät. Er hörte, ob der Motor zu mager lief oder ein Zylinder zu spät zündete. Der Großvater hatte den Jungen gelehrt, das Rattern des Ventilspiels – wie eine Nähmaschine – vom Klackern der mechanischen Benzinpumpe zu unterscheiden – dumpfer, mit deutlich geringerer Drehzahl.

Swartsman erreichte seine Werkstatt, öffnete das Tor, fuhr den Wagen in den Hof und legte die Kette vor. Ein Bier war übrig. Er öffnete es und schlenderte in sein Zimmer.

Er schaltete die Musik an und tänzelte durch den Raum. Ein tiefes Gefühl der Zufriedenheit erfasste ihn. Er war der Mann, der jedes Problem lösen konnte.

Gespräch auf dem Campus

Trond wartete im Vorzimmer des biologischen Instituts inmitten von Studenten, die an einer plausiblen Erklärung dafür arbeiteten, warum sie erst jetzt ihre Scheine abholten, die sie bereits vor drei Semestern erworben hatten, oder um Klausurergebnisse nachzuverhandeln. Die weiblichen Studenten erschienen in Begleitung von Kommilitoninnen, an denen sie ihre Argumentation testeten. Die männlichen Studenten nutzten das Handy zum gleichen Zweck. Trond verfolgte die Gespräche mit großem Interesse. Er konnte eine gewisse Anspannung in den Gesichtszügen der Studenten erkennen.

Dieselbe Anspannung, die in den Gesichtern der Verdächtigen zu erkennen war, bevor sie ins Vernehmungszimmer gebeten wurden. Hier, wie auch beim Zoll, schien es darum zu gehen, einen Ermessensspielraum zwischen der korrekten Handhabung einer Vorschrift und der aktuellen Situation abzustecken. Das Muster war immer gleich und es lief immer auf eine Beleidigung der Intelligenz des jeweils anderen hinaus.

Trond hatte während der Jahre, in denen er als Zollfahnder Verhöre durchgeführt hatte, eine Theorie entwickelt, die in keinem Lehrbuch verzeichnet war. Diese Theorie markierte vier verschiedene Gruppen von Verdächtigen. Die Ängstlichen, die Befreiten, die Überlegenen und die Dummdreisten. Sobald er sich darüber im Klaren war, zu welcher der vier Gruppen der Verdächtige gehörte, wandte er eine eigene Vernehmungsstrategie an.

Die Ängstlichen, das waren diejenigen, die einer Organisation angehörten, von der eine größere Bedrohung ausging als vom bundesdeutschen Strafverfolgungsapparat. Drogenkuriere zum Beispiel. Sie schwiegen und waren aus Angst um ihr Leben durch nichts auf der Welt dazu zu bewegen, Informationen über ihre Hintermänner auszuplaudern. Für die Ängstlichen hatte Trond eine eigene Vorgehensweise entwickelt, die zwar ganz und gar nicht dem offiziellen Verfahren entsprach, bei wohlwollender Auslegung der Dienstvorschrift jedoch als legal betrachtet werden konnte. Zigarettenschmuggler. Die arbeiteten in kleinen Gruppen. Ging den Zollfahndern eine solche Gruppe ins Netz, so wurde eine Person isoliert. Trond verfrachtete diese Person bereits am Tatort in seinen zivilen PKW, während die anderen in einem vergitterten Personentransporter aufs Revier geschafft wurden. Die anderen wurden in eine Gemeinschaftszelle gesteckt und abwechselnd vernommen. Die isolierte Person wurde nicht verhört und erhielt eine deutlich erkennbare Sonderbehandlung. Einzelzelle, Zigaretten und verlängerten Hofgang. Nach spätestens zwei Tagen war die isolierte Person »reif«. Tronds Vernehmungstrick bestand darin, dass er seinem Opfer suggerierte, er sei weniger an den Hintermännern interessiert als vielmehr daran, die Händler von der Straße zu bekommen. Er hatte zu diesem Zweck einige Zeitungsausschnitte über Vergeltungsaktionen gegen Kollaborateure dabei. Trond informierte die isolierte Person darüber, dass die Presse in der kommenden Ausgabe über wichtige neue Erkenntnisse berichten werde, ohne Details zu nennen. Dann händigte er dem Verdächtigen, dem nun klar wurde, dass er diese Meldung nicht überleben würde, seine persönliche Habe aus.

Mit der zweiten Kategorie von Verdächtigen war es wesentlich einfacher. Die Befreiten waren Gelegenheitsschmuggler, die unter derart großem Druck standen, dass sie ihre Verhaftung als Erleichterung empfanden und ohne großes Zutun alle Details ausplauderten.

Interessanter war der Umgang mit den Überlegenen. Sie gingen in der Regel ein kalkulierbares Risiko ein und ließen sich kaum unter Druck setzen. Der Trick im Umgang mit den Überlegenen bestand darin, ihre Eitelkeit zu berücksichtigen,. Die Überlegenen arbeiteten nach einem System, mit dem sie glaubten, der Strafverfolgung entgehen oder diese zumindest so weit abmildern zu können, dass die Konsequenzen für sie tragbar werden würden.

Mit dieser Personengruppe war Trond besonders vertraut. Er hatte die Fähigkeit, den dummen Bullen zu spielen und die Verdächtigen so weit zu bringen, dass sie von sich aus, nur um ihn zu provozieren und um ihre Überlegenheit auszuspielen, Details über ihr System verrieten, die Trond dann gegen sie verwenden konnte.

Die Dummdreisten waren diejenigen, die vorgaben, entweder nicht von der Strafbarkeit ihres Tuns gewusst zu haben oder behaupteten, die gefundenen Gegenstände noch nie gesehen zu haben. Dieser Gruppe ordnete Trond die Mehrzahl der im Flur wartenden Studenten zu.

Schließlich wurde er in das leere Büro des Biologen gebeten.

Dr. Fechtner war zwar kein Verdächtiger, aber es galt, Informationen aus dem Wissenschaftler herauszulocken, die Trond nützlich sein würden. Und Fechtner hielt sich zweifellos für einen Überlegenen. Das brachte seine Position am Institut mit sich, und das galt es auszunutzen.

Trond lief in Dr. Fechtners Büro auf und ab und versuchte, anhand der Verspätung, die sein Gesprächspartner ihm zumutete, seinen eigenen Stellenwert abzulesen. Zwanzig Minuten, damit befand er sich auf dem Respektniveau eines Versicherungsvertreters. Sehr gut.

Als Dr. Fechtner sein Büro betrat und Trond begrüßte, gab er den Gehetzten und entschuldigte sich wenig überzeugend für seine Verspätung. Trond überraschte ihn mit dem Vorschlag, auf dem Campus spazieren zu gehen und dort etwas zu plaudern. Dr. Fechtner willigte ein, nicht ohne das Zeitfenster festzulegen, das er für ihr Gespräch eingeplant hatte: »Maximal eine Viertelstunde.«

»Erzählen Sie mir etwas über das Forschungsgebiet von Professor de Jager«, begann Trond, als sie ins Freie traten.

»Prof. de Jager hat es sehr geschickt verstanden, ein Wissensvakuum für sich zu nutzen«, begann Dr. Fechtner. »Nach meiner persönlichen Einschätzung allein, um auf sich und seine Forschungsarbeit aufmerksam zu machen. Es geht, wie immer in solchen Fällen, um Geld, um Forschungsgelder.« Dr. Fechtner dozierte und es kam ihm nicht ansatzweise in den Sinn, Trond bei seinem Vortrag anzusehen, vielmehr sprach er ins Leere, während sie die Treppe vor dem Institut hinabstiegen und ins Freie gelangten. »Sie müssen sich Folgendes vergegenwärtigen: Die Forschungsetats in öffentlichen Einrichtungen sind begrenzt. Es gibt weitaus mehr Forschungsprojekte als Gelder, um diese zu finanzieren. Also muss öffentliches Interesse generiert werden, um an diese Forschungsgelder heranzukommen. In dieser Frage ist Prof. de Jager sehr geschickt vorgegangen. Das muss man ihm lassen, ausgesprochen geschickt.« Dr. Fechtner nickte, ohne Trond dabei anzusehen. Eine Spur von Bewunderung klang in seiner Stimme durch. »Man muss Folgendes wissen: Prionen sind nahezu unerforscht. Vor Jahren kam dann diese Sache mit dem Rinderwahnsinn auf. Der Name allein sagt schon alles: Rinderwahnsinn. Das ist ein Pressewort. Kein Wissenschaftler würde so ein Wortmonster erfinden. Aber genau das war das Problem. Für die Wissenschaft war das ein völlig neues Thema, über das niemand etwas Konkretes sagen konnte. Damals sind Prionen für kurze Zeit in den Fokus des öffentlichen Interesses gelangt und de Jager verlegte seine wissenschaftliche Arbeit auf dieses Themengebiet. Damals war das eine große Sache. Nicht nur für die Presse, sondern auch für die Wissenschaft. Alle mussten umdenken. Bis zum Auftreten der BSE-Krankheit, das ist die wissenschaftliche Bezeichnung für den Rinderwahnsinn, war sich die Wissenschaft darüber einig, dass nur Bakterien, Viren und Pilze Infektionen auslösen könnten. Als dann die ersten BSE-Fälle analysiert wurden, war man nicht wenig erstaunt, feststellen zu müssen, dass die Ursache außerhalb der gelernten Muster zu finden war. Damals hat man herausgefunden, dass auch Prionen Infekte auslösen können.«

»Und diese Organismen waren bis dahin völlig unbekannt?«, fragte Trond.

Dr. Fechtner schüttelte energisch seinen Kopf. »Nein, nein, nein, darum geht es doch die ganze Zeit. Prionen sind keine Organismen, es sind Aminosäureketten, Proteine, biologische Bausteine. Wie soll ich Ihnen das bloß erklären?«, er atmete tief durch.

Der Biologe blieb stehen und sah seinen Gesprächspartner an. Plötzlich entspannten sich seine Gesichtszüge. Das Angespannte in seinen Augen verschwand und er brachte sogar etwas zustande, das entfernt an ein Lächeln erinnerte. Mit der Stimme, die man aufsetzt, um einem Kind einen Sachverhalt zu erklären, fuhr er fort: »Sie müssen sich das so vorstellen. Es gibt Organismen und es gibt biologische Bausteine. Organismen sind wie Maschinen. Stellen Sie sich einen Rasierapparat vor oder einen Flugzeugträger. Die Größe spielt keine Rolle. Beide Maschinen dienen einem Zweck. Bei Maschinen wird dieser Zweck von Menschen vorgegeben. Der Rasierapparat entfernt Bartstoppeln, der Flugzeugträger bewegt Teile einer Streitmacht auf dem Meer. Biologische Organismen verfolgen auch einen Zweck. Und zwar alle denselben: Arterhaltung. Biologische Bausteine sind Teile von biologischen Organismen, sie folgen keinem eigenen Programm, sie folgen dem Programm des biologischen Organismus, in den sie integriert sind. Das, was einen biologischen Organismus auszeichnet, ist seine DNA. Das ist das Programm, nach dem der Organismus funktioniert, die Blaupause. Ein biologischer Baustein hat keine DNA, er ist Bestandteil eines Organismus, wie das Rad der Bestandteil eines Wagens ist. Um in diesem Bild zu bleiben: Prof. de Jager hat sich in seiner Veröffentlichung zu der These hinreißen lassen, das Rad würde die Laufrichtung des Wagens bestimmen. Und das ist, höflich ausgedrückt, schlicht und ergreifend Unsinn.«

Trond nickte und überlegte, wie er seinem Gesprächspartner weitere Details entlocken konnte. »Und weil das Thema BSE in der Öffentlichkeit kein Interesse mehr findet, hat Prof. de Jager eine neue Theorie entwickelt?«

Dr. Fechtner sah sich um, so als wolle er sicherstellen, dass niemand Ohrenzeuge seiner Äußerungen werden würde.

»Wenn Sie meine persönliche Meinung wissen wollen: Genau das ist der Grund. Prof. de Jager muss jetzt, wo das Thema niemanden mehr interessiert, um seinen Etat fürchten. Vor diesem Hintergrund ist jede noch so abstruse These willkommen. Prof. de Jager hat sich eine Wissenslücke zunutze gemacht. Im menschlichen Gehirn gibt es jede Menge Prionen, über deren Funktion niemand etwas Genaues weiß. Bei der Erforschung des Rinderwahnsinns geht es um eine pathogene Form von Prionen, wir sprechen von dominanten Prionen. Das sind die, die Infekte auslösen können. Jetzt hat de Jager eine Theorie über die Funktion nicht pathogener Prionen aufgestellt und schon springt die Wissenschaftsjournaille an. So einfach ist das. Oder, um es mit Brecht auszudrücken, wenn die Sonne tief steht, werfen auch Zwerge lange Schatten. Und im Fall der Prionenforschung steht die Sonne genau einen Daumen breit über dem Horizont, wenn Sie verstehen, was ich meine.«

Dr. Fechtner war mit seinem kurzen Vortrag sehr zufrieden. Er nickte, während er lief, so als wolle er hinzufügen: Ich habe dich durchschaut, lieber Kollege. Mag der Rest der Welt fasziniert sein von deinem wissenschaftlichen Scharfsinn, mir kannst du nichts vormachen.

Dem Biologen gelang es nur mit Mühe, das wahre Ausmaß seiner Verärgerung zu verbergen, und Trond beschloss, diesen Nerv noch etwas zu reizen.

»Ich verstehe nichts davon, wie Sie schon bemerkt haben werden, aber wie können Sie sich so sicher sein, dass er falsch liegt? Ich meine, er hat den Artikel schließlich nicht in einer Schülerzeitung veröffentlicht, sondern in einem international renommierten Magazin.«

»Ich möchte Sie nicht desillusionieren, Herr …«

»Faksen«, half ihm der Angesprochene aus,

»... aber mit dem Wissenschaftsjournalismus verhält es sich nicht anders als mit der Tagespresse. Mal gibt es viel zu berichten, dann wieder weniger, und jeden Monat braucht man eine Titelstory.«

»Das habe ich verstanden«, bemerkte Trond. »Aber woran genau hat Professor de Jager geforscht?«

»Da gibt es einen seltsamen Widerspruch, der anscheinend aber keinen interessiert.« Dr. Fechter vergewisserte sich, dass niemand in ihrer unmittelbaren Nähe zuhören konnte. »Eigentlich sollte es in seiner Arbeit darum gehen, zu erforschen, welche Rolle Prionen bei der Informationsübertragung vom Kurzzeit- ins Langzeitgedächtnis spielen. Ein gerade für die Pharmaindustrie sehr interessantes Thema. Jeder kennt das Phänomen der abnehmenden Lernfähigkeit. Säuglinge und Kinder können in enorm kurzer Zeit unglaubliche Mengen an Informationen aufnehmen und langfristig speichern. Die Fähigkeit nimmt mit zunehmendem Alter ab. Ein altbekanntes Phänomen, das sich jedoch wissenschaftlich nicht genau erklären lässt. Wir wissen zu wenig darüber, wie das Gedächtnis funktioniert. Allerdings gibt es Belege dafür, dass Prionen bei diesem Prozess eine gewisse Rolle spielen. Nun stellen Sie sich vor, was es bedeuten würde, wenn der Mensch sein Leben lang wie ein Kind oder ein Jugendlicher lernen könnte. Ein sehr vielversprechender Ansatz, zum Beispiel für Apoplektiker.«

»Aber das hört sich doch ganz vernünftig an«, entgegnete Trond.

»Bis dahin schon. Nur kommen wir jetzt zu dem Widerspruch, den ich zu Beginn meiner Ausführungen erwähnt habe. Dieser Ansatz ist zwar der Gegenstand der Forschung von Professor de Jager, aber nicht der Gegenstand seines Fachartikels. In seinem Artikel ging es um etwas vollkommen anderes, nämlich um Verhaltensänderungen, die angeblich durch Prione verursacht werden.«

Dr. Fechtner setzte sich wieder in Bewegung, ab und zu den Gruß eines Studenten oder Kollegen erwidernd. Trond trottete in der Rolle des dummen Schülers hinter ihm her.

»Und diese Verhaltensänderungen haben einen Bezug zu Ihrer Arbeit?«

Der Biologe nickte und sah seinen Schüler an. »Genau das ist der springende Punkt. Hier wird aus einer falschen wissenschaftlichen These eine Manipulation. Prof. de Jager behauptet in seinem Artikel, einen neuen Prionenstamm isoliert zu haben, der eine Verhaltensänderung bei den infizierten Lebewesen verursache. Dabei hat er behauptet, dieser Prozess sei aus der Parasitologie, das ist mein Forschungsgebiet, bekannt. Mit dieser vollkommen aus der Luft gegriffenen Behauptung wollte er seine Theorie belegen. Ich will hier nicht zu sehr ins Detail gehen, aber Parasiten sind in der Lage, den Serotoninhaushalt ihrer Zwischenwirte zu manipulieren. Dadurch ändern sie deren Verhalten. Zum Beispiel kann ein Fluchtreflex ausgeschaltet werden oder das parasitierte Lebewesen bietet sich als Nahrung für den Endwirt an.« Jetzt war der Biologe in seinem Element. »Beispiel: Nehmen wir den kleinen Lanzettegel. Seine Larven müssen aus einer Schnecke über eine Ameise in einen Pflanzenfresser, damit sie sich entwickeln können. Das ist ein langer Weg. Die Larven werden von der Schnecke ausgeschieden. Eine Delikatesse für Ameisen. Die Ameise frisst die Larven und dann geschieht etwas Seltsames. Die erste Larve wandert in das Gehirn der Ameise, die anderen Larven in das Abdomen. Die Larve im Gehirn verändert das Verhalten der Ameise, die Larven im Abdomen entwickeln sich dort zu Zwischenlarven.«

»Das ist ja wie beim organisierten Verbrechen«, streberte Trond, um dem Wissenschaftler weitere Informationen zu entlocken.

»Genau. Also, die Ameise wandert einen Grashalm hoch. Normalerweise dreht sie um, wenn sie oben angekommen ist. Nicht so, wenn sie vom kleinen Lanzettegel befallen ist. Dann verbeißt sie sich oben an der Spitze in den Grashalm und wartet, bis sie gefressen wird. Im Darm des Pflanzenfressers entwickelt sich die Zwischenlarve zum Egel, vermehrt sich, scheidet ihre Larven aus, die von Schnecken gefressen werden, die sie wiederum ausstoßen und so weiter und so fort. Wie Sie vorhin schon angemerkt haben, haben wir es hier mit einem äußerst hoch entwickelten biologischen Kreislauf zu tun. Sie müssen nämlich wissen, dass Parasiten die eigentliche Triebfeder der Evolution sind. Aber das nur am Rande. Dieser Prozess hat nichts, aber auch gar nichts mit dem zu tun, was Prof. de Jager mit seinen Prionen zu bewirken behauptet. Wenn Sie Alkohol zu sich nehmen oder Drogen, so hat auch das eine Verhaltensänderung zur Folge. Auch dabei spielt Ihr Serotoninhaushalt eine Rolle, Sie werden es aber mit dieser Erkenntnis nicht auf das Titelblatt der *Science* bringen, so viel ist sicher.«

»Das ist sehr interessant. Gibt es auch Parasiten, die den Menschen befallen und bei ihm eine Verhaltensänderung auslösen?«

Dr. Fechtner überlegte einen Moment. Mit dieser Frage hatte er nicht gerechnet.

»Nein, der Mensch kann als Fehlwirt von Parasiten befallen werden, aber das führt zu keinen beabsichtigten Änderungen im Verhalten.«

Dr. Fechtner sah auf seine Uhr. »Ich fürchte, mehr meiner Zeit kann ich im Augenblick nicht erübrigen. Ich hoffe, ich habe Ihnen weiterhelfen können.«

»Ja, sehr. Eine letzte Frage noch. Können die Erkenntnisse von Prof. de Jager genutzt werden, um das Verhalten von Menschen zu manipulieren?«

Dr. Fechtner war verblüfft. Er zögerte einen Moment. Dann schüttelte er heftig den Kopf.

»Nein, das ist vollkommen ausgeschlossen. Der Weg von der experimentellen Phase im Labor zur Anwendung beim Menschen ist lang. Selbst wenn es gelänge, eine Veränderung im menschlichen Gehirn zu bewirken, so ist es vollkommen ausgeschlossen, diese Veränderung gezielt auf ein gewünschtes Verhaltensmuster hin anzuwenden. Davon war Prof. de Jager weiter entfernt als der Schneider von Ulm von der ersten Mondlandung.«

Trond nickte, bedankte sich und bemerkte im Gehen, aber laut genug, dass der Biologe es hören konnte: »Unwahrscheinlich, aber vielleicht doch nicht vollkommen ausgeschlossen.«

Der Schneider von Ulm

Obwohl Albrecht Ludwig Berblinger auf dem Weg zu seinem zweiten Flugversuch darauf verzichtet hatte, sich von Trompetern begleiten zu lassen, schienen die Straßen zur Adlerbastei von noch mehr Schaulustigen gesäumt zu sein als am Vortag. Da hatte er unter großem Tamtam denselben Weg schon einmal zurückgelegt. Anstelle der Trompeter begleiteten ihn jetzt vier Gendarmen, die dafür Sorge zu tragen hatten, dass niemand dem absonderlich aussehenden Flugapparat zu nahe kam, damit er nicht ein weiteres Mal, wie am Vortag geschehen, durch aufdringliche Gaffer beschädigt werden konnte. Die Reparatur der gebrochenen Strebe hatte fast die gesamte Nacht in Anspruch genommen und in der verbleibenden Zeit war an Schlaf nicht zu denken gewesen.

»Seht, der Delinquent wird zum Schafott geführt«, spottete einer aus der Menge. »Und das mit seinem eigenen Todesapparat«, grölte ein anderer.

Der Pöbel auf den Straßen war ausgelassener als am Vortag, da hatte man ihn schweigend, fast respektvoll bestaunt. Wunderliche Gerüchte waren von denjenigen verbreitet worden, die sich den Flugapparat im Gasthaus zum goldenen Kreuz angesehen und dafür die unverschämte Summe von drei Kronentalern gezahlt hatten. Heute konnte jedermann sehen, was das Schneiderlein in den vergangenen Jahren getrieben hatte, und niemand wurde enttäuscht. Die Gassenjungen lachten, tanzten um Albrecht Ludwig Berblinger herum und versuchten, einander mit grotesken Flügelschlagverrenkungen zu übertreffen, wobei sie grimassierend verschiedene Vogellaute nachahmten. Die Marktweiber betrachteten den dürren Mann, der seinen Gang durch die Menschenmassen genoss, verächtlich von der Seite. Was wusste der Mob schon von seiner Kunst. Ja, der Mensch konnte fliegen, die Gebrüder Montgolfier hatten es bewiesen, auch wenn sie ihr eigenes Leben niemals ihrem Fluggerät anvertraut hatten. Jetzt war es an ihm zu belegen, dass es dazu nicht zwingend eines

Heißluftballons bedurfte. Je mehr er sich der Adlerbastei näherte, desto ruhiger wurde es. Die Spannung lag spürbar in der Luft. Der Platz am Ufer war den besseren Ständen vorbehalten und diese verzichteten darauf, ihrer Skepsis lauthals Ausdruck zu verleihen. Nicht dass die Handwerksmeister und Kaufleute dem Schneider wohler gesonnen gewesen wären als der Mob, nein, dazu stand zu viel auf dem Spiel. Gestern war der Schneider bereits gescheitert. Zum Glück, so verlautete es aus gut informierten Kreisen, sei der König nicht verärgert gewesen, sondern habe 20 Louisdor gespendet, um den Schaden zu beheben. Trotzdem ging es um nichts Geringeres als um das Ansehen der Stadt. In den Gesichtern der Eingeweihten, die gestern noch vor Zuversicht strahlten, glaubte Berblinger heute Anzeichen von Verunsicherung zu erkennen, denn sie wichen seinem Blick aus. Die Eingeweihten, das waren die Mitglieder des Rates, der sich erst bereit erklärt hatte, den öffentlichen Flugversuch des Schneiders in Gegenwart des Königs zuzulassen, nachdem sie sich selbst, in aller Heimlichkeit, von der Flugfähigkeit seines Apparates überzeugt hatten. Das war bereits vor Wochen geschehen, auf dem Michelsberg, wo Berblinger in aller Herrgottsfrühe von einer Mauer am Weinberg aus eine Strecke von dreißig Metern geflogen war. Heute sollte es über die Donau gehen. Das war viermal so weit, folglich musste auch die Absprungrampe viermal so hoch sein wie auf dem Weinberg. Dieser Logik konnte der Rat folgen und stimmte daher zu, auf der Mauer der Adlerbastei am Donauufer ein Gerüst aufbauen zu lassen, um die geforderte Höhe zu erreichen. Stadtrat Kindervatter, der alte Fuchs, hatte jedoch darauf bestanden, diesen Beschluss des Rates nicht aktenkundig werden zu lassen, um im Falle eines Scheiterns nicht kompromittiert werden zu können. Der ganze Vorgang fand also mit Billigung, aber außerhalb der Verantwortung des Rates statt. Albrecht Ludwig Berblinger erreichte die Adlerbastei und begann die Stufen der Mauer zu erklimmen. Er erkannte den Bürgermeister und die Vertreter der Zünfte, die sich unweit der adeligen Herrschaften direkt neben dem Podest eingefunden hatten, um im Falle des Gelingens zur Stelle zu sein, um ihren Beitrag zu dem waghalsigen Unterfangen zu betonen. Weit genug entfernt aber, um sich im Falle eines Scheiterns schnell verflüchtigen zu können. Der Schneidermeister war kein Unbekannter im Rat. Er galt als kluger Kopf und emsiger Erfinder. Vor Jahren waren ihm, als Einzigem in seiner Zunft, vier Gesellenjahre erlassen worden, was ihn zum jüngsten Schneidermeister machte, der je den Ulmern seine Dienste angetragen hatte. Außerdem hatte er mit der Erfindung einer Beinprothese weit über die Stadtgrenzen hinaus von sich reden gemacht. Wenn ihm jetzt gelänge, was ihm zuvor auf dem Michelsberg schon einmal gelungen war, so würde das dem Ansehen der Stadt von Nutzen sein.

Albrecht Ludwig Berblinger lächelte, während er die Stufen erklomm, so als wolle er den Schaulustigen Mut machen. Er wusste nur zu gut, wie schnell die Stimmung umschlagen konnte. Vor wenigen Monaten war der Uhrmacher Jacob Degen bei einem angekündigten und gescheiterten Flugversuch nur knapp dem Pöbel entronnen, der ihn lynchen wollte. Berblinger hatte den Flugapparat des Uhrmachers genau studiert und seinen Konstruktionsfehler sofort erkannt. Er glaubte nicht daran, dass sich der Mensch durch Muskelkraft in die Lüfte würde erheben können. Aber er konnte segeln, und genau das würde er tun, sobald er das Gerüst erstiegen hatte.

Obwohl Berblinger sicher war, ein flugtaugliches Gerät entworfen und gebaut zu haben, hatte er sich doch, das mahnende Beispiel des Uhrmachers vor Augen, vom König selbst seine Unversehrtheit garantieren lassen. Friedrich I. war zwar bereits gestern nach dem abgebrochenen Flugversuch abgereist, wichtige Staatsgeschäfte, wie es hieß, aber sein Bruder, Herzog Heinrich von Wieblingen, war anwesend. Berblinger erkannte ihn auf dem abgesperrten Podest inmitten seines Gefolges. Er gab sich gelangweilt, so als ob öffentliche Flugvorführungen für ihn etwas vollkommen Alltägliches wären, ein lästiger Programmpunkt im Pflichtenheft eines Souveräns.

Berblinger hatte die oberste Plattform des Gerüstes erreicht und verschnaufte kurz. Da war er nun. Am Ziel seiner Träume, nein, am Ziel seines Traumes. Dieses einen Traumes, den er seit frühester Kindheit geträumt hatte, und der ihn bis heute von Zeit zu Zeit heimsuchte, wie ein guter Freund und ein geheimnisvoller Fremder zugleich. Dieser Traum war im Laufe der Jahre zu einer Obsession geworden, einer Besessenheit, der er alles geopfert hatte, was er besaß und was ihm lieb und teuer gewesen war. Und jetzt stand er hier, auf der Mauer der Adlerbastei. Er schloß die Augen, atmete ruhig, versuchte sich das ein oder andere Detail seines Traumes in Erinnerung zu rufen, was ihm jedoch nicht recht gelingen wollte. Keiner vor ihm hatte es so weit gebracht wie er, zumindest niemand, den er kannte. Er hatte diesem Moment alles geopfert, ohne Rücksicht auf die Folgen für sich und seine Lieben. Er hatte sein Haus verkauft, um den Flugapparat bauen zu können, woraufhin ihn seine Frau verlassen hatte, mit den Kindern. Seine Freunde hatten sich von ihm abgewandt, er hatte sein Geschäft vernachlässigt, alles für diesen Moment. Er sah in die Tiefe und vergewisserte sich, dass alle Halteriemen straff gezogen waren. Die Menge begann, unruhig zu werden. Berblinger hatte keine Ahnung, wie lange er schon auf dem Gerüst stand, sich langsam hin und her bewegend, um diese Kraft zu spüren, die ihn auf dem Weinberg davongetragen hatte.

Etwas war anders als auf dem Michelsberg. Der Apparat reagierte nicht. Was war das? Er hatte keine Ahnung. Er sah, wie der Herzog einen seiner Lakaien zu sich winkte und in Richtung des Gerüstes zeigte, woraufhin sich dieser im Laufschritt in Bewegung setzte. Es galt, den rechten Moment abzuwarten, so war es auch bei seinem Probeflug gewesen. Er war dagestanden und plötzlich hatte diese geheimnisvolle Kraft sich unter die Flügel seines Apparates gepresst und ihn davongetragen. War es der Wind? Nein, das konnte nicht sein, ein sanfter Wind war auch hier zu spüren, genau genommen war er sogar stärker als der Wind auf dem Weinberg.

Der Lakai hatte das Gerüst erreicht und redete auf einen der Gendarmen ein, der den Schneider auf das Gerüst begleitet hatte. Der Gendarm nickte und der Lakai machte sich behände auf den Rückweg. Aber es hatte zweifellos etwas mit dem Wind zu tun. Was war es, das ihn damals davongetragen hatte und das heute nicht zugegen war?

Während sich Albrecht Ludwig Berblinger über dieses Geheimnis den Kopf zerbrach, spürte er den Tritt im verlängerten Rückgrat, den ihm der Gendarm versetzte. Er verlor das Gleichgewicht und stürzte der kalten Donau entgegen. Der Schneider fiel wie ein Stein. Eine Ewigkeit lang. Er sah sich als kleinen Jungen, im Waisenhaus, wie er gierig das Mark aus den Knochen gesaugt hatte, die die anderen Kinder für ihn übrig gelassen hatten. Damals hatte alles begonnen. Damals hatte das schwächlichste Kind im Heim mit dem Mark eine Willenskraft aufgesogen, die ihn befähigte, seinen Traum gegen alle Widrigkeiten zu verwirklichen.

Nur diese Willenskraft und seine Erfindungsgabe reichten heute nicht aus und sein Traum zerplatzte jäh, als er, vom Gelächter der Anwesenden gedemütigt, in die kalte Donau stürzte.

Abrecht Ludwig Berblinger starb 1829, neunzehn Jahre nach seinem Flugversuch, im Alter von 58 Jahren in einem Armenspital an Auszehrung. Seine Flugmaschine aber wurde vor wenigen Jahren von Ulmer Studenten nachgebaut, getestet und als flugtauglich befunden.

Der Strippenzieher

So ein Bulleninstinkt war wirklich eine feine Sache. Man konnte sich immer auf ihn verlassen. Trond hatte einen ausgesprochen stark entwickelten Bulleninstinkt, der genau genommen nichts anderes war, als ein Ausdruck seiner eigenen kriminellen Veranlagung. Es sind Teilchen, die um denselben Kern kreisen, nur mit unterschiedlicher Ladung. Kriminelle und Ermittler sind Akteure im selben Spiel. Ein erfolgreicher Krimineller denkt wie ein Ermittler und umgekehrt. In seiner aktiven Zeit beim Zoll hatte sich Trond des Öfteren einen Spaß daraus gemacht, den genauen Wortlaut der Aussagen der Beschuldigten vorherzusagen. Er schrieb seine Fragen und die erwarteten Antworten vor der Vernehmung auf einen Zettel. Nur die Neulinge in der Abteilung waren naiv genug, sich auf Wetten mit Trond einzulassen, die entsprechend häufig verloren wurden. Eine Vernehmung war nur dem Anschein nach der Versuch, die Wahrheit aufzudecken. In Wirklichkeit ging es um das Gegenteil. Die Lüge war der Schlüssel zur Rekonstruktion von Ereignissen. In der Lüge verbarg sich die Wahrheit. Sie offenbarte die Verstrickung des Lügners in die Ereignisse und das war es, was jeden guten Ermittler interessierte. Bei privaten Ermittlungen war es doppelt schwierig. Hier logen nicht nur die Befragten, sondern auch die Auftraggeber. Genau genommen logen die Auftraggeber sogar mehr als die Befragten. Aus diesem Grunde hatte Trond die Wanze im Büro des Dekans angebracht. Sein Bulleninstinkt hatte ihn nicht getäuscht. Man verheimlichte ihm wesentliche Details dieses Falles. Was hatte es mit diesem Projekt auf sich?

Sein Auftraggeber bestand aus einer Gruppe von Personen. Als Erstes galt es herauszufinden, wer der Strippenzieher in dieser Gruppe war, wer in diesem Fall aufseiten der Auftraggeber den Hut aufhatte. Danach ging es darum, sich Informationen über dieses dubiose Projekt zu beschaffen, von dem seine Auftraggeber gesprochen hatten. Diese Informationen würde er nur vom Strippenzieher bekommen. In der Vergangenheit waren die Ermittlungen gegen den Auftraggeber oft schwieriger gewesen, als den Fall selbst zu lösen.

Trond betrachtete den Bierdeckel, auf den er die Namen der Akteure geschrieben hatte, und stellte sich die Gesichter der Beteiligten vor. Die Absichten von Dr. Fechtner waren eindeutig und was er sagte glaubwürdig. Er war eifersüchtig auf die Resonanz, die sein Kollege erzielt hatte und wollte ihm schaden. Seltsamerweise hielten sich die Menschen gerne an die Wahrheit, wenn sie einem anderen schaden wollten, wohingegen die Lüge erstaunlich häufig in der Rolle des Helfers auftrat. Keine Frage, der Biologe war sauber. Trond strich Dr. Fechtner von seiner Liste und tippte mit dem Kugelschreiber auf die verbliebenen Namen, der Dekan, der Anwalt und diese Frau Dr. Keitel. Der Dekan war sein offizieller Auftraggeber. Ein typischer Technokrat. Auffällig, wie sehr er bemüht war, bei jedem Detail einen Konsens herzustellen. War das Unentschlossenheit oder nur Vorsicht? Der Typ war aalglatt und Trond konnte ihn nicht wirklich einordnen. Möglich, dass er das Sagen hatte, aber sicher war das keineswegs.

Trond trank sein Glas leer und bestellte einen neuen Drink. Der Anwalt war, wie Trond selbst, lediglich ein Werkzeug. Er diente der Absicherung des Instituts und hatte dafür zu sorgen, dass, ganz gleich wie die Sache ausgehen würde, die Beteiligten sauber aus der Geschichte herauskamen. Das Eigeninteresse des Anwalts beschränkte sich auf die Maximierung seiner Beratungsstunden, eine leicht berechenbare Größe. Andererseits hatte sein Wort Gewicht. Er hatte Frau Dr. Keitel widersprochen und die Situation von allen drei Personen am treffendsten analysiert. Machte ihn das zu dem Mann, der die Fäden in der Hand hielt? Trond war sich nicht sicher. Der Anwalt würde bis auf weiteres im Kreis der Verdächtigen bleiben.

Tronds Kugelschreiber hämmerte auf den Bierdeckel und malte einen Kreis um den letzten Namen: Frau Dr. Keitel. Sie hatte eine klare Vorstellung von dem, was zu tun war. Sie schien bemüht, die Sache voranzutreiben. Aber auch sie war vorsichtig, wollte nicht voreilig erscheinen. Außerdem hatte sie ganz offensichtlich eine direkte Verbindung zu diesem seltsamen Projekt. War sie die Strippenzieherin? War sie die Person, die entschied, wie vorgegangen wurde?

Trond nippte an dem Whiskey Sour, den der Barkeeper auf die Theke gestellt hatte. Er warf den Plastikspieß mit der Cocktailkirsche und dem Stück Orange in den Aschenbecher. Der perfekte Drink, um die Grundlagenermittlung in einem neuen Fall durchzuführen. Das Getränk schmeichelte dem Gaumen und der Alkohol sandte Impulse in die Regionen des Hirns, die für die Erstellung von Hypothesen zuständig waren. Der Whiskey Sour war auch aus einem weiteren Grund das perfekte Stimulans für Ermittlungsarbeiten: Er verbarg seine wahre Beschaffenheit, denn eigentlich müsste er Bourbon Sour heißen, da er nicht mit Whiskey, sondern mit Bourbon gemixt wurde.

Das mit der Hypothesenbildung klappte nicht auf Anhieb. Die verwertbaren Ergebnisse ließen auf sich warten. Alle drei, der Dekan, der Anwalt und Frau Dr. Keitel verbargen etwas, so viel war schon nach dem Abhören des ersten Gespräches klar geworden. Alle drei waren in erster Linie darum bemüht, nach außen hin ein stimmiges Bild abzugeben. Der Dekan war zweifellos Auftraggeber beziehungsweise der Vorgesetzte der beiden, was aber nicht bedeutete, dass er auch das Sagen hatte. Im Gegenteil. Je höher eine Person in der Hierarchie stand, desto mehr hatte sie zu verlieren und desto notwendiger war es, sich abzusichern, oder die Verantwortung zu deligieren.

»Jedes gute Alphatier hat jemanden, der den Kopf hinhält, wenn etwas schief läuft«, brummte Trond, was verwunderte Blicke seiner direkten Thekennachbarn auf ihn zog. Andererseits war Frau Dr. Keitel nicht die Sorte Mensch, die für einen anderen den Kopf hinhielt, nein. Und dass ein Anwalt über die Köpfe seiner Auftraggeber hinweg handelte, war noch weniger wahrscheinlich. So würde er nicht weiterkommen. Tronds Kopf war ganz eindeutig nicht mehr in der Lage, diesen Aspekt seines Falles mit den ihm vorliegenden Informationen zu klären. Vielleicht sollte er sich dem eigentlichen

Gegenstand seiner Ermittlungen zuwenden. Ein neuer Aspekt bedeutete einen neuen Drink. Diesmal genügte ein Handzeichen und diesmal wurde der Whiskey Sour ohne Dekoration serviert. »Guter Mann«, dachte Trond.

Das Verschwinden einer Person war ein Standardtanz auf dem Parkett für private Ermittlungen. Weibliche Jugendliche oder Ehefrauen waren die Regel. Nach Männern wurde seltener gesucht. Mädchen verschwanden aus Liebe, Frauen aus Lieblosigkeit. Der Professor war mit an Sicherheit grenzender Wahrscheinlichkeit wegen seiner Forschungen verschwunden. Die einzige Spur, die Trond hatte, führte nach Lanzarote. Nur das ergab keinen Sinn. Lanzarote war eine ganz gewöhnliche Touristendestination, etwas für Leute, die auf bewohnbare Mondlandschaften standen. Auf jeden Fall nichts für einen Molekularbiologen auf der Flucht. Trond sah auf seine Armbanduhr. Overkott hätte längst mit seinen ersten Ermittlungsergebnissen aufschlagen müssen. Der Alkohol hatte Tronds Verstand mit einem undurchdringlichen Nebel verhüllt. Kein klarer Gedanke drang aus ihm heraus.

»Scheiße«, brummte Trond. Mit ein bisschen Glück würden Overkotts Recherchen etwas Konkretes ergeben. Einen Ort, eine Kontaktperson, was auch immer. Trond würde einen Zwischenbericht abfassen und eine teure Dienstreise beantragen. Dann musste der Typ nur noch gefunden werden, was so schwierig nicht werden würde. Eigentlich kein großes Ding, wenn man es bei dem Auftrag beließ. Wenn er ohne Informationen zu diesem dubiosen Projekt an sein Ziel kommen würde, würde er es dabei belassen. Scheiß drauf. Einen ehrgeizigeren Ermittler hätte es gekränkt, engagiert zu werden, damit die Wahrheit nicht ans Licht kommt. Aber Trond war kein ehrgeiziger Ermittler. Es störte ihn nicht, im Gegenteil. So eingeschätzt zu werden, ermöglichte es ihm, das Maximum aus diesem Auftrag herauszuholen.

»Wenn du nur halb so besoffen bist, wie du aussiehst, ist es vollkommen sinnlos, dir zu erklären, was wir rausgefunden haben«, raunte Overkott mit glaubwürdiger Verachtung.

Er fläzte sich auf den Barhocker neben Trond und warf einen braunen Umschlag auf die Theke.

Trond hob eine Hand, als Beleg, dass seine motorischen Grundfunktionen noch arbeiteten.

Overkott bestellte ein Bier und hämmerte mit seinem Zeigefinger auf den Umschlag.

»Da drin ist alles, was wir haben. Mehr gibt's nicht. Die Telefonnummern ohne Halter sind Prepaid Handys, da ist nichts zu machen, außer dem Ort, an dem sie ausgestellt wurden, der steht dahinter. Also versuch erst gar nicht, da noch mehr Informationen rausholen zu wollen.«

»Dank dir«, lallte Trond.

»Vergiss es. Der schönste Dank wäre, nie wieder etwas von dir zu hören.«

»Den Gefallen werde ich dir nicht tun.«

»Man wird ja wohl noch träumen dürfen.«

Overkott leerte das Glas in einem Zug.

»Ich denke, damit bist du erst einmal beschäftigt.« Overkott legte Tronds Hand auf den Umschlag. »Pass gut darauf auf und verlier ihn nicht.« Er klopfte Trond mitleidig auf die Schulter, sah sich kurz um und verließ die Bar.

Trond richtete sich etwas auf, um sein Spiegelbild zwischen den Flaschen hinter der Bar betrachten zu können. Okay, er sah nicht aus wie die Krone der Schöpfung, aber so schlimm war es nun auch wieder nicht. Die Lider hingen etwas tief, so als ob unsichtbare Gewichte daran befestigt wären. Die Augen glasig wie bei einer Bindehautentzündung im Endstadium und die Mundwinkel hängend. Zeit zu gehen. Einen Absacker noch und dann würde er sich nach Hause begeben. Er drückte dem Barkeeper seinen Autoschlüssel in die Hand.

»Noch mal dasselbe bitte und ein Taxi.«

Beim fünfzehnten Versuch gelang es Trond endlich, seinen Haustürschlüssel ins Schloss zu zwängen. Die erste Hürde war genommen. Er tastete sich an der Wand entlang und schleppte sich in den ersten Stock. Hier wartete die zweite Herausforderung in Form seiner Wohnungstür auf ihn. Der Alkohol hatte seine Feinmotorik völlig außer Kraft gesetzt. Er setzte sich auf die oberste Treppenstufe, um Kraft zu schöpfen und fixierte das Treppengeländer. Nur so konnte er den Drehschwindel einigermaßen unter Kontrolle bringen. Nach zwei Minuten schaltete sich die Treppenhausbeleuchtung aus und Trond saß im Dunkeln. Augenblicklich übermannte ihn der Schwindel und in seinem Gefolge ein gewaltiger Brechreiz. Er zog sich am Geländer hoch und schlug mit der flachen Hand auf die Stelle, an der er die Treppenhausbeleuchtung vermutete, traf jedoch die Klingel des Nachbarn. Im Erdgeschoss öffnete jemand die Haustür und schaltete das Licht an. Trond sah auf seine Uhr. Es war zwei Uhr früh. Er hörte das helle Klacken von Pfennigabsätzen auf dem Steinboden.

»Aline?«, brüllte Trond.

Der Nachbar öffnete die Tür und lugte völlig verschlafen aus dem Türspalt, hinter der Sicherungskette hervor.

»Das ist eine Unverschämtheit, sie besoffener Mistkerl«, fuhr der Nachbar ihn an. »Wissen Sie, wie spät es ist?«

»Halt die Klappe, mit dir redet niemand«, lallte Trond, dessen Sprachsteuerung kläglich an dem Versuch scheiterte, zwischen den einzelnen Worten kleine Pausen einzufügen.

Das Stöckeln verebbte im Erdgeschoss.

Trond fummelte seinen Schlüssel ins Schloß und öffente die Tür.

»Wir sprechen uns noch, du humorloser …«, Trond brachte den Satz nicht zu Ende und taumelte in den Flur.

Rufus sah das Häufchen Elend mitleidig an und schleppte sich, nachdem er Trond kurz begrüßt hatte, zurück auf seinen Schlafplatz.

In der Küche angekommen durchwühlte Trond die Küchenschränke. Er tat das wenig rücksichtsvoll, indem er alle Tablettenschachteln auf die ohnehin schon überfüllte Arbeitsfläche warf, bis er gefunden hatte, was er suchte. Die Küche wies, ebenso wie der Rest der Wohnung, eindeutige Verwahrlosungstendenzen auf. Trond warf die Aspirintablette in ein Glas und hielt es unter den Wasserhahn. Er setzte sich auf einen Stuhl und betrachtete die Tablette auf dem Boden des Wasserglases, die von den aufperlenden Sauerstoffbläschen hin und her geschubst wurde. Genauso fühlte er sich. Hatte er im Flur nach Aline gerufen? Er war sich nicht sicher. Auf jeden Fall konnte er froh sein, dass sie ihn in diesem Zustand nicht zu Gesicht bekommen hatte, vom Zustand seiner Wohnung ganz zu schweigen.

Als sich die Tablette aufgelöst hatte, trank Trond das Glas leer und schüttelte sich. Er wartete einen Moment und konzentrierte sich auf die Wirkung des Aspirins. Der Schwindel blieb, ebenso die Gliederschmerzen. Sein Sichtfeld war beschränkt. Tunnelblick. Beim Aufstoßen musste er zweimal schlucken, um den Mageninhalt da zu belassen, wo er hingehörte. Er würde einige Minuten auf dem Küchenstuhl sitzen bleiben. So lange, bis seine Motorik wieder hergestellt war und er in der Lage sein würde, sich aus eigener Kraft ins Bad zu begeben. Ebenso wenig wie es ihm gelang, einen Fuß vor den anderen zu setzen, war er in der Lage, einen Gedanken sinnvoll auf einen anderen folgen zu lassen. Stattdessen umkreisten ihn die Eindrücke des vergangenen Tages, Geräusche, Gesten, Bilder und Satzfragmente wie alberne Fahrzeugattrappen eines Kinderkarussells. Alle Eindrücke drehten sich um seinen neuen Fall und verhöhnten ihn. Eine sich wiederholende sinnlose Melange von Sätzen, Gesten und Bildern, ein Loop der Ratlosigkeit, der sich bei jedem Durchlauf immer schneller bewegte. Mit zunehmender Geschwindigkeit verringerte sich die Zeit, die Trond blieb, um seine Beobachtungen zu analysieren. Dabei nahm die Anzahl der Eindrücke, die bis zu ihm vordringen konnte, bei jeder Umdrehung ab, so als ob die Fliehkraft des Karussells, einzelne Elemente hinausschleuderte. Immer schneller drehte sich das Karussell, immer mehr Details wurden fortgeschleudert, bis zum Schluss nur noch ein einziges Fragment übrig geblieben war, kein Satz, kein Wortlaut, nur eine Melodie. Die herablassende Sprachmelodie einer Person, die es sich zur Angewohnheit gemacht hatte, all denjenigen, die nicht ihrer Vorstellung von Kultiviertheit entsprachen, mit einer ausgesprochen subtilen Form von verbaler Herablassung zu begegnen. Er hatte diese Stimme durch das Funksignal seiner Wanze gehört. Das war der Sprachduktus des Strippenziehers. Eine ganz besonders arrogante Art, die Vokale bestimmter Wörter unnatürlich in die Länge zu ziehen. In diesem konkreten Fall der Sprachduktus von Frau Dr. Keitel.

Dieser eine klare Gedanke schoss ihm ins Bewusstsein. Das war es! Er hatte das Problem gelöst. Trond sprang auf, torkelte in die Diele und kam mit dem Telefonbuch zurück. Aufgeregt wie ein Student vor dem Aushang mit den Klausurergebnissen, blätterte er darin, bis er gefunden hatte, was er suchte. Er nestelte sein Handy hervor und wählte eine Nummer. Wie erwartet meldete sich der Automat. »Hier spricht die Anrufbeantworterin von Michaela Keitel. Ich kann Ihren Anruf leider nicht persönlich …« Trond legte auf und suchte nach dem Hemd, aus dem er sich zuvor mühsam wie aus einer Fessel gewunden hatte. Rufus, von der hektischen Aktivität des Hausherrn aufgeschreckt, betrachtete Trond mitleidig, so als wolle er sagen:

»Warte bis morgen. In deinem jetzigen Zustand kannst du nur Schaden anrichten.«

Trond zögerte. Der Hund hatte Recht. Morgen würde er der Sache auf den Grund gehen.

Das Fest

Burahimu verfolgte die Vorbereitungen für das Fest mit Argwohn. Er hörte die kichernden Mädchen, die sich auf dem Dorfplatz eingefunden hatten, um die jungen Krieger in Augenschein zu nehmen. Diese hatten den ganzen Tag damit verbracht, sich auf das Ritual vorzubereiten. Sie hatten den Mahnungen ihrer Väter gelauscht, die vom Schmerz sprachen und von der Familienehre. Ihnen waren auch nicht die mitleidigen Blicke ihrer älteren Brüder entgangen, die zu sagen schienen: »Nein, das schafft er nicht, der Kleine, er ist nicht Manns genug.« Die Jungen hatten daraufhin ihren trotzigsten Blick aufgelegt und die Luft angehalten, damit sie stämmiger wirkten, als sie tatsächlich waren. Die Mütter mieden den Blickkontakt zu den Knaben. Morgen würden sie ihrem Einfluss entzogen sein. Morgen würden sie endgültig das sein, als was sie sich schon lange fühlten – richtige Männer.

Alles schien genau so zu sein wie jedes Jahr. Der Catechu-Extrakt, aus dem die braune Farbe gewonnen wurde, mit der sich die Krieger bemalten, roch wie er immer roch, und vermischte sich mit dem strengen Odeur des geronnenen Blutes der Opferziege. Mit diesem Blut wurden die Hüttenbalken bestrichen, die nach Norden wiesen. Da, wo die Sonne nicht war und nie sein würde, der Sitz der Ahnen. Der älteste Sohn erhielt den Kopf der Ziege, der jüngste den Schwanz. Der Schamane hatte dem chinesischen Händler, der aus dem Süden Malis ab und an ins Landesinnere zog, um seine Geschäfte zu machen, für einen Spottpreis ein pulverisiertes Löwenherz abgeschwatzt und dieses dem Hirsebier beigemischt. Das würde den jungen Männern Kraft geben.

Und doch war es in diesem Jahr anders als in den Jahren zuvor. Der alte Schamane spürte, wie sich eine unheilvolle Erinnerung ihren Weg in sein Bewusstsein bahnte.

Zum ersten Mal seit vielen Jahren musste Burahimu an seine eigene Initiation denken. Damals, vor mehr als einem Menschenleben, war etwas Seltsames geschehen. Eine weiße Frau war in einem brennenden

Ding in Form eines riesigen Vogels vom Himmel gefallen und danach zu Fuß ins Dorf gekommen. Nie zuvor hatte jemand aus dem Dorf ein Flugzeug gesehen. Nie zuvor hatte jemand aus dem Dorf eine weiße Frau gesehen. Weiße Männer waren schon im Dorf gewesen und jedem war klar, dass es folglich auch weiße Frauen geben musste. Aber dass weiße Frauen fliegen konnten, das war ein Wunder. Und dass die Frau Männerkleidung getragen hatte, war nicht minder seltsam. Hosen und hohe Stiefel. Außerdem hatte sie sich auch wie ein Mann benommen. Sie hatte jedem in die Augen gesehen, statt ihren Blick abzuwenden. Einige meinten, sie sei nicht bei Sinnen, andere flüsterten hinter vorgehaltener Hand, was niemand laut zu sagen gewagt hätte – sie käme aus einem Land, in dem die Frauen das Sagen hätten.

Alle Bewohner des Dorfes, die heute darüber Auskunft hätten geben können, waren tot. Burahimu war der einzige noch lebende Mensch im Dorf, der die Frau gesehen hatte. Mit den anderen war die Erinnerung an die weiße Frau gestorben, über die zu sprechen der Rat der Alten nach den unheilvollen Ereignissen verboten hatte. Dieses Verbot lastete schwer auf dem Gewissen des alten Mannes. Er war der Dorfälteste und man begegnete ihm mit dem Respekt, der diesem Amt gebührte. In diesen Respekt mischte sich zunehmend Misstrauen, denn seine Kinder waren selbst schon Greise. Der Tod habe ihn vergessen, sagten die einen, er habe einen Pakt mit ihm geschlossen, die anderen. Nur Burahimu kannte den wahren Grund dafür, warum der Tod ihn nicht finden wollte. Mit ihm würde das Geheimnis der weißen Frau sterben und es war der Wille der Götter, dass dies nicht geschah. Nicht bevor die Schande getilgt war, die seit diesem Tag auf dem Dorf lag.

Die Frau, die vor vielen Jahren vom Himmel gefallen war, hatte einen Fluch über das Dorf gebracht.

Burahimu war besorgt. Seine Erinnerung musste ein Omen sein. Er schnalzte mit der Zunge, wie immer, wenn er sich Gehör verschaffen wollte.

»Sag, mein Junge, siehst du ein Flugzeug?«, wollte er wissen.

Das Kind betrachtete den Himmel. »Nein, Urgroßvater, warum?«

»Beobachte den Himmel genau. Sag mir Bescheid, sobald du ein Flugzeug siehst.«

Der alte Mann spürte, wie die Kraft der Sonne nachließ. Er erhob sich und streckte den Arm aus. »Komm, lass uns gehen, es wird gleich dunkel.«

Das Kind führte den alten Mann zu seiner Hütte, die etwas abseits von den anderen Hütten stand. Die Dorfgemeinschaft hatte sie vor wenigen Jahren neu gebaut. Die alte Hütte war halb verfallen gewesen. Man hätte sie richten können, aber der wahre Grund für die neue Hütte war, dass niemand neben dem Alten wohnen wollte. Sie stand abseits des Dorfes in nördlicher Richtung. Der Alte hatte zum Erstaunen der anderen und als Beleg für ihre Befürchtung darauf bestanden, die Hütte an der Stelle zu bauen, wo früher die Hütte der Aussätzigen gestanden hatte.

Er würde etwas trinken, bevor er seinen Platz bei den Feiernden einnehmen würde.

Die Trommler hatten bereits begonnen und der dumpfe Rhythmus breitete sich im Tal aus. Sein Echo schlug von der Felswand zurück ins Dorf und wurde von dort erwidert, ein Dialog mit den Göttern.

Der Schnaps und das Hirsebier entfalteten ihre Wirkung schneller, als sie das früher getan hatten, damals, als er noch ein kräftiger Mann gewesen war. Der Schlaf übermannte den Alten und trug ihn ein zweites Mal zurück in seine Kindheit. Er hütete die Ziegen, in der Hand den mächtigen Stock. Er glaubte, etwas zu hören, und folgte dem Geräusch, bis er die Lichtung erreicht hatte. Auf der Lichtung stand der hölzerne Vogel und in ihm saß die weiße Frau.

In seinem Traum war das Flugzeug in tadellosem Zustand. Die Frau bemerkte den Jungen und winkte ihn zu sich, woraufhin er sich dem seltsamen Ding näherte. Sie hob ihn in das Flugzeug und sprach mit ihm in einer Sprache, die er nicht verstand. Zumindest so lange, bis der Lärm des Motors alles, was sie sagte, verschluckte. Nie hatte er ein Geräusch gehört, das auch nur annähernd so laut gewesen war, wie das des Flugapparats. Sie rumpelten über die Savanne und plötzlich waren sie in der Luft. Der Junge erkannte das Dorf, die Hütten so klein wie die Steine einer Feuerstelle. Er winkte, aber niemand schien ihn zu bemerken. Ab und an bewegte der hölzerne Vogel seine Flügel. Die meiste Zeit jedoch verharrte er regungslos, wie ein Storch segelnd. Der Junge verspürte keine Angst, kein Geräusch drang an sein Ohr. Das Einzige, was er spürte, war ein tiefes Wohlbehagen. Der Vogel kreiste eine Weile und brachte ihn schließlich unversehrt zurück auf die Lichtung. Burahimu war beunruhigt. Ohne Zweifel war es ein böses Omen, dass ihm die Ereignisse aus seiner Kindheit gleich zweimal im Traum erschienen waren.

»Urgroßvater, Urgroßvater, sieh, was da los ist«, schrie das Kind und der Alte schreckte auf. Der Kleine war völlig aufgebracht und der alte Mann lächelte. »Du wirst es mir wohl erzählen müssen.«

»Sie ziehen hinauf zur Klippe. Alle, die Männer und die Jungen, sogar die Trommler.«

Das war unerhört. Die Tradition verbot es, den Dorfplatz zu verlassen und niemand, der bei Trost war, ging nachts in die Felsen.

»Die Trommler sind los. Sie gehen vorne weg und die anderen folgen ihnen.«

Kein Zweifel, die dumpfen rhythmischen Schläge entfernten sich. Das war unerklärlich. Mehr noch als dieser Umstand beunruhigte den Alten, was die Trommeln ihm erzählten. Burahimu sprang auf, griff nach dem Stock und tastete sich in Richtung des Jungen.

»Wir müssen sie aufhalten, los, führ mich zu den Klippen.«

Bereits nach wenigen Schritten mussten die beiden erkennen, dass es unmöglich war, mit einem Blinden eine außer Kontrolle geratene Menge von aufgebrachten Männern einzuholen. Das rhythmische Schlagen der Trommeln entfernte sich immer weiter.

Die Frauen hatten sich mittlerweile auf dem Dorfplatz eingefunden und sahen dem Fackelzug, der sich den kurvigen Weg hinauf zur Klippe bahnte, hilflos nach.

»Ihr müsst sie aufhalten«, rief der alte Mann, »sonst geschieht ein Unglück.«

Strategiegespräch

Michaela Keitel instruierte ihren Mitarbeiter mit ungewohnter Strenge.

»Sie beantworten ausschließlich Fragen bezüglich des Abschlussberichts der Laborversuche.«

»Sie erwähnten es bereits«, bemerkte Tillmann Büscher, der engste Mitarbeiter aus dem Team von Prof. de Jager, ansatzweise entnervt.

»Und ich werde es gegebenenfalls ein weiteres Mal anmerken, wenn ich das für notwendig erachte«, insistierte Frau Dr. Keitel, um gleich darauf in einen freundlicheren Ton zu wechseln. »Sie müssen sich Folgendes vor Augen führen. Die Mitarbeiter der R&D Abteilung sind die Trüffelschweine des Konzerns. Die haben nicht nur ein untrügliches Gespür für Produkte, aus denen ein Blockbuster werden kann, die haben auch ein untrügliches Gespür für Abläufe, die nicht ganz planmäßig verlaufen. Anders als Sie und ich machen die nichts anderes, als in Verhandlungen zu sitzen. Überall auf der Welt, in jedem Kulturkreis. Da lernt man, in den Gesichtern seiner Gesprächspartner zu lesen. Denen wird jede noch so kleine Unsicherheit auffallen. Und daher ist es wichtig, dass Sie sich aus allem heraushalten, was nicht unmittelbar mit Ihrem Aufgabengebiet zu tun hat. Haben Sie das verstanden?«

Tillmann Büscher nickte. Die Stimme des Navis meldete das Erreichen des Fahrtziels.

»Sie können in die Tiefgarage fahren«, erklärte der junge Wissenschaftler, »dort ist ein Platz für uns reserviert.«

»Ich glaube nicht, dass wir heute den Abschlussbericht durchsprechen werden. Wir geben ihn lediglich ab. Theys Pharma wird ihn später in aller Ruhe prüfen. Aber nur für den Fall: Um das Projekt in die nächste Phase bringen zu können, sind zwei Aspekte ausschlaggebend. Wir können den Prionenstamm synthetisieren und, hier darf nicht der Ansatz eines Zweifels aufkommen, weil das unsere Schwachstelle ist, wir können die Prione auch aktivieren«, erläuterte Dr. Keitel.

»Aber wir haben zwei Stämme und wissen nicht, welcher der Treffer ist.«

»Das wissen die aber nicht. Wenn die Sache in die nächste Phase übergeht, werden wir nur noch einen Stamm haben, also streichen Sie diesen Vorbehalt aus Ihrem Kopf.«

»Verstanden.«

Die beiden hatten mittlerweile das Foyer erreicht. Michaela Keitel fingerte ein Pfefferminzdragee aus der Packung und ließ diese zurück in ihre Handtasche gleiten, während der Mann an der Rezeption angestrengt auf den Flachbildschirm seines Computers sah.

»Dr. Ralph Müller oder Dr. Herbert Müller-Wiesenstein?«, fragte er.

»Dr. Herbert Müller-Wiesenstein«, antwortete Frau Dr. Keitel, woraufhin der Uniformierte eine vierstellige Nummer ins Telefon tippte.

»Ja, guten Morgen Herr Dr. Müller-Wiesenstein, Sie haben Besuch, die Damen und Herren von der Universität Heidelberg.« Während er seinem Gesprächspartner aufmerksam lauschte, entnahm er die vorbereiteten Namensschildchen aus dem Ständer neben dem Telefon und schob sie auf die Theke.

»Sie werden abgeholt, wenn Sie es sich derweil dort hinten bequem machen wollen«, bemerkte der Mann am Empfang, auf eine Couchgarnitur deutend.

Die kurze Wartezeit überbrückte Michaela Keitel, indem sie die aufwändig gestaltete Media-Installation am Ende des Flures betrachtete, eine in changierenden Farben gehaltene Weltkarte, auf der die verschiedenen Auslandsniederlassungen abgebildet waren. Im Wechsel waren zu jeder abgebildeten Niederlassung kleine Videoeinspielungen zu sehen. Nach wenigen Minuten erschien der Gastgeber, hastig hinter seiner ausgestreckten Hand herlaufend.

»Schön, Sie zu sehen, Frau Dr. Keitel, Herr Büscher, wir sind gleich dort drüben, Herr Dr. Mitscherlich ist bereits da.«

»Ich grüße Sie, Herr Dr. Müller-Wiesenstein.«

Die Drei betraten einen Konferenzraum, in dem neben Dr. Mitscherlich noch drei weitere Personen saßen. Nachdem alle Platz genommen hatten, ergriff ein Mann, korpulent, Mitte fünfzig, mit freundlichen Augen und schmalen Lippen das Wort.

»Herzlich willkommen zum Strategiemeeting des Pri 5 Projektes. Unser Thema heute: Vorbereitung von Stage 5-Pharmakologie. Wie Sie bemerkt haben werden, ist für diese Projektphase ein neuer Mitarbeiter vorgesehen, ich möchte die Runde daher kurz vorstellen. Randolph Sullen ist Chemiker und Biologe. Er wird das Projekt von Stage 4 bis Stage 6 begleiten. Er ist Ihr Ansprechpartner für die pharmakologischen Tests, die Großtierversuche und die klinische Prüfung. Dr. Müller-Wiesenstein ist dem Team bekannt. Ebenso hat sich Herr Dr. Mitscherlich bereits vorgestellt. Bleiben Frau Dr. Keitel als Gesamtverantwortliche für das Projekt aufseiten der Universität Heidelberg und Herr Büscher, ein Mitarbeiter aus dem Stab von Prof. de Jager, der heute leider unabkömmlich ist.

Mein Name ist Heiko Vogt, ich vertrete die juristischen Interessen von Theys Pharma bei diesem Projekt.«

Der Anwalt brachte die Vorstellung hinter sich, ohne ein einziges Mal die Tonlage zu wechseln. Es klang wie die Verlesung einer notariellen Vereinbarung. »Wie ich sehe, haben Sie den Abschlussbericht der Laborversuche mitgebracht.«

Tillmann Büscher überreichte den Bericht, den der Anwalt wortlos an Randolph Sullen weiterreichte.

»Wir sollten heute das Timing für Stage 4 durchgehen. Ich denke, es liegt in unserem gemeinsamen Interesse, die pharmakologischen Tests so schnell wie möglich zu durchlaufen. Vor diesem Hintergrund ist es sinnvoll, darüber nachzudenken, ob wir ein zusätzliches, externes Labor hinzuziehen, das Sie entlastet.«

»Das ist nicht erwünscht«, bemerkte Dr. Mitscherlich.

»Wie Sie meinen.« Der Anwalt wandte sich an Dr. Müller-Wiesenstein: »Für das Protokoll. Ich mache unseren Vertragspartner darauf aufmerksam, dass seine Entscheidung, die pharmakologischen Tests allein durchzuführen, auch die Verpflichtung beinhaltet, für eventuell auftretende Folgekosten aufzukommen. Wir haben einen ausgesprochen ambitionierten Zeitplan und Stage 5 kann nicht verschoben werden. Ab Stage 5 liegt die Verantwortung bei uns und Mr. Sullen ist bereits dabei, die Vorbereitungen für die Großtierversuche in die Wege zu leiten. Wie Sie wissen, handelt es sich dabei um eine sehr kostspielige und aufwändige Versuchsreihe.«

»Darüber sind wir uns im Klaren«, bestätigte Dr. Mitscherlich.

Mr. Sullen nutzte die Gelegenheit, sich mit einer Frage einzubringen.

»Wo wir gerade dabei sind: Ist die Galenik bereits geklärt?«

»Das Präparat wird in Pulver- oder in Tablettenform verabreicht werden können«, antwortete Tillmann Büscher.

»Das ist sehr gut«, erwiderte Sullen.

Fünfzig Minuten und sieben Tagesordnungspunkte später verließen die Konferenzteilnehmer den Raum. Dr. Müller-Wiesenstein begleitete seine Gäste noch bis zum Foyer und verabschiedete sich dann.

»Wären Sie so freundlich, den Wagen schon einmal aus der Tiefgarage zu holen?«, wandte sich Frau Dr. Keitel an Tilmann Büscher und reichte ihm den Schlüssel. »Ich warte vor dem Haupteingang.«

Dr. Mitscherlich setzte eine besorgte Miene auf. »Das geht jetzt alles ganz schnell und das Timing für die pharmakologischen Tests scheint mir sehr eng zu sein. Sie sind sich dessen bewusst, dass wir ein Risiko eingehen?«

»Das bin ich. Aber wir müssen Zeit gewinnen, um herauszufinden, aus welchem Stamm wir den Wirkstoff synthetisieren können.«

»Viel Zeit haben Sie aber nicht gewonnen, denn wir können unmöglich beide Stämme testen. Dazu fehlen uns die Ressourcen.«

Frau Dr. Keitel lächelte. »Machen Sie sich keine Sorgen, ich habe da schon eine Idee.«

Überblick

So ein Vollrausch hatte auch seine guten Seiten. Die willkürlich von Alkohol gelöschten Erinnerungssequenzen mussten mühsam rekonstruiert werden, was einem die Möglichkeit eröffnete, ein vollkommen neues Bild des Ganzen zu zeichnen.

Trond hatte beschlossen, sich zunächst Overkotts Ermittlungsergebnissen zuzuwenden und sich anschließend um die Rolle zu kümmern, die Frau Dr. Keitel in diesem Spiel einnahm.

Er sah sich um und betrachtete sein Werk mit einem gewissen Stolz. Vor ihm lag das Resultat aus vierzehn Stunden Auswertungsarbeit. Als Ermittler, der sein Handwerk zu einer Zeit erlernt hatte, als Computer noch von Menschen mit weißen Kitteln bedient und Informationen von nervös zuckenden Ampex Bandmaschinen gespeichert wurden, verfügte Trond über die heute kaum noch anzutreffende Fähigkeit, komplexe Sachverhalte analog zu visualisieren. Die komplexen Sachverhalte waren in diesem Fall die Telefon- und Kontobewegungen, die Overkott ihm zur Verfügung gestellt hatte und die er in einer nikotin- und alkoholreichen Nachtschicht zu einem Bewegungsprofil verdichtet hatte. Ein guter Ermittler beherrschte die Kunst, sämtliche Informationen zu erfassen, die relevanten zu markieren, sie in eine Ordnung zu bringen und dabei den Gesamtüberblick nicht zu verlieren. Das war in Tronds aktuellem Ermittlungsfall durchaus wörtlich zu nehmen. Der gesamte Boden seines Büros war mit Notizen bedeckt. Um den Überblick zu behalten, hatte Trond eine Leiter aus dem Keller geholt und diese in der Mitte des Zimmers aufgestellt. Die Möbel hatten den auf dem Boden ausgebreiteten Ermittlungsergebnissen weichen müssen und drängten sich an den Wänden des Büros bis zur Verbindungstür zum Flur, die sich nur noch einen Drittel öffnen ließ. Auf der durch diese Maßnahme entstandenen Freifläche in der Mitte des Raumes lagen etwa zweihundert DIN-A4-Blätter verteilt, auf denen Trond jeden Telefonkontakt - auf den hochkant liegenden Blättern – und jede

Kreditkartenabbuchung – auf den quer liegenden Blättern – chronologisch angeordnet hatte. Dadurch ergab sich ein lückenloses Bewegungs- und Kommunikationsprofil, aus dem sich alle Aktivitäten der vergangenen drei Monate ablesen ließen. Trond hatte das Bewegungs- und Aktivitätsprofil des Professors auf eine selbst gezeichnete Landkarte übertragen. Sie bestand aus sechs mit Tesafilm verbundenen Seiten sowie einer Kontakthitliste, die er aus Gründen der besseren Erkennbarkeit statt auf einem weißen Blatt mit Edding auf den Deckel eines Umzugskartons gemalt hatte, der direkt unter der Leiter stand. Im Moment galt seine Aufmerksamkeit jedoch dem Bewegungsprofil. Auf den ersten Blick war dort nur ein Gewirr von Linien erkennbar, als habe ein Kind versucht, die Übersichtskarte von Zielflughäfen einer Airline nachzuzeichnen. Machte man sich jedoch die Mühe, diese Karte näher zu betrachten, offenbarte sich ein Ansatz von Methode, auch wenn es nur einen einzigen Menschen gab, der in der Lage war, diesen Ansatz zu dechiffrieren. Dieser Mensch hockte oben auf der Leiter, Zigarette im Mundwinkel, in der einen Hand den Aschen- in der anderen den Kaffeebecher, hochkonzentriert, um seiner Materialsammlung weitere wichtige Erkenntnisse zu entlocken. Ab und zu stieg er von der Leiter, sortierte das eine oder andere Blatt um oder stellte Verbindungen her, indem er Blätter mit Post-it-Zetteln markierte, auf denen Pfeile eingezeichnet waren, die den Bezug zu anderen, ebenfalls mit Zetteln markierten Blättern verdeutlichen sollten. Das auffälligste Ordnungsprinzip war eine Farbcodierung. Der Professor war Anfang September verschwunden. Der Auswertungszeitraum betrug drei Monate, beginnend im Juni. Die Juni-Aktivitäten waren grün markiert, deckend mit Filzstift für physische Bewegungen, die sich aus Kreditkartenabbuchungen wie Tankbelegen, Einkäufen oder Bahntickets ableiten ließen, und transparent, mit Marker ausgeführt, die virtuellen, telefonischen Aktivitäten. Der Juli war blau und der August rot. Das physische Bewegungsprofil war wenig auffällig, sah man einmal von der Destination Frankfurt ab, die blau verkrakelt war, was Rückschlüsse auf eine signifikante Besucherhäufigkeit im Monat Juni zuließ. Frankfurt, internationaler Flughafen, Kontakt zu einem Besucher aus dem außereuropäischen Raum, schlussfolgerte Trond. Dazu der bereits aus den Vorermittlungen bekannte und jetzt durch Abbuchungen bestätigte Trip nach Lanzarote.

Zwei mit Kreditkarten bezahlte Anschaffungen hatte Trond mit großen Ausrufezeichen markiert. Ein Betrag von 412 Euro, der in einem Outdoorshop ausgegeben worden war, und ein Betrag von 56 Euro für eine Sammlung Perry Rhodan-Hefte. Science-Fiction in der Wildnis, hinter diesem Beleg war neben dem Ausrufezeichen zusätzlich ein Fragezeichen eingefügt. Was war das für ein Typ? Trond wurde nicht so recht schlau aus dem Mann, an dessen Fährte sich zu heften ihm zunehmend mehr Spaß machte. Er hatte ein Bild vor Augen, aber eines, das weniger konkret war, als er sich gewünscht hätte. Sich tief in die Unterlagen eines Fremden zu wühlen war, als ob man ihn unbekleidet sähe, aber der Professor war ihm noch nicht nackt genug. Trond wandte sich der Auswertung der Telefonkontakte zu, die er zu einer Kontakthitliste verdichtet hatte. Bei der Auswertung von Telefonkontakten bestand die Kunst darin, qualitative Kriterien zu entwickeln, da die quantitative Auswertung von Prof. de Jagers Telefonkontakten eine Hobbyhure aus Speyer zur Hauptverdächtigen gemacht hätte. Die qualitativen Kriterien verbanden die Kontakthäufigkeit – gewertet wurden nur Nummern, die mehr als einmal pro Monat kontaktiert wurden – mit dem Aspekt der Entfernung. Je weiter weg, desto weiter oben in der Hitliste. Auf diese Weise konnte Trond elf Telefonnummern markieren, von denen sieben Nummern bereits durchgestrichen waren. Der Bruder und die Mutter des Gesuchten, ein Freund aus Konstanz, der eine Rechtsanwaltskanzlei betrieb, seine Ex-Frau und drei ehemalige Studenten, die Trond jedoch als unverdächtig klassifiziert hatte, da sie beim Veterinäramt beziehungsweise an einer Schule tätig waren. Bei den verbleibenden vier Kontakten handelte es sich erwartungsgemäß um den Assistenten, einen Verlag aus den USA und zwei Prepaid-Nummern, die nicht zurückverfolgt werden konnten, wie Overkott ihm schon mitgeteilt hatte. Die Prepaid-Karten waren in Bamako, der Hauptstadt Malis, zugelassen worden.

Verband man die Erkenntnisse aus dem Bewegungsprofil mit denen, die ein scharfsinniger Ermittler aus der Kontakthitliste abzuleiten vermochte, ergab sich ein klares Bild.

Der Professor pflegte Kontakte zu zwei nicht identifizierbaren Personen aus Mali. Mit einer dieser Personen hatte sich der Professor mehrmals in Frankfurt getroffen, was aus dem Zahlungsprofil plus der Analyse der Telefondaten – mehrfacher Kontakt am selben Tag – ziemlich eindeutig zu schließen war.

Das Erfreuliche an diesen Ermittlungsergebnissen: Sie würden eine weite und kostspielige Ermittlungsreise erforderlich machen. Weniger erfreulich: Mali war alles andere als eine Traumdestination. Bamako war der vermutete Aufenthaltsort des Professors und die Route, die er genommen hatte, führte über Lanzarote, wobei der Transfer auf das afrikanische Festland anhand der vorliegenden Daten nicht nachgewiesen werden konnte. Hinter Lanzarote machte Trond ein großes Fragezeichen. Das war so ziemlich der dümmste und aufwändigste Weg, den man nach Westafrika nehmen konnte. Es gab eine einzige Fährverbindung, über deren Aktivität widersprüchliche Angaben im Internet kursierten und keine Direktflüge. Vielleicht hatte der Professor einfach nur seine Tochter besucht. Dagegen sprach allerdings das One-Way-Ticket. Trond bedauerte, Overkott nicht um die Überwachung des E-Mail-Accounts gebeten zu haben.

Trotz dieses kleinen Makels war Trond mit seinen Ermittlungsergebnissen überaus zufrieden. So zufrieden, dass er beschloss, fünf Tagessätze zusätzlich für Overkotts Recherchen in Rechnung zu stellen. Trond auf seiner Leiter überflog das Gewirr von Blättern auf dem Boden unter ihm. Für fünf Tagessätze musste er seinem Kunden mehr bieten als nur Kopien der Telefonverbindungen. Nach kurzer Überlegung kam er zu dem Schluss, dass es hilfreich sein würde, seinen Bericht um eine umfassende Bilddokumentation zu ergänzen. Er kletterte von der Leiter herunter, um seine Digitalkamera zu suchen. Die sollte in der obersten Schublade des Sideboards liegen, das er dummerweise verkehrt herum an die Wand geschoben hatte. Zurückschieben ging nicht, denn der zusammengerollte Teppich lag davor. Außerdem meinte er sich zu erinnern, dass die Batterien leer waren.

Wie es schien, musste er auf die gute alte Polaroidkamera zurückgreifen. Die lag, oh Wunder, sogar mit eingelegter Filmkassette in der Kiste mit Sachen, die er bei Gelegenheit mit nach Hause nehmen wollte. Trond stieg, nachdem er sich mit einer Probeaufnahme von der Funktionstüchtigkeit der Polaroidkamera überzeugt hatte, wieder auf die Leiter, um das Gesamtbild seiner Ermittlungsergebnisse zu dokumentieren. Dazu waren fünf Einzelbilder erforderlich, die er, um Verwirrungen zu vermeiden, durchnummerierte. Er betrachtete das Ergebnis skeptisch. Man konnte kein einziges Detail erkennen, selbst die Farbcodierung war verschwunden, aber immerhin konnte man feststellen, dass er sich viel Arbeit gemacht hatte, und das sollte erst einmal reichen.

»Stör ich?« Alines Kopf lugte durch den Spalt der Verbindungstüre zum Gang und Trond wäre vor Schreck fast von der Leiter gefallen.

»Nein, gar nicht, komm rein, ich bin fertig.« Trond stieg von der Leiter und deutete auf eine handtuchgroße Freifläche, die er seinem Gast großzügig anbot.

»Interessante Methode«, bemerkte Aline amüsiert und deutete auf das chaotische Blätterwerk am Boden.

»Das ist ein Bewegungsprofil«, erklärte Trond, als sei das von ihm verursachte Chaos gang und gäbe in der Welt der privaten Ermittlungen. »Hilft, sich einen Überblick zu verschaffen.«

Er musterte seinen Gast ausgiebig, von oben bis unten. Dann bemerkte er: »Du siehst atemberaubend aus.«

»Danke«, antwortete Aline kokett. »Von dir kann man das allerdings nicht behaupten.«

»Ja, ich weiß«, sagte Trond, wobei er sein Narkoselächeln aufsetzte. »Hab durchgearbeitet.«

»Ich wollte nur wissen, ob es bei Übermorgen bleibt.«

»Ja, kein Problem. Ich hol dich zu Hause ab.«

»Sehr schön, ich freu mich«, sagte Aline und warf einen letzten amüsierten Blick auf das Chaos in Tronds Büro. Dann zwängte sie sich zurück auf den Flur, an dessen Ende sich ihre eigenen Büroräume befanden.

Trond sog den Duft ihres Parfüms ein wie ein Kokser das Partypulver. Aline hatte vor wenigen Wochen die Büroräume über ihm bezogen und sie waren sich ein paar Mal im Flur begegnet. Dass es zwischen den beiden gefunkt hatte, wäre übertrieben gewesen, aber sie hatten einander wahrgenommen und Trond war mehr als interessiert. Eine schwierige Operation, denn Aline war eine Frau von Format, er hingegen ein ungehobelter Klotz mit mehr als fragwürdigen Zukunftsoptionen. Er würde sehr besonnen vorgehen müssen.

Den Bericht mit einigen Anmerkungen zu den Fotos schrieb er auf dem Computer. Er verwies ausführlich auf die Spur, die nach Mali führte, und empfahl eine Dienstreise nach Bamako, nicht ohne darauf zu verweisen, dass in der Branche bei Flügen mit mehr als drei Stunden Länge die Business Class üblich sei. Als er den Bericht abgeschlossen hatte, druckte er ihn aus, überflog das Geschriebene noch einmal und stopfte den Bericht, zusammen mit den Polaroidbildern in den Umschlag.

Als er das Adressfeld ausfüllen wollte, zögerte er.

Was, wenn er den Bericht direkt an Frau Dr. Keitel schicken würde? Er schüttete den Kopf. Keine gute Idee.

Aber die Rolle des Strippenziehers war immer noch nicht eindeutig geklärt. Darum und um die Frage, was es mit diesem ominösen Projekt auf sich hatte, würde er sich im Anschluss kümmern.

Nachdem er den Brief verschlossen hatte, sah er sich noch einmal im Zimmer um. Aufräumen würde er später. Er konnte, seine Ermittlungsarbeiten erst einmal da belassen, wo sie waren.

Bernard

»Bernard kommen Sie, schnell.«

Panik schwang in der Stimme der Schwester. Der Doktor tätschelte die Wange seines jungen Patienten und trat aus dem Zelt ins Freie. In der Mitte der provisorischen Krankenstation umringten die Mitarbeiter eine am Boden liegende Frau. Bernard beschleunigte seinen Schritt.

Die Frau versuchte, den Helfern etwas mitzuteilen, war aber zu geschwächt, um auch nur eine einzige Silbe hervorzubringen.

»Ruhig, ganz ruhig«, flüsterte eine Schwester.

»Wasser«, kommandierte der Doktor, »holen Sie Wasser.«

»Erst trinken, dann sprechen«, sagte die Schwester in einem Dialekt, den der Doktor nicht verstand. Jemand war mit einer Flasche Wasser gekommen, die man der Frau vorsichtig an den Mund setzte. Doch diese weigerte sich, das Nass zu sich zu nehmen. Zuerst wollte sie ihre Botschaft loswerden.

»Der Tod, der Tod«, stammelte sie, während die Helfer versuchten, ihr die Flüssigkeit einzuträufeln. Dabei pendelte ihr Blick panisch zwischen den Anwesenden und ihrem Fahrrad hin und her.

Der Doktor verstand. Das Fahrrad war ihr wertvollster Besitz. »Bringt sie rein und nehmt das Fahrrad mit ins Zelt, sodass sie es sehen kann.«

Einige Minuten später war die Frau halbwegs stabil und in der Lage, den Satz auszusprechen, der ihr zuvor nur bruchstückweise über die Lippen kommen wollte.

»Der Tod ist ins Dorf gekommen und hat alle Männer mitgenommen«, übersetzte die Schwester.

»Fragen Sie sie, was passiert ist.« Bernard lächelte, während er die Frau sehr genau beobachtete.

Die Schwester redete auf die junge Frau ein, die aber ständig nur diesen einen Satz wiederholte. Schließlich schüttelte die Schwester den Kopf.

»Welches Dorf?«, fragte der Stationsleiter.

»In der Nähe von Bandiagara«, antwortete die Schwester. »Sie erinnern sich? Wir waren vor zwei Wochen dort.«

»Das ist fast dreißig Kilometer von hier.«

»Sie ist vollkommen dehydriert, achten Sie darauf, dass sie trinkt. Tee und Wasser. Sekou soll den Wagen holen, wir sehen uns das an.«

Der Stationsleiter schüttelte den Kopf. »Das halte ich für keine gute Idee. Was, wenn die Soldaten noch da sind?«

»In Bandiagara gibt es keine Soldaten«, entgegnete der Doktor.

Bernard winkte die afrikanische Schwester und eine Kollegin zu sich und deutete auf den Wagen. »Abdoulaye und Dr. Haruto nehmen den zweiten Wagen, die kommen auch mit.«

»Du kannst da nicht hinfahren, wir müssen die Behörden informieren«, insistierte der Stationsleiter.

Bernard hatte seine Hand bereits an der Beifahrertür. »Das waren keine Soldaten. Selbst wenn es dort welche gäbe, sie hätte niemals mit dem Fahrrad fliehen können, wenn eine Miliz oder Soldaten das Dorf überfallen hätten. Sie hat die Straße benutzt.«

»Was glauben Sie, ist passiert?«, wollte Dr. Hedda wissen, während sie die Ausrüstung checkte, die eilig in den Wagen geschafft worden war.

»Das werden wir bald wissen, ich habe keine Ahnung.«

Zwei Stunden später erreichten sie das Dorf.

Bernard hatte schon oft den Klagegesang der Frauen gehört. Dieser Gesang war eines der wenigen Dinge, die er nicht ertragen konnte. Die Frauen hatten ihre toten Männer am Rande der Schlucht aufgebahrt und aus Dutzenden von Kehlen drang ein markerschütterndes Lamento. Bernard nahm die Schwester beiseite: »Sagen Sie den Frauen, sie sollen den Platz räumen, damit wir uns das ansehen können, und versuchen Sie herauszufinden, was passiert ist. Sagen Sie ihnen, sie können mit dem Trauerritual fortfahren, sobald wir fertig sind.«

»Es gibt einen Überlebenden!«, rief Dr. Hedda.

Bernard eilte zu seiner Kollegin.

»Er hat jede Menge Frakturen, aber seine Wirbelsäule scheint nichts abbekommen zu haben. Transportfähig ist er nicht.«

Bernard schüttelte den Kopf. »Wir müssen ihn aber mitnehmen, hier können wir ihn nicht behandeln. Sekou soll die Ladefläche polstern und etwas Luft aus den Reifen lassen. Wenn wir sehr langsam fahren, hat er eine kleine Chance zu überleben.«

Während Dr. Hedda den Verletzten versorgte, schritt Bernard die aufgereihten Toten ab, die auf makabere Weise an eine Jagdstrecke erinnerten. Mehr als drei Dutzend Leichen lagen da, mit aufgeschlagenen Schädeln und verrenkten Gliedmaßen. Die Angehörigen hatten die Gesichter der Toten bedeckt und versucht, sie in eine halbwegs natürliche Position zu legen, was nicht bei allen Opfern gelungen war. Bernard stutzte. Er zog eine Decke beiseite, um bestätigt zu finden, was bereits so eindeutig sichtbar war. Einem der Toten fehlte der Kopf. Bernard rannte zum Wagen und holte seine Videokamera. Er hielt das Geschehen fest, wobei er wie ein Pathologe laut sprach, um seine Eindrücke über das Kameramikrofon festzuhalten.

»Bandiagara, 7. Dezember, 17.30 Uhr. Ungeklärter Tod von etwa 40 Männern. Alle Toten weisen Schädelbrüche und multiple Frakturen auf.« Bernard machte einige Detailaufnahmen der Toten. »Keinerlei Anzeichen von Gewaltanwendung. Keine Fesselspuren, keine Schusswunden, keine Hieb- und Stichverletzungen.« Er schwenkte hoch auf die Klippe. »Allem Anschein nach sind die Männer von der Klippe gestürzt.«

Sekou eilte herbei. »Ich habe mit den Frauen gesprochen. Die Männer haben während einer Feier den Dorfplatz verlassen und sind zu der Klippe hinauf. Sie sind aus freien Stücken gesprungen, es war außer den Dorfbewohnern niemand da.« Bernard entdeckte eine zweite Leiche ohne Kopf und legte den Rumpf frei.

»Ich glaube nicht, dass der hier freiwillig seinen Kopf hergegeben hat.« Bernard fuhr mit seinem Videobericht fort. »Zwei Tote wurden ohne Kopf aufgefunden. Wie es scheint, wurden die Köpfe mit einer Machete abgetrennt. Bei den beiden Toten handelt es sich um einen sehr jungen und um einen alten Mann. Wir entnehmen Blutproben bei den Toten, um einen Tox-Screen durchführen zu können.«

Dr. Hedda näherte sich. »Wir sind soweit, der Verletzte ist verladen.«

Bernard nickte. »Dr. Haruto soll mit dem Verletzten vorfahren, wir kommen nach, sobald wir hier fertig sind.«

»Wir sind fertig. Wir haben die Blutproben, was brauchen wir denn noch?«

Bernard deutete auf den Rumpf des jungen Mannes. »Wer glauben Sie, hat seinen Kopf mitgenommen und warum?«

Dr. Hedda zuckte mit den Schultern.

»Wir sind Ärzte und keine Ermittler.«

»Jeder Arzt ist ein Ermittler. Wir werden die Ursache für das, was hier passiert ist, nicht im Blut der Toten finden, sondern in ihren Köpfen.«

Dr. Hedda sah Bernard fassungslos an. »Sie wollen doch nicht etwa?«

»Nein, wir nehmen keinen Kopf mit, aber wir machen eine Biopsie. Da hinten liegen drei offene Schädelfrakturen, besorgen sie eine Plane, damit wir ungestört arbeiten können. Ich brauche eine Probe vom Hirnstamm, vom Hippocampus und von den vorderen Stirnlappen.«

Dr. Hedda sah verunsichert in Richtung der Frauen des Dorfes.

Bernard sah ihr tief in die Augen. »Ich glaube nicht, dass wir im Blut der Toten einen erhöhten Alkoholwert nachweisen werden und ich glaube auch nicht, dass wir es hier mit einem Haufen Irrer zu tun haben, die nur so zum Spaß von der Klippe gesprungen sind. Lasst uns anfangen, damit wir das hier hinter uns bringen können.«

Ein Haufen Irrer

Im Jahre 1908 entdeckte der Tod seine Leidenschaft für die Fliegerei, zaghaft zunächst und skeptisch, denn zu viele Erfindungen des Menschen aus diesen Tagen schienen nur darauf ausgerichtet zu sein, ihm ein Schippchen zu schlagen und ihm um den Anteil an Seelen zu betrügen, die er vorzeitig zu sich rufen konnte. Mit der Fliegerei war das etwas vollkommen anderes. Sie bot ein enormes Potential, weil der Mensch sich mit seinem Traum vom Fliegen in ein Terrain vorwagte, das weiter von seinem natürlichen Lebensraum entfernt war, als jedes andere. Kombiniert mit dem Umstand, dass die Akteure dieses wahnwitzigen Vorhabens besessen waren, blind und vom fanatischem Ehrgeiz getrieben, ergaben sich Perspektiven, die den Tod neugierig machte. Im ersten Jahr gab er sich bescheiden und begnügte sich mit nur einem einzigen Opfer – Lieutenant Thomas E. Selfridge, seines Zeichens Sekretär der von Alexander Graham Bell ins Leben gerufenen Aerial Experiment Association AEA. Selfridge wurde eine doppelte Ehre zuteil. Er war der erste Mensch, der in einem motorisierten Flugzeug umkam und er wurde vom großen Pionier des Motorflugs Orville Wright persönlich aus dem Leben pilotiert, als beide bei einem Testflug abstürzten. Orville Wright überlebte den Absturz und kam mit leichten Verletzungen davon.

Ein Jahr später löste Louis Bleriot mit der Überquerung des Ärmelkanals eine bis dahin nicht für möglich gehaltene Masseneuphorie für die Fliegerei aus. Mit der Überwindung dieser natürlichen Barriere war die gottgegebene Trennung von Himmel und Erde ein für alle Mal aufgehoben. Die Welt war nicht mehr dieselbe wie zuvor und jeder im Lande spürte das. Und wie immer, wenn eine Masseneuphorie auf den Stolz einer Nation trifft, macht der Tod reiche Beute. Diesen Blutzoll erbrachten die Franzosen gerne, denn die Schmach des verlorenen Krieges gegen die Deutschen 1870/71 lastete immer noch schwer auf der Grande Nation. Jetzt würde ihre

Stunde schlagen, denn in der Welt der Fliegerei blieb den Kartoffelfressern nur die Rolle des Zuschauers.

Die Zukunft gehörte Frankreich. Als Nationalheld und Symbolfigur einer neuen Ära lockte Bleriot mit seinem Eindecker mehr als 500.000 Besucher auf den ersten Flugwettkampf der Welt, die »Grande Semaine d'Aviation de la Champagne«, nach Reims. Dieses Großereignis kann man ruhigen Gewissens als das Woodstock der modernen Fliegerei bezeichnen. Flugzeugkonstrukteure aus der ganzen Welt hatten sich in Reims eingefunden, um ihre abenteuerlichen Konstruktionen vorzustellen und ein begeistertes Publikum mit waghalsigen Flugmanövern zu entzücken. Vom Kind bis zum Greis war alles auf den Beinen um diesem Spektakel beizuwohnen. Von da an gab es kein Halten mehr. Weltweit wurden unzählige Flugschauen und Rekordflüge veranstaltet und wahnwitzige Preisgelder für noch wahnwitzigere Vorhaben ausgelobt. Die *Daily Mail* bot 10.000 Pfund für den ersten Flug von London nach Manchester, die Champagnerhersteller in Reims boten 50.000 Francs Prämie für einen neuen Langstreckenrekord und der amerikanische Zeitungsmagnat William Hearst lobte ein unglaubliches Preisgeld von 50.000 $ für den ersten Flug quer über den Kontinent aus.

Der Tod war fasziniert. Noch nie hatten sich ihm gesunde Männer in den besten Jahren so leidenschaftlich und freudig hingegeben. Es schien als seien sie von Sinnen. Als ob den Fliegern wie durch Zauberhand alle Furcht genommen war. Wie die Lemminge stürzten sie sich in den neu eroberten Lebensraum – ohne Rücksicht auf Leib und Leben. Lebemänner auf der Suche nach Anerkennung ebenso wie Glücksritter ohne nennenswerte Kenntnisse auf der Suche nach Ruhm und Geld. Fasziniert von den sich abzeichnenden neuen Möglichkeiten waren auch die Flugzeugbauer, die das enorme öffentliche Interesse an der Fliegerei nutzten, um Investoren auf sich aufmerksam zu machen. Der Tod betrachtete es als sein legitimes Recht, einen entsprechend höheren Blutzoll zu fordern. 1909 nahm er Leon Delagrange, Ritter der Ehrenlegion und Halter zahlreicher Rekorde sowie drei weitere Piloten aus dem Spiel.

1910 forderte der Tod bereits zweiunddreißig Opfer. Den Anfang machte Charles Steward Rolls, Gründer der legendären Automobilmanufaktur Rolls-Royce. Der Sohn eines alten Adelsgeschlechts war besessen davon, Erster zu sein. Er stellte als erster Engländer einen Geschwindigkeitsrekord auf einem Motorrad auf, besaß als erster Cambridge-Student ein eigenes Automobil und erwarb als erster Engländer eine offizielle Fluglizenz. Folglich ließ er es sich auch nicht nehmen, als erstes englisches Flugopfer in die Geschichte einzugehen. Er stürzte in einem Wright Flieger bei einer Flugveranstaltung in Bournemouth beim Training für den Ziellandewettbewerb ab. Seine größte fliegerische Leistung war die Überquerung des Ärmelkanals in beide Richtungen, als Erster, versteht sich.

Der Ärmelkanal war die größte Herausforderung in den Kindertagen der Fliegerei. Folglich schlug der Tod hier gerne und häufig zu.

Gustav Hameln, der erste Postflieger, blieb über dem Ärmelkanal verschollen, ebenso wie Cecil Grace. Die erste Frau, die den Kanal bezwang, war Harriet Quimby aus Coldwater, Michigan. Sie starb zwei Jahre später zusammen mit ihrem Lebensgefährten, als beide bei der Airshow in Boston von Turbulenzen aus ihren Sitzen geschleudert wurden. Gurte waren noch nicht erfunden.

Damit war sie aber nicht die erste Frau, die am Steuer eines Flugzeuges ums Leben kam. Diesen Ehrenplatz nimmt Mme. Deniz Moore ein, die in Etienne die Kontrolle über ihre Antoinette verlor und in ein Kornfeld stürzte.

Am selben Tag wie Charles Steward Rolls verunglückte auch Daniel Kinet aus Belgien tödlich, drei Tage später sein Bruder, beide in einem Farman Eindecker.

Als weitere natürliche Grenze stellten Gebirge eine Herausforderung für Flieger in aller Welt dar. Die erste Alpenüberquerung gelang dem Peruaner Jorge Chavez. Er kam als Einziger ins Ziel, konnte aber das Preisgeld in Höhe von 20.000 Lire nicht mehr ausgeben, da der Flügel seiner Bleriot IX über dem Zielort abbrach und er aus nur zwölf Metern Höhe abstürzte. Vier Tage nach seinem Triumph erlag er seinen Verletzungen.

Seine wagemutigsten Herausforderer fand der Tod in den USA. Als reine Unterhaltungsveranstaltungen für ein sensationslüsternes Publikum ging es bei den amerikanischen Flugveranstaltungen weniger darum natürliche Hindernisse zu überwinden, als um reine Unterhaltung und seinen Mut unter Beweis zu stellen. Je waghalsiger die Flugmanöver, desto größer der Ruhm und das Honorar des Piloten. Als absolute Publikumslieblinge galten die »Heavenly Twins«, Ralph Johnstone und Arch Hoxsey. Beide flogen für die Flugschule der Gebrüder Wright. Ralph Johnstone war Fahrradakrobat im Zirkus bevor er bei den Wrights anheuerte, Arch Hoxsey Mechaniker. Ihre atemberaubenden Verfolgungsjagden begeisterten Publikum wie Journalisten gleichermaßen. Dabei konnte es durchaus auch zu ungeplanten Sensationen kommen. Im Belmont Park versuchten beide einen neuen Höhenrekord aufzustellen, als sie in heftigen Gegenwind gerieten. Der trieb Johnstone sechzig und Hoxsey dreißig Meilen weit fort. Da die Höchstgeschwindigkeit der beiden Doppeldecker niedriger war als die Windgeschwindigkeit, legten beide diese Strecke mit dem Heckleitwerk voran zurück. Der Tod nahm die ständigen Herausforderungen Johnstones im Oktober 1910 auf einer Flugshow im Overland Park Denver an. Hoxsey holte er sich im Dezember desselben Jahres in Los Angeles beim Versuch seinen eigenen Höhenweltrekord von 3.495 m zu brechen.

Das letzte Opfer des Jahres 1910 war John B. Moisant, ein Bankier und Zuckerplantagenbesitzer mit zweifelhaftem Ruf. Er musste sich aus seiner Heimat San Salvador absetzen, weil er zwei Putschversuche unternommen hatte, um seine beiden Brüder aus dem Gefängnis zu befreien. Er trieb sich aus reiner Abenteuerlust auf den Flugveranstaltungen herum. Sein letztes Abenteuer bestand in dem Versuch, mit seiner Bleriot, ein sehr erfolgreiches Flugzeug mit vielen Rekorden und sehr vielen Abstürzen, den Michelin Cup in New Orleans zu gewinnen, und endete tödlich.

Im Jahr 1911 weitete der Tod seine Aktivitäten auch geografisch deutlich aus. Serbien, Russland, Spanien, Deutschland, Österreich, Kanada, Peru und Brasilien durften ihre ersten Flugopfer in die Geschichtsbücher schreiben. Die Schweiz schickte Hans Schmid, der seitdem die schöne Nummer einhundert in der Flugopferinventarliste bekleidet.

Der Tod begnügte sich jedoch nicht allein mit den Piloten, Passagieren und Mechanikern. Auch unter den Zuschauern, die den Spektakeln so zahlreich und mit so großer Hingabe folgten, fand er dankbare Opfer. Deren Sensationsgier bediente sich der Schnitter so gut er konnte. Manchmal vielleicht sogar etwas übereifrig. Das Ableben des französischen Kriegsministers Henri Maurice Berteaux auf einer Flugveranstaltung vor mehr als 300.000 Zuschauern war ein solches Beispiel. Er wurde am 21. Mai 1911 beim Start des Paris-Madrid-Rennens vor der Ehrentribüne vom Propeller einer Nieuport IV unter großer Anteilnahme des Publikums geschreddert, was allerdings nicht Grund genug war, um die Veranstaltung abzubrechen.

Das Rennen gewann Jules Védrines, ein ehemaliger Chauffeur und Sohn eines Arbeiters aus Paris, der damit als erster Mensch die Pyrenäen überflog und in einer auf drei Tage verteilten Flugzeit von 14 Stunden und 55 Minuten als einziger Teilnehmer Madrid erreichte. Die Publikumslieblinge Roland Garros und Jean Conneau hatten aufgrund technischer Probleme aufgeben müssen. Jules Védrines gehörte von diesem Tag an zu den Großen in der Welt der Aviation. In seiner Deperdussin gewann er in den folgenden Jahren zahlreiche Rekordflugveranstaltungen: das Rennen von Paris nach Rom, den ersten Europarundflug und den begehrten, weil hoch dotierten Gordon Bennet Cup.

Später gelang ihm das Kunststück, auf dem Dach der Galerie Lafayette in Paris zu landen. Er starb im selben Jahr bei der Einweihung der Luftlinie zwischen Paris und Rom mit seinem Mechaniker am Steuer einer zweimotorigen Caudron C 23.

Als der verrückteste Pilot dieser Zeit galt Charles Keeney Hamilton, der nicht weniger als 63 Abstürze überlebte und niemals ohne Pistole und ein riesiges Bündel Geldscheine flog. Er starb, wie er selbst vorhergesagt hatte, im Bett.

Der Tod rief noch weitere Pioniere der ersten Stunde zu sich: Colonel Samuel Cody, der den ersten Motorflug in England absolviert hatte, der Schweizer Oskar Bider, Bezwinger der Alpen, und nicht zu vergessen: Lincoln Beachey, den populärsten Schauflieger der USA, der seine Karriere mit dem Überfliegen der Niagarafälle begonnen hatte und als der am besten bezahlte Flieger der Welt galt. Seine Tagesgage entsprach dem Jahresgehalt eines Arbeiters. Der Tod berief Beachey im Alter von achtundzwanzig Jahren ab. Bei einem waghalsigen Looping auf der Panama-Pacific International Exposition brachen beide Flügel seines Taube Eindeckers, und er stürzte ins Meer.

Als erster Marineflieger gilt Eugene Burton Ely, dem es 1911 gelang, von einem Kriegsschiff aus zu starten und auch dort zu landen. Ihn rief der Tod drei Jahre später auf einer Flugschau in Macon, Georgia zu sich.

Im Jahre 1914 verlor der Tod vorübergehend sein Interesse an der Fliegerei und wandte sich einer größeren Aufgabe zu.

Die Heidelberger Puppenkiste

Frau Dr. Keitel hatte eine unruhige Nacht gehabt und genoss das heiße Wasser, das ihren Körper hinab floss. Zehn Wochen ohne Sex. Sie versuchte sich zu erinnern, wann sie damit begonnen hatte, ihre sexlose Zeit zu zählen. Irgendwann nach ihrem vierzigsten Geburtstag. Sie ließ die Optionen, die sie hatte, Revue passieren und kam zu dem Ergebnis, dass alle Anzeichen auf einen neuen Jahresrekord hindeuteten. Dann drehte sie das warme Wasser ab und zählte tapfer bis dreißig. Unter dem kalten Wasser traten ihre Brustwarzen deutlich hervor. Nachdem sie sich mit dem warmen Handtuch frottiert hatte, schlüpfte sie in den Bademantel. Sie glaubte, den Duft frischen Kaffees zu riechen, als sie das Bad verließ. »So weit ist es schon gekommen«, murmelte sie, als sie die Küche betrat, wo ihr unwillkürlich ein markerschütternder Schrei entfuhr.

»Entschuldigung, ich wollte Sie nicht erschrecken«, sagte Trond. »Milch? Zucker?«

Frau Dr. Keitel musste sich auf der Stuhllehne abstützen, so sehr war ihr der Schreck in die Glieder gefahren. Ihre Instinkte meldeten, dass sie sich nicht in unmittelbarerer Gefahr befand, aber trotzdem packte sie die kalte Wut.

Nach wenigen Sekunden war sie wieder in der Lage, sich zu artikulieren: »Wer sind Sie?« Frau Dr. Keitel rang nach Worten. »Was fällt Ihnen ein? Verlassen Sie auf der Stelle meine Wohnung, sonst werde ich …«

»Geschrien haben Sie schon. Niemand wird Sie daran hindern, die Polizei zu rufen. Um Ihre erste Frage zu beantworten: Mein Name ist Trond Faksen und ich bitte Sie, mein unorthodoxes Vorgehen zu entschuldigen. Also, wie trinken Sie Ihren Kaffee?«

Trond saß auf einem der Küchenstühle und machte keinerlei Anstalten, sich ihr zu nähern. Frau Dr. Keitel lief auf den Messerblock zu, aber ihr ungebetener Gast rührte sich nicht. Sie erinnerte sich schwach an einen Selbstverteidigungskurs, den sie vor Jahren einmal belegt hatte. Von großem Nutzen schien diese Maßnahme im Moment nicht zu sein, denn ihre Instinkte waren auf Flucht ausgerichtet. Doch nichts deutete darauf hin, dass der Eindringling ihr zu nahe kommen wollte. Sicherheitshalber beschloss sie dennoch, in Reichweite des Messerblocks zu bleiben. Sie kochte vor Wut und versuchte, die Situation zu erfassen. Nachdem sie verschiedene Szenarien gedanklich durchgespielt hatte, kam sie zu dem Entschluss, sich der Begebenheit zu stellen und die Polizei zu rufen, sobald ihr ungeladener Gast wieder gegangen war. Würde er sich auch nur eine einzige weitere Distanzlosigkeit erlauben, käme das Messer zum Einsatz.

»Faksen? Was zum Teufel?« Langsam erfasste sie die Situation.

»Woher wissen Sie, wer ich bin?«

Trond lächelte breit, hob beide Hände und sah der Frau im Morgenmantel tief in die Augen. »Sie sollten wissen, wer ich bin. Schließlich waren Sie es doch, die mich empfohlen hat.«

Es war tatsächlich so, dass sie Trond empfohlen hatte, aber der Mann vor ihr konnte das unmöglich wissen. Das war eine unerwartete Situation. Sie musste vorsichtig sein.

»Und woher wussten Sie, dass ich allein bin?«

»Ich habe es vermutet, aber sicherheitshalber nachgesehen. Kommen Sie gut klar mit Ihrer Nachtschiene gegen das Zähneknirschen? Bei mir hat sie nämlich nichts gebracht. Ich habe sie alle zwei Tage durchgebissen.«

Die Akademikerin stopfte zwei Weißbrotscheiben in den Toaster und drückte die Taste.

»Ich warte immer noch auf eine plausible Erklärung für Ihr Eindringen in meine Wohnung«, sagte sie, während sie den Kühlschrank öffnete und eine Packung Streichkäse hervorholte. Dabei ließ sie den Eindringling keine Sekunde aus den Augen.

Trond verzog keine Miene. »Ich hatte eine Eingebung, vorgestern. Außerdem konnte ich der Versuchung nicht widerstehen, einen meiner Auftraggeber in Verlegenheit zu bringen.«

»Ich hoffe, Sie sind auf Ihre Kosten gekommen. Ich warte immer noch auf eine Erklärung. Andernfalls werden Sie der Polizei Ihr Tun erklären müssen. Darauf können Sie sich verlassen.«

»Geschenkt.« Trond winkte ab. »Ich muss zugeben, meine Erwartungen bezüglich Ihrer Verlegenheit sind nicht ganz erfüllt worden.«

»Kommen Sie endlich zur Sache, damit Sie so schnell wie möglich wieder verschwinden können.«

»Gerne. Sie sind …« Das Klacken des Toasters unterbrach Trond. Die Hausherrin nahm den Toast mit zwei Fingern, legte ihn auf ein Holzbrettchen und bestrich ihn mit dem Käse.

»Ich höre.«

»Sie sind die Strippenzieherin.«

»Hören Sie endlich auf, in Andeutungen zu sprechen, verdammt noch mal. Mir geht Ihr arrogantes Gequatsche auf die Nerven.«

Trond schmunzelte. »Sie haben mich gebeten, Ihnen den Grund für meine Anwesenheit hier zu nennen, und Sie werden es wohl oder übel aushalten müssen, es mir zu überlassen, wie ich das tue. Also«, Trond legte demonstrativ eine Pause ein und nahm einen Schluck Kaffee, »als Kind hat mich immer die Augsburger Puppenkiste fasziniert. Ich habe mir die Sendungen immer bis zur letzten Sekunde angesehen in der Hoffnung, dass die Puppenspieler gezeigt werden. Die Leute, die den Figuren diesen unverwechselbaren Charme verpasst haben.«

Trond simulierte mit erstaunlichem Geschick die Motorik der Figuren, indem er Oberkörper, Kopf und Arme in der typischen, ruckartigen Weise bewegte. »In meiner Zeit als Ermittler habe ich die Erfahrung gemacht, dass in fast jedem Fall neben den sichtbaren Personen weitere Akteure im Hintergrund agieren. Personen, die die Strippen ziehen. In unserem Fall sind Sie das. Sie halten die Fäden in der Heidelberger Puppenkiste zusammen. Sie bestimmen den Ablauf und Sie bestimmen auch, wer wie viel erfahren darf. Und da ich gerne umfassend informiert werde, Sie aber beschlossen haben, mir nur einen Teil der Informationen dieses Falls zugänglich zu machen, bin ich hier, um zu erfahren, um was es wirklich geht und welche eigenen Interessen Sie verfolgen.«

»Unsinn«, zischte Frau Dr. Keitel. »Sie sind ein Privatdetektiv und wir haben Sie beauftragt, einen Mitarbeiter unseres Instituts ausfindig zu machen. Das ist alles. Es gibt keine weiteren Informationen außer diesen, und wenn es welche gäbe, dann wäre das für Sie nicht von Belang. So sind die Spielregeln, und wenn Sie diese Spielregeln nicht akzeptieren, dann sind Sie draußen. Das ist ein einziger Anruf. So einfach ist das.«

Trond schüttelte den Kopf. »So einfach ist das leider nicht. Sie halten wichtige Informationen zurück, weil Sie Angst haben, dass ich mehr herausfinden könnte, als Ihnen lieb ist. Sie sind ein Kontrollfreak. Sie sind diejenige, die in unserem Fall alle Fäden in der Hand hält. Der Dekan ist nur ein Werkzeug, genau wie dieser Anwalt und genau wie ich. Er tut, was Sie ihm sagen. Auch wenn er das selbst noch nicht gemerkt hat. Sie machen das übrigens sehr geschickt, indem Sie ihm suggerieren, er habe das Heft in der Hand. Das ist aber nicht der Fall. Es war Ihre Idee, mich zu engagieren. Es war Ihre Idee, mir wichtige Details vorzuenthalten und Sie sind es auch, die entscheiden wird, was passiert, wenn ich Professor de Jager gefunden habe.«

»Es steht Ihnen frei, den Auftrag abzulehnen.« Frau Dr. Keitel klang absolut überzeugend.

Trond erhob sich, wobei er sich ihr nicht näherte, sondern im Gegenteil, sich etwas in Richtung des Fensters bewegte. Er gab damit einen Fluchtweg frei. »Ich werde Ihnen meine Geschichte erzählen«, begann er mit sanfter Stimme.

»Ich war fünf Jahre alt. Wir lebten damals in Spanien. Es war die Woche, in der wir nach Deutschland umziehen wollten. Mein Vater hatte die Papiere beisammen und unsere Sachen waren bereits gepackt. Mein Onkel hatte mir zwanzig Mark zugesteckt. Das war ein Vermögen damals. Ich sollte mir davon in Deutschland Spielzeug kaufen. Ich hatte eine Woche lang so gut wie nichts gegessen, da ich die wenigen Spielsachen, die ich besaß, aus Platzgründen nicht mitnehmen durfte. Am Tag vor der Abreise wollte ich meinen Schatz noch einmal betrachten und malte mir aus, was ich alles kaufen würde. Ein Polizeiauto, größer als das, welches ich zurücklassen musste, und eine Pistole, die aussah wie eine richtige Pistole. Besser als das selbstgebaute Holzding, das ich gerade in der Hand hielt. Ich öffnete also meine Spardose und sah, dass sie leer war. In diesem Moment kam mein Großvater herein. Er war betrunken und sah mich lange an. Sein Gesicht verriet, was ich zu glauben nicht gewagt hätte. Er nahm mich in den Arm und sagte etwas, das ich nie vergessen werde.

Er sagte: ‚Tut mir leid, mein Junge. Ich habe dein Geld genommen und Schnaps davon gekauft. Ich habe das nicht getan, um dir wehzutun. Ich habe das getan, weil ich ein Trinker bin und ein Dieb. Und ein Dieb stiehlt, so wie ein Bauer das Feld bestellt und ein Pfarrer predigt. So ist das. Wir sind Wikinger und Wikinger sähen nicht, was sie ernten. Auch dein Vater ist ein Dieb. So wie du einmal ein Dieb werden wirst. So ist das seit ewigen Zeiten und niemand kann etwas dagegen tun.'«

Frau Dr. Keitel hörte aufmerksam zu. Zum einen, weil sich die Psychologin in ihr davon nützliche Rückschlüsse auf den Menschen versprach, der sich hinter dem Detektiv verbarg und zum anderen, weil diese Beichte so gar nicht zu dem passen wollte, was hier gerade ablief.

»Mein Großvater hat mir den Faksen-Familienfluch erklärt, als handele es sich um ein Naturgesetz, dem sich jeder zu beugen habe. Ich zielte damals mit meiner Holzpistole auf ihn und von da an war mir klar, dass ich Polizist werden wollte. Ich bin dann beim Zoll gelandet, aber mein Großvater sollte Recht behalten. Auch ich bin ein Dieb geworden. Ich habe aus diesem Grund meinen Job beim Zoll verloren. Ich liebe es, in fremde Häuser einzubrechen. Ich liebe es, in den Wohnungen fremder Leute zu lesen wie in einem offenen Buch. Mir kommt es dabei nicht mehr darauf an, mich materiell zu bereichern, ich stehle die Identität der Menschen, bei denen ich einbreche.«

Frau Dr. Keitel hörte fassungslos zu. »Warum erzählen Sie mir das?«, fragte sie und sah ihr Gegenüber an, das jedoch nicht reagierte. Schon als sie begonnen hatte, ihre Frage zu formulieren, hatte sich ein flaues Gefühl in ihrer Magengegend ausgebreitet, das sich schnell von einer bösen Vorahnung zu einer Panikattacke auswuchs.

»Nein!«, schrie sie und rannte aus der Küche, durch den Flur, um dort die Tür zu ihrem Büro aufzureißen.

Dann wich sie einen Schritt zurück, legte die Hände wie paralysiert an den Kopf und öffnete den Mund zu einem stummen Schrei. Fassungslos sah sie in den Raum, der aussah, als habe ein Horde Verrückter in ihm gewütet. Alle Schränke waren durchwühlt. Briefe lagen auf dem Boden verstreut, Kinderzeichnungen neben Dokumenten und Aktenordnern, die teils geöffnet, teils verschlossen im ganzen Büro verteilt waren.

Trond war ihr langsam gefolgt. »Ich habe mich etwas in Ihrem Büro umgesehen und mich mit Ihrer Vergangenheit auseinandergesetzt, wissen Sie.«

Die Akademikerin war beim Anblick ihres völlig verwüsteten Arbeitszimmers langsam auf den Boden gesunken. Ihr leises Wimmern steigerte sich zu einem ungehemmten Schluchzen. Der Gürtel ihres Bademantels hatte sich etwas gelöst und gab den Blick auf einen Teil ihrer Brust frei. Trond hockte sich ihr gegenüber auf den Boden und versuchte, diese unbeabsichtigt gebotene Aussicht zu ignorieren.

»Ich habe Ihnen von meiner Kindheit erzählt, weil wir eigentlich ganz ähnliche Perspektiven vorgefunden haben. Wir stammen beide aus sehr bescheidenen Verhältnissen. Nur ist es Ihnen im Gegensatz zu mir gelungen, das Steuer herumzureißen. Sie haben da wirklich eine sehr bemerkenswerte Entwicklung durchlaufen.«

»Halten Sie Ihren Mund«, schluchzte Michaela Keitel.

»Kompliment, Sie haben das geschafft, was mir nie gelungen ist. Sie sind eine absolute Ausnahmeerscheinung. Mittlere Reife, Lehre als Bürokauffrau, früh schwanger. Alles deutete darauf hin, dass Ihr Leben genauso langweilig und unspektakulär verlaufen würde wie das Ihrer Eltern. Sie waren schüchtern, nicht einmal in der Lage, sich gegen Ihren Freund zur Wehr zu setzen, der Sie schlug und misshandelte. Und dann, peng, kam der Wandel. Als hätten Sie eine Erleuchtung gehabt. Von einem Tag auf den anderen haben Sie Ihr altes Leben abgestreift und Ihr Schicksal selbst in die Hand genommen. Sie haben sich von Ihrem Peiniger getrennt, das Abitur an der Abendschule nachgemacht und als Jahrgangsbeste abgeschlossen. Psychologiestudium, Engagement in der Frauenbewegung, Promotion zum Thema »Generationsübergreifende Opferstrukturen«. Sie haben sogar noch ein zweites Studium nachgelegt und Ihrer Tochter den Weg geebnet, die ebenfalls eine akademische Laufbahn einschlug. Schließlich landeten Sie am renommiertesten geisteswissenschaftlichen Institut in Deutschland. Chapeau. Sie sind der einzige Mensch, den ich kenne, der sich selbst vollkommen umprogrammiert hat.«

Frau Dr. Keitel erhob sich langsam, am ganzen Körper zitternd, und stürzte sich auf den Privatermittler. Alles, was sie im Selbstverteidigungskurs gelernt hatte vergessend, trommelte sie mit den Fäusten auf seine Brust. »Sie Schuft, Sie verdammter Schuft«, schrie sie.

Trond wehrte sich nicht. »Tut mir leid, ich bringe das nachher in Ordnung.«

»Unterstehen Sie sich«, protestierte Frau Dr. Keitel. »Sie sind krank im Kopf, vollkommen krank. Ich werde Ihnen den Fall entziehen.« Sie ärgerte sich, in Tronds Gegenwart die Beherrschung verloren zu haben.

Auch Trond stand auf. »Ich erzähle Ihnen das, weil ich mit Ihnen von gleich zu gleich sprechen möchte. Ich habe mir Zutritt zu Ihrer Vergangenheit verschafft und Ihnen als Wiedergutmachung meine Vergangenheit angeboten.«

»Ich pfeife auf Ihre Vergangenheit.«

Tronds Stimme war ungewohnt sanft. »Ich bewundere Sie. Sie haben geschafft, was die wenigsten Menschen schaffen. Sie haben sich selbst völlig neu erfunden. Sie haben sich, aus welchen Gründen auch immer, an einem Punkt in Ihrem Leben erhoben und haben beschlossen, eine andere Person zu werden. Ich habe diese Kraft nie gehabt. Ich habe immer nur versucht, in dem was ich bin, einigermaßen gut zu sein. Dabei war ich weder ich selbst, noch war ich wirklich gut. Es hat mir gereicht, etwas besser als die anderen zu sein.«

Trond bewegte sich in Richtung Haustür. »Es liegt bei Ihnen. Wenn Sie mir die ganze Geschichte erzähen, werden wir die Sache gemeinsam zu Ende bringen. Oder Sie feuern mich, dann werde ich gehen und Sie werden mich nie wiedersehen. »Gehen Sie, sofort«, sagte Frau Dr. Keitel.

Trond verließ das Zimmer und die Psychologin hörte, wie die Wohnungstüre hinter ihm ins Schloss fiel.

Sie kochte vor Wut, nicht allein, weil er in ihre Wohnung eingedrungen war, sondern vielmehr weil er sie durchschaut hatte, bis in den letzten Winkel ihrer Seele. Der Mann, der nach außen den Eindruck eines rücksichtslosen Proleten vermittelte, war ganz offensichtlich hochintelligent, äußerst sensibel und verfügte über mehr Menschenkenntnis als die meisten Dozenten, die ihr im Laufe ihres Berufslebens begegnet waren. Sie zögerte einen Moment. Dann lief sie zur Wohnungstüre und öffnete sie. Trond stand vor dem Fahrstuhl.

»Warten Sie.«

Trond drehte sich um und ging zurück.

»Was interessiert Sie an dem Fall?«, wollte Frau Dr. Keitel wissen.

»Ich hatte lange keine Gelegenheit mehr, mir zu beweisen, dass ich besser bin als andere.«

Sie sahen einander lange an, so als träfen sie eine Vereinbarung. Dabei war es nur Frau Dr. Keitel, die eine Entscheidung traf.

»Kommen Sie rein.«

Die Psychologin griff nach der Kaffeekanne, fühlte die Temperatur, nahm zwei Tassen und füllte sie. Sie deutete auf die Zuckerdose und das Milchkännchen.

»Die Sache ist weitaus brisanter, als wir sie Ihnen gegenüber dargestellt haben. Prionen sind hochinfektiös und können mit keiner uns bekannten Methode behandelt werden. Außerdem sind sie extrem widerstandsfähig. Sie sind gegen extreme Hitze ebenso resistent wie gegen extreme Kälte. Pathogene Prionen in den falschen Händen sind so etwas wie biologische Kampfstoffe. Wir haben zwar keine Indizien, die darauf hinweisen, dass Professor de Jager Aktivitäten in diese Richtung entwickelt, aber der Umstand, dass er sich möglicherweise mit uns unbekannten Personen oder Gruppierungen eingelassen hat, gibt Anlass zu größter Sorge.«

Frau Dr. Keitel beobachtete Trond genau, während sie fortfuhr. »Eine Infektion mit Prionen ist zwar nicht ansteckend, das heißt, es würde nicht zu einer Epidemie kommen, aber es ist relativ einfach, eine große Menge von Menschen zu infizieren. Ich denke, Sie können sich vorstellen, was das bedeutet.«

Trond war den Ausführungen der Psychologin teilnahmslos gefolgt und hielt seine Kaffeetasse mit beiden Händen fest. Er sah auf, um sich zu vergewissern, dass Frau Dr. Keitel mit ihren Ausführungen fertig war. Er hatte gelernt, dass nichts törichter war, als zu früh eine Frage zu stellen. Er trank den Kaffee und schwieg, in der Hoffnung, sie würde weitere Details verraten. Tat sie aber nicht.

»Was haben Sie vor, wenn ich ihn gefunden habe und wenn sich Ihre Befürchtungen bewahrheiten? Werden Sie an seine Ehre als Wissenschaftler appellieren? Würden Sie ihn töten lassen, wenn er sich uneinsichtig zeigt?«

Frau Dr. Keitel sah teilnahmslos auf den Küchentisch.

»Um ehrlich zu sein, ich habe keine Ahnung. Professor de Jager ist ein Forscher, durch und durch. Wir gehen davon aus, dass eine dritte Kraft versucht, sich seine Erkenntnisse anzueignen, um Ziele zu verfolgen, die wir nicht kennen. Wir sind uns sicher, dass er nicht direkt involviert ist. Daher ist der erste Schritt, ihn ausfindig zu machen. Wenn wir wissen, mit wem er zusammenarbeitet, werden wir weitere Schritte einleiten.«

»Glauben Sie nicht, dass es klüger wäre, die Behörden einzuschalten?«

»Was glauben Sie, wer für einen solchen Sachverhalt zuständig ist?«

Trond kratzte nachdenklich seinen Haaransatz. »Verstehe. Ich danke Ihnen für Ihre Offenheit.«

Frau Dr. Keitel erhob sich. Für einen Moment standen sie da, wie zwei, die nach einem One-Night-Stand nicht wussten, wie man sich angemessen verabschiedet.

Trond streckte seine Hand aus, die Frau Dr. Keitel nach kurzem Zögern ergriff.

Er deutete mit dem Daumen auf das Arbeitszimmer. »Und nichts für ungut wegen der Un ...«

»Verschwinden Sie schon.«

Trond nickte kurz und machte sich dann auf den Weg.

»Verdammter Scheißkerl, das wirst du büßen«, sagte sie, lange, nachdem er die Wohnung verlassen hatte.

»Lügnerin«, murmelte Trond, als er in seinen Wagen stieg. Dann holte er sein Fotohandy aus der Tasche und betrachtete das Display. Die Qualität der Aufnahmen aus dem Büro von Frau Dr. Keitel war erstaunlich. Er scrollte durch die Bilder, bis er ein bestimmtes Bild gefunden hatte, das er dann vergrößerte.

»Theys Pharma, sehr interessant«, murmelte er.

Der Affenkopfmarkt

Professor de Jager sehnte den Donnerstag herbei und war an diesem Tag stets als Erster auf den Beinen. Donnerstag war Markttag und Mabou, das Faktotum, erledigte die Wocheneinkäufe für das Camp. Der Professor begleitete ihn. Anfangs hatte Commander Wu versucht, diese Marktbesuche zu unterbinden. Der Professor hatte jedoch darauf bestanden und sich schließlich durchgesetzt.

»Ich brauche kein Satellitenfernsehen, ich brauche einmal die Woche eine Portion richtiges Leben, mit richtigen Menschen, egal wie sie aussehen und egal was sie machen. Ich brauche das, damit ich klar denken kann.« Das waren die Argumente, die er gegenüber dem Commander vorgebracht hatte, und zwar vehement, wie der Umstand bewies, dass es ihm gelungen war, die Chinesen zu überzeugen.

Er bekam einen chinesischen Aufpasser, der sich aber diskret im Hintergrund hielt und nach wenigen Wochen so genau mit den Gewohnheiten des Professors vertraut war, dass er ihn meist für Stunden allein ließ, um seinen eigenen Bedürfnissen nachzukommen.

Mabou wählte für seine wöchentlichen Einkäufe einen ganz besonderen Markt aus, den Affenkopfmarkt. Unmittelbar am Niger gelegen, wurden hier sämtliche Kreaturen, die den afrikanischen Kontinent unsicher machten, am Stück oder in Teilen und in jeder denkbaren Konsistenz feilgeboten. Getrocknete Schakalpenisse, Hyänenköpfe, sämtliche Innereien aller Tiergattungen als Paste, in Pulverform oder frisch, wobei frisch nicht frisch bedeutete, sondern unkonserviert. Der Geruch, der von der Frischware ausging, schloss einen Verzehr aus. Selbst für den, im Vergleich zum Mitteleuropäer, weniger sensibel entwickelten Gaumen des afrikanischen Kunden. Denn, darin bestand die Besonderheit dieses Marktes, neben den gewöhnlichen Produkten gab es hier zahlreiche Dinge, die nicht für den Verzehr gedacht waren, sondern einem völlig anderen Zweck dienten. Der Affenkopfmarkt war so etwas wie eine riesige Apotheke, das zentrale Einkaufszentrum für schamanische Belange. Die bedeutendsten Schamanen aus Bamako, die Marabus, hatten hier ihre Stände. Ihr Geschäft bestand darin, den hochgradig abergläubischen Malier gegen Krankheit, Flüche und bösen Zauber zu schützen. Oder, im Gegenzug, Flüche und bösen Zauber auf Nebenbuhler und andere Mitmenschen zu legen. Um ein neues Geschäft erfolgreich auf den Weg zu bringen, bedurfte es der Unterstützung eines Marabus. Erst wenn dieser das neue Transportfahrrad gesegnet und mit Tinkturen bearbeitet hatte, versprach das Geschäft Erfolg. Der Marabu war auch unverzichtbar, wenn es darum ging, die Tochter in eine vielversprechende Ehe zu vermitteln, Unfruchtbarkeit abzuwenden oder einen Nebenbuhler auszustechen. Genau genommen gab es kaum einen gesellschaftlichen Belang, der nicht direkt oder indirekt in den Zuständigkeitsbereich eines Marabus fiel. Erstaunlicherweise wurden die Marabus sogar von den Sufis geduldet. Sie schienen in keiner direkten Konkurrenz zum Islam zu stehen. Die großen Marabus wiesen hinter vorgehaltener Hand gerne darauf hin, dass die Sufis zu ihren besten Kunden zählten. Umgekehrt holten sich die Marabus für ihre »Rezepte« gerne Anregungen bei der anderen Seite. Das besagte Transportgeschäft konnte nach Empfehlung des Marabus beispielsweise nur dann von Erfolg gekrönt sein, wenn der Betreffende eine bestimmte Koran-Sure, in ein Stück Antilopenfell gebunden, 40 Tage lang um die Hüfte trug. So kam jeder zu seinem Recht und niemand fand etwas dabei – friedliche Koexistenz der religiösen Kulturen. Der Affenkopfmarkt war Dreh- und Angelpunkt dieses florierenden Geschäfts und jeder Einwohner der Stadt fand sich hier zu wichtigen und nichtigen Anlässen ein, um sich gegen alle möglichen Widrigkeiten des Lebens zu wappnen.

Für die Chinesen war der Markt Ausdruck der Rückständigkeit Malis. Der Professor hingegen liebte den Markt und konnte nichts Anrüchiges an dem geschäftigen Treiben um die exotischen Waren finden. Für ihn war diese Form der Bewältigung alltäglicher Probleme der lokale Dialekt einer Sprache, die auf der ganzen Welt gesprochen wurde. Zu glauben, dass vier Ave Maria und sieben Vaterunser eine angemessene Sühne für einen Seitensprung darstellten, war für ihn als Wissenschaftler ebenso absurd wie der Rat eines Marabus, sich zur Vermeidung von üblen Gerüchten eine stinkende Tinktur ins Ohr zu träufeln. Und was empfahl ein Psychologe einer vernachlässigten Hausfrau in Wiesbaden? Atemübungen, Meditation und in einen inneren Dialog mit jemandem zu treten, der sie in ihrer Kindheit gekränkt hatte. Der gemeinsame Nenner aller drei Aktivitäten bestand darin, dass es funktionieren konnte, wenn man daran glaubte. Für den Professor bestand kein Unterschied in den drei Methoden.

Was den Molekularbiologen zudem erregte, war die überwältigende Vielfalt von Eindrücken, die sich ihm auf dem Affenkopfmarkt darbot. Die Farbenpracht der Gewänder und der intensive Geruch der Waren, die ohne Verpackung und ohne Kühlung wie Konzentrate rochen.

Einen anderen, weitaus wichtigeren Grund für seinen Drang in die Stadt, hatte er seinen chinesischen Auftraggebern verschwiegen. In Bamako wurde Bambara gesprochen, und ein Besuch auf dem Markt war die beste Sprachschule, die der Professor sich vorstellen konnte. Den Grundwortschatz der Sprache hatte er sich online verschafft. Besonders stolz war er darauf, dass er dies ohne Verschriftlichung bewerkstelligt hatte. Kein Notizblatt und kein Vokabelheft verrieten seine heimliche Ambition. Die grammatikalische Struktur der Sprache kam dem Autodidakten sehr zupass. Die Verben wurden nicht konjugiert, stattdessen verwendete man den Infinitiv mit einem Personalpronomen. »E sugu taa« bedeutet soviel wie »ich Markt gehen« – was keine besonders große Herausforderung für jemanden darstellte, der im deutschen Sprachraum aufgewachsen war. Anders als im Hochdeutschen hatten die Bambara Nomen kein Geschlecht, nur wenn man explizit das Geschlecht einer Sache benennen wollte, konnte man ein ce für männlich beziehungsweise ein muso für weiblich anhängen, was aber fast nie geschah. Folglich konnte man auch auf den Gebrauch von Artikeln verzichten. Auch die Zeiten spielten im Bambara eine untergeordnete Rolle. Man lebte und sprach in der Gegenwart.

Faszinierender und nur in der Praxis zu lernen war der allgemeine Gebrauch der Sprache.

Die wörtliche Übersetzung für »Danke« bedeutete soviel wie »du und Arbeit«. »Kunseme kalan ke«, das war der Spitzname des Professors, was soviel bedeutete wie, »Gehirn lernen machen«, wobei kunseme gleichzeitig auch »Leiche« bedeuten konnte. Seinen Spitznamen verdankte der Professor seinem Fahrer Mabou, der diese streng verbotene Indiskretion in der Gewissheit beging, dass kein Europäer und kein Chinese eine Sprache lernen würde, die bereits zweihundert Kilometer weiter nördlich weitestgehend unnütz war. Dabei hatte der Professor noch Glück. Der Spitzname des Chinesen, der die beiden begleitete, bedeutete soviel wie »Hundepenis.«

Professor de Jager hatte sich zeit seines Lebens nie viel aus Sprachen gemacht. Noch vor sechs Monaten wäre er nicht im Traum auf die Idee gekommen, eine neue Sprache zu lernen, vor allem keine Sprache, die in der zivilisierten Welt vollkommen nutzlos war. Dass er es trotzdem tat und sogar Spaß daran hatte, war auf einen ganz einfachen Grund zurückzuführen: Das Erlernen einer neuen Sprache bereitete ihm keinerlei Mühe. Alle Dinge prägten sich ihm wie von selbst ein. Er betrachtete die Vokabeln auf dem Screen seines Klapprechners, wiederholte das neue Wort, indem er es aussprach, und damit hatte es sich. Dieses Wort war fest in seinem Gedächtnis eingebrannt. Außerdem liebte er Bambara, weil es nach einer wissenschaftlichen Methode aufgebaut war: Simplifikation. Die Sprache Malis suchte stets den einfachsten Weg, um einen Sachverhalt zu verdeutlichen. Sie kannte keine Verzierungen oder Verschnörkelungen, wie sie die Sprachen der vermeintlichen Hochkulturen aufwiesen. Bambara konnte mit den notwendigsten Verben und Adjektiven fast alles aussagen. »Be« bedeutete zugleich »haben, wollen, mögen und brauchen«. Diese Sprache war wie das Bauhaus oder die Ulmer Schule. Einfach und funktional. Und genau so hatte nach der Auffassung von Rob de Jager auch die Wissenschaft zu sein. Die Natur suchte ebenfalls stets nach dem einfachsten Weg, ein Ziel zu erreichen. Das war es, was einen guten Wissenschaftler ausmachte: Sich bei der Verfolgung einer wissenschaftlichen Hypothese diesen Grundsatz der Natur zu vergegenwärtigen und danach zu handeln.

Der Professor war zufrieden mit seiner heutigen Ausbeute. Er hatte ein neues Schimpfwort gelernt: »Bilakoro«, was soviel bedeutete wie »Unbeschnittener«. Das gefiel ihm.

Er beschloss, den erfolgreichen Ausflug mit einem Mahl in einer der zahlreichen Garküchen zu beschließen. Mali eignete sich wenig als Reiseziel für Gourmets. Die Küche war einfach. Der Professor entschied sich für tiga diga na, einen Hirsefladen mit Erdnusssauce. Dazu ein Glas Guavensaft.

Sein chinesischer Begleiter erschien, in der Hand eine Tüte. Er sah skeptisch auf die Mahlzeit, die der Professor vertilgte, deutete mit dem Finger auf das Essen und fragte auf Chinesisch: »Kann man diesen Mist essen?«

Der Professor, der für seine mehr als respektablen Kenntnisse der chinesischen Sprache weniger als zwei Monate benötigt hatte, stellte sich dumm. Nicht einmal sein Assistent wusste, dass er auch die Sprache seiner Auftraggeber verstand, und dabei sollte es auch bleiben. Stattdessen versuchte er, mit Gesten zu antworten, indem er anbot, den Chinesen kosten zu lassen.

Der war skeptisch. Einerseits hing ihm der Magen bis in die Kniekehlen, andererseits traute er den einheimischen Kochkünsten nicht. Der Professor lachte, erhob sich und organisierte etwas Obst, das der Chinese dankbar annahm.

Währenddessen arbeite Sailer, sein Assistent, fieberhaft an der Auswertung seiner letzten Versuchsreihe. Er hatte fast alle Mutationen mit der Tyrosin Aminosäure fertig und überprüfte nun die Versuche an den Mäusen. Es war relativ einfach festzustellen, wie schnell Mäuse lernten. Man kombinierte einen angenehmen Reiz, in Sailers Versuchsaufbau Futter, genauer gesagt Mais, mit einem unangenehmen Reiz. Als wirkungsvoll hatte sich ein schwacher elektrischer Impuls erwiesen, der die Maus traf, sobald sie sich über den Mais hermachte. Normale Mäuse brauchten vier Durchgänge, bis sie den Zusammenhang zwischen Mais und Stromschlag kapiert hatten. Mied eine Maus den Mais bereits nach einem Testdurchlauf, so war ihre schnellere Auffassungsgabe erwiesen. Von den fünfzig Mutationen der letzten Testreihe waren dreißig völlig wirkungslos verlaufen. Siebzehen Testreihen erwiesen sich als pathogen. Das hatte fatale Folgen für die Versuchstiere. Pathogene Prionen zwangen alle anderen Prionen im Gehirn, sich neu zu falten, wodurch sie ihre eigentliche Funktion einbüßten. Die pathogenen Prionen breiteten sich über das ganze Hirn aus und zersetzten es. Genau wie BSE das Hirn von Rindern zersetzte und den Rinderwahnsinn auslöste. Die befallenen Hirnregionen verloren nach und nach ihre erlernten Funktionen. Wurde das vegetative Nervensystem befallen, konnten nicht einmal mehr die Grundfunktionen ausgeübt werden und das Versuchstier verendete elendig.

Lediglich drei Versuche aus der aktuellen Versuchsreihe verliefen erfolgreich: Die Mutationen PrP161T, PrP187T und PrP196T führten zu einer signifikanten Steigerung der Lernfähigkeit und bekamen den Vermerk »Harvard« als Würdigung ihres neu entwickelten Talentes. Die Harvard-Absolventen standen unter strenger Beobachtung, da es jetzt darum ging, herauszufinden, ob ihre Lebenserwartung durch die Behandlung mit Prionen beeinträchtigt würde. Um dies schnell erweisen zu können, arbeitete das Labor ausschließlich mit männlichen Breitfuß-Beutelmäusen, die von Mice & More, einem global tätigen Lieferanten von Versuchstieren, erstaunlich zuverlässig geliefert wurden. Der Professor hatte sich für diese spezielle Mäusegattung entschieden, weil sie eine maximale Lebensspanne von nur 11 Monaten hatte. Für die Versuche verwendete Sailer sechs Monate alte Tiere. Auf diese Weise konnten in einem überschaubaren Zeitraum Erkenntnisse über die Beeinträchtigung der Gesamtlebenserwartung gewonnen werden. Bis jetzt hatte kein Harvard-Absolvent länger als zwei Monate überlebt. Das war einen signifikante Verkürzung der Lebenserwartung – ein zu hoher Preis für die durch die Behandlung erworbenen Fähigkeiten. Den Rekord in puncto Lebenserwartung hielt eine Maus mit dem Namen Tycho, die mit der 177Y-Mutante infiziert worden war. Sailer benannte seine Versuchstiere nach bekannten Astronomen, was sich positiv auf die Lesbarkeit der Laborberichte auswirkte. Die Chinesen hatten allerdings wenig Verständnis für Berichte wie: »Galileo sondert sich zunehmend von seinen Artgenossen ab und verweigert die Nahrungsaufnahme. Es steht zu befürchten, dass er das Wochenende nicht mehr erleben wird.« Trotzdem ließen sie Sailer gewähren.

Als besonders eifriger Helfer bei den Tierversuchen erwies sich die chinesische Reinigungskraft des Labors. Ein kleiner Mann, der auf den Namen Fu hörte und der sich, so oft es sich einrichten ließ, im Labor aufhielt. Fu war für niedere Aushilfsarbeiten wie die Reinigung zuständig und schaute den Fremden aus Deutschland gerne bei der Arbeit zu. Er gehörte zu den Aufmerksamen und machte sich nützlich, wo immer sich eine Gelegenheit bot. Er war sich auch nicht zu schade, den Abfluss zu desinfizieren oder Tierkadaver zu beseitigen. Dies erforderte ganz besondere Sorgfalt, da die infizierten Tierkadaver auf keinen Fall in die Nahrungskette gelangen durften. Das hätte fatale Folgen gehabt. Die Kadaver offen zu verbrennen, war ebenfalls zu gefährlich, da die Prionen überleben und durch den Wind in die Nahrungskette gelangen konnten. Die einzige Methode, die infizierten Versuchstiere sicher zu entsorgen, bestand darin, sie in einem eigens dafür beschafften Ofen rückstandslos zu verbrennen. Fu führte diese Arbeit mit großer Gewissenhaftigkeit aus und freute sich wie ein kleines Kind, wenn er dafür gelobt wurde. Sailer und der Professor behandelten ihn ausgesprochen höflich, auch wenn sie ihn für etwas einfach strukturiert hielten. Er war höflicher und fleißiger als die anderen chinesischen Mitarbeiter, die entweder völlig distanziert oder deutlich forscher auftraten als der Mann mit dem Besen und dem kindlichen Lächeln. Kurzum: Fu war unverzichtbar und so etwas wie der gute Geist im Labor der Deutschen.

Die Probe

Dr. Mitscherlich überflog den Bericht und legte die Fotos, nachdem er einen verächtlichen Blick darauf geworfen hatte, zurück auf den Tisch.

»Das ist doch wohl ein Scherz, oder?«

»Nein, das ist der Faksen-Bericht«, entgegnete Frau Dr. Keitel süffisant.

»Wenn Sie mich fragen, gefährdet dieser Mann unser Projekt. Ich rate Ihnen, ihn unverzüglich auszubezahlen und von seinen Aufgaben zu entbinden. Das da«, er deutete auf die Polaroid-Bilder und den Bericht, »hat mit professioneller Arbeit nichts, aber auch rein gar nichts zu tun.«

»Immerhin hat er herausgefunden, wo sich der Professor aller Wahrscheinlichkeit nach aufhält. Das war seine Aufgabe und die hat er erfüllt«, entgegnete Frau Dr. Keitel.

»Er hat gar nichts herausgefunden. Er hat herausgefunden, dass der Professor nach Lanzarote geflogen ist und mit einer Nummer aus Afrika telefoniert hat. Mehr nicht. Dafür, dass sich de Jager in Mali befindet, sehe ich keinen eindeutigen Beleg. Das ergibt auch keinen Sinn. Ich kann mir keinen ungeeigneteren Ort für einen Molekularbiologen vorstellen als Mali. Dort gibt es nichts. Keine Mitarbeiter, kein Material, dort gibt es nicht einmal vierundzwanzig Stunden am Tag Strom. Jeder andere Ort auf diesem Planeten ist geeigneter als Bamako. Bamako ist ein Hirngespinst, eine reine Vermutung. Und eine unsinnige noch dazu. Ich halte diesen Trond Faksen für einen Spesenritter, der sich auf unsere Kosten die Welt ansehen will.«

Die Stimme von Frau Dr. Keitel bekam etwas Sanftes, Beschwichtigendes: Ich sehe das anders. Sagen wir es so: Er hat eine Spur, und wie ich meine, eine viel versprechende Spur.«

Der Anwalt war sichtlich ungehalten, er zuckte demonstrativ mit den Schultern. »Wenn Sie das sagen. Was schlagen Sie vor?«

»Er ist cleverer als Sie denken. Er soll nach Mali fliegen. Wenn der Professor dort ist, wird er ihn finden.«

»Auf die Gefahr hin, mich zu wiederholen«, entgegnete der Anwalt. »Das einzige Indiz, das dieser Privatdetektiv vorweisen kann, sind zwei Anrufe, die können ebenso gut von einem Bekannten stammen, der dort unten Urlaub macht. Wenn seine Spur in die USA führen würde, das wäre ich bei Ihnen, aber Westafrika, ich bitte Sie.« Der Anwalt machte eine abfällige Geste. »Wir sollten warten, bis wir einen eindeutigen Beweis haben.«

»Auch wenn die Form seiner Berichterstattung«, Frau Dr. Keitel deutete auf die Polaroid-Fotos, »sagen wir, etwas unkonventionell ist, so bin ich davon überzeugt, dass der Mann weiß, was er tut. Lassen wir ihn von der Leine. Ich bin davon überzeugt, dass er den Professor finden wird.

»Ihre Entscheidung, meinen Standpunkt kennen Sie. Sprechen Sie mit dem Dekan?«

Frau Dr. Keitel nickte.

»Und wenn er ihn gefunden hat? Haben Sie eine Idee, wie er den Professor zur Rückkehr bewegen kann?«

»Um ehrlich zu sein, nein. Wir müssen aber herausfinden, mit wem er zusammenarbeitet. Und wir müssen wissen, aus welcher Mutante sich der Wirkstoff synthetisieren lässt.«

»Ich glaube nicht, dass der Professor mit uns kooperieren wird. Warum sonst sollte er gegangen sein? Er hatte hier alle Freiheiten, konnte tun und lassen, was er wollte.«

»Ich kann mir das auch nicht erklären, aber wir sollten nichts unversucht lassen, um seine Beweggründe zu erfahren. Vielleicht ist er sogar in einer Notlage und braucht unsere Hilfe.«

Dr. Mitscherlich schüttelte seinen Kopf. Das konnte sich der Anwalt nicht vorstellen.

»Es hätte ein Dutzend verschiedener Möglichkeiten gegeben, um uns eine Nachricht oder einen Hinweis zu hinterlassen. Nichts. Er wollte alle Brücken hinter sich abbrechen und das hat er auch getan.

Wir sollten aus dieser Richtung keine Unterstützung erwarten, selbst für den Fall nicht, dass wir ihn finden.«

»Mag sein, aber wir gehen trotzdem wie besprochen vor und versuchen, einen Kontakt herzustellen.«

Dr. Mitscherlich atmete tief durch. »Juristisch gesehen bewegen wir uns auf ausgesprochen dünnem Eis. Das Vernünftigste wäre, die anstehenden Tests mit allen oder einer Auswahl der Stämme durchzuführen, in der Hoffnung, dass wir ein Ergebnis bekommen. Dann können wir das gesamte Paket verkaufen und haben nichts mehr mit dem Projekt zu tun.«

Frau Dr. Keitel nickte. »Vielleicht haben Sie Recht. Wir würden zwar eine Menge Geld verlieren, könnten aber das Gesicht wahren und kämen sauber aus der Sache raus.«

Das Telefon klingelte. Ich habe doch gesagt, ich möchte nicht gestört werden«, brummte Frau Dr. Keitel spürbar ungehalten ins Telefon. Sie zog die Stirn kraus, als sie die Erklärung für die Störung von ihrer Sekretärin mitgeteilt bekam.

»Na gut, wenn das so ist, schicken Sie ihn herein.« Auf die Tür deutend, erklärte sie dem Anwalt: »Es ist Herr Büscher, er scheint wichtige Neuigkeiten zu haben.«

In diesem Moment flog die Tür auf und ein aufgeregter wissenschaftlicher Assistent stürmte in den Raum. Als er den Anwalt sah, verlangsamte sich sein Schritt automatisch und er zögerte einen Moment, nicht wissend, ob er seine Nachricht in Gegenwart des Juristen mitteilen sollte.

»Herr Dr. Mitscherlich ist über alle Details informiert, also zieren Sie sich nicht.« Frau Dr. Keitel deutete auf einen Stuhl, den Büscher aber nicht zur Kenntnis nahm. Er war zu aufgeregt, um sich zu setzen und fuchtelte mit einem Papier herum. Er hielt das Blatt so dicht vor Frau Dr. Keitels Nase, dass sie es verärgert an sich nahm, ihre Brille, die sie stets an einer Kette um den Hals trug, aufsetzte und zu lesen begann. Das schien dem Projektleiter jedoch zu lange zu dauern, weshalb er, seinen Blick zwischen der Akademikerin und dem Juristen hin und her wechselnd, von sich aus zu erzählen begann.

»Wir haben gestern Abend von einem langjährigen Kollegen, der jetzt für *Ärzte ohne Grenzen* in Mali arbeitet, einige Gewebeproben geschickt bekommen. Er hat uns gebeten, sie auf Auffälligkeiten hin zu untersuchen und ihm unsere Ergebnisse mitzuteilen.«

»Und?«

»Ich fürchte, das können wir nicht, denn es haben sich ein paar Auffälligkeiten ergeben.«

Frau Dr. Keitel hatte das Papier mittlerweile gelesen und war, leicht erbleicht, auf den Stuhl gesunken. Dr. Mitscherlich, dem das nicht entgangen war, begann zunehmend nervöser zu werden. »Jetzt wäre ein guter Zeitpunkt, uns mitzuteilen, um was es geht.«

Tillmann Büscher sah kurz zur Seite und begann, deutlich leiser als zuvor, mit seinen Ausführungen. »Wir haben ein Dutzend Gewebeproben erhalten, ziemlich große Gewebeproben übrigens, von drei verschiedenen menschlichen Gehirnen. Alle drei Proben enthielten Prionenstämme, die ohne jeden Zweifel hier im Institut hergestellt worden sind. Sie stammen aus dem Labor von Prof. de Jager.«

Frau Dr. Keitel hatte sich wieder gefasst und erhob sich. »Damit ist das Worst-Case-Szenario eingetreten. Professor de Jager unternimmt Versuche am Menschen.«

Tillmann Büscher lächelte. »Dabei scheint er nicht zimperlich vorzugehen. In dem Bericht von Dr. Bernard steht, dass sich in Mali eine Art Massensuizid ereignet haben muss.«

»Man könnte den Eindruck haben, dass Sie das amüsiert«, stellte der Anwalt verärgert fest. »Oder gibt es einen Grund für Ihr Grinsen? Haben Sie vielleicht noch eine gute Nachricht, die Sie uns mitteilen möchten?«

»Allerdings, die habe ich. Büscher zog ein Glasfläschchen aus seinem Kittel und stellte es triumphierend auf den Tisch. »Wir wissen jetzt, welchen Stamm er verwendet. Wir haben die Proben mit unseren Stämmen verglichen und ihn eindeutig identifiziert.«

Dr. Mitscherlich versuchte, sich unbeeindruckt zu geben, und wandte seinen Blick Frau Dr. Keitel zu.

»Das ist erfreulich. Haben Sie eine Erklärung für die Vorfälle in Mali, Herr Büscher?«

Der Angesprochene biss sich auf die Lippen. »Sagen wir, eine Vermutung, mit Gewissheit lässt sich das zu diesem Zeitpunkt nicht sagen.« Der Biologe genoss es offensichtlich, im Mittelpunkt der Aufmerksamkeit zu stehen. Er begann, im Raum auf und ab zu gehen und ließ sich mit der Formulierung seiner Sätze viel Zeit. »Sehen Sie, wir sind davon ausgegangen, dass die Prionen einen Einfluss auf die Übertragung von Informationen vom Kurzzeit- ins Langzeitgedächtnis haben. Das kann man als einen Faktor für die Lernfähigkeit des Gehirns betrachten. Das war der Ansatz, der uns zu Beginn unserer Forschungsarbeiten interessiert hat. Das Abnehmen der Fähigkeit des menschlichen Gehirns, Informationen ins Langzeitgedächtnis zu übertragen, zu stoppen. Nun ist aber ein Lernprozess ein ziemlich komplexer Vorgang. Lernen ist die bewusste oder unbewusste Übertragung von Informationen ins Langzeitgedächtnis. Wir sind immer davon ausgegangen, dass die Prionen nur einen bestimmten Impuls benötigen, um die Speicherung zu veranlassen. Wenn die Prionen ursächlich mit dem Massensuizid zusammenhängen, ist das nicht der Fall. Dann haben sie eine eigene Botschaft in den Gehirnen der Opfer platziert. Das ist der springende Punkt. Wir müssen davon ausgehen, dass die Prionen in irgendeiner Form psychoaktiv wirken. Was da unten passiert, lässt sich nicht genau sagen. Aber wie es scheint, haben wir einen Beleg für die Behauptung des Professors, dass unsere Prionen Verhaltensänderungen beim Menschen hervorrufen können, so bedauerlich das für die Betroffenen auch sein mag.«

Frau Dr. Keitel fasste den Biologen mit beiden Händen an der Schulter. »Herr Büscher, nichts von dem, was Sie gerade ausgeführt haben, darf gegenüber Dritten erwähnt werden. Nicht im Kollegenkreis, nicht gegenüber Mitarbeitern von Theys Pharma, nicht einmal in Ihrem privaten Umfeld. Haben Sie das verstanden?«

Büscher war verunsichert und sah sich in Richtung des Anwaltes um. »Aber warum?«

»Herrgott noch mal, will das nicht in Ihren Schädel? Es sind Menschen zu Schaden gekommen, weil ein Mitarbeiter dieses Instituts glaubte, alle Regeln für wissenschaftliches Arbeiten außer Kraft setzen zu können. Haben Sie eine Vorstellung, was passieren wird, wenn das publik wird? Dann können wir dieses Institut schließen.«

Tillmann Büscher konnte sich nicht erinnern, Frau Dr. Keitel jemals so aufgebracht gesehen zu haben.

»Ja, ja, ich habe ja nur meine Interpretation der Vorgänge abgegeben, nicht mehr.«

»Wer hat die Tests durchgeführt?«

»Ich. Ich habe die ganze Nacht daran gesessen.«

»War außer Ihnen noch jemand an diesen Tests beteiligt, eine studentische Hilfskraft vielleicht?«

Büscher schüttelte den Kopf. »Nein.«

»Haben Sie Ihre Arbeit in irgendeiner Form dokumentiert?«

»Dazu bin ich noch nicht gekommen, ich bin gleich zu Ihnen gekommen, als ich die Ergebnisse hatte.«

»Das ist gut.« Frau Dr. Keitel nickte. »Das haben Sie gut gemacht, Herr Büscher. Und jetzt hören Sie mir bitte ganz genau zu. Der Prionenstamm kommt unter Verschluss, hier in meinem Büro. Ich untersage Ihnen, irgendwelche Versuche, Tests oder was auch immer, damit durchzuführen. Dieser Stamm existiert nicht und hat niemals existiert. Tilgen sie ihn aus den Unterlagen. Haben Sie das verstanden?«

»Ja, das war ziemlich eindeutig.«

»Gut.« Frau Dr. Keitel deutete auf die Glasphiole. »Holen Sie bitte den Rest von diesem Zeug und bringen Sie es her.«

»Und was soll ich in meinen Laborbericht schreiben?«

»Darüber sprechen wir, wenn Sie zurück sind.«

Tillmann Büscher verließ das Büro und Dr. Mitscherlich erhob sich von seinem Platz.

»Als Rechtsberater Ihres Hauses muss ich Sie darauf aufmerksam machen, dass es unsere Pflicht wäre, das Dekanat und die Behörden zu informieren.«

»Ich werde Dr. Pauli umgehend informieren und dann werden wir gemeinsam entscheiden, was zu tun ist. Wir sollten jedoch die Zeit nutzen, um festzulegen, wie wir in der Sache mit dem Ermittler weiter vorgehen. Ich denke, die Vorzeichen haben sich verändert.«

»Und das bedeutet?«

»Das bedeutet, Trond Faksen hatte Recht.« Frau Dr. Keitel konnte sich ein süffisantes Lächeln nicht verkneifen. »Außerdem bedeutet es, dass die Sache ernst wird.

Sie nahm das Schriftstück, das Tillmann Büscher mitgebracht hatte, und öffnete die Tür zum Vorzimmer. »Können Sie das bitte für mich kopieren? Zweimal.« Sie schloss die Tür wieder und fuhr fort. »Das bedeutet, wir benötigen alle Informationen, die wir bekommen können. Wir müssen unverzüglich die Spur von Professor de Jager aufnehmen und dürfen keine Zeit verlieren. Trond Faksen wird sofort nach Mali fliegen und soviel wie möglich über die Partner von de Jager herausfinden. Er kann das unmöglich allein in die Wege geleitet haben. Ich will wissen, für wen er arbeitet und was er vorhat.«

»Werden Sie Faksen über die Ereignisse in Mali informieren?«, fragte der Anwalt.

»Darüber braucht er jetzt noch nichts zu erfahren. Er soll sich darauf konzentrieren, den Professor zu finden. Wenn wir da ein Ergebnis haben, entscheiden wir, ob er den Bericht bekommt. Ich trau dem Kerl nicht.«

Die Assistentin klopfte an und reichte Frau Dr. Keitel die Kopien. »Danke sehr, meine Liebe.« Als die Assistentin den Raum wieder verlassen hatte, reichte Frau Dr. Keitel dem Anwalt eine Kopie, faltete die andere zusammen und steckte sie in ihre Handtasche.

In diesem Moment erschien Tillmann Büscher mit dem Rest der Proben.

»Das ist alles, was wir haben.«

»Sehr gut. Ich danke Ihnen.« Sie nahm die Fläschchen und verstaute sie in dem abschließbaren Teil ihres Regalschranks. »Nun zu dem Bericht an diesen«, sie warf einen Blick auf das Schreiben, »diesen Dr. Bernard. Schicken Sie ihm Ihre Ergebnisse, aber vermeiden Sie den Begriff Prionen. Wie nennt man den Oberbegriff, was sind Prionen?«

»Proteine.«

»Sehr gut. Sprechen Sie von Proteinen und verharmlosen Sie das Ganze ein bisschen. Und erwähnen Sie auf keinen Fall, dass an diesem Thema hier im Hause geforscht wurde. Schreiben Sie den Bericht so, als stamme er von einer studentischen Hilfskraft.«

»Gut.« Tillmann Büscher machte keinerlei Anstalten zu gehen, obwohl Frau Dr. Keitel den Eindruck erweckte, als sei sie bereits mit anderen Dingen beschäftigt. Sie sah den Biologen an. »Gibt es noch etwas?«

»Ja, eine Sache ist mir aufgefallen. Die Opfer müssen sehr große Mengen von Prionen zu sich genommen haben.« Er deutete auf das verbliebene Fläschchen auf dem Tisch. »Gemessen an der Menge von Prionen, die wir gefunden haben, ein Mehrfaches von dem da.«

»Und das bedeutet?«

»Zweierlei. Erstens, dass riesige Mengen von dem Zeug hergestellt worden sind und zweitens, dass diese Vorgehensweise ziemlich untypisch für Prof. de Jager ist. Er ist bei seinen Laborversuchen immer ausgesprochen vorsichtig bei der Dosierung gewesen und hat immer mit kleinen Einheiten gearbeitet.«

»Hm«, Frau Dr. Keitel nickte nachdenklich. »Ich glaube nicht, dass das etwas zu bedeuten hat, aber danke für den Hinweis.« Sie begleitete Tillmann Büscher zur Tür. »Und bitten Sie Dr. Bernard, uns über die Vorfälle weiter auf dem Laufenden zu halten.«

Auch Dr. Mitscherlich hatte sich erhoben. Er ging auf den Besprechungstisch zu, auf dem das Glasfläschchen mit der Probe lag. Er nahm das Fläschchen in die Hand, hielt es gegen das Licht und betrachtete es ausgiebig: »Und was haben Sie tatsächlich mit der Probe vor, Frau Dr. Keitel?«

Sie nahm dem Anwalt die Probe mit den gefriergetrockneten Prionen ab und ließ sie in ihre Handtasche gleiten.

»Mir Gewissheit verschaffen.«

Bitch

Die Arbeiten im Labor machten gute Fortschritte. Trotzdem wurde Sailer regelmäßig von einer seltsamen Schwermut befallen. Er litt unter den schwierigen Arbeitsbedingungen und der spartanischen Laborausstattung. Er hasste die Unterkunft im Baucontainer und das Gefühl vollkommen von der Außenwelt abgeschnitten zu sein. Er konnte sich mit dem Essen nicht anfreunden und vermisste seine Lieblingssoap im Fernsehen.

Sailer hätte es nie für möglich gehalten, bei seinem persönlichen Kampf gegen die Frustration und den Savannenkoller auf eine Methode zurückgreifen zu müssen, die ihm sein jüngerer Bruder verraten hatte. Sein jüngerer Bruder war an so ziemlich jeder Aufgabe gescheitert, die ihm gestellt worden war, und verdingte sich zurzeit als Türsteher in einer Provinzdisco auf der schwäbischen Alb. Anders als er selbst, hatte sein jüngerer Bruder, angeheizt von seiner einzigen und exzessiv betriebenen Freizeitgestaltung, dem Zocken von Ballerspielen, den Grundwehrdienst absolviert. Irgendwann war er mit einem Maßband nach Hause gekommen, das seine verbleibende Dienstzeit abbildete, und von dem er jeden Tag einen Zentimeter abschnitt. Auch Sailer hatte sich ein solches Maßband zugelegt, das er ständig bei sich trug und das er von Zeit zu Zeit aus der Tasche zog, um seine verbleibende Zeit im Buschlabor abschätzen zu können. Das Maßband zeigte achtundzwanzig Zentimeter. In achtundzwanzig Tagen würde der Spuk ein Ende haben. In achtundzwanzig Tagen würde er die Buschprämie einstreichen und ein eigenes Labor aufmachen. Irgendwo in einer kleinen Universitätsstadt in Süddeutschland. Vielleicht in Konstanz. Ein eigenes Labor mit eigenen Kunden und eigenen Mitarbeitern. Ein Labor, in dem Material, das man bestellte, einen Tag nach der Bestellung eintreffen würde, das 24 Stunden am Tag Strom hatte und so gelegen war, dass man nach getaner Arbeit mit Kollegen in der Altstadt ein Bier trinken konnte.

Sein momentanes Arbeitsumfeld bot nur eine einzige Abwechslung: das Schimpansengehege. Sailer mochte das Schimpansengehege. Er besuchte es regelmäßig, vorzugsweise in den Abendstunden, wenn es draußen etwas milder wurde. Auf dem Weg zum Gehege ließ er dann seinen Arbeitstag Revue passieren und bereitete sich gedanklich auf den nächsten vor. Heute hatte Sailer sich etwas früher als gewöhnlich auf den Weg gemacht. Commander Wu war außerplanmäßig erschienen und hatte ihn, nachdem er sich kurz mit dem Professor ausgetauscht hatte, militärisch schroff und mit den Worten: »Confident, you go« des Labors verwiesen.

Sailer jonglierte mit der Mangofrucht, die er als Wegzoll für seine Lieblingsschimpansin mitgebracht hatte. Sie war das Alphaweibchen im Rudel und hielt sich gerne etwas abseits von den anderen auf. Sailer betrachtete sie als Seelenverwandte. Er nannte sie Bitch wegen ihrer Registrierungsnummer. Die lautete xbch23xc. Bitch trug diese Nummer an ihrem Halsband und, für den Fall, dass dieses bei einer Rauferei im Rudel verloren gehen würde zusätzlich als Tätowierung in ihrem Ohr. Normalerweise bekamen die Versuchstiere keine Kosenamen – die professionelle Distanz des Wissenschaftlers zu seinem Forschungsobjekt. Aber Sailer betrachtete Bitch als Ausnahme und Bestätigung der Regel.

Eigentlich wäre Bitch schon letzte Woche fällig gewesen. Sie war mit der aktuellen Mutation infiziert worden und als Referenztest eingeplant. Aber Sailer hatte sie verschont. Er hatte beschlossen, ihr einige Tage zusätzliche Lebenszeit zu gewähren. Sailer mochte Bitch, weil sie sich kaum um die anderen Affen kümmerte. Sie hatten also etwas gemeinsam. Auch Sailer fühlte sich verlassen und einsam. Die Begeisterung für den exotischen Aufenthaltsort und die Option, dem Gehirn der Primaten einige seiner Geheimnisse entlocken zu können, war schnell einer Ernüchterung gewichen. Sie waren vollkommen isoliert, zwanzig Kilometer von der nächsten Stadt entfernt, umgeben von nichts als Savanne, Staub und schroffen Bergen. Nicht zu vergessen, ihre Auftraggeber, die Sailer nicht nur wegen ihrer Unhöflichkeit mit jedem Tag mehr verachtete. Genau genommen bestand nicht der geringste Unterschied zwischen den Forschern und den Schimpansen. Gut, die Schimpansen waren in einem Gehege eingesperrt, aber die Bewegungsfreiheit, die Sailer und der Professor genossen, war bei Lichte betrachtet auch nur eine Illusion.

Bitch hatte ihr Verhalten gegenüber den anderen Mitgliedern des Rudels seit ihrer Infizierung stark verändert. Sie verweigerte sich dem Alphamännchen, obwohl dieses ihr körperlich weit überlegen war. Als das Alphamännchen physische Gewalt einsetzte, um Bitch zu unterwerfen, setzte Sailer es kurzerhand auf die Versuchsliste, wodurch das Problem gelöst war. Die anschließende Untersuchung im Labor ergab eine deutlich unterdurchschnittliche Durchsetzung mit Prionen im Stammhirn des Alphamännchens. Sein Nachfolger hatte dasselbe versucht und hatte eben dieses Schicksal erfahren, mit demselben Untersuchungsergebnis. Seitdem bekleidete Bitch eine Sonderposition im Rudel, »frei parken« im gesamten Gehege. Kein Männchen behelligte sie mehr. Kluge Tiere, diese Schimpansen. Irgendwie hatten sie kapiert, dass Bitch mit höheren Mächten in Verbindung stand und diese höheren Mächte, das war er. Bitch war zwar nicht Sailers Schöpfung, aber sie stand eindeutig unter seinem Schutz. Das gab dem jungen Molekularbiologen ein gutes Gefühl, eindeutig ein Gefühl der Macht. An guten Tagen war es mehr als das. An guten Tagen fühlte Sailer sich wie ein höheres Wesen. Er hielt seine Hand über seinen Schützling und versuchte ihm als Gegenleistung ein Geheimnis zu entlocken. Ein Geheimnis der Schöpfung.

Sailer sah auf seine Uhr. Zeit fürs Abendessen. Er musterte Bitch, die vollkommen ungeniert mit ihrem Zeigefinger in Nase und Ohren pulte und das, was sie zutage geholt hatte, fachmännisch begutachtete, um es anschließend, Sailer wandte den Blick ab, zu kosten.

Es fiel nicht immer leicht, seine Schöpfung zu lieben, und falls es wieder Erwarten doch einen Schöpfer gab, so war zumindest klar, warum er sich nicht mehr blicken ließ.

Denn, auch wenn Bitch ganz eindeutig davon überzeugt war, es mit ihren männlichen Artgenossen aufnehmen zu können, so war sie doch aus Sicht eines höheren Wesens nicht uneingeschränkt liebenswert und ganz offensichtlich mit erheblichen Mängeln behaftet.

Eine seltsame Geschichte

Schweißgebadet fuhr Swartsman aus seinem Schlaf auf. Fragmente eines schrecklichen Traums schwirrten durch seinen Kopf. Er hatte von Burahimu, dem blinden Schamanen aus seinem Dorf geträumt. Swartsman hatte seit einer Ewigkeit nicht mehr an sein Dorf gedacht und es ärgerte ihn, dass dieser vergessen geglaubte Teil seines Lebens sich jetzt so vehement zurückmeldete. Er stand auf und trottete zum Kühlschrank. Doch anders als erwartet nahm das Unbehagen nicht ab, nachdem er erwacht war, sondern verstärkte sich zunehmend. Er blieb stehen und blickte in Richtung de Sofas. Blankes Entsetzen erfasste ihn, als er die Umrisse einer Gestalt erkannte, die dort Platz genommen hatte, die faltigen Hände auf einen krummen Gehstock gestützt. Swartsman sah in die toten weißen Augen, wie leuchtende Tischtennisbälle, mit völlig eingetrübten, nur noch ansatzweise erkennbare Pupillen. Vor Burahimu saß ein kleiner Junge, der dem Schamanen mit einem Palmblatt frische Luft zuwedelte.

»Ich bin gekommen, um eine schwere Bürde auf deine Schultern zu laden«, sagte Burahimu, der Schamane mit sanfter Stimme und die Furcht, die Swartsman erfasst hatte, verschwand wie von Geisterhand. Swartsman überlegte einen Moment. Er hatte wenig Lust, sich mit dem Dorfältesten zu unterhalten, aber dieser hatte sich auf den beschwerlichen Weg in die Stadt gemacht und Swartsman sah keine Möglichkeit, sich seinen Verpflichtungen als Gastgeber zu entziehen. Also raffte er die Kleidungsstücke, die auf dem Sofa lagen, zusammen, warf sie Richtung Schlafzimmertür und bot den beiden einen Platz an. Dann holte er zwei Flaschen Bier und einen Becher, den er mit seinem Hemd säuberte, bevor er das Getränk servierte. Er stellte den Becher deutlich hörbar auf den Tisch, damit der blinde Mann wusste, wo er das Bier finden konnte. Er würde warten, bis der Alte getrunken hatte, so verlangte es die Sitte, und er würde ihm zuhören.

Der alte Mann trank und lächelte. Dann lehnte er sich zurück und begann zu sprechen.

»Die Ahnen haben mir einen Traum geschickt und darum habe ich mich auf den Weg gemacht. Ein beschwerlicher Weg für einen alten, blinden Mann, aber nicht so beschwerlich wie der Weg, der vor dir liegt. Große Aufgaben und große Strapazen erwarten dich. Du wirst all deine Kraft aufbringen müssen, um diese Aufgaben zu meistern und reichlichen Lohn erhalten. Lohn und Ruhm.« Swartsman versuchte ein Grinsen zu unterdrücken, denn er hatte eine sehr genaue Vorstellung davon, wie der Lohn für die Mühe seiner Reise aussehen sollte. Gleichzeitig befiel ihn eine seltsame Furcht. Woher konnte der alte Narr wissen, dass er beabsichtigte, nach Deutschland zu fliegen?

»Du bist anders als die anderen und die Vorsehung hat dich auserwählt«, fuhr der Alte fort. »Das ist eine Ehre, die nur wenigen zuteil wird und der man sich nicht entziehen kann. Du bewegst dich in zwei Welten und hast in beiden Welten eine bedeutende Bestimmung zu erfüllen.«

Swartsman hatte nicht die leiseste Ahnung, wovon der Alte sprach. Er würde Ersatzteile kaufen und sich anschließend amüsieren, und zwar hemmungslos. Das war alles. Burahimu winkte dem Jungen, worauf dieser ein Tuch hervorholte und seinen Inhalt auf dem Tisch ausbreitete. Der Kleine sah Swartsman erwartungsvoll an, hoffend, dass dieser besser als er verstehen würde, was es mit den seltsamen Dingen auf sich haben könnte. Auf dem Tisch lagen ein Medaillon und eine kunstvoll geschnitzte Tierfigur, die eine Eule darstellte. Swartsman nahm das silberne Medaillon, auf dem ein Heiliger mit einem Stab abgebildet war, und betrachtete es ausgiebig. Er drehte es um und las die Gravur auf der Rückseite. »Möge er dich dazu bringen, dein Temperament zu zügeln, Gruß und Respekt, Ernst Udet.«

Burahimu lächelte. »Ich hatte gehofft, du würdest die Bedeutung der Schrift erkennen können«, bemerkte der Alte. »Sag, was bedeuten die Worte.«

Swartsman übersetzte.

»Wohl gesprochen, ein weiser und vorausschauender Mann.«

Swartsman drückte den kleinen Knopf im schwarz angelaufenen, silbernen Rahmen des Medaillons und betrachtete das Foto, das in ihm steckte. Es zeigte einen lächelnden Mann mit weißer Sturmhaube in einem zigarrenförmigen Automobil. Offensichtlich ein Rennwagen aus der Vorkriegszeit. Neben dem Foto stand ein weiterer handgeschriebener Text: »Für Elly Beinhorn, die wagemutigste Frau des Reiches, von Hans Rosemeyer.«

Swartsman klappte das Medaillon zu und legte es wieder auf den Tisch. Er sah den Alten fragend an. »Es ist ein großes Unglück geschehen und daher an der Zeit, dir die wahre Geschichte deiner Herkunft zu erzählen.«

Burahimu erzählte von dem Unglück im Dorf, am Tag der Initiation. Davon, dass die Männer den Dorfplatz verlassen hatten und tanzend auf die Klippe gestiegen waren. Er erzählte, wie die Frauen geschrien hatten, als sich die Männer singend von der Klippe stürzten, ohne Not, getrieben von einem fürchterlichen Fluch. Keiner der Männer war verschont geblieben. Außer ihm, dem Ältesten, der als Einziger den wahren Grund für das Unglück kannte. Swartsman musterte den Jungen und sah in dessen Augen, dass der alte Mann die Wahrheit sagte.

»Aber warum in Gottes Namen …?«

Burahimu hob die Hand und gebot Swartsman zu schweigen, damit er seine Geschichte zu Ende erzählen konnte.

»Was niemand weiß und worüber zu sprechen seitdem verboten ist, ereignete sich vor vielen Jahren, vor mehr als einem Menschenalter, zu der Zeit, als ich selbst noch ein Junge war. Am Tag meiner Initiation fiel eine weiße Frau in einem brennenden Flugzeug vom Himmel und kam in unser Dorf. Sie brach das Tabu, wonach es keiner Frau erlaubt ist, dem Initiationsritus beizuwohnen. Wir haben sie daraufhin in der Hütte der Aussätzigen untergebracht und sind zum brennenden Vogel gegangen, wo wir das Medaillon mit dem Bild an uns genommen haben. Die Frau hat ihren Verstand verloren in der Hütte der Aussätzigen. Sie hat ihre Stimme erhoben, lauter als es einer Frau zusteht und sie hat das Dorfoberhaupt bedroht, mit einer Machete. Sie forderte ein Pferd, aber niemand im Dorf besaß ein Pferd. Sie drohte, dem Dorfoberhaupt den Arm abzuschlagen mit der Machete. Daraufhin gaben wir ihr einen Esel und einen jungen Krieger als Begleitung, der sie zur Station der Franzosen brachte. Sie schickte den Krieger mit dem Esel, aber ohne Geschenk wieder zurück. Nachdem die Frau verschwunden war, begannen die jungen Männer, die an dem Initiationsritus teilgenommen hatten, zu sterben. Einer nach dem anderen. Um dem Sterben ein Ende zu bereiten, haben wir die Götter angerufen und um Hilfe gebeten. Unsere Gebete sind erhört worden und die Frau kam Monate später in Begleitung eines Mannes zurück ins Dorf. Sie war vollkommen gesund, obwohl wir sie in der Hütte der Aussätzigen untergebracht hatten. Der Mann in dessen Begleitung sie kam, war dein Großvater. Wir haben das schönste Mädchen des Dorfes zu ihm in die Hütte geschickt und er ist geblieben.

Wir haben das getan, um die Fremden zu besänftigen und die Geister zu versöhnen, denn wir hatten gegen das Gebot der Gastfreundschaft verstoßen. Der Frau haben wir den Zeremonienstab überlassen, damit sie den Fluch vom Dorf nimmt. Sie hat den Stab genommen, und danach hatte das Sterben der jungen Männer ein Ende. Die Frau und der Mann verbrannten das Flugzeug, nachdem sie den Motor und das Metall ausgebaut hatten. Die Frau verließ das Dorf, wiederum, ohne ein Geschenk zu hinterlassen. Dein Großvater blieb. Wir haben ihn im Dorf aufgenommen unter der Bedingung, dass er Stillschweigen bewahrt über die Frau, die vom Himmel fiel. Dieses Schweigen wird heute gebrochen, weil der Fluch, den die Frau auf das Dorf gelegt hat, endgültig beseitigt werden muss. Und das, mein Sohn, wird deine Aufgabe sein.«

Swartsman hatte aufmerksam zugehört und seine Stimme war vollkommen ruhig, als er antwortete:

»Die Welt hier in Bamako ist eine andere als die Welt da draußen. Ich spüre das Dorf nicht mehr in meinem Herzen.« Swartsman hatte nicht die geringste Lust, sich in die wirre Geschichte des Alten verstricken zu lassen.

»Man kann einen Baum nur mit seinen Wurzeln verpflanzen«, entgegnete der Alte. »Du bist geworden, was du bist, weil du aufgewachsen bist, wo du aufgewachsen bist.«

»Viele sind aufgewachsen, wo ich aufgewachsen bin, ohne zu werden wie ich. Ich bin geworden, was ich bin, weil mein Großvater sich gekümmert hat. Nicht mein Vater und auch niemand aus dem Dorf, keine Seele. Kein Kind durfte mit mir spielen.«

Der alte Mann nickte. »Wohl wahr. Alle haben sich vor dir gefürchtet, weil alle gesehen haben, dass du bist wie er. Du warst anders als die anderen. Du warst der Maschinenmann. Der Mann, dem das Eisen gehorcht. Niemand hatte diese Gabe.«

»Was ist passiert? Ich meine, wieso sind die Männer überhaupt zur Klippe hoch?«

»Es war der Fluch der Frau, die vom Himmel gefallen ist. Ihr Geist hat die Ahnen zornig gemacht. Sie hat gedroht, dem Oberhaupt des Dorfes den Arm abzuhacken. Ihr Geist muss besänftigt werden, damit das Dorf Frieden findet und eine neue Generation heranwachsen kann.«

Swartsman spürte Zorn in sich aufsteigen. Es waren Geschichten wie diese, die ihn aus dem Dorf vertrieben hatten. Alte Mythen und dummer Aberglaube. Er glaubte nicht an Tabus, Zauber und die Kraft der Ahnen. Er glaubte an die Kraft der Mechanik. Der Alte schnalzte mit der Zunge, woraufhin der Junge eine Ledertasche hervorholte.

»Wir haben alles zusammengetragen und sogar die Ziegen verkauft. Das ist alles, was wir besitzen.« Der Mann deutete auf das Bündel Geld, das der Junge ausgepackt hatte. Swartsman begutachtete das Bündel, schätzte die Summe und schüttelte den Kopf.

»Du sollst in das Reich fahren, aus dem die Frau kam, die vom Himmel gefallen ist. Das Land, aus dem auch dein Großvater stammt und dessen Sprache er dich gelehrt hat. Du sollst ihre Nachfahren aufsuchen und ihnen das Medaillon überreichen. Du sollst sie bitten, uns zu verzeihen, weil wir die Gesetze der Gastfreundschaft missachtet haben, als wir ihr die Hütte der Aussätzigen gaben. Du sollst sie bitten, den Fluch von uns zu nehmen.«

Swartsman hatte Mühe, die Fassung zu bewahren. »Was macht dich so sicher, dass es der Geist der Frau war, die die Männer die Klippe hinuntergetrieben hat?«

»Der Geist der Frau hat eine Machete benutzt, wie damals«, murmelte der alte Mann mit schwacher Stimme. »Er hat dem ältesten Krieger und dem jüngsten Mann den Kopf abgetrennt und mitgenommen. Bring die Köpfe zurück, damit wir sie bei den Toten begraben können.«

Swartsman deutete auf die Schnitzerei. »Und was hat es mit der Eule auf sich?«

»Sie wird dich beschützen. Trage sie immer bei dir.«

Vertrauen

Trond war kein Frühaufsteher im klassischen Sinne. Er war vielmehr ein Frühaufwacher. Um sechs Uhr morgens verließ ihn der Schlaf, pünktlich, wie ein Schichtarbeiter und verschwand. Zu Verspätungen kam es nur alkoholbedingt. Dabei hatte Trond im Laufe der Jahre die Faustregel erstellt, dass für jedes Promille anderthalb Stunden Verspätung zu veranschlagen waren. Hätte er es sich zur Angewohnheit gemacht nach dem Erwachen aufzustehen, es hätte etwas aus ihm werden können. Aber er war all die Jahre liegen geblieben, außer wenn er von seinen Alpträumen heimgesucht wurde. Er liebte diese beiden Stunden zwischen dem Erwachen und dem Aufstehen. In diesen Stunden, morgens, verharrten die Dinge im Standby-Modus. Sie wollten noch nicht mit einem interagieren und konnten daher in aller Ruhe und von allen Seiten betrachtet werden.

Die Geschichte mit Aline verlief vielversprechend. Sie waren zum Essen verabredet. Das war ein Anfang. Die Kunst bestand darin, entschlossen und zugleich besonnen vorzugehen. Sie hatte Klasse und sie konnte jeden Mann haben, den sie wollte. Aline war nicht die Sorte Frau, die man monatelang anschmachten konnte. Er würde charmant sein, sein Interesse eindeutig zeigen ohne sie zu nötigen. Kein übereiltes, aber ein entschlossenes Handeln. Genau so würde er es machen.

Das Telefon klingelte. Nein, er würde nicht aufstehen. Nein, er würde noch nicht ans Telefon gehen. Er vernahm die Stimme von Frau Dr. Keitel auf dem AB:

»Keitel hier, Uni Heidelberg, wir haben Ihren Bericht gelesen und würden uns gerne bezüglich der weiteren Vorgehensweise mit Ihnen abstimmen. Bitte rufen Sie uns zurück.«

Trond stand auf und griff zum Telefon.

Eine Stunde später war er in Richtung Heidelberg unterwegs. Seine Gedanken kreisten um das bevorstehende Gespräch, als er mit seinem alten Audi auf den Parkplatz des Instituts abbog. Deutlich sicherer als beim ersten Mal durchschritt er die altehrwürdigen Hallen. Frau Dr. Keitel begrüßte ihn freundlich und wies ihm seinen Platz zu, während sie sich an dem Tablett zu schaffen machte, auf dem eine Thermoskanne und Tassen standen. »Kaffee?«

»Ja, bitte.«

»Schön, dass Sie es so kurzfristig einrichten konnten«, bemerkte sie, ihrem Gast den Rücken zuwendend, während sie Zucker in ihre Tasse füllte und den Inhalt der Probe aus de Jagers Labor in seine. »Wir sind mit Ihren Ermittlungsergebnissen sehr zufrieden, Kompliment.« Sie drehte sich um, legte den Löffel beiseite und reichte Trond den Kaffee.

Sie nahm auf ihrem Sessel Platz.

»Also lassen Sie mich gleich zur Sache kommen. Wir wollen, dass Sie nach Mali fliegen und den genauen Aufenthaltsort des Professors ausfindig machen. Außerdem möchten wir wissen, für wen er arbeitet. Ließe sich das einrichten?«

»Klar, aber billig wird das nicht.«

»Machen Sie sich darüber keine Sorgen. Ich habe bereits eine erste Zahlung für Sie angewiesen.«

»Haben Sie weitere Informationen? Ich meine, irgendwelche Hinweise, die hilfreich für mich sein könnten?«

Frau Dr. Keitel schüttelte energisch den Kopf. »Nein, nichts außer dem, was ich Ihnen bei unserem letzten Treffen anvertraut habe.«

»Du verlogenes Miststück«, dachte Trond. Er leerte seine Tasse, stellte sie auf den Tisch und beugte sich etwas nach vorne. »Wissen Sie, Frau Dr. Keitel, ich möchte ganz offen zu Ihnen sein. Ich habe keine Ahnung, was mich da unten erwartet. Mali ist nicht Frankfurt oder Berlin. Da kann man nicht einfach abhängen und ein paar Informationen sammeln. Da unten läuft man mit einem riesigen Schild um den Hals herum, auf dem steht: Ich gehöre nicht hierher und bin verdächtig. Außerdem gibt es dort ein Sprachproblem. Ich kann nicht einfach mit jedem reden, so wie das hier möglich ist. Dazu kommt, dass die Kollegen da unten eine ganz seltsame Ansicht über das haben, was man in der Politik Einmischung in innere Angelegenheiten nennt.«

Frau Dr. Keitel nickte. »Ich verstehe. Würde eine Verdoppelung Ihres Tagessatzes helfen, Ihre Bedenken zu zerstreuen?«

Trond war verärgert. Anscheinend war es nicht möglich, einen interessanten Fall in Kombination mit einer angenehmen Auftraggeberin zu bekommen. Wenn er ehrlich war, mochte er Frau Dr. Keitel. Er hatte gehofft, sie hätte ihm seine nächtliche Aktion bei ihr verziehen, aber das war ganz offensichtlich nicht der Fall. Im Gegenteil. Zwar gab sie sich freundlich und zuvorkommend, aber es gelang ihr nur unzureichend, die Feindseligkeit zu überspielen, die in ihr wütete. Andererseits hatte sie ihn hergebeten und nicht der Dekan. Damit war seine Strippenzieher-Theorie bestätigt.

»Darum geht's doch gar nicht«, sagte Trond, um einen versöhnlichen Ton bemüht. »Ich wollte nur darauf hinweisen, dass mit einem schnellen Erfolg nicht zu rechnen ist.«

»Das wäre eine hervorragende Gelegenheit, uns zur Abwechslung einmal positiv zu überraschen«, erwiderte sie.

Trond sah Frau Dr. Keitel eindringlich an. Zu gerne hätte er in ihrem Gesicht oder in einer ihrer Gesten ein kleines Indiz dafür gefunden, dass sie ihm sein Eindringen in ihre Privatsphäre verziehen hatte, aber da war nichts. Nur Kälte und Verachtung.

Er erhob sich und bewegte sich in Richtung Tür. Als er die Türklinke schon fast in der Hand hatte, drehte er sich noch einmal um, als wolle er noch etwas sagen, ließ es aber.

Frau Dr. Keitel nahm Tronds Tasse an sich, nicht ohne vorher einen Blick hineingeworfen zu haben. Es waren keine Rückstände auf dem Boden der Tasse zu sehen. Sehr gut.

Kaum hatte Trond den Raum verlassen, trat Dr. Mitscherlich ein.

»Und hat er die Geschichte geschluckt?«

»Hat er und nicht nur das«, antwortete Frau Dr. Keitel.

Das Labor

Sailer hatte das Freigehege erreicht und wurde bereits sehnlichst erwartet. Bitch begrüßte ihn lauthals und streckte ihren Arm durch die Maschen des Zauns. Sailer zerteilte die Mango, die er ihr mitgebracht hatte, mit dem Taschenmesser in vier kleine Teile und schob diese durch die Maschen. Bitch nahm die Fruchtteile und fraß sie genüsslich. Die anderen Schimpansen betrachteten das seltsame Paar misstrauisch aus sicherer Entfernung. Kein Zweifel: Er sprach mit ihr. Das konnte nichts Gutes bedeuten. Bitch blickte ihrerseits ab und zu in Richtung des Rudels, woraufhin alle Affen sofort in eine andere Richtung sahen. Diese verdammte Hexe war ganz eindeutig mit dem Teufel im Bunde.

Sailer hörte Stimmen und sprang, einer spontanen Eingebung folgend, ins Gebüsch. Er beobachtete zwei Chinesen, die das Gehege entlangschlenderten, wobei einer der beiden rhythmisch mit einem Stock auf den Zaun schlug. Innerhalb weniger Sekunden war die ganze Affenbande aufgeschreckt und tobte, die Eindringlinge ankeifend, auf der anderen Seite des Zaunes. Der zweite Mann war vom Tun des Ersten wenig angetan. Als er näher kam, erkannte Sailer ihn. Es war Fu, das Faktotum aus dem Labor. Den zweiten Mann nannten alle Hachet, das Beil, da es seine Aufgabe war, die Gewebeproben zu entnehmen. Da das Gewebe sich unter der Schädeldecke der Schimpansen im Gehirn befand, konnte man nicht auf die Kooperation der Probanden zählen. Daher bedurfte es einiger Grobheiten, um an das wissenschaftlich verwertbare Material zu kommen.Die Männer blieben am Zaun stehen und schienen sich über die Affen zu unterhalten, wobei Fu einen vollkommen anderen Habitus an den Tag legte als im Labor. Er hatte seine Unbeholfenheit völlig abgelegt, sogar seine Gestik war verändert. Er machte einen vollkommen souveränen Eindruck. Fast schien es, als spräche er über *seine* Affen. Sailer hätte einen Wochenlohn geopfert, um zu erfahren, worüber genau sie sich unterhielten. Er kam sich albern vor in seinem Versteck. Was, wenn er jetzt heraustreten und die beiden begrüßen würde? Wahrscheinlich würde er sein Gesicht verlieren und das war so ziemlich das Schrecklichste, was einem in den Augen der chinesischen Mitarbeiter passieren konnte. Das hatte er zumindest gehört. Also beschloss er, in seinem Versteck zu bleiben. Dummerweise begann sein Bein einzuschlafen, sodass er hockend sein Gewicht von einem Fuß auf den anderen verlagern musste. Dabei verursachte er ein Geräusch, das ihm den Schreck in die Glieder fahren ließ, aber von den Chinesen glücklicherweise nicht wahrgenommen wurde. Ein dritter Mann näherte sich. Sailer hatte ihn bis jetzt nur in Begleitung des Commanders gesehen. Er war sehr stämmig und eine besonders unangenehme Erscheinung, die auch vor Handgreiflichkeiten nicht zurückschreckte, um seine Leute auf Trab zu halten. Mehrmals hatte der Professor beim Commander interveniert, da er Aggression und Gewalt in seinem Arbeitsumfeld nicht duldete.Sailer traute seinen Augen nicht, als er bemerkte, dass der Stämmige sich Fu in Untergebenen-Manier näherte und ihm einen Klemmblock reichte, in dem ein Bericht steckte. Fu überflog den Bericht, streckte die Hand aus, bekam einen Kugelschreiber gereicht und setzte seine Signatur auf das Papier. Die Dreiergruppe setzte sich in Bewegung und erreichte die Weggabelung am Ende des Geheges, wobei es unverkennbar war, dass Fu das Kommando hatte. Sie bogen nach rechts ab, nachdem sie sich kurz davon überzeugt hatten, dass niemand in der Nähe war.Sailer erhob sich und spürte, wie sein Herz klopfte. Der Putzteufel des Labors hatte ganz offensichtlich eine Führungsposition inne. Er hatte sie die ganze Zeit über zum Narren gehalten. Irgendetwas ging da vor und Sailer war fest entschlossen, herauszufinden, was es war. Also fasste er sich ein Herz, trat aus dem Gebüsch, sah sich um und folgte den Dreien.

Sailer bewegte sich auf Zehenspitzen fort. Zugleich fürchtete er, sein Herzschlag wäre über viele hundert Meter weit zu hören. Er erreichte eine Wellblechhalle, die er zuvor bereits vom Wagen aus gesehen, aber nicht weiter beachtet hatte. Er schlich um die Halle herum und versuchte, durch ein kleines Fenster ins Innere zu sehen.

Vergebens. Es würde ihm nichts anderes übrig bleiben, als sich Zutritt zu verschaffen. Sailer war von seiner eigenen Entschlossenheit überrascht und schlich um die Halle bis zum Tor, das er verschlossen vorfand. Ein Türknauf, kein Schloss. Stattdessen eine Tastatur, über die man einen Code eingeben konnte. Das moderne Sicherungssystem wollte so gar nicht zu dem barackenhaften Aussehen der Wellblechhalle passen, ebenso wie die schwere Stahltür, die ihm den Zugang versperrte. Die Entscheidung, ob er sich auf andere Weise Zugang zur Halle verschaffen sollte, wurde ihm abgenommen, bevor er sie fällen konnte. Er hörte, wie sich ein Fahrzeug näherte. Nur mit Mühe gelang es ihm, hinter einem Stapel Fässer Deckung zu nehmen und unentdeckt zu bleiben.

Sailer eignete sich eindeutig nicht zum Helden. Er betrachtete seine zitternden Hände. Was, wenn er den Professor einfach in seine Beobachtung einweihen würde? Sailer schüttelte den Kopf. Er würde ihm nicht glauben. Es half nichts. Er würde einen sicheren Beweis liefern müssen, und zwar so schnell wie möglich. Also verließ er sein Versteck und beschloss, die Halle einmal vollständig abzulaufen, um einen Zugang zu finden. Das Vorhaben nahm keine drei Minuten in Anspruch und führte zu dem befürchteten Ergebnis. Die Halle war bei Weitem nicht so baufällig, wie sie erscheinen wollte, und bot außer dem Haupteingang und einem Rolltor keinen Zutritt. Sailer beschloss, wegen der besseren Deckung, am Haupteingang auf eine Gelegenheit zu warten. Quälend lange dreißig Minuten passierte gar nichts. Dann näherte sich ein chinesischer Lagerarbeiter der Halle. Er gab einen vierstelligen Code in die Tastatur ein, derden Summer auslöste und den Wartenden einließ. Sailer war keine vier Schritte von der Tür entfernt und beobachtete ratlos, wie diese sich anschickte, in Zeitlupe zuzufallen. Der Zufall kam ihm in Form eines infernalischen Affengebrülls zu Hilfe. Er sprang aus seiner Deckung und bekam die Tür zu fassen, bevor sie ins Schloss fiel.

Sailer hatte keine Ahnung, was ihn in der Halle erwarten würde. Aus diesem Grund traf ihn der Anblick wie ein Schlag. Es sah eine exakte Kopie des Labors, in dem er und Professor de Jager arbeiteten, lediglich mit dem Unterschied, dass hier all die Geräte zu finden waren, die de Jager vergebens von den Chinesen gefordert hatte. Verglichen mit diesem Labor arbeiten er und der Professor unter primitiven Bedingungen. Sailer hatte Mühe, die Fassung zu wahren, und erst das erneute Affengebrüll erinnerte ihn daran, wo er war. Er suchte sofort ein Versteck auf, von dem aus er das rege Treiben beobachten konnte.Im hinteren Teil der Halle war eine Empore aufgebaut, die sich wie eine Kommandobrücke quer durch das gesamte Gebäude zog. Auf der Brücke: Fu, mit einem Klemmbrett in der Hand, der Anweisungen gab und Informationen entgegennahm. Soweit Sailer das aus seinem Versteck heraus erkennen konnte, hatten sich die Chinesen auf die Produktion konzentriert. Er sah eine Chromatografieanlage, kleine und große Schüttler, Zentrifugen und sogar zwei Coulter Counter. Das Labor hier war nicht nur dreimal so groß wie das, in dem er und der Professor arbeiteten, es waren auch dreimal so viele Leute darin beschäftigt. Der Assistent erkannte den einen oder anderen wieder, allesamt waren sie in unterschiedlichen Funktionen bei ihm tätig gewesen. Augenblicklich war sich Sailer der Gefahr bewusst, in der er sich befand. Nicht auszudenken, wenn er hier entdeckt würde. Das Hirn des Biologen arbeitete fieberhaft. Was hatte das hier zu bedeuten? Was wollten die Chinesen? Was stellten sie im großen Stil her? Warum taten sie es heimlich? Sailer konnte keinen klaren Gedanken fassen. Er hatte genug gesehen, mehr noch, er hatte eindeutig zu viel gesehen, viel zu viel.

Commander Wu

Commander Wu trat an den Vogelkäfig und schüttete etwas Vogelfutter in den Spender. Der kleine Piepmatz hüpfte aufgeregt im Käfig hin und her. Anders als ein Hund, der seine Mahlzeit unverzüglich und in der Regel mit großem Appetit sofort vertilgt, pickte der Sudan-Goldsperling nur beiläufig in die jetzt gefüllte Futterschale, als wolle er sich vergewissern, was es war, das er da zu fressen bekam. Dann hüpfte er auf eine der drei Stangen im Käfig, um von dort auf eine der anderen Stangen zu wechseln. Ihn schien die Anwesenheit von Commander Wu zu beunruhigen. Auf den Commander hatte der Vogel die gegenteilige Wirkung, nämlich eine beruhigende. Der Vogel stand für ein Stück Normalität in einem fremden Umfeld. Wus Großvater hatte die Vögel geliebt und war in Schwermut gefallen, als diese ihm während der Kulturrevolution genommen wurden. Später, nach ihrer Umsiedlung, als die jugendlichen Horden verschwunden waren, hatte sich die Familie wieder Vögel gehalten, aber der Großvater beachtete sie kaum noch. Zu groß war seine Angst, sie ein weiteres Mal zu verlieren. Folglich war sie es, die sich um die Vögel zu kümmern hatte. Seit dieser Zeit mochte sie Vögel, und der Goldsperling in ihrer Unterkunft wurde zu einem Stück Normalität, einem Stück Heimat. Die einzige Sentimentalität, die sie sich gönnte. Das Piepen des Vogels beruhigte sie. Sie schloss dann die Augen und konnte das Buschcamp vollkommen ausblenden. Für wenige Augenblicke ließ sie es zu, dass Bilder aus ihrer Kindheit den langen Weg aus fast verschütteten Regionen ihrer Erinnerung zu ihr fanden. Es war wichtig zu wissen, woher man kam. Es war wichtig zu wissen, zu wem man gehörte. Sie war Teil eines mächtigen Systems. Sie leistete ihren Beitrag, um China an die Spitze zu bringen. Ihr Projekt würde Chinas Macht in den Westprovinzen auf ewig festigen, und im Gegenzeug würde sie die Macht dort ausüben dürfen. Als erster Frau würde ihr die Leitung über eine ganze Provinz übertragen werden.

In diesem Punkt bedauerte sie den Professor. Er hatte alle Brücken hinter sich abgebrochen und war vollkommen auf sich allein gestellt. Er verstand sich nicht als Teil eines Ganzen, er betrachtete sich als Individuum. Das war sein Problem – und das der gesamten Ersten Welt. Gleichzeitig machte ihn sein Handeln als Einzelperson unberechenbar. Bei Lichte betrachtet betrieb er seine Forschungen aus reiner Eitelkeit. Er wollte sich und der Welt beweisen, dass er Recht hatte. Er hatte sich gegen seine eigenen Leute gestellt, nur um schneller an sein Ziel zu kommen. Das war illoyal, also folgerte Commander Wu, dass auch sie vom Professor keine Loyalität zu erwarten habe. Wu hatte lange über den Professor und seine Absichten nachgedacht. Sie misstraute dem Deutschen. Nicht, weil er Anlass zum Misstrauen geboten hätte, nein, er hielt sich penibel an jedes Detail ihrer Vereinbarung, hielt sämtliche Termine ein und war zudem noch höflich und zuvorkommend. Sie misstraute dem Deutschen, weil sie ihn nicht verstand. Sie hatte den Professor genau beobachten lassen. Sie war über jeden Schritt, den er unternahm, unterrichtet. Er arbeitete nie mehr als acht Stunden am Tag. Ihre eigenen Wissenschaftler arbeiteten deutlich länger und härter. Daran konnte es nicht liegen. Auch schien er nicht besonders systematisch vorzugehen. Mal stellte er eine These auf, verfolgte sie eine Weile, um sie dann, ohne erkennbaren Grund, wieder zu verwerfen. Der Professor trieb ihre Wissenschaftler mit seinen Testreihen zur Verzweiflung. Da war kein System zu erkennen. Er schien auch nicht übermäßig intelligent zu sein, das war zumindest ihr Eindruck. Nie hatte er versucht, sie zu täuschen. Jede Testreihe aus seinem Labor ließ sie in ihrem Labor mehrmals überprüfen. Nie war es zu einer Abweichung gekommen. Es schien, als spiele er mit ihr. Manchmal hatte sie den Eindruck, dass er längst hatte, wonach er zu suchen vorgab. Immer wenn sie ungehalten reagierte und einen Fortschritt in seinen Untersuchungen forderte, kam er mit einer Überraschung, einem kleinen Erfolg.

Er war zweifellos ein großartiger Wissenschaftler. Bedauerlicherweise ein Wissenschaftler mit einem massiven Problem. Einem Problem, das seine Arbeit beeinträchtigte und damit auch ihr Projekt gefährdete. Die Prionen-Mutante, mit der sie ihre gemeinsamen Versuche unternommen hatten, war unbrauchbar. Sie erhöhte zwar die Lernleistung, tat dies aber auf Kosten der Lebenserwartung. Und da der Professor einen Selbstversuch unternommen hatte, lief seine Zeit ab.

»Solche Sorgen plagen dich nicht«, sagte sie zu dem Vogel und steckte einen Finger zwischen die Gitterstäbe des Käfigs.

Immerhin konnten ihre eigenen Leute endlich einen Erfolg versprechenden Ansatz vorweisen. Nachdem ihre ersten Versuchsreihen allesamt katastrophal geendet hatten, war es ihrem Team jetzt gelungen, eine neue Prionen-Mutante zu synthetisieren. Die Tierversuche waren erfolgreich verlaufen, ebenso die ersten klinischen Tests.

Gewissheit würde aber erst der große Feldversuch bringen.

Sie hatte aus den ersten Testreihen gelernt. Das Problem der Dosierung war gelöst. Der große Feldversuch würde den Durchbruch bringen. Für China und auch für sie. In wenigen Tagen würde es losgehen. Alles war vorbereitet. Der große Test konnte beginnen.

Debakel

Trond hatte sich entschlossen, ein Taxi zu nehmen. In seinem Wagen konnte er Aline unmöglich chauffieren. Er war nervös. In seinem Magen rumorte es. Nicht zu fassen. Trond hatte selbst als Teenager kein Lampenfieber vor seine Dates gehabt. Der Anzug frisch aus der Reinigung, der Tisch reserviert und ein Kaugummi für den frischen Atem, den er auf dem Weg zu ihrer Wohnung ausspucken würde.

Eigentlich war Trond perfekt vorbereitet. Er hatte nicht widerstehen können, einige Recherchen anzustellen. Aline lebte seit etwas mehr als einem Jahr getrennt. Ihr Mann kam aus einem sehr guten Haus, einem in dem er nicht einmal einen Posten als Gärtner bekommen hätte. Aber nach zehn Jahren hatten sie sich getrennt. Ob er sie betrogen hatte oder ob sie das Leben im goldenen Käfig nicht mehr ertragen konnte, wusste er nicht. Sicher war, dass sie eine Menge nachzuholen hatte. Sie ging sehr viel aus, pflegte ihren riesigen Bekanntenkreis, reiste viel und hatte, mit beachtlichem Erfolg, ihre kleine Firma etabliert. Dort war sie ihm das erste Mal aufgefallen, als sie ihn, diese eine Sekunde länger als es nötig gewesen wäre, auf dem Flur angelächelt hatte. Trond war so ziemlich das Gegenteil des Mannes, mit dem Aline verheiratet gewesen war. Und genau das war seine Chance. Was Aline brauchte, war ein richtiger Mann. Einer, der sie begehrte und der sie das auch spüren ließ. Und jemanden, den auch sie begehren konnte, denn, das war ihm aufgefallen, jedes Mal, wenn er sich umdrehte, taxierte sie seinen Hintern. Soweit stand alles zum Besten.

Allerdings musste er vorsichtig sein. Er durfte sich nicht verplappern, nichts von dem preisgeben, was seine geheimen Recherchen ergeben hatten. Wenn das herauskäme, wäre alles vorbei. Also zuhören, Dackelblick aufsetzen, ein Witzchen, hier eine Anekdote dort, wenig von sich selbst erzählen, der Rest würde sich ergeben.

Sie erreichten ihre Wohnung.

»Warten Sie hier, ich hole nur meine Begleiterin.«

Er schnappte sich den Blumenstrauß und tänzelte, immer zwei Stufen auf einmal nehmend, die Treppe hinauf und spuckte seinen Kaugummi in den makellosen Vorgarten. Sein Magen meldete sich wieder.

»Komm kurz rauf, ich brauche noch eine Minute«, hörte er ihre Stimme durch die Gegensprechanlage sagen.

In ihrer Wohnung angekommen drückte er ihr den Blumenstrauß in die Hand. »Hast du einen Schluck Wasser für das Grünzeug?«

Sie lächelte. »Ja, da drüben sind die Vasen. Ich muss nur noch kurz ins Bad. Setz dich doch.«

Alines Wohnung war hell, groß und mit sehr viel Liebe und Geschmack eingerichtet. Trond fand die Vase, füllte sie mit Wasser und stopfte die Stengel wenig rücksichtsvoll hinein. Das Rumoren in seinem Magen schwoll an. Das war eindeutig keine Nervosität. Trond krümmte sich. Weiß der Teufel, was das war, aber es drängte mit unbändiger Gewalt nach oben. Trond musste sich übergeben. Er spürte, dass ihm nur wenige Sekunden bleiben würden. Keine Terrasse, kein Balkon. Die Krämpfe wurden unerträglich. Er stürmte ins Bad. Aline, eine Wimpernzange in der Hand, sah ihn fassungslos an. Trond fiel auf die Knie, riss den Klodeckel hoch und erbrach sich, wie er sich in seinem Leben noch nicht erbrochen hatte. Sein Mageninhalt leerte sich in einem gewaltigen Schwall. Kaum hatte er sich von diesem ersten Krampf erholt, presste sich sein Magen ein weiteres Mal mit Gewalt zusammen, woraufhin er sich erneut über der Schüssel krümmte. Ein Krampf folgte dem nächsten, wie Wehen und selbst als nichts mehr in seinem Magen war, wollten die Krämpfe nicht aufhören. Es war, als dränge sein Magen als Ganzes aus seinem Körper. Trond klammerte sich an den Toilettensitz und würgte.

Aline war fassungslos. Sie brachte keinen Ton hervor.

Trond wischte sich den Mund ab und versuchte sich zu erheben, was ihm allerdings nicht gelang. Er blieb kraftlos auf dem Boden sitzen und sah eine völlig ratlose Aline.

»Hast du getrunken?«, fragte sie.

Trond schütttelte den Kopf.

»Hast du etwas Schlechtes gegessen?«

Trond schüttelte erneut den Kopf.

»Soll ich einen Arzt rufen?«

»Nein, nicht nötig«, röchelte Trond und erhob sich.

»Tut mir leid.« Stehen konnte er nicht, also setzte er sich auf den Rand der Badewanne.

Aline hatte mittlerweile ihre Fassung zurück gewonnen.

»Du must sofort ins Krankenhaus«, entschied sie und griff nach den Telefon.

Trond war unfähig, einen eigenen Gedanken zu fassen.

»Ich rufe einen Krankenwagen.«

»Nein, lass, ich hab ein Taxi unten stehen, das nehm ich, geht schneller.«

Er betätigte die Klospülung.

»Tut mir echt leid, ich hab keine Ahnung, was das …«

Aline hatte es auf einmal sehr eilig, ihren Gast aus der Wohnung zu bekommen. »Ich hol den Taxifahrer«, sagte sie und stürmte aus dem Bad.

»Na prima«, sagte Trond und betrachtete sein Gesicht im Spiegel. Der Brechreiz war verschwunden. So schnell wie er gekommen war. Und nicht nur das. Er fühlte sich gut. Außerordentlich gut sogar. Aber das mit Aline musste er in Ordnung bringen, umgehend. Dumme Sache, das Ganze. Er spürte, wie sein Wohlbefinden sich zur Euphorie steigerte, als ob eine unbekannte Kraft von ihm Besitz ergriffen hatte. Wie konnte man sich nach so einem Vorfall gut fühlen? Er sah sein Spiegelbild fragend an. Das alles ergab überhaupt keinen Sinn.

Frühstück

In den Augen des Professors war eine hoch entwickelte Beobachtungsgabe die wichtigste Fähigkeit, die den guten Wissenschaftler auszeichnete. Er selbst hatte diese Fähigkeit schon immer besessen und war davon überzeugt, dass sie sich in der jüngsten Vergangenheit noch weiter ausgeprägt hatte. Seit er seinen Selbstversuch gestartet hatte, war er dazu übergegangen, sämtliche Veränderungen, die er an sich selbst bemerkte, penibel in seinem Notizbuch zu dokumentieren. Bis heute waren diese Veränderungen ausnahmslos positiver Art gewesen. Die Effekte bezüglich seiner zunehmenden Lernfähigkeit hatten seine eigenen Erwartungen weit übertroffen. Zudem fiel es ihm zunehmend leichter, sich zu konzentrieren, auch unter widrigen Umständen. Jetzt bemerkte er erstmals eine Veränderung, die ihm Sorgen bereitete. Er begann, sich zu verzetteln. So wie ein Kleinkind in der Süßwarenabteilung eines Kaufhauses von der Vielzahl der Verführungen überwältigt wird, so wurde er zunehmend von den Möglichkeiten seiner erweiterten Fähigkeiten überwältigt. Eine Sprache en passant lernen zu können, war eine Versuchung, der er schon wegen ihrer Nützlichkeit nicht hatte widerstehen können. Aber damit war es nicht genug. Er beobachtete an sich, dass er alles, was er betrachtete, zu verstehen versuchte und sich viel intensiver mit Dingen befasste, die er sonst ignoriert hatte. Physikalische Effizienzstudien in den Bewegungsabläufen der Labormitarbeiter, Farbkombinationsanalysen zu den Kleidungsstücken der Marktbesucher, ornithologische Studien, genau genommen gab es kaum etwas in seinem direkten Umfeld, das er nicht genau zu verstehen trachtete. Und das beunruhigte ihn, denn erstens war das ein neues Phänomen und zweitens hielt ihn das von seiner eigentlichen Arbeit ab. Es hatte ihn als Wissenschaftler stets ausgezeichnet, die Relevanz eines Themas zu erkennen und dementsprechend seine Prioritäten zu setzen. Vielleicht war das sogar das Geheimnis seines Erfolges, die ihm vorliegenden Informationen länger als andere zu analysieren, um dann zu entscheiden worauf er sich konzentrieren würde. Schon als Schüler war er so vorgegangen. Das war sein methodischer Ansatz. Nicht der einzige übrigens. Ein anderer methodischer Ansatz, den er seit vielen Jahren anwandte, war eine präzise Terminplanung.

Professor de Jager hatte es sich bereits früh zur Angewohnheit gemacht, seinen Tag im Voraus, in der Regel am Morgen, zu terminieren. Schon als Student war er in der Lage gewesen, ein deutlich größeres Arbeitspensum zu absolvieren als seine Kommilitonen. Sein Geheimnis bestand in einer strengen Strukturierung des Tagesablaufs, an die er sich konsequent hielt. Selbst seine Freizeit unterlag diesem Diktat. So konnte es passieren, dass er ein gemütliches Beisammensein mit Kommilitonen in einer Kneipe genau in dem Moment verließ, wo die Stimmung auf dem Höhepunkt war. Nicht weil man aufhören soll, wenn es am schönsten ist, sondern weil er sich selbst für diese Freizeitaktivität nur ein fest definiertes Zeitfenster zugestanden hatte. Das Scheitern sämtlicher Privatbeziehungen war eine direkte Folge dieser Marotte, was ihm, dem Vollblutwissenschaftler, allerdings als ein angemessener Preis erschien. In dieser strengen Struktur fiel der ersten Stunde des Tages eine Sonderrolle zu. Die Morgenstunde gehörte ihm allein und war arbeitsfrei. Sie gehörte der Körperpflege, gymnastischen Übungen zur Erhaltung seiner Fitness und, das war der Kern seines ritualisierten Tagesbeginns, einem ausgiebigen Frühstück. Während der Morgenstunde hatte er es sich immer verboten, über die Arbeit nachzudenken. Die Morgenstunde war eine Musestunde und allein seinen persönlichen Bedürfnissen vorbehalten.

Anfangs hatte der Professor dies auch im Buschcamp so gehandhabt. Die Körperpflege verrichtete er lustlos, aber penibel. Auch duldete er keine Ausrede, wenn es um die Leibesübungen ging. Sie waren ein fester Bestandteil seiner Morgenroutine. Das heißt, bis vor kurzem. Die Liegestütze und Sit-Ups hatte er nämlich aufgegeben und sich stattdessen einem Experiment unterzogen, an dem er zunehmend Freude fand. Da, so seine Überlegung, das Prionen-Präparat seine Lernfähigkeit steigerte, galt es herauszufinden, ob sich diese Steigerung der Lernfähigkeit nur auf kognitive Fähigkeiten beschränkte oder, was naheliegend war, ob er auch in der Lage sein würde, seine motorischen Fähigkeiten zu verbessern. Schließlich waren die motorischen Fähigkeiten ebenso wie die kognitiven das Resultat eines mühsamen Lernprozesses.

Der Professor schlang sein Frühstück eilig herunter, um zusätzliche Zeit für sein neues Experiment zu gewinnen. Noch kauend begab er sich dazu in den Lagerraum neben seinem Wohncontainer. Das Experiment, das er zu diesem Zweck entwickelt hatte, erforderte einen gewissen Raumbedarf. Um diesen zu schaffen, musste der Professor jeden Morgen die eingelagerten Utensilien aufeinanderstapeln. Hätte er den Freiraum belassen, so wären zusätzliche Gegenstände eingelagert worden, was es dann erschwert hätte, das Experiment auszuführen. Also stellte er wie jeden Morgen die Ersatzliege aufrecht an die Wand und stapelte Kisten mit routinierten Handgriffen, bis ausreichend Platz geschaffen war. Als Letztes stellte er seinen Klapprechner auf eine der Kisten und schloss die Boxen an, die er eigens zu diesem Zweck auf dem Markt erstanden hatte. Sobald das erledigt war, konnte es losgehen.

Der Professor absolvierte einige Lockerungsübungen und schaltete dann ein Video ein, das er von YouTube heruntergeladen hatte. »Puttin' on the Ritz« mit Fred Astaire, eine bemerkenswerte Stepp-Choreografie mit Stock. Der Stepptanz hatte Professor de Jager immer schon fasziniert, wahrscheinlich, weil er selbst ein miserabler Tänzer war. Doch um diese private Faszination ging es bei dem Experiment natürlich nicht. Vielmehr war es der hochkomplexe motorische Ablauf, der, in Verbindung mit der akustischen Wahrnehmung, den wissenschaftlichen Wert und Erkenntnisgewinn ausmachte. Dass sich durch eine Erhöhung der Schrittzahl der Eindruck von schwebender Leichtigkeit erzielen ließ, war wissenschaftlich gesehen weniger überraschend, machte aber Spaß. Kurzum: Stepptanz war der perfekte Versuch, um seine motorische Lernfähigkeit experimentell zu erfassen. Ein weiterer sehr angenehmer Nebeneffekt dieses Experimentes war, dass seine Auswertung des Lernfortschritts keinerlei Mühe bereitete und nicht einmal verschriftlicht werden musste. Der Lernfortschritt ließ sich in fehlerfrei getanzten Minuten zeitlich erfassen.

Nachdem die ersten Trockenübungen Erfolg versprechend verlaufen waren, hatte Rob de Jager seine Ausgehschuhe, die in Ermangelung einer sinnvollen Einsetzbarkeit sowieso untätig im Schrank standen, zu Steppschuhen umgewandelt, indem er Metallplättchen an die Sohlen genagelt hatte. Der Pressspanboden des Lagercontainers klackte zwar nicht so schön wie das Parkett des Filmsets, aber er erfüllte durchaus seinen Zweck. Die ersten Versuche, die Choreografie trocken zu tanzen, hatten sich als nicht zielführend erwiesen. Fortschritte stellten sich erst ein, als der Professor dazu übergegangen war, die Gesangspassage in seine motorische Übung zu integrieren. Ganz offensichtlich kommunizierten die Synapsen in den entsprechenden Hirnarealen miteinander. Der Anfang war einfach. Eine zweiteilige Bewegungspassage mit Links-Rechts-Bewegungen im ersten Teil und zwei Drehungen im zweiten Teil. Das beherrschte der Professor bereits nach dem zweiten Durchlauf. Dann kam die erste Strophe.

Have you seen the well-to-do
Up and down Park Avenue
On that famous thoroughfare
With their noses in the air

High hats and narrow collars
White spats and lots of dollars
Spending every dime
For a wonderful time

Kein Problem bis genau zu dieser Stelle, an der es diese kleine, verteufelt schnelle Schrittfolge gab, die de Jager aber bewältigte, nachdem er sich einen Stock besorgt hatte. Auch die zweite Strophe saß nach wenigen Trainingsläufen.

Now, if you're blue
And you don't know where to go to
Why don't you go where fashion sits
Puttin' on the Ritz
Different types who wear a daycoat
Pants with stripes and cutaway coat
Perfect fits
Puttin' on the Ritz

Dann kam seine Lieblingspassage. Eine schwierige, aber beherrschbare, synchron zur Textmelodie ausgeführte Schrittfolge mit einigen verspielten Akzenten.

Dressed up like a million dollar trooper
Trying hard to look like Gary Cooper
Super-duper

Come, let's mix where Rockefellers
Walk with sticks or «umberellas«
In their mitts
Puttin' on the Ritz

Für die Steppeinlage der folgenden Instrumentalpassage benötigte der Professor eine ganze Woche, was deshalb bemerkenswert war, weil ohne seinen Selbstversuch sein ganzes Leben nicht ausgereicht hätte, um das zu bewerkstelligen. Die folgende Gesangspassage bot ausreichend Erholung für das große Finale, an dem er immer noch arbeitete.

Tips his hat just like an English chappie
To a lady with a wealthy pappy
Very snappy

You'll declare it's simply topping
To be there and hear them swapping

Das große Finale war ausgesprochen schwierig und erforderte seine volle Konzentration. Kein Problem bis zu der Backwalk-Position, die hatte er schnell verinnerlicht. Aber die lange Spiegelpassage, das war großes Tennis. Das erforderte den ganzen Mann. Die Passage begann mit der Stelle, die der Professor so liebte, dem Dialog zwischen den Steppschuhen und dem Stock-Schlagen auf dem Boden. Heute würde er sie bis zum Ende tanzen.

Alle Bewegungen flossen sanft und mühelos.

Luftlinie keine fünfzig Meter entfernt, betrat Commander Wu den Überwachungsraum. Das Team sah nur kurz vom Monitor auf und widmete sich sofort wieder ihrem Studienobjekt. Fu zündete sich eine Zigarette an. »Er ist richtig gut geworden.«

Commander Wu trat an den Bildschirm und betrachtete die Übung des Professors genau.

»Er hat den Verstand verloren«, bemerkte ein jüngerer Chinese.

Commander Wu stellte sich neben den Jungen, bis dieser sich erhob und ihr den Platz auf dem Hocker freimachte.

»Wie lange hat er dafür gebraucht?«, wollte sie wissen und schmunzelte.

»Weniger als zwei Wochen.«

»Das ist erstaunlich.«

Der Professor steppte fehlerfrei durch die lange Instrumentalpassage. Jeder Schritt saß, sogar das Jonglieren des Stockes erfolgte spielerisch einfach.

»Was ist mit der Dosierung?«, wollte Commander Wu wissen.

»Er bekommt zwei Einheiten pro Woche, montags und donnerstags«, erklärte Fu.

Commander Wu starrte fasziniert auf den Überwachungsmonitor.

»Eigentlich müsste sein Hirn längst kollabiert sein. Die Schimpansen sind schon bei der Hälfte seiner Dosierung völlig durchgedreht.«

Fu nickte. »Und? Was machen wir?«

»Weiter wie geplant. Er bekommt seine gewohnte Dosis. Lasst ihn nicht aus den Augen. Ich will ihn vierundzwanzig Stunden unter Beobachtung haben. Er ist momentan unser wertvollster Proband.«

»Und wann sezieren wir ihn?«

Commander Wu warf einen verächtlichen Blick auf Fu. »Um was zu finden?«

»Prionen?«

Commander Wu erhob sich und schüttelte den Kopf. »Du musst noch viel lernen.«

»Sollen wir ihn isolieren?«

Auf dem Weg zur Tür drehte sie sich kurz um. »Solange er seinen üblichen Tagesablauf einhält, besteht keine Gefahr. Wir lassen ihn machen.«

»Darf er weiterhin auf den Markt?«, wollte Fu wissen.

»Ja, er soll keinen Verdacht schöpfen. Informiert mich, wenn er mit Gepäck los will. Ansonsten kann er machen, wozu er Lust hat. Aber passt gut auf ihn auf. Es darf ihm nichts zustoßen.«

Ein neuer Traum

Etwas war anders als gewöhnlich. Es schien, als habe die Schwerkraft heute nur ein begrenztes Interesse an Trond. Es schien, als stürze er heute etwas langsamer auf den Boden zu als sonst. Er befand sich eindeutig im freien Fall aber er spürte keinerlei Verkrampfung, keine Angst, nichts. Die Schwere, die seinen Körper sonst immer gnadenlos in die Tiefe gezogen hatte, war verschwunden und mit ihr das Bedrohliche seines Traumes. Es schien fast, als könne er seinen Fall genießen. Entspannt beschloss er, den erstmals panikfreien Fall auszukosten. Er betrachtete das Umfeld der vermeintlichen Aufschlagstelle und drehte sich dazu etwas nach links. Trond war nicht wenig erstaunt, feststellen zu müssen, dass sich seine Fallrichtung änderte, sobald er seinen Blick zur Seite richtete. So blickte er statt nach unten nach vorne und siehe da: Er fiel nicht mehr, er flog! Ein lange nicht mehr empfundenes, in seiner Intensität alles vereinnahmendes Glücksgefühl bemächtigte sich seiner. Er flog über das Gebäude hinweg, in das er Hunderte Male gestürzt war, erhob sich kurz in Richtung der Wolken, drehte eine kleine Schleife, flog eine Weile geradeaus, wobei sich die Flugbahn exakt durch seine Blickrichtung steuern ließ. Trond konnte sein Glück nicht fassen. Der Fluch war gebannt. Und nicht nur das: Er konnte fliegen! Lange zog er seine Bahn über nicht enden wollende Landschaften und unberührte Natur. Jetzt galt es, seinen Sieg über den Falltraum mit einer perfekten Landung abzuschließen. Er wählte eine Wiese, neigte sich langsam nach vorne und verlor an Höhe. Er breitete die Arme aus, was seinen Flug soweit verlangsamte, dass er laufend auf dem Gras niederging. Er erwachte, aufrecht im Bett sitzend, die Arme immer noch ausgebreitet. Die Straßenbeleuchtung warf ein dämmriges Licht in sein Schlafzimmer. Er war zu Hause. Aber Trond spürte dieses Glücksgefühl aus dem Traum noch immer. Es füllte seine Brust vollständig aus und wäre am liebsten als Freudenschrei aus seiner Kehle entwichen. Er spürte sich so intensiv wie seit vielen Jahren nicht mehr. Er spürte Kraft in sich, Tatendrang. Er war sich darüber im Klaren, jetzt und hier einen ganz besonderen Augenblick zu erleben.

Einen Moment vollkommener, euphorischer Erfüllung. Vielleicht sogar einen Augenblick, der sein Leben verändern würde. Sein Leben, was war das schon? Ein trauriges Trudeln zwischen uninteressanten beruflichen Aufgaben und einem Privatleben, dem jeder Glanz fehlte. Es gab niemanden, den er dafür hätte verantwortlich machen wollen. Das war sein Leben. Das war seine Art, mit den Dingen umzugehen: wenig ambitioniert, bequem und vollkommen ohne Perspektive auf Besserung. Trond atmete tief ein und spürte, wie der Sauerstoff ihm zusätzliche Energie verlieh. Er fühlte sich um Jahre jünger. Er musste aufstehen. Er musste sich bewegen. Also sprang er auf, steuerte kraftvoll auf die Schlafzimmertür zu, widerstand der Versuchung, den Türrahmen aus seiner Verankerung zu reißen, und ging in die Küche, die den üblichen Anblick bot. Das Geschirr stapelte sich in der Spüle und zwei Dutzend leere Weinflaschen warteten neben dem Mülleimer, wie Obdachlose vor der Caritas Essensausgabe, vielleicht etwas enger gedrängt. Er setzte die Kaffeemaschine in Betrieb und begann, die Küche aufzuräumen, schnell und mit routinierten Handgriffen, was deshalb erstaunlich war, weil ihm jedwede Routine bei der Verrichtung von häuslicher Arbeit fehlte. Kein Zweifel: Mit ihm geschah etwas Sonderbares. Sein Freund Arno hatte über ein ähnliches Erlebnis berichtet, allerdings unter vollkommen anderen Umständen. Arno hatte, als er eines Morgens in einem Zelt erwachte und weder wusste, wo er war, noch wie er dorthin gekommen war, beschlossen, sich den Anonymen Alkoholikern anzuschließen, was sein Leben grundlegend verändert hatte. Das sei eine Eingebung gewesen, hatte Arno gesagt. Er habe gespürt, dass es an der Zeit gewesen sei, mit dem Trinken aufzuhören. Nur Trond war weder verkatert, noch hatte er einen Filmriss. Er hatte lediglich geträumt.

Das heiße Wasser tropfte gurgelnd auf den Kaffee im Filter, der einen verführerischen Duft in der Küche verbreitete. Trond stopfte die Flaschen in drei Plastiktüten, zog seine Hosen an, nahm ein sauberes Hemd aus dem Schrank und machte sich mit den Tüten auf den Weg zum Altglascontainer. Auf dem Rückweg würde er Brötchen mitbringen. Er beobachtete sein Tun wie das eines Fremden. Im Grunde genommen war alles ganz einfach. Er lebte am Rande der Verwahrlosung, weil ihm jedweder Antrieb gefehlt hatte. Es hatte ihm gereicht, den Eindruck zu haben, ein Ziel erreichen zu können. Sobald er davon überzeugt war, dass er es erreichen konnte, hatte er es nicht mehr für notwendig gehalten, die restlichen Schritte zu unternehmen. Das war das Muster seines Scheiterns. Er hatte seine berufliche Karriere geopfert, nachdem er sich selbst davon überzeugt hatte, ein guter Zollermittler zu sein. Ob andere derselben Meinung waren, interessierte ihn nicht. Seine Ehe war gescheitert. Anita, seine Ex-Frau hatte ihn so genommen, wie er war, ihn nicht gedrängt, mehr aus seinem Leben zu machen, nicht weil ihr sein mangelnder Ehrgeiz gleichgültig gewesen war, sondern weil sie von der Aussichtslosigkeit eines solchen Unterfangens überzeugt war. Und genau aus diesem Grunde hatte sie ihn auch verlassen. Sie hatte es satt gehabt, sich eine Handbreit neben dem Abgrund zu bewegen. Das musste aufhören. Mit Aline würde ihm dieser Fehler nicht unterlaufen. Das war neben seinem neuen Auftrag die zweite Großbaustelle. Das Aline-Debakel musste umgehend aus der Welt geschafft werden. Sie war nicht die Sorte Frau, der man einfach das Bad vollgöbeln konnte. Und mit einer einfachen Erklärung Marke »nervöse Magenbeschwerden« würde sie sich auch nicht zufrieden geben. Seine Vorstellung bei ihr hatte für jeden anderen das Aus bedeutet. Aber er, Trond, würde nicht aufgeben. Er würde alles auf eine Karte setzen. Jetzt hieß es das ganz große Rad drehen, und er hatte auch schon eine Idee.

Zu seiner Euphorie gesellte sich Tatendrang. Er würde alles erreichen können, was er wollte, wenn er nur den nötigen Ehrgeiz aufbringen, seine Ziele engagierter verfolgen würde.

Er würde seine Angelegenheiten in Ordnung bringen. Sofort. Er würde keine Verzögerung dulden, sich besser organisieren und – er versuchte diesen Gedanken abzuschütteln – er würde fliegen.

Blödsinn. Er fand zurück zu diesem Moment der vollkommenen Klarheit, sein ganz persönliches Samati, und traf, wie im Vorübergehen einige grundlegende Entscheidungen. Er würde sein Leben radikal ändern. Raus aus der Abwärtsspirale, raus aus der Wohnung, allen Ballast abwerfen und Aline bieten, was sie verdiente. Schluss mit dem Saufen, seine Geldangelegenheiten in Ordnung bringen. Vielleicht eine neue Wohnung, ganz sicher aber ein neuer Job. Trond lachte. Er stoppte seinen Wagen neben dem Müllcontainer und ergriff die Tüten mit den Flaschen. Es war lange her, dass er darüber nachgedacht hatte, sein Leben zu ändern. So etwas geschah alle paar Jahre. Also Vorsicht. Das würde vorbei gehen. Er hatte einen Auftrag. Nicht diese langweiligen Jobs, die sonst auf seinem Schreibtisch landeten, nein, einen richtigen Auftrag und auf den würde er sich konzentrieren. Sein Leben konnte er danach immer noch ändern. Er würde diesen Professor finden und den gesamten Sachverhalt aufklären. Er würde sich als vorbildlicher Ermittler aus diesem Job verabschieden.

Trond erreichte den Altglascontainer.

Es war, als spräche ein alter Freund mit ihm. Jemand, dem er lange nicht mehr zugehört hatte. Anders als sonst verursachten diese Erkenntnisse, die er zum ersten Mal an sich heranließ, anstatt sie lediglich aus der Ferne zu betrachten, kein Unbehagen in ihm, sondern Freude. Das Gefühl der Euphorie blieb so präsent und stark, wie es gewesen war, als er aus seinem Traum erwacht war. Er versuchte, sich auf seinen Fall zu konzentrieren, aber seine Gedanken schweiften immer wieder ab.

»Du wirst diesen Fall niemals lösen, wenn du dich nicht änderst«, sagte er laut und erschrak. Es sah sich um. Niemand hatte ihn gesehen oder gehört, was er gesagt hatte. Er wartete einen Moment, als wolle er seinen schlechten Angewohnheiten eine letzte Chance geben, wieder die Oberhand zu gewinnen.

»Du wirst dich ändern«, sagte Trond und begann die Flaschen, nach Farben sortiert, in die richtigen Container zu werfen. So weit war es gekommen. Mit jeder Flasche, die er in den Müllcontainer warf, fiel eine Entscheidung. Schluss mit dem Pennerleben, Schluss mit dem Dreck, Schluss mit der Sauferei, Schluss mit dem Minimalkonsens, Schluss mit der Überwachung untreuer Ehefrauen, Schluss mit unbezahlten Rechnungen, Mahnbescheiden und Gerichtsvollziehern. Es war nicht so, dass er alles hätte erreichen können, er konnte alles erreichen, er musste nur damit beginnen. Und heute war der Tag, an dem er damit beginnen würde. Trond wartete einen Moment, so wie man auf das Geräusch eines zerbrechenden Glases wartet, das einem aus der Hand geglitten ist. Aber das Geräusch blieb aus. Eigentlich hätte jetzt sein innerer Mr. Hyde auftauchen müssen, um alle seine guten Vorsätze mit einem Wisch vom Tisch zu fegen. Er wartete, aber nichts geschah. Mr. Hyde erschien nicht. Ein breites Lächeln umspielte seinen Mund. Heute war der Tag, der sein Leben verändern würde. Er warf eine letzte Flasche in den Container und traf einen weiteren Entschluss.

Wieder in der Wohnung griff Trond zum Telefon. Er musste ein paar Vorbereitungen für die Reise treffen. Survival-Dieter würde helfen können. Er hatte früher regelmäßig gegen ihn ermittelt. In den 1990ern hatte Survival-Dieter einen schwunghaften Handel mit allerlei Ethnozeug aus Westafrika betrieben, nicht immer nach den Regeln des Artenschutzgesetzes. Also hatte er umschulen müssen. Jetzt scheuchte er Topmanager durch den Busch und ließ sie Eidechsen essen. Ein sehr lukratives Geschäft. Aber wo hatte er die Nummer? Trond hatte Dieter seit Jahren nicht mehr angerufen. Er überlegte einen Moment, in welchem Notizbuch er sie haben könnte, und plötzlich fiel sie ihm ein. Klar und deutlich erschien diese zwölfstellige Zahlenfolge vor seinem geistigen Auge. Er lächelte. So ein Gehirn war schon ein wundersames Ding. Während er seine Kaffeetasse an die Lippen führte, tippte er die Nummer ins Telefon.

»Ja?«, bellte eine scheinbar übel gelaunte Stimme.

»Trond hier, hallo Dieter.«

»Das gibt's doch nicht. Faksen, alter Wikinger. Hab gehört, du bist Privatschnüffler geworden.«

»Kann schon sein. Was macht die Kunst?«

»Läuft alles super. Die Manager sind immer noch ganz scharf auf Kriechtiere und Orientierungsmärsche durch die Südeifel, alles bestens. Ich hab sogar Kontakt zum Fernsehen. Die wollen da was aufziehen. Was kann ich für dich tun?«

»Ich brauche eine Kontaktperson in Mali.«

Kurzes Schweigen auf der anderen Seite der Leitung. »Mali ist scheiße. Glaub mir. Da gibt es nichts außer Staub, abergläubischen Schwatten und Eselskarren.«

»Ich will mich da nicht amüsieren, ich hab da eine Ermittlung laufen.«

»Uh lala, international tätig. Da sieh mal einer an.«

»Hast du da wen für mich? Ich muss mich unauffällig im Land bewegen und recherchieren.«

»Unauffällig, wo kommst du denn her? Ein Weißer kann sich nicht unauffällig in Afrika bewegen, vergiss es. Warte, ich schreib mir deine Nummer vom Display ab. Du hast übrigens Glück. Übermorgen bin ich für sechs Wochen in Kanada. Lass mich mal telefonieren, ein paar alte Kontakte aktivieren.«

»Danke.« Trond legte auf.

Er sah auf die Uhr und beschloss, das Konsulat wegen seines Visums anzurufen. Wahrscheinlich würde er sich auch noch gegen Pest und Cholera impfen lassen müssen.

Als das erledigt war, lehnte er sich zurück und sah sich um. Die Küche war in einem katastrophalen Zustand, das heißt, sie sah so aus wie immer. Nur, dass es ihn heute störte. Er klappte die Schranktür unter der Spüle auf, entsorgte den Müll und reihte die dort seit Langem stehenden Reinigungsmitteln auf der Ablage auf. Dann ließ er seinen Blick durch die Küche schweifen. Also gut: Geschirr in die Maschine, anstellen das Ding, Feudel raus und einmal feucht über den Boden. Wie nicht anders zu erwarten brachte das nichts, also musste er mit dem Schrubber ran. Trond war erstaunt, wie schnell sich der Gesamteindruck seiner Küche verändert hatte. Zufrieden betrachtete er sein Werk. Das war ein Anfang.

Trond schaltete den Fernseher ein. Hinter Programmplatz vierzig lagen die ausländischen Fernsehsender. Es konnte nicht schaden, sich schon mal an die französische Sprache zu gewöhnen. Er stellte den Ton so laut, dass er den Staubsauger übertönte, mit dem er sich durch die Wohnung arbeitete. Kaum zu glauben, wie viel Dreck dieser Hund gemacht hatte. An den schwer erreichbaren Stellen unter den Schränken und der Kommode fanden sich faustgroße Haar- und Staubbüschel. Ein tiefes Gefühl der Genugtuung erfasste ihn, als er mit der Wohnung fertig war. Die Glotze lief immer noch. »Kaffeepause«, sagte er. Das mit den Selbstgesprächen durfte er nicht einreißen lassen. Er war nicht wirklich erstaunt, wie viel er von den französischen Nachrichten mitbekam, die Substanz funktionerte. Morgen würde er sich eine Lern-CD besorgen und in einer Woche würde er die französische Nationalhymne akzentfrei mitsingen können. Soviel war sicher.

Immer noch voller Tatendrang nahm er sich den Kleiderschrank vor. Eine große Mülltüte fungierte als Altkleidersack. Er entledigte sich eines großen Teils seiner Klamotten. Das meiste hatte er seit Jahren nicht mehr angezogen. Weg damit. Das Ganze dauerte nur wenige Minuten. Er erinnerte sich daran, dass neben dem Altglascontainer ein Altkleidercontainer war und beschloss, das Zeug gleich zu entsorgen. Weg ist weg. Am besten gleich noch das Altpapier mitnehmen, das war ein Weg.

Als er wieder in der Wohnung war, klingelte das Telefon.

»Ich hab deinen Mann«, verkündete Survival-Dieter stolz. »Roland la Rosse. Er wird dich mit einem Typen zusammenbringen, der Pont Neuf heißt. Das ist dein Mann.«

»Pont Neuf?«, echote Trond ungläubig. »Was ist das denn für ein Name?«

»Ja, keine Ahnung, woher er den Namen hat. War mal 'ne große Nummer unter den Kunstfliegern in Europa, hat dann aber seine Lizenz verloren. Jetzt fliegt er in Afrika Fotografen und andere dubiose Gestalten durch die Gegend. Aber glaub mir, wenn Roland ihn empfiehlt, dann ist das dein Mann, trust me. Roland wird dir gefallen, ist ein cooler Typ. Ich hab dich schon angekündigt. Er lebt in Dakar.«

»Wo?«

»Dakar, im Senegal.«

»Aber ich muss nach Mali«, protestierte Trond.

»Bin ich ein Reisebüro oder was? Mali ist scheiße. Hab ich dir doch gesagt. Außerdem hab ich da auch niemanden. Der Senegal ist gleich um die Ecke. Das passt schon. Hast du was zu schreiben?«

Trond notierte die Nummer.

»War's das?«

»Was denn noch?«, fragte Dieter ungehalten.

»Ich dachte du hättest vielleicht noch einen Tipp, irgendetwas, dass man wissen muss, einen Laden in Bamako, in dem man Leute treffen kann.«

»Vergiss es, da unten gibt es nichts. Den einzigen Laden, den man in Mali sehen will, ist der Check-In Schalter am Flughafen für den Rückflug.«

Misstrauen

»Wie läuft's Sailer?«

Der Professor war ausgesprochen guter Laune, was sein Assistent überhaupt nicht verstehen konnte. Seine eigenen Nerven lagen blank. Er war frustriert, und seit seinem Besuch im Lager kam zu seiner Frustration, dem Savannenkoller, wie der Professor es nannte, noch ein weiterer Aspekt hinzu. Er hatte Angst. Vor jedem einzelnen Menschen hier. Sogar vor dem Professor. Er konnte sich nicht vorstellen, dass dem Professor das zweite Labor verborgen geblieben war. Der Professor hatte einen viel engeren Kontakt zu den Chinesen als er selbst. Was, wenn er informiert war, und er, Sailer, der Einzige war, der keinen blassen Schimmer über die Abläufe hier im Steppenlabor hatte? Kurzum, Sailer war mit den Nerven vollkommen am Ende. Er musste herausfinden, wie viel der Professor wusste.

»Warum kann bei uns der Strom ausfallen, wenn wir ein Notstromaggregat haben?«, wollte er wissen.

Der Professor spürte das Unbehagen seines Assistenten und schlug einen väterlichen Ton an. »Der Strom fällt hin und wieder aus, weil das Aggregat nicht stark genug ist und die Chinesen uns abschalten, wenn sie die Überwachungstechnik für die Nacht einschalten.« Dabei klopfte er dem jungen Mann anerkennend auf die Schulter.

»Vielleicht könnte man das soweit mit uns abstimmen, dass wir ein paar Minuten vorher Bescheid bekommen. Ich hatte gestern Abend die HPLC laufen, zwei Stunden lang, war also fast fertig mit der Aufreinigung des letzten Testproteins, und schwupp war der Strom weg. Die Arbeit von zwei Stunden im Eimer, ich meine, das hilft doch keinem, das muss denen doch klar sein.«

»Ich werde das morgen beim Meeting ansprechen, Sailer. Jetzt machen Sie mal 'ne Pause und dann sehen wir weiter. Was ist mit der PCR-Maschine?«

»Die läuft wieder, das heißt, sie läuft, wenn wir Strom haben, allerdings schwänzeln da dauernd unsere Gastgeber rum. Ich habe den

Eindruck, die trauen uns nicht. Vielleicht bin ich ja paranoid geworden, aber ich meine gesehen zu haben, wie der Typ, der das Labor putzt, dieser Fu, sich das Display angesehen und Notizen gemacht hat. Wenn Sie meine Meinung hören wollen, das ist keine Reinigungskraft, das ist ein ausgebildeter Molekularbiologe, der ganz genau weiß, was wir hier machen.«

Der Professor versuchte, zu beschwichtigen. »Jetzt lassen Sie die Kirche aber mal im Dorf, Sailer, ein ausgebildeter Molekularbiologe, wie kommen Sie denn auf so was?«

Sailer sah sich vorsichtig um und bemühte sich, so leise wie möglich zu sprechen: »Vorgestern habe ich über Nacht eine Vorkultur Bakterien inkubiert. Morgens wollte ich die Chemikalien für die Induktion zugeben. Da stehen auf dem Regal ungefähr ein Dutzend Flaschen. Ich sage zu Fu, der da mit dem Feudel rummacht, eigentlich nur so zum Spaß auf Englisch, er solle mir mal die Flasche reichen und zeige dabei auf das Regal. Ohne eine Sekunde zu zögern, greift er nach dem IPTG und reicht es mir. Ich meine, das ist doch kein Zufall so was. Wieso spricht eine chinesische Reinigungskraft Englisch und woher weiß er verdammt noch mal, wie eine Proteinexpression induziert wird?«

»Verstehe.« Professor de Jager wischte sich den Schweiß von der Stirn. »Die Hitze ist wirklich ein Problem hier.« Er schob den Assistenten vorsichtig aus dem Labor. Draußen war es zwar nicht kühler als drinnen, aber ein sachter Wind machte die Hitze etwas erträglicher.

»Gut möglich, dass Sie Recht haben. Lassen Sie sich nichts anmerken, die können hier rumspionieren, wie sie wollen, achten Sie nur darauf, dass niemand bemerkt, welche DNA-Mutanten wir testen. Der Rest ist belanglos. Halten Sie weiter die Augen auf. Sie machen das ganz ausgezeichnet, Sailer.«

Jetzt hielt Sailer den Moment für gekommen, den Professor von seiner Beobachtung in Kenntnis zu setzen.»Die Chinesen haben drüben beim Lager ein eigenes Labor.«Professor de Jager war wenig erstaunt, vielmehr verärgert. Er fasste seinen Assistenten fest an beiden

Armen. »Gehen Sie dort nie wieder hin. Haben Sie das verstanden? Nie wieder.«»Sie haben das gewusst?«, fragte Sailer.

»Lassen Sie uns einen kleinen Spaziergang machen«, entgegnete der Professor. Nach einer Weile fuhr er fort:

»Lassen Sie es mich so formulieren. Wir haben unsere Interessen, die Chinesen haben ihre. Uns geht es um unser wissenschaftliches Projekt, darum, eine wissenschaftliche These zu beweisen, mit dem Ziel, ein medizinisches Präparat zur Steigerung der Lernfähigkeit des Menschen zu entwickeln. Commander Wu geht es darum, ihren Plan zu erfüllen, wobei ich mir nicht mehr sicher bin, worin dieser Plan genau besteht.«

Sie erreichten das Freigehege, durchliefen das Primaten-Begrüßungszeremoniell, das, vom Warnruf des Wachhabenden ausgelöst, darin bestand, dass gut drei Dutzend Schimpansen empört gestikulierend einsilbige Schmährufe ausstießen, die sich, je näher die Eindringe kamen, mehr und mehr in ein akustisches Höllenspektakel steigerten. Ein menschliches Wesen am Gehege bedeutete Futter oder Ärger. Und da es keine Fütterungszeit war, befürchtete die Horde Ärger in Form des Betäubungsblasrohrs, mit dem in unregelmäßigen Abständen Mitglieder ihres Clans gefangen wurden, die dann nie wieder auftauchten. Andererseits nahm die konspirative Zweiergruppe, konspirativ, weil sie flüsterte, von der kreischenden Bande keine Notiz, was ungewöhnlich war. Ungewöhnlich ist in einer reizreduzierten Umgebung wie dem Gehege eine echte Versuchung, denn bei den Schimpansen ist die Neugierde mindestens ebenso stark ausgeprägt wie der Selbsterhaltungstrieb.

Als Professor de Jager sich vergewissert hatte, dass sie unbeobachtet waren, fuhr er fort.

»Auf jeden Fall ist der Commander auf einem falschen Weg. Das, was die machen, funktioniert nicht.«

»Was machen die denn?«

»Je weniger Sie darüber wissen, desto besser für Sie«, entgegnete der Professor. »Sie machen Ihren ganz normalen Dienst. Wir haben uns auf eine Zusammenarbeit eingelassen und werden unseren Teil der Vereinbarung auch einhalten. Die Tierversuche mit den bestehenden Prionen-Mutationen werden wie geplant fortgeführt. Wir sind zwar auf dem richtigen Weg, aber noch nicht am Ziel. Alle Mutationen, die bei den Mäuseversuchen zu einem gesteigerten Lernverhalten geführt haben, taten das auf Kosten einer signifikant verkürzten Lebenserwartung. Wir müssen daher an neuen Mutationen arbeiten. So lange, bis wir ein gesteigertes Lernverhalten ohne eine Beeinträchtigung der Lebenserwartung bekommen. Was denken Sie? Wie lange brauchen Sie, bis wir alle Aminosäurekombinationen durchhaben?«

»Das kann Monate dauern.«

Der Professor schüttelte den Kopf. »So viel Zeit haben wir nicht.« Er überlegte einen Moment. »Ich habe da eine Idee, wie sich das vielleicht verkürzen ließe. Mir ist bei der Auswertung der Lerntests mit den Mäusen ein Muster aufgefallen: Verbessertes Lernverhalten haben wir ausschließlich bei Mutationen erzielt, in denen eine bestehende Aminosäure durch Threonin ersetzt wurde. Sie erinnern sich vielleicht an die ersten Testreihen, die wir noch in Heidelberg durchgeführt haben.«

Sailer erinnerte sich nur zu gut: »PrP77T.«

»Genau. PrP96T und 112T haben auch sehr gute Ergebnisse gebracht. Ich glaube Threonin ist der Schlüssel. Wenn wir diese Aminosäure zuerst durchtesten, sind wir in ein paar Wochen durch. Sie konzentrieren sich voll und ganz auf diesen Ansatz.«

Sailer nickte. »Alles klar, das wird den Vorgang erheblich verkürzen. Ich denke wir brauchen …«

Der Professor war in seinen Gedanken bereits woanders. Er begann auf und ab zu laufen, obwohl sie sich im Freien befanden. Wie immer, wenn er nervös war, rieb er sich das Kinn.

Sailer überlegte, ob er den Professor allein lassen sollte, und entfernte sich ein wenig, doch Professor de Jager winkte seinen Assistenten zurück.

»Und noch etwas Sailer, eine kleine Vorsichtsmaßnahme. Für die neuen Tests mit Threonin werden wir eine kleine Veränderung vornehmen. Sie benennen die Mutationen anders. Verwenden sie den Einbuchstabencode Y statt T. Wenn jemand etwas bemerkt, sagen Sie, Sie hätten Threonin mit Tyrosin verwechselt.«

Sailer konnte seine Verwunderung über diese Anweisung nicht verbergen. Der Professor wechselte wieder in seinen vertraulichen Ton.

»Was ist, wenn die Chinesen unsere Ergebnisse quer checken?«

»Dann haben wir immer noch Zeit gewonnen. Passen Sie auf. Wir haben hier anscheinend völlig freie Hand. Trotzdem müssen wir uns fragen, ob das so bleiben wird. Die arbeiten nach ihrem Plan, wir arbeiten nach unserem, nur dass wir sie ein wenig darüber im Unklaren lassen, wie weit wir wirklich sind. Das ist besser so, glauben Sie mir.«

Sailers Unbehagen wechselte von der Kehle in die Magengegend. Der Alpha-Schimpanse, ein ausgesprochener Menschenkenner mit einem untrüglichen Gespür für Stimmungsschwankungen von Primaten und deren Nachfahren, trommelte ans Gitter des Freigeheges, zerrte an seinem Halsband, auf dem die Laufnummer notiert war, und verhöhnte Sailer durch ein ohrenbetäubendes Stakkatogeschrei, woraufhin sich die beiden Wissenschaftler ein paar Schritte vom Gehege entfernten, um nicht die Aufmerksamkeit der chinesischen Tierpfleger auf sich zu ziehen. Dabei legte der Professor erneut seinen Arm auf die Schulter seines Assistenten. Zu einer solchen Geste hätte er sich in Heidelberg niemals herabgelassen.

Sailer sah verunsichert auf den Arm des Professors, woraufhin dieser den Arm zurückzog. Stattdessen hakte er sich aber bei seinem Assistenten ein, um ihn besser in seinem konspirativen Bann behalten zu können.

»Haben Sie das alles auf dem Schirm?

»Threonin durchtesten und die Mutationen umbenennen. Kein Wort nach außen«, fasste Sailer das Ergebnis ihrer Vereinbarung zusammen.

Der Professor nickte.

»Ist das alles?«, wollte Sailer wissen.

»Sehen Sie, jetzt beginnen Sie, wie ein richtiger Wissenschaftler zu denken. Nein, das ist nicht alles. Es gibt noch etwas, das wir brauchen.«

Sailer sah den Professor erwartungsvoll an.

»Glück«, bemerkte der Professor. »Ohne Glück geht nichts in der Wissenschaft.«

Der Professor klopfte seinem Assistenten aufmunternd auf die Schulter. »Das wird schon.« Diese Floskel war ein geflügeltes Wort im Institut. Professor de Jager wandte es stets an, wenn seine Versuchsanordnung Erfolg versprechend verlief.

»Kommen Sie, wir gegen wieder rein.«

Endlich hatte der Professor von Sailer abgelassen und beide liefen nebeneinander her.

»Ach, übrigens, Sailer. Sind die drei Harvard-Mutationen, PrP77T, 96T und PrP112T schon an den Affen getestet worden?«

»Da müsste ich einmal nachsehen. Auf jeden Fall habe ich eine ganze Reihe von Stammhirnzellen von den Chinesen zur Analyse bekommen. Die meisten waren pathogen.« Sailer fischte einen Zettel aus seinem Kittel.

»Von den Threonin-Mutanten waren es PrP96T und PrP112T.«

»Das PrP77T-Prion war nicht dabei?«

Sailer überflog die Liste erneut. Nein, ganz sicher nicht. Ist das wichtig?«

»Nein, war nur so eine Frage.«

Studien I

Trond hatte beschlossen die Visum-Wartezeit sinnvoll zu nutzen und sich einige medizinische Grundkenntnisse anzueignen.

Die wissenschaftliche Hilfskraft an der Info-Theke der Universitätsbibliothek musterte ihn skeptisch. Er war ganz eindeutig kein Mitglied des Lehrkörpers und für einen Studenten war er zu alt.

»Haben Sie einen Studentenausweis?«

»Nein, ich bin kein Student, ich suche Fachliteratur über die Funktionsweise des Gehirns«, erklärte Trond.

»Das tut mir leid, aber das hier ist keine öffentliche Bibliothek. Wenn Sie hier nicht eingeschrieben sind, darf ich Ihnen keine Bücher aushändigen.«

»Ich möchte mir ja auch keine Bücher ausleihen, ich möchte hier im Leseraum ein bisschen recherchieren.«

»Das tut mir leid, aber«, wiederholte sich die studentische Hilfskraft ehe sie von Trond unterbrochen wurde.

»Rufen Sie bitte das Büro von Dr. Pauli an, der ist informiert, und wenn Sie den nicht erreichen, wird Ihnen Dr. Fechtner bestätigen, dass das mit der Recherche in Ordnung geht.« Trond setzte sein charmantestes Lächeln auf. »Dauert nur eine Stunde, dann bin ich wieder weg.«

Das Namedropping verfehlte seine Wirkung nicht. »Also gut.«

»Welches Buch würden Sie mir empfehlen?«

»Da kann ich Ihnen nicht helfen, es gibt hunderte von Büchern über die Funktionsweise des Gehirns.«

»Lesen Sie Kandel«, mischte sich eine junge Frau in das Gespräch ein, »*Auf der Suche nach dem Gedächtnis*. Da finden Sie alles, was es zu diesem Thema gibt.«

»Danke schön.«

Zehn Minuten später saß Trond mit dem Buch im Lesesaal. Er fühlte sich zwar deplatziert unter den jungen Leuten, wurde aber von einem ungeheuren Tatendrang angeheizt. Er würde sich die Grundlagen der Neurologie im Schnellverfahren selbst beibringen, mit Hilfe der Prionen, versteht sich. Er war auf der Suche nach einem Hirnforscher und daher schien es ihm angebracht, sich wenigstens oberflächlich mit diesem Thema auseinandergesetzt zu haben. Er begann zu lesen und war dankbar, einen Autor empfohlen bekommen zu haben, der sich allgemeinverständlich ausdrückte. Trond hatte keinerlei Vorkenntnisse, aber alles, was er las, erschien ihm plausibel. Das Gehirn bestand aus dem Stammhirn im Zentrum, das für die vegetativen, sprich die automatisch ablaufenden Prozesse zuständig war. Um das Stammhirn herum befanden sich verschiedene Hirnregionen, die unterschiedliche Funktionen ausübten. Der Frontallappen war für die Handlungsorganisation des Gehirns und soziale Urteile zuständig, der Okzidentallappen organisierte das Sehen. Das Sprachzentrum lag im linken frontalen Cortex, wobei das Verstehen von Sprache in einer anderen Hirnregion angesiedelt war als das Sprechen selbst. Faszinierend: Wie in der Geographie wurden auch die Regionen des Gehirns nach den Menschen benannt, die ihre Funktion entdeckt hatten. So gab es eine Broca Region und eine Wernicke Region.

Die explizite Gedächtnisspeicherung erfolgte im präfrontalen Cortex beziehungsweise im Hippocampus. Das war der Teil der Landkarte, auf den Trond sich konzentrieren würde. Zwar hatte Trond einen Notizzettel bereitliegen, den benötigte er aber nicht. Alles, was er las, blieb in seinem Kopf präsent. Nachdem ihm die grobe Verortung der einzelnen Hirnregionen klar war, wandte er sich der neuronalen Organisation des Gehirns zu. Auch die stellte ihn nicht vor nennenswerte Probleme. Der Grundbaustein des Gehirns war das Neuron, eine Zelle, die eine Information speichern konnte und gleichzeitig als Signaleinheit fungierte. Das Gehirn bestand aus Milliarden dieser Neuronen, die miteinander vernetzt waren. Die Verbindungen zwischen den Neuronen waren die Synapsen. Davon hatte Trond schon einmal gehört. Neuronen konnten über sogenannte Dendriden Signale empfangen und über Axonen Informationen an andere Zellen senden. Er beschloss, das mit den verschiedenen Synapsen für den

Sende- und den Empfangsbetrieb gleich wieder zu vergessen und es bei den Synapsen zu belassen. Das war einfacher. Jede gelernte Information war in einem bestimmten Neuron gespeichert. Würde diese Zelle beschädigt, so wäre die Information verschwunden. Das war einleuchtend. Ein Grund mehr, das mit dem Trinken einzuschränken, beschloss er beiläufig. Um eine bestimmte Information finden zu können, waren die Neuronen nur innerhalb festgelegter Bahnen miteinander verknüpft. Sie kommunizierten nur auf festgelegten Bahnen mit bestimmten anderen Neuronen. Der Weg zu einer bestimmten Information im Gehirn war also immer derselbe. Auf diese Weise konnte das Gehirn eine Information finden. Genauso, wie man sich einen Weg merkte, indem man sich eine Wegmarke nach der anderen einprägte und den Weg später nur auf derselben Strecke wiederfinden konnte, Wegmarke nach Wegmarke. War man einmal falsch abgebogen, hatte man sich verirrt und die gesuchte Erinnerung war unauffindbar. Genau nach diesem Prinzip funktionierte auch das Ablegen von Informationen im Gehirn.

Trond war fasziniert und lehnte sich einen Moment zurück. Er sah sich in der Bibliothek um, nahm jedes Detail ganz bewusst in sich auf. Sein Gehirn würde jetzt, in diesem Moment, das Bild der Bibliothek im visuellen Gedächtnis ablegen und es über eine festgelegte Bahn von Synapsen, einer Standleitung sozusagen, mit der Hirnregion verbinden, die für die Speicherung von abstraktem Wissen zuständig war. Das Bild der Bibliothek in seinem Kopf war also fest mit dem soeben Gelernten verbunden, nämlich, dass das Gehirn aus Milliarden Neuronen bestand, die wie Speicherchips funktionierten. Verbunden waren die Speicherchips durch Synapsen, das waren die elektrischen Leitungen. Wie bei den Speicherchips, so funktionierte auch die Kommunikation zwischen den durch ein Synapsen-Netzwerk verbundenen Neuronen mit Hilfe von elektrischen Signalen. Ein seltsames Gefühl der Freude überkam Trond. Wollte er sich später an das neu Gelernte erinnern, so würde das Bild der Bibliothek, in der er gerade saß, ein fester Bestandteil der Erinnerung sein, obwohl es mit dem Lernstoff eigentlich nichts zu tun hatte. Trotzdem klang das plausibel. Er erinnerte sich daran, dass Gedächtniskünstler Bilder benutzten, um sich komplexe Sachverhalte besser einprägen zu können. Die nutzten genau diesen Mechanismus des Gedächtnisses.

Er las weiter. Ganz offensichtlich war es möglich, durch die Stimulierung von bestimmten Zellen ein ganz bestimmtes Verhalten zu provozieren. Es sei einem Wissenschaftler gelungen, eine Schnecke zur Eiablage zu bewegen, indem er eine bestimmte Zellregion stimulierte. Hoffentlich arbeitete Professor de Jager nicht mit Schnecken. Trond hasste Schnecken. Seit frühester Kindheit. Während seine Freunde Fußball spielten, musste er die Schnecken aus dem elterlichen Gemüsegarten sammeln, was denen gar nicht gut bekam, denn Trond kannte unzählige Methoden, diesen Kriechtieren einen grausamen Tod zu bescheren.

Die für das Gedächtnis zuständigen neuronalen Schaltkreise hatten synaptische Verbindungen, die ihre Stärke mit dem Lernen veränderten.

War es das, was Trond suchte? Nein, aber gut zu wissen. Trond erfasste den Inhalt einer Seite erstaunlich schnell und entschied ebenso schnell, ob er sich damit befassen wollte oder nicht.

Übertragung vom Kurzzeit- ins Langzeitgedächtnis oder Konsolidierung. Das könnte etwas sein. Trond vertiefte sich in diese Passage. Das Langzeitgedächtnis war auf die Synthese, sprich die Montage neuer Proteine angewiesen. Erstmals seit Trond zu lesen begonnen hatte, kamen Zweifel in ihm auf. Nur die Ruhe, all diese Dinge konnte man nachschlagen, kein Problem. Er würde sich dem Thema langsam und mit Respekt nähern. Er wollte nur eine grobe Vorstellung von dem haben, womit sich der Professor befasste. Das war alles, Aneignung von Grundlagenwissen. Also, zurück zum Thema: Das Kurzzeitgedächtnis funktionierte wie der Arbeitsspeicher seines Computers. War der Strom weg, so verschwand auch die Information. Um sie fest zu speichern, musste die Synapse des entsprechenden Neurons neue Verzweigungen ausprägen. Erst wenn das passiert war, konnte die Information im Zellkern fest verankert werden. Alle Prozesse, die Bildung von Transportwegen und Rezeptoren, wurden von Proteinen ausgeführt, Kandel bezeichnete sie als die Arbeitspferde der Zelle. Da waren sie wieder. Aber kein Wort über Prione. Prione waren auch Proteine, eine Aneinanderreihung von verschiedenen Aminosäuren, aber eine sehr spezifische Art von Proteinen.

Jemand berührte Trond vorsichtig an der Schulter.

»Entschuldigen Sie, wir schließen jetzt.«

Trond sah auf seine Uhr. Nicht zu fassen. Er hatte fast sechs Stunden gearbeitet.

Sein Blick fiel auf das aufgeklappte Notizbuch, das er neben die Arbeitsfläche gelegt hatte, um darin die wichtigsten Fakten festzuhalten. Die Seiten waren unbeschrieben. Er hatte keine einzige Information schriftlich festgehalten. Trond ließ den Stoff gedanklich Revue passieren. Jedes Detail, jeder Zusammenhang und jeder Fachbegriff war fest in seinem Gedächtnis verankert. Hervorragend. Es funktionierte. Das Präparat des Professors funktionierte tadellos.

Trond nickte zufrieden, stand auf und legte das Buch zurück an seinen Platz. Er würde sich das Buch kaufen und den Rest zu Hause oder auf der Reise lernen.

Trond war mit seinem Tagespensum mehr als zufrieden. Das war ein gutes Zeichen. Jetzt konnte er sich um seine private Baustelle kümmern. Er brauchte ein neues Date. Unbedingt. Und zwar bevor er abreisen würde. Danach wäre es zu spät. Er scrollte durch das Adressbuch seines Smartphones. Es gab da noch jemanden, der ihm einen Gefallen schuldig war. Den würde er heute einlösen und damit würde er sein Meisterstück abliefern. Diese Nummer hatte er schon seit Jahren bringen wollen, und für Aline würde er die Sache endlich durchziehen.

Auf und davon

Die Zugstraßen der Störche in ihre Winterquartiere verliefen über zwei Linien. Die Weststörche benutzten die Meerenge von Gibraltar und überwinterten in Westafrika, die Oststörche flogen über die Türkei und den Mittleren Osten, um von dort aus bis nach Südafrika weiterzufliegen. Störche mieden den Flug über das Meer, verständlicherweise. Auf dem Meer gab es keine Aufwinde. Um die Thermik nutzen zu können, flogen sie, ebenso wie die Kraniche, tagsüber. Überhaupt ging es bei den Zugvögeln sehr geordnet zu, wie man nicht nur an den Formationen der Wildgänse am Himmel ablesen konnte. Flugzeit und Reisestrecke waren streng reglementiert. Tagsüber flogen neben den Thermiknutzern alle Körnerfresser, und zwar in Schwärmen. Allerdings nur die Kurzstrecken bis nach Nordafrika. Die Insektenfresser flogen nachts, meist allein, Langstrecke bis weit nach Süden und sehr häufig sogar nonstop über das offene Meer. Eine ausgesprochen kräftezehrende Angelegenheit. Womit nicht gesagt sein soll, dass Vegetarier dazu nicht in der Lage gewesen wären. Vielleicht waren die Körnerfresser einfach nur klüger.

Swartsman war kein Vegetarier. Er flog nachts, und zwar über die westliche Kranichroute, konsequenterweise mit einer Fluglinie, die den Kranich im Wappen trug. Da auch er nonstop flog, hatte er sich einen Sitzplatz am Notausgang besorgt. Er konnte also seine Beine ausstrecken und sicher sein, halbwegs entspannt in Hamburg aufzuschlagen. Swartsman hatte eine festgelegte Tour vorbereitet. Zwei große Schrottplätze und ein Teilehändler in sechs Tagen. Der siebte Tag würde für die Verfrachtung draufgehen und für den Kauf von Werkzeug und Zubehör, blieben neun Tage für das Vergnügen.

Auch für diesen Teil seiner Reise hatte Swartsman bereits Vorbereitungen getroffen. Er hatte Freunde von seinem letzten Trip nach Deutschland über seinen Ankunftstermin informiert. Er kannte die Clubs, die sie aufsuchen würden, und er kannte die Leute, die Partys veranstalteten, zu denen kein Tourist Zutritt erhielt. Die Bilder, die sich bei der Vorstellung dieser Reisephase in seinem Kopf einstellten, lösten bei ihm einen Hormonschub aus, der in Form einer Verbeulung seiner Hose etwas zu deutlich sichtbar wurde. Er musste sich auf etwas anderes konzentrieren. Der Getränkewagen war unerreichbar weit weg und der Film interessierte ihn nicht. Um sich abzulenken, beobachtete er die Tragfläche, deren Spitze leicht auf und ab wippte. Er liebte das Fliegen und er liebte Flugzeuge. Wäre er in Europa aufgewachsen, wäre er mit Sicherheit dieser Leidenschaft nachgegangen, statt sich mit Autos zu befassen. Sein Bedauern hielt sich jedoch in Grenzen. Er fühlte sich als Privilegierter und lebte ein für seine Verhältnisse ausgesprochen angenehmes Leben. Swartsman wartete, bis der Trolley mit den Getränken vorbeigekommen war, orderte einen Klaren aus dem ewigen Eis, kippte den Schnaps herunter und machte es sich bequem. Er würde versuchen zu schlafen. Manche Menschen konnten im Flugzeug schlafen, anderen fiel es schwer. Swartsman schlief im Flugzeug wie ein Baby.

Er träumte von Burahimu. In seinem Traum sah Swartsman, wie der alte Mann mit den toten weißen Augen auf den Wolken lief wie auf einer endlosen Schneelandschaft. Geführt von dem Knaben, den Wanderstab in seiner Rechten, lief er nach Norden.

»Ich bin gekommen, eine schwere Bürde auf deine Schultern zu laden.« Die Worte des alten Mannes hallten in Swartsmans Kopf.

Er öffnete die Augen und suchte die Wolkendecke nach dem alten Mann und dem Knaben ab. Nichts zu sehen. Es hätte ihn aber nicht verwundert, die beiden dort tatsächlich auszumachen. Sie waren da, zwar nur in seiner Vorstellung, aber als Teil seiner Gedanken so real wie der Sitz, auf dem er saß. Sobald er die Augen schloss, sah er die ausgebleichten, toten Augen des Schamanen und hörte die Bitte, die dieser an ihn herangetragen hatte. Von einem Schamanen einen Auftrag zu erhalten war eine ernste Angelegenheit, selbst für einen Mann wie ihn, der in der Stadt lebte und mit den Sitten und Gebräuchen des Dorflebens abgeschlossen hatte. Der Schamane hatte die Macht, jederzeit in seinen Träumen zu erscheinen und genau das tat er auch.

Ob der Schamane über die Macht verfügte, Swartsmans Weg aus der Ferne zu verfolgen, vermochte er nicht zu sagen. Ausgeschlossen war es nicht. Swartsman fühlte sich nicht gut bei dieser Sache und vergegenwärtigte sich die Kernpunkte seines Auftrags, um sich selbst von dessen Undurchführbarkeit zu überzeugen. Die Nachfahren einer verrückten deutschen Pilotin finden, diese bitten, den Fluch von einem afrikanischen Dorf zu nehmen, von dessen Existenz sie gar keine Ahnung hatten, deren Verwirrung nutzen und bei dieser Gelegenheit mal eben nach zwei Köpfen zu fragen, die vor Kurzem verschwunden waren und zu Bestattungszwecken nach Afrika geschafft werden mussten. Eine amüsante Vorstellung.

»Ja klar, junger Mann, kommen Sie rein, wir haben uns schon gefragt, wo Sie so lange bleiben. Die Köpfe, ach ja, die Köpfe. Die verwahren wir für gewöhnlich auf dem Speicher, Schatz, bist du so freundlich, sie mal eben zu holen?«

Dabei wäre das noch der einfachere Teil der Aufgabe, nichts im Vergleich zu der Herausforderung, die Köpfe dann im Handgepäck durch den Zoll zu schmuggeln.

Abgesehen davon, dass Swartsman nicht beabsichtigte, seine wertvolle Freizeit in Deutschland zu verschwenden, hätte er auch gar nicht gewusst, wie man die Nachfahren einer Person finden kann, von der man nicht einmal weiß, wo sie gewohnt hat. Andererseits, die Deutschen liebten die Ordnung. Vielleicht gab es eine Behörde, die für solche Fälle zuständig war. Es gab jede Menge Behörden in Deutschland.

Swartsman musste über seine eigenen Gedanken schmunzeln. Vollkommen verrückt einerseits, andererseits nicht weniger verrückt, als sich 1935 in einer klapperigen Klemm ohne Navigator auf den Weg zu machen, um einen weitestgehend unerforschten Kontinent zu überfliegen. Wie konnte jemand auf so eine Idee kommen? Was zum Teufel war das für eine Frau?

Elly Beinhorn-Rosemeyer

Bezirksverwaltung für Staatssicherheit
Berlin
Abteilung XVIII
Büro für Besuchs- und Reiseangelegenheiten BfBR
Reformationsplatz 5
1000 Berlin 20

Berlin, 11. 12. 1975

Betreff: Einreisevisumsantrag Elly Beinhorn-Rosemeyer

Werter Genosse Staatssekretär!
Aus gegebenem Anlaß stelle ich Ihnen auf diesem Wege die angeforderten Unterlagen zu.
Der Umstand, daß Frau Elly Beinhorn-Rosemeyer einen Mehrfachberechtigungsschein beantragt hat, machte eine eingehende Überprüfung der angegebenen Kontaktpersonen erforderlich.
Eine der beiden angegebenen Kontaktpersonen erwies sich als »unbedenklich«. Das im Antrag angegebene Verwandtschaftsverhältnis ist zutreffend. Bei der zweiten Kontaktperson (Herbert Rubin) hat sich der Anfangsverdacht bestätigt.

Siehe Anlage 1:
Beobachtungsbericht
Reg-Nr. des Auftragsersuchens B/54/75
Für die Zeit vom 04.12.75 13.25 Uhr bis 06.12.75 15.20 Uhr
Weiterführende Nachforschungen haben ergeben, daß Rubin, Herbert sich explizit nach einem Flugzeug vom Typ Zlin Z 526 erkundigt hat. Die Zlin Z 526 ist ein in der CSSR gebauter Einsitzer, der für Kunstflugzwecke eingesetzt wird. Rubin hat

sich nach der Möglichkeit erkundigt, dieses Flugzeug zu fliegen, obwohl er selbst über keine Fluglizenz verfügt. Da der angefragte Zeitraum für den Flug mit dem beantragten Besuchszeitraum von Frau Beinhorn-Rosemeyer identisch ist, liegt der Schluß nahe, dass Frau Beinhorn-Rosemeyer beabsichtigt, sich rechtswidrig im Luftraum der DDR zu bewegen.

Die verfügbaren Informationen zu Frau Elly Beinhorn-Rosemeyer entnehmen Sie bitte der Anlage 2,

Sachstandsbericht zum operativen Material »Nachtigall« Dem Antrag auf Erstellung eines Visums ist nachzukommen. Um die sich andeutende Konspiration aufdecken zu können, werden von der zuständigen Behörde folgende Präventivmaßnahmen getroffen:

Lückenlose Überwachung des Antragstellers, »Nachtigall«
Lückenlose Überwachung der Kontaktperson »Mechaniker«, siehe Anlage 3: Ergebnisse, Einschätzungen einer durchgeführten konspirativen Orts- und Schloßbesichtigung
Lückenlose Überwachung des Überwachungspersonals.

Mit sozialistischem Gruß
(..)
Oberstleutnant

Anlage 1:

Ministerrat
der Deutschen Demokratischen Republik
Ministerium für Staatssicherheit
Hauptabteilung VIII/1
Bezirksverwaltung Dresden
Sachbearbeiter: Major Becker
Hauptabteilung XVIII
Bezirksverwaltung Dresden

Dresden, 10. 12. 1975

Beobachtungsbericht

Betr. Rubin, Herbert geb. am 2. 9. 1919 /420918,
Wohnhaft 8060 Dresden, Louisenstr. 81
Deckname: «Mechaniker«
Reg-Nr. des Auftragsersuchens B/54/88
Für die Zeit vom 04.12.75 13.25 Uhr bis 06.12.75 15.20 Uhr

Am <u>04. 12. 1975</u>
13.25 Uhr wurde die Beobachtung von Rubin, Herbert an seiner ehemaligen Arbeitsstelle in 8060 Dresden, VEB FWD, ZVE I, Flughafenstraße 2 begonnen.
13.45 Uhr verließ der Rubin, Andreas das Gebäude, lief zur Flughafenstraße an die Straßenbahnhaltestelle der Linie 9.
im Bild: Rubin, Herbert an der Straßenbahnhaltestelle Flughafenstrasse
An der Haltestelle begrüßte ihn (...) mit Handschlag
im Bild: (...), Mitte
<u>Personalien von (...):</u> (...)
14.00 Uhr fuhren beide mit der Straßenbahn der Linie 7 in Richtung Stadtzentrum. An der Haltestelle Louisenstraße

verließ Rubin, Herbert 14.18 Uhr die Straßenbahn und lief zu seinem Wohnhaus in 8060 Dresden, Louisenstraße 81, das er 14.25 Uhr betrat.
16.15 Uhr verließ Rubin, Herbert mit einem Stoffbeutel das Wohnhaus. Auf dem Bischofsweg begrüßte er für ca. eine Minute mit Handschlag die (...)
Personalien von (...): (...)

16.20 Uhr lief Rubin, Herbert weiter zur Otto-Buchwitz-Straße. Dort suchte er mehrere Geschäfte auf, ohne einen Einkauf zu tätigen.
16.48 Uhr fuhr Rubin, Herbert von der Haltestelle Louisenstraße mit der Straßenbahn der Linie 7 zum Platz der Einheit und lief zur Straße der Befreiung.
17.00 Uhr betrat er die Volksbuchhandlung «Gutenberg« und hielt sich dort bis 17.30 Uhr auf. Er interessierte sich intensiv für Bücher aus dem Genre Flugzeugtechnik. Anschließend lief er zur Alaunstraße und tätigte in der Kaufhalle Einkäufe.
18.05 Uhr betrat Rubin, Herbert das Wohnhaus Louisenstraße 81, das er 19.35 Uhr wieder verließ. Er betrat 19.40 Uhr das Literaturcafé in 8060 Dresden, Martin-Luther-Platz 21.
20.00 Uhr fand dort eine Veranstaltung «Film im Club«, bei dem der DEFA-Film «Helden der Lüfte« gezeigt wurde, statt. Rubin, Herbert saß mit (xxx) und (yyy) an einem 6-Personen-Tisch.
Personalien von (xxx): (...)
Personalien von (yyy): (...)

Nach Ende des Filmes
21.30 Uhr verließen Rubin, der (xxx) und die (yyy) das Literaturcafé und betraten
21.35 Uhr das Hotel «Stadt Rendsburg« in 8060 Dresden, Kamenzer Straße 1.

Dort nahmen sie in der Gaststätte an einem 4-Personen-Tisch Platz und führten ein intensives Gespräch. Sie nahmen Speisen und Getränke zu sich.
23.05 Uhr verließen die drei Personen die Gaststätte und liefen zum Wohnhaus Louisenstraße 81, das sie gemeinsam 1 Minute später betraten. Rubin, Herbert öffnete seine Wohnungstür und ließ die beiden anderen Personen in seine Wohnung eintreten.
23.30 Uhr wurde die Beobachtung unterbrochen und am
05. 12. 1975 fortgeführt.
07.45 Uhr am Wohnhaus des Rubin, Herbert Louisenstraße 81, weitergeführt. Da bis 11.15 Uhr Rubin, Herbert nicht in Erscheinung trat, wurde die Beobachtung unterbrochen und am gleichen Ort 16.45 Uhr weitergeführt. Zu diesem Zeitpunkt befand sich der Rubin, Herbert in seiner Wohnung. Da bis 19.15 Uhr der Rubin, Herbert nicht in Erscheinung trat, wurde die Beobachtung unterbrochen.
Am 06. 12. 1988 fortgeführt.
04.45 Uhr wurde die Beobachtung von Rubin, Herbert an seiner alten Arbeitsstelle Flughafenstrasse 2 weitergeführt.
05.50 Uhr verließ der Rubin, Herbert die Arbeitsstelle, lief zur Straßenbahnhaltestelle der Linie 9.
06.00 Uhr fuhr Rubin, Herbert mit der Straßenbahn der Linie 9 in Richtung Stadtzentrum. an der Haltestelle Bischofsweg/ Otto-Buchwitz-Straße verließ er
06.20 Uhr die Straßenbahn und lief zu seinem Wohnhaus Louisenstraße 81, das er
06.30 Uhr betrat. Da bis
07.35 Uhr der Rubin, Herbert nicht mehr in Erscheinung trat, wurde die Beobachtung unterbrochen. Von
08.50 Uhr bis 09.45 Uhr wurde der Bahnhof Dresden-Neustadt unter Kontrolle genommen. Der Rubin, Herbert trat in diesem Zeitraum hier nicht in Erscheinung.

11.30 Uhr wurde die Beobachtung am Bahnhof Dresden-Neustadt und an der Wohnadresse von Rubin, Herbert wieder begonnen.
14.35 Uhr verließen Rubin, Herbert, der (xxx) und die (yyy) das Grundstück Louisenstraße 81 und liefen über die Louisenstraße zum Bahnhof Dresden-Neustadt.
im Bild: v.l.n.r. Warschau, Andreas, (yyy), (xxx)
im Bild: v. l. n. r. (yyy), (xxx)
Der (xxx) trug dabei einen Tragegestellrucksack. Am Fahrkartenschalter kauften sie Zugfahrkarten nach Berlin.
15.00 Uhr parkte auf dem Parkplatz vor dem Bahnhof Dresden-Neustadt der PKW Typ: Moskwitsch
Farbe: blau
pol. Kennzeichen: (...)ab. Der (zzz) und die (aaa) verließen das Fahrzeug und begaben sich vor die Bahnhofshalle. Hier begrüßten sie die drei anderen Personen mit Handschlag.
im Bild: v. l. n.r. (aaa), (zzz), (xxx)
im Bild: (aaa)
Personalien von (zzz): (...)
Personalien von (aaa): (...)
Nachdem sie ebenfalls Fahrkarten nach Berlin gekauft hatten, begaben sich alle fünf Personen
15. 20 Uhr auf den Bahnsteig 3 zur Abfahrt des Zuges nach Berlin. Zu diesem Zeitpunkt wurde die Beobachtung beendet.

Einschätzung:
Ziel und Aufgabenstellung der Beobachtung wurden erreicht. Der Rubin, Herbert beteiligte sich während des gesamten Beobachtungszeitraumes nicht an öffentlichen Veranstaltungen.
Dem äußeren Anschein nach ist der Rubin, Herbert ein ruhiger Mensch, der seinen Interessen aktiv nachgeht.
- Interesse für Flugzeugtechnik, Kunstflug

- starkes Interesse für Bücher, insbesondere Fachbücher
- Besuch des Literaturcafés zu einer Filmvorführung

Im Literaturcafé kannte Warschau, Andreas die Veranstalter persönlich (Begrüßung mit Handschlag), was den Schluß zuläßt, daß er hier öfter verkehrt. Der Kontakt zu (...) wird als Bekanntschaft zwischen Arbeitskollegen eingeschätzt.
Die Bekanntschaft der (...) mit Rubin, Herbert kann darauf zurückzuführen sein, daß sie in unmittelbarer Nähe wohnen.
Rubin, Herbert hat engen Kontakt zu dem (xxx) und der (yyy). Sie führten intensive Gespräche im Literaturcafé und im Hotel «Rendsburg«. Auch kann eingeschätzt werden, daß beide über das Wochenende bei Rubin, Herbert übernachtet haben. Dafür spricht das späte Aufsuchen der Wohnung des Rubin, Herbert am Freitag und das Verlassen der Wohnung mit einem Tragegestellrucksack am Montag.
Das Zusammentreffen auf dem Bahnhof Dresden-Neustadt mit dem (zzz) und der (aaa) war zeitlich und örtlich verabredet.
Es wurde dabei deutlich, dass der (xxx) und der (zzz) sehr eng miteinander bekannt sind, im Gegensatz zu Rubin, Herbert und dem (zzz), deren Kontakt nicht so eng ist.
Rubin, Herbert zeigte kein Interesse für außenstehende Personen.
Anzeichen einer Dekonspiration sind nicht gegeben.

Leiter der Abteilung Referatsleiter
(...) (...)
Oberstleutnant
Major

Anlage 2

Bezirksverwaltung für Staatssicherheit
Abteilung XVIII

Dresden, 13. Dezember 1975

Sachstandsbericht zum operativen Material »Nachtigall«
Im Zusammenhang mit dem Antrag auf befristete Einreise als Tourist in die DDR mit Datum vom 16.November 1975 wurde die Person Beinhorn-Rosemeyer, Elly, Deckname »Nachtigall« als Antragsteller bekannt (siehe Information an den Leiter der Bezirksverwaltung vom 30. 11. 1975).
Angaben zur Person:
Geboren am 30. Mai 1907 in Hannover als Tochter des Kaufmanns Hans Beinhorn.
Parteimitgliedschaft: keine
Ausbildung zur Pilotin in Berlin 1928. Dort Kontakte zu Hanna Reitsch und Wernher von Braun.
1929: Erwerb des Kunstflugscheins und eines eigenen Flugzeugs. Kontakte zu Freiherr Ritter von Grein und Ernst Udet.
1930: Teilnahme an den Kunstflugmeisterschaften in Bonn Hangelar, Disqualifikation wegen Missachtung des Regelwerks.
1931: Erster Afrikaflug, in dessen Verlauf sie in der Nähe von Bamako, Mali, abstürzte und zwei Wochen im Dschungel verschollen blieb.
1932: Weltumrundung im Alleinflug in einer Klemm Typ KL 32. Nach einer Reihe von weiteren Fernflügen (Transafrika 1933, Transamerika 1934, Asien 1935) Heirat mit dem Rennfahrer Bernd Rosemeyer. Dann weitere Rekordflüge (3 Kontinente in 24 Stunden mit einer Taifun Bf 108)
1937: Geburt des Sohnes Bernd Rosemeyer junior.

1938: Tod des Ehemannes bei einer Rekordfahrt bei Darmstadt.
1942: Erneute Heirat mit Industriekaufmann Dr. Karl Wittmann, Geburt der Tochter Stefanie. Weiterhin enge Kontakte zu namhaften Piloten wie Gräfin Schenk von Stauffenberg, Beate Uhse und Joseph Beuys.
1948: Erwerb des Segelflugscheins.
1951: Erneuerung ihrer Fluglizenz in der Schweiz.
1959: Gewinn der Goldmedaille im Sternflug.
1963: Kunstflugsieg in der Kategorie Damen beim Europaflug.

Im Ergebnis sofort eingeleiteter Überprüfungen zur Person wurden nachfolgende operativ-relevante Hinweise erarbeitet:
- direkte parteipolitische Aktivitäten konnte weder vor, während noch nach dem Krieg nachgewiesen werden. Allerdings bestanden vor und während des Krieges sehr enge persönliche Kontakte zu namhaften Persönlichkeiten der nationalsozialistischen Machthaber. »Nachtigall« ist als Mitläuferin klassifiziert und war an keinen Kampf- oder Geheimdienstaktivitäten aktiv beteiligt.
Trotzdem muß »Nachtigall« als gefährlich eingestuft werden. Sie verfolgt ihre Ziele mit einer bemerkenswerten Verbissenheit und schreckt auch vor der Anwendung oder der Androhung von Gewalt nicht zurück, um diese zu erreichen.
Das, was sie als Leidenschaft für das Fliegen bezeichnet, geht weit darüber hinaus und kann nur als Besessenheit bezeichnet werden, die unseres Erachtens pathologische Züge aufweist. Um ein Ziel zu erreichen, das sie sich gesetzt hat, ist sie bereit, jede Vorschrift und jedes Gesetz zu brechen. Auch wenn ihr keine eigenen politischen Ambitionen nachgewiesen werden können, so ist es nicht auszuschließen, daß sie von Dritten manipuliert wurde, um Erkenntnisse über die Deutsche Demokratische Republik zu beschaffen.

Für diese Annahme spricht Belastungsmaterial, das bei der Durchsuchung der Wohnung ihrer Kontaktperson kopiert wurde.

Des Weiteren wurden u. a. aufgefunden und dokumentiert:

- ein auf Fotopapier A 4 mit Schreibmaschine geschriebener Briefwechsel mit zum Teil hetzerischem und feindlich-negativem Inhalt (Verfasser gegenwärtig nicht bekannt).
- Schriftverkehr mit einer Adresse aus England und 2 Adressen aus Finnland in englischer Sprache aus den Jahren 1972 bis 1973.
- eine Fotoausrüstung und entsprechende Fotoentwicklungsausrüstung.
- eine Reiseschreibmaschine Erika/SN (älteres Modell).

Sofortige Überprüfungen in der Abt. XX Schriftenfahndung ergaben:

- die von W. gefertigten Schriftzüge sind nicht identisch mit den in letzter Zeit vorgefundenen Tatschriften.
- die Handschrift und die Schrift der vorgefundenen Schreibmaschine vom Typ »Erika« sind in den Speichern der Abt. XX nicht erfaßt.

Im Ergebnis einer am 11. 11. 1975 stattgefundenen Beratung beim 1. Stellvertreter des Leiters, Genossen Oberst (...), unter Teilnahme von Vertretern der Abt. IX und Abt. XX, wurden folgende Festlegungen getroffen:

1. Der Einreiseantrag ist zu bewilligen.
2. Mit dem heutigen Tag, 14.00 Uhr, ist die Kontaktperson R. bis über den Zeitraum 13.02/ 14.02. 1976 durch die Abt. VIII unter operative Beobachtung zu nehmen. Das Ziel besteht darin: den Antragsteller und seine Hintermänner auf frischer Tat zu stellen.

- Anlaufstellen und Kontaktpartner festzustellen.

3. über die Abt. VIII ist zu prüfen, inwieweit die von R.

vorbereiten Flugaktivitäten sicherheitsrelevante Belange der DDR berühren.
3. Durch die KP (...) Friedrich ist zu R. eine umfassende Kontrolle im Arbeitsbereich zu sichern.
4. Bei Nichtanfall des R. über den Observationszeitraum sind neue operative Maßnahmen im Zusammenhang mit dem geplanten Besuch von »Nachtigall« zu treffen.

Leiter der Abteilung
(...)
Major

Anlage 3

Bezirksverwaltung für Staatssicherheit Dresden
Abteilung VIII

Dresden, 4. 1. 1988

Ergebnisse, Einschätzung einer durchgeführten konspirativen Orts- und Schloßbesichtigung
Deckname:
Personalien: Rubin, Herbert, geb. am 2. 9. 1919 /420918, wh. 8060 Dresden, Louisenstr. 81, Hinterhaus EG
Schloßtyp: BB - nicht geschlossen /Türklinke; Fana-Kastenriegel
Ort der Besichtigung: siehe Wohnanschrift
Feststellung der Örtlichkeit und Nachschließbarkeit des Schlosses
Bei dem Hinterhaus handelt es sich um einen Altbau mit zwei Etagen. Das Objekt bewohnt im Erdgeschoß die rechte Wohnung. Auf der Etage befinden sich insgesamt 4 Wohnungen, welche vermutlich alle durch Studenten bewohnt werden. Die Wohnungstür ist mit einem BB-Schloß (nicht geschlossen) und einem Zusatzschloß Fana versehen.
Eine Nachschließmöglichkeit besteht (ca. 30 min.).
Es ist zu beachten, daß alle Wohnungen während der Realisierung der Maßnahme frei sind. Eine Bindung von Personen in der Wohnung ist nicht möglich, da sich an der Objekttür eine Türklinke befindet.

Leiter der Abteilung Arbeitsgruppenleiter
(...) (...)
Oberstleutnant
Hauptmann

Kolibri

»Ich wusste gar nicht, dass man hier frühstücken kann«, sagte Aline und betrachtete, den Kopf im Nacken, das imposante Bauwerk, in dem sich der Botanische Garten befand. Das Bauwerk war ein riesiges Gewächshaus aus dem 19. Jahrhundert, eine fünfzehn Meter hohe, schmiedeeiserne Konstruktion mit einer prächtigen Kuppel in der Mitte.

Trond steckte einen Schlüssel ins Schloss und öffnete die Tür.

»Genau genommen, kann man das auch nicht«, sagte er und bat seinen Gast mit jovialer Geste hinein.

Nachdem beide eine kleine Schleuse passiert hatten, befanden sie sich in einer anderen Welt. Im Inneren des Botanischen Gartens herrschte ein tropisches Klima, ein üppiges Grün und eine von tropischen Vögeln bestimmte Geräuschkulisse. Trond nahm Aline den Mantel ab und führte sie in die Mitte des riesigen Gewächshauses, wo, direkt unter der Kuppel ein Tisch mit zwei Stühlen aufgestellt war.

Aline strahlte und sah ihren Begleiter ungläubig an.

»Wie hast du das gemacht?«, wollte sie wissen.

»Ich habe früher einmal beim Zoll gearbeitet und dem Hausherren damals aus einer Verlegenheit helfen können. Das war seine Art, sich zu bedanken. Setz dich. Champagner?«

Aline schüttelte den Kopf. »Ich bin nicht der Champustyp.«

Trond schob Aline zum Buffetwagen.

»So, was haben wir denn da?« Er deutete auf die Auslage.

»Omelette, Brot, Obst, Säfte, Kaffee oder Tee?«

»Ich frühstücke gerne gesund«, sagte Aline. »Toast, einen Obstsalat, vielleicht. Was für Säfte gibt es?«

»Nimm den Guavensaft, der ist ausgezeichnet«, bemerkte Trond.

»Gut. Und Kaffee, bitte.«

»Ich mach das schon, setz dich.« Trond machte sich am Buffet zu schaffen und füllte die Gläser, Tassen und Teller.

Aline sah sich fasziniert um. »Das ist wirklich unglaublich, ehrlich. Wunderschön. Machst du so etwas öfter?«

Trond gab den Beleidigten. »Nein, ich dachte nur, ich hätte noch etwas gut zu machen, nachdem unsere letzte Verabredung so unerfreulich verlaufen ist.«

»Erzähl, was war das denn überhaupt? Was haben die im Krankenhaus herausgefunden?«

»Eine allergische Reaktion auf ein Schmerzmittel. Ich musste eine ganze Reihe von Tests durchlaufen und bekomme jetzt einen Allergiker-Pass«, log Trond.

»Verstehe, damit ist nicht zu spaßen«, sagte Aline, die immer dann, wenn der Papagei sich zu Wort meldete ihre Stimme etwas erheben musste um sich verständlich zu machen.

Trond bedrohte das Federvieh, indem er mit Zeigefinger und Daumen eine Pistole formte. Dann stellte er den Teller vor Aline auf den Tisch und bediente sich schließlich selbst. Er erhob sein Glas. »Salute.«

Sie stießen an. Aline begann zu essen und es entstand ein kurzer Moment peinlicher Stille inmitten des exotischen Vogelgezwitschers.

»Ist viel lauter hier als im Dschungel«, bemerkte Aline. »Wahrscheinlich, weil es ein geschlossener Raum ist.«

Trond war noch nie im Dschungel gewesen. Er hatte es zwar mal nach Thailand geschafft, aber der einzige Krach, der ihm dort aufgefallen war, wurde tagsüber von den Außenbordern der Longtailboote verursacht, oder abends von den Koberern im Red Light Destrict. Aber das war eindeutig keine Anekdote, die er hier zum Besten geben konnte.

»Richtig«, sagte er. »Aber wenigstens stimmt das Klima.«

»Was machst du, wenn du nicht …«, Aline legte eine kurze Pause ein, als suche sie Ersatz für ein Verb, das ihr mitten im Satz plötzlich unpassend erschien. »... arbeitest.«

»Fliegen.« Trond hätte sich am liebsten selbst geohrfeigt. Warum zum Teufel hatte er das gesagt? Für den Bruchteil einer Sekunde hatte er an seinen letzten Traum denken müssen und jetzt hatte er den Salat. »Ich denke darüber nach, mit dem Fliegen anzufangen«, versuchte er die Situation zu retten. »Gleitschirmfliegen wäre ein Anfang.«

»Das klingt gut, macht Spaß.« Aline wollte gerade zu ihrem Getränk greifen, als ein Kolibri sich auf den Rand des Glases setzte und seinem Schnabel in den Saft tauchte.

Sie lächelte entzückt und sah Trond an. Auch er lächelte. So wie er da saß, hatte er etwas Schüchternes, das so gar nicht zu seiner beeindruckenden Statur passen wollte. Von einer Sekunde auf die andere wurde ihr klar, was hier ablief. Sie lehnte sich zurück und ihr Blick bekam etwas Ernstes.

»Stimmt irgendetwas nicht?«, fragte Trond, dem die Reaktion seines Gastes nicht verborgen geblieben war.

Sie zögerte einen Moment, ihre Worte sehr genau wägend.

»Du meinst es ernst, nicht wahr?«

Trond zögerte einen Moment. Dann nickte er schüchtern. Es entstand eine kurze Pause, die Trond jedoch unerträglich lang erschien, weil er wusste, dass Aline jetzt etwas Grundlegendes sagen würde. Und Ernst bedeutete in diesem Zusammenhang nichts Gutes.

»Versteh mich bitte nicht falsch«, begann Aline, ich mag dich. Ich mag dich sogar sehr. Aber das hier, das habe ich gerade hinter mir.« Aline sprach sehr sanft. »Ich bin nicht die Sorte Frau, der man die Welt zu Füßen legen muss.« Sie schüttelte den Kopf heftig und verscheuchte damit den Kolibri.

»Das will ich nicht mehr. Meine ganze Ehe ist so verlaufen. Ich möchte auf eigenen Beinen stehen, ich will raus. Ich möchte etwas machen, dass sinnvoll ist. Das hier«, sie deutete auf die beeindruckende Glaskonstruktion, »hatte ich schon und zwar in der Vollausstattung.«

Damit hatte Trond nicht gerechnet. Er brachte keinen Ton hervor.

»Versteh mich bitte nicht falsch. Ich find das wirklich sehr aufmerksam von dir, aber das bin ich nicht, auch wenn es vielleicht so aussieht.«

»So habe ich dich auch nicht gesehen«, entgegnete Trond, ebenso ernst wie sie. »Ich dachte nur, ich hätte etwas gut zu machen.«

Aline stand auf und setzte sich neben Trond auf die Tischkante.

»Das glaube ich dir. Aber es ist mehr als das, stimmt's?«

Trond nickte erneut.

»Gut, dann will ich ganz offen zu dir sein. Ich brauche niemanden, der mich ernährt. Ob jemand Geld hat oder nicht, ist mir nicht wichtig. Ich kann für mich selbst sorgen. Das ist nicht das Problem. Aber ich habe ein Problem mit dem, was du tust. Andere Leute zu überwachen, das ist, wie soll ich das sagen? Das ist …«, sie suchte nach einem passenden Begriff. »... nicht richtig. Man schnüffelt nicht in den Angelegenheiten anderer Leute herum, ohne dass die davon wissen. Das gefällt mir nicht. Ich will hier nicht mit Moral argumentieren, aber eigentlich ist es genau das. Es ist unmoralisch. Damit will ich nichts zu tun haben. So etwas schafft ein ungutes Karma, wenn du weißt, was ich meine. Das ist nicht mein Weg.«

Trond wusste nur zu gut, was sie meinte. Er nickte, und nach einigen Sekunden brachte er ein ehrliches Lächeln zustande.

»Aber zu Ende frühstücken können wir noch, oder?«, fragte er verschmitzt.

Sie beugte sich zu ihm herunter und küsste ihn auf den Mund.

»Natürlich.«

Bitch 2

Sailer war sich nicht sicher, aber er hatte den Eindruck, dass Fu in den vergangenen Tagen etwas auf Distanz gegangen war. Hatte er das Misstrauen der beiden Wissenschaftler bemerkt oder war Sailer im Begriff, vollends seiner Paranoia zum Opfer zu fallen? Außerdem stand die chinesische Reinigungskraft seit Neuestem nur noch vormittags zur Verfügung.

Hachet kam vorbei und brachte eine neue Probe. Sailer quittierte den Empfang und nahm die Probe in den Bestand auf. Plötzlich stutzte er. Er betrachtete die Registriernummer wieder und wieder, Ziffer für Ziffer, sicher, den Fehler zu finden, aber es lag kein Fehler vor. Er rief Hachet zu sich und deutete auf die Registriernummer. Dieser zuckte lediglich mit den Achseln.

Sailer sah sich die Beschriftung der Gewebeprobe genauer an. »btch23xc« und PrP196T stand da. Das war unmöglich. Erstens hatte er Bitch nicht auf die Versuchsliste gesetzt und zweitens benutzte er zur Tarnung des tatsächlichen Präparats das Kürzel PrP196Y, so wie es der Professor angeordnet hatte. Er spürte, wie seine Halsschlagader zu pochen begann. Die Chinesen hatten den Schwindel bemerkt! Aber wieso hatten sie Bitch auf die Versuchsliste gesetzt?

Sailer biss sich auf die Unterlippe. Eines nach dem anderen. Sailer sah sich um. Fu hatte sich mit seinem Feudel in den Nebenraum begeben. Er war allein im Labor. Das mit dem Versuchstier konnte eine Verwechslung sein, bedauerlich für seinen Schützling, aber möglich. Unmöglich jedoch war, dass die Chinesen genau diese Prionen-Mutation verabreicht hatten. Die stammte mit Sicherheit nicht aus seinem Labor. Ihm kam das Labor der Chinesen in den Sinn. Sailer hatte Mühe, seine Gedanken zu sortieren. Zusätzlich zur Bearbeitung seiner Unterlippe mit den Zähnen begann er, im Labor auf und ab zu laufen.

Sailer zögerte. Zunächst einmal würde er nach seinem Affen sehen, um sich Gewissheit bezüglich der Probe zu verschaffen, und vor allem Ruhe bewahren. Das war ganz wichtig. Ruhe bewahren. Nur ein ruhiger Mensch kann wissenschaftlich denken und klug handeln.

Sailer machte sich auf den Weg zum Schimpansengehege. Er atmete langsam und konzentriert, um seinen Puls zu senken. Er durfte sich das alles nicht so zu Herzen nehmen. Er musste Distanz gewinnen. Was sollte schon passieren? Was ging ihn das alles an? Er wurde für seine Arbeit bezahlt. Besser als in jedem anderen Labor der Welt. Er würde diese Arbeit machen. Er würde keine Fragen stellen und tun, was man ihm sagte. Irgendwann würde das alles vorbei sein und dann würde er sein Ding machen. Ein eigenes Labor in Konstanz mit ganz seriösen Auftraggebern in einem zivilisierten Umfeld. Tragic plus time is comedy. Später würde er darüber lachen, sich an seine Zeit in Westafrika erinnern wie an seinen ersten Campingurlaub mit Stehklosett. So einfach war das. Ende aus, Micky Maus.

Gerade war es ihm gelungen, sich selbst von diesem Ansatz zu überzeugen, als ihn eine Panikattacke kalt erwischte. Seine Halsschlagader trat einen Zentimeter hervor und begann, wie wild zu hämmern. Er spürte deutlich, wie das Adrenalin in seine Blutbahn schoss, und bemerkte erst danach den Grund für die Panikattacke. Friedlich in der Nase popelnd, erkannte er Bitch, die am Maschendrahtzaun auf ihn wartete und ihren Arm ausstreckte, um die Mango entgegenzunehmen, die er natürlich nicht dabei hatte. Sein Atem stockte und das Unbehagen über diesen Umstand war deutlich intensiver als die Freude darüber, die Schimpansendame unversehrt im Gehege anzutreffen. Sailer sah sich um. Niemand weit und breit zu sehen. Er strich ihr über den Arm und betrachtete das blaue Kunststoffarmband, auf dem ihre Nummer notiert war. Wart76yc stand da. Diese Vollidioten. Das Kürzel y stand für männlich. Jemand hatte die Kennzeichnung der Versuchstiere manipuliert.

Sailer fand den Professor in seinem Büro, wie er handschriftlich etwas in sein braunes Ledernotizbuch kritzelte. Der Professor beendete seinen Eintrag und schloss das Buch so schnell, wie ein ertappter Teenager ein Sexmagazin schließt. Ohne ein Wort zu sagen, legte

Sailer die Gewebeprobe auf den Schreibtisch und deutete auf die Beschriftung. De Jager beugte sich über die Probe, las die Notiz auf dem Klebestreifen, zog die Stirn kraus und nickte.

»Das ist eine manipulierte Gewebeprobe. Ich habe das kontrolliert. Das Versuchstier lebt noch. Es hat lediglich eine neue Nummer bekommen«, erklärte Sailer.

»Der Fuchs ist schlau und stellt sich dumm, beim Menschen ist es andersrum«, verkündete der Professor. »Diese Probe sollten Sie einmal genauer ansehen.«

Sailer nickte, immer noch unfähig, ein Wort herauszubringen.

»Und immer die Ruhe bewahren«, ergänzte der Professor, dem die Nervosität seines Mitarbeiters nicht verborgen geblieben war.

Sailer dackelte zurück ins Labor. Das war jetzt aber wirklich hilfreich gewesen. Er hasste es, wenn der Professor in Andeutungen sprach. Als Wissenschaftler war er es gewohnt, dass man sich präzise und unmissverständlich ausdrückte. In der Wissenschaft gab es keinen Platz für vage Formulierungen. Das war unprofessionell. Er testete die Hirnprobe auf dem Western Blot, sah auf den Monitor und setzte den Vermerk »positiv« auf seinen Bericht.

Die Prione waren zwar stark konzentriert in der Probe enthalten, hatten aber die anderen Prione nicht befallen. Mit dieser Probe stimmte gar nichts. Mit solchen Dosierungen hatten sie hier noch nie gearbeitet. Allerdings konnte sich Sailer keinen Reim auf das Ganze machen. Was hatte das zu bedeuten? Immer die Ruhe bewahren. Der Professor hatte leicht reden.

So sehr er sich auch bemühte, Sailer fand keine Ruhe. Und überhaupt: Was sollte dieses komische Sprichwort? Und was meinte der Professor damit, dass er sich die Probe ganz genau ansehen solle? Sailer hatte im Büro des Professors nicht zu fragen gewagt, da er befürchtete, die Chinesen könnten Wanzen installiert haben. War er paranoid? Mit den Nerven runter?

Zurück im Labor versuchte Sailer sich das Freigehege zurück ins Gedächtnis zu rufen. Er schloss die Augen und verschaffte sich einen

Überblick über die anderen Tiere im Freigehege. Wie viele hatte er gesehen? Es mussten etwa zwei Dutzend Versuchstiere übrig geblieben sein. Er hatte aber bereits einige Dutzend Hirnproben analysiert. Ab und zu verschwand ein Versuchstier, in der Summe waren das höchstens acht oder neun. Aber woher kam der Nachschub? Er hatte nie gesehen, dass jemand neue Versuchstiere gebracht hatte! Weiß der Teufel, was für Stammhirnproben er da testete, aber von seinen Schimpansen waren sie nicht, zumindest nicht alle. Vor diesem Hintergrund bekamen die Worte des Professors eine gefährlich neue Bedeutung. Der Fuchs ist schlau und stellt sich dumm, beim Menschen ist es andersrum. Ein schrecklicher Verdacht bemächtigte sich des Molekularbiologen. Er rannte zurück ins Labor. Routiniert verkabelte er die PCR, um die DNA der Hirnprobe zu bestimmen. »Mal sehen, was du für einer bist«, flüsterte er leise. In zwei Stunden würde er Gewissheit haben.

Reisevorbereitungen

Die Nacht und den frühen Morgen hatte Trond grübelnd verbracht. So eine Abfuhr hatte er noch nie erhalten. Dabei hatte sie Recht. Jemand wie er hatte eine Frau wie sie nicht verdient. Wie es schien, hatte er im falschen Revier gejagt. Jemand wie er, Blödsinn, was sollte das denn bedeuten? Wehrte er sich gegen seine innere Stimme. War das, was seine Auftraggeber taten, moralischer, als das, was er tat? Wohl kaum. Also, kein Grund, sich hier zu ducken. Elitäres Pack. Er hatte zu lange in der schmutzigen Wäsche dieser Leute gewühlt, um sich so etwas vorhalten zu lassen. Das Spiel jeder gegen jeden war überall das gleiche, es wurde nur auf einem anderen Level gespielt. Aber wie es schien, wollte sie es gar nicht mehr spielen. Das war der Punkt, und das gefiel ihm. Was er auch nicht verstehen konnte: Ihre Abfuhr hatte sein Verlangen nach ihr noch gesteigert.

Trond warf einen Blick auf seine Checkliste. Der Papierkram für das Visum war erledigt, der Flug gebucht. Die wichtigen Telefonnummern hatte er in seinem Notizbuch, eine überflüssige Vorsichtsmaßnahme, denn er hatte sie zudem im Handy gespeichert und natürlich im Kopf. In Hintergrund lief ein Französisch-Sprachkurs auf CD. Ab und zu wiederholte Trond einen der Lehrsätze.

«Qu' est-ce qui ne va pas?»

«J'ai mal à la gorge.»

Er hatte keinerlei Mühe, die Lehrsätze zu wiederholen und war mehr als zufrieden mit seiner Aussprache.

Die Reiseapotheke war komplett, ein paar Kleinigkeiten mussten noch im Outdoorladen besorgt werden. Die Impfungen waren ebenfalls erledigt. Soweit war alles klar. Trond beschloss, sich noch einmal mit den Ermittlungsergebnissen auseinanderzusetzen.

Das Lanzarote-Geheimnis war noch nicht gelüftet. Ein klarer Fall für die sozialen Netze. Trond fuhr den Rechner hoch. In der Zwischenzeit durchsuchte er den Ordner nach der Fotokopie von de Jagers Tochter, die er in dessen Wohnung gemacht hatte.

Er war seit Wochen nicht mehr auf seinem Facebook-Account gewesen. Aus gutem Grund, denn mit 21 Freunden war er so etwas wie ein Social Network-Eremit, ein Aussätziger in der digitalen Welt.

Er stellte das Bild neben den Bildschirm, gab den Namen de Jager in die Suchmaske ein. Ohne Vorname ein mühseliges Unterfangen. Seltsam: Unter dem Nachnamen de Jager fanden sich nur Frauen bei Facebook. Mit routiniertem Fahnderblick durchsuchte er die Ergebnisse. Nichts. Er aktivierte den Weitere-Ergebnisse-Button. Unglaublich, auch diesmal nur Frauen.

Das war schon fast gespenstisch. Auch diesmal keine Treffer. Weitere Ergebnisse. Das Netz bot ein unerschöpfliches Reservoir an Frauen mit dem Nachnamen de Jager. Aber wieder keine Treffer.

La mère de ma copine est une Marocaine.

Elle fait un couscous super.

So ging das nicht. Trond überlegte. Er gab den Namen des Hotels ein, das ihm die Frau vom Reisebüro genannt hatte. Casa del Embajador.

Nach wenigen Klicks hatte er gefunden, wonach er suchte. Allem Anschein nach betreute de Jagers Tochter den Kinderhort des Hotels. Auf jeden Fall war sie deutlich erkennbar mit den Kleinen am Pool zugange.

Die französische CD war zu Ende. Trond legte eine neue CD ein und überlegte. Was, wenn er telefonisch Kontakt zu de Jagers Tochter aufnehmen würde? Er verwarf diesen Ansatz sofort wieder. Telefonisch würde er nichts aus ihr herausbekommen. Wenn sie noch Kontakt zu ihrem Vater unterhielt, so bestünde zudem die Gefahr, dass sie ihren Vater warnen würde. Nein, Lanzarote war eine Sackgasse. Mali klang zudem deutlich interessanter. Wenn er dort nicht weiterkäme, konnte er seine Recherchen immer noch ausdehnen und das Töchterchen aufsuchen.

Un micro-organisme est tout petit.

Les micro-organismes sont tout petits.

Aber wie konnte man einen Molekularbiologen in einer afrikanischen Großstadt finden? Er brauchte weitere Anhaltspunkte. Was benötigt man in einem Labor und woher bekommt man es?

Er blätterte in seinem Notizbuch. Dr. Fechtner würde ihm diese Frage beantworten können.

Dieser gab sich am Telefon ausgesprochen auskunftsfreudig. Am Ende des Telefonats hatte Trond eine zweispaltige Liste in seinem Notizbuch angelegt. Linke Spalte: technisches Gerät, rechte Spalte: Verbrauchsmaterial.

Die rechte Spalte war interessanter. Bakterienkulturen, Versuchstiere, wahrscheinlich Mäuse und verschiedene Lösungen.

»Eine letzte Frage noch, Herr Dr. Fechtner: Wo bekommt man die Mäuse her? Gibt es da einen Lieferanten, oder wie muss ich mir das vorstellen? So ein Wissenschaftler wird ja wohl kaum in die nächste Zoohandlung gehen.«

Trond notierte einen Namen.

»Ich bedanke mich, Herr Dr. Fechtner.«

»Das klingt lustig«, dachte Trond, nachdem er aufgelegt hatte: »Mice and more.«

Er aktivierte die Suchmaschine auf dem Rechner.

Le chat domestique est l'ennemi de la souris.

Les chats domestiques sont les ennemis des souris.

Trond wiederholte die Übungssätze fehlerfrei mit der gelangweilten Stimme eines Musterschülers. Dann griff er zum Telefon.

»Zollfahndung Frankfurt, Overkott«, raunte Trond ins Telefon. »Ich hätte gerne den Geschäftsführer gesprochen.« Die Nennung seines ehemaligen Arbeitgebers, kombiniert mit der Vermeidung jeglicher Form von Höflichkeit, verfehlte ihre Wirkung niemals. »Das ist mir egal, dann holen Sie ihn eben aus der Besprechung raus. Glauben Sie mir, das ist in seinem eigenen Interesse.«

Wenige Augenblicke später war Trond mit einem hörbar ratlosen Mann verbunden.

»Zollfahndung Frankfurt, Overkott.« Trond klang jetzt etwas freundlicher. »Schön, dass Sie es so schnell einrichten konnten. Wir recherchieren da in einer länderübergreifenden Sache. Details kann ich Ihnen telefonisch nicht verraten. Wir müssen wissen, ob Sie in den vergangenen sechs Monaten Versuchstiere, Mäuse, nach Westafrika geliefert haben, nach Mali, um konkret zu werden.« Trond hatte es sich angewöhnt, wichtige Telefonate im Stehen zu führen. »Hm, dann fragen wir einmal anders herum. Wenn Sie ein Labor in Westafrika betreiben würden, wo würden Sie Ihre Versuchstiere herholen?«

Trond lächelte breit. »Das wäre ausgesprochen hilfreich für uns. Warten Sie, ich gebe Ihnen meine E-Mail-Adresse: herbert.overkott@zoll.de. Haben Sie vielen Dank, und noch etwas: Schreiben Sie in die Betreffzeile OperationTrond.«

Zeit zu packen.

«Qu' est-ce que vous faites maintenant?»

«Je suis à la retraite.»

«Je suis à la recherche d'un professeur allemand», sagte Trond.

Menschlich

»Die Gewebeproben stammen nicht von …«, weiter kam Sailer nicht. Der Professor riss seinen Zeigefinger hoch und legte ihn langsam auf seine Lippen. Dann ließ er seinen Zeigefinger im ganzen Raum kreisen und deutete auf seine Ohren.

Er nahm die Mappe mit den aktuellen Testergebnissen vom Tisch, klemmte sie sich unter den Arm und schob seinen Assistenten aus dem Raum. Draußen im Freien sah er ihn vorwurfsvoll an.

»Die Gewebeproben stammen nicht von Schimpansen«, begann Sailer von Neuem, jetzt flüsternd. »Es sind menschliche Gehirnzellen. Ich habe das mehrfach überprüft. Ein Irrtum ist ausgeschlossen.«

»Das habe ich mir schon gedacht.« Der Professor nickte beiläufig. »Am besten lassen wir uns nichts anmerken.«

»Das ist noch nicht alles«, warf Sailer ein. »Die Proben sind zu groß für eine Biopsie. Außerdem ist das Gewebe nicht zerstört. Es handelt sich also nicht um pathogene Prionen, folglich können sie auch nicht von einer Obduktion stammen. Bleibt als einzige Möglichkeit folgender Sachverhalt: Die Gewebeprobe stammt von einem gesunden Menschen, der diesen Eingriff nicht überlebt haben kann. Wie es scheint, ist er gewaltsam zu Tode gekommen. Man kann auch sagen, er ist umgebracht worden.« Sailer war sehr zufrieden mit der sachlichen und entschiedenen Art, wie er die Fakten vorgetragen und daraus seine Schlüsse gezogen hatte. Er blickte den Professor erwartungsvoll an.

»Der von Ihnen angenommene gewaltsame Tod ist eine Hypothese und selbst die bedeutet nicht, dass der Mensch umgebracht wurde«, korrigierte der Professor. »Ich gebe Ihnen aber Recht: Dies ist Anlass zur Besorgnis.« Der Professor erklärte dies allerdings vollkommen ungerührt. »Nur werden wir unsere Auftraggeber wohl kaum mit dieser Erkenntnis konfrontieren können. Sie würden ihr Gesicht verlieren.«

»Der da hat ganz offensichtlich seinen Kopf verloren«, protestierte Sailer und deutete auf die Probe. Das können wir doch nicht …«

»Können wir«, unterbrach ihn der Professor, »denn, um in Ihrem Bild zu bleiben, wir sollten unseren Kopf nicht verlieren, nicht im übertragenen Wortsinn und auch nicht im direkten, das brächte uns unnötig in Gefahr.«

»Herr Professor«, Sailers Stimme bekam etwas Distanziertes, »ich frage Sie das von Wissenschaftler zu Wissenschaftler: Haben Sie gewusst, dass unsere Auftraggeber Versuche mit Menschen durchführen?«

Das »confident, you go«, mit dem Commander Wu sich ständig des Assistenten entledigt hatte, bekam in Sailers Gedankenwelt eine völlig neue Bedeutung.

Der Professor wand sich, zögerte einen Augenblick. Dann, nachdem er sich vergegenwärtigt hatte, dass sein Schicksal aufs Engste mit dem seines Assistenten verbunden war und dieser schon deshalb ein Recht auf eine ehrliche Antwort hatte, sah er seinem Assistenten tief in die Augen. Dann antwortete er: »Also gut. Ich will ganz offen mit Ihnen sprechen. Die Dinge haben sich seit dem Beginn unserer Arbeiten verselbstständigt. Menschenversuche in dieser Form waren nicht geplant. Allerdings ist mir sehr schnell klar geworden, dass sich die Dinge zwangsläufig in diese Richtung entwickeln würden. Und um Ihre Frage zu beantworten: Nein, ich habe es nicht gewusst, weil ich es nicht wissen wollte. Diese Erkenntnis ist nicht zielführend. Sie hilft niemandem. Im Gegenteil, sie stellt eine Gefahr dar. Für das Projekt, für die Chinesen und damit letztlich auch für uns. Aus diesem Grunde habe ich sie ausgeblendet. Beantwortet das Ihre Frage, Herr Kollege?«

Prof. de Jager klang gereizt, und er war es auch. Ihm war diese Unterhaltung lästig, wie ihm das ganze Forschungsprojekt lästig zu werden begann. Er war längst über das Laborstadium hinaus. Sein Assistent und auch die Chinesen kamen ihm vor wie Kinder, die mit einem billigen Fernrohr in den Nachthimmel starrten, während er auf den Sternen tanzte. Seine Erkenntnisse gingen weit über das hinaus, was man sich durch Forschung aneignen konnte. Es waren Gewissheiten. Keine Theorien, keine Analysen von Testreihen, aus denen mühsam Schlüsse gezogen werden mussten. Er hatte das Prion in sich. Er spürte es. Er spürte, wie das Prion ihn antrieb. Es hatte ihm sein Geheimnis anvertraut und ihn damit zu seinem Komplizen gemacht. Dieses Geheimnis hatte nichts mit dem zu tun, wonach sie ursprünglich gesucht hatten. Dieses Geheimnis war größer als alles, was er erwartet oder erhofft hatte. Das Prion war keine Lernstimulanz, es war der Weg zur Erkenntnis. Der Professor verspürte nicht die geringste Lust, sich zu den Kindern mit ihren Spielzeugferngläsern herunterzubeugen. Er betrachtete seine Arbeit hier als fast beendet. Sie war ein Erfolg, mehr als das, sie war ein Triumph, aber das Prion barg noch ein Geheimnis. Ein Geheimnis, das keines Labors bedurfte. Er spürte es, das Prion war kurz davor, sich ihm ganz zu offenbaren. Er und kein anderer war berufen. Es fühlte es mit jedem Tag deutlicher, so wie ein Mensch, Sekundenbruchteile bevor er in der Lage ist, einen Einfall zu formulieren, weiß, dass er ihn hat. Genau dieses Gefühl staute sich in ihm seit Wochen an, nur größer, gewaltiger. Es war, als baute sich in ihm langsam ein Druck auf, der nur darauf wartete, ausbrechen zu können. Er musste nichts anderes tun, als sich bereitzuhalten, als sich vorzubereiten für diese Eruption. Die Arbeit hier im Labor hatte sich längst in verschiedene Bestandteile aufgelöst. Es ging nicht mehr darum, ein medizinisches Präparat herzustellen. Ihm ging es nicht mehr darum und den Chinesen auch nicht. Besonders lästig war Sailers Naivität. Er war der Einzige, der nicht verstand, was hier vor sich ging. Der Professor war nicht ganz unschuldig an diesem Sachverhalt, denn er hatte seinen Assistenten in den letzten Wochen von seinen Arbeiten ausgeschlossen und ihn an seinen fundamentalen Erkenntnissen nicht teilhaben lassen. Er hatte das bewusst getan. Je weniger sein Assistent wusste, desto weniger konnte er die Mission des Professors gefährden. Naivität musste sich Sailer trotzdem vorwerfen lassen, denn es lagen genügend Indizien auf dem Tisch, aus denen ein begabterer Wissenschaftler die richtigen Schlüsse gezogen hätte. Allerdings betrachtete es der Professor als ein Gebot der Fairness, seinem Assistenten zumindest einen weiteren wichtigen

Hinweis bezüglich der Aktivitäten der Chinesen zu geben. Vielleicht käme er dann wenigstens auf diesen Teil der Lösung.

»Ist Ihnen etwas Besonderes an den letzten Testreihen aufgefallen?«, fragte er den jungen Wissenschaftler und deutete auf die Mappe unter seinem Arm.

Der überlegte fieberhaft. »Nein, worauf wollen Sie hinaus?«

»Die Chinesen lassen nur noch die PrP211T-Mutante testen.«

»Ja, das ist mir auch aufgefallen.«

»Warum verschwenden die alle Versuchstiere, um eine einzige Mutation zu testen? Eine Mutation, die sich zudem in den Vorversuchen als wenig geeignet erwiesen hat. Was meinen Sie?«, fragte der Professor.

»Sagen Sie es mir«, entgegnete Sailer.

»Und sehen Sie sich mal die Konzentration an. Die ist fast doppelt so hoch, wie sie sein sollte.«

»Vielleicht haben einige Versuchstiere die doppelte Dosis abbekommen?«

Der Professor sah seinen Assistenten nur an und klappte die Mappe auf. »Alle Proben weisen denselben erhöhten Wert auf.«

Sailer erinnerte sich an einen Gesprächsfetzen, den er einmal aufgeschnappt hatte. Commander Wu hatte ein gewisses Interesse an der Frage, ob es neben der oralen Einnahme alternative Methoden zur Verabreichung des Präparates gebe. Der Professor hatte damals, mehr zum Spaß, angemerkt, man könne das Präparat auch als Zäpfchen verabreichen. Die Frage war aber zu einem späteren Zeitpunkt noch einmal gestellt worden und der Professor hatte sie als irrelevant, weil bereits gelöst abgetan.

Vielleicht war das eine Erklärung für die erhöhten Werte. Was, wenn Commander Wu an einer völlig neuen Darreichungsform für das Prionenpräparat arbeitete?

»Hat es in letzter Zeit Umbauarbeiten im Freigehege gegeben?«, half der Professor seinem Assistenten auf die Sprünge. Der überlegte einen Augenblick.

»Nicht, dass ich wüsste, sieht man einmal von der Berieselungsanlage ab, die montiert wurde, um die Luftfeuchtigkeit im Gehege zu erhöhen.«

Der Professor sah auf seine Uhr. »War es das? Ich habe noch zu tun.« Er klopfte Sailer väterlich auf die Schulter.

Kiesow

Swartsman war in einem kleinen Hotel in St. Georg abgestiegen und hatte sich gleich nach Norderstedt aufgemacht. *Autoteile Kiesow* war seine erste Anlaufstelle. Ein riesiger und ausgesprochen gut sortierter Schrottplatz, auf dem Swartsman bekannt war, weil er ihn jedes Jahr aufsuchte. Der Chef begrüßte ihn und deutete auf den Container, den er, wie besprochen, besorgt hatte.

»Hallo, mein afrikanischer Freund, schön dich mal wieder zu sehen.«

Swartsman schüttelte die riesige Pranke des Mannes, der das Unternehmen seit mehr als 30 Jahren führte, und sah sich um.

»Der Container steht da drüben. Wir rechnen pauschal nach Gewicht ab, wie immer.«

»Hast du meine Liste durchgesehen?«, wollte Swartsman wissen.

»Hab ich. Dürfte kein Problem sein, ich denke wir haben alles da. Du hast Glück. Wir haben zwei alte Peugeots reinbekommen, die gibt's eigentlich nicht mehr hier. Warum steigt ihr da unten nicht auf Mercedes um? Da gibt es keine Probleme mit den Ersatzteilen.«

»Ich werde es weitergeben«, scherzte Swartsman.

So wie es aussah, würde er darauf verzichten können, weitere Schrottplätze aufzusuchen. Swartsman zog seinen Overall an, befestigte die Liste an der Tür des Containers und überflog sie. Er würde mit den schweren Teilen beginnen und die Kleinteile obenauf lagern.

Für den Ausbau der schweren Teile, kompletter Getriebe und Motoren, benötigte er Hilfe. Die wurde pauschal abgerechnet, ebenso wie die Nutzung des Werkzeugs. Das Kiesow-Team mochte Swartsman. Er war ein guter Mechaniker und ein guter Kunde. Er ging beim Ausbau der Teile sehr gewissenhaft vor. Außerdem hatte er ein untrüglich sicheres Gespür für gute Teile. Swartsman konnte mit einem Blick in den Motorraum auf den Zustand der Komponenten schließen.

»Nein, den nicht«, sagte er, wenn er etwas Verdächtiges ausgemacht hatte. Bei den Motoren weckten Defekte am Kühlsystem, bei den Getriebeteilen frische Dichtungsmasse am Gehäuse sein Misstrauen. Beides ließ auf kapitale Schäden schließen. Nicht, dass er unfähig gewesen wäre, ein Getriebe zu reparieren, nein, aber warum ein defektes mitnehmen, wenn genügend intakte Teile da waren?

Swartsman kam gut voran. Zwei Motoren und ein Getriebe lagen bereits im Container. Er durfte den Gabelstapler benutzen, als einziger Nichtangestellter, ein wirkliches Privileg. Das Mittagessen nahm er mit den Angestellten an einer Pommesbude unweit des Schrottplatzes ein. Das war der Moment, wo man von ihm erwartete, mit einigen besonderen Geschichten aus Bamako rüberzukommen. Dann erzählte er von Youssou, dem Senegalesen, der mit einer dressierten Hyäne durch das Land zog, Kunststücke vorführte und Geschichten aus der alten Zeit erzählte, oder er sang Lieder von Salif Keita, die aber niemand hören wollte.

Dann ging es wieder an die Arbeit. Das Vergnügen würde später kommen. Diese Weisheit war Swartsman von seinem Großvater eingetrichtert worden. Er hielt diese Redensart für so etwas wie das Glaubensbekenntnis der Deutschen. Nicht mehr und nicht weniger als den Grund dafür, warum sie es überall dort zu etwas brachten, wo die anderen scheiterten. Er selbst war Deutscher in dieser Frage, und zwar orthodoxer. Solange er mit seiner Arbeit beschäftigt war, genehmigte er sich nicht mehr als paar Biere in der Kneipe nebenan. Danach ging er auf sein Zimmer und guckte deutsches Fernsehen. Erst wenn der Container voll und auf den Weg gebracht war, würde er sein Vergnügungsprogramm beginnen. Nicht vorher.

Swartsman schlenderte durch seinen Kiez in St. Georg. Die Junkienutten waren verschwunden. Auf dem Spielplatz spielten tatsächlich Kinder. Das war vor Jahren noch nicht möglich gewesen. Jemand hatte hier aufgeräumt. Nicht auf die Brutale, sondern ganz dezent. Swartsman gefiel das. Spielplätze, das war eine gute Sache.

Er entschied sich für ein kleines Restaurant in einer Seitenstraße. Etwas essen, ein paar Biere, nicht mehr. Die Bedienung war freundlich, das Essen etwas fad, das Bier kalt. Eine Stunde später lag er auf dem Bett und starrte in den winzigen Bildschirm des Röhrenfernsehers, der auf einem Ausleger an der Wand befestigt war. Fast in Höhe der Decke. Er kritzelte interessant klingende Wörter auf ein Blatt Papier. Wörter wie: Meinungsumfrage, Unschuldsvermutung oder Abstiegskampf. Im Fernsehen wurde eine andere Sprache gesprochen als auf der Straße. Für die Straßenwörter hatte er eine eigene Liste. Darauf standen Wörter wie »pornös«, »Bückstück« und »Schluck«. Das letzte Wort gefiel ihm ganz besonders. »Der Typ ist auf Schluck und bekommt nix auf die Kette.«

Auch am nächsten Tag kam Swartsman gut voran. Der Container war schon mehr als halb voll, und da es sich nur noch um kleine Teile handelte, war er mit den jeweiligen Ausbauarbeiten schnell durch. Wie schon in den Jahren zuvor achtete Swartsman auf die anderen Mitarbeiter des Schrottplatzes und bot seine Hilfe an, sobald etwas Großes gemeinsam bewegt werden musste. Das war der Grund, warum sie ihn schätzten. Er wusste, was er tat, und er war immer zur Stelle wenn man ihn brauchte.

Er betrachtete die Liste an der Containertür zufrieden. Fast alles durchgestrichen. Der Peugeot-Kabelbaum fehlte noch. Mit den Bestellungen war er fast durch. Danach würde er nützlichen Kleinkram wie Schalter, Armaturen, Sicherungskästen, Schrauben, Muttern und so weiter beschaffen. Damit wäre der schmutzige Teil der Arbeit getan. Das Verbrauchsmaterial und Werkzeug würde er neu kaufen, das heißt, nicht neu, sondern aus Konkursmasse oder Restbeständen, auf jeden Fall günstig.

Dann, wenn alles erledigt war, würde er es richtig krachen lassen.

Studien II

Trond genoss den Flug wie ein kleiner Junge. Schon bei der Beschleunigung auf der Startbahn hätte er vor Vergnügen jauchzen können. Was war bloß mit ihm los? Er fühlte sich wie ein Teeager. Er war nervös, nicht nur hier im Flugzeug, nein, schon die ganzen letzten Tage. Außerdem war er verliebt. Vielleicht war es das. Dabei standen die Dinge nicht zum Besten mit Aline. Seine Performance im Botanischen Garte hatte zwar Eindruck hinterlassen, aber sie hatte sich ziemlich eindeutig ausgedrückt, was seine Erwartungen betraf. Immerhin hatte sie angeboten, ihn zum Fughafen zu fahren. Von sich aus. Das war zumindest eine Geste. Aber auf seine ernsten Absichten wollte sie nicht eingehen. War sie nur auf ein Abenteuer aus, oder wollte sie ihn nur zappeln lassen? Er würde sich später darum kümmern.

Ungläubig beobachtete Trond, wie die Stewardess den Tomatensaft in einen durchsichtigen Becher goss und ihn, nachdem sie ihn mit einer Serviette umwickelt hatte, auf die Ablage stellte. Ungläubig, weil er nicht fassen konnte, Tomatensaft bestellt zu haben. Tomatensafttrinker waren das Letzte. »Ich hätte gerne einen Tomatensaft, wenn es Ihnen nichts ausmacht.«

Dieser Satz stand auf der Liste der Sätze, die ein Texaner niemals aussprechen würde, ziemlich weit oben. Trond war zwar nie in Texas gewesen, aber er führte diese Liste, ganz für sich allein, wie eine Art persönliche Männlichkeitsskala.

»Salz? Pfeffer?«

»Nein, Wodka«, wäre die passende Südstaatenantwort gewesen, die Trond aber nicht einfiel. Trond nahm einen Schluck und sah sich vorsichtig um. Niemand hatte Anstoß daran genommen. Der Passagier am Gang versuchte, seine Tageszeitung zu entfalten und führte dabei grotesk anmutende Bewegungen aus, wie man sie von Entfesselungskünstlern kennt, ein stummer Protest gegen die Platzverhältnisse der Economy Class.

Trond war klüger. Er klappte das Taschenbuch auf, das er in der Bibliothek studiert und anschließend gekauft hatte, um es auf dem Flug nach Dakar zu Ende lesen zu können.

Er war bis zu der Stelle gekommen, wo beschrieben wurde, dass der Zellmechanismus von Lernen und Gedächtnis in den Verbindungen zwischen den Zellen eines neuronalen Schaltkreises zu suchen ist. Das war es. Die Erinnerungen lagen an festen Positionen im Gehirn und konnten nur über festgelegte Wege erreicht, sprich abgerufen werden.

Molekularbiologisch gesehen war der Prozess ganz einfach. Eine Ausschüttung des Neurotransmitters Serotonin sorgte dafür, dass eine Information im Kurzzeitgedächtnis angelegt wurde. In einem sensorischen Neuron. Eine wiederholte Serotonin-Ausschüttung bewirkte eine anatomische Veränderung dieser Nervenzelle. Das sensorische Neuron, die Gehirnzelle, bildete neue synaptische Verbindungen aus. Damit war das Gelernte im Langzeitgedächtnis gespeichert. Trond hatte keinerlei Mühe, sich diesen Prozess vor Augen zu führen. Er lächelte. Just in diesem Moment bildeten irgendwo in seinem Hirn Zellen neue Synapsen aus, die dafür sorgten, dass er sich diesen Vorgang einprägen konnte. Faszinierend. Er hatte sich nie für Biologie interessiert und trotzdem eignete er sich dieses Wissen völlig mühelos an. Die wiederholte Ausschüttung des Neurotransmitters war nichts anderes als die Wiederholung eines Reizes. So wie man Vokabeln wiederholt, um sie zu lernen. Und dann gab es noch die Schockmethode. Ein hochemotionales Ereignis konnte bewirken, dass die Hirnzelle neue Synapsen ausbildete und das Gelernte im Langzeitgedächtnis haften blieb. Proteine spielten eine entscheidende Rolle bei diesem Prozess. Die wiederholte Ausschüttung von Serotonin brachte die Gehirnzelle dazu, ein bestimmtes Protein herzustellen, das die Ausbildung neuer Synapsen bewirkte. Dieses Protein bezeichnete man als CPEB, Cytoplasmic Polyadenylation Element-binding Protein. Dieses Protein unterschied sich von allen anderen Proteinen, weil es eine Besonderheit aufwies: Es war nicht flüchtig. Die meisten Proteine wurden innerhalb weniger Stunden abgebaut. Das hätte den Verlust des Gelernten zur Folge gehabt. Das CPEB-Protein hingegen war ein Prion und damit war es stabil. Es konservierte die Synapsenbildung und stellte daher eine dauerhafte Speicherung des Gelernten sicher.

Als Trond weiterlas, spürte er, wie sich sein Pulsschlag erhöhte. Das CPEB-Protein war ein Prion. Nach fast dreihundert Seiten war er endlich auf den Hinweis gestoßen, den er gesucht hatte. Er färbte die Stelle mit einem Marker, was aber gar nicht nötig gewesen wäre, denn die erhöhte Pulsfrequenz war ein untrügliches Anzeichen für ein hochemotionales Ereignis, das automatisch eine Synapsenbildung hervorrief, die das, was er jetzt gerade las, fest in seinem Gehirn verankerte. Er bestellte ein Glas Wasser und sah zur Seite. Die Tragflächen zeichneten sich als einzig erkennbare Form auf dem Dunst ab, der zwischen ihnen und der Landschaft unter ihnen lag. Die Monotonie des Triebwerkrauschens suggerierte Sicherheit. Trond las weiter. Prione unterschieden sich von anderen Proteinen dadurch, dass sie in zwei funktionell unterschiedlichen Formen auftreten konnten. Einer dominanten, aktiven, und einer rezessiven. Die Prione, die der Körper selbst produzierte, waren rezessiv und steuerten unter anderem die Ausbildung neuer Synapsen für die Verankerung von Wissen in der Hirnzelle. Die dominante Prionenform enthielt ein eigenes Programm. Sie konnte alles Mögliche bewirken. Vor allem konnte sie andere Prione dazu bringen, ihre eigentliche Funktion einzustellen und sich genau wie aktive Prione zu verhalten. Der Marker in Tronds Hand rotierte an der Textstelle, die darauf hinwies, dass dominante Prione dem Körper durch den Verzehr von Lebensmitteln zugeführt werden konnten. Das wichtigste Merkmal der Prione jedoch war, dass sie sich selbst reproduzieren konnten, was eine selektive und dauerhafte Informationsspeicherung an einer Synapse ermöglichte. Trond erkannte die Tragweite dessen, was er gelesen hatte, sofort. Wenn er das alles richtig verstanden hatte, und etwas in ihm ließ diese Vermutung als Gewissheit erscheinen, dann waren Prione in der Lage, ein bestimmtes Reizmuster zu erkennen, eigenständig zu verarbeiten und zu verbreiten. Da die dominante Prionenform sich selbst reproduzieren konnte, geschah das vollkommen unabhängig von der genetischen Konditionierung. Das rezessive CPEB-Prion konnte in die dominante Form umgewandelt werden. Somit war das Prion theoretisch in der Lage, sein Lernprogramm im Gehirn durchzusetzen. Das war kein Hirngespinst, das war eine mit dem Stempel des Nobelkomitees versehene, gesicherte Erkenntnis. Der Professor war in seinem Artikel nur einen kleinen Schritt weiter gegangen.

Er hatte die Möglichkeit in Aussicht gestellt, dass dieses »Programm« der Prione zu einer Verhaltensänderung des befallenen Gehirns führen konnte. Die spannende Frage war also, ob das Gelernte, das im zentralen Nervensystem gespeichert war, automatisch zu Verhaltens- oder Reaktionsänderungen führen konnte. Würde ein Mensch, der lernt, dass eine glühende Herdplatte blau leuchtet, vor dieser ebenso automatisch zurückweichen wie vor einer roten?

Trond lehnte sich zurück und schmunzelte. Neurobiologen und Detektive hatten vieles gemeinsam.

Hamburg

Die Espresso-Lounge war der perfekte Ort, um den Abend einzuläuten, den er in seiner Fantasie bereits seit Monaten, allerdings in verschiedenen Spielarten, durchlebt hatte. Einen Abend der Hemmungslosigkeit.

Bereits während seiner Besuche in den vergangenen Jahren war Swartsman aufgefallen, dass der Exoten-Bonus nur dann eingelöst werden konnte, wenn er geschickt inszeniert wurde. Deshalb gab er nicht den assimilierten Afrikaner mit Designerklamotten, was aufgrund mangelnder Detailkenntnisse in Sachen Mode nicht anders als peinlich enden konnte, sondern schlug mit der ganzen Farbenpracht Westafrikas auf. Er trug einen wild gemusterten Boubou, den traditionellen, weit geschnittenen Umhang der Westafrikaner, und einen Kufi, mit dem er die Zwei-Meter-Marke riss, die er ohne Kopfbedeckung knapp verfehlte.

Bunt, groß und breit war Swartsman eine auffällige Erscheinung, die schnell das Interesse der Anwesenden fand, von denen keiner in Begleitung unterwegs war. Swartsman gab sich wählerisch und antwortete auf Französisch, wenn er auf Englisch angesprochen wurde. Auf diese Weise konnte man sich die Dummköpfe vom Hals halten. Kultivierte Menschen sprachen wenigstens ein wenig Französisch und kultivierte Männer waren es, auf die er es abgesehen hatte.

Swartsman trank Bier. Der DJ spielte elektronische Musik. An den Moves der Gäste konnte Swartsman erkennen, wer es drauf hatte und wer nicht. Ein Afrikaner sieht so etwas auf den ersten Blick.

Die Blicke in der E-Lounge waren eine eigenständige, sehr komplexe Form der Kommunikation. So etwas wie eine stumme Auktion, bei dem jeder Bieter und Los zugleich war. Die Dauer des Blickkontaktes bestimmte den Wert des Loses und konnte im Wiederholungsfall ein Angebot sein. Der Blickwechsel war der eigentliche Vorgang des Bietens und konnte endgültige Ablehnung, Warten auf ein besseres Gebot oder Handelseinigkeit bedeuten. Bei einer Auktion in einem Laden wie der Espresso-Lounge war der Handel über Blickkontakte eine Frage von Sekundenbruchteilen, die zu lesen viel Erfahrung erforderte, da zahlreiche Faktoren zu berücksichtigen waren. Bekannte Gesichter waren anders zu handhaben als fremde. Auffällige Personen – und Swartsman war zweifellos die auffälligste Erscheinung an diesem Ort – waren anders zu lesen als unauffällige, Betrunkene anders als Nüchterne und, und, und. Da jeder Los und Bieter war, war jeder darauf bedacht, unnötige Zurückweisungen zu vermeiden. So etwas verdarb einem die Laune. Die hanseatische Zurückhaltung machte diesen Vorgang nicht einfacher.

Swartsman bestellte ein weiteres Bier.

»Where are you from?«, wollte der Barkeeper wissen.

»Bamako«, antwortete Swartsman amüsiert, weil er sich sicher war, dass der Informationsgehalt dieser Aussage für den Barkeeper nahe null war.

Die Reaktion des Mannes hinter der Theke war eine Art Grunzen.

Swartsman wandte sich ab, lehnte seine Ellenbogen auf die Theke und wippte mit dem Kopf leicht zum Rhythmus der Musik.

Alle Anwesenden waren tätowiert. Die Tribe Tattoos waren halbwegs cool.

Swartsman war nicht tätowiert. Dafür hatte er echte nubische Schmucknarben. Das war wirklich cool und er wusste das. Im vergangenen Jahr hatten sich die Typen an diesen Schmucknarben entlanggetastet wie Ameisen an einer Honigspur.

Aber so weit war es noch nicht. Im Moment lief hier das Casting und das lief ganz in seinem Sinne.

Swartsman nahm sich die Zeit, Musik und Alkohol auf sich wirken zu lassen. Eine Clubnacht war wie ein schamanisches Ritual. Man musste sich behutsam auf den Weg machen, sich langsam einfügen und erst dann fallen lassen. Nur so konnte man Zugang finden.

»Darf ich dich auf ein richtiges Getränk einladen?«

In Deutsch angesprochen zu werden, war deutlich stilvoller als in Englisch. Es zeugte zumindest von Selbstbewusstsein.

»Du darfst«, antwortete Swartsman. »Ich nehme einen Korn zum Bier.«

»Ich bin mir nicht sicher, ob die so etwas hier haben«, bemerkte der Mittdreißiger irritiert. »Ich heiße übrigens Marc.«

»Swartsman.«

»Kein Scherz?«, fragte Marc und sah auf seine Armbanduhr.

»Das ist mein Name.«

»Da, wo du herkommst, nennt man dich Swartsman?«

Swartsman schüttelte den Kopf. »Da, wo ich herkomme, nennt man mich Alimanke, was so viel bedeutet wie: der Deutsche.«

»Das muss ziemlich weit weg sein«, scherzte Marc.

»Ziemlich.« Swartsman hatte keine Lust auf Geografie-Small-Talk, wollte aber auch nicht unhöflich sein.

»Mark, ist das nicht etwas altmodisch? Ich glaube, ich werde dich Euro nennen.«

Marc war es mittlerweile gelungen, die Aufmerksamkeit des Barmannes auf sich zu ziehen. »Habt ihr Korn?«

Der Angesprochene schüttelte verständnislos den Kopf.

»Ist ein bisschen aus der Mode gekommen«, erklärte Marc. »Korn trinkt man«, er überlegte eine Weile, »eigentlich nirgendwo mehr.«

»Dann bleib ich beim Bier.«

Marc doppelklickte auf die leere Flasche und der Barkeeper nickte.

»Kennst du Hamburg?«

»Ich bin einmal im Jahr für eine Woche hier. Weißt du, wo man sich hier amüsieren kann?«

Marc lachte. »Amüsieren, du redest wie in einem Heinz Rühmann-Film, irgendwie nicht von dieser Welt.«

Das Bier wurde serviert.

»Also im Angebot haben wir das 136°, da kann man ab Mitternacht hin. Danach«, Marc überlegte einen Moment, »willst du wirklich was Abgefahrenes erleben?«

Swartsman grinste breit.

»Okay, danach gehen wir in den S.L.U.T. Club. Das ist so ein Fetisch-Schuppen in St. Georg.«

»Das trifft sich gut, da wohne ich.«

Marc musterte Swartsman. »Schätze, dafür müssen wir dich noch etwas rausputzen, aber das kriegen wir schon hin.« Jetzt war es Marc, der breit grinste.

»Du wirst richtig was zum Erzählen haben, wenn du wieder da bist, wo du Alimanke genannt wirst.«

Dakar

Ein Seesack hatte den Vorteil, dass man ihn auf dem Gepäckband sofort erkennen konnte. Trond schulterte das Teil und begab sich in Richtung Ausgang. Er war mehr als angenehm überrascht. Der Flughafen entsprach in jedem Detail westlichen Standards. Er hatte sich das alles weniger sauber, weniger professionell, Dritte-Welt-mäßiger vorgestellt. Machte ihn das zu einem Chauvinisten? Er war sich nicht sicher. Pass, Zoll, Eingang zur Haupthalle. Man hatte ihm mitgeteilt, er würde abgeholt. Aber was bedeutete das schon in Afrika? Wahrscheinlich, dass er irgendwann, wenn nicht heute, dann vielleicht morgen abgeholt würde. Hier schlugen die Uhren anders. *Ihr habt die Uhren, wir haben die Zeit*, so lautete ein beliebtes afrikanisches Sprichwort. Es wäre sicherlich unhöflich gewesen, gleich anzurufen. Besser, man würde etwas Zeit verstreichen lassen. Als Erstes musste er sich mit Bargeld versorgen. Trond ließ seinen Blick durch die Haupthalle schweifen in der Hoffnung einen Bankschalter finden, was ihm jedoch nicht gelang, weil er direkt hinter der Absperrung eine sehr auffällige Person bemerkte, die ein etwas zu groß geratenes Schild in der Hand hielt auf dem TROND FAKSEN stand. Sie lächelte mit einem Klaviertastaturlächeln, das zwei Oktaven breit war und Trond die Sprache verschlug. Die makelloseste Reihe riesiger weißer Zähne, die er je gesehen hatte. Er begann sich für seine Vorurteile zu schämen und beschloss, ab sofort allen Personen und Situationen vollkommen unvoreingenommen zu begegnen. Vor dem Eingang, im dreistesten Halteverbot wartete ein weißer Range Rover.

Gathoni, so hieß die Zahnfee, stieg ein, während Trond seinen Seesack in den Kofferraum wuchtete.

»Wie lange kennen Sie Roland schon?«, wollte Gathoni wissen.

»Ich kenne ihn gar nicht«, antwortete Trond wahrheitsgemäß.

»Sie machen sich über mich lustig, richtig?«

»Nein, ein gemeinsamer Freund hat mich empfohlen.«

»Das muss ein wichtiger Mann sein. Für gewöhnlich empfängt Roland keinen Besuch.«

»Sie arbeiten für ihn?«

»So kann man es nennen«, antwortete Gathoni und lachte.

»Sie kennen ihn wirklich nicht?«

»Nein, wenn ich es Ihnen doch sage.«

»Nennen Sie mich Gathoni.«

»Ich bin Trond.«

Gathoni reichte Trond die Hand. »Sehr erfreut, Trond.«

»Und …«, Gathoni zögerte einen Moment.

»Und was?«

»Wundern Sie sich bitte nicht. Es geht etwas formlos zu bei uns.«

Sie fuhren Richtung Süden durch Fann, die Corniche entlang. Gathoni deutete hin und wieder auf ein Gebäude und erklärte seine Bestimmung. Chinesische Botschaft, die Residenz des Wirtschaftsministers. Trond hatte den Namen nie gehört, was aber angesichts des imposanten Bauwerks zweifellos eine Bildungslücke war. Eine sehr schöne Gegend. Links das Meer, rechts die Villen. Trond schoss hin und wieder ein Foto mit seinem Smartphone, wobei er so tat, als checke er seine Mails. Schließlich bogen sie ab und fuhren einen kleinen Hügel hinauf. Ein gusseisernes Tor setzte sich in Bewegung und die Reifen des Range Rovers gruben sich tief in den weißen Kies vor dem Anwesen. Trond war beeindruckt.

Kaum waren sie ausgestiegen, da trat ein etwa siebzigjähriger Mann in einem roten Morgenmantel vor die Tür. Er hatte schulterlanges schlohweißes Haar, war schlank und saugte an einer Pfeife. Trond überlegte, wann er das letzte Mal einen Mann mit einer Pfeife gesehen hatte. Er lächelte und streckte seinen Arm aus.

»Sie müssen Roland la Rosse sein.«

Der Gastgeber schüttelte Tronds Hand.

»Nennen Sie mich Roland, das tun alle hier.«

Gathoni schleppte derweil Tronds Seesack in die Villa.

»Sie entschuldigen mein formloses Auftreten, aber ich mag es bequem. Das hat was mit dem Alter zu tun. Kommen Sie rein.«

Roland bat seinen Gast mit großer Geste in sein Domizil und sog, erst mit kurzen, paffenden Zügen, an seiner Pfeife, um diese auf Temperatur zu bringen. Dann inhalierte er tief.

Im Dunstkreis des Rauchgerätes angelangt, schlug Tronds alter Zöllnerinstinkt an. Kein Zweifel, der Kerl rauchte Dope! Trond versuchte, sich nichts anmerken zu lassen und betrat die Eingangshalle.

Dort wurde er von einer weiteren Herausforderung erwartet. Ein gewaltiges Ungetüm aus riesigen Zahnrädern und geformten Metallplatten, eine Art trojanisches Pferd aus Schrottteilen, mindestens drei Meter hoch und sechs Meter lang. Einige der Metallteile waren in Bewegung.

Trond konnte sein Erstaunen nicht verbergen.

»Sagen Sie nichts. Ich habe bereits alle denkbaren Reaktionen auf meine Skulpturen ertragen müssen. Und keine war angemessen, also versuchen Sie es erst gar nicht. Das ist ein Tinguely. Jean und ich waren schon befreundet, als er noch nicht wusste, wie er die kommende Miete für sein Atelier bezahlen sollte. Er hat das Ding hier gebaut. Wir hatten viel Spaß dabei. Sehen Sie da die Achsen und die Felgen?«

Trond sah fast nur Achsen und Felgen. Roland kam ihm zu Hilfe und deutete auf eine Stelle in der Mitte der Skulptur. »Die haben wir aus der Steppe geholt, die stammen von aufgegebenen Trucks der Paris-Dakar-Rallye.«

»Sehr beeindruckend«, war alles, was Trond einfiel. Auch die Skulptur fotografierte er, ohne dass jemand das bemerkt hätte.

»Ich schlage vor, du machst dich erst einmal frisch.« Roland war bei seiner Anrede ansatzlos in die zweite Person gewechselt, was Trond als Kompliment auffasste. »Gathoni hat deine Sachen in das blaue Zimmer gebracht. Da findest du alles, was du brauchst. Ich bin in der Bibliothek.« Roland deutete auf eine angrenzende Tür. »Bis nachher.«

Gathoni winkte von der Empore herab und Trond stieg die Treppe hinauf, die sich prächtig an der weißen Wand der Eingangshalle entlang nach oben schwang.

Oben angekommen, folgte er ihrem verführerischen Hintern, der sich einen der drei Gänge entlangschlängelte.

»Womit mochte der Typ sein Geld verdient haben?«, fragte sich Trond. Es waren ohne jeden Zweifel Unsummen.

Gathoni öffnete die Tür zum blauen Zimmer, eine maßlose Untertreibung, denn sie betraten zwei riesige, prachtvoll ausgestattete Räume. Die blaue Suite wäre angemessener gewesen.

Spielerisch im Vorbeigehen öffnete Gathoni diverse Türen (Kühlschrank, Badezimmer, Kleiderschrank, HIFI-Schrank) und deutete dann auf einen roten Schalter neben dem Bett.

»Sie finden alles, was Sie benötigen und, falls etwas fehlt, können Sie nach mir rufen. Drücken Sie einfach auf den roten Schalter.«

Dann stolzierte sie den Weg zurück zur Eingangstür, drehte sich um, entblößte ein weiteres Mal ihre unwirklich schönen Zahnreihen und verschwand.

Zu seinem eigenen Erstaunen beachtete er das Mädchen kaum. Etwas ganz anderes beschäftigte ihn.

Er brauchte einen Guide, er brauchte ein Transportmittel und er brauchte eine sichere Homebase in Bamako, von der aus er operieren konnte. Reichte seine einfache Empfehlung aus, um all das von seinem Gastgeber zu erbitten? Würde er eine Gegenleistung fordern? Würde er ihn in seinen Fall einweihen müssen?

Trond überschlug die Fakten, die er recherchiert hatte. Viel war das nicht: Er hatte eine Telefonnummer, die Kontaktperson des Professors, er hatte eine GPS-Position und er wusste, dass es um biologische Versuche ging. Es würde ihm nichts anderes übrig bleiben, als alles, was er wusste, auf den Tisch zu legen.

Er nahm eine Dusche, rasierte sich und begab sich nach unten.

»Ich hoffe, du magst Fisch«, begrüßte ihn Roland. »Ich habe Thieboudienne vorbereiten lassen, das ist Reis mit Palmöl, Gemüse und allem, was auf dem Fischmarkt zu haben ist. Höllisch scharf, wenn Mama Djenebou es macht, aber das Beste in der Stadt.«

»Hört sich gut an«, erwiderte Trond.

Der Hausherr, immer noch im Morgenmantel und immer noch mit einer Pfeife zwischen den Zähnen, winkte Trond zu sich an einen gewaltigen Tisch, der mitten in der Bibliothek stand.

»Reden wir zuerst übers Geschäft. Ich habe nur eine sehr vage Vorstellung von dem, was du hier vorhast. Ich weiß aber, dass du noch nie in Afrika gewesen bist. Das macht mir Sorgen. Deshalb werde ich dir vorab erst einmal einen Grundkurs über die Spielregeln verpassen, die auf diesem Kontinent gelten. Diese Spielregeln gelten auch zwischen uns beiden. Erst wenn wir uns über die Spielregeln einig sind, kommen wir ins Geschäft. Einigen wir uns nicht, gibt es heute Abend ein nettes Abendessen und morgen früh trennen sich unsere Wege.«

»Das klingt fair«, entgegnete Trond, der sofort von der offenen Art Rolands angetan war.

Mit einer lässigen Geste entrollte der Hausherr eine riesige Karte Afrikas. Sie nahm den gesamten Tisch ein.

»Das hier«, Roland sprach sehr langsam und sah Trond dabei tief in die Augen, wobei er mit dem Zeigefinger auf die Karte hämmerte, »ist der größte Roulettetisch der Welt. Er besteht aus 65 Feldern und um ihn herum haben sich die gierigsten und skrupellosesten Menschen der Welt versammelt. Sie mit Haifischen zu vergleichen wäre eine Verharmlosung. Haifische fressen nur, wenn sie hungrig sind. Die Spieler an diesem Tisch werden niemals satt und hören niemals auf zu fressen. Es sind Europäer, Chinesen, Amerikaner, Inder selbst Nord-Koreaner sind hier aktiv, um sich an den unermesslichen Schätzen dieses Kontinents zu bereichern, ganz ungehindert, ungeniert und ohne Skrupel. Greifst du nach ihren Chips oder siehst du sie auch nur etwas zu lange an, beißen sie dir den Arm ab. Und das ist es, worum es geht:« Rolands Zeigefinger knallte auf ein Land in Zentralafrika und sprang dann von einem Land auf der Karte zum nächsten. »Aluminium aus Kamerun, Diamanten aus Angola, Kupfer und Nickel aus Botswana, Öl aus Nigeria, Burkina Faso Gold, Gabun Magnesium, Äquatorial Guinea Erdgas, Ghana Bauxit, Eisenerz aus Liberia, Gold aus Mali.« Rolands Finger wurde immer schneller, während er die einzelnen Länder anzeigte. »Kupfer, Nickel, Zinn, Holz, seltene Erden, Lithium, Kobalt, Silber, Platin, der Hunger der modernen Welt wird an diesem Spieltisch gestillt. Das Spiel geht ganz einfach. Man setzt auf eines der Felder, dreht an einem Rad, und wenn man mit den richtigen Leuten zusammengearbeitet hat, vervielfältigt sich der Einsatz. Hier.« Unter Rolands Finger erbebte der Kongo. »Der Kongo ist das größte Rohstoffreservoir der Welt. Hier gibt es alles, was ich vorhin aufgezählt habe und mehr. Coltan und Kassiterit gibt es nur hier, außerdem Uran. Das Uran der Atombombe von Hiroshima stammte aus dem Kongo, heute ein Land im Elend. Und so verrückt das klingen mag: Der ungeheure Reichtum an Bodenschätzen dieses Landes ist der Grund dafür, warum es im Elend versinkt. Im Kongo gibt es keine staatliche Gewalt. Das ganze Land ist in der Hand von Warlords, die ihre Geschäfte direkt mit den Spielern an diesem Tisch machen. Das ist der Grund, warum trotz des enormen Reichtums im Lande 99 Prozent der Bevölkerung im Elend leben und sich von einem Tag in den nächsten kämpfen, ohne Perspektive, ohne Rechte, unter ständiger Bedrohung von Leib und Leben.« Rolands Hand machte einen mächtigen Satz quer über die Karte. Das Mundstück seiner Pfeife landete in Westafrika. »Wir schreiben das Jahr 2011, und in Mauretanien gibt es einen Sklavenmarkt. Da kann man sich, wie vor hundert Jahren, mit Arbeitskräften oder Sexsklaven eindecken. Nicht öffentlich, aber es gibt ihn. Menschenhandel ist in einem Dutzend Staaten, wenn man die überhaupt so nennen darf, an der Tagesordnung. Hier, auf diesem Kontinent, zählt ein Menschenleben gar nichts. Und das alles ist nicht auf die Unfähigkeit der Afrikaner zurückzuführen. Nein. Das ist von den Spielern an diesem Tisch so gewollt. Der gesamte Kontinent wird bewusst in einem Zustand der Instabilität gehalten. Die einzige

Regel an diesem Tisch lautet, dass es keine gibt. Das ist die moderne Form des Kolonialismus. Man beutet die Länder aus und entzieht sich der Verpflichtung, für Sicherheit, eine funktionierende Infrastruktur oder eine Perspektive für die Menschen zu sorgen. Das, was heute hier geschieht, ist um ein Vielfaches schlimmer als das, was während der Kolonialzeit passiert ist. Im Kongo sind in den vergangenen fünfzehn Jahren mehr als acht Millionen Menschen ums Leben gekommen, weil es die Spieler an diesem Tisch so wollten. Und niemanden interessiert das. Die Ausrottung der Berggorillas sorgt in der Welt für größere Empörung als die Entvölkerung und Versklavung ganzer Landstriche.« Roland sprach vollkommen ruhig, aber sehr ernst. »In sechzig dieser fünfundsechzig Länder kann auch ein Weißer spurlos verschwinden. Als hätte er nie existiert, und keine Intervention, von wem auch immer, sei er Botschafter oder der Präsident der Vereinigten Staaten persönlich, lässt ihn wieder auftauchen.«

Roland trat einen Schritt vom Tisch zurück, richtete sich auf und verschränkte seine Arme. »So«, er nahm einen tiefen Zug aus seiner Pfeife und blies eine Rauchwolke in die Bibliothek, die einen Drogenspürhund in vierhundert Metern Entfernung zur Raserei gebracht hätte. »Und jetzt kannst du mir verraten, was dich hierher treibt und was ich für dich tun kann.«

Trond gab sich unbeeindruckter als er war. »Ich suche einen Mann. Einen Wissenschaftler, einen Molekularbiologen, der in Mali Versuche mit Menschen durchführt.«

»Die Köpfe?«, unterbrach ihn Roland.

»Was für Köpfe? Ich weiß nichts von Köpfen.«

»Nur so, vergiss es, fahr fort«, beschwichtigte Roland seinen Gast und lächelte.

»Das war es eigentlich schon. Ich muss diesen Mann aufspüren und herausfinden, mit wem er zusammenarbeitet.«

»Und dann?«

Trond lächelte. Dieser Typ war wirklich gut.

»Dann ist mein Teil des Jobs erledigt.«

Roland nahm einen weiteren tiefen Zug aus der Pfeife, verzog angewidert das Gesicht und legte das Rauchgerät beiseite.

»Was hast du für Anhaltspunkte? Spuren?«

»Eine Telefonnummer, ein Bild und eine grobe GPS-Position.«

»Das ist nicht viel, aber immerhin.«

Tronds Handy piepte. Er nahm es aus der Tasche, und als er die SMS las, fügte er hinzu:

»Und eine Adresse.« Wie auf Bestellung hatte Overkott die Lieferadresse des Mäusezüchters geschickt.

»Damit kann man arbeiten. Kann ich die Nummer mal sehen?«

Trond kramte sein Notizbuch hervor, legte es aufgeklappt auf den Tisch und deutete auf die Telefonnummer. Der Mann im Morgenmantel warf einen beiläufigen Blick darauf.

»Chinesen«, bemerkte Roland, »dieses Netz wird von den Chinesen benutzt.«

Trond nickte anerkennend. »Sehr beeindruckend.«

»Was brauchst du von mir?«

»Ein Transportmittel, einen Guide und eine Homebase in Bamako.«

»Gut, kommen wir zu den Konditionen. Vielleicht vorab noch etwas zu meiner Person. Ich sitze nicht mehr an diesem Tisch. Ich habe dort viele Jahre gesessen, bin aber schon lange nicht mehr aktiv. Ich öffne Türen, aber nur, wenn mich eine Sache interessiert. Ich kenne fast alle der Spieler und werde dann und wann um einen Rat gebeten. In deinem Fall geht es nicht um Geld, jedenfalls nicht in Größenordnungen, die mich interessieren. Wir werden also ein Tauschgeschäft machen. Ich beschaffe den Guide, die Transportmöglichkeit und die Homebase in Bamako. Du wirst dasselbe für mich tun, irgendwann, wenn ich dich darum bitte. Um ein Visum für Deutschland zu bekommen, benötigt man eine Einladung, eine Geschichte drum herum und einen Gastgeber. Das bedeutet: Irgendwann wird dein Telefon klingeln und du wirst genau das liefern. Da es sich hier in Afrika um einen schwierigeren Fall handelt und der Aufwand größer ist als in Europa, kann es auch sein, dass dein Telefon mehr als einmal klingelt. Aber ich werde deine Gastfreundschaft nicht überstrapazieren. Ist das akzeptabel?«

Trond nickte: »Das klingt fair.«

Roland streckte seine Hand aus.

»Gut, dann sind wir im Geschäft.«

Trond schüttelte die Hand und lächelte.

»Darauf trinken wir. Was darf es sein?« Roland bugsierte Trond zur Bar.

»Ein Cognac, bitte.«

Roland überflog seine Flaschensammlung. »Nehmen wir den. Du wirst ihn nicht kennen, ein sehr exklusiver Tropfen. Ich habe ihn vom französischen Botschafter.«

Roland goss sehr großzügig ein und leerte sein Glas auf einen Zug.

Trond nahm nur einen Schluck, den er vorsichtig kaute, ehe er ihn die Kehle hinunterlaufen ließ. Wirklich ausgezeichnet.

Ein Gong ertönte.

»Sehr gut. Das Essen ist fertig. Los, komm, wir dürfen Mama Djenebou nicht warten lassen. Sie ist das eigentliche Familienoberhaupt.«

Mama Djenebou war eine stämmige Frau von etwa fünfzig Jahren und etwa zweimal fünfzig Kilogramm Körpergewicht. Ihre Oberarme hatten den gleichen Umfang wie Tronds Oberschenkel. Dabei wirkte sie nicht einmal dick. In barschem Kommandoton wies sie die jungen Mädchen zurecht, die sich laut durcheinanderredend über die Schüsseln beugten, die Mama Djenebou eine nach der anderen auf den Tisch stellte.

Trond verstand kein Wort, aber er mochte die Sprache, die fast ausschließlich aus Vokalen zu bestehen schien und die sehr melodisch gesprochen wurde.

Mama Djenebou wies Trond einen Platz zu. Sobald Roland und er sich gesetzt hatten, wechselte man ins Französische. Mama Djenebou verteidigte jede einzelne Schüssel gegen die Hände der Mädchen, bis sie Trond eine Portion aufgetischt hatte, die, müsste er sie jeden Tag bewältigen, ihn innerhalb kürzester Zeit in die Gewichtsklasse der Köchin gehievt hätte. Mama Djenebou legte ausgesprochen großen Wert auf das Urteil ihres Gastes. Er musste jedes Detail kommentieren. Den Reis, die Möhren und jede einzelne Fischsorte (heute Morgen frisch vom Markt geholt, eine Spezialität in Somalia). Trond hatte Schwierigkeiten mit seinem beschränkten Wortschatz, Wiederholungen bei den Komplimenten zu vermeiden.

Auf die Auswahl der Fischsorten komme es an, wurde er von Mama Djenebou belehrt. Thieboudienne sei nur dann genießbar, wenn man es »christlich« zubereite.

»Das reicht jetzt«, protestierte Roland, der diese Geschichte schon dutzende Male gehört hatte.

»Nein, das tut es nicht«, insistierte Mama Djenebou. »Der Herr verbietet den Verzehr von Lebewesen aus dem Wasser, die keine Schuppen und keine Flossen haben.« Es sei also eine Sünde, Schalentiere im Thieboudienne zu verarbeiten. Das sei unchristlich. Und schmecken würde es auch nicht. Trond solle auf keinen Fall in einem der Restaurants an der Corniche essen, das würde ihm nicht bekommen. Teuer, aber nichts wert.

Roland schlug mit der Faust auf den Tisch. Erst dann gab Mama Djenebou auf und verschwand, laut mit sich selbst redend, in der Küche.

»Eine Zigarre nach dem Essen?«, fragte Roland.

Trond hätte auch einen Liter Altöl getrunken, wenn es Linderung gegen das Völlegefühl versprochen hätte. Zum Rauchen begaben sie sich zurück in die Bibliothek.

Roland griff Trond an der Schulter und führte ihn in den hinteren Teil der Bibliothek, in dem ein riesiger Snookertisch stand.

»Gut, kommen wir zum angenehmen Teil des Abends. Wir spielen Butt Billard. Du spielst doch Billard, oder?«

Trond betrachtete den Tisch skeptisch.

»Ich fürchte, ich bin mit den Snookerregeln nicht so recht vertraut«, bemerkte er.

»Das macht nichts. Das ist schnell erklärt.«

Roland begab sich zum Queue-Ständer, nahm eines heraus, betrachtete es ausgiebig und reichte es Trond.

»Gespielt wird mit fünfzehn roten und sechs andersfarbigen Kugeln. Die Roten zählen einen, die Gelbe zwei, die Grüne drei, die Braune vier, die Blaue fünf, die Rosa sechs und die Schwarze sieben Punkte. Es muss immer abwechselnd eine rote und eine andersfarbige Kugel gepottet werden. Die roten Kugeln bleiben versenkt, die andersfarbigen Kugeln werden, nachdem sie gepottet wurden, wieder auf das Spielfeld gelegt. Das wird Gathoni für uns erledigen. Sie fungiert auch als Schiedsrichter. Sind alle roten versenkt, so werden die andersfarbigen nicht mehr zurückgelegt. Das Spiel ist zu Ende, wenn keine Kugeln mehr auf dem Tisch liegen. Gewonnen hat der mit den meisten Punkten. Soweit alles klar?«

Trond nickte.

»Gut. Die weiße Kugel darf niemals gepottet werden. Das ist ein Foul, ebenso, wenn zwei rote oder zwei andersfarbige hintereinander gepottet werden. Ein Spielball ist nur dann gesnookert, wenn ein direkter Stoß in gerader Linie auf einen Ball on, das ist der Ball, der angespielt werden darf, von mindestens einem Ball, der nicht on ist, ganz oder teilweise verhindert wird.«

»Das hab ich nicht verstanden«, warf Trond ein.

»Gut, dann vergessen wir diese Regel. Nach einem Foul wechselt der Spieler. Jeder spielt so lange, wie er regelkonform pottet. Locht er nicht ein, so wechselt der Spieler. Verstanden?«

Trond nickte und begab sich an die Ausgangsposition.

»Einen Moment noch. Das sind die allgemeinen Snookerregeln. Wir spielen Butt Billard, eine Variante, die in Europa als politically incorrect erachtet wird. Das soll uns aber nicht kümmern. Wir sind nicht in Europa.« Roland lachte und goss sich einen neuen Cognac ein.

»Beim Butt Billard wird die weiße Spielkugel von außerhalb des Spielfeldes eingebracht.« Roland winkte eines der Mädchen herbei, die sich kichernd direkt vor den Billardtisch stellte. Dabei umfasste sie mit ihren Händen ihre Fußknöchel, sodass ihr ausladender Hintern in Höhe des Snookertischrandes die Abschlagstelle markierte. Roland drückte mit der Handkante eine Kerbe zwischen ihre Pobacken, sodass der Stoff ihres knappen Kleides weniger spannte, platzierte die weiße Kugel zwischen den beiden Backen, visierte, wobei er ihren Rücken als Auflagefläche für seine Zielhand benutzte und schoss. Er versenkte eine rote Kugel.

»Ein Punkt«, bemerkte Gathoni und notierte den Wert auf einer Schiefertafel. Roland versenkte nach der Roten die Blaue (fünf Punkte) und dann wieder eine Rote.

»Pottet der Spieler dreimal hintereinander, so bekommt er ein Handicap. Die Abschlagstelle legt ein Kleidungsstück ab.« Oseye, die junge Dame, die Roland als Abschlagstelle diente, legte ihren Rock ab und Roland platzierte die weiße Kugel direkt zwischen ihren ausladenden Hinterbacken.

»Das Handicap besteht in der Beeinträchtigung der Konzentration«, erläuterte Roland und visierte das Hinterteil Oseyes an. Dabei sah er verschmitzt zu Trond.

»Ich hatte Snookerprofis hier am Tisch, Weltranglistenspieler, die an diesem Anblick verzweifelt sind.«

Wie um seine These zu belegen, scheiterte er an diesem Stoß. »Jetzt du.«

Bintu, die dritte Dame, machte sich fertig und stellte sich gebückt vor die Abschlagstelle. Ihr Rock spannte, sodass es Trond nicht gelang, die Kugel zu platzieren. Roland kam ihm zu Hilfe, kerbte den Rock mit seiner Handkante ein. »Tu dir keinen Zwang an, wir sind hier ganz unter uns.«

Trond, einerseits amüsiert, konnte andererseits nicht umhin, seinem Gastgeber bezüglich dieser seltsamen Freizeitbeschäftigung auf den Zahn zu fühlen. »Ist das deine persönliche Form des Kolonialismus?«

Roland lachte und versetzte Bintu einen Klaps auf den Hintern. »Nein, das ist ganz gewöhnlicher, einvernehmlicher Chauvinismus.«

Jetzt war es Trond, der lachte. Es brauchte eine ganze Weile, bis Trond seiner Abschlagstelle den Rock heruntergespielt hatte. Dabei musste er besorgt feststellen, dass sich zwar sein Auge an dem Anblick erfreute, diese Freude jedoch zu keinerlei Hormonausschüttung führte und unterhalb seiner Gürtellinie vollkommen ohne Resonanz blieb. Dabei war alles so proportioniert und präsentiert, wie es ein gesund entwickelter, mitteleuropäischer Durchschnittschauvinist auf die Liste der Dinge setzen lassen würde, die man unbedingt einmal erlebt haben muss, bevor man stirbt. Erwartungsgemäß verfehlte Trond sein Ziel.

Roland lag uneinholbar vorne. Oseye war längst vollkommen nackt. Nachdem auch Gathoni völlig entkleidet an der Schiefertafel ihren Schiedsrichterdienst verrichtete, war die letzte Kugel versenkt.

Roland triumphierte, nahm einen kräftigen Schluck, diesmal direkt aus der Flasche und ließ sie, nachdem er sich vergewissert hatte, dass sie leer war, einfach auf den Boden fallen. Niemand nahm Notiz davon. Roland wankte ein wenig, versuchte aber, Haltung zu bewahren. Er schnippte mit dem Finger, winkte Oseye zu sich und verschwand mit ihr in Richtung Tür. Im Türrahmen blieb er stehen drehte sich noch einmal um und verabschiedete sich.

»Gute Nacht, ihr Lieben. Und das mir keine Klagen zu Ohren kommen, morgen früh.«

Gathoni und Bintu schlüpften zurück in ihre Kleider, blieben aber im Raum stehen. Bintu drehte sich etwas zur Seite, um ihre Qualitäten besser zur Geltung zu bringen. Gathoni begnügte sich damit, ihr Klaviaturlächeln aufzusetzen. Beide sahen Trond erwartungsvoll an.

Selbst unter Zuhilfenahme seiner schmutzigsten Fantasien gelang es Trond nicht einmal, den Ansatz einer Erektion zustande zu bringen. Er fühlte sich vollkommen impotent. Wenn er eine der beiden Schönen mit nach oben nehmen würde, liefe das mit hundertprozentiger Sicherheit auf eine Katastrophe hinaus. Diese Blöße wollte er sich nicht geben. Das war eine Frage der Ehre.

»Gute Nacht, ihr Süßen«, sagte er und ging.

Die beiden sahen einander erstaunt an.

»Denk an den roten Schalter, falls du es dir noch anders überlegst«, sagte Gathoni.

Trond konnte es selbst nicht fassen. Vor ihm lag das Schlaraffenland und sein Dessertlöffel verweigerte ihm den Dienst. Das konnte einfach nicht wahr sein. Er warf sich auf das Bett, holte sein Smartphone hervor und schickte Aline seine Fotos, ergänzt um einen ausführlichen und sehr humorvoll gestalteten Reisebericht. Dann schaltete er den Fernseher ein und zappte sich durch das Programm. Auf einem Programmplatz blieb er hängen.

»Wings over the World«, eine Dokumentation von Stanley Hitchcock (ein Neffe Alfreds) über die Gebrüder Horten. Sehr interessant, zwei Flugzeugkonstrukteure aus Deutschland, die gegen Ende des Zweiten Weltkrieges mal eben so den ersten Tarnkappenbomber erfunden hatten. Und nicht nur das war interessant.

Interessant war auch, dass sich beim Betrachten der Dokumentation Tronds Männlichkeit mit Vehemenz zurückmeldete und das Bettlaken ausbeulte. Fast schien es, als entfessele das Fliegen seine Libido. Das letzte Mal, dass er eine Erektion verspürt hatte, war auf dem Flug nach Dakar gewesen. Der Hintern der Stewardess hatte mehr Phantasien freigesetzt, als der Hintern, der sich ihm beim Butt Billard präsentiert hatte. Trond versuchte den Gedanken wieder abzuschütteln. Eigentlich war das auch egal. Hauptsache der tot Geglaubte war wieder zum Leben erwacht. Trond sah zur Seite und betrachtete den roten Schalter.

Die Gebrüder Horten

Im Raum lag eine kaum zu ertragende Spannung, ähnlich der, die ein Jockey in der Startbox verspüren muss, den unruhigen Hengst unter sich, die Zügel in der Hand, allein mit sich, einer bedrohlich pulsierenden Halsschlagader und dem Phänomen einer irrationalen Dehnung des Zeitempfindens ringend. Der unruhige Hengst, das waren die Fakten. Tausende von technischen und logistischen Details, die ins Rennen geschickt wurden und die darüber entscheiden würden, wer den Zuschlag für das Projekt 3000 erhalten würde. Der Dicke hatte eine einfache Formel ausgegeben: 1000 km Reichweite, 1000 kg Nutzlast und 1000 km/h Geschwindigkeit.

Neben Reimar Horten am Start: Repräsentanten der fünf bedeutendsten Flugzeughersteller des Dritten Reiches. Sie betrachteten Reimar Horten mit unsicherer Herablassung. Herablassend, weil sie sich eigentlich nicht erklären konnten, warum er überhaupt anwesend war, er, der Konstrukteur von Lastenseglern, der noch nie ein Flugzeug in Serie gebaut hatte und weder über einen entsprechenden Mitarbeiterstab (der beschränkte sich auf seinen ebenfalls im Raum anwesenden Bruder Walter), geschweige denn über eigene Produktionskapazitäten verfügte. Unsicher, weil alle diese Reimar Horten disqualifizierenden Faktoren den Verdacht nährten, dass er einen ganz außergewöhnlichen Entwurf würde präsentieren können, denn in Konstrukteurskreisen galt der Außenseiter aus Bonn als Visionär.

Reimar Horten war vollkommen ruhig. Er beherrschte sein Metier. Raimar Horten hatte nicht nur alle Details, alle Zahlen und Leistungsmerkmale im Kopf, er verfügte auch über die Fähigkeit, diese Zahlen, Fakten und Leistungsmerkmale so zu präsentieren, dass sie dem technischen Kenntnisstand seines Gegenübers entsprachen. Er gab dem Halblaien das Gefühl, ein Experte zu sein, ohne dabei oberflächlich zu werden. Im Bedarfsfall konnte er jeden Wert nennen, ohne dabei ein einziges Mal in seine Unterlagen sehen zu müssen.

Und nicht nur das. Er kannte auch die wesentlichen Leistungsmerkmale der Wettbewerbsentwürfe. Diese Kenntnis verdankte er dem Umstand, dass sein Bruder Walter eine Stabsstelle im Reichsluftfahrtministerium bekleidete und nicht nur mit den anderen Referenten, sondern auch mit allen Testpiloten und Zulieferern engste Kontakte pflegte.

So wie Mozart jede Melodie, die er einmal gehört hatte, sofort nachspielen konnte, verfügte Reimar Horten über die Fähigkeit, die wesentlichen Flugeigenschaften eines Flugzeugs allein aus seinem Aussehen ableiten zu können. Als er zum ersten Mal einen Nurflügler gesehen hatte, ein Entwurf von Alexander Lippisch, war ihm eines sofort klar geworden: Diese Bauform barg mehr Möglichkeiten in sich, als alle anderen Flugzeugformen, die bis jetzt realisiert worden waren. Dieser Bauform gehörte die Zukunft. Und er würde derjenige sein, der diese Flugzeugform zur Perfektion führen konnte. Kein Zweifel.

Im Moment jedoch beanspruchte ein gewöhnlicher Kaumflügler, bezeichnenderweise ohne Leitwerk, seine volle Aufmerksamkeit. Reimar Horten beobachtete eine Stubenfliege bei ihrem Aufklärungsflug. Ihr Ziel: die Zuckerdose, die eine aufmerksame Vorzimmerdame auf den Beistelltisch gestellt hatte, um den Wartenden eine in diesen Zeiten nicht selbstverständliche Aromatisierung des servierten Heißgetränks zu ermöglichen. Die Stubenfliege, eine fannia canicularis um genau zu sein, und zwar ein männliches Exemplar, unschwer an seiner unregelmäßigen Flugbahn zu erkennen, hielt es für angemessen, die geballt im Raum anwesende Flugingenieurskompetenz, wenn nicht sogar die physikalischen Gesetze selbst, mit einer Choreografie atemberaubender Flugmanöver zu verhöhnen. Eingeleitet von einer Scheuchbewegung des Vertreters der Junkers Werke begann sie ihren Kunstflug, den Reimar Horten fasziniert beobachtete. Sie begann mit einer fast vollständig ausgeführten Chandelle, die, ansatzlos geslippt, ein viertel Kleeblatt vortäuschend, dann doch in eine Flugfigur überzugehen schien, die ein nachsichtiger Flugrichter gerade noch als Lazy Eight hätte durchgehen lassen. Einem erfahrenen Piloten, wie Reimar Horten es war, fielen zwei überragende Flugeigenschaften des Insekts auf: erstens seine Fähigkeit, in jeder Flugsituation völlig aberwitzige Giermanöver auszuführen, und zweitens die Fähigkeit des umgekehrten, sprich von unten nach oben ausgeführten, Spiralfluges. Dieser Spiralflug, der konzentrisch um das Aufklärungsobjekt, die Zuckerdose, herum ausgeführt wurde, war die einzige Konstante in der Lehrstunde, die das Insekt den Anwesenden erteilte. Mal in der Standardausführung geflogen, mal in der schwierigeren Version, nämlich flach getrudelt, bei dem das Tier höllischen G-Kräften ausgesetzt sein musste. Respekt.

Während Reimar Horten demütig seine Lehrstunde genoss, ließ Walter seinen Gedanken freien Lauf.

Sie hatten es geschafft! Raimar und er hatten es geschafft, nach zwölf Jahren harter Arbeit. Nach unzähligen Modellbauversuchen, ersten Segelflugerfahrungen mit einer Eigenkonstruktion auf dem Flugfeld Bonn Hangelar, dem daraus resultierenden Verlust zweier Schneidezähne nach einer Bruchlandung und – einem weitaus schmerzlicheren Verlust. Nämlich dem des Bruders Wolfram, der, wie Walter und Reimar Pilot in der deutschen Luftwaffe, in einer Heinkel über Dünkirchen abgeschossen worden war.

Ausgelöst hatte die Obsession der Brüder eine Rede des Mannes, auf den sie jetzt warteten. »Die Deutschen müssen ein Volk von Fliegern werden.« Das waren Görings Worte gewesen. Damals, vor zwölf Jahren. Und damals vor zwölf Jahren hatten sie, die drei Brüder, wie elektrisiert vor dem Volksempfänger gesessen, berauscht von der Kraft der Worte, berauscht von der Aufbruchsstimmung, die allgegenwärtig war, und nicht zuletzt berauscht von der Kraft, die sie in sich selbst spürten. Jeder der drei Brüder hatte seit Kindertagen vom Fliegen geträumt, diese Träume jedoch für sich behalten. Sie hatten diesen Traum unabhängig von einander geträumt und mit sehr unterschiedlichen Schwerpunkten. Wolfram war der Geschwindigkeit erlegen, Raimar der öHhe und Walter dem Ruhm. Jetzt, wo ein anderer ihre tiefsten Wünsche in Worte gefasst hatte, konnte aus dem Traum ein Plan werden. Sie hatten einander nur angesehen und waren wortlos übereingekommen, dass sie diesem Aufruf folgen würden. Die drei Brüder hatten ihre Bestimmung gefunden.

Walter konnte sich an jedes Detail dieses schicksalhaften Tages erinnern. Die Blicke der Brüder, die sich trafen, das Lächeln, das sich gleichzeitig auf den Gesichtern der Brüder einstellte und sich in ein lautes Lachen verwandelte, als just in dem Augenblick, als Wolfram das, was alle dachten, in Worte fassen wollte, der Vogel aus dem Gehäuse der Kuckucksuhr schoss. Wenn die Brüder sich an diesen denkwürdigen Abend erinnerten, sprachen sie immer über ein lustiges Ereignis, aber das war es nicht. Es war sehr viel mehr. Ein sehr intensiver, heiliger Moment, eine Initiation. Dabei waren die Worte aus dem Radio nur ein Auslöser. Das, was sie in diesem Moment prägte, hatte vorher schon in ihnen geschlummert und nur auf eine Gelegenheit gewartet, in Erscheinung zu treten, um ihren Weg zu bestimmen.

Im Vorzimmer der Macht angekommen, an diesem Tisch, waren sie auf Augenhöhe mit den Großen, den Dorniers, Messerschmitts, Junkers und Heinkels. Mehr noch, sie waren den alten Hasen voraus, weil in ihnen noch die ungebändigte Kraft des Traumes tobte, keine Sachzwänge sie bremste, Personalprobleme, Versorgungsengpässe logistische Herausforderungen. All diese Faktoren berührten sie nicht. Sie waren allein auf ihren Entwurf konzentriert. Und genau aus diesem Grund würden sie die Großen bald übertrumpft haben. Davon war Walter Horten überzeugt.

Ein rhythmisches Stampfen kündigte das Erscheinen des Hausherrn an. Die werkstorhohen Flügeltüren der Empfangshalle wurden aufgestoßen und Göring betrat den Raum.

»Guten Tag, die Herren.« Noch im Gehen deutete er mit dem Finger auf Reimar und Walter und wies sie auf diese Weise an, ihm zu folgen.

Reimar nahm seine Aktentasche, Walter den Sperrholzkasten, in dem das Modell der Horten IX untergebracht war.

Göring nahm hinter seinem gewaltigen Schreibtisch Platz und gab telefonisch Anweisung, in der kommenden Stunde nicht gestört werden zu wollen.

Währenddessen packte Reimar das Modell aus und stellte es auf den Schreibtisch.

»Die H-IX ist eine Rohrgerüst- …«

Göring unterbrach den Ingenieur mit einer kleinen aber unmissverständlichen Geste. Reimar suchte den Blickkontakt zu seinem Bruder, der ihm signalisierte, dass alles in Ordnung sei. Kein Grund zur Besorgnis.

Göring nahm das Modell in seine Pranken und betrachtete es ausgiebig von allen Seiten. Als erfahrener Jagdflieger aus dem ersten Weltkrieg erkannte er augenblicklich, welche verheerende psychologische Wirkung ein solcher Jagdbomber auf den Feind haben würde. Dieses Flugzeug erschien wie ein Botschafter aus einer anderen Welt. Die bloße Präsenz eines solchen Flugzeugs am Himmel würde die gegnerischen Verbände durcheinanderbringen. Niemand würde es wagen, ein solches Flugzeug anzugreifen. Ein Nurflügler in Deltaform, ohne Leitwerk und dazu strahlgetrieben. Mit nichts vergleichbar, was jemals von Menschen gebaut und in den Himmel geschickt worden war. So und nicht anders hatte eine Wunderwaffe auszusehen. Göring hielt das Modell und betrachtete es liebevoll von allen Seiten. Das war die Zukunft, das war der in Form gebrachte Anspruch, den Göring formuliert hatte. Ein Flugzeug, das mit keinem anderen Flugzeug vergleichbar war, ein Flugzeug, das die deutsche Vorherrschaft am Himmel verkörperte, ein für alle sichtbares Zeichen der Überlegenheit deutscher Ingenieurskunst. Und dabei war es schön wie die Sünde.

»Die Fakten«, sagte Göring ruhig, während er das Modell behutsam abstellte.

Reimar blickte kurz zu seinem Bruder. Er genoss diesen Augenblick sichtlich.

»Sechzehn Meter Spannweite, sieben Meter Länge, fünf Tonnen Leergewicht, acht Tonnen Fluggewicht.«

Göring zog die Stirn kraus. »Fünf Tonnen Leergewicht, wie ist das möglich?«

»Durch eine mit Sperrholz beplankte Gitterrohrrahmenkonstruktion.«

»Die kann durch einfache Hilfsarbeiter kurzfristig in hoher Stückzahl hergestellt werden«, ergänzte Walter, was ihm einen vorwurfsvollen Blick seines Bruders einbrachte.

»Nutzlast?«

»Eintausendachthundert Kilogramm.«

»Wie wollen Sie mit etwas mehr als einer Tonne Treibstoff die vorgegebenen tausend Kilometer Reichweite schaffen?«, wollte der Minister wissen.

»Das ist konstruktionsbedingt. Ein Nurflügler nutzt neunzig Prozent seiner Fläche zum Auftrieb. Bei einem Flugzeug herkömmlicher Bauart sind es nur knapp über fünfzig Prozent. Daraus ergibt sich eine Treibstoffersparnis von fünfundzwanzig Prozent. Unsere Berechnungen haben ergeben, dass mit einer Tonne Treibstoff eine Reichweite von eintausendneunhundert Kilometern erreicht werden kann.«

»Unmöglich. Wie hoch wollen Sie denn fliegen?«

»Die Dienstgipfelhöhe beträgt fünfzehn Kilometer.«

Göring sah Reimar Horten lange an. Dann seinen Bruder. Eine unerträglich lange Pause entstand. Die Besprechung war an ihrem entscheidenden Punkt angelangt.

Reimar Horten hatte mit seinem Entwurf fast alle geltenden Regeln für Flugzeugkonstruktionen gebrochen. Allen Anwesenden war klar, dass bei einem Leergewicht von fünf Tonnen unmöglich eine Druckkabine für den Piloten vorgesehen sein konnte. Reimar Horten hatte dieses Problem schon gelöst, bevor sie den Entwicklungsauftrag für die Horten IX erhalten hatten. Er hatte es gelöst, weil er besessen war von der Vorstellung, mit seinen Flugzeugen in völlig neue Höhendimensionen vorzudringen. Die Horten IX war nur der erste Schritt. Seine Auftraggeber gierten nach Reichweite und Nutzlast, er gierte nach Flughöhe. Er wollte im eigentlichen Wortsinn höher hinaus als alle anderen. Er wollte an der Stratosphäre kratzen. Das war es, was ihn antrieb. Eine unbekannte Kraft in seinem Kopf drängte seine Gedanken immer wieder in diese Richtung. Nach oben. Wie musste ein Fluggerät aussehen, das dort, wo niemand mehr fliegen konnte, sein Revier hatte? Die Probleme, die dort auf ihn warteten, waren gewaltig und weniger physikalischer als biologischer Natur. Die Maschine war weniger das Problem als der Mensch, der die Maschine fliegen sollte.

Wie verhielt sich ein Mensch bei extremem Unterdruck und bei extrem dünner Luft?

»Sie wissen, dass ich der Einzige bin, der in diesem Raum Scherze machen darf?«, sagte Göring.

Reimar Horten legte eine Zeichnung auf den Tisch.

»Das ist ein Druckanzug, den wir in Zusammenarbeit mit den Drägerwerken entwickelt haben«, erklärte er.

Auf diese Idee hatte ihn der Kontakt mit Prof. Hubertus Strughold, dem Leiter des Luftfahrtmedizinischen Forschungsinstituts des Reichsluftfahrtministeriums, gebracht, mit dem Reimar Horten intensiven Kontakt hielt.

Prof. Strughold hatte sich intensiv mit der Reaktion von Menschen auf extreme Unter- und Überdrucksituationen beschäftigt und kam Jahre später in den USA als der Vater der Weltraummedizin zu Ehren. 1942 hatte der Professor mit einer Reihe von Experimenten begonnen. Dazu ließ er Häftlinge von Konzentrationslagern in Druckkammern sperren und filmte deren Reaktionen auf extreme Unterdrucksituationen. In einer privaten Filmvorführung hatte Reimar Horten Gelegenheit bekommen, zu sehen, bei welchen Druckverhältnissen welche motorischen Fähigkeiten des Menschen in welcher Reihenfolge ausfielen. Zuerst fielen die Extremitäten aus. Finger, Hände und Füße. Zuletzt das Gehirn. Reimar Horten hatte daraufhin Kontakt zur Firma Dräger aufgenommen, um einen Druckanzug herstellen zu lassen, der den Piloten das Überleben in einer Höhe über zehntausend Metern ermöglichen sollte.

Göring sah die beiden Brüder lange an. Alle drei kannten das Dilemma, in dem sich Göring ebenso wie die Gebrüder Horten befanden.

Das Wissen, um das Druckproblem lösen zu können, war dummerweise so geheim, dass es die beiden Brüder unweigerlich vor die Mündungsläufe eines Exekutionskommandos gebracht hätte, wäre bekannt geworden, woher sie dieses Wissen hatten.

Walter Horten spürte, dass Görings Sprechpause im Begriff war, zu einer für die Brüder existenzbedrohenden Situation zu eskalieren und ergriff das Wort.

»Die Tragflächen des H IX sind mit einer Legierung beschichtet, die das Flugzeug unsichtbar für das gegnerische Radar macht.«

Göring legte das Modell beiseite und erhob sich. Er war nachdenklich geworden. Die Wärme war aus seiner Stimme gewichen.

»Ich will das Ding fliegen sehen. In sechs Monaten.«

Rein und raus und weg

Swartsman fühlte sich sichtlich unwohl in seinem Gladiator-Kostüm und zerrte an den Lederriemen, die seinen mit Nieten überzogenen Lendenschurz mit der Halskrause verbanden.

»Damit gehen wir auf die Straße?«, fragte er unsicher.

»Du kannst deinen komischen Umhang drüber ziehen. Vor dem S.L.U.T. Club gibt es einen diskreten Parkplatz. Guck mich an.«

Marc stolzierte in seinem Latex Torpedotitts-Anzug durch das Apartment. Er sah auf seine Uhr. »Perfekt. Pass auf. Wie willst du es heute Abend haben? Hart oder knallhart?«

Swartsman verstand nicht.

Marc fischte eine kleine Ampulle aus der Tasche und brach die Versiegelung auf. Dann ließ er den Inhalt in seinen Mund tropfen.

»Liquid X. Das wird dir gefallen.«

Swartsman kannte XTC, hatte aber noch nie etwas von Liquid X gehört.

»Keine Sorge, ist ganz legal. Gamma Butyrolacton wird im Körper zu GHB umgewandelt, und das ist der Stoff der knallt.«

Swartsman streckte die Hand aus. Marc zerbrach eine zweite Ampulle und träufelte den Inhalt in Swartsmans Mund.

»Jetzt aber los. Wir haben nur zwanzig Minuten, dann bricht da die Hölle los«, wobei Marc auf seinen Kopf deutete. »Das will ich nicht im Auto erleben. Braucht kein Mensch.«

Eine Viertelstunde später standen sie vor dem S.L.U.T. Club. Der Türsteher kassierte die Fotohandys ein und winkte die beiden durch, nachdem Marc signalisiert hatte, dass Swartsman und er zusammengehörten. Hämmernde Beats attackierten Swartsmans Ohren. Die Strobos nahmen ihm die Orientierung und der Geruch von Männerschweiß katapultierte ihn in sein Paralleluniversum.

Marc bestellte Getränke und reichte Swartsman ein Glas. Der trank, konnte dem Getränk aber keinen Geschmack zuordnen. Ein vehementer Bewegungsdrang ergriff Besitz von ihm. Er trank aus und ließ sich auf die Tanzfläche treiben. Strobos, Beats und Schweiß. Hände tasteten sich seinen muskulösen Rücken herunter. Er ließ sie gewähren. Deshalb war er hier. Seine Umgebung begann, sich aufzulösen. Strobos, Beats und Testosteron. Strobos, Beats und Trieb. Hände, Schwänze, Arsch und Mund, wild und ungesund. Trance ist, wenn Zeit keine Bedeutung mehr hat, der Augenblick sich anfühlt wie die Ewigkeit und eine Stunde in einen Moment implodieren kann, wenn Gedanken von Eindrücken entkoppelt werden und nichts außer dem Rhythmus mehr Bedeutung hat. Nichts außer Beats und Kraft und Schweiß. Und trinken. Trinken ist wichtig. Marc brachte die Plastik-Halbliterflaschen im Zehnminutentakt. Beats und Schluck und Move, rein und raus und weg, alles drum herum, wer nicht trinkt, fällt um. Swartsman fällt nicht um. Swartsman steht. Der afrikanische Baum steht. Beats und Schweiß und Kraft. Mund und Hand und Schwanz. Laut und hart und Schranz. Licht mal blau, mal rot. Alles eins und viel. Stark und wild und grob. Schweiß und laut und Schrei. Mittendrin dabei. Der Move, das Licht, der Beat. Und Haut und Hand und Arsch. Und weiß und schwarz und hart. Marc kam mit einer neuen Ampulle. Die Zwillinge mit den gestreiften Matrosenshirts hingen an seinen Torpedotitten und versuchten, ihm die Ampulle aus der Hand zu reißen. Swartsman öffnete den Mund. Die Matrosen knieten neben ihm. Auch sie bekamen ihre Ration. Es konnte weitergehen. Wasser, Schweiß und Durst. Gangbang auf dem Lokus. Swartsman kämpfte sich durch. Schwarz und wild und geil. Kein Durchkommen. Licht jetzt nur noch rot. Kein Wort, zu laut und Beats. Das Grinsen breit und echt. Licht jetzt wieder blau. Laut und Schweiß und hart. Hände, Haut und Mund. Hamburg, Nacht und schwul. Trinken nicht vergessen. Marc hatte die Matrosenzwillinge mittlerweile abgehängt und winkte Swartsman zu sich.

»Wir hauen ab«, brüllte er in Swartsmans Ohr. »An der Binnenalster ist eine Party.«

Tinnitus im Taxi. Unerträgliche Musik aus dem Radio. Melodie und Gesang.

»Würde es Ihnen etwas ausmachen, die Musik auszumachen?«, fragte Marc und hielt dem Taxifahrer einen Zwanziger hin. Der nahm den Schein und drehte die Musik etwas leiser.

Swartsman konnte nicht verstehen, wie es Marc möglich war, mit dem Mann zu kommunizieren. Er selbst hätte kein Wort hervorbringen können. Nicht ein Wort. »Du hast dich tapfer gehalten«, bemerkte Marc und klopfte Swartsman auf die Schulter. »Ich hoffe, du hast nicht dein ganzes Pulver verschossen. Auf der Party sind wichtige Leute.«

»Wichtige Leute?«

»Networking. Kontakte sind alles in diesen Zeiten, aber mach dir keinen Kopf, mein Starker, sobald du wieder ansprechbar bist, werde ich dir ein paar Leute vorstellen.«

Der Taxifahrer stoppte und Marc zerrte Swartsman aus dem Benz.

Der Loft offenbarte einen prächtigen Blick auf Hamburg, den Swartsman aber nicht zur Kenntnis nahm. Er starrte wie gebannt auf ein riesiges Salzwasser-Aquarium. Fünf Meter breit und drei Meter hoch. Passend zur Fast-Bewegungslosigkeit seiner Bewohner waberte ein angenehmer Minimal-Sound aus den gewaltigen Standboxen.

Marc küsste sich durch das Empfangskomitee. Jemand drückte Swartsman einen Drink in die Hand, den er, ohne seinen Blick vom Aquarium abzuwenden, entgegennahm. Obwohl es hier deutlich ruhiger zuging als im S.L.U.T. Club kam Swartsman langsam wieder in Stimmung. Der Abend befand sich eindeutig in seiner deszendierenden Phase, bot aber noch mehr als ausreichend Spannung. Eine Transe machte sich an Swartsman heran und tastete seine Schmucknarben auf der Brust ab. Dabei flüsterte sie:

»Das ist Blindenschrift, nicht? Und wenn mich nicht alles täuscht, steht da: Fick mich.« Dabei kicherte sie und versuchte, Swartsman vom Aquarium wegzuzerren. »Lass doch die blöden Fische, ich will dein Krokodil sehen.«

Swartsman folgte ihr. In der Bibliothek ging es hoch her und Swartsman bediente jeden, so gut es ging.

Irgendwann sank er auf ein Sofa, von einer Hundertschaft Hände ins Land der Träume getragen.

Er träumte von einem alten schwarzen Mann, der auf den Wolken ging und von einem Knaben geführt wurde.

Swartsman betrachtete die Szene von oben, hörte Burahimu, aber so deutlich, als stünde er direkt neben ihm.

»Du bist auf einem guten Weg, mein Freund«, sprach der Blinde. »Wenn du schnell gehen willst, geh allein, wenn du weit gehen willst, geh mit anderen.«

Die meisten Partygäste waren verschwunden, als Swartsman erwachte. Das Torpedotitts-Kostüm lag sauber zusammengefaltet auf der Kommode neben der Garderobe. Marc war also noch da. Jemand hatte aufgeräumt.

Swartsman war unbekleidet. Er sah sich im Wohnraum um und entdeckte ein Badetuch, das er sich um die Hüfte schlang, um seine Blöße zu bedecken. Aus der Küche drang der Geruch von gebratenem Speck. Eine dicke, südländisch wirkende Frau machte sich am Herd zu schaffen. Sie betrachtete den Eintretenden freundlich und deutete auf den Tisch. »Orangensaft, frisch gepresst. Der Tee ist in der schwarzen Kanne, der Kaffee in der silbernen. Möchten Sie ein Omelett?«

»Ja, sehr gerne, wenn Sie so freundlich wären«, murmelte Swartsman und sah sich in der Küche um.

»Bedienen Sie sich, es ist alles frisch.«

Swartsman füllte ein großes Glas mit Milch und trank es in einem Zug leer. Dann goss er sich einen Tee ein und bestrich sein Brötchen mit Butter. Swartsman liebte das Frühstück in Deutschland. Allein das Brot. Es gab Dutzende verschiedener Sorten. In Frankreich gab es das Baguette, in den arabischen Ländern das Fladenbrot. Eine Sorte, als sei das Hauptnahrungsmittel des Volkes es nicht wert, variiert zu werden. Ganz anders war das in Deutschland – es gab helles, dunkles und schwarzes Brot, mit Kümmel, mit Nüssen, sauer, süß, es war wunderbar.

Ein grauhaariger Mann in einem Morgenmantel betrat die Küche. »Ah, unser Gast aus Afrika ist früh auf den Beinen. Das lobe ich mir. Den Frühaufstehern gehört die Welt. So ist das.«

»Morgens ist man Herr über seine Gedanken, tagsüber läuft man denen der anderen nach.« Swartsman hatte keine Ahnung, warum er das sagte.

»Wohl wahr, mein Freund, wohl war. Ich habe schon viel von Ihnen gehört. Woher kommen Sie genau?«

»Bamako, Mali, Westafrika«, sagte Swartsman.

»Eine stark unterschätzte Gegend. Westafrika hat Zukunft. Sehr gute Verbindungen nach Europa und nach Südamerika. In welcher Branche sind Sie tätig, wenn ich fragen darf?«

»Maschinen und Motoren. Ich habe in Hamburg Ersatzteile und Material für mein Geschäft gekauft.«

Der Grauhaarige bekam von der Köchin einen Teller serviert. Er bediente sich aus der silbernen Kanne.

»Das ist interessant. Wir beabsichtigen, unsere Aktivitäten in Westafrika auszubauen, da sind persönliche Kontakte von unschätzbarem Wert. Wo haben Sie so gut deutsch sprechen gelernt?«

»Mein Großvater war Deutscher, er hat es mir beigebracht.«

»Hervorragend, wirklich hervorragend. Und sprechen Sie noch weitere Sprachen?«

»Französisch, Englisch und ein halbes Dutzend afrikanischer Sprachen und Dialekte.«

»Das ist famos. Genau, was wir brauchen. Warten Sie einen Moment, ich hole meine Visitenkarten.« Der Mann verschwand, um sofort mit einem silbernen Etui zurückzukommen, aus dem er eine Visitenkarte fischte. Er kritzelte einen Namen auf die Rückseite.

»Fragen Sie nach Dr. Hillebrandt, das ist unser Mann für das Vertriebsgebiet Afrika. Er sitzt in Berlin. Sie müssen mir versprechen, ihn anzurufen. Machen Sie das?«

»Sie können sich auf mich verlassen.« Das war der Satz, den sein Großvater häufiger gesagt hatte als jeden anderen. Genau genommen hatte sein Großvater jede geschäftliche Unterredung mit diesem Satz beendet.

Der Grauhaarige im Morgenmantel war zufrieden und begann mit großem Appetit zu essen. »Wir machen in Baumaschinen, wissen Sie. Große Baumaschinen. Wir sind Weltmarktführer. Die Chinesen drängen mit aller Gewalt auf diesen Markt. Da müssen wir gegenhalten.«

Swartsman legte die Visitenkarte akkurat neben sich auf den Tisch. Dann machte er sich über das Omelett her.

Wenig später erschien Marc in Begleitung eines sehr dünnen Mannes, der fast schreckhaft auf den ihm unbekannten schwarzen Mann reagierte. Swartsman hatte mittlerweile seinen Boubou angelegt.

»Das ist der Gladiator von gestern Abend, erinnerst du dich, Rolf?«

»Ich hätte ihn fast nicht erkannt in seinem Umhang. Wirklich sehr exotisch.« Rolf war ein Nachkomme irgendeiner alten Industriellendynastie und ein guter Kunde von Marc.

Marc bediente sich am Buffet und kam mit zwei Tellern in der Hand zurück.

Rolf sah hilflos auf seinen Teller. Dann sah er Marc an.

Marc zögerte einen Moment. »Oh, Pardon.« Er schnitt die Kruste von Rolfs Toast ab. »Magst du Streichkäse?«

»Nein, ich nehm' die Himbeerkonfitüre.«

Marc schien mit Rolfs Frühstücksgewohnheiten einigermaßen vertraut zu sein.

Nachdem er sich vergewissert hatte, dass es Rolf an nichts fehlte, wandte er sich seinem eigenen Teller zu.

Auf diesem ging es etwas rustikaler zu. Die dicke Südländerin war eifrig damit beschäftigt nachzugießen.

»Noch etwas Tee?«, fragte sie an Swartsman gewandt.

»Mit Vergnügen.«

»Ist er nicht unglaublich? Fickt wie ein Hengst und redet wie eine Kammerzofe«, scherzte Marc.

Rolf begann seine sehr stark entwickelte Scheu vor dem Fremden abzubauen und betrachtete Swartsman ausgiebig.

Marc hatte derweil die Visitenkarte des Hausherrn an sich genommen und betrachtete sie.

»Siehst du? Was hab ich gesagt. Networking ist alles. Kaum lässt man ihn allein, da macht er schon Geschäfte. Kompliment. Berlin. Willst du hinfahren?«

»Weiß nicht, hab noch nicht darüber nachgedacht.«

»Haben wir Freunde in Berlin?«, fragte Marc an Rolf gewandt.

»Wir haben überall Freunde«, antwortete Rolf, der Swartsman musterte wie eine seltsame Skulptur aus einer fremden Welt.

»Berlin, Berlin, wir fahren nach Berlin«, sang Marc.

Parasiten

»Was kann ich für Sie tun, Herr Kollege?« Michaela Keitel unternahm keinen Versuch, das Aufgesetzte in ihrer Frage zu verbergen.

Dr. Fechtner nahm Platz, ohne dass Frau Dr. Keitel ihm einen Stuhl angeboten hätte. »Ich habe um dieses Gespräch gebeten, Frau Dr. Keitel, weil mir die Thesen von Herrn Professor de Jager in der *Science*-Veröffentlichung keine Ruhe gelassen haben«, begann Dr. Fechtner, der auch bei persönlichen Gesprächen klang, als ob er dozierte, was im Institut von den Kollegen mit einem Hang zum Humor mit eben diesem getragen, von den anderen entnervt erduldet wurde. Frau Dr. Keitel gehörte zu dem Teil des Kollegiums, der nicht mit der Gabe eines ausgeprägten Humors gesegnet war. Daher begegnete sie der Unart des Biologen mit Sarkasmus.

»Das ist alles andere als eine Neuigkeit.«

»Ich habe die Kernthese des Professors daraufhin einem Feldtest unterzogen. Grundlage dieses Feldtests war meine Beobachtung, dass es gattungsübergreifend bei parasitierten Lebewesen zu identischen Verhaltensänderungen kommt, die den Wirt das Leben kosten und dem Parasiten seine Fortpflanzung ermöglichen. Ich spreche von der sogenannten »Gipfelkrankheit«. Unter der Gipfelkrankheit verstehen die Parasitologen ein Phänomen, das den befallenen Wirt oder den Zwischenwirt, je nachdem, dazu zwingt, seine sichere Deckung am Boden aufzugeben und sich nach oben zu bewegen, um sich seinen Fressfeinden als Beute anzubieten. Fische, die vom Vogelsaugwurm befallen sind, zieht es so zur Wasseroberfläche, wo sie den Kormoranen, dem Endwirt des Parasiten, zum Opfer fallen. Der Kratzer, ein parasitärer Schlauchwurm, der es ebenfalls auf Vögel abgesehen hat, befällt Flusskrebse, die sich ebenfalls an die Wasseroberfläche begeben und sich als Beute anbieten. Aber nicht nur Würmer ganz unterschiedlicher Arten bedienen sich dieser Methode, sondern auch ein Pilz, der Dungfliegen befällt, oder ein Virus, das Mottenlarven als Zwischenwirt benutzt.

Beide lösen bei ihren Opfern die besagte Gipfelkrankheit aus. Die Wirtsorganismen klettern, von einem eingeimpften Trieb befallen, auf die Spitze von Bäumen oder Büschen und verbleiben dort, bis sie gefressen werden.«

Frau Dr. Keitel rutschte nervös auf ihrem Stuhl hin und her. Sie hatte fünfzehn Minuten für dieses Gespräch eingeplant und Dr. Fechtner hatte nicht einmal andeutungsweise erkennen lassen, auf was genau er hinauswollte. Derweil vermehrten sich die unbeantworteten Nachrichten in ihrem E-Mail-Fach wie Bakterien in einer Nährlösung.

»Herr Kollege«, unterbrach Frau Dr. Keitel den Biologen barsch, der seinen Vortrag erstaunt unterbrach, »was hat ihr Feldversuch ergeben und was ist dabei für unser Institut von Belang?«

»Ich komme sofort auf den Punkt«, rechtfertigte sich der Biologe. »Aber der Kontext ist wichtig. Ich bitte um etwas Geduld, Frau Dr. Keitel.«

Die Angesprochene erteilte Dr. Fechter mit einer hilflosen Geste erneut das Wort.

»Die Parasitologie befasst sich schon länger mit der Frage, wie der Parasit seinen Wirt dazu bringt, sein Verhalten zu ändern. Einigkeit besteht darin, dass er Proteine benutzt, die im Zusammenspiel mit bestimmten Botenstoffen zu den besagten Verhaltensänderungen führen. Erstaunlich ist, und nur aus diesem Grund habe ich die Gipfelkrankheit angesprochen, dass artübergreifend dieselben Verhaltensmuster ausgelöst werden können. Das hat mich stutzig gemacht. Egal, ob Insekten, Krebse oder Fische infiziert werden, die Gipfelkrankheit kann ganz unterschiedliche Arten befallen, und alle reagieren gleich. Daher habe ich mir die Proteine, die dieses Verhaltensmuster auslösen, einmal etwas genauer angesehen.« Der Biologe legte eine Pause ein, wohl um die Bedeutung dieser Aussage hervorzuheben und sah Frau Dr. Keitel erwartungsvoll an.

Um das Spiel abzukürzen, tat sie ihm den Gefallen und fragte: »Und? Was haben Ihre Beobachtungen ergeben?«

»Es handelt sich nicht um gewöhnliche Proteine, sondern um ganz besondere. Parasiten infizieren ihre Wirte oder Zwischenwirte mit Prionen und diese Prionen lösen die Verhaltensänderungen bei den befallenen Lebewesen aus. Jeder Zweifel ist ausgeschlossen.«

Frau Dr. Keitel zog eine Augenbraue hoch und beugte sich nach vorne: »Und was bedeutet das?«

»Ich dachte, das würde Sie interessieren. Der Professor ist bei seinen Studien davon ausgegangen, dass Prionen die Lernfähigkeit steigern. Er hat sie wie zusätzlichen freien Speicherplatz im Gehirn angesehen. Aber allem Anschein nach war das nur ein Teil der Wahrheit. Allem Anschein nach können seine Prionen auch externe Informationen ins Hirn pflanzen. Das wäre dann, um im Bild zu bleiben, kein zusätzlicher Speicherplatz, sondern ein mit einem eigenen Programm bespielter Datenträger, ein Trojaner.«

Jetzt hatte der Biologe die volle Aufmerksamkeit von Frau Dr. Keitel.

»Fahren Sie fort«, sagte sie.

»Ohne mich zu sehr ins Hypothetische wagen zu wollen, aber das wäre eine mögliche Erklärung für das plötzliche Verschwinden des Professors.«

Damit hatte Frau Dr. Keitel nicht gerechnet: »Ich fürchte, ich verstehe nicht ganz …«

Jetzt war Dr. Fechtner wieder ganz in seinem Element. Er zog seinen Stuhl nach vorne auf den Schreibtisch zu, an dem Frau Dr. Keitel saß, beugte sich dort kurz nach vorne und fuhr dann fort: »Sehen Sie, eigentlich ist es ganz einfach. Wir alle kennen Professor de Jager als einen ausgesprochen zielstrebigen und zuverlässigen Kollegen. Er hatte hier am Institut alle Möglichkeiten, von denen ein Wissenschaftler träumen kann, oder sagen wir, fast alle. Warum lässt jemand das alles zurück und verschwindet? Das habe ich mich die ganze Zeit gefragt. Ich halte folgendes Szenario für möglich: Was, wenn er sich versehentlich mit einer der Prionenkulturen infiziert hat, mit denen er gearbeitet hat? Ich weiß, ich weiß, der Professor war ausgesprochen gewissenhaft und die Sicherheitsbestimmungen hier im Hause sind streng, sehr streng sogar, aber nehmen wir es einfach nur einmal an.« Dr. Fechter hatte sich erhoben und begonnen, im Raum auf und ab zu gehen, die Hände hinter dem Rücken verschränkt, wie er es auch im Hörsaal zu tun pflegte. »Was, wenn diese Infektion seine kognitiven Fähigkeiten beeinträchtigt hat? Was, wenn er durch diese Infektion sein Urteilsvermögen, vielleicht sogar seinen Verstand oder seinen freien Willen verloren hat? Das wäre eine mögliche Erklärung für sein Verschwinden. Ich meine, der Zusammenhang liegt auf der Hand. Sein Forschungsgegenstand kann genau das, was ich eben beschrieben habe, bewirken. Außerdem hat er in seinem Artikel selbst darauf hingewiesen. Folglich muss man diese Möglichkeit auch in Betracht ziehen.«

Frau Dr. Keitel nickte. »Ich verstehe. Ist Ihnen sonst noch etwas aufgefallen, ich meine, haben Ihre Feldtests noch andere Auffälligkeiten ergeben?«

Der Biologe schüttelte den Kopf. Frau Dr. Keitel erhob sich.

»Herr Dr. Fechtner, ich danke Ihnen, dass Sie mich umgehend über Ihre neuen Erkenntnisse informiert haben. Das wird uns weiterhelfen. Ich werde das mit dem Herrn Dekan besprechen und wir werden dann sehen, wie zu verfahren ist. Noch einmal: haben Sie vielen Dank.«

Frau Dr. Keitel ging langsam zur Tür, wobei sie Dr. Fechtner anlächelte. Der Biologe folgte ihr und verabschiedete sich.

»Keine Ursache, ich wollte nur helfen. Es freut mich, wenn ich einen Beitrag zur Klärung dieses«, er zögerte einen Moment, »Falles leisten konnte.«

Michaela Keitel schloss die Tür hinter dem Biologen. Es musste ihn eine erhebliche Überwindung gekostet haben, seine ursprüngliche Position aufzugeben und die These, die Professor de Jager in seinem *Science*-Artikel vertreten hatte, zu bestätigen. Diese Gipfelkrankheit wäre eine mögliche Erklärung für den Massensuizid in Mali.

Sie hatte jetzt also zwei Thesen, aus denen sie wählen konnte.

Entweder der Professor war verschwunden, um seine Forschungsarbeiten mit anderen fortzuführen, oder er war verschwunden, weil er seine Urteilsfähigkeit, vielleicht sogar seinen Verstand verloren hatte. Beides stellte eine erhebliche Bedrohung ihres Joint Ventures mit Theys Pharma dar. Theorie eins beinhaltete zumindest die Möglichkeit, dass das Projekt erfolgreich zu Ende gebracht werden konnte, Möglichkeit zwei hätte das sofortige Aus der Kooperation bedeutet.

Sie musste beide Möglichkeit in Betracht ziehen. Höchste Zeit, eine Exit-Strategie für das Theys Pharma Projekt zu erstellen.

Die Baracke

Waren denn alle verrückt geworden? Sailer rang mit seiner Fassung. Tränen sammelten sich in seinen Augenwinkeln. Er stürmte aus dem Labor. Nein, nicht ins Freigehege. Er würde ein paar Schritte laufen, nur um nachzudenken. Das konnte doch alles nicht wahr sein. Er zog das Zentimeterband aus seiner Tasche. Noch zwölf Tage bis zu seinem Weihnachtsurlaub. Er hatte keine Ahnung, wie er die Zeit überstehen sollte. Niemand nahm Notiz von ihm. Seine Anweisungen wurden nicht ausgeführt. Die Prionenstämme, die er für die Tests auswählte, verschwanden spurlos. Was ging hier vor? Es gab keine Protokolle mehr, niemand kommunizierte und jeder tat, was er wollte. Die Chinesen hatten sich auf eine einzige Mutation festgelegt, die in fast jeder Gewebeprobe nachweisbar war. Die 211T-Mutante. Sailer hatte keine Ahnung, was das sollte. Diese Mutation war bei all seinen Tests zur Steigerung der Lernfähigkeit durchgefallen. Mehr oder weniger. Es war zwar eine leichte Steigerung der Lernfähigkeit nachweisbar, aber das war nicht Harvard. Das war bestenfalls eine Provinzuni. Immerhin hatte diese Mutante keinerlei negative Auswirkung auf die Lebenserwartung. Vielleicht war es das, was die Chinesen wollten. Lediglich ein bisschen klüger, aber dafür alt werden. Dabei standen sie kurz vor dem Durchbruch, da war sich Sailer sicher. Nur wurden die neuen Mutationen einfach nicht mehr getestet. Stattdessen bekam er Gewebeproben von Versuchstieren, die in Wirklichkeit Menschen waren. Menschen, die gewaltsam zu Tode gekommen waren. Als wäre das noch nicht schrecklich genug, ging es den Chinesen, so wie es aussah, gar nicht darum, ein Medikament zur Steigerung der Lernfähigkeit zu entwickeln. Warum sonst verwendeten sie eine vollkommen ungeeignete Mutation? Und das Schlimmste: Dem Professor schien das alles vollkommen egal zu sein. Er interessierte sich nicht mehr wirklich für die Laborarbeiten. Anscheinend hatte er mit diesem Thema abgeschlossen. Er sonderte sich zunehmend ab und war seit Tagen nicht mehr ansprechbar. Stattdessen verbrachte er jetzt viele Stunden an seinem neuen Lieblingsplatz. Auf einem Baum! Es war zum Verrücktwerden. Mit seinem Chef war auch er zum Gespött geworden. Die Chinesen versuchten nicht einmal mehr, ihren Hohn zu verbergen. Sie grinsten breit, wenn sie ihm begegneten, und riefen ihm Sätze nach, die er nicht verstand. Das war beschämend. Gestern hatte er versucht, den Professor anzusprechen, aber der hatte nicht reagiert. Es schien, als habe er ihn nicht einmal wahrgenommen. Er war in Gedanken versunken und wie in Trance durch das Areal gelaufen. Anscheinend hatte er den Verstand verloren.

Sailer versuchte, sich zu beruhigen. Er atmete bewusst, tief und gleichmäßig. Er würde methodisch vorgehen, so wie er es als Wissenschaftler gelernt hatte. Wie sollte er sich verhalten? Welche Optionen hatte er? Er konnte so tun, als ob alles in Ordnung wäre, seine Arbeit verrichten, irgendeine, das interessierte ja sowieso niemanden, und seine Zeit absitzen, um dann in wenigen Tagen abzureisen. Die Frage war nur, ob man ihn würde abreisen lassen. Also musste er seinen Fall aus Sicht der Chinesen aufrollen.

Möglichkeit eins: Sie nahmen an, er wisse nichts von ihrem Labor. Folglich stellte er keine Gefahr dar und sie konnten ihn gehen lassen, ihn vereinbarungsgemäß bezahlen und ihn ins Flugzeug steigen lassen. Goodbye, have a nice holiday. Er hatte an keinen wichtigen Besprechungen teilgenommen und war im Grunde genommen nur ausführend tätig gewesen. Der Schönheitsfehler dieses Denkansatzes: Er stimmte nicht. Sailer wusste, dass die Chinesen Versuche mit Menschen durchgeführt hatten. Aber wusste Commander Wu, dass er das wusste? Immerhin hatten sie ihm die Proben zur Analyse geschickt. Sie konnten daher nicht sicher sein, dass er tatsächlich nichts wusste. Ein Zustand, den die Chinesen überhaupt nicht schätzten. Sich nicht sicher sein, das klang so gar nicht nach Commander Wu. Üble Aussichten für Sailer.

Möglichkeit zwei: Sie gingen davon aus, dass Sailer wusste, was hier vor sich ging. In diesem Falle war sein Schicksal besiegelt. Sie würden nur noch auf einen geeigneten Moment warten.

So oder so sah es nicht gut aus für den jungen Molekularbiologen. Seltsamerweise beunruhigte ihn das kaum. Im Gegenteil. Jetzt war er sich sicher, was er zu tun hatte. Jetzt wollte er die ganze Wahrheit wissen. Wenn sie große Mengen von Prionen herstellten, die für den angegebenen Zweck völlig unbrauchbar waren, so verfolgten sie damit ganz offensichtlich einen anderen Zweck und den galt es herauszufinden. Was für ein anderer Zweck konnte das sein? Sailer musste an den Hinweis auf die Berieselungsanlage im Affengehege denken. Was hatte der Professor damit andeuten wollen? War das ein möglicher Infektionsweg? Konnten Prione über die Atemwege in die Blutbahn und von dort aus ins Gehirn gelangen? Wenn ja, wozu sollte das gut sein? Sailers Hirn arbeitete auf Hochtouren. Eine Infektion mit Prionen über die Atemwege wäre eine Katastrophe. Niemand würde das bemerken. Niemand würde die Infektionsquelle zurückverfolgen können. Niemand würde sich vor einer Infektion schützen können. Nicht auszudenken, wenn man pathogene Prione auf diesem Wege verbreiten würde. Bis jetzt gab es keine Anzeichen dafür, dass die Chinesen mit pathogenen Prionen experimentierten. Das wäre biologische Kriegsführung, das wäre … eine Katastrophe. Um sich Sicherheit zu verschaffen, musste Sailer ins Labor der Chinesen und sich vergewissern, welche Prionenstämme sie produzierten. Waren es dieselben, die sie den Deutschen zur Analyse überlassen hatten, oder taten sie das nur, um den Schein zu wahren und produzierten in Wirklichkeit ganz andere Prione, zu welchem Zweck auch immer?

Die Dämmerung hatte schon eingesetzt. Das ging schnell hier. In wenigen Minuten würde es dunkel sein. Der beste Moment für sein Vorhaben war genau jetzt. In der Dämmerung, bevor die Beleuchtung eingeschaltet war. Sailer zögerte einen Moment. Alles für die Wissenschaft, das war seine Devise. Er holte tief Luft, sah sich um und lief auf die Baracke zu.

Er fand die Metalltür wie erwartet angelehnt. Hierhin zogen sich die Chinesen gerne zum Rauchen zurück. Das hatte Sailer oft gesehen. Er schlüpfte in die Halle. Jetzt gab es kein Zurück mehr. Zwei

Reihen mannshoher Regale boten ausreichend Deckung. So konnte er sich unbemerkt bis nah an eine Reihe von hell erleuchteten Arbeitstischen vorarbeiten. Am ersten Arbeitstisch: drei Chinesen mit Mundschutz.

Einer hantierte mit einer Säge, es schien etwas Grobes zu sein. Sailer konnte aus seinem sicheren Versteck aus nicht sehen, was genau sie da taten. Der mit der Säge gab Anordnungen, die die beiden anderen ausführten. Das Ganze dauerte nur wenige Minuten. Dann nahm der, der die Anordnungen gegeben hatte, den Mundschutz ab und zog seine Handschuhe aus. Sailer erschauerte. Es war Fu, die Putzhilfe, die ständig in seinem Labor herumfeudelte und die Sailer im Verdacht hatte, alles andere als eine Putzhilfe zu sein. Er gab eine letzte Anweisung und machte sich davon. Jetzt hatte Sailer Gewissheit. Ein Geräusch schreckte ihn auf. Panisch sah er sich um. Niemand da außer ihm und den beiden verbliebenen Chinesen am Arbeitstisch. Die Ursache für das Geräusch war schnell gefunden. Es war die Ledersohle seines Schuhs, der zitternd auf den Betonboden hämmerte. Einer der beiden Assistenten packte das, was auf dem Tisch gelegen hatte, in eine Plastiktüte und bewegte sich auf Sailer zu. Der fand Deckung hinter einem Stapel Kartons. Sein Puls hämmerte wie eine Bongo-Trommel. Er hörte, wie der Chinese den Deckel einer Truhe öffnete und die Plastiktüte hineingleiten ließ. Dann wurde der Deckel geschlossen und der Chinese verschwand. Das Licht wurde gelöscht. Allerdings blieb eine Notbeleuchtung angeschaltet, sodass Sailer sich sicher in der Halle bewegen konnte. Nach wenigen Schritten stand er vor der Kühltruhe. Er sah sich um, zögerte einen Moment, dann hob er den Deckel der Truhe vorsichtig an. Mit einer Hand hielt er ihn hoch, mit der anderen griff er nach der Plastiktüte. Er zog sie vorsichtig heraus, schloss den Deckel der Kühltruhe und warf einen Blick in die Tüte, die er sofort fallen ließ. Nur mit Mühe konnte er einen Schrei unterdrücken.

Er sah in das Gesicht eines Einheimischen ohne Schädeldecke. Sie hatten sich nicht einmal die Mühe gemacht, seine Augen zu schließen. Sailer hatte Mühe, einen klaren Gedanken zu fassen. Ein Instinkt war im Begriff, die Kontrolle über sein Handeln zu erlangen. Der Fluchtinstinkt. Alles in ihm drängte zur Flucht. Er musste hier raus, und zwar sofort. Scheiß auf die Proben. Die waren es nicht wert, sein Leben zu riskieren. Etwas überhastet setzte er sein Vorhaben in die Tat um. Er schlich rückwärts in Richtung des Ausgangs und war schon fast am rettenden Gang angelangt, als er mit einer unüberlegten Bewegung einen Glaszylinder berührte, der augenblicklich zu schwanken begann und klirrend auf dem Boden zerschellte.

Pont Neuf

Roland kam ausgesprochen gut gelaunt in die Küche stolziert. Weil es Mittwoch war, trug er einen blauen Morgenmantel. Weniger gut gelaunt war Oseye, die wie ein begossener Pudel aus der Wäsche blickte und sich sehr, sehr vorsichtig auf den Stuhl setzte.

»Er steht auf Spanking«, flüsterte Gathoni Trond ins Ohr. »Wenn er getrunken hat, ist es besonders schlimm.«

Roland la Rosse nahm mit einem Milchkaffee und einem Croissant am Tisch Platz.

»Ich hoffe, du hast die Nacht genossen. Das war die letzte in einer zivilisierten Umgebung. Ab jetzt lernst du das wirkliche Afrika kennen. Also denk daran, was ich dir über den Roulettetisch gesagt habe. Sobald irgendjemand bemerkt, dass du allein bist und keinen Schutz hast, bist du in Gefahr. Sobald jemand am Tisch den Eindruck gewinnt, dass du ihn bei seinen Geschäften stören könntest, bist du in akuter Lebensgefahr. Einen Störenfried zu beseitigen, gilt hier nicht als Ultima Ratio, sondern als sinnvolle Vorsichtsmaßnahme.«

Er schlürfte den Kaffee, nachdem er das Croissant hineingetunkt hatte.

»Und noch etwas: Ich fahre dich gleich an den Stadtrand, dort treffen wir Pont Neuf, der bringt dich nach Mali und liefert dich bei einer sicheren Adresse in Bamako ab. Ab da bist du auf dich allein gestellt. Komm nicht auf die Idee, Kontakt zu mir aufzunehmen, wenn du in Schwierigkeiten steckst. Das ist nicht mehr Gegenstand unseres Deals. Wenn du mit jemandem in Konflikt gerätst, der wichtig ist, dann ist das hundertprozentig ein Bekannter von mir und ich mag keine Interessenskonflikte. Also unterstehe dich, meinen Namen zu nennen.«

»Verstanden«, brummte Trond.

»Das ist gut. Ich mach mich fertig. In zwanzig Minuten geht es los.«

»Er mag dich«, flüsterte Gathoni, nachdem Roland den Raum verlassen hatte. »Normalerweise verlässt er das Haus nicht.«

»Wer ist Pont Neuf?«, wollte Trond wissen.

Gathoni schüttelte den Kopf und fuhr mit einem Finger über ihren Mund, als verschlösse sie einen imaginären Reißverschluss.

Sie fuhren nach Osten. Um in den Vororten weniger aufzufallen, hatte Roland den alten Benz aus der Garage geholt. Der sah ungepflegt und verbeult aus, war aber bequem und verfügte sogar über eine funktionierende Klimaanlage. Außerdem war er gepanzert.

»Pont Neuf, was ist das für ein Name, kommt er aus Paris?«

»Nein, Pont Neuf ist Tiroler, du kannst deutsch mit ihm sprechen. Er ist Kunstflieger, hat allerdings seine Lizenz verloren. Dumme Geschichte das. Seitdem schlägt er sich hier in Westafrika als Buschpilot durch. Fliegerisch gesehen ist er der Beste. Allerdings ist er ein bisschen schratig.«

»Was soll das heißen?«, wollte Trond wissen.

»Das soll heißen, egal, was er macht, du hältst die Klappe.«

»Okay, okay, kein Problem.«

»Magst du Hunde?«

»Geht so, warum?«

»Auf seinen Köter lässt er nichts kommen. Wenn das Vieh dich nicht leiden kann, hast du ein Problem. Mich hasst das Vieh, darum treffen wir uns immer auf neutralem Boden.«

»Woher hat er seinen Namen?«, fragte Trond und betrachtete die langsam an ihm vorbei ziehende Stadt.

»Frag ihn das selbst«, brummte Roland.

Nach etwa einer Stunde erreichten sie einen ausgedienten Militärflughafen, auf dem einige wenige Flugzeuge standen.

»Du bleibst im Wagen, ich muss noch was Geschäftliches mit Pont Neuf klären«, ordnete Roland an. Er war schon halb ausgestiegen, als er sich noch einmal an Trond wandte.

»Mach mal das Handschuhfach auf.«

Trond ließ die Klappe herunterfallen und sah eine 45-er.

»Genau die. Wenn sich uns in den kommenden Minuten jemand nähert, schießt du. Einfach in die Luft. Es geht nur um den Krach.

So etwas macht Eindruck hier. Aber immer schön in die Luft, wir wollen doch nicht, dass was passiert.«

»Aber …«

»Nix aber. Tu, was ich gesagt habe. Hier in Afrika geht es in erster Linie darum, sich Respekt zu verschaffen. Meistens kommt niemand zu Schaden, also mach dir keinen Kopf. Die 45-er kannst du behalten und nimm noch ein Päckchen Munition mit. Roland knallte die Tür zu und Trond klappte die Trommel auf, um zu sehen, ob das Ding geladen war. Dann stopfte er sich die Taschen mit Munition voll.

Der alte Franzose war immer noch eine stattliche Erscheinung, etwas größer als Pont Neuf, der nervös wirkte. Die beiden Männer unterhielten sich eine ganze Weile, wobei Trond den Eindruck hatte, dass Roland dem Mann sehr detaillierte Anweisungen gab. Der schien wenig erbaut über das, was Roland ihm mitzuteilen hatte und schüttelte mehrmals den Kopf. Immer wenn das geschah, kam der Zeigefinger Rolands zum Einsatz, der vehement seine Worte unterstrich. Schließlich schienen die beiden Männer sich einig zu sein. Roland steckte dem Mann einen Umschlag zu, den dieser in seiner Jacke verschwinden ließ.

Roland blickte sich Richtung Benz um und winkte, woraufhin Trond sich zu den Männern begab.

»Darf ich vorstellen: Das ist Trond. Er war früher einmal Söldner«, log er, »ist aber ein umgänglicher Kerl. Trond, das ist Pont Neuf. Fall ihm nicht auf die Nerven, er kennt hier jeden Termitenhügel und ist der beste Pilot in Westafrika.«

Trond wollte gerade seine Hand ausstrecken, aber da hatte sich der Pilot schon abgewandt. »Dann komm mal mit«, sagte er und stampfte in Richtung eines verrosteten Blechhangars.

»Danke für alles«, sagte Trond und reichte Roland die Hand.

»Alles Gute.«

Trond kletterte auf die Tragfläche, schob seinen Seesack vorsichtig in die offen stehende Ladeluke, wo er einem ausgiebigen Schnüffeltest durch den Hund unterzogen wurde, der auf dem Rücksitz hockte. Wahrscheinlich lag es an der Salami, die Trond als Notration eingepackt hatte, auf jeden Fall fiel der Schnüffeltest positiv aus, denn das muskelbepackte Monstrum, das auf den Namen Lindbergh hörte, begann mit dem Schwanz zu wedeln. Ein guter Anfang.

Trond kletterte auf den Beifliegersitz, während Pont Neuf sorgsam einmal um das Flugzeug herumlief und alle beweglichen Teile gewissenhaft inspizierte.

»Sehr gut«, dachte Trond und schnallte sich an. Ein Fehler, denn er sah, dass der Pilot nach Beendigung der Inspektion neben dem Flugzeug seine Notdurft verrichtete.

Keine Ahnung, wie lange sie in der Luft sein würden »Am besten erledige ich das auch gleich«, dachte Trond. Also runter mit den Gurten und wieder raus aus der Maschine.

Nachdem Pont Neuf sich durch einen beiläufigen Blick davon überzeugt hatte, dass sich alles an seinem Platz befand und sein Fluggast korrekt gesichert war, begann er, den Hund an einem selbst gebauten Geschirr anzuschnallen. Dann startete er die Motoren.

Es folgte ein Dialog, der Trond noch lange in Erinnerung bleiben würde.

Pilot: »MM-ONY nach BKO, erbitten Starterlaubnis.

Tower: »Identifizieren Sie sich.«

Pilot, genervt: »Mike, Mike, Oscar, November, Yankee nach Bravo, Kilo, Oscar.

Tower: »Negativ, Callsign ist hier nicht registriert, was fliegen Sie?«

Pilot: »Eine Twin Mooney, geschissen auf Ihre Registrierung. Nun machen Sie schon, hier ist keine Maschine weit und breit.«

Tower: »Nennen Sie Ihr Ziel und die Zahl der Personen an Bord.«

Pilot: »Zwei Personen nach BKO, Bravo, Kilo, Oscar, Bamako, Mali.«

Tower: »Negativ für BKO, BKO ist gesperrt.«

Trond war wenig erstaunt, dass Pont Neuf unbeeindruckt auf die Startbahn zurollte.

Pilot: »Hier MM-ONY, stehe an Startbahn 1. Erbitten Starterlaubnis und alternativen Zielflughafen.«

Tower: »Starterlaubnis für TOM.«

Pilot: »Was sollen wir in Timbuktu? Da scheißen sie in die Gassen.«

Pont Neuf fuhr seine Motoren hoch, sodass Trond kaum mehr in der Lage war, dem Funkverkehr zu folgen.

Tower: »Sie sind Nummer 2, Freigabe für Start an Position 2.«

Pilot: »Nummer 2? Jeder im Luftraum zwischen Algerien und Kapstadt weiß, dass ich die Nummer 1 bin«, sprach's, riss sich die Kopfhörer runter und drückte das Gas voll durch.

Eigentlich wäre dieser Dialog kein Grund zur Beunruhigung gewesen. Was Trond verwirrte, war der Umstand, dass Pont Neuf beide Parts dieses Dialogs selber sprach und sie sich auf einem verlassenen Acker am Stadtrand befanden.

Tronds Verwirrung war dem Piloten nicht verborgen geblieben.

»Ist nur, um in der Übung zu bleiben«, brüllte er gegen den Motorenlärm an. Dann streckte die Mooney ihre Nase in den Himmel.

Freitag

»Dieses Treffen hat nie stattgefunden«, brummte Oberst Zhang und prüfte die Mango in der Obstschale mit seinen Fingern auf Festigkeit.

»Nie stattgefunden, jawohl, Herr Oberst«, antwortete Commander Wu.

»Kann der Vorgang zu uns zurückverfolgt werden?«

»Nein, Herr Oberst.«

Oberst Zhang sah Commander Wu lange an. Ihm war nicht wohl bei der Sache. Er holte sein Taschenmesser hervor, klappte die Klinge heraus und begann, die Frucht zu vierteln. Er schob sich ein Stück in den Mund, wobei er Commander Wu immer noch mit seinem Blick fixierte. »Was genau wird passieren?«

Commander Wu deutete auf die Terrassentür. »Wenn Sie mir folgen, werde ich es Ihnen zeigen.«

Der Oberst zögerte einen Moment und entschied dann, den Teller mit den Fruchtstücken mitzunehmen.

Commander Wu deutete auf die Al Habib Moschee auf der gegenüberliegenden Seite des Boulevard Mohamed Bouazizi. »Die Gläubigen treffen sich hier jeden Freitag zum Gebet. Das ist ein Pflichttermin für jeden Moslem. Alle finden sich hier ein, ohne Ausnahme. Es gibt zwei Eingänge. Einen für die Männer und einen für die Frauen. Beide Eingänge sind mit derselben Luftbefeuchtungsanlage verbunden, die wir haben installieren lassen.«

Der Oberst hob die Hand und Commander Wu stoppte augenblicklich ihre Ausführungen.

»Wie haben Sie den Imam dazu gebracht, das zuzulassen?«

»Am wenigsten Verdacht erregt man, indem man sich den Gepflogenheiten des Landes anpasst. Die CAFEC bewirbt sich zurzeit um den Bau einer Kläranlage am Stadtrand. Wir haben den Imam gebeten, sich bei den Verantwortlichen für uns einzusetzen und ihm als vertrauensbildende Maßnahme eine Klimatisierung des Eingangsbereichs der Moschee versprochen. Er war nicht abgeneigt. Ein solches Vorgehen ist üblich hier.«

»Sehr gut. Was ist mit den Technikern der CAFEC?«

»Die haben keine Ahnung. Die Modifizierung der Luftbefeuchtungsanlage ist von unseren Spezialisten nach Arbeitsschluss ausgeführt worden.«

»Sehr gut. Fahren Sie fort.«

»Die Luftbefeuchtungsanlage hängt am Wasserkreislauf. Wir haben jedoch ein geschlossenes Reservoir installiert, das durch einen simplen Handy-Funkbefehl der Wasserspeisung zugeschaltet werden kann. Dieses Reservoir ist mit einer Prionenkultur versetzt. Sobald das Funksignal kommt, gelangen die Prione in das Wasser der Befeuchtungsanlage. Dort wird es in kleinste Partikel zerstäubt und die Prione werden durch die Atemwege aufgenommen. Die Infektionsrate beträgt einhundert Prozent. Wir haben das in klinischen Tests belegt.«

»Und wenn das Reservoir bei Wartungsarbeiten entdeckt wird?«

»Es ist winzig klein und sieht aus wie ein Überdruckventil. Aber selbst wenn man es fände, niemand würde eine verdächtige Substanz entdecken. Erst wenn diese Kartusche in das Reservoir eingeklinkt wird und der Funkbefehl gekommen ist, gelangen die Prione in den Wasserkreislauf.« Commander Wu hielt eine Kartusche in der Größe einer Patrone zwischen Daumen und Zeigefinger. »Außerdem gibt es im ganzen arabischen Raum kein Labor, in dem sich Prione nachweisen ließen.«

»Und eine versehentliche Kontaminierung ist ausgeschlossen?« Der Oberst schob sich ein weiteres Stück der Frucht in den Mund.

»Ausgeschlossen«, bestätigte Commander Wu. »Ich verwahre die Kartusche und ich allein verfüge über die Nummer, mit der sich das Reservoir zuschalten lässt.«

»Dann tragen Sie die alleinige Verantwortung?«

»So ist es, Herr Oberst.«

»Gut. Und es besteht keinerlei gesundheitliches Risiko für die Infizierten?«

»Nein, Herr Oberst. Wir haben mehrere Hundert Mutationen getestet und uns für einen Prionenstamm entschieden, der absolut keine Nebenwirkungen verursacht.«

»Sehr gut. Und was wird passieren, wenn die Kartusche installiert und das Reservoir zugeschaltet wird?«

Commander Wu deutete auf die Moschee. »Sobald das System geschaltet ist, wird jeder, der durch den Eingangsbereich geht, die Prione über die Atemwege aufnehmen. Die Prione lagern sich dann im Gehirn ab und beginnen zu wirken. Der von uns gezüchtete Prionenstamm steigert die Lernfähigkeit des Gehirns. Lernen ist das Streben nach Wissen und das Wissen ist der natürliche Feind des Glaubens. Unsere Feldstudien belegen das. In den primitiven Kulturen konnten wir eine deutlich geringere Prionendichte feststellen als bei den entwickelten Kulturen.«

Oberst Zhang registrierte jede noch so kleine Regung im Gesicht des Commanders. Nach all den Jahren hatte er gelernt, in den Gesichtern seiner Untergebenen zu lesen. Er konnte sehen, ob jemand log, ob jemand ihm etwas verschwieg, oder ob jemand seiner Sache nicht einhundertprozentig sicher war. Keines dieser Signale war bei Commander Wu zu entdecken. Nicht das kleinste Anzeichen einer emotionalen Beteiligung war zu sehen. In diesem Fall hätte er die Aktion sofort und ohne Begründung abgeblasen. Aber da war nichts.

Der Oberst wippte nervös von einem Fuß auf den anderen. »Wie schnell wirken diese Prione?«

»Sehr schnell, innerhalb weniger Tage«, erklärte Commander Wu.

»Und was passiert dann? Werden die Gläubigen die Bibliotheken stürmen?«

»Nein, Herr Oberst. Mit unmittelbaren Reaktionen ist hier nicht zu rechnen. Wir haben eine sehr wirkungsschwache Prionenmutation verwendet. Allerdings können äußere Faktoren auftreten, die zu einer Potenzierung der Wirkung führen.«

»Was sind das für Faktoren?«

»Unsere Forschungen haben ergeben, dass ein starker emotionaler Reiz die Wirkung potenziert. Ein solcher Reiz führt zu einer erhöhten Ausschüttung von Serotonin und dieses …«

Der Oberst erhob die Hand und Commander Wu stoppte mitten im Satz.

»Kein Fachjapanisch, bitte.«

»Und dieser Botenstoff löst dann eine unmittelbare Reaktion aus. Das ist aber nicht zu befürchten, da sehr hohe Konzentrationen dieses Botenstoffes erforderlich sind.«

»Also wird nach der Infektion zunächst nichts Bemerkenswertes passieren?«

»Nein, Herr Oberst.«

»Gut.«

Commander Wu nahm Haltung an. Der Oberst ließ mit einer winzigen Geste erkennen, dass ihm diese Form der Respektsbekundung jetzt nicht wichtig war.

Im Hotelzimmer angekommen, erhob er ein letztes Mal seine Hand. »Eine Frage noch: Wie umfangreich ist dieser Feldtest? Ich meine, wie viele weitere Moscheen haben wir noch«, der Oberst zögerte einen Moment, »vorbereitet?«

»Das hier ist das Pilotprojekt. Wenn es erfolgreich verläuft, kann die Operation Bambusflöte starten. Dann werden weitere Moscheen in Kairo, Tripolis, Damaskus und in Sanaa«, jetzt zögerte Commander Wu, die sich jede Geste des Obersts genau eingeprägt hatte, einen Moment, bevor sie den Satz zu Ende sprach, »aktiviert.«

»Warum nicht auch die anderen muslimischen Länder? Warum nicht gleich den ganzen Islam infiltrieren?«, wollte der Oberst wissen.

»Nur die Sunniten. Das ist die Glaubensrichtung der chinesischen Uiguren. Das hier ist eine reine Verteidigungsmaßnahme, Herr Oberst. Es geht ausschließlich um die innere Sicherheit der Volksrepublik China.«

Der Oberst lachte und klopfte Commander Wu auf die Schulter.

»Wir werden es noch weit bringen, Commander. Sie und ich.«

Als er die Tür schon fast erreicht hatte, ergänzte er. »Sie haben freie Hand für das Pilotprojekt. Starten Sie es, wann immer Sie es für angebracht halten, aber nicht, bevor ich das Land verlassen habe. Und wenn es innerhalb der ersten acht Wochen zu keinen unmittelbaren Reaktionen gekommen ist, starten Sie die Operation Bambusflöte.«

»Zu Befehl, Herr Oberst.«

»Und noch etwas: Keine schriftlichen Dokumentationen und keine direkten Kontakte in mein Büro.«

Hier und heute

Sie glitten lautlos dahin, und zwar ruckfrei. Letzteres versetzte Swartsman in Erstaunen. Im Gegensatz zu den beiden anderen Passagieren im Wagen hatte er eine sehr genaue Vorstellung davon, was es bedeutete, ein Getriebe zu bauen, das den Schaltvorgang für den Fahrgast nicht mehr spürbar machte. Das war ein technisches Meisterwerk, ohne Zweifel. Swartsman versuchte, das Konstruktionsprinzip des Getriebes zu erahnen, kam aber nicht so recht weiter. Vielleicht war es ein Doppelkupplungsgetriebe. Davon hatte er gelesen. Der andere Schnickschnack, wie die Massagefunktion in den Sitzen, die Trennscheibe mit elektrischem Rollo, die den Fahrer vom Geschehen hinten ausschloss, oder der Internetzugang, das war nichts für ihn, aber das Getriebe, Respekt. Sie waren, wie er von seinem Begleiter erfahren hatte, in einem Maybach unterwegs und Rolf war so weit aufgetaut, dass er Swartsman unverhohlen Avancen machte. Das war erstaunlich, denn Rolf galt als Soziopath, der außer einer handverlesenen Anzahl von Personen, die meisten kannte er seit seiner Kindheit, niemanden an sich heranließ. Selbst das Schweizer Eliteinternat, in dem schon sein Vater unterrichtet worden war, erwies sich für den sensiblen Rolf als untragbar, weshalb man nicht umhinkam, ihn von Privatlehrern unterrichten zu lassen. Im Alter von zwölf Jahren entschloss man sich auf Drängen der Psychologen, Rolf einen Spiel- und Lernkameraden an die Seite zu stellen. Die Wahl fiel auf Marc, der seitdem die Rolle des Freundes, der Kammerzofe und des Aufpassers in Personalunion innehielt. Und das zu einem beachtlichen Jahressalär, was allerdings zwischen den Freunden niemals thematisiert wurde. Da Rolf sich nicht in der Lage sah, eine Führungsposition im Konzerngeflecht der Familie einzunehmen, und seine sexuelle Neigung einen Beitrag zum Erhalt der Dynastie ausschloss, war die Erwartungshaltung seiner Familie seine Person betreffend nur auf einen einzigen Punkt beschränkt. Man erwartete von ihm und seinem hoch bezahlten Gefährten, dass der Familienname aus den Klatschspalten herausgehalten wurde. Das war beiden bisher einigermaßen gut gelungen.

Marc war in einem intensiven SMS-Verkehr mit wem auch immer gefangen.

Anfangs hatte Rolf missmutig auf jedes Piepen von Marcs Smartphone reagiert. Als dieser ihm aber die SMS-Texte zu lesen gab, schwand seine Verärgerung und ein schelmisches Lächeln breitete sich auf seinem blassen Gesicht aus.

»Warst du schon mal in Berlin?«, fragte Rolf an Swartsman gewandt.

»Nein, leider nicht, aber ich bin sehr neugierig. Wie viele Pferdekräfte hat der Maybach?«, wollte Swartsman wissen, doch er bekam nur Marcs hysterisches Lachen als Antwort.

»Du wirst nicht enttäuscht werden, so viel können wir versprechen.« Marc und Rolf sahen einander an und begannen zu kichern.

»Wir werden zuerst einen Club in Friedrichshain ansehen, der wird dir gefallen«, bemerkte Marc.

Swartsman schüttelte den Kopf und zog seine Visitenkarte hervor. »Erst die Arbeit, dann das Vergnügen.«

Marc nahm die Visitenkarte an sich und betrachtete sie.

»Der Mann ist Vorstand eines DAX-Unternehmens. Glaubst du, da kann man einfach so auftauchen?«

»Ich werde es versuchen. Wenn wir in Berlin sind, werde ich den Mann unverzüglich anrufen.«

Marc schüttelte den Kopf. »Unverzüglich, Pferdekräfte. Wo hast du bloß diese ganzen Wörter her?«

»Lass das. Er soll reden, wie er will«, unterbrach ihn Rolf barsch. Rolf war sichtlich genervt von dieser ungeplanten Verzögerung und rupfte Marc die Karte aus der Hand.

»Was willst du von dem Mann und um was geht es? Die Kurzfassung bitte.«

»Ich will den Mann kennenlernen. Es geht um den Vertrieb von Baumaschinen in Westafrika«, erklärte Swartsman.

Rolf sah entnervt auf seine Armbanduhr.

»Fünfzehn Minuten, keine Sekunde länger«, raunte er verärgert und klappte seine Armlehne hoch. Dann tippte er die Nummer ins Telefon.

»Schönen guten Morgen, wir rufen auf Empfehlung von Dr. Ambach an. Ist Herr Hillebrandt zu sprechen?«

»Herr Hillebrandt ist bis 12.30 Uhr in einer Vorstandssitzung. Worum geht es bitte?«, fragte eine freundliche, aber energische Frauenstimme.

»Herr Swartsman hat es einrichten können, kurzfristig nach Berlin zu kommen und würde es begrüßen, wenn Herr Hillebrandt es ermöglichen würde, ihm eine halbe Stunde seiner kostbaren Zeit zu opfern.«

»Ich bedaure, völlig ausgeschlossen. Der nächste Termin, den ich anbieten kann, ist in fünf Wochen.«

»Ich bin sicher, dass sich da etwas machen lässt. Vielleicht heute zum Mittagessen? Sagen Sie Herrn Hillebrandt, Herr Swartsman sei in Begleitung von Herrn Arf in Berlin und es ginge um das neue Vertriebskonzept für Westafrika.«

»Arzt?«

»Nein, Arf. A wie Arf, R wie Arf und F wie Arf. Wir erwarten Ihren Rückruf«, sprach's und legte auf.

»Wo kommst du her?«

»Aus Bamako in Mali«, antwortete Swartsman.

»Gibt es da einen Hafen?«

Swartsman schüttelte den Kopf.

»Wo ist der nächste Hafen?«

»In Dakar.«

»Das ist doch was Bekanntes. Dakar.«

Rolf drückte Marc ein iPad in die Hand.

»Sieh nach, ob es in Dakar ein Sofitel gibt. Wenn ja, buche ein Zimmer für unseren Freund. Sie sollen eine E-Mail-Adresse auf ihn einrichten.«

Marc hämmerte auf dem Display herum. »Geburtsdatum und Adresse«, kommandierte er in Richtung Swartsman.

Der kritzelte die Angaben auf die Visitenkarte.

Das Telefon klingelte.

»Guten Morgen, Herr Arf, entschuldigen Sie, dass es so lange gedauert hat, aber meine Assistentin hat die Tragweite Ihres Anrufes wohl etwas falsch eingeschätzt. Ich bitte um Nachsicht.«

»Keine Ursache. Hatten Sie Gelegenheit, mit Herrn Dr. Ambach zu sprechen?«

»Nein, leider noch nicht. Ich habe lediglich seine E-Mail erhalten, aus der hervorgeht, dass ein Herr Swartsman bei mir vorstellig werden wird.«

»Ja, der sitzt hier neben mir und wir sind gerade auf dem Weg nach Berlin. Welches Restaurant würden Sie für ein Mittagessen empfehlen?«

»Das Conquistador, aber ich muss Ihnen zu meinem größten Bedauern mitteilen, dass ich es unmöglich einrichten kann. Ich bin mit dem Staatssekretär verabredet und der muss bis morgen seinen Bericht beim Wirtschaftsminister abgeben.«

Rolf lächelte. »Das ist überhaupt kein Problem. Was halten Sie davon? Wir schicken Ihnen die Kontaktdaten zu und sie bereiten den Vertrag vor. Sagen wir einen Zeitvertrag für zwei Jahre zu den üblichen Konditionen.«

Der Mann am anderen Ende der Leitung zögerte einen Moment, unsicher, was das zu bedeuten hatte.

»Darf ich fragen, welches Interesse Sie an diesem Projekt haben?«

»Nennen wir es ein Investoreninteresse.«

»Sie haben Informationen, die wir nicht haben?«

»Wir haben Informationen, die Sie gar nicht haben wollen. Aber unsere Handlungsempfehlung, die wollen Sie haben.«

»Verstehe. Aber ich benötige etwas Schriftliches, ein Akquisitions- und Vertriebskonzept. Ich meine, irgendetwas muss ich doch vorlegen.«

Rolf spürte, dass sein Gesprächspartner wankte. Er sah Marc fragend an, der die Modalitäten der Hotelbuchung mittlerweile abgeschlossen hatte und seinen Daumen nach oben streckte.

»Ich fürchte, unser Akquisitionskonzept ist mit den Compliance-Richtlinien Ihres Hauses nur schwerlich in Einklang zu bringen. Ich bin sicher, es findet sich ein passendes Non-Paper in Ihren Unterlagen, das sich zu diesem Zweck verwenden lässt.«

»Ich könnte übermorgen einen Termin freimachen«, merkte Hillebrandt an, bei dem so etwas wie Begeisterung aufzukeimen begann.

»Dann wird Herr Swartsman bereits abgereist sein, ich fürchte, wir müssen das hier und heute erledigen.«

»Also gut. Schicken Sie meinem Vorzimmer die Daten, ich lasse den Vertrag vorbereiten.«

»Ich bedanke mich und grüßen Sie den Herrn Staatssekretär von mir.«

»Ich habe zu danken, Herr Arf, ich habe zu danken. Ich verbinde Sie zurück zu meiner Sekretärin.«

»Keine Ursache, das habe ich gerne gemacht.«

Rolf reichte den Hörer an Marc, der Swartsmans neue Kontaktadresse im Sofitel durchgab. Marc sah auf seine Uhr und blickte zur Seite.

»Sieben Minuten. So macht sich das Vermögen, das meine Eltern für meine Ausbildung ausgegeben haben, doch noch bezahlt.«

»Danke.« Swartsmans Stimme klang etwas schüchtern. Er hatte sich jedes Detail des Telefonats genau eingeprägt. Ihm gefiel diese Art, Geschäfte zu machen.

»Ich habe das Gefühl und mein Gefühl täuscht mich selten«, feixte Marc, nachdem er aufgelegt hatte, »dass du dich für diesen Gefallen noch erkenntlich zeigen kannst.«

Den Club in Friedrichshain hatte Swartsman sich etwas anders vorgestellt. Unwillig ließ er sich die Sensoren an der Brust befestigen.

»Wir erstellen bloß ein Leistungs-EKG«, beruhigte ihn die junge Frau im weißen Kittel. »Da ist nichts dabei. Sie laufen gleich ein wenig auf dem Laufband und wir messen, ob mit ihrem Herzen alles in Ordnung ist.«

Swartsman sah Marc hilflos an. Der nickte, als sei diese Vorgehensweise das Selbstverständlichste auf der Welt.

»Das ist schon okay. Wir sind heute Abend auf einer ganz besonderen Party und da ist es wichtig, dass du vorher gecheckt wirst.« Marc verschwand im Nebenraum.

Das Laufband wurde angeschaltet und Swartsman, der durch eine Glasscheibe aus dem Nebenraum beobachtet wurde, startete mit einem leichten Trab.

»Wann bekommen wir die Blutwerte?«, wollte Marc wissen.

Der Arzt sah Marc vorwurfsvoll an. »Früher hat so etwas eine Woche gedauert.«

Langsam erhöhte der Mediziner die Geschwindigkeit des Laufbandes und Swartsman blieb gar nichts anderes übrig, als sich dem Tempo des Trainingsgerätes anzupassen.

»Früher wurde so etwas auch nicht cash bezahlt«, warf Rolf ein, der gerade den Raum betreten hatte, und steckte dem Mann im Kittel ein Bündel Geldscheine zu.

Der betrachtete die Leistungswerte auf dem Bildschirm.

»Ein Leistungssportler ist das nicht«, bemerkte er skeptisch.

Marc und Rolf sahen einander ängstlich an. »Was meinen Sie damit?«

»Ich meine, das sieht ganz okay aus, guter Durchschnitt, sehr guter Durchschnitt sogar, aber eben auch nicht mehr.«

»Und wenn man ihn dopt?«

Der Arzt begann, ungehalten zu werden. »Ich mache das hier …«, begann er und brach mitten im Satz ab. Marc dreht den Regler hoch bis fast zur maximalen Geschwindigkeit.

»Sie können nicht von mir erwarten, dass …«, auch diesen Satz brachte er nicht zu Ende.

»Ketamin«, warf Rolf ein. »Was, wenn er bei dieser Belastung Ketamin bekommen würde?«

»Das ist kein Dopingmittel, das ist ein Halluzinogen«, protestierte der Arzt.

»Das wissen wir selbst. Was, wenn er bei dieser Belastung Ketamin bekommen würde?« Rolf zog ein weiteres Bündel Geldscheine aus der Tasche und steckte es dem Mann zu. Der betrachtete die Werte auf dem Computermonitor.

»Er hat eine ganz gute Kondition. Sein Herz würde wohl keine Probleme machen, aber kein Mensch sollte Leistungssport betreiben, wenn er auf Ketamin ist. Das ist kein Spaß.«

»Danke, mehr wollten wir nicht wissen«, sagte Marc und stellte das Gerät ab.

»Rufen Sie uns an, wenn es Auffälligkeiten wegen der Blutwerte gibt, die Nummer haben Sie ja.« Die beiden verließen den Raum.

»Und jetzt?«, wollte Swartsman wissen.

»Jetzt gehen wir erst einmal etwas essen. Wir wollen ja, dass du bei Kräften bist, wenn wir heute Abend auf die Party gehen.«

Der Baum

»Du bleibst hier stehen und rührst dich nicht von der Stelle. So lange, bis er wieder runter kommt, selbst wenn es die ganze Nacht dauert, ist das klar?« Commander Wu sah kurz nach oben und nagelte Hachet anschließend mit einem strengen Blick an seinem Standort fest. Niemand wagte es, dem Commander zu widersprechen und Hachet hatte auch nur höflich gefragt, als Commander Wu zufällig vorbeigekommen war. Das war ein Fehler gewesen, wie sich an der barschen Reaktion des Commanders unschwer ablesen ließ. Hachet nahm Haltung an und antwortete mit einem zackigen: »Jawohl.«

Erst als Commander Wu außer Sichtweite war, nahm Hachet wieder eine bequeme Haltung ein und zündete sich eine Zigarette an. Immer erwischte es ihn. Aber diesmal war er selbst schuld. Warum hatte er nicht einfach die Klappe gehalten? Jeder wusste, der Commander war die personifizierte Pflichterfüllung. Nachzufragen, ob er seinen Posten verlassen dürfe, war so ziemlich das Dämlichste, was Hachet hätte fragen können, dämlicher noch, als dem Commander Avancen zu machen. Die verbale Auseinandersetzung der beiden war den anderen Arbeitern auf dem Gelände nicht verborgen geblieben. Nach und nach trauten sie sich aus den Baracken, um ihre Späße mit Hachet zu treiben.

»Pass auf, dass er nicht wegfliegt. Wenn das passiert, bist du in ernsten Schwierigkeiten.«

Hachet hasste es, den Aufpasser zu spielen, ganz besonders wenn man sich dabei zum Gespött der Leute machte. Zum Glück befanden sie sich auf dem Gelände des Labors, sodass nicht mit einheimischen Besuchern aus dem Dorf zu rechnen war. Das wäre die Höchststrafe gewesen. Unter normalen Umständen hätte er sich einen Stuhl besorgt, aber das wagte er nicht mehr, nachdem er bereits einmal unangenehm aufgefallen war.

Etwa zehn Meter weiter oben hockte Professor de Jager auf einem Ast, an den Stamm des Baumes gelehnt und sah in den Sternenhimmel, der sich hier in der Nähe des Äquators in seiner ganzen Pracht dem Betrachter darbot. Der Professor hatte seinen Blick fest auf Orion gerichtet, der am Nordhimmel eine Handbreit über dem Horizont sichtbar war. Für Hachet, seinen Bewacher, und die anderen Mitarbeiter des chinesischen Savannenlabors war der Professor verrückt geworden, weil er seine irdischen Belange vernachlässigte und in einer verblüffend direkten Weise entrückt war. In Wahrheit war das Tun des Professors eine Annäherung. Rob de Jager hatte sich einem neuen Themenfeld genähert. Dem Sternenhimmel. Auch wenn diese Annäherung in einer entfernungsmäßig lächerlich kurzen Strecke bestand, so war sie doch bedeutend, denn Professor de Jager hatte in den vergangenen Monaten bewiesen, dass er in allem, was er zum Gegenstand seines Interesses machte, beachtliche Erfolge vorweisen konnte. Immerhin hatte er in kürzester Zeit Chinesisch und Bambara gelernt, sich die gesamte Steppchoreografie von Blue Skies angeeignet und seine motorischen Fähigkeiten soweit perfektioniert, dass er sogar in der Lage war, seine morgendlichen Kniebeugen auf einem Seil zu absolvieren. Nicht auszudenken, was er für die Kosmologie zu leisten imstande sein würde, wenn er sich diesem Thema voll und ganz widmete. Aber so weit war der Professor noch nicht. Er befand sich noch nicht in der Phase der Zuwendung zu einem neuen Thema, er befand sich in der Phase der Abwendung. Seine eigentlichen Forschungsarbeiten interessierten ihn nicht mehr.

Er war im Besitz einer gewaltigen Menge der PrP177T- Mutante, die er ständig bei sich trug und ansonsten frei. Frei bedeutete, er hatte jedwede Form der Eigeninitiative abgelegt und begnügte sich mit der Rolle des Chronisten. Er beschrieb die Eskapaden, die seine Prioneninfektion ihm aufzwang, penibel und ausführlich in seinem Notizbuch in der Hoffnung, dass das, was er tat, oder besser das, was seine Infektion ihm zu tun befahl, wenn es sich irgendwann einmal zu etwas Sinnvollem hin entwickelte, von der Nachwelt ausgewertet werden könnte. Denn daran bestand für ihn nicht der leiseste Zweifel: Was in ihm vorging, war nur scheinbar Wahnsinn, in Wahrheit aber Bestandteil einer höheren Bestimmung. Einer Bestimmung, deren Erfüllungsgehilfe er geworden war. So saß er auf seinem Baum, er, der weltweit anerkannte Molekularbiologe, und wartete auf seine eigentliche Berufung wie ein Teenager. Und unbekümmert wie ein Teenager vertraute er darauf, dass sich diese Berufung bald zeigen würde. Obwohl er de facto auf der Stelle trat und sein eigentliches Ziel längst aus den Augen verloren hatte, empfand er eine große Euphorie, vergleichbar der, die man empfindet, wenn man für einen kurzen Augenblick einen dieser seltenen Momente der Erleuchtung erlebt. Der Professor hatte in seiner akademischen Laufbahn eine ganze Reihe solcher Erlebnisse gehabt und sie, wie es sich für einen Wissenschaftler gehörte, genau analysiert. Ließ man diesen Augenblick in der Erinnerung zeitverzögert Revue passieren, so konnte man feststellen, dass die Meldung »Problem gelöst« im Bewusstsein des Denkers auftaucht, bevor er die Lösung vor Augen hat und in der Lage ist, diese Lösung zu formulieren. Die Lösung selbst, oder die Idee, erreicht erst als Nachhut dieser Meldung das Bewusstsein. Fast so, als habe eine fremde Instanz im Gehirn diese Idee entwickelt. Bemerkenswert auch: Das Gefühl, ein Problem gelöst zu haben, ging stets mit dieser seltsamen Euphorie einher, so als ob die fremde Instanz im Gehirn sicherstellen wollte, dass ihre Idee auch wahrgenommen würde. Genau dieser Prozess lief zurzeit im Gehirn des Professors ab, und er beobachtete diesen Prozess mit der Gewissenhaftigkeit des Naturwissenschaftlers. Anders als früher, vor seiner Infektion, war diese Euphorie jedoch in einen Dauerzustand übergegangen, ein nicht enden wollender Orgasmus, den er als Biologe natürlich erklären konnte. Es handelte sich um Endorphine, die durch seine Blutbahn fegten wie eine Droge und alle Bedenken beiseite rempelten. Ein permanentes Glücksgefühl, verbunden mit der unerschütterlichen Gewissheit, das Richtige zu tun. Jetzt hier auf dem

Baum zu sitzen und sich den Sternenhimmel anzusehen, war, daran konnte nicht der geringste Zweifel bestehen, das absolute Glück und das Beste, was er tun konnte. Der aktuelle Teil seiner Bestimmung bestand darin, sich mit den Sternen vertraut zu machen. Nicht mit dem ganzen Universum, nein, das hätte selbst ihn überfordert. Sein Interesse galt dem Orion. Das war auch nicht ungewöhnlicher, als in seinem Alter Stepptanzen zu lernen oder eine vom Aussterben bedrohte Sprache. Für Außenstehende ergab das keinen Sinn. Auch der Professor verstand es nicht, was ihn aber nicht im Mindesten beunruhigte, was wiederum erstaunlich war, wusste er doch, dass ihm selbst nur noch eine sehr begrenzte Zeitspanne zur Verfügung stand, um das herauszufinden. Es beunruhigte ihn nicht, denn er fühlte sich sicher, wie es sonst nur junge Menschen tun. Er war sich vollkommen sicher, dass sich all die Dinge, die mit ihm geschahen, zu einem sinnvollen Ganzen zusammenfügen würden und es beunruhigte ihn auch nicht, dass er die Kontrolle über diese Dinge abgegeben hatte.

Unter ihm musste der arme Hachet weiterhin den Spott seiner Kollegen über sich ergehen lassen. Doch das kümmerte den Professor nicht. Es war ihm egal, was sie von ihm dachten. Mochten sie ihn ruhig für verrückt halten. Im Club der für verrückt Gehaltenen befand er sich in exzellenter Gesellschaft.

Der Professor schmunzelte. Er hatte seine Arbeit getan. Sie hatten ihn benutzt, und er hatte sie benutzt, in einer Art einvernehmlicher, gegenseitiger Übervorteilung. Er war zu seinen Erkenntnissen gekommen, die Chinesen zu ihren. Sie hatten, was sie wollten, und er hatte, was er wollte – genug Prione, um einen ganzen Kontinent damit zu befruchten, aber das war nicht seine Absicht.

Es würde nie zur Markteinführung seines Präparates kommen, so viel war sicher. Sailer, sein Assistent, würde vielleicht Ergebnisse generieren können und aus ihren gemeinsamen Bemühungen Nutzen ziehen, irgendwann einmal in ferner Zukunft. Allerdings nur, wenn er der Versuchung würde widerstehen können, seine Nase in Dinge zu stecken, die ihn nichts angingen. Die Chinesen schätzten so etwas nicht.

Für den Professor würde die Zeit nicht reichen. Seine Uhr tickte, aber das beunruhigte ihn nicht weiter. Ihm blieben vielleicht noch sechs Monate, mit Sicherheit aber nicht mehr als ein Jahr, legte man die Referenzwerte der Mäuseversuchsreihe zugrunde. Wenig Zeit für einen Mann seines Alters, aber genug Zeit, um seine Mission zu erfüllen. Er war nur noch ein Passagier. Die Rolle des Piloten hatten sie übernommen, die Prione. Sie bestimmten den Kurs und sein Handeln. Er stellte nur seine sterbliche Hülle zur Verfügung, um einen Plan auszuführen, von dem er selbst nichts wusste, wohin er führen würde. Je bewusster er sich über seine verbleibende Lebenszeit wurde, desto klarer wurden seine Gedanken. Dass es nicht seine Gedanken waren, erkannte er. Aber genau das war das Aufregende. Er war in der Lage, sie zu analysieren. Er war ein Passagier in einem einzigartigen Gefährt. Nicht am Steuer, aber mit einer phantastischen Aussicht. Er sah sich dabei nicht als Opfer, nein, er war ein Auserwählter. Er würde die natürliche Bestimmung des Menschen erfüllen. Er würde das letzte Glied in der Kette sein. Kein Mensch vor ihm war so weit gekommen. Viele hatten erlebt, was er erlebte, aber niemand zuvor hatte es verstanden. Der Professor allein wusste, dass es ihr Programm war, dem er folgte, nicht seines. Sie hatten die Kontrolle übernommen und er folgte. Sie beherrschten sein Denken und Handeln. Er, immer noch Wissenschaftler aus Passion, war Versuchsleiter und Versuchstier in einem. Er betrachtete und analysierte die Veränderung, die in ihm vorging. Viele hatten gefühlt, was er fühlte, vielleicht nicht in der Intensität, aber sie hatten gefühlt wie er und sie hatten Großes vollbracht. Leonardo da Vinci, Kolumbus, Galileo Galilei, Robert Koch, Albert Einstein und all die Namenlosen, die es nicht in das Blickfeld der Öffentlichkeit geschafft hatten. Sie alle hatten Großes geleistet. Jeder der Großen hatte gegen einen erheblichen Widerstand von außen getan, was er getan hatte, einen Stein auf den nächsten gelegt, und jeder hatte das im Glauben getan, Herr über das zu sein, was er tat. Sie alle waren scheinbar besessen von dem, was sie taten. Rob de Jager wusste es besser: Sie waren keineswegs besessen, sie waren infiziert. Infiziert von einem simplen biologischen Baustein, der aus 231 Aminosäuren bestand, einem Prion, das er, Rob de Jager, entschlüsselt und als Erster synthetisch hergestellt hatte. Dieses Prion hatte den Menschen beflügelt, ihn mit besonderen Fähigkeiten versehen und angetrieben, Grenzen zu überschreiten. Es hatte ihn dazu gebracht, über sich hinauszuwachsen und alle Hindernisse zu überwinden. Nicht damit der Mensch die Welt beherrschen kann, sondern um seine eigentliche Bestimmung auszuführen. Er, Rob de Jager, war der erste Mensch, der diese Konditionierung erkannt, erlebt und gleichzeitig verstanden hatte. Das Einzige, was jetzt noch zu tun hatte, war zu warten. Darauf zu warten, dass sie ihm seinen nächsten Schritt aufzeigen würden, damit er die Sache zu Ende bringen konnte.

Ein letzter Blick noch auf den Orion, dann beschloss der Professor, Hachet zu erlösen.

Vertikal

Genau genommen hatte die ganze Sache auch auf einem Baum begonnen. Am 19. Oktober 1899. An diesem Tag war Robert Goddard, damals sechzehn Jahre alt, wie schon so oft auf den Kirschbaum seines Nachbarn geklettert, um den Orion zu betrachten. Dort oben auf dem Baum wurde er von seiner Bestimmung getroffen wie von einem Blitz. Für Goddard war dieses Erlebnis so tief greifend, dass er bis zu seinem Lebensende diesen 19. Oktober als seinen »Inspiration Day« feierte. Denn an diesem Tag, oben auf dem Kirschbaum, war ihm innerhalb einer einzigen Sekunde klar geworden, dass es seine Bestimmung war, für die Menschheit einen Weg hinauf zu den Sternen zu finden. Goddard hat sein ganzes Leben diesem ehrgeizigen Ziel gewidmet. Ohne staatliche Unterstützung, nur mithilfe einiger wohlhabender Freunde, war es ihm als Erstem gelungen, ein Projektil mit Überschallgeschwindigkeit in den Himmel zu jagen. Goddard gilt als Erfinder der Flüssigkeitsrakete und er war es auch, der mit dem Kreiselstabilisator das größte technische Problem des Raketenbaus, eine stabile Flugbahn, löste. In Amerika blieben seine Erfindungen weitestgehend unbeachtet. Nicht so in Deutschland. Wie Wernher von Braun an Goddards Forschungsergebnisse gelangte, ist nicht genau überliefert. Vieles spricht für einen frühen Fall von Industriespionage. Auf jeden Fall wäre Wernher von Braun ohne Goddards Erkenntnisse niemals in der Lage gewesen, seine V1 und V2 Raketen zu bauen. Dass Wernher von Braun in den USA zur Legende wurde und Goddard der Vergessenheit anheimfiel, muss zu den bedauerlichen Irrtümern der Geschichte der Raumfahrt gezählt werden. Daran ändert auch der Umstand nichts, dass Goddard als Namensgeber für das Goddard Space Flight Center wenigstens post mortem die Anerkennung erfahren hat, die ihm gebührt.

Überhaupt scheint es, dass der direkte Weg nach oben, die Überwindung der Schwerkraft in der Senkrechten, derjenige ist, der seinen Protagonisten die größten Opfer abverlangt.

Als Beleg für die These können die Russen herhalten. Niemand ist machtvoller gegen die Schwerkraft vorgegangen als die Russen. Niemand direkter. Der russische Weg in den Himmel ist von bewundernswerter Radikalität. Es ist der kürzeste denkbare Weg – die Vertikale.

Zwei Beispiele:

Igor Sikorsky träumte – ebenfalls als Kind – von einer riesigen Libelle, die einen großen Baumstamm transportierte. Dieser Traum hat sein Handeln in den kommenden Jahrzehnten geprägt. Er trug ihn mehr als dreißig Jahre wie eine geheime Bestimmung in sich. Erst dann, drei Jahrzehnte später, war er in der Lage, ihn Wirklichkeit werden zu lassen. Dazu nahm er einen langen Umweg in Kauf. Im Ersten Weltkrieg baute Sikorsky in Russland das erste viermotorige Flugzeug der Welt, einen Bomber. Diese technische Meisterleistung vermochte es jedoch nicht, ihn vor den Wirren der Revolution und vor der Paranoia Stalins zu schützen. Von Denunziation bedroht, floh er in die USA. Dort baute er als mittelloser Emigrant aus dem Nichts eine Flugzeugfabrik auf und erst als diese sich auf dem Markt durchgesetzt hatte und er über die nötigen Mittel verfügte, erinnerte er sich seines Kindheitstraums und begann seine Arbeiten am Helikopter. Schließlich gelang es ihm, einen ersten Apparat zu bauen, mit dem er senkrecht starten und landen konnte. Bezeichnenderweise ließ er es sich nicht nehmen, seinen Helikopter selber zu fliegen. Als ihn einer seiner Techniker darauf aufmerksam machte, dass dieser Apparat nicht steuerbar sei, entgegnete Sikorsky, dies sei ein unbedeutendes technisches Detail. Was für ein Mann, was für eine visionäre Kraft!

Noch radikaler: Sergej Koroljow. Auch er Flugpionier aus Passion. Auch er war, wie Goddard, besessen von der Idee, mit Raketen die Schwerkraft besiegen zu können und bis in den Weltraum vorzudringen. Außer denen, die ihr Leben gaben, hat niemand ein größeres Opfer für die Raumfahrt gebracht als Sergej Koroljow.

Wie Igor Sikorsky konnte er seinen Traum vom vertikalen Weg in den Himmel nur über den Umweg des Horizontalfluges verwirklichen. Er begann, wie Igor Sikorsky, zunächst als Flugzeugkonstrukteur. Die politischen Wirren der Stalinzeit und die Denunziation eines Kollegen brachten ihn in den Gulag, denselben übrigens, in dem auch Alexander Solschenizyn interniert war. Als er seine Strafe wegen Hochverrats abgesessen hatte und nach Hause hätte zurückkehren können, blieb er im Lager, nur um mit dem Flugzeugbauer Tupolev zusammenarbeiten zu können, der ebenfalls infolge einer Denunziation wegen Hochverrats interniert worden war. Mit Tupolevs Team entwarf er den ersten russischen Jäger, der es mit der übermächtigen deutschen Luftwaffe aufnehmen konnte – immer noch im Gulag. Erst nachdem diese Mission erfolgreich beendet worden war, wurden die Ingenieure rehabilitiert und kamen frei. Koroljow wurde nach Peenemünde geschickt, um sich die Überreste der von den Amerikanern zerstörten Raketenfabrik der Deutschen anzusehen. Noch in den Trümmern erkannte er die gröbsten Konstruktionsmängel der V2 und überzeugte die Militärs, ihn mit dem Bau einer russischen Rakete zu beauftragen. Die Pläne hatte er im Kopf. Während Wernher von Braun ganze Lkw-Ladungen von technischen Zeichnungen gebunkert und in die USA geschafft hatte, stand Koroljow nichts anderes als sein Gedächtnis zur Verfügung. Er hatte kein Papier, keine Techniker und keine Möglichkeiten, Versuche durchzuführen. Koroljow hatte die wichtigsten Details für die Stabilisierung und die Steuerung der Rakete im Kopf. Dass er zu der Lichtgestalt der russischen Raumfahrt werden konnte, verdankte er einem weiteren Talent. Koroljow war wie kein anderer in der Lage, mit sehr begrenzten Mitteln das Maximum aus seinen Ressourcen herauszuholen. Er hatte ein sicheres Auge für talentierte, junge Ingenieure und widmete sich jedem Detail mit der ihm eigenen Akribie. Selbst die Startrampen für die Raketen entwickelte er selbst.

Völlig unbeachtet von der Weltöffentlichkeit entwickelte er seine erste Trägerrakete und die gesamte Infrastruktur, die zu ihrem Start notwendig war. Völlig unerwartet schickte er den ersten Satelliten ins All. Für die vermeintliche Technikgroßmacht Amerika war dieses Ereignis ein Schock. Erst jetzt, nachdem die Russen so beeindruckend vorgelegt hatten, wurde das amerikanische Weltraumprogramm aus der Taufe gehoben, wobei man sich noch die Eitelkeit leistete, zunächst auf ein rein amerikanisches Team zu setzen. Erst nachdem dieses Team gescheitert war, erinnerte man sich an die Deutschen und stattete von Braun mit den Mitteln aus, die er benötigte. Doch der Vorsprung der Russen war beträchtlich. Und so kam es, dass Sergej Koroljow es war, der auch den ersten Menschen ins All beförderte. Dabei kannte niemand seinen Namen, nicht einmal in Russland. In den USA wurde der Unbekannte respektvoll »das Integral« genannt. Als das Nobel-Komitee bei Nikita Chruschtschow vorstellig wurde, um dem Vater der russischen Raumfahrt den Nobelpreis zu verleihen, bekamen sie nichts anderes zu hören, als dass dies eine Leistung des Volkes der Sowjetunion gewesen sei und diesem der Nobelpreis zustünde. Zu seinen Lebzeiten blieb Koroljow ein Unbekannter. Erst als er gestorben war, wurde sein Name veröffentlicht und sein Leichnam in der Kremlmauer neben den anderen Helden der Sowjetunion beigesetzt.

Mr. Buffer

»Was macht unser Athlet?«

»Der wird gerade massiert«, Marc untermalte seine Aussage mit einer Geste, »und eingegroovt.«

»Eingegroovt, womit?«

»Plastikman. Wir haben ein paar ganz alte Tracks rausgekramt, die funktionieren immer. Hast du das mit dem Engländer geklärt?«

»Der kommt gleich. Da sind noch eine ganze Reihe von Details zu klären.«

»Das mit der Musik ist aber wichtig. Ich habe ihn im S.L.U.T Club ganz genau studiert. Er ist Afrikaner, durch und durch. Ohne den Elektrobeat kommt er nicht in Fahrt. Klär das bitte ab. Wenn der Engländer darauf besteht, für seinen Champion irgendeine italienische Schnulzenmucke zu spielen, wird es eng für uns.«

Rolf hörte nur mit einem Ohr zu. Er blickte gespannt auf den Screen seines Klapprechners.

»Das Geld ist da. Er hat überwiesen. Sehr gut.« Rolf rieb sich die Hände. »Steht der Uplink?«

Marc nickte. »Schon seit zwei Stunden. Hast du mir zugehört? Die Musik bestimmen wir. Das ist nicht verhandelbar.«

Der Engländer betrat den Raum. In seinem Gefolge zwei Yuppies in teuren Anzügen, die aussahen, als hätten sie den Film Matrix einmal zu viel gesehen.

»Hello fellows. Ist alles vorbereitet?«

»Hallo, schön, dass wir uns endlich persönlich kennenlernen.« Rolf begrüßte den Engländer, der jünger war, als er erwartet hatte, mit einem Händedruck. »Das Geld ist gerade angekommen. Wie sieht es mit den internationalen Wetteinsätzen aus?«

»Auf einem Treuhandkonto in Andorra.«

Einer der beiden Yuppies fuhr seinen Laptop hoch.

»W-LAN?«

Marc reichte ihm einen Zettel mit den Zugangsdaten.

»Sobald die Entscheidung gefallen ist, übernehmen ihr Notar und meiner die Überweisungen. Ihr Mann ist, wie ich gehört habe, schon vor Ort. Wie sieht es mit der Live-Video-Leitung aus?«

»Die steht, inklusive einer Back-up-Verbindung. Selbst bei einem Stromausfall bleiben wir on air.« Rolf füllte zwei Gläser mit Champagner.

Der Engländer winkte ab: »Haben Sie Whiskey?«

»Selbstverständlich.« Rolf schnippte mit dem Finger und Marc eilte zur Bar, um den Drink zu holen.

»Wasser für uns«, bemerkte einer der beiden Yuppies.

»Da wären noch ein paar Details zu klären.« Rolf nahm einen Schluck aus seinem Kelch. »Wir wollen keine Studiobeleuchtung. Uns ist klar, dass ihr Champion das so gewohnt ist, aber unser Mann mag es etwas schummerig.«

»Darkroom, ich verstehe, aber das wird unsere Zuschauer verärgern. Die wollen was sehen für ihr Geld«, warf der Engländer ein und nippte an seinem Drink, der, so interpretierte Rolf seinen Gesichtsausdruck, nicht ganz seinen Vorstellungen entsprach.

»Das mag sein, aber es geht um eine Wette und nicht um eine Sportübertragung im Fernsehen.«

»Wetten hin oder her. Wenn unser Publikum sich nicht vergewissern kann, dass alles korrekt abläuft, dann gibt es Probleme und die sollten wir nach Möglichkeit vermeiden.«

»Halbdunkel. Jeder kann alles sehen und niemand rennt mit einem Pussy Light durch den Raum. Überhaupt soll das Ganze nicht wie ein Porno-Set aussehen. Keine Techniker, keine Anweisungen von außerhalb, ganz privat und Club-Musik. Elektrobeats.«

»Das ist Ricci gewohnt, kein Problem, aber nicht so laut. 80 dB/A max.

»Achtzig Dezibel?«, protestierte Rolf, »das ist eine Party und keine Talkshow.«

Der Engländer lachte. »Okay, okay, unser Champion ist schließlich keine Mimose.«

Es klopfte und ein grauhaariger Mann steckte seinen Kopf ins Zimmer.

»Am I right here?«

»Mr. Buffer, please, come in.. I'd like to introduce you to Mr. Arf, he is the representative of the gay challenger.«

Rolf sah Marc fragend an, der zuckte mit den Schultern.

»Ein kleiner Spaß. Sein Honorar geht von meinem Einsatz ab. Ich dachte, wir geben unserer Veranstaltung ein wenig internationalen Flair«, erklärte der Engländer.

Rolf schüttelte die Hand des Mannes.

»War das alles? Dann wären wohl alle Modalitäten geklärt. Ich sehe noch kurz nach Ricci«, der Engländer sah beiläufig auf seine Uhr, »und dann kann es hoffentlich pünktlich losgehen.«

Er nahm Mr. Buffer beiseite und verließ zusammen mit ihm den Raum.

»Gut, scheint, als ob es gleich ernst wird. Wie sieht dein Dopingplan für unseren Champion aus?«

Marc sah nun ebenfalls auf seine Uhr. »Wir werden ihm jetzt gleich das Special K verpassen. Dann ist er voll drauf, wenn es losgeht, und spürt keine Schmerzen, wenn er wund gerieben ist. Die ersten vier Typen muss er so flachlegen. Dann schieben wir etwas Sextacy nach, Viagra gemixt mit Liquid X. Das muss dann für die restlichen Typen reichen. Ich glaube nicht, dass der Hetero da mithalten kann. Das kann ich mir wirklich nicht vorstellen.«

Rolf nickte. »Hoffen wir das Beste.«

Fliegen

In einer Linienmaschine zu fliegen ist eine Sache, mit einer kleinen Propellermaschine zu fliegen, ist etwas ganz anderes. Trond war noch nie in einem Sportflugzeug geflogen. Das Schöne daran: Man flog tiefer und konnte fast jedes Detail auf dem Boden sehen. Gewöhnungsbedürftig waren die Lüftlöcher, die deutlich direkter auf den Fluggast durchschlugen als bei einem Jet und einem dann den Eindruck vermittelten, man stünde in einem Fahrstuhl, der ungebremst zwanzig Stockwerke in die Tiefe stürzt. Dieses Gefühl wiederum war Trond nur zu gut bekannt. Dazu kam ein weiteres Detail, auf das Trond nicht vorbereitet war und an das er sich erst einmal gewöhnen musste. Die Kühlung. Die erfolgte bei der Mooney, mit der sie unterwegs waren, durch Benzin. Direkt vor Trond ragte ein Drehknauf aus dem Armaturenbrett, ähnlich der Revolverschaltung bei dem R4, den er vor einer Ewigkeit einmal sein Eigen genannt hatte. Mithilfe dieses Drehknopfes wurde das Benzin zur Kühlung des Motors zugeführt. Benzin, das dann zur Verbrennung fehlte, was einen deutlich hörbaren, weil unruhigen Lauf der Motoren zur Folge hatte. Ein ruhiger, gleichmäßiger Lauf der Motoren hatte etwas Beruhigendes. Man konnte sich sicher fühlen. Sobald Pont Neuf jedoch zum ersten Mal den Drehknauf bediente und der Motor zu stottern begann, war es aus mit Tronds Sicherheitsgefühl. Der Privatermittler sah vorwurfsvoll zum Piloten, der das sehr wohl bemerkte, es sich aber nicht nehmen ließ, Trond im Ungewissen zu lassen. Erst als dieser fragte: »Ist das normal?«, klärte der Pilot seinen Fluggast auf. Nach einer Stunde hatte Trond sich an die kurzen Perioden des unruhigen Motorenlaufes gewöhnt, ebenso wie an den Lärm. Er begann, den Flug zu genießen. Eine tief empfundene Ruhe überkam ihn. Hinter der Windschutzscheibe gab es nur die große Ferne, einen unendlich erscheinenden Horizont, keine spontan auftretenden Störungen, keinen anderen Verkehrsteilnehmer, keine Verkehrszeichen, keine Fußgänger, keine Hindernisse. Alles Irdische fiel von Trond ab.

Seine Gesichtszüge entspannten sich. Er begann zu träumen, mit offenen Augen. Eine Ewigkeit verging so.

Barsch wurde er durch das Winseln des Hundes aus seinen Träumen gerissen. Das Vieh hatte sich in seinem Geschirr verheddert und gab Laute von sich, die so gar nicht zu seiner beeindruckenden Statur passen wollten.

»Halt mal die Kiste«, kommandierte Pont Neuf, wobei er auf den Steuerknüppel deutete, der zur Sicherheit auch auf der Co-Pilotenseite montiert war.

»Einfach in der Waage halten die Kiste, keine hektischen Bewegungen, ist ganz einfach«, erklärte der Pilot, der bereits nach hinten geklettert war.

Trond bewegte den Steuerknüppel sehr, sehr vorsichtig, nur um sich zu vergewissern, dass er tatsächlich die Kontrolle über das Flugzeug hatte. Ganz sanft neigte sich die Mooney.

Trond hielt die Maschine wie geheißen, zog vorsichtig den Steuerknüppel nach hinten und sehr, sehr sachte zog die Maschine nach oben.

Fantastisch. Von der ersten Sekunde an waren Trond und die Mooney eins. Ein nie zuvor empfundenes Glücksgefühl bemächtigte sich des Norwegers. So intensiv, dass er vor Glück hätte schreien können.

Pont Neuf versuchte derweil, den Hund zu entwirren, wobei er beruhigend auf den Vierbeiner einredete: »Das haben wir gleich, mein Guter. So, jetzt die Pfote da durch und, nein, sieh so, jetzt halt doch mal still.«

Trond flog eine sehr sanfte Kurve, erst links, dann rechts, wie ein zärtliches Wiegen. Die Zeit hatte aufgehört zu existieren, es gab nur noch den Raum und Trond begann, ihn erstmals in allen drei Dimensionen zu erkunden. Ihm war, als hätte ihn ein Zauber von einer Fessel befreit, die er sein Leben lang, ohne es zu bemerken, getragen hatte. Er spürte eine Kraft in sich. Er spürte jede Faser seines Körpers und er spürte einen Frieden, den er zuvor nur in sehr kurzen Momenten gespürt hatte, unmittelbar vor dem Einschlafen oder direkt nach einem Fahndungserfolg. Es war dasselbe Gefühl, das Besitz von ihm ergriff, wenn er sich Zutritt zu einer fremden Wohnung verschaffte, nur ohne die Angst. Ein schönes Gefühl, eines, das nach Ewigkeit verlangte und den Moment zu etwas Unvergesslichem werden ließ. Er würde diesen Moment und dieses Gefühl nie wieder vergessen. Fliegen. Das war seine Bestimmung! Nie war er sich einer Erkenntnis sicherer gewesen. Alles, was er in den zurückliegenden zweiundvierzig Jahren getan hatte, war von diesem Moment an ohne Belang. Alles, was er zuvor erlebt und gedacht hatte, war nur erlebt und gedacht worden, um ihn hierher zu führen, an diesen Ort auf viertausend Fuß Höhe, im Nirgendwo nahe dem zwölften Breitengrad. Alles, was er jemals getan hatte, war auf diesen Zweck hin gerichtet, darauf, ihn zu dieser Erkenntnis zu bringen: Er war ein Flieger!

Eine Ewigkeit war vergangen, Pont Neuf saß längst wieder auf seinem Platz und beobachtete seinen Fluggast, ohne ihn zu stören.

Pont Neuf lächelte. »Verstehst du jetzt? Du bist einer von uns, du hast es nur nicht gewusst. Haha.«

Trond sah lächelnd zur Seite. Er sagte nichts. Nie hatte er sich in größerem Einklang mit der Welt befunden und er war fest entschlossen, jede einzelne Sekunde auszukosten.

Pont Neuf rekelte sich, spannte seine Finger, die daraufhin beängstigende Geräusche von sich gaben, und bewegte seinen Kopf in einer Halbkreisbewegung wie ein Boxer vor dem Kampf. Dann griff er nach dem Steuerknüppel.

»Ein Flieger, hahaha, dann wollen wir mal sehen, ob du auch ein guter Flieger bist.« Pont Neuf drückte den Steuerknüppel nach unten, so weit, bis sie sich im Sturzflug befanden. Der Steppenboden raste auf die beiden zu, durch die Scheibe waren kein Himmel und kein Horizont mehr zu sehen.

»Los, zieh das Ding hoch«, schrie Pont Neuf und überließ seinem Nebenmann das Steuer. »Wenn du das hinbekommst, darfst du bis nach Bamako fliegen, Yeeehaaaa!«

Trond war die Ruhe selbst, drehte die Maschine leicht zur Seite, um sich zu vergewissern, dass die Steuerung noch ansprach, und zog die Maschine in einer langsamen, aber kraftvollen Bewegung erst in die Waagerechte und dann wieder nach oben, bis sie ihre ursprüngliche Flughöhe wieder erreicht hatten.

Der verrückte Tiroler war begeistert. »Respekt. Das war ganz ordentlich für den Anfang.«

Der Rest des Fluges war eine Lehrveranstaltung. Pont Neuf dozierte über Technik, berühmte Piloten, Thermik, Flugrecht und sein Schüler sog jedes Wort auf, als habe er seit Jahren niemanden mehr sprechen gehört.

»Landeklappen raus, das geht so«, erklärte Pont Neuf, wobei ihn Trond genau beobachtete. »Merkst du den leichten Druck? Ein guter Pilot muss das spüren. Gut, jetzt runter auf hundertzwanzig Meilen. Und gerade halten, die Kiste. Das ist alles. Achte auf die Windfahne. Das ist das wichtigste Hilfsmittel. Ja, genau so, hoppla, das war eine kleine Böe, gut gemacht. Sanft runter, die Mooney hopst ein bisschen, nach dem zweiten Aufsetzen Gas ganz weg und das Lenkrad festhalten. Dann ist es wie mit einem überladenen LKW.« Die Mooney rumpelte über den Acker.

»Na bitte, wer sagt es denn. Das war deine erste Landung. Gratulation, Kollege. Du hast Talent.«

Pont Neuf klopfte Trond auf die Schulter und auch Lindbergh schien zufrieden mit Tronds fliegerischem Debüt zu sein.

»Morgen werden wir den Start üben.«

Juan Terry Trippe

»Das ist verrückt, total verrückt, vergessen Sie es«, winkte Mr. Pickering ab.

»Eine Großstadt wie Berlin mit über einer Million Einwohnern allein aus der Luft versorgen zu wollen, das ist verrückt.«

Juan Trippe wusste, wie stolz sein Gesprächspartner auf seine Teilnahme an der Luftbrücke war und er scheute sich nicht, diesen Punkt bewusst zu seiner Argumentation zu verwenden.

Pickering wandte sich etwas verlegen ab. »Das kann man doch nicht miteinander vergleichen, mein Lieber, die Luftbrücke, das war eine militärische Aktion, alle Parameter waren berechenbar. Gut, logistisch gesehen eine Meisterleistung, zweifellos, aber berechenbar.«

Mr. Pickering schlug einen versöhnlicheren Ton an, wohl weil er wusste, dass er nicht mit irgendjemandem sprach, sondern mit einem der ganz Großen in der zivilen Luftfahrt. Der Mann, der ihm gegenüberstand, hatte seinerzeit Charles Lindbergh dazu gebracht, für seine Airline zu fliegen und ihn als technischen Direktor eingestellt.

»Mit verrückt meine ich nicht, es sei nicht machbar, das ist nicht der Punkt. Meine Bedenken basieren auf den immensen Kosten und den gewaltigen Risiken. Die Berliner Luftbrücke ist nicht von den Berlinern bezahlt worden, sondern vom amerikanischen Steuerzahler. Vergessen Sie das nicht. Ich habe in dieser Sache die Interessen der Geldgeber zu vertreten und die sind ausschließlich wirtschaftlicher Art.«

Ob aus Verlegenheit, um seine Hände zu beschäftigen oder um die Bedeutung seiner Worte zu unterstreichen, auf jeden Fall zog Mr. Pickering ein Kuvert aus seinem Sakko und spielte nervös damit herum. Ihm war dieses Gespräch unangenehm. Er wusste, dass Juan Trippe nur sehr schwer von einer Idee abzubringen war, die er sich einmal in den Kopf gesetzt hatte. Einfacher wäre es, einen Hurrikan mit einem Regenschirm zu stoppen. Was ihm missfiel: Er sollte bei dem Coup, den Juan Trippe plante, eine Schlüsselrolle spielen.

Juan Trippe rupfte das Kuvert aus der Hand seines Gesprächspartners und warf einen kurzen Blick auf die Briefmarke. Dann trommelte er mit dem Zeigefinger auf den Stempel.

»Air Mail«, sagte er. »Im Juli 1927 habe ich die erste Air Mail-Verbindung zwischen New York und Boston eingerichtet. Diese Verbindung hat schon im ersten Jahr Profite abgeworfen und tut es seitdem. Amerika ist heute ohne Air Mail nicht mehr vorstellbar. Damals gab es dieselben Bedenken. Zu teuer, das wird sich nicht rechnen. Die Wirklichkeit hat sie widerlegt. Wir leben im 20. Jahrhundert und was noch wichtiger ist, dies ist Amerika. Alles ist machbar, man muss es nur tun und man muss es als Erster tun. Das ist das ganze Geheimnis.«

Pickerings Verlegenheit geriet zu einer mittelgroßen Beschämung. Er suchte nach Worten, fand aber keine. Juan Trippe hatte seinen Gesprächspartner da, wo er ihn haben wollte.

»Sie sprachen von einer gewaltigen Summe, als Sie um dieses Gespräch baten«, bemühte sich Pickering um ein Argument gegen das Anliegen seines Gesprächspartners.

»Genau«, bestätigte Trippe vollkommen ungerührt. »Womit wir beim amerikanischen Steuerzahler wären, auf den wir bereits zu sprechen gekommen sind.« Jetzt setzte er zu seinem entscheidenden Schlag an. Dazu schob Juan Trippe seinen Gast zu dem riesigen, altmodischen Globus, der sein Büro im 42. Stock des Chrysler Buildings schmückte.

»Ich werde Ihnen etwas über den amerikanischen Steuerzahler erzählen. Der amerikanische Steuerzahler möchte als Allererstes eines: er möchte die Gewissheit haben, im einem Land zu leben, in dem alles möglich ist. Er möchte Visionen und er möchte, dass diese Visionen umgesetzt werden, damit er daran teilhaben kann. Das ist das, was der amerikanische Steuerzahler will. Sehen Sie die gelben Punkte?« Trippe deutete auf die Markierungen, die er auf dem Globus angebracht hatte. »Acht in Amerika, zwölf in Europa, vier in Südamerika, drei in Afrika und fünf in Asien. Jeder Punkt steht für ein Hotel. Ein weltumspannendes Netz. Wir nennen sie InterContinentals. Wir werden ganz groß ins Hotel-Business einsteigen. Dort werden unsere Fluggäste absteigen. Nicht nur Geschäftsleute, nein, auch Touristen. Ganz gewöhnliche amerikanische Steuerzahler, die etwas von der Welt sehen wollen. Amerikaner arbeiten hart und haben ein Problem, das wir lösen werden. Ihre freie Zeit, ihr Urlaub wird von zwei unerbittlichen Wärtern bestimmt, zwei Gefängnismauern. Zeit und Geld. Wir werden diese Mauern einreißen. Wir werden große Flugzeuge bauen lassen, sehr große Flugzeuge, Düsenflugzeuge. Mit diesen Flugzeugen werden mehr Passagiere zu niedrigeren Kosten und deutlich schneller als bisher fliegen können. Und diese Fluggäste werden auf der ganzen Welt in unseren Hotels absteigen. In unseren InterContis. Darum geht es. Es geht darum, etwas vollkommen Neues zu machen. Amerika hat das Automobil demokratisiert. Jeder Amerikaner, der arbeitet, kann Auto fahren. Jetzt muss der nächste Schritt folgen. Jetzt muss auch das Fliegen demokratisiert werden. Jeder Amerikaner, der hart arbeitet, soll sich eine Flugreise leisten können. Nicht mehr und nicht weniger.

Mr. Pickering war ratlos. »Sie sprachen von einer gewaltigen Summe, wie viel?«

»Ich habe die Regierung dazu gebracht, uns vierzig Millionen Dollar für die Hotels zu leihen. Das sind achtzig Prozent der benötigten Summe. Ich brauche also weitere zehn Millionen.«

»Sie haben was?«

»Die Regierung, sprich der amerikanische Steuerzahler, stellt uns vierzig Millionen Dollar zur Verfügung wenn wir die Partner im Ausland aktivieren und selbst zehn Millionen beibringen.«

»Welches Ministerium?«

»Das Pentagon«, erklärte Juan Trippe vollkommen ungerührt.

»Wie, zum Teufel, haben Sie das …«

»Im Krieg und in der Politik muss man sich der Halunken bedienen und genau das habe ich getan.«

Pickering rang um Fassung und ließ sich auf den Sessel fallen. Jetzt war er da, wo Juan Trippe ihn haben wollte. Er beugte sich über ihn.

»Sehen Sie es einmal so: Wir handeln im Interesse des amerikanischen Volkes. Dem Militär und den Geheimdiensten gefällt die Idee, überall auf der Welt sichere Rückzugspunkte für ihre Mitarbeiter zu haben. Mit unserer Hilfe können sie alle Interessensgebiete der USA schnell und unauffällig erreichen. Unsere Düsenflugzeuge und unsere Flugverbindungen bieten die perfekte Infrastruktur und unsere Hotels eine sichere Homebase für alle auswärtigen Aktivitäten. Warum glauben Sie, haben wir die meisten und die besten Fluglinien bekommen und das, obwohl Harry Hopkins, der Berater des Präsidenten, sich mehr als deutlich gegen uns ausgesprochen hat?« Juan Trippe erhob sich. »Mann, seien Sie nicht naiv. Das war der Deal und es war ein guter Deal. So und nicht anders geht das heute.«

»Gut, aber wenn Sie das Geld haben, was wollen Sie dann noch vom Aufsichtsrat? Zehn Millionen bekommen Sie von jeder Bank, dazu brauchen Sie unsere Zustimmung nicht. Sie führen ein sehr erfolgreiches Unternehmen.«

»Die zehn Millionen sind auch nicht mein Problem. Das sind nur die Kosten für die Hotels. Von Ihnen benötige ich die Freigabe von zweihundert Millionen Dollar für die neue Flugzeugflotte.«

Pickering war sprachlos. Sein Mund war geöffnet, aber er brachte keinen Laut hervor.

Trippes Ton wurde väterlich. Er wusste, dass er gewonnen hatte.

»Sehen Sie die Chance, die darin steckt? Wir werden ein völlig neues Kapitel in der Geschichte der Luftfahrt schreiben. Wir werden den Amerikanern das Tor zur Welt öffnen. Das Fliegen wird nicht länger einer kleinen Gruppe von Privilegierten vorbehalten sein. Jeder wird fliegen können. Jeder Amerikaner wird jeden Ort auf der Welt schnell und sicher erreichen können. Wir, die PAN AM, werden das ermöglichen. Kaffee?«

Pickering nickte. Juan Trippe griff zum Telefon.

Wenig später erschien seine Sekretärin mit dem Kaffee.

»Kommen Sie, sehen Sie sich die Pläne an, Sie werden begeistert sein.« Trippe war jetzt in seinem Element. Er breitete einen mächtigen Plan aus, der seinen gesamten Schreibtisch bedeckte und über die Ränder rollte. »Hier, das ist die Boeing 707. Sie wurde weitestgehend nach unseren Vorgaben konzipiert. Der Rumpf ist in Halbschalenbauweise ausgeführt, nach dem Fail-safe-Prinzip. Ganzmetall versteht sich. Die Tragflächen sind um 35°gepfeilt. Die V-Stellung beträgt 7°, die Einstellwinkel 2°, das sorgt für hervorragende Langsamflugeigenschaften. Wichtig für die Landung. Wir haben vier Strahltriebwerke und erreichen eine Reisegeschwindigkeit von 600 Meilen. Und jetzt kommt das Beste. Die 707 bietet Platz für einhundertzwanzig Passagiere. Stellen Sie sich das einmal vor. Einhundertzwanzig Passagiere! Das ist fantastisch. Das ist die Zukunft, glauben Sie mir, das ist die Zukunft.«

»Sie sind verrückt«, sagte Pickering, aber seine Bewunderung für Juan Trippe war unüberhörbar.

»Glauben Sie wirklich, die Triebstrahltechnik ist schon so weit? Warum alles auf diese Karte setzen? Denken Sie an das Desaster mit der de Havilland.« Pickering war bereits überzeugt. Das spürte Juan Trippe. Sein Gegenüber war dazu übergegangen, die Argumente der anderen Aufsichtsratsmitglieder vorzutragen. Und er war nervös. Pickering suchte einen Platz für seine leere Tasse.

Trippe deutete hektisch auf die Fensterbank.

»Unsere Pläne sind mit Propellermaschinen nicht umzusetzen. Die Frage ist auch nicht, ob die Technologie so weit ist. Wir werden sie so weit bringen. Außerdem werden wir das Risiko streuen. Wir werden neben den Boeings auch noch ein paar Exemplare der Douglas DC 8 bestellen.«

»Ein paar?«

Juan Trippes Blick bekam etwas Gefährliches, Raubtierhaftes.

Im Jahr 1955 bewilligte der Aufsichtsrat der PAN AM 269 Millionen Dollar, woraufhin Juan Trippe einundzwanzig Flugzeuge vom Typ Boeing 707 und vierundzwanzig vom Typ Douglas DC 8 bestellte.

Am 24. Oktober 1958 startete die erste fertiggestellte Boeing 707 zu ihrem Jungfernflug nach Paris. Das zivile Düsenflugzeitalter hatte begonnen.

Sieben Jahre später beauftragte Juan Trippe den Boeing-Angestellten Bill Allen mit der Konstruktion eines weitaus größeren Flugzeugs, das bis in die Gegenwart hinein die zivile Luftfahrt prägen sollte. Die Boeing 747 nahm 1969 ihren Dienst auf.

Affentheater

Commander Wu war außer sich vor Zorn. Zum ersten Mal seit sie das Kommando im Lager übernommen hatte, schrie sie ihre Leute an. Bis dahin hatte ihre natürliche Autorität immer ausgereicht, sich Respekt zu verschaffen. Jetzt überschlug sich ihre Stimme und sie hatte zum ersten Mal den Eindruck, dass die gesamte Mannschaft versuchte, sie hinters Licht zu führen.

»Sie wollen mir weismachen, die Affen hätten ihre zahlenmäßige Überlegenheit genutzt, um in einer auf das Genaueste koordinierten Fluchtaktion die Wärter zuerst abzulenken, ins Gehege zu locken, dort zu verprügeln, um anschließend, und zwar vollständig und ohne eigene Verluste, zu verschwinden?«

»Das mag sich komisch anhören, Commander, aber so ähnlich ist es gewesen«, sagte Hachet, der erhebliche Blessuren davongetragen hatte und, als wolle er seine These belegen, ein handflächengroßes Hämatom an seinem Unterkiefer rieb. Diese Aussage musste ihn sehr große Überwindung gekostet haben, weil er der brutalste der Pfleger war und niemals auch nur die geringsten Skrupel gegenüber den Affen an den Tag gelegt hatte. Der Commander hatte ihn mehr als einmal verwarnen müssen, weil er es gegenüber den Versuchstieren an Rücksichtnahme hatte mangeln lassen. Commander Wu war nicht bereit, ihrer Mannschaft diese Posse durchgehen zu lassen.

»Also gut, gehen wir die Sache einmal detailliert durch«, begann sie. »Das Freigehege ist durch ein doppeltes Torsystem gesichert. Es ist nicht möglich, das Tor zum Innengehege und das Tor zum Außengehege gleichzeitig offenzuhalten. Ist das richtig?«

»Das ist korrekt und die Sicherung hat auch funktioniert«, bemerkte Fu.

»Sie wollen damit andeuten, dass die Affen, nachdem sie die gesamte Mannschaft außer Gefecht gesetzt haben, zuerst die Verbindungstür vom Innengehege zum Außengehege geöffnet haben, dort gewartet haben, bis alle Affen aus dem Innengehege heraus waren, dann die Verbindungstür geschlossen haben, um das Tor zum Ausgang öffnen zu können?«

»Allem Anschein nach ist es genauso abgelaufen«, erklärte einer der Anwesenden kleinlaut.

»Wir haben die Tore überprüft und das Sicherheitssystem hat einwandfrei funktioniert«, bestätigte ein anderer Pfleger, der für seine Gewissenhaftigkeit bekannt war.

Commander Wu erhob sich von ihrem Schreibtischstuhl. »Haben Sie eine Vorstellung davon, welche kognitiven Fähigkeiten nötig sind, um so eine koordinierte Aktion durchzuführen? Versuchen Sie das einmal mit einem Zug von Rekruten in der Grundausbildung. Das wird Ihnen nicht gelingen. Und wir haben es hier mit Schimpansen zu tun. Schimpansen, die aufgrund einer handgreiflichen Auseinandersetzung mit Ihnen völlig aufgebracht gewesen sein müssen. Mit so viel Adrenalin im Blut würden selbst menschliche Gefangene ohne genaueste vorherige Planung an einer solchen Fluchtaktion scheitern.«

Fu versuchte, die verhärteten Fronten aufzuweichen.

»Ich sehe das genau wie Sie, Commander, aber allem Anschein nach hat es sich genauso zugetragen. Ich habe mit jedem Einzelnen gesprochen und alle haben den Hergang der Ereignisse vollkommen übereinstimmend, genau wie gerade beschrieben, geschildert. So schwer vorstellbar das ist, aber es scheint, als ob es sich genauso abgespielt hat. Natürlich sind die Versuchstiere nicht koordiniert vorgegangen, vielleicht haben sie einfach nur Glück gehabt.«

»Glück gehabt? Nicht koordiniert vorgegangen? Da bin ich aber beruhigt. Wären sie koordiniert vorgegangen, dann hätten sie vielleicht auch noch unsere Fahrzeuge benutzt, um uns an der Verfolgung zu hindern. Ist es das, was Sie mir sagen wollen, Fu?« Commander Wu war außer sich. »Ich würde mir wünschen, meine Leute wären koordiniert vorgegangen, dann wäre diese Schlamperei nämlich nie passiert.«

Commander Wu wandte sich direkt an Fu. »Wollen Sie diese Aussagen in Ihrem Bericht aufführen und nach Peking schicken? Wollen Sie schreiben, dass ein Haufen Primaten unser bestens geschultes Sicherheitspersonal trotz funktionierender Technik ausgeschaltet hat und türmen konnte? Wollen Sie das machen?«

»Das steht mir nicht zu, Commander. Nur Sie berichten nach Peking«, erklärte Fu unterwürfig.

»Schön, wenn es so wäre«, dachte Commander Wu und sah Fu zornig an. »Das ist richtig. Und ich sage Ihnen noch etwas. Auch ich werde diesen Bericht nicht schreiben. Ich weigere mich nämlich, Ihnen diese Geschichte abzukaufen. Ich werde Ihnen sagen, was passiert ist. Irgendjemand oder alle haben es mit den Vorschriften nicht so genau genommen. Kartenspielchen im Lagerhaus oder was weiß ich. Wahrscheinlich ist derjenige, der beim Losen den Kürzeren gezogen hat, allein ins Gehege gegangen und ist von der Horde über den Haufen gerannt worden, als er die Tür zum Innengehege geöffnet hat. Durch das Geschrei aufgeschreckt, haben die anderen Diensthabenden dann die Tür zum Außengehege geöffnet, woraufhin die Affen entkommen konnten. Das ist eine plausible Erklärung für den Vorfall und genau das wird auch in meinem Bericht stehen.«

»Und wie erklären Sie sich das hier?«, protestierte einer der Angesprochenen und deutet auf die fürchterlichen Kratz- und Bissspuren, die alle Anwesenden aufwiesen.

»Ich habe ja nicht behauptet, dass Sie den Viechern absichtlich die Türen aufgehalten haben. Nur eines sollte Ihnen klar sein: Ich werde mich nicht in Peking zum Gespött machen, nur weil Sie Ihre dienstlichen Pflichten vernachlässigt haben. Und das war es auch schon, meine Herrschaften. Das Gespräch ist beendet. Über die disziplinarischen Maßnahmen sprechen wir morgen.«

Alle sahen Fu erwartungsvoll an, der aber nicht reagierte, sondern als Erster den Raum verließ. Erst als alle draußen waren, wiegelte er vorsichtig mit der Hand ab, so als wolle er sagen: »Lasst mich das mal machen. Die Suppe, die ihr euch da eingebrockt habt, wird nicht so heiß gegessen, wie sie gekocht wurde.«

Und tatsächlich hatte Fu einen Plan. Es war ein offenes Geheimnis, dass er der »Schatten« des Commanders war und als solcher ebenfalls Berichte nach Peking sandte. Fu hatte schon mehrmals gegenüber seinen Vorgesetzten angedeutet, dass er das gesamte Projekt sowie die geplante Vorgehensweise des Commanders für fragwürdig hielt. Jetzt sah er die Gelegenheit gekommen, seinen Vorbehalten Nachdruck zu verleihen. Er würde nach Peking kabeln, dass die Versuchsreihe außer Kontrolle geraten war und eine dringende Empfehlung aussprechen, die gesamte Versuchsreihe mit sofortiger Wirkung einzustellen.

Cherif

Zurück in Afrika, damit meinte Pont Neuf zurück auf afrikanischem Boden, verwandelte sich der charmante Fluglehrer wieder in einen griesgrämigen Zausel. Er öffnete die Gepäckklappe und Lindbergh sprang zuerst auf die Tragfläche und von dort auf den Boden, um seine Notdurft zu verrichten. Pont Neuf machte sich derweil an einer Bodenklappe im Flugzeug zu schaffen, die er umständlich mit einem Taschenmesser aufschraubte. Er sah sich kurz um, griff in die Klappe, unter der einige Kabelzüge zu sehen waren, und fischte einen großkalibrigen Revolver hervor, den er in seinen Hosenbund stopfte.

»Ich versuch etwas Sprit aufzutreiben«, murmelte er. »Du bleibst hier und passt auf. Die klauen hier alles, was nicht niet- und nagelfest ist.«

»Du kannst mir ein Taxi rufen«, bemerkte Trond halb scherzhaft, denn außer zwei Wellblechhütten und einer unter Tarnnetzen versteckten Holzkonstruktion war weit und breit nichts und niemand zu sehen.

Pont Neuf stiefelte zu besagter Holzkonstruktion und eine halbe Ewigkeit später kam ein offener, alter Land Rover mit einem Fass auf der Ladefläche angefahren.

Pont Neuf bediente die Handpumpe selbst und zählte ein Dutzend Scheine in die offene Hand des Mannes. Dann deutete er auf Trond und schien mit dem Mann zu verhandeln.

Das nahm einige Zeit in Anspruch. Trond stand in der brütenden Mittagshitze Malis neben der Mooney, vor ihm der Seesack, und schwitzte. Wenn Finnen glauben, eine Neunzig-Grad-Sauna mit Fichtennadelaufguss sei eine Herausforderung, dann sollen sie ruhig mal nach Mali kommen. Dort serviert man zu der Hitze einen Staubaufguss, gegen den alles, was in den Schwitzhütten Skandinaviens aufgeboten wird, ein Witz ist. Das Zeug setzt sich überall fest. In den Poren, in der Nase, in den Augen, und wenn man keinen Mundschutz zur Hand hat, auch zwischen den Zähnen.

Nach einer gefühlten Ewigkeit kam Pont Neuf zurück. Er legte seinen Hut auf den Boden und füllte ihn mit Wasser aus einer Plastikflasche. Lindbergh machte sich gierig über das Wasser her. Tronds Wasserreserven waren schon vor einer Stunde zur Neige gegangen und er hätte sich am liebsten auf den Boden geworfen, um dem Köter den Hut zu entreißen.

»Ich hab dem Bodenpersonal erzählt, dass du ein Ex-Legionär bist, der in die Stadt muss. Ich hab ein bisschen auf den Putz gehauen, damit er nicht auf dumme Gedanken kommt. Also versuche, so gefährlich wie möglich daherzukommen, dann passiert dir nichts.«

Der Tiroler kritzelte den Namen eines Hotels auf eine Zigarettenschachtel und reichte sie Trond.

»Der Bruder vom Bodenpersonal wird dich fahren. Er heißt Cherif und ist ein Guide. Ich meine, er ist wirklich einer. In Bamako erzählt jeder, er wäre ein Guide, dabei finden die nicht mal den eigenen Arsch in der Hose. Cherif ist okay. Für hiesige Verhältnisse zuverlässig, allerdings musst du aufpassen. Er ist ein ganz großer Stecher. Hat in jedem Kaff eine Braut und daher jede Menge Ärger am Hals. Die halbe Stadt ist hinter ihm her, aber du kannst ihm trauen.«

Trond warf einen Blick auf die zerknüllte Zigarettenschachtel und steckte sie ein. »Alles klar.«

»Roland hat mir erzählt, du hättest was mit den Chinesen laufen.«

»Kann schon sein.«

Pont Neuf setzte eine besorgte Miene auf: »Sei vorsichtig. Mit denen ist nicht zu spaßen. Die arbeiten wie die Pferde und lassen sich durch nichts von ihren Zielen abbringen. Wenn du denen im Weg bist, hast du ein Problem.«

»Und die Afrikaner?«

»Die mögen weder uns noch die Chinesen. Um an die Chinesen ranzukommen, brauchst du einen Kontakt. Ich kenne da einen Typen. Er heißt Li Bao, ein Sans-Papiers. Cherif wird dich zu ihm führen. Der Chinese ist der Einzige, den du im Voraus bezahlst. Kapiert?«

»Li Bao, mein Mann, wird im Voraus bezahlt«, echote Trond.

»Wenn du zurück nach Dakar willst, kommst du hierher. Ich bin jeden Dienstag hier, immer mittags. Wenn du an einem anderen Tag weg musst, sag dem Bodenpersonal Bescheid. Er ist immer hier und weiß, wie man mich erreichen kann. Ich komm dich dann holen. Aber nur im Notfall. Besser ist Dienstag. Alles verstanden?«

»Dienstag, außer notfalls, dann dem Bodenpersonal Bescheid sagen, nie im Voraus bezahlen«, wiederholte Trond brav.

Pont Neuf zögerte einen Moment, dann trat er auf Trond zu, nahm den Norweger kurz in den Arm und kletterte dann in die Mooney.

In der Wellblechbaracke gab es tatsächlich Flaschenbier. Trond trank es in einem Zug leer. Er setzte sich, Tür und Fenster im Blick, auf einen Stuhl und versuchte so gefährlich wie möglich auszusehen.

Es war mittlerweile dunkel geworden. Ohne Vorwarnung, als ob einer das Licht ausgeschaltet hätte. Klack, dunkel. Als Sundowner kam also höchstens ein Kurzer infrage.

Cherif musterte Trond vorsichtig. So sah also ein ehemaliger Legionär aus. Trond hielt ihm die zerknüllte Zigarettenschachtel mit der Adresse hin.

Cherif nickte. »Das erste Mal in Mali?«, fragte er in sehr gutem Französisch.

Trond nickte. Schweigen schien ihm die sicherste Methode, seine neue Identität zu schützen. Sie rumpelten in einem alten Nissan über die unasphaltierte Piste. Auf der Beifahrerseite war ein kinderkopfgroßes Loch in der Frontscheibe. Es war scheißkalt. Der Wagen hatte seine beste Zeit längst hinter sich und war mit allerlei Gerümpel verziert. Am Innenspiegel hing ein Amulett aus Tierteilen, die Trond im Dunkeln nicht genau identifizieren konnte. Als Schaltknauf diente etwas Geschnitztes, das er ebenfalls nicht erkennen konnte, und in den verschiedenen Ablageflächen lagen diverse Lederbeutel und anderer Tinnef.

Trond hatte es tatsächlich geschafft einzunicken. Er träumte von Lindbergh, der, eine fette Zigarre im Maul, einen offenen Doppeldecker flog. Trond hinter ihm, im kalten Wind. Der Wind riss abrupt ab. Sie waren angekommen.

»Morgen früh, neunhundert«, brummte Trond und stieg aus. Keine Reaktion. Er sah seinen Fahrer an und konkretisierte dann: »Neun Uhr.«

»Alles klar, mon capitaine. Neunhundert.«

Das Hotel wurde von einer älteren Dame geführt, einer Engländerin, die es aus Simbabwe hierher verschlagen hatte. Er war enttäuscht, ein Anmeldeformular gereicht zu bekommen. Ohne wäre stilechter gewesen. Als Beruf gab er Pilot an. Die alte Dame war hocherfreut, als sie Tronds Angaben überflog: »You are german?«, und begann sich sofort, auf Englisch nach der gewünschten Dauer seines Aufenthalts zu erkundigen. Trond wünschte in seiner momentanen Verfassung nichts weniger als eine Unterhaltung und brummte: »One week.«

Die alte Dame ließ es sich nicht nehmen, Trond selbst aufs Zimmer zu führen.

Die Zimmer waren sauber, etwas albern im Kolonialstil eingerichtet, aber deutlich komfortabler, als Trond das erwartet hatte. Unter normalen Umständen hätte er versucht, noch etwas zu essen aufzutreiben, aber er war hundemüde. Beim Entkleiden musste er feststellen, dass der Staub bis in die entlegenste Ritze seines Körpers vorgedrungen war. Wenn er jetzt duschte, wäre er anschließend hellwach. Also beschloss er, sich über dem Waschbecken Gesicht, Hals und die edlen Körperteile zu waschen, in denen sich der Staub ebenfalls festgesetzt hatte. Der Rest würde bis morgen früh warten müssen. Er legte sich hin und schlief wie ein Stein.

Der neue Tag begann, wie der alte geendet hatte. Klick, Licht an, Tag. Trond hustete sich die Bronchien frei und stieg unter die Dusche. Rotbraun war der Dreck, der sich in den Haaren und am ganzen Körper festgesetzt hatte und jetzt durch den Abfluss strudelte.

Trond hatte ein Problem mit der Kleidung: Nur zwei Hosen und eine war bereits dreckig. Er zog die saubere an. Trond hätte sich richtig gut gefühlt, wie ausgewechselt, wäre da nicht dieser Bärenhunger gewesen.

Er bestellte Spiegeleier mit Speck, die keine dreißig Sekunden, nachdem er die Bestellung aufgegeben hatte, serviert wurden. Das Eiweiß war flüssig, der Speck verkohlt. Egal. Gierig schlang Trond ein Stück herunter, bis er feststellen musste, dass das Ei kalt war.

Auf seine Frage, wo die Chefin sei, gab es nur ein Schulterzucken. Draußen hupte Cherif.

Trond sah auf seine Uhr – unglaublich, Cherif war pünktlich. Wer hätte das gedacht? Er stopfte sich ein labberiges Stück Toastbrot in den Mund. Er würde anderswo frühstücken. Sein Plan für den Tag sah vor, Kontakt zu diesem Chinesen, Li Bao, aufzunehmen. Würde das nichts bringen, musste er versuchen, die örtliche Anlaufstelle für Ex-Patriots ausfindig zu machen. In jeder Stadt gab es einen Ort, an dem sich die Nomaden der Neuzeit trafen, um etwas Vertrautes zu finden, die eigene Sprache, ein Stück Zeitung aus der Heimat, und sei sie noch so alt, oder eben Leidens- und Gesinnungsgenossen. Auch der Professor würde irgendwann vom Heimweh geplagt sein Labor verlassen und sei es nur, um einen Kaffee zu trinken, der mit einer ordentlichen Kaffeemaschine hergestellt worden war. Und dann hatte er da noch die Lieferadresse, die er von Mice & More erhalten hatte. Allerdings war es unklug, dort als Erstes aufzuschlagen. Besser, er hatte bereits ein paar Anhaltspunkte.

»Bonjour, mon capitaine«, begrüßte ihn Cherif.

»Bonjour«, brummte Trond. »Ich würde gerne diesen Chinesen treffen, diesen Li Bao.«

»Verstehe, mon capitaine«, sagte Cherif. »Den finden wir auf dem Affenkopfmarkt.«

»On y va«, sagte Trond. »Und was zu essen wäre auch nicht schlecht.«

Anderthalb Stunden später hatten sie den Markt erreicht, was deshalb erstaunlich war, weil der Markt sich Luftlinie nur wenige Kilometer vom Hotel entfernt befand.

Tronds Hunger hatte sich mittlerweile zu einer handfesten Unterzuckerung ausgewachsen, bedrohlich, weil Trond in diesem Zustand zu Verhaltensauffälligkeiten neigte.

Cherif setzte ihn vor einem dubiosen Schuppen mit Veranda ab, wo es angeblich das beste Huhn weit und breit geben sollte. Er versprach, den Chinesen aufzutreiben und sich mit diesem in einer Stunde dort einzufinden.

Der Gestank, der vom Markt herüberwehte, war bestialisch. Kein Wunder, bei dieser Hitze und ohne Kühlung sank die Haltbarkeit von Lebensmitteln auf wenige Stunden.

Mit Huhn konnte man nicht viel falsch machen.

Der Kellner sah zwar nicht sehr vertrauenerweckend aus, aber was blieb Trond übrig? Er bestellte Huhn mit Reis und Guavensaft.

Der Saft schmeckte sensationell. Trond fragte sich, ob er überhaupt schon einmal etwas getrunken hatte, das an diesen Saft heranreichte.

Seine Stimmung steigerte sich augenblicklich. Alles würde gut werden. Kein Problem. Er war in guter Verfassung, hatte einen verlässlichen Guide und einen Plan. In der Küche waren deutlich Aktivitäten hörbar. Gleich würde er etwas zu essen bekommen. Das war das Wichtigste, denn im Zustand der Unterzuckerung konnte er keinen vernünftigen Gedanken fassen.

Das Huhn wurde vom Koch serviert, einem kräftigen Mann, der Trond jedoch wenig Aufmerksamkeit schenkte, weil er damit befasst war, Anweisungen in Richtung Küche zu brüllen.

Die Haut schien schön kross zu sein, aber Trond hatte einen solchen Kohldampf, dass er beschloss, gleich zur Sache zu kommen. Also weg mit der Pelle und ran an das Fleisch. Die Pelle ließ sich verdächtigerweise am Stück zurückklappen. Als Trond sah, was sich unter der Pelle verbarg, erfasste ihn das blanke Entsetzen. Das beste Huhn weit und breit bestand ausschließlich aus Haut und Knochen. Trond konnte es nicht fassen. An seinem Huhn befand sich nicht der kleinste Fetzen Fleisch! Die kalte Wut stieg in ihm hoch. Jemand würde für diesen Frevel sterben müssen. Trond hielt einen Moment inne. Der Druck der 45-er in seinem Hosenbund stellte eine Versuchung dar, seinen Plan umsetzen zu können, sein Restverstand hielt ihn zurück. Er würde sich beherrschen müssen. Er beschloss, den Reis zu essen, um sich zu beruhigen. Keine gute Idee. Der Reis war eiskalt, pappig und ungewürzt. Ungenießbar. Trond schob den Teller beiseite und beschloss, den Kellner zur Rede zu stellen. Der hatte jedoch von einem Moment auf den anderen seine Fremdsprachenkenntnisse vollständig eingebüßt und brabbelte ein vokallastiges Idiom, das Trond nicht verstand. Er bestand auf seiner Bezahlung. Trond warf ihm einen zerknüllten Schein vor die Füße und bedachte ihn mit einer beeindruckenden Schimpftriade auf Norwegisch. Der Erfolg war mäßig. Der Typ wurde laut und verwies Trond auf die Straße. Er musste in der Nähe bleiben, denn das Restaurant zum besten Huhn weit und breit war der Treffpunkt, den er mit Cherif ausgemacht hatte. Hungrig und wütend trottete Trond davon. Er hatte noch keinne zehn Schritte in Richtung des Affenkopfmarktes gemacht, da sah er sich bereits von einem Dutzend junger Männer umringt, die ihre Dienste als Guide anboten. Die Waffe in seinem Hosenbund schrie: Zück mich, benutz mich, mach dieser Posse ein Ende. Trond raffte seine gesamte Vorstellungskraft zusammen, seine ganze Konzentration und versetzte sich gedanklich in viertausend Fuß Höhe. Dort, am friedlichsten Ort der Welt, fand er die Ruhe und Besonnenheit, dem Drängen seiner niederen Instinkte zu widerstehen.

Das Hupen des Geländewagens holte den Träumer in die Wirklichkeit zurück. Cherif winkte und Trond spurtete in Richtung des rettenden Exils auf vier Rädern. Neben Cherif saß eine junge Dame auf dem Beifahrersitz und bot Trond großzügig zwei Handbreit Sitzfläche an. »Wir müssen reden«, brummte Trond.

»Wie war das Huhn?«, wollte Cherif wissen, wohl um das Thema zu wechseln, denn es war ihm nicht verborgen geblieben, dass Trond wenig begeistert über die charmante Gesellschaft war.

»Der Nächste, der mir eine Mahlzeit serviert, die keine ist, wird dafür mit seiner Gesundheit bezahlen, aber das ist nicht das Problem. Was soll das hier?« Trond deutete auf die junge Dame neben sich.

»Verstehe, sie haben dir den Touristenteller verpasst«, erklärte Cherif.

»Um mich ganz unmissverständlich auszudrücken: ich will was zu essen, ich will diesen Chinesen und ich habe dich für eine Woche exklusiv gebucht. Exklusiv bedeutet, keine anderen Passagiere, keine Weibergeschichten und keine anderen Gefälligkeiten.«

»Kein Problem, mon capitaine, kein Problem«, Cherif warf die Hände hoch, als wolle er sich ergeben. »Unser Kontaktmann ist hier auf dem Markt. Ich bringe die Kleine eben zu ihrer Schwester, stelle den Wagen ab und das war 's.«

»Die Kleine wird zu Fuß zu ihrer Schwester gehen und das war 's.« Cherif überlegte fieberhaft, wie er sein Gesicht wahren könnte. »Was hältst du davon, mon capitaine? Zwei Straßen weiter hat ein Vetter von mir ein Restaurant. Dort setze ich dich ab. Ich rede mit ihm, du isst etwas, das wird dich beruhigen, und nachdem du gegessen hast, suchen wir meinen Kontaktmann auf?« Trond spürte, dass er im Begriff war einen großen Fehler zu machen, konnte dem Angebot aber nicht widerstehen.

»Okay, aber wenn es wieder den Touristenteller gibt, kann ich für nichts garantieren.« Cherif setzte die Miene eines zutiefst gekränkten Sizilianers auf und setzte den Wagen in Bewegung. Zwei Straßen weiter stoppte Cherif und bugsierte Trond in eine Art Baracke, über der ein großes Schild angebracht war, das die Baracke als Restaurant auswies. Tatsächlich verschwand er in der Küche, wohl um seinen Vetter zu instruieren. »Ist Fisch okay?«, wollte er wissen und streckte seinen Kopf aus der Küche. Trond nickte.

»Ich bin sofort wieder zurück.« Cherif hatte es jetzt eilig zu verschwinden.

»So ein verdammter Zirkus«, dachte Trond, »ein halber Tag, nur um etwas zu essen zu bekommen.« Was Trond nicht für möglich gehalten hatte, geschah. Das Verwandtschaftsverhältnis erwies sich als nicht so tragfähig wie gedacht. Man servierte ihm Fischköpfe in einer übel riechenden Sauce. Der Kochkellner, ein wuchtiger Bulle von gut hundertzwanzig Kilo, platzierte eine Plastikgabel, deren Gebrauchsspuren er in Gegenwart des Gastes mit seiner schmuddeligen Schürze beseitigte, penibel genau neben dem Teller, ein demonstrativer Beleg dafür, dass er sein Etablissement der gehobenen Gastronomie zuordnete. Trond musterte den Mann, schob den Teller beiseite und steckte sich eine Zigarette an. Immerhin war das Bier genießbar. Trond leerte die Flasche und bestellte eine zweite Flasche. Der Bulle deutete fragend auf den Teller. »Ich werde dir deinen Schwanz abschneiden und ihn dir hier, vor versammelter Mannschaft, in deinen Arsch stecken, wenn du wissen willst, ob mit dem Essen etwas nicht in Ordnung ist«, sagte Trond auf Deutsch. Der Vetter verstand und trollte sich. Er kam wenig später mit einem neuen Bier zurück. »Das geht aufs Haus«, sagte er. Trond reagierte nicht. Er sah sich um. Weit und breit war kein Weißer zu sehen. Der Dieb in ihm brachte ein klein wenig Verständnis für die Jungs hier auf. Sie hatten nichts und würden nie etwas haben. Sie lebten in den Tag. Niemand hier dachte an ein Morgen. Es ging nur darum, jetzt und hier zu überleben. So einfach war das. Er war ein Tùbàtu, ein Weißer. Er hatte hier nichts zu suchen. Das war ihr Kiez. Und der Touristenteller war ihre Art, ihm genau das mitzuteilen. Vetter hin oder her. Dass Trond Kohldampf schob, interessierte hier niemanden. Für ihn war das eine neue Erfahrung, für jeden anderen hier nicht. Er hatte heute zwei Menschen zu einer warmen Mahlzeit verholfen. Solange er für jeden deutlich sichtbar ein Weißer war, würden sie ihn weiter über den Tisch ziehen. So viel war klar. Trond traf einen Entschluss. Er hinterließ eine Nachricht und begab sich auf den Markt.

Cherif war in Eile. Die Zutaten für den Liebeszauber hatte er bereits gekauft. Jetzt musste er noch das Wunderwasser gegen den Kri-Kri beschaffen. Die Mutter Fayolas hatte Cherif mit diesem Schadenszauber belegt, um sich an ihm zu rächen. Aber das würde ihr nicht gelingen. Papa Bango, Cherifs Marabu, war stärker als ihr Marabu und ein stärkerer Schamane bedeutete eine stärkere Magie. Papa Bango hatte ihm den Namen des Händlers genannt. Cherif kannte die Prozedur. Er musste sein Geschlecht mit dem Wunderwasser einreiben und durfte eine Woche keinen Sex haben, was kein Problem war, denn das Wunderwasser stank dermaßen, dass an Sex sowieso nicht zu denken war. Die Frage war, wie seine Fahrgäste darauf reagieren würden. Am besten würde er mit dem Gegenzauber erst beginnen, wenn sie bereits unterwegs waren, dann konnte niemand mehr aussteigen. Mehr Kopfzerbrechen bereitete Cherif die Anordnung seines Marabus bezüglich der Schutzmagie. Um den permanenten Angriffen von Nebenbuhlern und Müttern, die um ihre Töchter fürchteten, zu entgehen, hatte Cherif beschlossen, sich einer umfassenden Schutzmagie zu unterwerfen. Das war zwar aufwändig, kam auf die Dauer aber billiger. Dazu benötigte er vier Silberringe, die er jetzt noch besorgen würde, die in rotem Ziegenleder eingenähte Zauberformel trug er bereits um den Hals. Sorge bereitete ihm die dritte Komponente der Schutzmagie, der Kopf eines Schakals, den er jedoch nicht kaufen durfte, sondern selbst erlegen musste.

Das war das Problem. Er war kein Jäger. Er hatte nicht die Spur einer Ahnung, wie man einen Schakal jagte. Außerdem war da noch sein Auftraggeber, der ihn in den kommenden Tagen in Anspruch nehmen würde. Das würden anstrengende Tage werden.

München

Swartsman erwachte auf einem Sofa. Die Sonne schien ihm brutal ins Gesicht. Ein stechender Schmerz schoss von der Stirn seitlich zu den Ohren bis hinein in die Wirbelsäule. Sein Kopf drohte zu platzen. Seine Glieder schmerzten. Sein Mund war vollkommen ausgetrocknet, ein pelziger Belag schichtete sich fingerdick auf seiner Zunge. Er war in einem beklagenswerten Zustand. Die Wohnung war geräumig, luxuriös und tipptopp aufgeräumt. Swartsman versuchte, sich zu erinnern, was passiert war, aber sein Gedächtnis wollte nicht anspringen. Ein leerer Raum ohne Möbel, ein Nichts. Er versuchte, auf die Beine zu kommen, was ihm erst beim zweiten Versuch gelang. Der Schmerz hämmerte an seinen Schläfen. Er sah sich um und wankte weg vom Panoramafenster in die Richtung, in der er die Küche vermutete. Er riss den gewaltigen Doppeltür-Kühlschrank aus gebürstetem Metall auf und griff nach einer Litertüte Orangensaft, die im Getränkefach stand. Er setzte die Packung an und begann in langsamen, gierigen Zügen zu trinken, wobei ihm ein dünnes Rinnsal auf die nackte Brust lief. Er schenkte diesem Rinnsal keine Beachtung, auch als es seinen Weg weiter, den Bauch und sein rechtes Bein hinunter auf den Boden floss. Erst als die Tüte leer war, setzte er sie ab und sah sich nach einem Tuch um, mit dem er die klebrige Flüssigkeit von seinem Körper wischen konnte. Er griff nach einem Geschirrtuch, das über den Griff des Backofens gehängt war.

»Nimm bitte die Küchenrolle, die steht hinter den Gewürzen«, bemerkte eine sehr freundlich klingende Stimme.«

Swartsman fuhr zusammen und drehte sich um, etwas verlegen, da er vollkommen unbekleidet war.

»Du brauchst dich nicht zu genieren, ich war auf der Party.« Im Türrahmen lehnte ein etwa dreißig Jahre alter, sehr gepflegter und sehr gut aussehender Mann in einem blauen Business-Anzug.

Swartsman riss drei Lagen von der Küchenrolle ab und wischte sich den Orangensaft von Hals, Brust und Beinen.

Der hämmernde Kopfschmerz hatte ein wenig nachgelassen, ein Teil seiner Zungenbepelzung war weggeschwemmt worden. Ansonsten hatte sich sein Zustand jedoch nicht merklich verbessert.

»Am besten beginnst du mit einer Dusche. Das Bad findest du am Ende des Ganges links. Wenn du fertig bist, nimm den roten Bademantel. Ich mache dir inzwischen etwas zu essen.«

»Wo bin ich?«

»Das ist eine lange Geschichte. Die erzähl ich dir beim Frühstück.«

Der Mann hängte sein Sakko über eine Stuhllehne, griff nach einer Schürze und machte sich ans Werk. »Ich heiße übrigens Tobias.«

»Swartsman, sehr erfreut.«

»Ich weiß. Jeder kennt deinen Namen. Du bist jetzt eine Berühmtheit.« Tobias deutete mit der Hand in Richtung Badezimmer und Swartsman trollte sich.

Eine halbe Stunde später saßen sie an der großen Theke in der Küche und Swartsman schaufelte gierig den Berg mit Rühreiern vermengter Bratkartoffeln in sich hinein.

»Entschuldigen Sie meine Essmanieren, aber ich fühle mich, als hätte ich seit Tagen nichts gegessen.«

»Hast du auch nicht.« Tobias deutete auf die große Digitaluhr über der Tür und schmunzelte. Er sah, wie Swartsmans Blick immer wieder ungläubig an der Datumsanzeige hängen blieb.

»Wir haben den Siebzehnten. Du hast fast zwei Tage geschlafen.«

»Mein Container«, stammelte Swartsman.

»Der kommt übermorgen in Dakar an. Ich habe den Frachtbrief gelesen. Morgen Abend geht dein Flieger. Ich war so frei, deinen Flug umzubuchen. Du musst dir also keine Sorgen machen.«

Swartsman unterbrach für einen Moment seine Mahlzeit, versuchte, seine Gedanken zu sortieren, und aß dann weiter, weil es da noch nicht viel zu sortieren gab. Sein Kopf war immer noch eine riesige Leere.

Tobias legte ein Kuvert auf die Theke. »Das soll ich dir geben. Mit einem Gruß von Rolf.«

Swartsman hatte den Essensberg mittlerweile vertilgt und widmete sich jetzt dem Kaffee.

Tobias schob das Kuvert näher in Richtung seines Gastes. Der zögerte einen Moment. Dann öffnete er es. Es war randvoll mit Fünfhundert-Euro-Scheinen gefüllt.

»Das sind 35.000 Euro. Dein Anteil. Es liegt eine Casinoquittung dabei. Du kannst das Geld also ganz legal von jedem Geldinstitut aus auf dein Konto überweisen. Ich würde das hier in Deutschland machen. An der Grenze bekommst du Probleme mit so viel Bargeld.«

»Mein Anteil? Wofür?«

»Woran? An dem Gewinn. Du bist der Stolz der Gay Community. Du hast in einem direkten Wettkampf gegen die Hetero-Ikone Ricci Sofrano gewonnen und das unter den Augen von Zigtausend Web-Zuschauern, die diesem Wettkampf auf der ganzen Welt gefolgt sind.«

»Du machst einen Witz, nicht?«

»Nein, kein Witz. Buchmacher rund um den Globus haben Wetten platziert und das ist dein Anteil am Gewinn.«

Swartsman setzte eine betretene Miene auf. »Ich kann mich an nichts erinnern.«

»Das ist normal. Das liegt an den«, Tobias zögerte einen Moment, »Medikamenten.«

Swartsman leerte seinen Becher und goss sich neuen Kaffee ein.

»Ich fühl mich nicht gut. Kann ich mich noch etwas hinlegen? Danach würde ich mir gerne die Stadt ansehen. Ich war noch nie in Berlin.«

Tobias schob seine Tasse auf der Theke nervös hin und her und biss sich auf die Lippen.

»Was ist?«, wollte Swartsman wissen.

»Du, wie soll ich es sagen? Du bist nicht in Berlin«, stammelte Tobias.

»Nicht?«

»Nein. Du bist in München. Rolf und Marc mussten nach dem

Wettkampf fort und wir wollten dich nicht einfach in einem Hotel zurücklassen, also hab ich dich mitgenommen.«

Swartsman sah aus dem Fenster, ungläubig.

»München«, erklärte Tobias. »Du bist in München. Am besten legst du dich wieder hin und kommst erst einmal wieder zu Kräften. Ich muss gleich ein Interview mit einer alten Dame machen. Das dauert eine Stunde, maximal zwei. Um sechs Uhr bin ich wieder da.«

»München?« Swartsmans Stimme bekam etwas Trauriges. Tobias hatte keine Ahnung, ob das etwas mit der Stadt zu tun hatte oder mit Swartsmans Allgemeinzustand.

»Was für eine alte Dame?«, fragte Swartsman teilnahmslos.

»Eine hundertjährige alte Dame, die einmal eine berühmte Pilotin war. Ich muss jetzt wirklich weg. Ich lass dich hier ungern allein. Bist du okay? Ich bin um sechs wieder zurück.«

»Elly Beinhorn-Rosemeyer«, murmelte Swartsman wie in Trance.

Tobias sank auf den Barhocker und starrte Swartsman fassungslos an. In Gedanken spielte er alle denkbaren Möglichkeiten durch, wie Swartsman an diesen Namen gekommen sein konnte. Der Termin war von der Redaktion gemacht worden. Er war per E-Mail über die Details informiert worden. Es gab keine handschriftliche Notiz in der Wohnung, auch nicht im Wagen, nirgends. Er hatte den Namen niemandem gegenüber erwähnt. Es gab keinen Anrufbeantworter und Swartsman war nicht einmal in die Nähe seines Handys gekommen.

»Woher …«

Swartsmans Lebensgeister waren von einer Sekunde auf die andere erwacht. Er stürmte ins Wohnzimmer, durchwühlte das Sofa und kam mit seinem Boubou in der Hand zurück in die Küche.

»Gib mir fünf Minuten, ich komme mit.«

Tobias war fassungslos. »Das geht nicht. Sie ist über hundert Jahre alt und lebt in einem Seniorenheim in Grünwald. Wahrscheinlich ist sie dement. Ich bin froh, wenn ich drei zusammenhängende Sätze aus ihr herausbekomme.«

»Ich kenne sie. Gib mir fünf Minuten, den Rest erkläre ich dir im Wagen.« Swartsman stürmte ins Bad.

»Du bist der Enkel ihres Mechanikers?« Tobias hatte Mühe, seinen BMW auf der Straße zu halten. Swartsman nickte.

»Das glaub ich dir nicht«, sagte Tobias.

Swartsman nahm das Medaillon ab, das er um den Hals trug, und hielt es Tobias unter die Nase.

Tobias betrachtete den St. Christophorus und drehte das Medaillon um. »Möge er dich dazu bringen, dein Temperament zu zügeln, Gruß und Respekt Ernst Udet«, las er vor. »Wahnsinn. Das ist echt krass.«

»Krass?«

»Ja, das sagt man so. Krass, Mann, dein Deutsch ist wirklich antiquiert, Champion.« Tobias lachte. »Immer für eine Überraschung gut.«

Sie erreichten das Seniorenheim im Münchner Süden.

»Also«, erklärte Tobias die geplante Vorgehensweise, »das geht wie folgt über die Bühne: Du hältst dich im Hintergrund und ich mache mein Interview. Die gute Frau ist hundert geworden. Das ist das Thema des Interviews. Wenn ich mit meinen Fragen fertig bin, dann kannst du mit deiner Story um die Ecke kommen. Aber nicht früher. Hast du das verstanden?«

Swartsman nickte.

Die alte Dame war rüstiger, als Tobias erwartet hatte. Sie ließ die beiden in ihr kleines Apartment und verschwand in der Kochnische.

»Wie trinken Sie Ihren Kaffee?«, fragte sie Tobias.

»Mit Milch und Zucker bitte.« Er stellte ein Diktiergerät auf den Tisch und schaltete es an.

»Und du, Theodor, wo hast du gesteckt, all die Jahre? Ich bin ein wenig ungehalten, wenn ich ehrlich bin. Du hättest dich ruhig einmal melden können. Da muss ich erst hundert werden, damit du mich besuchst.« Sie kam mit den beiden Tassen in den Wohnraum.

»Und wie du aussiehst. Ganz schwarz. Das kommt davon, wenn man sein ganzes Leben bei den Negern verbringt.«

Tobias versuchte, seine Verärgerung hinter einer überzogenen Freundlichkeit zu verbergen.

»Das ist nicht Theodor, Frau Beinhorn, das ist Swartsman. Ich würde Ihnen gerne ein paar Fragen zu Ihrem aufregenden Leben stellen, wenn es Ihnen nichts ausmacht.«

»Junger Mann, ich werd doch wohl meinen alten Mechaniker wiedererkennen. Wir beide haben Abenteuer erlebt, so etwas, das gibt es heute gar nicht mehr. Bei den Songhai, stimmt's, Theodor? Und du musstest dich in diese Negerfrau verlieben, nicht zu fassen, als wenn es nicht genügend deutsche Mädels gegeben hätte, eine Schande war das. Ja, das war es, auch wenn man das heute nicht mehr sagen darf. Rassenschande war das.«

Swartsman hielt sich an seinen Teil der Vereinbarung und sagte nichts. Stattdessen betrachtete er die Bilder an der Wand. Da war sie, die alte Klemm, mit der Elly Beinhorn-Rosemeyer zu ihrem ersten Afrikaflug aufgebrochen war. Daneben Bilder von einem Auto Union Rennwagen und Bernd Rosemeyer mit einem riesigen Siegerkranz um den Hals.

Tobias war der Verzweiflung nahe. Das Letzte, was er für sein Interview gebrauchen konnte, waren rassistische Äußerungen von einer Nazi-Oma.

»Ich würde gerne wissen, was Sie damals in den Zwanzigerjahren dazu veranlasst hat, den Flugschein zu machen. Das war damals doch sehr gefährlich und eine reine Männerdomäne«, versuchte er das Gespräch in eine für seine Belange verwertbare Richtung zu lenken.

»Ja, natürlich war es das, deshalb haben wir das ja gemacht. Eigentlich wollte ich Tierfängerin werden. Aber Hagenbeck hat nichts davon wissen wollen, die haben gar nicht auf meinen Brief geantwortet. Dann habe ich Görings Rede im Radio gehört. Göring, für uns junge Mädels war das ein Held, ein Fliegerass aus dem Ersten

Weltkrieg. Er war gar nicht so, wie er nachher immer dargestellt wurde. Er war ein höflicher, kultivierter Mann. Ich habe ihn mehrmals getroffen. Wirklich kultiviert. Er hat gesagt, dass Deutschland ein Land der Flieger werden muss. Und da hat es mich gepackt. Da wusste ich, was ich werden wollte. Pilotin!«

Swartsman zuckte zusammen. Neben der Garderobe an der Wand hing ein Stab, der mit kunstvollen Schnitzereien verziert war. Er erkannte die Ornamente sofort. Es waren Songhai-Ornamente. Das musste der Zeremonienstab sein, der ihr vom Dorfältesten mitgegeben worden war. Dieser Zeremonienstab war der Ursprung des vermeintlichen Fluches. Sein Herz begann, wie wild zu schlagen. Er musste diesen Stab haben. Um jeden Preis. Er nahm den Stab von der Wand und ließ ihn durch seine Hände gleiten.

»Das war dumm von mir damals. Das hätte ich nicht tun dürfen«, sagte Frau Beinhorn. »Später als ich wieder in Deutschland war, hat es mir leidgetan. Ich hätte den Mann nicht schlagen dürfen, aber so war ich damals. Immer wollte ich mit dem Kopf durch die Wand.«

»Er möchte den Zeremonienstab zurückhaben und er hat mir das mitgegeben«, sagte Swartsman und überreichte der alten Dame das Medaillon.

Ein Lächeln breitete sich auf ihrem Gesicht aus. Stolz zeigte sie Tobias die Medaille.

»Ernst Udet. Er war der beste Kunstflieger der Welt. Er konnte ein Taschentuch mit dem Flügel einer Fieseler »Storch« vom Boden aufheben. Ein Kunstflieger, so wie ich auch. Er hatte immer Angst, dass ich ihm die Schau stehle, weil ich als Frau Figuren geflogen bin, die sonst nur Männer fliegen konnten.«

»Betrachten Sie sich als eine Vorreiterin der Frauenbewegung?«, wollte Tobias wissen.

»Unsinn. Diese ganze Emanzipation, das ist doch Unsinn. Wir waren nicht gegen Männer, wir haben nur bewiesen, dass wir dasselbe leisten können wie Männer.«

»Aber das ist doch das Hauptanliegen der Frauenbewegung.«

Die alte Dame wurde richtig fuchsig. »Wissen Sie, junger Mann, ich bin in Berlin mit Beate Uhse geflogen. Auch sie war eine Pilotin und eine sehr gute noch dazu. Beate ist ihr ganzes Leben von diesen Weibern angefeindet worden. Erzählen Sie mir nichts. Der Frauenbewegung geht es nicht um die Gleichberechtigung, weiß der Teufel, was die wollen, das sind Kommunisten oder was auch immer. Hören Sie mir bloß damit auf.«

Tobias wurde zunehmend unruhiger. Er hatte noch keinen einzigen brauchbaren Satz auf seinem Band.

»Vermisst du das Fliegen?«, fragte Swartsman.

Die Gesichtszüge der alten Dame hellten sich auf. »Oh ja, mein Junge. Das Fliegen war mein Leben und ich fliege heute noch, jede Nacht. Zwar nur noch in meinen Erinnerungen oder in meinen Träumen, aber ich fliege noch. Das Fliegen ist etwas ganz Seltsames, etwas Elementares, so wie die Liebe oder Kinder zu haben. Es ist, wie soll ich es sagen, etwas für den Menschen völlig Widernatürliches und zugleich seine Bestimmung. Das Fliegen ist der Beleg, dass ein Mensch alles erreichen kann, was er will. Das Fliegen ist der Beweis dafür, dass Träume die stärkste Kraft sind, die es auf der Welt gibt. Der Mensch hat viele Tausend Jahre davon geträumt, fliegen zu können, diese große Barriere zu überwinden, die ihn vom Himmel trennt. Niemand vermag heute mehr zu erfassen, was das damals für uns bedeutet hat. Mit der Eroberung des Himmels hat der Mensch ein Zeichen gesetzt. Wir haben uns wie Götter gefühlt. Wenn Traum und Wille Hand in Hand gehen, kann niemand sie aufhalten, keine Macht der Welt kann das. Flieger sind wunderbare Menschen. Ich sage das nicht über mich selbst, sondern ich sage das über all diejenigen, die alles für diesen Traum geopfert haben. Gute Flieger wissen um das geheime Band, das Mut mit Demut verbindet. Man setzt seine ganzen Fähigkeiten ein und weiß gleichzeitig, dass dies allein nicht ausreicht. Irgendetwas ist da oben, irgendeine Kraft, die dich dort oben duldet. Und das spürst du. Du weißt, dass du da eigentlich nicht hingehörst. Du weißt, dass dir ein wunderbares Privileg zuteilgeworden ist.« Die Stimme der alten Dame wurde zunehmend schwächer. Sie seufzte. »So ist das. Ein schönes Leben war das.«

»Ich wollte mich noch bei dir bedanken«, sagte Tobias im Wagen.

»Bedanken, wofür?«

»Du hast mein Interview gerettet.«

Swartsman ließ den Zeremonienstab zwischen seinen Fingern gleiten und lächelte zufrieden.

»Gern geschehen.«

»Wo kann ich dich hinbringen?«

»Zum Flughafen.«

Bamako

Cherif presste seinen Beutel an die Brust und ließ seinen Blick durch den Laden seines Vetters schweifen. Er war spät dran, Trond würde ungehalten sein. Außerdem war er ohne den Chinesen gekommen, was seinen Auftraggeber wahrscheinlich zusätzlich verärgern würde. Er hatte sich eine plausible Erklärung zurechtgelegt und ließ seinen Blick durch die Bar schweifen. Außer einem Dutzend dubioser Gestalten an der provisorischen Theke und einem Tuareg mit riesiger Sonnenbrille am Tisch neben der Tür war niemand da. Cherifs Vetter erschien und reichte ihm einen Zettel, auf den eine Nachricht gekritzelt war.

Warte hier, bis ich zurück bin, stand da.

Okay, er würde ein Bier trinken und warten, allerdings überkam ihn ein ungutes Gefühl. Ein weißer Mann allein auf dem Affenkopfmarkt, das konnte nicht gut gehen. Andererseits war der Mann ein Ex-Legionär und ein harter Hund. Das hatte Pont Neuf gesagt. Also, am besten würde er warten. Auf dem Tisch des Tuareg stapelten sich die Teller. Der Mann ließ alles auffahren, was die Küche zu bieten hatte. Er sprach französisch, einsilbig und im Kommandoton. Huhn, Bier, Couscous. Cherif wurde langsam nervös. Die Stände auf dem Markt würden bald schließen und er musste unbedingt noch seinen Marabu sprechen. Was, wenn er seinerseits eine Nachricht hinterlassen würde? Die Sache mit dem Marabu konnte sich hinziehen, anschließend wären noch ein paar weitere Besorgungen zu erledigen. Alles in allem eine Stunde. Das würde sich sein Auftraggeber nicht gefallen lassen. Cherif ließ sich ein Stück Papier geben und kritzelte eine Notiz darauf.

Mon capitaine, suche unseren Kontaktmann auf, warten Sie hier.

Er übergab den Zettel seinem Vetter und stürzte Richtung Tür. Bevor er nach draußen treten konnte, wurde er von dem Tuareg am Arm gefasst und unsanft auf den Stuhl gedrückt.

»Wo ist der Chinese?«, fragte der Mann mit dem blauen Turban und nahm seine Sonnenbrille ab.

Cherif war fassungslos: »Mon capitaine«, stammelte er.

Trond zählte ein paar Geldscheine ab, legte sie auf den Tisch und schob Cherif nach draußen.

»Der Chinese. Wo ist der Chinese?«

»Das ist nicht so einfach, er ist ein Sans-Papiers, die halten sich immer unauffällig im Hintergrund. Mein Kontaktmann weiß, wo er ist.«

»Gut, dann gehen wir jetzt zu deinem Kontaktmann.«

Nach wenigen Minuten hatten sie den Marabu erreicht.

»Du musst hier warten. Er ist sehr misstrauisch«, sagte Cherif.

»Verarsch mich nicht, das wird dir schlecht bekommen«, erwiderte Trond.

»Nur zehn Minuten, ich verspreche es.«

»Keine Minute länger.«

Nach zwanzig Minuten kam Cherif wieder raus. Einen Zettel in der Hand. Ehe er sich versah, hatte Trond den Zettel in der Hand und begann ihn zu lesen.

Er konnte kein einziges Wort entziffern, sah aber deutlich, dass es sich um einen Einkaufszettel handeln musste, da etwa ein Dutzend Wörter untereinander gekritzelt waren.

»Was ist das?«, bellte er.

Cherif biss sich auf die Lippen. Sein Hirn arbeitete auf Hochtouren.

Trond packte Cherif am Oberarm und drückte ihm mit der anderen Hand, die 45-er in die Rippen.

»Ich knall dich hier mitten auf dem Markt ab, verlass dich drauf.«

»Okay, Okay, komm mit.«

Im Wagen versuchte Cherif, seine Gedanken zu sortieren.

Trond wusste, wie jemand aussah, der sich unter Zeitdruck eine neue Geschichte ausdachte.

»Also, Schluss jetzt mit dem Unfug, ich will wissen, was der Quatsch hier soll«, brach es aus Trond heraus. Dabei schnappte er sich den Beutel, den Cherif wie ein Heiligtum an seinen Körper presste.

»Du verstehst das nicht, das ist Afrika hier. Hier gelten andere Regeln, glaub mir«, jammerte Cherif.

»Dann erkläre sie mir.« Trond durchwühlte den Inhalt des Beutels. Er war fassungslos. Mit spitzen Fingern zog er einen Krähenfuß hervor. »Was ist das? Was soll das?«

Cherifs Stimme bekam etwas Weinerliches. »Du darfst das nicht berühren, das ist Zauber, das ist nichts für Fremde.« Cherif war völlig verzweifelt.

»Du hast fünf Minuten Zeit, mir den Unsinn zu erklären«, sagte Trond und ließ den Krähenfuß wieder in den Beutel gleiten. Cherif versuchte, sich wieder in den Besitz des Beutels zu bringen, doch Trond behielt ihn als Pfand, um den Afrikaner zum Reden zu bringen. Diese Taktik erwies sich als äußerst effektiv, denn die Sätze sprudelten nur so aus Cherif heraus. Dabei streckte er flehend seine rechte Hand aus. Trond verstand nur einen Bruchteil dessen, was Cherif erzählte. Das lag zum einen an seinem begrenzten französischen Wortschatz und zum anderen daran, dass es ganz eindeutig völlig wirres Zeug war, das der Verzweifelte von sich gab. Ganz offensichtlich ging es um einen Fluch, den Cherif mithilfe des Marabus abwenden wollte. So wie es schien, hatte die Familie der jungen Frau, die Cherif gestern dabei hatte, eine ernst zu nehmende Attacke auf Cherifs Männlichkeit gestartet, um die Ehre der Familie zu retten. Dieser Zauber erforderte einen Gegenzauber, für den der Fuß des Federviehs unabdingbar war. Zudem hatte er wohl noch zwei weitere Fluchgeschichten am Laufen, die es erforderlich machten, dass er seine Rituale in der vorgeschriebenen Weise durchführte. Wie zum Beleg holte Cherif ein kleines Säckchen hervor, das er um den Hals trug, und zog sein Hemd hoch, unter dem ein Wickel zu sehen war, in dem sich Gott weiß, was befand. Trond winkte ab und reichte Cherif den Beutel, den dieser an sich drückte, als sei er sein liebstes Kind. »Hör zu, ich will von diesem Unsinn nichts hören. Wir sind hier, um einen Mann zu finden und du wirst mich jetzt zu unserer Kontaktperson bringen. Auf der Stelle, haben wir uns verstanden?«

»Ja, mon capitaine, auf der Stelle. Ich habe mit dem Marabu gesprochen. Er sagt, dass unsere Mission große Aussicht auf Erfolg hat, wenn …« Tronds Faust umfasste die Gurgel des Afrikaners.

»Deine Aussicht, aus dieser Sache sauber rauszukommen, ist gleich null, wenn du nicht sofort mit dem Humbug aufhörst und mich zu diesem Chinesen bringst. Du kannst es mit deinen Weibergeschichten und deinem Voodoozauber halten, wie du willst. Solange dich das nicht davon abhält, das zu tun, wofür du bezahlt wirst. Nur merk dir eins: Unser Auftrag wird Western Style gelöst, ohne Marabu. Haben wir uns verstanden?«

»Kein Problem, mon capitaine, Western Style, kein Problem.«

Eine Stunde später saßen sie im Hof einer Werkstatt, die verlassen schien. Cherif gab ein Signal mit der Lichthupe, woraufhin sich ein Schatten von der Wand löste und auf den Wagen zu bewegte. Die Wagentür ging auf und ein hagerer Chinese stieg ein. »Schnell«, sagte er und wies Cherif an, loszufahren. Trond ließ den Mundschutz seines Turbans herunter und nahm die Sonnenbrille ab, damit der Chinese sich davon überzeugen konnte, dass er es tatsächlich mit dem versprochenen Europäer zu tun hatte. »Li Bao«, stellte der sich vor und streckte dem falschen Tuareg die Hand hin. »Trond.« Die beiden musterten einander respektvoll. »Was kann ich für euch tun?«, fragte Li Bao. Trond klappte sein Notizbuch auf und deutete auf eine Telefonnummer. »Die Chinesen benutzen dieses Netz«, bemerkte Li Bao, nachdem er einen flüchtigen Blick darauf geworfen hatte.

»Das wissen wir, kennst du die Nummer?«, fragte Trond. Der Chinese zuckte mit den Schultern und deutete mit einer Geste an, dass man ihm ein Handy reichen möge. Trond gab ihm seins. Li tippte die Nummer ein und bat mit einer Bewegung seiner Hand um Ruhe. Man konnte hören, dass sich am anderen Ende der Leitung jemand meldete. Li Bao legte auf. Er drückte Trond das Telefon in die Hand und winkte ab.

»Ich will aussteigen.«

Trond hielt den Chinesen am Arm, der einen abschätzenden Blick zur Seite warf, so als wolle er sagen: »Das meinst du nicht im Ernst.« Trond zog die Hand zurück. Er fischte einen Geldschein aus der Tasche und drückte dem Chinesen das Geld in die Hand.

»Kennst du die Person?«

Der Chinese steckte den Geldschein ein und wandte sich ab. Das Unbehagen, das sich auf seinem Gesicht breitgemacht hatte, nachdem er die Stimme am Telefon gehört hatte, war echt, nicht gespielt. Trond besaß genügend Menschenkenntnis, um die die spontanen Regungen deuten zu können. Das hatte er beim Zoll gelernt. Dort kam es oft auf den Bruchteil einer Sekunde an, um eine Situation bewerten zu können. Und er, Trond, war stets besonders gut darin gewesen, die spontanen Reaktionen der Verdächtigen lesen zu können. Kein Zweifel, der Mann neben ihm im Wagen hatte Angst.

»Gefährliche Leute«, knurrte Li Bao. Eine wirkungsvolle Methode, jemanden zum Sprechen zu bringen, bestand darin, ihn anzusehen und zu schweigen. Und so war es auch hier. Li Bao fuhr fort, nachdem er bemerkt hatte, dass Trond mehr Information erwartete.

»Chinesen sind sehr geduldig und sehr zielstrebig, wenn sie Geschäfte machen.« Li Bao durchsuchte seine Taschen nach Zigaretten. Trond reichte eine Sekunde, um seine Schachtel zutage zu fördern.

»Private Geschäfte.« Li Bao sah Trond an, als erkläre das alles, der zog aber nur seine Augenbrauen hoch.

»Etwas ganz anderes ist es, wenn sie im Auftrag des Staates handeln. Dann dulden sie keinen Fehler, nicht den kleinsten Fehler. Wenn Chinesen im Auftrag einer staatlichen Behörde im Ausland unterwegs sind, dann müssen sie um jeden Preis Erfolg haben. Ein Privatmann kann eine zweite Chance bekommen, wenn er beim ersten Mal versagt. Der Vertreter einer staatlichen Institution landet auf einem vergessenen Außenposten, wenn er nicht die gewünschten Ergebnisse bringt. In diesem Fall würde man sie einfach verschwinden lassen.«

»Sie?«, fragte Trond.

»Ja, das ist die Telefonnummer von Commander Wu. Sie leitet eine Geheimoperation hier, sehr geheim. Zu gefährlich für ...«, er betrachtete seine beiden Auftraggeber, sprach den Satz aber nicht zu Ende. »Viel zu gefährlich.«

Trond wusste, ihm würde nur ein einziger Satz bleiben, um den Chinesen umzustimmen.

»Ich bringe dich nach Dakar und du bekommst Papiere, wenn du uns hilfst.«

»Ihr haltet eure Versprechen nicht, wenn ihr habt, was ihr braucht«, sagte Li Bao verächtlich. »Ihr seid keine Männer von Ehre.«

Trond zog seinen Pass hervor und reichte ihn dem Chinesen. »Kein Einreisestempel«, bemerkte er.

Der Chinese betrachtete das Dokument misstrauisch, blätterte es vollständig durch. Tatsächlich, dieser Europäer im Dress eines Tuareg war tatsächlich illegal eingereist.

»So wie ich reingekommen bin, kommen wir beide raus.«

Tronds Argument beeindruckte Li Bao. »In Dakar interessiert man sich dafür, was hier passiert. Man wird sich erkenntlich zeigen. Ob man dir einen Pass gibt, hängt davon ab, was wir mitbringen. Aber nach Dakar bringe ich dich auf jeden Fall.« Trond ließ seine Worte einen kleinen Moment wirken. Dann öffnete er die Wagentür.

»Deine Entscheidung.«

Der Chinese sah Trond in die Augen, lange Sekunden, wie zwei Boxer einander ansehen, kurz bevor der Ringrichter den Kampf eröffnet. Schließlich schüttelte der Chinese den Kopf und sprang aus dem Wagen. Trond schnappte sich die Karte und rannte hinter dem Chinesen her.

»Zeig mir wenigstens, wo wir diesen Commander Wu finden.«

Li Bao zögerte einen Moment, warf einen Blick auf die Karte und deutete mit dem Finger auf eine Stelle etwa zwanzig Kilometer westlich der Stadt. Dann verschwand er, ohne sich ein weiteres Mal umzusehen.

Li Baos Jugend

Zackig schritt der Leutnant in makelloser Uniform vor seine zentimetergenau ausgerichtete und stillstehende Kompanie.

Auf die hundertstel Sekunde genau, nachdem er zum Stehen gekommen war, trat der Unteroffizier zwei Schritte vor und brüllte:

»Vierte Kompanie der 149. Division der schnellen Einsatzkräfte des 13. Armeekorps Chengdu vollzählig zum Tagesbefehl angetreten, Herr Leutnant.«

Dieser nickte, unterließ aber den sonst an dieser Stelle üblichen Befehl zum Rühren, untrügliches Indiz dafür, dass die Truppe heute einen ganz besonderen Tagesbefehl erhalten würde.

»Wer sind wir?«, schrie der Leutnant.

»Das Schwert Südchinas«, dröhnte es aus hundertzwanzig Kehlen.

»Was sind wir?«

»Unbesiegbar.«

»Wie sind wir?

»Gehorsam, treu und tapfer bis zum Tod.«

Der Leutnant nickte zufrieden. »Rührt euch.«

Hundertzwanzig Sohlen knallten auf den Asphalt.

Der Leutnant ließ seinen Blick über die Truppe schweifen. Das tat er nie. Selbst nach dem Abschluss der Grundausbildung, als sie feierlich das Signet der Sondereinheit, ein Schwert mit Blitz verziert, weiß auf dreifarbigem Grund (für die drei Einsatzgebiete, zu Land, auf dem Wasser und in der Luft), überreicht bekommen hatten.

»Männer, heute ist ein besonderer Tag«, erklärte er sein ungewöhnliches Verhalten. »Heute ist der Tag, an dem ihr eine vollkommen neue Erfahrung machen werdet. Heute wird sich zeigen, woraus ihr gemacht seid. Die Volksbefreiungsarmee hat eure Körper zu Waffen gemacht und sie hat euren Willen gestärkt. Sie hat euch gelehrt, in jeder Situation, zu jeder Zeit und an jedem Ort das zu tun, was euer Land von euch erwartet. Ihr habt an euren eigenen Körpern erfahren, was ein Mensch zu leisten in der Lage ist, was er ertragen kann. Ihr habt euch auf zahlreichen Manövern mit den besten Einheiten der Welt gemessen und Furcht unter unseren Feinden verbreitet. Keine Armee der Welt kann es wagen, uns anzugreifen. Keine Armee der Welt wird es wagen, uns anzugreifen. Keine reguläre Armee.«

Der Leutnant legte eine bedeutungsvolle Pause ein und sah erneut in die jungen Gesichter seiner Elitetruppe.

»Der Feind, dem ihr heute begegnen werdet, trägt keine Uniform. Der Feind, dem ihr heute begegnen werdet, ist nicht als Soldat erkennbar, vielleicht ist er nicht einmal ein Soldat. Er trägt viele Namen: Freiheitskämpfer, Glaubenskrieger, Guerilla oder Partisan. Er ist sechs, sechzehn oder sechzig Jahre alt. Er ist männlich oder weiblich. Er ist fanatisch, unbelehrbar und ein Feind des Volkes. Er hält sich nicht an die Regeln der Kriegsführung und mit der klassischen Kriegsführung ist ihm nicht beizukommen. Heute werdet ihr diesem Feind begegnen.«

Der Leutnant nickte zufrieden.

»Wer sind wir?«

»Das Schwert Südchinas«, dröhnte es aus hundertzwanzig Kehlen.

»Was sind wir?«

»Unbesiegbar.«

»Wie sind wir?

»Gehorsam, treu und tapfer bis zum Tod.«

»Stiiiill«, brüllte der Unteroffizier.

Hundertzwanzig Sohlen knallten auf den Asphalt.

»Aufsitzen und abrücken«, rief der Leutnant.

Zwei Stunden später saß Li Bao mit seinem Zug in einer Militärtransportmaschine auf dem Weg zur Haftanstalt Nr. 2 in Kashi, in der autonomen Uigurischen Provinz Xinjiang.

Unter den Kameraden herrschte Einigkeit darüber, dass radikalen Moslems und Separatisten mit eiserner Faust zu begegnen sei und die Stimmung war ausgelassen. Allein Li Bao war beunruhigt. Die Aussicht, eine vollkommen neue Erfahrung zu machen, deutete auf einen ungewohnten Einsatz hin. Wahrscheinlich würden sie in moderner Verhörtechnik geschult.

Das zweite Indiz, das Li Bao misstrauisch machte, bestand in dem Umstand, dass sie auf dem Flughafen direkt in einen Mannschaftswagen verbracht wurden. Bei normalen Einsätzen waren kilometerlange Märsche, ABC-Alarmübung oder simulierter Feindbeschuss fester Bestandteil einer Truppenverlegung.

Dazu kam ein freundlicher Unteroffizier, auch das war hochgradig verdächtig.

In der Haftanstalt gab es eine kurze Besprechung. Die Tücken der asymmetrischen Kriegsführung, die Notwendigkeit, mit aller Entschlossenheit gegen jede Form des Separatismus vorzugehen. Bevor der Offizier Li Baos Zug in Zweiergruppen aufteilte, sagte er den entscheidenden Satz:

»Männer, ihr habt gelernt, hart gegen euch selbst zu sein. Ihr habt gelernt, schnell und präzise zu töten. Heute lernt ihr, hart gegen den Feind ohne Uniform vorzugehen, ohne ihn zu töten.«

Li Bao wurde mit einem Kameraden aus der Provinz Guizhou in den Verhörraum geführt.

»Wir beginnen mit der Tigerbank.« Der Unteroffizier deutete auf eine Holzpritsche von etwa einem Meter Länge, an der Lederriemen befestigt waren. »Der Feind wird auf die Bank gesetzt, wobei seine Beine bis zu den Knien fest mit dem Lederriemen am Gestell der Pritsche fixiert werden. Dann klemmen wir diesen Holzblock unter die Füße, sodass seine Sehnen gespannt werden. Wenn das geschehen ist, lassen wir den Feind für eine Weile allein. Das Warten bricht seinen Willen.«

Hereingeführt wurde eine etwa 40-jährige Frau, deren schmutzige und abgewetzte Kleidung darauf schließen ließ, dass sie sich bereits längere Zeit in Haft befand. Sie vermied den Augenkontakt mit den Soldaten. Darauf war Li Bao nicht vorbereitet gewesen. Er hatte einen Mann erwartet. Das Häufchen Elend, das hereingeführt wurde, wog keine 40 Kilogramm. Sie ließ sich widerstandslos die Hände auf den Rücken binden und auf der Bank fixieren.

»Fester«, befahl der Offizier, als Li Bao und sein Kamerad die spindeldürren Beine der Delinquentin mit den Lederriemen fesselten. Die Frau strömte einen Geruch aus, der kaum zu ertragen war. Sie musste seit Monaten nicht mehr mit Wasser in Kontakt gekommen sein. Li Bao hatte den Eindruck, die Frau schäme sich. Als der Unteroffizier sich vergewissert hatte, dass die Delinquentin ordnungsgemäß fixiert war, ergriff er zwei Holzblöcke und schob sie unter ihre Füße, sodass ihre Sehnen unter Spannung standen. Die Frau schrie nicht, sie gab lediglich ein Wimmern von sich.

Dann verließen die drei den Raum. Das Gefühl, das sich in Li Bao breitmachte, war nicht Mitleid, sondern Wut. Sein Vater, ein hoher Beamter im Ministerium für Landwirtschaft der Provinz Shangxi, hatte ihn mit aller Härte erzogen und die Zuneigung und Wärme seiner Mutter war das einzige Exil, in das er als Kind fliehen konnte.

»Die Tigerbank wird bei Delinquenten angewandt, die in keiner guten körperlichen Verfassung sind, bei jungen, starken Delinquenten wenden wir die Flugzeug-Methode an«, erläuterte der Offizier und schob einen Riegel beiseite, sodass Li Bao und sein Kamerad einen Blick in den Verhörraum 2 werfen konnten. Dort stand ein Mann mit geschlossenen und gestreckten Beinen an der Wand, den Kopf bis fast zu den Knien nach unten gebeugt. Sobald er den Kopf auch nur einen Zentimeter nach oben bewegte, wurde er mit einem Knüppel wieder in die äußerst schmerzhafte Ausgangsposition zurückgezwungen. Zudem musste er seine Arme ausgestreckt halten.

Der Offizier schob den Riegel wieder zurück. »Die Tigerbank und die Flugzeug-Methode sind äußerst effizient. Sie hinterlassen keine Spuren und auch keine Wunden, wodurch es zu keinen Infektionen kommen kann. In der Regel erhalten wir auf diese Weise alle Informationen, die wir benötigen.«

Der Unteroffizier begab sich zurück in den ersten Verhörraum und betrachtete die magere Frau, die leise winselnd auf der Bank hockte. Er nahm zwei Keile von der Fensterbank und schob sie unter die Holzblöcke, wodurch die Füße noch weiter nach oben gezwungen wurden und sich das Wimmern in ein für Li Bao kaum zu ertragendes Heulen verwandelte.

»Erst wenn sie ohne gefragt zu werden verraten, was uns interessiert, kann man sicher sein, dass sie die Wahrheit sagen. Sie rufen dann nach einem Wärter. Diese hier ist noch nicht so weit«, erklärte der Mann, als sie den Raum wieder verlassen hatten.

Am Abend war es ungewöhnlich ruhig im Schlafsaal, der eigens für die Soldaten des Schwertes Südchinas im Block 3 des Gefängnisses hergerichtet worden war. Dieser Block war für die gewöhnlichen Kriminellen reserviert, von denen einige heute aufgrund des hohen Besuches unter freiem Himmel im Hof schlafen mussten. Der Geruch von Desinfektionsmittel lag noch in der Luft. Betten und Matratzen waren neu. Ebenso die Decken, die sie bekommen hatten. Die Kratzspuren an den Wänden waren ein Indiz für den ursprünglichen Zweck der Räumlichkeit.

Jeder der jungen Soldaten war in Gedanken versunken. Niemand scherzte.

»Es sind Volksfeinde«, murmelte einer, mehr zu sich selbst, als zu den Kameraden.

»Schweig«, sagte der Zugführer.

Ein guter Stratege hatte stets den kommenden Schritt des Gegners vor Augen, wie ein Schachspieler. Li Bao hatte die Militärakademie als Jahrgangsbester abgeschossen. Nicht zuletzt, weil er über die Fähigkeit verfügte, aus einer Analyse des Jetzt auf das Bevorstehende zu schließen. Im Gegensatz zu seinen Kameraden ahnte er, was kommen würde. Das, was sie heute gesehen und erlebt hatten, war nichts im Vergleich zu dem, was sie in den kommenden Tagen zu sehen bekommen würden. In dieser traurigen Gewissheit schlief er ein.

Li Baos Befürchtungen wurden in einem kaum vorstellbaren Maße übertroffen. Dabei bedienten sich seine Befehlshaber eines perfiden Mechanismus, der auf der ganzen Welt zur Ausbildung von Elitesoldaten eingesetzt wird und der von erschreckender Effizienz war. Dem Mechanismus der Selektion, die im Tarnanzug des Wettbewerbs daherkam. Diejenigen, die die Verhörmethoden widerwillig anwandten, wurden aussortiert. So wie schon während ihrer Grundausbildung alle aussortiert worden waren, die den hohen körperlichen Anforderungen der Einheit nicht gewachsen waren. Übrig blieben die Hundertprozentigen und diejenigen, die jede Aufgabe, die ihnen gestellt wurde, als Wettbewerb betrachteten, als ein Indiz für die eigene Leistungsfähigkeit und damit als einen Beleg für die eigene Position im Rudel.

Zu dieser Kategorie zählte Li Bao seinen Kameraden Weng, der aus der Provinz Guizhou kam.

Weng und er hatten Dienst am Wasserkerker. Der befand sich an einem kleinen Teich außerhalb der Gefängnismauern. Der Wasserkerker bestand aus einem Metallkäfig von zwei Meter Höhe und etwas mehr als einem Meter Breite. Die Metallstreben an den Seiten waren mit Nägeln bestückt, sodass sich der Delinquent nicht anlehnen konnte. Li Bao und sein Kamerad wurden über die Funktionsweise des Kerkers instruiert. Die Delinquentin, eine junge Frau Ende zwanzig, wurde gefesselt vorgeführt.

»Sperrt sie in den Käfig und lasst sie bis zum Hals ins Wasser. Nach zwanzig Minuten wird sie soweit unterkühlt sein, dass sie uns erzählen wird, wo wir ihre Brüder finden. Das ist, was wir wissen wollen.«

»Ich weiß nicht, wo meine Brüder sind«, rief die junge Frau verzweifelt. »Ich weiß es wirklich nicht.«

»Ich bin mir sicher, dass es dir noch einfallen wird«, entgegnete der Offizier und ergänzte an Weng gewandt: »Passt auf, dass sie nicht ohnmächtig wird, dann ertrinkt sie. Ihr habt völlig freie Hand.« Mit diesen Worten verschwand der Offizier. Li Bao öffnete den Käfig und sein Kamerad riss der jungen Frau die Kleider vom Leib.

»Was soll das?«, fragte Li Bao.

»Dann kühlt sie schneller aus«, erklärte Weng.

Li Bao konnte das erbärmliche Klappern ihrer Zähne kaum ertragen.

»Sag uns, was wir wissen wollen, dann können wir dich rauslassen«, sagte er.

Sie war kaum noch in der Lage zu sprechen und wimmerte, dass sie wirklich nicht wisse, wo ihre Brüder seien.

»Ich glaub ihr kein Wort«, sagte Li Baos Kamerad.

»Ich geh mir die Beine vertreten«, knurrte Li Bao.

Während seiner Grundausbildung hatte er gelernt, wie man sich in der Situation, in der sich die Delinquentin befand, zu verhalten hatte. Er wusste, wie lange ein kräftiger Mann in dieser Position überleben konnte. Er wusste auch, welche Spätfolgen eine Unterkühlung haben konnte. Bei der Ernährung, die den Häftlingen zugeteilt wurde, hatte sie nur eine geringe Chance, die Lungenentzündung zu überleben, die eine sichere Folge ihrer Folter sein würde. Er überlegte fieberhaft, wie er der Sache ein Ende bereiten konnte.

Dann drehte er um. Er beschleunigte seinen Schritt. Am Teich angekommen, fand er den Käfig leer. Er sah sich um und hörte ein Wimmern aus dem Gebüsch. Der zitternde Körper der Delinquentin klammerte sich an Li Baos Kamerad, der auf ihr lag und sich in hektischen Bewegungen an ihr verging.

Li Bao ergriff einen Holzprügel und schlug zu. Kraftlos sank der Peiniger von der jungen Frau, die sich angewidert von ihm befreite wie von einem riesigen Insekt.

Li Bao sah sich um und reichte ihr die Fetzen ihrer Kleidung. Sie zog sich an und betrachtete ihren Befreier ratlos.

Li Bao gab ihr den Holzprügel und deutete nach Westen.

»Drei Kilometer in diese Richtung. Die Bahnlinie führt vor der Schlucht durch eine enge Kurve. Dort fährt der Zug so langsam, dass du aufspringen kannst. Danach bist du auf dich selbst gestellt. Meide das offene Feld, halte dich am Waldrand. Mach keine Pause, wenn du nicht mehr kannst, gehe langsamer, aber höre nicht auf zu gehen. Und jetzt schlag zu.« Li Bao reicht ihr den Holzprügel.

Die junge Frau zögerte einen Moment: »Ich kann nicht.«

»Wenn du nicht zuschlägst, lande ich da, wo du warst«, sagte er und deutete auf den Käfig.

Das Mädchen biss sich auf die Lippen, nahm den Knüppel und schlug zu.

Li Bao taumelte, fiel aber nicht um.

»Fester, verdammt noch mal. Stell dir vor, ich wäre er«, sagte er und deutete auf seinen Kameraden. Sie schlug erneut zu, mit aller Wucht und es wurde dunkel.

Bei der folgenden Vernehmung gab Li Bao an, sich an nichts erinnern zu können. Sein Kamerad jedoch war in der Lage, eine detaillierte Beschreibung des Partinanenkommandos zu geben, das sie überfallen hatte. Die Fahndung nach dieser Terrorzelle verlief trotz Großeinsatz ergebnislos und auch die Gefangene blieb unauffindbar, eindeutiges Indiz für die Richtigkeit der Überfallthese. Allerdings eine Schande für die Betroffenen.

Li Bao wurde daraufhin in ein Wachbattaillon strafversetzt.

Savanne

Trond lief in seinem Hotelzimmer auf und ab. Das tat er immer, wenn er nachdenken musste. Das Gehen ordnete die Gedanken, zwang sie in eine Reihenfolge. Drei Schritte quer durch den Raum, dann die Drehung und wieder drei Schritte zurück. Rückschläge gehörten zum Geschäft. Vielleicht hatte er die Gefahr unterschätzt. Ganz offensichtlich hatte er die Gefahr unterschätzt. Er hatte den Standort des Labors, er hatte einen Fahrer und ein Fahrzeug.

Allerdings wäre es dumm, unvorbereitet im Lager aufzutauchen. Was sollten sie auch als Grund für ihr Erscheinen angeben? Sie würden abgewiesen werden und danach wären die Chinesen gewarnt. Einmal entdeckt, würde es ihnen wahrscheinlich nicht mehr gelingen, ein zweites Mal auf das Gelände zu kommen. Es musste also beim ersten Mal klappen.

Es klopfte. Ein zaghaftes Klopfen, die Knöchel einer Frau. Trond öffnete die Tür. Die Hausherrin kam mit einem Tablett herein.

»Sie müssen trinken. Hier muss man viel trinken«, erklärte sie, sah sich kurz um und stellte dann das Tablett mit dem Tee auf den kleinen Tisch unter dem Fenster. Beim Hinausgehen musterte sie Trond skeptisch. Der trug immer noch sein Tuareggewand.

Der Ikerbey, die schwarze, mit gelben Fäden bestickte weite Hose der Tuareg, hatte den Vorteil, dass sie bei der Hitze nicht an den Beinen klebte wie seine Chinos und der Tekatkat, das weite Gewand, funktionierte wie eine textile Klimaanlage, indem er Luft zur Kühlung an den Körper ließ. Nur den Tagelmust, die Kopfbedeckung des Nomadenvolkes, hatte er abgelegt. Der schützte gegen die Sonne und den Staub und konnte bei Bedarf auch als Mundschutz verwendet werden. Daher trug Trond ihn nur außerhalb des Hotels.

»Haben Sie vielen Dank«, sagte er in Gedanken versunken.

Das mit dem Chinesen war ein unerwarteter Rückschlag. Das sollte ihn aber nicht davon abhalten, seine Recherchen fortzusetzen.

Vielleicht etwas besser vorbereitet und etwas weniger spontan. Western Style eben.

»Entschuldigen Sie«, rief Trond, als die alte Dame schon fast aus der Tür war. Er erinnerte sich, dass das Hotel über einen Internetanschluss verfügte. »Könnte ich vielleicht unten kurz ins Internet gehen?«

»Aber selbstverständlich.«

Trond ließ es sich nicht nehmen, seine frisch erworbenen Kenntnisse über die Funktionsweise des menschlichen Gehirns in den Bericht einzuarbeiten. Er wies darauf hin, dass es Anzeichen gebe, die dafür sprächen, dass der Professor Kontakt zu Personen aus China habe und dass er Indizien habe, aus denen er Rückschlüsse auf den Aufenthaltsort des Professors ziehen könne, denen er in den folgenden Tagen nachgehen werde. Trond verwandte einige Mühe darauf, seinen Bericht formal ansprechend zu gestalten. Er las sein Werk mehrere Male durch, veränderte hie und da ein paar Formulierungen und schickte den Bericht erst ab, als er mit jedem Detail zufrieden war. Dann zögerte er einen Moment, nahm ein Smartphone, schoss ein Foto von sich in seiner Verkleidung und sandte es an Aline mit dem Hinweis, dass er an sie denke.

Die Hausherrin hatte Trond die ganze Zeit nicht aus den Augen gelassen, schließlich befand er sich in ihrem Heiligtum. Nicht auszudenken, wenn alle Gäste auf die Idee kämen, von hier aus den Kontakt zur Außenwelt aufzunehmen.

Nachdem dies erledigt war, gab Trond die Längen- und Breitengrade des vermuteten Standortes des Labors bei Google Earth ein und wartete. Wie er befürchtet hatte, war das Areal nicht zu sehen, aber immerhin konnte man eine neu angelegte Wegeführung erkennen. Er druckte das Bild aus, bedankte sich und zwängte sich auf der engen Treppe zurück in Richtung seines Zimmers. Mit Cherif hatte er ausgemacht, dass sie sich abends aufmachen würden, um die Gegend am vermuteten Standort im Dunkeln einer ersten Inspektion zu unterziehen.

Vor seiner Zimmertür angekommen, zuckte er zusammen. Jemand hatte sich am Schloss zu schaffen gemacht. Die Tür war aufgebrochen worden. Trond tastete nach seinem Gürtel unter dem Umhang, um festzustellen, dass er die 45-er im Zimmer gelassen hatte.

Instinktiv trat er einen Schritt beiseite und drückte sich an die Wand. Er musste in das Zimmer. Kleider, Papiere, Geld, die Waffe, alles war dort. Er überlegte fieberhaft. Dann holte er tief Luft und drückte die Tür vorsichtig auf.

Nichts geschah. Kein Geräusch war zu hören. Er fasste sich ein Herz und betrat den Raum.

Auf dem Bett, die 45-er in der Hand, lag Li Bao. Sein Gesicht zeigte Spuren eines Kampfes. Die Kleidung ramponiert, Hämatome am Oberarm, eine Platzwunde an der Lippe. Hautabschürfungen an den Fäusten zeigten, dass er sich zur Wehr gesetzt hatte. Als der Chinese Trond erkannte, ließ er die Waffe sinken.

»Mach die Tür zu.«

Trond trat ein und schloss die Tür, indem er den Hocker unter die Klinke klemmte.

Er nahm die Waffe an sich und kontrollierte die Trommel. Alle fünf Patronen waren an ihrem Platz. Dann steckte er die Waffe weg. Er deutete auf die Teekanne.

»Sieht so aus, als könntest du einen Tee vertragen«, sagte er und goss die Tasse voll.

»Er ist nicht mehr heiß, aber lauwarm tut er es auch noch. Guter englischer Tee.«

Trond deutete auf Li Baos Blessuren. »Erzähl.«

»Da gibt es nicht viel zu erzählen. Ich hatte eine kleine Auseinandersetzung. Schätze, es wäre ganz gut, eine Weile von hier zu verschwinden. Wir sollten uns aber schnell auf den Weg machen.«

Trond nickte. »Okay, dann sollten wir keine Zeit verlieren, warte hier, ich muss noch etwas erledigen.« Er kritzelte eine Notiz auf einen Zettel und verließ den Raum. Vor dem Hotel trieben sich wie immer ein Dutzend Kinder herum. Trond winkte eines herbei und fragte es nach der Bar von Cherifs Vetter. Das Kind nickte. Trond steckte ihm einen Geldschein zu und den Zettel, mit der Order, diesen sofort dort abzugeben.

»Camouflage, mon capitaine, camouflage. Kein Touareg fährt allein mit einem Chinesen und einem Fahrer durch die Savanne, wir würden auffallen.« Cherifs Augen blinzelten listig. »Sieh dich um, alle Wagen sind bis auf den letzten Platz voll. So sehen die Autos in Mali aus.« Cherif bemerkte Tronds kurzes Zögern und deutete es richtig. Er nutzte diesen kurzen Augenblick, den das Gift der Notlüge brauchte, um seine Wirkung zu entfalten und nahm Trond kurzerhand die Entscheidung ab. »Ich wusste, dass du es verstehen würdest.«

Cherif wandte sich seinen neuen Fahrgästen zu und half, die eine oder andere Tasche auf die Ladefläche zu wuchten. Seinen eigenen Beutel hatte er am Außenspiegel befestigt, der von einem LKW stammte und mit einem riesigen Bügel am Kotflügel sowie auf dem Dach festgeschraubt war.

Cherif, Li Bao und Trond nahmen vorne Platz, die anderen Männer, Frauen und Tiere hinten. Die in der westlichen Welt in den Fahrzeugpapieren gängige Eintragung »zulässiges Gesamtgewicht« hatte in Westafrika keine Bedeutung. Vielleicht war die Schwerkraft in Äquatornähe geringer als auf der Nordhalbkugel oder die Leute wogen weniger oder Achsen und Felgen waren doppelt so dick, was auch immer der Grund war, auf jeden Fall passte neben den Passagieren im Fond noch eine Fußballmannschaft samt Trainer und Schiedsrichter auf den Pritschenwagen.

Solange der Nissan nicht unter der Last der Passagiere zusammenbrechen würde, war Trond egal, was hinter ihm vor sich ging. Er hatte es vorne einigermaßen bequem, zumindest im Vergleich mit den anderen. Nur der Staub blieb unerträglich. Der Tagelmust erwies sich als halbwegs brauchbarer Schutz. Außerdem hatte Trond Li Bao vorsorglich vor das Loch in der Windschutzscheibe platziert, sodass dieser den größeren Teil des Staubes abbekam. Frei atmen konnte Trond trotzdem nicht. Li Bao gab sich unbeeindruckt von den Widrigkeiten der Fahrt. Er schien bereits schlimmere Erfahrungen gemacht zu haben.

Li Bao hatte Cherif ihren Zielort verraten. Die Mandingue-Berge im Süden von Bamako. Das Camp der Chinesen lag etwa zwei Stunden Fahrzeit von Bamako im Nirgendwo der Savanne. Zwei Dörfer und eine Wasserstelle lagen auf dem Weg.

Trond hatte keine Ahnung, auf welchem Informationskanal sich die Nachrichten hier, wo es kein Telefon, ja nicht einmal Strom gab, verbreiteten. Ganz offensichtlich aber hatte sich die Kunde, dass sich ein Minibus außerplanmäßig in der Region aufhielt, verbreitet, da zahlreiche Menschen am ersten Dorf warteten, um die Plätze derer, die ausstiegen, einzunehmen.

»Sag denen, dass im nächsten Kaff Endstation ist«, brummte Trond. »Ich will niemanden dabei haben, wenn wir uns das Lager der Chinesen ansehen.

»Kein Problem, mon capitaine.«

Trond hatte mit Cherif besprochen, dass sie in eine der Hütten einkehren würden und warten, bis die Nacht angebrochen war. Dann würden Li Bao und er eine erste Inspektion des Chinesenlagers vornehmen.

Cherif steuerte eine Baumgruppe an, an der sich die Wasserstelle befand.

Li Bao protestierte: »Keine gute Idee, nicht halten.«

»Ich kenne mein Mali«, versuchte Cherif den Chinesen zu beruhigen.

Wie sich herausstellte, waren sie nicht allein. Drei Männer, die in einem Eselskarren unterwegs waren, ruhten sich im Schatten des Baumes aus. Sie musterten die Neuankömmlinge, wobei der Chinese ihre besondere Aufmerksamkeit erregte. Einer der drei Männer trat an Trond heran und fragte ihn etwas auf Tuareg.

Trond antwortete barsch in Französisch, woraufhin der Mann den beiden anderen etwas zurief. Dann ging alles ganz schnell. Trond sah in die Mündung eines betagten Revolvers und der Mann, der den Revolver in der Hand hielt, brüllte laut Kommandos. Daraufhin begannen die beiden anderen Männer, die Passagiere, Cherif und den Chinesen vom Wagen zu trennen. Sie mussten sich in einer Reihe aufstellen. Nur Trond stand etwas abseits, in die Mündung des Revolvers blickend. Die beiden Straßenräuber begannen, Cherif und den Chinesen zu durchsuchen. Dabei hielten sie durch lautes Rufen Kontakt zum Anführer mit der Waffe, der Trond in Schach hielt. Selbstverteidigung war immer Tronds Lieblingsfach gewesen. Erste Regel: Eine Handfeuerwaffe niemals zu nah an den Bedrohten halten. Gegen diese Regel verstieß der Anführer, denn seine Waffe war keine vierzig Zentimeter von Tronds Kopf entfernt. Mit einer blitzartigen Bewegung hatte Trond die Waffe ergriffen und seinen Daumen zwischen Hahn und Trommel geklemmt, wodurch die Waffe nutzlos geworden war, da sie nicht mehr abgefeuert werden konnte. Trond entriss dem Anführer die Waffe, worauf dieser jedoch nur mit einem müden Lächeln reagierte. Seine Entwaffnung schien ihn wenig zu beeindrucken. Er brüllte eine Anweisung in Richtung seiner Kumpane, worauf einer der beiden ein Messer zückte und es dem Chinesen an den Hals hielt.

»Die Waffe funktioniert nicht«, rief Cherif, der die Anweisung des Anführers verstanden hatte. Im Bruchteil einer Sekunde hatte Li Bao den Mann mit dem Messer überwältigt. Ein Geräusch, ähnlich dem Brechen eines Astes, verriet, dass der Chinese seinem Peiniger das Genick gebrochen hatte.

Trond drückte ab und tatsächlich, die Waffe reagierte nicht. Der dritte Mann warf die spärliche Habe der Fahrgäste eilig auf den Eselskarren, ängstlich bemüht, Li Bao nicht zu nahe zu kommen. Der Anführer sah Trond grimmig an und zückte nun seinerseits ein Messer. Trond zögerte keinen Augenblick. Er zog seine 45-er, zielte und drückte ab.

Das Grautier gab einen kläglichen Laut von sich und fiel tot um. Dann richtete Trond die Waffe auf den Anführer, der augenblicklich sein Messer fallen ließ. Mehr noch als das unerwartete Ableben seines Transportmittels irritierte den Mann, dass Trond sein verdutztes Gesicht mit dem Fotohandy dokumentierte, so als sei er eine gewöhnliche Touristenattraktion, die man mit seinen Lieben daheim teilt.

»Danke fürs Gespräch«, bemerkte Trond. »Los, einsteigen, die Party ist vorbei.«

Li Bao schlenderte lässig zum Wagen, wobei die Fahrgäste die ihre Sachen zusammenrafften, eine Gasse bildeten, als er vorbeilief. Li Bao betrachtete den toten Esel und warf Trond einen mitleidigen Blick zu.

Cherif strahlte: »Gut gemacht, mon capitaine.«

Zu Li Bao fiel ihm nichts ein. Er sah ihn misstrauisch an. Das, was gerade geschehen war, passte nicht in sein Weltbild und daher beschloss er, dass es nicht passiert war. Trond zupfte sein Gewand zurecht, und sah sich noch einmal um. Da, wo die Wasserstelle gewesen war, konnte man nur noch eine riesige Staubwolke erkennen.

»Wo hast du das gelernt?«, fragte Trond und imitierte den Genickbruch des Straßenräubers.

»China Special Forces.«

»Und wie bist du nach Afrika gekommen?«

»Lange Geschichte«, brummte Li Bao.

»Lange Straße«, bemerkte Trond, auf die Windschutzscheibe deutend, und bot Li Bao eine Zigarette an.

Li Bao sah den seltsamen Deutschen lange an.

»Faksen, ein deutscher Name?«

»Nein, norwegisch.«

»Du bist deutsch?«

»Ja, bin ich, meinen Pass hast du ja schon gesehen.«

»Das ist gut.«

»Was ist gut?«, wollte Trond wissen.

»In China keinen chinesischen Namen zu haben, bedeutet Probleme zu bekommen.«

»Hast du keinen chinesischen Namen?«

»Ich schon.«

»Dann hast du ja auch keine Probleme«, sagte Trond und lachte. Auch Li Bao lachte.

Dann erzählte der Chinese, wie er nach einem Jahr Dienst als Gefängniswärter in einem vergessenen Winkel des Reiches, eine neue Chance bekommen hatte.

»In China setzt man Häftlinge für Arbeiten ein.«

»Das macht man überall auf der Welt«, bemerkte Trond.

»Anders. Unternehmer bestechen Gouverneure und setzen Häftlinge statt Arbeitern ein. Der Gewinn wird geteilt.«

Trond zuckte mit den Achseln. Er hatte keine Ahnung, worauf der Chinese hinauswollte. Eigentlich hatte er nur wissen wollen, wie Li Bao nach Afrika gekommen war und warum er keine Papiere hatte.

»Die China National Water Resources and Hydropower Engineering Corp. hat für den Bau des Merowe Staudamms im Sudan Sträflinge aus China eingesetzt.«

Jetzt zog Trond die Brauen hoch.

»Mein Job war es, die Sträflinge zu bewachen.«

»China Special Forces?«, merkte Trond ungläubig an.

Li Bao schüttelte den Kopf. »Das war vorher.« Dann erzählte er dem Deutschen in der Tuareg-Kleidung vom Vorfall in der Provinz Kashi und von seiner Strafversetzung.

»Und auf der Baustelle hast du noch eine Gefangene befreit?«

Li Bao schüttelte den Kopf. Einmal Wärter, immer Wärter. Wärter sind auch Gefangene, nur das Essen ist besser und man hat eine Waffe. Das ist der einzige Unterschied. Ist nichts für mich. Will ein freies Leben haben.«

»Verstehe.« Trond war nachdenklich geworden. Im Grunde war alles ganz einfach. Jeder Mensch wollte dasselbe, egal, wo er lebte und egal, was für eine Geschichte er hatte.

»Bist 'ne ehrliche Haut«, sagte er.

Li Bao verstand nicht.

Trond deutete auf den Chinesen und streckte den Daumen nach oben.

Li Bao nickte.

Trond wusste, dass Li Bao den interessanteren Teil seiner Geschichte verschwiegen hatte. Ganz offensichtlich kannte er die Betreiber des Lagers. Aber das Gespräch war ein guter Anfang gewesen. Das Eis war gebrochen. Er würde nur warten müssen, bis der Chinese den Rest der Geschichte erzählte.

Cherif stoppte den Pick-Up Truck.

Sie hatten das Dorf in der Nähe des Lagers erreicht.

Howard Hughes

So schnell wie der Regen gekommen war, verschwand er auch wieder. Professor de Jager wischt die letzten Tropfen beiseite und betrachtete seine Improvisation. Er war durchaus zufrieden. Solange ihm die Chinesen den Strom nicht abstellen würden, hatte er alles, was zur Schaffung einer weihnachtlichen Stimmung in der Savanne Malis notwendig war. Seine Adventsdekoration bestand aus einer kümmerlichen Akazie, die er mit angemalten Papierkugeln geschmückt hatte und die von und einer Laborschreibtischlampe angestrahlt wurde. Der Professor betrachtete sein Werk missmutig, veränderte die Position einiger Reagenzgläser, die er als zusätzlichen Schmuck mit Bindfaden am Bäumchen befestigt hatte und nickte schließlich zufrieden. Dann machte es sich im Korbsessel bequem. Sitzend öffnete er die Kühlschranktür – das Gerät hatte er mühsam ins Freie geschleppt und mit Hilfe eines Verlängerungskabels in Betrieb genommen. Er steckte seine Füße in das obere, direkt unter der Tiefkühlung liegende Fach, lehnte sich zurück, und betrachtete den Sternenhimmel. Väterchen Frost an den Füßen und das Panorama der Sterne über ihm sorgten für eine wohlige Weihnachtsstimmung. Der Glühwein aus eigener Produktion und seine Vorstellungskraft besorgten den Rest.

Die Sternbilder zu lernen, das war auch so eine Sache, mit der er sich viel zu spät auseinandergesetzt hatte. Eigentlich war es eine Schande. Der Sternenhimmel über ihm war die wichtigste Konstante in der Geschichte menschlicher Erkenntnis und er hatte bis vor wenigen Tagen nicht die geringste Ahnung gehabt, was da oben los war. Er war nicht einmal in der Lage gewesen, die Sterne des eigenen Sonnensystems bestimmen zu können. Jeder halbgebildete Ägypter war in dieser Frage schon vor viertausend Jahren weiter gewesen. Er sah in den Himmel und betrachtete seine neuen Freunde.

Aus dem Sternbild des Bären löste sich eine Silhouette, die in einer sanften, schwungvollen Linie näher kam und direkt auf ihn zuhielt.

Der Professor konnte nichts Ungewöhnliches daran finden, auch nicht an dem Umstand, dass sich die Silhouette beim Näherkommen als ein zwölfspänniger Rentierschlitten entpuppte, der auf ihn zuhielt und direkt neben ihm im Staub zu einer sanften Landung ansetzte.

»Steig ein, wir müssen reden«, rief die hochgewachsene Gestalt auf dem Kutschbock.

Professor de Jager zögerte einen Moment, stand dann auf, den Glühwein immer noch in der Hand und war gerade im Begriff neben dem Mann auf dem Kutschbock Platz zu nehmen, als er das rüde Kommando:

»Kein Alkohol an Bord«, vernahm.

Der Kutscher trug einen roten Umhang und einen zerbeulten Filzhut nach der Mode der 30-er-Jahre, allerdings, eher untypisch für dieses Jahrzehnt, in leuchtendem Rot. Ein bartloser Weihnachtsmann. Untypisch auch der ungeduldige und missmutige Gesichtsausdruck. Nachdem der Professor zugestiegen war, setzte er sein Gefährt mit einem Zungenschnalzen in Bewegung.

Der Rentierschlitten gewann schnell an Höhe und bald nahm ein tiefes Schwarz den Platz der Landschaft unter ihnen ein. Professor de Jager spürte, wie der Kutscher ihn von der Seite taxierte und beschloss, ihm höflich zu begegnen.

»Darf ich mich vorstellen, mein Name ist …«, weiter kam er nicht.

»Ich weiß verdammt gut wer du bist, oder glaubst du, ich bin rein zufällig in dieser gottvergessenen Gegend unterwegs?«

Nein, das glaubte Professor de Jager nicht.

»Darf ich fragen, mit wem …?«

»Darfst du«, wurde der Professor erneut unterbrochen. Der Mann setzte ein charmantes Lächeln auf, das ihm erstaunlich gut gelang. So als wolle er dem Professor eine letzte Gelegenheit bieten, selbst darauf zu kommen, wer ihn zu so später Stunde mit seiner Anwesenheit beehrte. Aber Professor de Jager hatte den Mann noch nie gesehen. Er schien irgendwie aus einer anderen Zeit angereist zu sein.

»Mein Name ist Howard Hughes«, erklärte der Kutscher schließlich.

»Der Gründer des Hughes Medical Instituts?«, fragte der Professor interessiert.

»Genau der«, brummte der Mann und schüttelte den Kopf. »Und ganz nebenher auch noch der bedeutendste Flugpionier seiner Zeit.«

»Ich kenne das Institut, es ist der größte private Geldgeber für mein Forschungsgebiet«, erklärte der Professor. »Sie sind mit meinen Forschungen vertraut?«

»Natürlich, deshalb bin ich ja hier. Ich habe einen Auftrag für dich.«

»Einen Auftrag?«, fragte der Professor.

»Halt einfach mal die Klappe und hör zu«, raunte Howard Hughes und ergänzte in einem etwas versöhnlicheren Ton: »Um deinen Auftrag verstehen zu können, ist es wichtig, mein Lebenswerk zu verstehen.«

Der Professor sagte nichts. Er mochte es nicht, wie ein Trottel behandelt zu werden.

Nach einer kurzen Pause fragte Howard Hughes: »Hast du Träume? Ich meine, träumst du in der Nacht?«

Professor de Jager betrachtete den Mann auf dem Kutschbock in seinem albernen Weihnachtsmann-Outfit und sah dann nach vorne in Richtung der zwölf Rentierhintern, die so taten, als liefen sie. Dabei machten sie keinerlei Geräusche und doch verriet der Fahrtwind, dass sie sich fortbewegten. Schließlich sah er nach unten ins bodenlose Schwarz.

»Was ist das für eine Frage«, sagte er schließlich, »jeder träumt.«

»Ja, aber ich spreche nicht von normalen Träumen. Ich spreche von dem Traum, dem Traum der ständig wiederkehrt. Ich spreche von dem Traum der dein Leben bestimmt.«

Der Professor zuckte verächtlich mit den Schultern. Er war Wissenschaftler.

»Ich hatte einen solchen großen Traum, als ich jung war«, erklärte Howard Hughes. »Ich wollte der beste Flieger der Welt werden. Und um diesen Traum verwirklichen zu können, wurde ich einer der bedeutendsten Flugzeugkonstrukteure, weil es die Flugzeuge die ich brauchte einfach noch nicht gab. Ich musste sie selbst entwerfen. Pass auf, ich zeig dir was.«

Er griff nach den Zügeln, riss sie grob nach links und tatsächlich änderte sich diesmal die Fahrtrichtung.

Aus der Ferne wurde ein sonorer Motorenlärm hörbar, ein Geräusch, das schnell lauter wurde. Schließlich zeichnete sich der Umriss eines Flugzeugs ab, das nur für einen kurzen Augenblick sichtbar wurde, knapp an dem Rentiergespann vorbeischoss, wodurch der Kutschbock erheblich ins Schaukeln versetzt wurde, und dann mit ohrenbetäubendem Lärm wieder verschwand.

Der Mann auf dem Kutschbock sah dem Flugzeug nach und konnte seine Euphorie kaum verbergen. »Das war der H-1 Hughes Racer. Eine Eigenkonstruktion. Mit dem habe ich 1935 einen neuen Geschwindigkeitsweltrekord aufgestellt. 400 Meilen pro Stunde, halbe Schallgeschwindigkeit. Das war schon was damals. 1937 habe ich mit einer Northorp Gamma einen neuen Trans-Amerika-Rekord aufgestellt. Von Los Angeles nach New York in neun Stunden und siebenundzwanzig Minuten. Und das, obwohl mein Kompass kaputtgegangen war. Ich habe einen neuen konstruieren lassen, der von der amerikanischen Luftfahrtbehörde bis heute als Grundausstattung für jedes Flugzeug vorgeschrieben ist. 1938 bin ich einmal um die ganze Welt geflogen, in drei Tagen und neunzehn Stunden.«

In diesem Moment wurde das Rentiergespann von japanischen Jagdbombern angegriffen und Howard Hughes war gezwungen, ein Ausweichmanöver zu fliegen. »Das sind echte Saubiester, japanische Zeros, die haben unseren Jungs im Pazifik ziemlich eingeheizt. Die Zeros sind fast baugleich mit meinem H-1 Hughes Racer. Ich habe der US Air Force damals eine modifizierte Version meines Racers angeboten, aber die meinten, ich sei kein ausgebildeter Ingenieur und könne folglich auch keine brauchbaren Flugzeuge konstruieren. Dummerweise haben sie meine Pläne offen rumliegen lassen, sodass sie einem japanischen Spion in die Hände gefallen sind. Die Jungs haben meine Konstruktion dann in Serie gebaut. Nach Pearl Harbour hat die Air Force ihre Meinung über meine Fähigkeiten als Flugzeugkonstrukteur revidieren müssen, aber da war es zu spät.«

Eine zweite Maschine, größer und lauter als die erste, kreuzte die Flugbahn des Rentierschlittens.

Howard Hughes war wie verwandelt. Das Mürrische an ihm war völlig verschwunden.

»Oder da drüben, siehst du das?« Die Dämmerung hatte eingesetzt und man konnte tatsächlich einige Hangars und Schuppen sehen, vor denen abenteuerliche Konstruktionen aus der Zeit des Ersten Weltkrieges standen. »Weißt du, was das ist?«

Der Professor schüttelte den Kopf.

»Das ist mein Filmset für die Dreharbeiten von *Hell's Angels*. Wir haben damals alle Flugzeuge gekauft, die auf dem amerikanischen Kontinent zu haben waren. Bei Drehbeginn hatte ich mehr Flugzeuge als die spanische Luftwaffe. Ich wollte nicht im Studio drehen. Also haben wir die Inglewood Fields gekauft und einen voll funktionsfähigen Flugplatz gebaut, mit Hangars, einem Tower, Rollfeldern und allem Drum und Dran. Und weißt du, was heute auf unserem alten Filmset von damals steht?«

Der Professor war wenig interessiert, zuckte jedoch zusammen, als sich die Szenerie unter ihnen innerhalb von wenigen Sekunden dramatisch veränderte.

Ein riesiger Tower wuchs aus dem Boden, zusätzliche Landebahnen gruben sich in die Landschaft. Wo vorher Äcker gewesen waren, erschienen auf dem Boden Tausende kleine, blinkende Lichter. Das Rentiergespann wurde durch die gewaltige Verwirbelung eines landenden Jumbo Jets durcheinander gewirbelt.

»Genau. Als der Film fertig war, wurde auf dem Gelände den Flughafen von Los Angeles gebaut. Und da steht er heute noch, auf meinem alten Filmset. So war das damals. Es brauchte nichts als einen Mann und eine Vision, um die Welt zu verändern.«

Howard Hughes lenkte das Gespann nach Backbord, um dem Lärm des Flughafens zu entgehen.

»Ich werde dir noch etwas zeigen«, erklärte Hughes. Sie verloren an Höhe und flogen wenige hundert Meter über dem Wasser.

»Da unten, das ist die *Spruce Goose.* Das größte Flugzeug, das jemals gebaut wurde. Ihr Heck ist höher als ein achtstöckiges Haus. Ich habe sie selbst entworfen und selbst geflogen. Sie ist nur ein einziges Mal in der Luft gewesen. Mir ging es damals nur darum zu beweisen, das ein solches Monstrum fliegen kann.«

Hughes erzählte seine Anekdoten nicht wie ein Aufschneider, sondern eher beiläufig, so wie ein Notar bei der Testamentseröffnung die Vermögenswerte des Verstorbenen auflistet.

»Einen hab ich noch, auch so ein Ding, das nur einmal geflogen ist.« Howard Hughes zog die Zügel straff und der Schlitten schoss fast senkrecht nach oben in eine besorgniserregende Höhe, bis der Planet als Kugelsegment zu sehen war. Dann beschleunigte der Schlitten, umkreiste die Erde als sei es nichts und wurde erst wieder langsamer als sie die sonnenabgewandte Seite erreicht hatten und es wieder dunkel war.

»Etwas ganz Besonderes. Das einzige Fluggerät, das jemals von einem anderen Planten aus gestartet ist.«

Als Howard Hughes die von ihm angepeilte Position erreicht hatte, in einer Höhe, die keinerlei Orientierung mehr zuließ, stoppte er das Gespann. Damit hatte der Professor nicht gerechnet. Solange der Schlitten in Bewegung gewesen war, hatte er sich einigermaßen sicher gefühlt. Jetzt aber, wo sie frei im Raum schwebten, ergriff ihn ein massives Unwohlsein, um nicht zu sagen, die blanke Panik.

Ganz anders Howard Hughes, dessen Stimme etwas Zärtliches bekam. »Ist sie nicht eine Schönheit? Es gibt nichts, was sich mit ihr vergleichen ließe, absolut nichts.«

Dicht neben dem Rentierschlitten, zum Greifen nahe, tauchte der Moonlander aus der Dunkelheit auf, majestätisch schön mit seinen vergoldeten Beinen. Vollkommen geräuschlos schwebte er eine Weile direkt neben dem Schlitten, wie ein Fabelwesen aus einer anderen Welt, ein gewaltiges technisches Insekt. »Ich habe seine Konstruktion persönlich überwacht. Nicht viele Menschen wissen, dass der Moonlander aus unserer Produktion stammt.«

Die Panik immer noch in den Gliedern, versuchte der Professor den Vortrag zu verkürzen, in der Hoffnung, dass sich das Gespann wieder in Bewegung setzen würde.

»Sie sehen mich tief beeindruckt. Aber warum erzählen Sie mir das alles? Was hat das mit mir zu tun?«

»Darauf wollte ich gerade zu sprechen kommen«, bemerkte Howard Hughes. Er schnalzte mit der Zunge und der Rentierschlitten nahm wieder Fahrt auf.

»Dazu muss ich dir von einem Flug erzählen, der mein Leben verändert hat. Es war der Jungfernflug einer Eigenkonstruktion, die atemberaubend schön war und wahnsinnig schnell. Mit der bin ich abgestürzt. Bist du schon mal abgestürzt?«

Professor de Jager schüttelte den Kopf. »Sonst säße ich wohl kaum hier.«

»Wirklich nicht? Das muss man erlebt haben. Pass auf, ich zeig dir das mal. Nur wer schon mal abgestürzt ist, hat wirklich gelebt. Howard Hughes gab einen infernalisch lauten Pfiff von sich, woraufhin das Rentiergespann fast senkrecht nach unten schoss.

Der Professor klammerte sich mit aller Kraft an seinem Sitz fest. Hughes war völlig ungerührt. »Keine Sorge, ich hab das im Griff«, erklärte er. »Ich möchte das Ganze nur etwas anschaulicher machen. Also, die Maschine reagierte nicht mehr. Nichts, kein Öldruck, Ausfall aller hydraulischen Systeme. Ganz gleich was ich versuchte, die Maschine reagierte einfach nicht und ich verlor dramatisch an Höhe. Nichts zu machen. Ich hatte mit dem Leben bereits abgeschlossen und mir schossen alle möglichen Gedanken durch den Kopf. Es ist nicht so, dass das Leben Revue an einem vorbeizieht, wenn man das Ende sieht. Nein, so ist das nicht. Es ist, als ob die Zeit verzögert abliefe. Die eigenen Gedanken sind im normalen Modus nur die Umgebung bewegt sich in Zeitlupe. Dummerweise kann man nicht so schnell handeln, wie man denkt. Das ist wirklich beängstigend. Ich kämpfe also mit der Technik, versuche die Kiste irgendwie abzufangen, nichts funktioniert und Peng, trifft es mich wie ein Schlag. Eine Erkenntnis. Von einer Sekunde auf die andere werde ich vollkommen ruhig. Keine Ahnung, ob das immer so ist, ich bin nur ein einziges Mal abgestürzt, aber bei mir ist es genau so abgelaufen. Mich hat diese eine Erkenntnis getroffen und seit diesem Moment bin ich ein anderer Mensch.«

Der Rentierschlitten näherte sich mit beängstigendem Tempo dem Boden. »In dem Moment als ich den Tod vor Augen hatte, ist mir klar geworden, dass nicht ich es bin, der fliegt. Etwas in meinem Kopf hatte mich benutzt um zu fliegen, etwas über das ich keine Kontrolle hatte. Dieses Etwas in meinem Kopf hatte diese Besessenheit für das Fliegen in mir ausgelöst und in genau dem Moment, als ich sterben sollte, war es dieses seltsame Etwas, das mich rettete.« Hughes fing den Schlitten ab, kurz bevor er in der Savanne zu zerschellen drohte und ging in einen friedlichen, langsamen Gleitflug über.

»Ich weiß nicht mehr, was ich, oder besser gesagt, was es gemacht hat, eine verzweifelte Kombination von Handgriffen, irgendetwas, auf jeden Fall konnte ich die Maschine im letzten Moment in die Waagerechte bekommen und habe den Absturz überlebt, mit unzähligen Brüchen. Sechzig Prozent meiner Haut war verbrannt und mein Herz schlägt seitdem eine Handbreit neben seiner ursprünglichen Position in meiner Brust.«

Der Professor blickte zur Seite und blankes Entsetzen packte ihn, als er das verkohlte Gesicht des Mannes an seiner Seite sah. Mit verkrusteten Lippen fuhr Howard Hughes fort: »Ich habe damals das Hughes Medical Institute gegründet, um herauszufinden, was in meinem Kopf Besitz von mir ergriffen hatte. Ich habe mein gesamtes Vermögen und meinen Nachlass in dieses Institut gesteckt, aber es war mir nicht vergönnt, zu meinen Lebzeiten dieses Geheimnis zu lüften.« Die Gestalt auf dem Kutschbock hatte sich nun vollends in einen Greis verwandelt. Die Stimme immer noch fest, fuhr er fort. »Und jetzt kommen wir zu dir, mein Freund.« Hughes sah den Professor lange an. In seinem Greisengesicht war etwas Jungenhaftes erhalten geblieben, etwas von dieser Energie, die diesen Mann Zeit seines Lebens angetrieben hatte. »Du hast das Geheimnis gelüftet. Du hast diese Kraft gefunden, die von mir und unzähligen anderen Flugpionieren Besitz ergriffen hat. Du hast diese Prione entdeckt, ihre Funktion erkannt und hast sie sogar züchten können.«

Der Professor verzog das Gesicht, als wolle er diesen Gedanken nicht zulassen, aber Hughes ließ sich nicht beirren. »Du weißt ganz genau, wovon ich spreche, denn sie haben auch dich unter Kontrolle, genau wie sie mich kontrolliert haben. Deine Besessenheit hat sich zwar anders ausgeprägt als bei mir und den anderen, aber es ist dieselbe Besessenheit, derselbe Drang sein Ziel um jeden Preis zu erreichen. Gegen jeden Widerstand. Koste es was es wolle.«

Der Professor erkannte das Laborgelände unter ihnen und Hughes setzte zur Landung an.

»Jetzt geht es darum, dass wir die Mission zu Ende zu bringen, mein Freund.«

Der Professor zeigte sich wenig begeistert und Howard Hughes mobilisierte seine letzten Kräfte. »Ich verstehe gar nicht, warum du dich so zierst. Du weißt es doch selbst. Nicht wir sind die Krone der Schöpfung, sondern deine seltsamen Prione. Sie sind so gut wie unzerstörbar, sie können sich selbst reproduzieren und sogar einer hoch entwickelten Lebensform wie wir es sind, ihren Willen aufzwingen. Prione sind die Krone der Schöpfung, nicht wir. Die ganze Evolution, die ganze Geschichte der Menschheit und die ganze Entwicklung der Technik dienen nur einem einzigen Zweck: der Arterhaltung und der Verbreitung dieser Art. Nicht unserer Arterhaltung. Wir sind nur ein Vehikel. Wir werden uns in wenigen Hundert Jahren selbst von diesem Planeten getilgt haben, nein, die Evolution dient der Verbreitung der Prione. Nicht wir werden den Weltraum erobern und dort neue Lebensräume finden. Das ist eine völlig irrsinnige Vorstellung. Wir sind schon an der Kultivierung der Erde gescheitert. Nein, nicht die komplexeste Lebensform wird sich im Universum verbreiten, sondern die einfachste. Prione werden den Weltraum erobern und neue Lebensformen finden, die sie infizieren und dadurch entwickeln werden. Prione sind das kosmische Sperma. Wir sind nur ihr Werkzeug. Der Mensch mit seinen technischen Geräten ist nichts anderes als das Prionen-Shuttle.«

Die Worte des alten Mannes waren nicht ohne Wirkung auf den Professor geblieben. Er hatte genau das formuliert, was er selbst gefühlt hatte, damals auf dem Baum und auch in der Zeit danach. Die Übereinstimmungen waren beängstigend. Alles schien zusammen zu passen.

Howard Hughes fuhr fort: »Du bist der Mann, der den kosmischen Plan vollenden wird, mit meiner Hilfe, versteht sich. Wir beide sind auserwählt. Wir wissen, was außer uns niemand weiß und wir beide werden das kosmische Evolutionsprogramm ausführen. Wir sind die letzten Glieder einer Kette bedeutender Männer.« Hughes begann jetzt schneller zu sprechen, als würde seine Zeit ablaufen. Und tatsächlich erschien es dem Professor, als ob der Mann neben ihm weiter sichtbar alterte.

»Ich habe in meinem Testament verfügt, dass mein persönlicher Zugangscode zum Howard Hughes Space Center Werksgelände niemals gelöscht werden darf. Er lautet 050924, das ist mein tatsächlicher Geburtstag. Mit diesem Code kommst du in das Werk. Menschen vor Ort werden dich unterstützen. Es ist eine Mission zu einem sehr fernen, erdähnlichen Planten geplant. Dort wird organisches Leben vermutet. Das ist unser Ziel. Ist es erreicht, haben wir unsere Bestimmung erfüllt.« Die Stimme des Alten war schwach geworden und der Professor musste ganz nah an die Person rücken, die nur noch ein Schatten des Kutschers von vorher war. Das Ohr dicht am Mund des Greises, nahm der Professor dessen letzte Anweisung entgegen.

Der Schlitten war am Lager neben dem Wohncontainer zum Stehen gekommen. Der Professor stieg aus, brachte aber kein Wort des Abschieds hervor. Er sah, wie Howard Hughes in seinem albernen roten Weihnachtsmannmantel und mit seinem albernen roten Glückshut auf dem Kopf ein letztes Mal zur Seite blickte und winkte. Dann flog er davon.

Der Professor erwachte und versuchte aufzustehen. Er fiel längs hin, da seine Füße bis fast an die Knie taub waren und ihm nicht mehr gehorchten.

»050924«, murmelte er, im Staub liegend.

Übereilte Abreise

Eigentlich hatte der Professor geplant, Sailer am kommenden Markttag mitzunehmen und ihn in Sicherheit zu bringen. Aber Sailer war irgendwie verschwunden. Sie hatten ihn wohl erwischt. Pech gehabt. Kleine Opfer mussten gebracht werden.

Der Professor hatte bewusst darauf verzichtet, nach dem Verbleib seines Assistenten zu fragen. Das hätte nur den Argwohn der Chinesen geweckt. Weiterhin die Rolle des Verrückten zu spielen, war das Sicherste. Verrückte stellten keine Bedrohung dar und die Chinesen liebten es, sich überlegen zu fühlen. Nichts deutete darauf hin, dass dieser Donnerstag anders verlaufen würde als die Donnerstage zuvor. Es war Markttag und Professor de Jager würde Mabou bei seinen Besorgungen begleiten. Er wartete am Tor des Camps, wie er es immer tat, und er hatte keinerlei Gegenstände wie Taschen oder Gepäck dabei, wie immer. Niemand würde Verdacht schöpfen. Seinen Pass trug der Professor am Körper, mit Tape befestigt. Seine gesamte Ausbeute an gefriergetrockneten Prionen trug er auf dieselbe Art in einer Phiole in seiner Achselhöhle. Der Professor ließ selbst seine Aufzeichnungen zurück. Er würde sie ohnehin nicht mehr brauchen. Allerdings versteckte er sie. Vielleicht würde er später einmal zurückkehren und sie bergen. Aber das war höchst unwahrscheinlich und jetzt nicht mehr von Belang. Wie jeden Donnerstag stand der Professor an ihrem Treffpunkt. Mabou fuhr vor, hielt an und öffnete die Beifahrertür. Hinter ihm der chinesische Aufpasser, in einem eigenen Fahrzeug.

Der Professor begrüßte Mabou und deutete auf das Heck des Wagens: »Ich glaube, es hängt irgendetwas unter der Hinterachse.«

Mabou stieg aus, um nachzusehen. Der Professor griff nach Mabous Handy, das auf der Ablage lag, und schaltete es aus. Nur für den Fall, dass Commander Wu telefonisch eine Anweisung geben würde, die den Plänen des Professors zuwiderlief.

»Ich habe gehört, du bist verrückt geworden, du alter Zausel. Da ist nichts unter dem Wagen. Gar nichts«, sagte Mabou auf Bambara, nachdem er wieder eingestiegen war.

»Und ich habe gehört, es mangelt dir an Respekt vor dem Alter«, antwortete der Professor fast akzentfrei in der Stammessprache.

Mabou war fassungslos. Dann lachte er und ließ das Camp in einer riesigen Staubwolke hinter sich. »Unser Professor spricht Bambara. Er ist gar nicht verrückt, unser Professor hat alle an der Nase herumgeführt. Er ist schlauer als wir und auch schlauer als die Chinesen.« Mabou konnte seine Freude kaum verbergen. Er sah den Professor an, schüttelte den Kopf und klopfte auf das Armaturenbrett. »Du bist einer von uns und du hast sie alle genarrt.«

Jetzt, da sie sich in seiner Sprache unterhalten konnten, überschüttete Mabou den Professor mit Fragen. Ob er Kinder habe, ob er sie vermisse, wie lange er noch in Mali bleiben würde und vieles mehr. Der Professor bemühte sich, so wenig wie möglich zu lügen, aber am Ende des Gespräches hatte er keine einzige Frage wahrheitsgemäß beantwortet. Eine reine Vorsichtsmaßnahme. Commander Wu würde Mabou ganz sicher in die Mangel nehmen, wenn sie sein Verschwinden bemerkte und jeder noch so kleine Hinweis konnte seine Mission gefährden.

»Wir treffen uns bei Mama Dou, wie immer«, log Professor de Jager und deutet auf die Blechhütte am Rande des Marktes, als sie die Stadt erreicht hatten. Dann stieg er aus. Auch der Chinese stieg aus dem Wagen und vergewisserte sich, dass der Professor seine gewohnte Route zu den Ständen des Affenkopfmarktes einschlug. Alles war, wie es immer war. Der Professor begann seine Runde über den Markt an den Ständen neben dem Busbahnhof und würde sich dann nach unten durcharbeiten, bis er sein Café erreicht hatte, wo er eine Kleinigkeit essen und auf Mabou warten würde. Das Ganze würde zwei Stunden in Anspruch nehmen. Zwei Stunden, die der chinesische Aufpasser des Professors sinnvoller zu nutzen wusste, als sich an die Hacken eines Verrückten zu heften. Er sah auf seine Uhr und machte sich auf den Weg in die »No-go-Area« am Wasser.

Einen großen Vorsprung würde der Professor nicht herausholen können, aber das war auch nicht seine Absicht. Wichtiger, als schnell zu verschwinden, war es, spurlos zu verschwinden. Selbst wenn er es bis zum Flugplatz schaffte, würden sie ihn erwischen. Die Chinesen waren ausreichend gut mit den örtlichen Behörden vernetzt, um selbst einen Deutschen am Verlassen des Landes hindern zu können. Aus demselben Grund war auch eine Flucht auf dem Landwege per Bus oder Auto wenig Erfolg versprechend. Sein Verschwinden würde innerhalb von zwei Stunden entdeckt werden. Seine einzige Chance bestand in einem unerwarteten Manöver. Er würde eine afrikanische Flucht inszenieren.

Zwei Stunden später saß der Professor auf der Ladefläche eines Eselskarrens, in einem bunten afrikanischen Gewand, seine grauen Haare unter einer traditionellen afrikanischen Kopfbedeckung verborgen und mit einer riesigen Sonnenbrille auf der Nase. Niemand würde einen Eselskarren kontrollieren und niemand würde vermuten, dass er sich Richtung Timbuktu absetzte. Mit ihm auf dem Wagen, vier Frauen aus einem Dorf im Norden, die ihre Waren auf dem Markt verkauft und einige Besorgungen gemacht hatten. Sie waren fasziniert von dem geheimnisvollen Fremden. Der Professor ließ sich von den Frauen afrikanische Märchen erzählen und revanchierte sich damit, alte deutsche Märchen zu erzählen. Seine Geschichten fesselten die Zuhörerinnen, zum einen, weil die Frauen noch nie einen weißen Mann gesehen hatten, der Bambara sprach, und zum anderen, weil der Professor die Märchen in der ersten Person erzählte, so als habe er sie selbst erlebt. Außerdem sprach er zu den Frauen von gleich zu gleich. Er benutzte das Wort »wir« so häufig wie möglich. Diese Vorgehensweise verfehlte ihre Wirkung nicht. Die Frauen lauschten ihm gebannt und betrachteten ihn mit einer respektvollen Ehrfurcht. Er erschien ihnen wie ein Wesen, das sich zwischen zwei Welten bewegte. Und genau das war er auch.

Der Aline Blog

Aline fieberte mittlerweile den leider nicht sehr regelmäßig ankommenden Reiseberichten Tronds entgegen. Mal erhielt sie zwei Berichte an einem Tag, dann wieder hörte sie gar nichts aus Westafrika. Tronds Bilder seiner Kostümierung sowie die Geschichte mit dem Überfall in der Wüste hatten nicht nur sie, sondern auch ihre Freundinnen begeistert, was Tronds Stellenwert erheblich steigerte. Sie lag auf ihrem Sofa und las die telegrammartig kurz gehaltenen Nachrichten. Sie klickte durch die Bilder, die sie in den vergangenen Tagen bekommen hatte. Mit was für Typen er da unten zu tun hatte! Sie beneidete Trond, weil er, jetzt in diesem Moment, während sie bequem auf ihrem Sofa lag und einen Campari trank, mitten in etwas steckte, das sie noch nie erlebt hatte und wahrscheinlich auch nei erleben würde. Eine wirklich gefährliche Situation mit Menschen, die keinem kleinen Vorteil hinterher hetzten, sondern ihre ganzen Fähigkeiten aufbringen mussten, nur um zu überleben.

Sie kam sich das erste Mal seit sehr langer Zeit minderwertig vor. Und, daran bestand kein Zweifel: Sie vermisste ihn.

Aber immerhin hatte sie eine Überraschung für ihn. Auf dem sündhaft teuren Beistelltisch neben dem Sofa lagen fünf dicke Ordner, die sie besorgt hatte.

Das Lernmaterial für die JAR-FCL Privatpilotenlizenz.

Suche nach dem Professor

Commander Wu las die Nachricht wieder und wieder.

»Gute Arbeit! Erwarten unverzüglich Ihren persönlichen Bericht.« Darunter die Flugnummer und die Uhrzeit des anberaumten Treffens in Peking. Zwei Dinge stimmten nicht an dieser Nachricht. Zum einen war es mehr als unüblich, ein Lob in eine Nachricht zu packen, die aus nur sieben Wörtern bestand. Das war ganz und gar nicht der Stil des chinesischen Geheimdienstes. Zum anderen stammte diese Nachricht nicht aus dem Büro von Oberst Zhang. Der Oberst war jedoch ihr direkter Vorgesetzter und niemand außer ihm war über die Operation Bambusflöte informiert. Diese Nachricht kam von einer übergeordneten Dienststelle und das beunruhigte Commander Wu. Das Lob zu Beginn der Nachricht hatte einen leicht durchschaubaren Zweck: Es sollte sie in Sicherheit wiegen, ihren Argwohn besänftigen. Es gab nur einen sicheren Weg herauszufinden, was es mit dieser Nachricht auf sich hatte.

Commander Wu sah auf ihre Armbanduhr und rechnete. In Peking war es jetzt 21:00 Uhr. Sie griff zum Telefon und wählte die Privatnummer des Obersten. Sie kannten sich seit vielen Jahren und der Oberst hatte den Commander vor Beginn der Mission sogar einmal in sein Privathaus eingeladen.

Chen Chu, seine Frau, meldete sich am Telefon.

»Guten Abend Chen, hier spricht Commander Wu. Entschuldigen Sie, dass ich so spät noch störe, aber wäre es möglich, den Oberst zu sprechen? Es ist sehr wichtig.«

»Tut mir leid, der Oberst ist dienstlich nicht abkömmlich. Bitte setzen Sie sich mit seinem Büro in Verbindung«, sagte seine Frau mit kraftloser Stimme und legte auf.

Commander Wu wusste, wie sich eine auswendig gelernte Aussage anhörte. Sie hatte selbst Dutzende solcher Antworten verfasst und sie den Angehörigen vorgelegt. Kein Zweifel, der Oberst war verhaftet worden. Sie warf den Hörer auf die Gabel und rieb sich die Schläfen.

Das tat sie immer, wenn sie nervös war. Sie musste eine Entscheidung treffen. Sofort. Trotzdem galt es, Ruhe zu bewahren.

Sie war von Peking einbestellt worden. Jemand hatte brisante Informationen über ihr Projekt an die Zentrale gemeldet, nicht irgendjemand: Fu. Der hatte schon seit Beginn der Operation auf eine Gelegenheit gewartet, das Ruder zu übernehmen. Der Vorfall im Schimpansengehege hatte ihm dann einen Anlass gegeben. Dieser Idiot hatte in der Lagebesprechung vor versammelter Mannschaft von einem Aufstand gesprochen! Das musste man sich einmal vorstellen. Ein Aufstand! Dieses Wort hatte in Geheimdienstkreisen ungefähr die gleiche Bedeutung wie das Wort »Ketzerei« in der Inquisition. Schwer vorstellbar, dass sie Wu die Versuche zu Ende bringen lassen würden. Nein, diese Einbestellung nach Peking war gleichbedeutend mit einem Ende der Versuche. Mehr noch, sie war gleichbedeutend mit einem Ende all ihrer Ambitionen. Sie würde bestenfalls noch auf ein Kommando einer bedeutungslosen Einheit in der Provinz hoffen können. Das war das höchste der Gefühle, wenn überhaupt. Geheime Missionen hatten erfolgreich zu verlaufen. Jeder, der für das Scheitern einer solchen Mission verantwortlich gemacht wurde, verschwand in der Bedeutungslosigkeit, und das war noch das optimistische Szenario. Dabei war alles bereits auf dem Weg. Die Moschee in Tunis war bereits aktiviert worden. Ägypten, Libyen, der Jemen und Syrien waren vorbereitet. Commander Wu schäumte innerlich vor Wut. Sie hätte von einem Tag auf den anderen die große Lösung umsetzen können. Hätte – bedauerlicherweise sah der Commander keinen Weg, sich der Order aus Peking zu widersetzen. Commander Wu versuchte, ein Argument zu finden, das für sie sprach. Medizinisch gesehen hatte ihr Projekt funktioniert, sie war nur den großen Beweis schuldig geblieben. Und damit hatte sie nichts in der Hand. Niemand würde sich für sie einsetzen, auch der Oberst nicht. »Dieses Gespräch hat nie stattgefunden.« Das hatte er gesagt.

Die Aufräumtruppe würde schon auf dem Weg sein. So wurde das in solchen Fällen immer gemacht. Auf jeden Fall würde sich der Geheimdienst nicht darauf verlassen, dass sie der Aufforderung freiwillig nachkommen würde. Peking würde auf Nummer sicher gehen. Sie waren bereits auf dem Weg nach Mali, um sie zu verhaften, das Lager abzubauen und die Spuren zu beseitigen. Ein höherer Offizier, ein Zug Pioniere, bewaffnet ja, aber wahrscheinlich würden sie auf eine ausgebildete Kampftruppe verzichten. Wenn sie das Aufräumkommando leiten würde, gäbe sie der Gegenseite eine Stunde Zeit, um den Befehl auszuführen und sich auf den Weg nach Peking zu machen, maximal eine Stunde. In Peking angekommen, würde das Lager schon nicht mehr existieren. So viel war klar. Aber was konnte sie tun? Fliehen? Gut, sie verfügte über ausreichend Barmittel, um für eine Weile von der Bildfläche zu verschwinden, aber sie war Soldatin und Patriotin. Sie wollte nicht wie ein Verbrecher im Untergrund leben. Sie wollte dem System dienen. Sie wollte einen Beitrag leisten, um China zu dem zu machen, was es ihrer Meinung nach zu sein verdiente. Die größte Macht der Welt. Nur duldete die größte Macht der Welt keine Fehlschläge und eines war sicher: Man würde ihr keine zweite Chance geben! Ein Todesurteil hatte sie nicht zu befürchten, denn sie hatte in bester Absicht für ihr Land gehandelt. Aber sie würde nie wieder Verantwortung übertragen bekommen, bestenfalls für eine Schubkarre in einem Arbeitslager. Nein, das war nicht ihr Weg. Sie musste ihre Mission zu Ende führen. Nur sah sie keinen Weg. Jetzt würde nur noch ein Wunder helfen.

Hachet stürmte in das Büro des Commanders, ohne anzuklopfen.

»Der Professor ist weg, hat sich auf dem Markt abgesetzt«, keuchte er.

»Und seine Sachen?«

»Alles noch hier. Koffer, Kleidung, alle persönlichen Gegenstände.«

»Stellen Sie drei Suchtrupps zusammen. Flughafen, Busbahnhof und die Ausfallstraßen. Informieren Sie unsere Kontaktleute bei den Behörden. Polizei, Zoll und Militär. Schicken Sie denen ein Foto und eine genaue Personenbeschreibung. Die sollen alles dichtmachen.« Commander Wu überflog die Optionen, die sich ihr boten. Als Hachet schon fast draußen war, rief sie: »Fu soll sich in zwei Minuten hier melden, er begleitet mich. Abmarsch in sieben Minuten.«

»Zu Befehl.« Hachet verschwand so schnell, wie er gekommen war.

Jetzt galt es, schnell zu reagieren. Commander Wu öffnete den Safe und nahm die Kartuschen mit den Prionen an sich. Anschließend steckte sie die Pässe und das Bargeld ein. Sie stopfte einige Kleidungsstücke und Toilettenartikel in die kleine Reisetasche und versteckte diese unter dem Schreibtisch. Als Fu erschien, saß sie bereits vor dem Bildschirm.

»Ich muss nach Peking. Allerdings werden wir vorher noch den Professor fassen. Ich habe da so eine Idee. Sie begleiten mich. Ich informiere die Zentrale, dass ich eine Maschine später fliegen werde. Wir treffen uns in einer Minute am Jeep.«

»In einer Minute, jawohl«, echote Fu.

Commander Wu verfasste ihre Mail in der bekannt knappen Form:

»Deutscher Professor mitsamt den Forschungsergebnissen auf der Flucht, erbitte Erlaubnis, beides sichern zu dürfen.«

Mit sozialistischen Grüßen
Commander Wu

Sie wusste, was sie zu tun hatte. Sie würde sich stellen und die Verantwortung für ihr Projekt übernehmen, aber erst, nachdem sie den Professor gefunden, und ausgeschaltet hatte. Erst dann, wenn alles erledigt war, sollte die Partei entscheiden, wie mit ihr zu verfahren sei.

Als sie den Toyota erreicht hatte, standen die drei Suchteams schon bereit. Commander Wu deutete auf das erste Team:

»Ihr übernehmt den Flughafen. Setzt euch mit dem Zoll in Verbindung und sagt, dass der Professor im Besitz von gefährlichen Substanzen ist, die nur von unseren Spezialisten neutralisiert werden können. Die können sich jetzt endlich mal für unsere finanzielle Unterstützung revanchieren. Wenn ihr da seid, alle 15 Minuten telefonischer Bericht an mich.«

Sie wandte sich dem anderen Trupp zu.

»Ihr übernehmt den Busbahnhof. Konzentriert euch auf die Route nach Sikasso im Süden. Ich will wissen, welche Busse seit dem Verschwinden des Professors wohin gefahren sind. Die werden sich wohl an einen Weißen erinnern, der eine Fahrkarte gekauft hat. Bericht an mich, sobald diese Info da ist. Erst dann entscheide ich, wie weiter zu verfahren ist. Keine Eigenmächtigkeiten.«

»Fu und ich übernehmen die Ausfallstraßen nach Norden. Irgendwelche Fragen?«

»Was, wenn er sich uns widersetzt?«

»Gewalt, aber keine ernsthaften Verletzungen. Ich will ihn lebendig. Ihr werdet ja wohl mit einem alten Mann fertig werden, oder?«

Beide Teams waren bester Laune. Endlich einmal eine willkommene Abwechslung vom öden Arbeitsalltag im Lager.

»Jawohl.«

»Letzte Frage: Wie viel Mann sind noch hier?«

»Sechs Mann.«

»Zwei auf den Turm, die anderen verrichten normalen Dienst im Labor. Keine Freischicht, bis der Professor gefunden ist. Das Turmteam informiert mich über alle besonderen Vorkommnisse. Noch Fragen?«

»Nein.«

»Abmarsch.«

Commander Wu wandte sich an Fu:

»Hol das Blasrohr, wir treffen uns am Affengehege.«

»Ich denke, wir wollten …«

»Nicht denken, holen.« Ohne Fus Reaktion abzuwarten, machte sich Commander Wu auf in Richtung des Geheges.

Zwei Minuten später hastete Fu mit dem Blasrohr in der Hand am Gitter entlang. Die Staubwolke der Jeeps verschwand am Horizont.

Sie durchquerten die Schleuse zum Innengehege und der Commander öffnete das Schloss.

»Was wollen wir hier? Die Gehege sind doch leer.«

»Genau deshalb beginnen wir hier mit der Suche. Das Affengehege ist im Moment der sicherste Platz auf dem Gelände. Perfekt, um sich zu verstecken. Was, wenn der Professor unbemerkt zurückgekommen ist und wartet, bis sich das ganze Lager auf die Suche nach ihm gemacht hat? Sobald wir weg sind, kann er sich einen Jeep schnappen, seine Sachen holen und verschwinden.«

Das klang plausibel.

Commander Wu streckte die Hand aus. Fu sah den Commander ratlos an.

»Den Narkosepfeil.«

»Ach so, ja, natürlich.« Fu holte den Pfeil aus dem Lederetui und reichte ihn Commander Wu, die den Pfeil in das Rohr schob.

»Dann wollen wir mal. Du gehst vor.«

Fu zögerte einen Moment. Dann öffnete er das Tor und betrat das Gehege. Commander Wu ließ ihn an dem Kletterfelsen vorbei zu dem großen Baum in eine entlegene Ecke des Geheges gehen. Fu sah im Wechsel auf den Boden, um den Exkrementen zu entgehen, und in die Baumwipfel, in denen er den Professor vermutete. »Okay, das reicht«, befahl der Commander. Fu drehte sich um und blickte in das Ende des Blasrohrs.

Das Letzte, was er hörte, war der kurze, heftige Luftstoß, mit dem Commander Wu den Pfeil abfeuerte.

Showdown

»Woher kennst du Commander Wu?«, wollte Trond wissen, der dieses Mal den Platz hinter dem Loch in der Windschutzscheibe gewählt hatte und den Chinesen als Puffer zu der Quelle des Gestanks am Lenkrad missbrauchte. Der Staub war eindeutig das geringere Übel.

»Hab für sie gearbeitet«, knurrte Li Bao.

»Ohne Papiere?«

»Chinesen trauen Chinesen ohne Papiere mehr als Europäern oder Afrikanern mit Papieren.«

»Special Forces?«

Nein, korrigierte Li Bao: »Inoffizielle Kurierdienste«, was soviel bedeutete wie: »Frag nicht.«

Cherif folgte der Piste nach Norden Richtung Timbuktu, so wie es der Chinese gesagt hatte. Die Dämmerung hatte eingesetzt und Cherif konnte nur mit Mühe die Fahrrinne vor ihnen erkennen. Es handelte sich nicht um einen befestigten Weg, sondern um eine von den wenigen LKW, die hier vorbeikamen, gezogene Doppelspur. In der Regenzeit verschwanden diese Spuren wieder und es erforderte viel Erfahrung, sie neu zu ziehen. Aber es war Trockenzeit und Cherif konnte die Spurrillen in den Kegeln der Scheinwerfer einigermaßen gut erkennen. Unter normalen Umständen würde er es ablehnen, um diese Zeit in dieser Gegend allein zu fahren. Hier konnte man auf keine Hilfe hoffen, wenn etwas passierte. Aber die Ereignisse an der Wasserstelle hatten ihn davon überzeugt, dass sein Schutzzauber zu wirken begonnen hatte.

Er griff nach dem Ziegenlederamulett um seinen Hals und streichelte es.

Kaum hatte er es wieder losgelassen, sah er das Augenpaar eines Schakals im Lichtkegel seiner Scheinwerfer. Das war ein Zeichen!

Cherif trat das Gaspedal durch. Er würde ihn erwischen. Das Tier versuchte, in unbefestigtes Gelände zu entkommen. Cherif nahm die

Verfolgung auf, was nicht so leicht war, denn sobald der Schakal die Richtung änderte, musste Cherif ebenfalls die Richtung ändern, um ihn im Scheinwerferlicht zu behalten.

»Bist du verrückt geworden?«, rief Trond. »Hör sofort auf mit dem Quatsch. Wir sind hier nicht zum Vergnügen.«

Aber Cherif ließ sich nicht von seinem Vorhaben abbringen. Immer kürzer wurden die Haken, die der Schakal schlug, immer heftiger Cherifs Lenkmanöver. Und tatsächlich, der Pick-up holte auf! Das flüchtende Tier war nur noch wenige Meter vor ihnen. Cherif war jetzt voll und ganz Jäger. Ohne Rücksicht auf Mensch und Material. Die Schlaglöcher katapultierten seine Passagiere, die sich an alles klammerten, was Halt versprach, bis unter das Dach des Nissan. Gebüsche wurden zerfetzt. Jetzt gleich würde er einen Haken schlagen. Das spürte Cherif. Fragte sich nur, in welche Richtung. Bevor die Ausweichbewegung des Beutegreifers sichtbar wurde, riss Cherif das Steuer nach rechts. Er hörte, wie etwas unter den Boden des Fahrzeugs schlug. Cherif trat in die Eisen und brachte den Geländewagen zum Stehen. Er griff sich einen schweren Maulschlüssel und sprang aus dem Wagen.

Li Bao und Trond sahen einander fassungslos an.

Cherif strahlte, als er zurückkam, diesmal, um eine Machete zu holen.

»Das Ding kommt hier nicht rein«, befahl Trond, als Cherif stolz seine Trophäe präsentierte.

Der Jäger wickelte den Kopf des Schakals in ein Tuch und stopfte ihn in den Beutel, den er am Außenspiegel befestigt hatte. Den Rumpf des Schakals warf er auf die Ladefläche.

»Und wie kommen wir wieder zurück zur Straße? Wenn man das überhaupt so nennen kann«, wollte Trond wissen.

Die Lösung erwies sich als zeitraubend, aber effizient.

Li Bao, der froh war, dem Gestank im Inneren des Fahrzeugs für einen Moment entkommen zu sein, verdingte sich als Fährtenleser und suchte im Schein einer Taschenlampe nach der Spur, die der

Pick-up bei der Verfolgungsjagd im Staub hinterlassen hatte. Cherif folgte ihm im Schritttempo. Nach etwa dreißig Minuten waren sie wieder auf der Piste in Richtung Mopti unterwegs.

Wenig später ließ Li Bao Cherif anhalten.

»Mach das Licht aus«, deutete er mit einer Geste an.

In der Ferne war die Beleuchtung des Lagers zu sehen.

»Du bewachst den Wagen, Li Bao und ich sehen uns das Lager an.«

»Wieso? Ich will auch mit«, protestierte Cherif.

»Weil ich es sage und weil man dich auf einen Kilometer Entfernung riechen kann«, erklärte Trond. »Außerdem muss jemand auf den Wagen aufpassen. Kein Licht, kein Lärm. Du verhältst dich vollkommen ruhig und rührst dich nicht von der Stelle. Bis wir wieder da sind. Hast du das verstanden?«

»Ja, ja, bin ja nicht blöd«, knurrte Cherif.

»Ja, was?«, bellte Trond in ungewohnt barschem Ton.

»Jawohl, mon capitaine«, antwortete der Fahrer.

Trond nickte zufrieden und verschwand mit Li Bao in der Dunkelheit.

Als sie die Felsformation in unmittelbarer Nähe zum Lager erreicht hatten, stoppten sie, um das weitere Vorgehen zu besprechen. Li Bao sondierte das Terrain mit einem Fernglas.

»Es sind keine Fahrzeuge da. Das bedeutet, der Großteil der Truppe ist ausgeflogen, was ungewöhnlich ist. Für uns ist das gut. Die Wachen spielen Poker, wenn der Commander nicht da ist«, erklärte Li Bao.

»Dort drüben ist das Westtor. Da musst du rein. Aber Vorsicht. Rechts neben dem Tor, ungefähr 150 Meter im Inneren des Lagers, ist das Affengehege. Die machen einen Mordslärm, sobald sie dich bemerken«, sagte Li Bao und deutete auf die andere Seite des Komplexes. »Hinter der Biegung sind die Wohncontainer der Chinesen und das Materiallager. Innerhalb des Materiallagers gibt es einen Sperrbezirk, da dürfen nur die chinesischen Wissenschaftler und der Commander rein. Rechts sind weitere Container und das Labor, aber da bin ich nie gewesen. Da müssen die Deutschen untergebracht sein. Der einzige Weg zum Labor führt durch das Materiallager. Sonst müssen wir am Freigehege vorbei und das schaffen wir nicht unbemerkt. Die Affen sind schlimmer als Wachhunde.«

»Okay, dann durch das Materiallager«, entschied Trond und wollte los.

Li Bao hielt ihn zurück. »Nicht so schnell. Ganz so einfach wird das nicht. Wir kommen nicht durch den Zaun, der ist gesichert.«

»Gesichert?«

»Was denkst du denn? Da unten, das ist der Regelbau Typ II, für Straf- und Arbeitslager. Gleiche Bauart auf der ganzen Welt. Einfachste Sicherheitsstufe. Wird sowohl für Gefangene als auch für internationale Arbeitskolonnen verwendet. Stolperdrähte mit einem akustischen Warngeber. Wenn du die Sirene hörst, weißt du Bescheid. Auf den Wachtürmen können die sehen, in welchem Segment der Alarm ausgelöst wurde, und sie finden dich mit den Suchscheinwerfern. Da kann man nicht einfach so reinmarschieren.«

»Hm, und was machen wir?«

Die Tore lassen sich von innen öffnen. Ich geh rein und mach das Westtor am Materiallager auf. Dann schlüpfst du rein und kannst dich in Ruhe bei den Containern umsehen.«

»Und wie willst du reinkommen?«

»Eastern Style, lass das meine Sorge sein. Wir müssen zurück zum Wagen.«

Am Wagen angekommen ritzte Li Bao mit einem Stock den Grundriss des Lagers in den Staub. Er markierte das Materiallager sowie die Container, in denen er die Deutschen vermutete. Dann zeichnete er die Eingänge zum Lager.

»Du wartest am Westtor bis ich es geöffnet habe. Cherif fährt mich zum Haupttor und wartet im Wagen bis ich zurück bin. Treffpunkt ist hier. Wenn du deinen Professor hast, wartet ihr hier. Wenn wir zuerst da sind, warten wir. Wenn sie euch entdecken, werden sie die große Beleuchtung anmachen. Dann warten wir noch genau fünf Minuten. Keine Sekunde länger. Danach sind wir weg.«

Li Bao wandte sich dem Fahrer zu. »Ach übrigens, ich brauch deinen Beutel.«

»Nein, das ist unmöglich«, protestierte Cherif.

Nur den Beutel, den Inhalt kannst du behalten.

Widerwillig überreichte Cherif dem Chinesen das Gewünschte. Den Kopf des Schakals platzierte er liebevoll auf einem Lappen auf dem Armaturenbrett.

»Bring den Beutel bloß wieder zurück.«

Li Bao durchwühlte die Lebensmittelkiste und steckte eine Melone in den Beutel.

»Auf geht 's.« An Trond gewandt, sagte Li Bao: »Du wartest hinter dem Felsen. Wenn ich das Tor geöffnet habe, gebe ich ein kurzes Signal mit der Taschenlampe. Dann kannst du rein. Aber sieh genau hin. Ich gebe das Signal nur ein einziges Mal.

»Alles klar.«

Li Bao sah Trond nach, bis die Dunkelheit ihn verschluckt hatte. Dann klopfte er auf den Kopf des Schakals.

»Fahr los.«

Hundert Meter vor dem Haupttor ließ der Chinese Cherif stoppen.

»Du wendest hier, damit wir schnell verschwinden können. Und parke etwas abseits. Da wartest du und rührst dich nicht von der Stelle. wenn etwas schiefläuft, muss alles ganz schnell gehen. Von hier geht es dann zum Treffpunkt, da wird Trond auf uns warten. Verstanden?«

Cherif nickte. Wer hatte den Chinesen eigentlich zum Einsatzleiter gemacht? Gut, er kannte sich im Lager aus, aber Cherif war es, der sich in der Savanne auskannte, und zwar ohne das Kommando zu bekommen. Sollten sie nur machen. Er würde seinen Auftritt schon noch bekommen. Er würde den beiden schon noch zeigen, was in ihm steckte.

Nachdem Li Bao ausgestiegen war, drehte Cherif und fuhr etwa fünfzig Meter weiter, zum Ende des Platzes vor dem Tor. Er platzierte den Wagen so, dass er das Tor im Rückspiegel erkennen konnte.

Li Bao lief gemächlich zum Haupttor, den Beutel geschultert, und schellte.

»Wer ist da?«, fragte eine Stimme durch die Gegensprechanlage.

»Ich habe einen Kopf«, antwortete Li Bao auf Chinesisch.

»Um diese Zeit? Weißt du, wie spät es ist?«

»Ging nicht anders. Soll ich ihn vors Tor legen?«

»Nein, nein, da holen ihn die Hyänen, warte, ich mach auf.«

Der Wachmann erkannte Li Bao.

»Commander Wu ist nicht da. Ich hab zu tun. Du kennst dich ja aus. Melde dich, wenn du fertig bist, ich lass dich dann raus.«

Li Bao nickte. »Ist das Materiallager auf?«

»Ja, der Zugangscode zum Labor ist heute 359, aber zieh die Tür wieder zu, wenn du fertig bist. Leg das Ding in die Truhe, ich sag dem Commander morgen Bescheid.«

»Alles klar.« Li Bao warf seine rechte Hand in Richtung der Stirn, einen militärischen Gruß andeutend.

Der Wachmann hatte es eilig, zu seinem Spiel zurückzukommen.

Sobald er verschwunden war, eilte Li Bao zum Westtor und gab das verabredete Lichtsignal. Trond kam aus seinem Versteck hervor und zwängte sich durch das Eingangstor. Das Tor zum Materiallager war nicht verschlossen. Mit schnellen Schritten durchquerten sie das Lager und erreichten das durch eine schwere Eisentür abgeschirmte Labor. Trond rüttelte an dem Knauf und sah seinen Begleiter an. Der schob ihn beiseite und gab die Kombination ein, die er vom Wachposten erhalten hatte. Ein akustisches Signal ertönte und der Weg war frei. Trond war beeindruckt. Er sah sich noch einmal um und vergewisserte sich, dass niemand außer ihnen in der Halle war. Dann betraten sie das Labor, das deutlich größer war, als Trond erwartet hatte. Am Ende des Labors stoppte der Chinese.

»Ich zeig dir was«, erklärte Li Bao und öffnete den Deckel einer altmodisch aussehenden Tiefkühltruhe. In der Truhe lagen einige Affenköpfe und ein großer Leinensack. Li Bao riss den Sack auf, was nicht so einfach war, denn der Stoff war von einer dünnen Eisschicht umgeben, die erst entfernt werden musste, bevor man die Naht sehen konnte. Trond warf einen Blick auf den Inhalt und verzog keine Miene. In seiner Zeit als Zollinspektor hatte er Hunderte solcher Situationen erlebt, wenngleich er niemals einen abgetrennten Menschenkopf gefunden hatte. Trotzdem war er wenig erstaunt. Jetzt verstand er, warum der Chinese eine Melone in den Beutel gepackt hatte. So wie es schien, waren Menschenköpfe ein übliches Forschungsobjekt in diesem Labor und Li Bao ein Lieferant. Trond beschloss in dieser Situation, nicht näher auf die Hintergründe dieser seltsamen Geschäftsbeziehung einzugehen. Er warf einen letzten Blick auf den Kopf, der geöffnet worden war, und zwar nicht sehr umsichtig. Die Öffnung sah so aus, als ob sich ein Handwerker mit einem handelsüblichen Winkelschleifer an dem Schädel zu schaffen gemacht hätte.

»Ist das der Professor?«, fragte Li Bao.

Trond schüttelte den Kopf. Das war zwar der Kopf eines Weißen, aber der Tote war eindeutig viel zu jung.

»Los, du musst zurück, bevor sie misstrauisch werden. Ich mach mich zum Wohncontainer auf. Wir treffen uns am Wagen.«

Li Bao nickte und legte die Melone in die Kühltruhe.

Der Einschaltknopf des Radios übte eine magische Anziehungskraft auf Cherif aus. Ihm war langweilig und eigentlich sprach nichts dagegen, etwas Musik zu hören.

Er hatte den Finger schon am Knopf, als er sah wie sich eine Fahrzeugkolonne seinem Pick-up näherte. Vier Paar Scheinwerfer tasteten sich durch die Dunkelheit. Was hatte das zu bedeuten? Cherif war darauf vorbereitet, dass sich jemand aus dem Lager nähern würde, aber niemand hatte davon gesprochen, dass sie Besuch von außerhalb des Lagers bekommen würden. Cherif erkannte einen kleinen Jeep am Anfang der Fahrzeugkolonne. Dahinter einen Mannschaftswagen und einen LKW sowie einen weiteren Jeep am Ende der Kolonne. Sie hielten direkt auf den Haupteingang des Lagers zu. Ihm blieben nur wenige Sekunden, dann würde die Kolonne seinen Pick-up entdeckt haben. Instinktiv griff Cherif in seinen Beutel und holte die Paste des Schamanen hervor, mit der er den Kopf des Schakals einrieb, den er auf den Fahrersitz legte. Dann sprang er aus dem Wagen und versteckte sich in dem Gebüsch neben dem Truck.

Die Kolonne stoppte und zwei Mann aus dem Jeep rannten auf den Pick-up zu. Es waren Chinesen. Sie trugen eine Art Drillich, der den Eindruck erwecken sollte, nicht wie eine Uniform auszusehen. Einer der beiden Männer sicherte den anderen mit gezogener Pistole. Der Erste riss die Fahrertür auf und taumelte angewidert zurück. Sie wechselten ein paar Worte. Dann inspizierte der erste Chinese die Ladefläche des Pick-ups und hielt die Überreste des Schakals in die Luft. Er rief seinem Begleiter etwas zu, das vielleicht »Wilderer« bedeutete. Auf jeden Fall ließen sie den Pick-up stehen und begaben sich zum Haupttor, das nach einem kurzen, aber bestimmten Wortwechsel geöffnet wurde. Etwa ein Dutzend Mann sprang aus dem LKW und nahm die Befehle des Mannes aus dem Jeep entgegen. Dann begaben sie sich im Laufschritt in das Lager.

Trond durchquerte das Labor, fand die Tür ins Freie und orientierte sich kurz. Wenige Hundert Meter entfernt sah er die Container. Dort musste die Unterkunft der Deutschen sein. Dort würde er den Professor finden. Bis jetzt hatte er noch keine Sekunde darüber nachgedacht, wie er den Professor überreden konnte, sich ihm anzuschließen. War er freiwillig hier oder wurde er gegen seinen Willen festgehalten? Würde er auf einen Wächter stoßen oder konnte sich der Professor frei bewegen. Trond blieb keine andere Wahl, als zu improvisieren.

Die Container waren unverschlossen. Er wagte es nicht, den Lichtschalter zu betätigen und so musste er sich im Kegel der Taschenlampe orientieren. Trond stieß einen leisen Pfiff aus. Dann rief er mit gedämpfter Stimme:

»Professor de Jager?«

Keine Antwort. Der Baucontainer bestand aus einer winzigen Diele, von der aus drei Räume zu erreichen waren. Das Bad war erwartungsgemäß leer. Hinter der zweiten Tür verbarg sich ein Schlafraum, der sorgfältig aufgeräumt und unbewohnt war. Auch der dritte Raum war unbewohnt, jedoch standen da zwei Umzugskisten. Trond öffnete eine und entdeckte persönliche Gegenstände. Kleidung hauptsächlich, ein paar Bücher in Deutsch. Treffer. Die Sachen waren achtlos in die Kisten gestopft worden, wie von jemandem, dem die Gegenstände völlig gleichgültig waren. Auf jeden Fall nicht von deren Besitzer. Trond durchwühlte beide Kartons, fand aber nichts, das Aufschluss auf irgendetwas geben konnte. Sein Zöllnerhirn arbeitete auf Hochtouren. Der Gesuchte war ganz offensichtlich nicht da, aber er würde einen Hinweis brauchen, etwas, aus dem er auf den Verbleib des Professors schließen konnte. Suchen und Finden war die natürliche Veranlagung eines Zöllners. Darin unterschieden sich die Menschen nicht von den Hunden, die beim Zoll beschäftigt waren. Jetzt konnte Trond seinen Schnüfflerinstinkt voll entfalten. Wo würde man in diesem Container etwas verstecken, wenn man etwas verstecken wollte? Trond hatte in seinem Berufsleben Hunderte von Frachtcontainern durchsucht, nie zuvor aber einen Baucontainer. Doppelte Wände würde man als Bewohner eines solchen Containers wohl kaum unbemerkt einziehen können. Das erforderte Material und Werkzeug, das hier in der Savanne aller Wahrscheinlichkeit nach nicht zur Verfügung standen. Matratzen und Schränke kamen ebenfalls nicht infrage. Blieb das Bad. Ein Ort, in dem man sich einschließen konnte und der daher eine gewisse Intimität versprach, ideal für ein Versteck.

Trond klopfte die Fliesen ab, den Boden, dann die Decke. Nichts, kein Hohlraum, keine verdächtigen Spalten. Dann bemerkte er die altmodische Toilettenspülung. Im Nu stand er auf der Kloschüssel, hob den Deckel des Wasserreservoirs ab und tastete das Innere ab.

»Na bitte«, einmal Zöllner, immer Zöllner.

Er zog ein sorgfältig in Plastikfolie eingewickeltes Notizbuch hervor, trocknete es ab und steckte es ein. Hätte er aus dem Fenster gesehen, wäre ihm vielleicht der Schatten des Mannes aufgefallen, der neben der Eingangstür des Containers auf ihn wartete. So hatte Trond nicht die leiseste Spur einer Chance. Sobald er den Container verlassen hatte, wurde er zu Boden gerissen und mit einem Knebelgriff fixiert. Der Angreifer war gut einen Kopf kleiner als er selbst. Eine Hand drückte Tronds Mund zu, sodass dieser keinen Schrei von sich geben konnte. Jetzt erst erkannte Trond den Mann, der ihn überwältigt hatte. Es war Li Bao, der in diesem Moment seinen festen Griff löste.

»Ein chinesischer Eingreiftrupp ist hier. Fünfzehn Mann. Sie sind auf dem ganzen Gelände.« Der Chinese gab Trond keine Zeit, sich zu fassen. Er kippte Wasser aus der Regentonne auf den Boden und rieb sich zu Tarnzwecken drei diagonale Striemen durch das Gesicht, was ihm ein ausgesprochen martialisches Aussehen verlieh. Anschließend unterzog er Trond derselben Prozedur. »Jetzt wird es ernst. Mir nach. Und keinen Ton. Achte auf meine Hände.«

Trond sprang auf und beide hasteten zurück, Richtung Materiallager. Trond konzentrierte sich auf Li Baos Hand. Die gab jede ihrer Bewegungen exakt vor. Wann sie stoppten, wann sie gingen, ob sie sich langsam oder zügig fortbewegten.

Die Alarmbeleuchtung wurde eingeschaltet. Das gesamte Gelände erstrahlte in hellem Licht. Trond folgte dem sich geduckt fortbewegenden Chinesen durch den Eingang ins Labor. Innen war es noch dunkel. Sie erreichten die Kühltruhe und Li Bao stoppte, die Verbindungstür zum Materiallager fest im Blick.

Trond überlegte einen Moment. Er dachte an den Männerkopf in der Truhe. Es musste ein Mitarbeiter des Professors sein, wahrscheinlich sein Assistent. Trond öffnete die Truhe und zog den Leinensack heraus. Er sah sich kurz um, griff nach einem Kittel, der neben der Truhe lag, und wickelte den Sack in den Kittel. Li Bao schüttelte wie wild den Kopf. »Egal«, dachte Trond, wenn sie erwischt würden, spielte das auch keine Rolle mehr. Ein ordentliches Begräbnis war das Mindeste, was er für seinen Landsmann tun konnte. Womit er nicht gerechnet hatte: Der Leinensack enthielt offensichtlich mehr als nur einen Kopf, nur blieb keine Zeit, sich die anderen Köpfe anzusehen. War der Kopf des Professors dabei?

Sie hatten den halben Weg zum Materiallagertor bereits hinter sich gebracht, als die Tür geöffnet wurde und zwei Chinesen den Raum betraten. Trond warf sich instinktiv auf den Boden. Li Bao nutzte den Bruchteil der Sekunde, der zwischen dem Öffnen der Tür und dem Einschalten des Lichtes verging, um den ersten der beiden Männer zu überwältigen. Der sank, unmittelbar, nachdem sich Li Bao über ihn hergemacht hatte, leblos zu Boden. Auch der zweite Mann hatte nicht die Spur einer Chance gegen den Angreifer, der dem Eintretenden mit einer völlig harmlos aussehenden Bewegungsfolge das Genick brach, bevor dieser gewahr wurde, wie ihm geschah. Li Bao zerrte sein zweites Opfer hinter eine Papptonne und Trond tat dasselbe mit dem ersten Mann. Während Li Bao durch die Tür lugte, um das Terrain zu sondieren, filzte Trond den Toten. Er sah sich kurz um und nahm die wenigen Habseligkeiten des Mannes an sich.

Li Baos Hand wies Trond den Weg zum Freigehege. Dort waren keine Scheinwerfer installiert. Mit ein wenig Glück würden sie es durch das Gehege bis zum Osttor schaffen. Keine Affen mehr da, so musste es sein.

Geduckt und mit eiligen Schritten durchquerten sie das Freigehege. Sie hatten es schon fast durchquert, als Trond stoppte und einen Zischlaut von sich gab. Li Bao hielt inne und sah sich um. Trond deutete auf den großen, kahlen Kletterbaum. Dort oben baumelte Fu, der Spitzel. Der Betäubungspfeil steckte noch in seinem Hals, knapp unter dem Strick, an dem er hing.

Mittlerweile war auch das Materiallager hell erleuchtet und Li Baos Hand drängte zur Eile.

»Hoffentlich haben sie Cherif nicht erwischt«, dachte Trond, als sie das Osttor passierten. Auf den Wachtürmen war niemand zu sehen. Li Bao und Trond rannten auf die Felsvorsprünge zu. Dort hielten sie einen Moment inne, um sich zu vergewissern, dass niemand ihnen folgte. Erst dann machten sie sich zum Treffpunkt auf.

Cherif startete den Motor, als er die beiden kommen sah.

»Scheiße«, rief Trond, vom Gestank der Tinktur überwältigt.

»Sag nichts, damit habe ich die chinesische Eingreiftruppe vertrieben«, rechtfertigte sich Cherif und fuhr los. An Li Bao gewandt, ergänzte er: »Sorry, aber nachdem überall das Licht angegangen ist, dachte ich, sie haben dich erwischt und bin zum Treffpunkt.«

Li Bao nickte.

Cherif betrachtete Li Bao und dann Trond.

»Mann, wie seht ihr denn aus?«

Trond beugte sich kurz zum Rückspiegel und versuchte, mit dem Zipfel seines Hemdes die martialische Gesichtstarnung zu entfernen.

Trond deutete auf den Chinesen, der vollkommen ruhig und nachdenklich auf seinem Sitz saß. »Wie Killer sehen wir aus und genau das ist er auch«, sagte Trond und schubste seinen Sitznachbarn mit dem Ellenbogen an. »Das hättest du sehen müssen. Mit den bloßen Händen. Er tötet mit den bloßen Händen.« Tronds Schläfen hämmerten. Das Adrenalin in seinem Blut wühlte ihn jetzt, wo er sich nicht mehr bewegte, heftiger auf, als es das während ihrer Flucht getan hatte. Schweiß drang aus allen seinen Poren. »Gib Gas, Cherif, es ist nur eine Frage der Zeit, bis sie die Verfolgung aufnehmen.«

»Das glaube ich kaum«, bemerkte Cherif und lächelte breit, auf die beiden Verteilerfinger deutend, die im offenen Handschuhfach lagen. »Die Jeeps hab ich außer Gefecht gesetzt. Wenn sie uns verfolgen, dann müssen sie die LKW nehmen.«

»Sie werden uns nicht verfolgen, zumindest nicht sofort«, warf Li Bao trocken ein. »Das war keine Kampfeinheit, sonst wäre das anders ausgegangen. Das waren Pioniere. Sie werden das Lager evakuieren und alle Spuren beseitigen. Um uns werden sich andere kümmern.«

Trond zündete sich eine Zigarette an und betrachtete den Kittel, in dem der Leinensack verborgen war. Trond breitete den Kittel auf dem Sitz neben sich aus. *Werner Sailer* stand auf dem Namensschild. »Sieh mal einer an, unser Kopf hat einen Namen.« Das Eis auf dem Leinensack war geschmolzen. Man konnte deutlich drei kugelförmige Objekte erkennen, die allerdings noch zusammenklebten. Trond zögerte einen Moment, dann schlug er kräftig zweimal auf die Kugeln. Li Bao zog eine Augenbraue hoch, als er nach hinten blickte. Trond öffnete den Sack und schüttelte ihn aus. Neben Sailers Kopf purzelten zwei weitere Köpfe auf den Sitz. Es waren Schwarzafrikaner, ein sehr junger und ein sehr alter Mann.

Trond stopfte die Köpfe wieder in den Sack und wollte sich gerade entspannt zurücklehnen, als eine gewaltige Detonation die Nacht erschütterte. Trond blickte sich um und sah einen riesigen Feuerball am Horizont. Dann musterte er Li Bao, der keinerlei Anstalten unternahm, seine Kriegsbemalung zu entfernen.

Heimreise

Swartsman fühlte sich gut in seinem Anzug. Ein Mann in einem Anzug begegnete der Welt aus einer leicht erhöhten Position. Auch die Welt behandelte einen Mann in einem Anzug respektvoller als einen Mann in gewöhnlicher Kleidung.

Er saß im Zollbüro und wartete darauf, dass sein Container freigegeben würde. Der Tieflieger stand bereit. In zwei Tagen würde er die Ladung in seiner Werkstatt haben.

Swartsman schloss die Augen. Er war müde. Es waren aufregende Tage gewesen. Er war sehr zufrieden mit sich. Ausgestreckt im Sessel des Zollbüros, überkam ihn ein kurzer Dämmerschlaf, der ihn in seine Kindheit entführte.

Sein Großvater beugte sich über ihn und erhellte Swartsmans Tagtraum mit seinem unwiderstehlichen Lächeln.

»Sei immer pünktlich und halte alle Versprechen, die du gibst. Dann wirst du deinen Weg machen, mein Junge. Ganz sicher wirst du deinen Weg machen.«

Der Großvater verschwand und das Gesicht Burahimus erschien auf der Bildfläche. »Nur ein Baum, der fest verwurzelt ist, kann in den Himmel wachsen. Vergiss das nicht.« Auch das Gesicht des Schamanen verschwand nach wenigen Sekunden. Seinen Platz nahm das jungenhafte Gesicht Rolfs ein, der sich, nur mit einem Handtuch bekleidet, auf einer Liege ausgestreckt hatte und den Wirtschaftsteil einer Zeitung las, während zwei thailändische Frauen, ebenfalls unbekleidet, jede mit einem seiner Füße zwischen ihren Knien mit einer Pediküre beschäftigt waren.

»Sobald du den Vertrag mit Herrn Hillebrandt unterschrieben hast, solltest du deine Angelegenheiten in Bamako, oder wie immer dieses Nest heißt, erledigen. Miete ein Haus im Diplomatenviertel und engagiere einen guten Anwalt sowie ein paar Ingenieure. Dann hast du für alle Zeiten ausgesorgt. Und wenn du mal wieder in der Gegend bist, melde dich.«

Das Smartphone klingelte.

»Sofitel, Dakar. Guten Tag, Herr Swartsman, Ihre Limousine steht jetzt für Sie bereit. Wir haben veranlasst, dass Sie informiert werden, sobald die Zollmodalitäten erledigt sind.«

»Vielen Dank.«

Eins Stunde später genoss Swartsman das Panorama der Stadt von seiner Hotelsuite aus.

Einen Drink in der Hand, ließ er die vergangenen Wochen Revue passieren. Das Schicksal meinte es ganz offensichtlich gut mit ihm, aber eine Sache beunruhigte ihn. Es waren die toten Augen des Schamanen. Er wollte diese Augen aus seinem neuen Leben verbannen. Erst wenn er dieses Kapitel geschlossen hatte, würde er sein neues Leben beginnen können.

Es klopfte. Swartsman öffnete und drei Personen betraten seine Suite.

»Es geht um das Büro, wenn Sie eine halbe Stunde erübrigen könnten?«

»Ja, selbstverständlich, kommen Sie herein.«

Der Architekt breitete einen Plan aus und seine Mitarbeiterin schleppte ordnerweise prachtvolle Prospekte und schwere Mappen mit Materialproben herbei, die sie so vorsichtig und leise wie möglich auf den Tisch hievte.

»Wir haben uns erlaubt, verschiedene Vorschläge für die Einrichtung Ihres Büros zu entwickeln. Schwebt Ihnen ein traditionell afrikanisches Ambiente vor oder eine moderne Einrichtung?« Der Architekt deutete auf eine Reihe von Skizzen, die er angefertigt hatte.

Swartsman sortierte die Entwürfe auf dem Tisch, schob den einen beiseite und legte zwei, die ihm akzeptabel erschienen, nebeneinander.

»Ein moderner Stil mit dezent eingearbeiteten afrikanischen Elementen. Wertig, aber nicht protzig. Qualität, aber keine Verschwendung.«

Eine Mitarbeiterin des Architekten öffnete eine Fotomappe. »Wir haben hier eine Auswahl von Accessoires, wenn Sie vielleicht einmal sehen wollen.« Sie blätterte durch die Mappe und stoppte, als sie bemerkte, dass Swartsman erstarrte.

»Das ist ein …«

»Ich weiß, was das ist«, unterbrach sie Swartsman.

»Wir müssen uns jetzt nicht auf Details festlegen«, beschwichtigte der Architekt. »Ich denke, ich verstehe Ihren Ansatz. Ein sehr überzeugender Ansatz. Ich denke, ich weiß genau, was Ihnen vorschwebt.« Der Architekt ließ die Entwürfe, die Swartsman beiseitegeschoben hatte, in seiner Mappe verschwinden und klopfte mit dem Zeigefinger auf die verbliebenen.

Swartsman sah auf seine neue Uhr.

»Wir werden Sie nicht länger als nötig behelligen. Sie sind ein viel beschäftigter Mann. Ich arbeite das aus und schicke Ihnen den überarbeiteten Entwurf zu.«

Eine Minute später war der Trupp wieder verschwunden.

Ihm blieben zwei Wochen, um seine Angelegenheiten zu regeln. Die Werkstatt würde er Seydou überlassen. Zu einem angemessenen Preis. Von seinen Habseligkeiten würde er sich ganz trennen. In seiner alten Behausung gab es nichts, was er in sein neues Leben mitnehmen wollte. Das war kein Problem und würde sich in wenigen Tagen erledigen lassen.

Was ihm Unbehagen bereitete, war der alte Schamane. Für seine toten Augen war kein Platz in Swartsmans neuem Leben. Er goss sich einen neuen Drink ein und begab sich ins Schlafzimmer. Dort, neben seinem Koffer, lag der Zeremonienstab, den er der Pilotin Elly Beinhorn-Rosemeyer abgeschwatzt hatte. Fast der gleiche, den die Frau in ihrer Mappe gezeigt hatte. Das war ein Zeichen. Er konnte seinem Schicksal nicht entkommen. Auch wenn ihm die Vorstellung widerstrebte. Er musste zurück in sein Dorf und diese Sache zu Ende bringen.

Chez Maurice

»Ich will, dass die Köpfe verschwinden, und zwar sofort«, protestierte Cherif.

»Ja, immer mit der Ruhe«, versuchte Trond seinen Fahrer zu beschwichtigen.

»Warum verbuddeln wir sie nicht einfach hier irgendwo«, wollte Cherif wissen.

»Ich brauche einen Karton«, entgegnete Trond.

Eine halbe Stunde später hielten sie mit dem Pick-up vor dem deutschen Konsulat.

»Keine gute Idee«, bemerkte Li Bao.

Trond hatte Sailers Kopf liebevoll in den Kittel eingewickelt und das Namensschild dazugelegt. Dann hatte er einen Zettel mit dem Vermerk »Universität Heidelberg, medizinische Fakultät« beigefügt und das Paket sorgfältig verschlossen.

Der Chinese, immer noch in Kriegsbemalung, hatte Recht. Im Zeitalter der Paketbombe einen verdächtigen Karton vor dem Konsulat eines westlichen Landes abzulegen war wirklich keine gute Idee. Auch wenn das Paket nicht explodieren konnte, so war sein Inhalt doch eindeutig explosiv und konnte den Überbringer des Paketes in erhebliche Schwierigkeiten bringen. Doch das kümmerte Trond nicht. Die Angehörigen des Toten hatten ein Recht zu erfahren, was mit dem wissenschaftlichen Assistenten geschehen war. Und sie sollten den Toten, zumindest einen Teil des Toten, bestatten können. Das war das Mindeste, was man noch für sie tun konnte. Trond beschloss, seinen Plan als eine Art Herausforderung zu betrachten. Jemandem, den man nicht kennt, die letzte Ehre zu erweisen, ohne dabei selbst in Schwierigkeiten zu geraten. Das klang eindeutig nach einem Job für einen Mann, der Schwierigkeiten nicht fürchtete. Trond stieg aus.

»Ich will, dass die Köpfe verschwinden, und zwar alle«, insistierte Cherif.

Trond, das Paket unter dem Arm, beugte sich zu Li Bao in den Wagen. »Ich entsorge den hier im Konsulat. Kannst du dich um die anderen beiden kümmern?«

»Warum sollte ich das machen?«

»Dafür.« Trond reichte Li Bao den Pass, den er in den Habseligkeiten des überwältigten Chinesen gefunden hatte, »und weil ich dich dafür nach Dakar bringe.«

Li Bao nahm den Pass, klappte ihn auf, betrachtete das Foto fachmännisch, nickte und bemerkte dann: »Ich glaube, ich habe da eine Idee. Das hat schon einmal funktioniert.«

»Sehr gut. Wir treffen uns heute Abend vor dem »Chez Maurice.« Und wasch dich, so nehme ich dich nicht mit.«

Trond wandte sich dem Konsulat zu und der Pick-up-Truck drehte bei. Er sah an sich herab. Unrasiert, die Kleidung in leicht verschmutztem Zustand und noch ansatzweise nach der Schamanen-Tinktur Cherifs müffelnd, war er alles andere als passend gekleidet. Er beschloss, einmal um den Bock zu gehen und das Terrain zu sondieren. Der hohe Metallzaun war an der Spitze abgewinkelt und mit Natodraht drapiert, unmöglich zu überwinden. Alle zehn Meter hing eine Überwachungskamera. Nicht nur am Gebäude, auch am Zaun. Der Eingang war durch eine Schleuse gesichert. Getrennter Zugang für Bundesbürger und Nicht-Bundesbürger. Das war seine Chance. Tatsächlich war der Eingang für Bundesbürger nur durch eine Person gesichert, die sich die Pässe zeigen ließ.

So würde er es machen. Trond stellte sich in die Schlange, den Reisepass in der Hand und das Paket unter dem Arm. Nachdem der Wachmann den Ausweis kontrolliert hatte, ließ er Trond passieren.

Im Konsulat standen zwei lange Schlangen von Menschen vor einer gepanzerten Glaswand, die den gesamten Raum in der Breite durchzog. Hinter der Panzerglaswand ließen sich die Mitarbeiter des Konsulats Formulare zeigen, die sie kontrollierten und, nachdem sie sich vergewissert hatten, dass alles vorschriftsmäßig ausgefüllt worden war, zur Abzeichnung und Stempelung an eine Stelle im hinteren Teil des Konsulats weiterreichten. Vor der Panzerglaswand waren an den Wänden links und rechts Stuhlreihen aufgestellt, auf denen die Wartenden Platz genommen hatten.

Direkt neben dem Eingang für Nicht-Bundesbürger stand ein Fotoautomat, so wie man ihn von Bahnhöfen kennt. Eine geschlossene Kabine mit drehbarem Hocker, die zum Besucherraum hin durch einen Vorhang betreten werden konnte. Das war die Lösung! Trond zögerte keinen Moment, kletterte über das Trennseil, das die Bundesbürger von den Nicht-Bundesbürgern separierte, und marschierte zielstrebig auf die Fotokabine zu. In der Kabine holte er einen Stift hervor und kritzelte deutlich lesbar NOT EXPLOSIVE auf den Karton. Den hielt er sich vors Gesicht und wartete, bis es geblitzt hatte. Das Bild ließ er im Ausgabefach liegen, das Paket auf dem Sitz. Er verließ das Konsulat durch den Ausgang für Nicht-Bundesbürger.

Das »Chez Maurice« war gut besucht, aber nicht überfüllt. Ein Nachtclub für Gäste aus dem Westen, der sich in erster Linie dadurch auszeichnete, dass er über eine Klimaanlage verfügte, die mit der drückenden Hitze auch tatsächlich fertig wurde. So konnte man sich für einige Stunden der Illusion hingeben, an einem anderen Ort zu sein. Das heißt, nicht ganz. Zwar hielt die Klimaanlage den Staub und die Hitze draußen, aber es waren nicht mehr als drei Trommler, ein Bassist und ein Gitarrist nötig, um eine geballte Ladung Afrika ins »Chez Maurice« zu blasen. Selbst wenn nur ein Musiker da gewesen wäre, er hätte sein Publikum in diesen Rhythmus versetzt, der die Seele reinigt, von allen Sorgen und Ängsten befreit.

Der überwiegende Teil der Gäste bestand aus Diplomaten. Dazu kam eine Truppe von Ex-Patriots verschiedener Nationalitäten, die sich in einem Mischmasch aus Englisch, Französisch und Deutsch unterhielten. Die wenigen Einheimischen, deutlich besser gekleidet als das Laufpublikum auf den Straßen, waren direkt oder indirekt um das Wohl der weißen Klientel besorgt, junge Mädchen und ihre Loddel. Das Ganze bildete die ideale Tarnung für einen flüchtigen

Chinesen und einen Deutschen mit norwegischem Migrationshintergrund.

Trond bestellte zwei Bier. Er musterte Li Bao von oben bis unten.

»Du bist schon ein komischer Typ.«

»Auf der anderen Seite des Globus wärst du ein komischer Typ.«

»Nein, das meine ich nicht. Ich hatte früher von Berufs wegen viel mit Menschen zu tun, ich meine es war mein Job, Menschen, die etwas zu verbergen haben, auf Anhieb zu erkennen.«

»Und?«, der Chinese nahm einen kräftigen Schluck des Lagers, das der Barkeeper auf die Theke gestellt hatte, und sah Trond gelangweilt an.

»Dich hätte ich nicht erkannt. Du hast so einen seltsamen, wie soll ich sagen, Unsichtbarkeitsfaktor. Es gibt so Leute, die nimmt man einfach nicht wahr, obwohl sie da sind und obwohl sie unter Umständen sogar ganz auffällig aussehen.«

»Knastunsichtbarkeit.«

»Das wird es sein.« Trond leerte sein Lager und deutete beim Sichtkontakt zum Barkeeper auf das leere Glas. »Alles glattgegangen mit den Paketen?«

Li Bao nickte. »Wann hauen wir ab und wie?«

»Mit einem Privatflugzeug, ist alles schon organisiert. Das wartet morgen früh am Stadtrand auf uns. Cherif wird uns fahren.«

»Wohin?«

»Dakar, von da aus kommst du an jeden Platz auf der Welt.«

»Gut.« Auch Li Bao hatte sein Bier geleert und bestellte ein neues.

»Was hast du vor, ich meine, es geht mich nichts an, aber wohin willst du?«

»Das seh ich dann.«

»Oh ja, Mr. Geheimnisvoll, keine Angst, mich siehst du nie wieder und ich werde auch niemandem was erzählen.«

Li Bao schwieg und widmete sich seinem Bier.

»Hast du Familie, eine Frau oder so was?«

Der Chinese schüttelte den Kopf.

»Herrgott noch mal, das ist ja nicht zum Aushalten«, knurrte Trond.

»Was?«

»Also, zwei Männer sitzen in einer Bar. Keiner will was vom anderen. Sie müssen zwölf Stunden rumbringen. Man trinkt was, erzählt was, ganz gleich was. Sport, Frauen, irgendwelche Zoten, ganz egal. Smalltalk. Verstehst du, was ich meine? Macht man so was in China nicht?«

»Doch.«

»Gut, und warum bekommst du dann die Zähne nicht auseinander?«

»Nicht am ersten Abend.«

»Du meinst, gemeinsam Leute umlegen, die man nie zuvor gesehen hat, drei Köpfe klauen und über die Stadt verteilen ist okay, aber danach über private Dinge sprechen gehört sich nicht?«

»So ähnlich.«

Trond rückte demonstrativ von seiner Begleitung ab.

»Alles klar. Ich bestell mir noch etwas Destilliertes und versuche, hier jemanden zu finden, der es anders herum hält, ich meine erst quatschen und dann killen. Wir sehen uns morgen früh um zehn vor dem Sofitel.«

Li Bao stand auf und verschwand grußlos.

»Verdammter Scheißkerl«, brummte Trond.

Wüste

»Der ist mehr tot als lebendig«, bemerkte Arif, als er sich über den Professor beugte.

»Was meinst du, wie lange er schon hier liegt?« Tarek sah sich um. Weit und breit war niemand zu sehen.

»Schwer zu sagen, zwei Stunden, vielleicht sechs. Länger auf keinen Fall, dann wäre er bereits tot. Los, hol das Wasser«, kommandierte Arif.

Tarek schüttelte den Kopf. »Lass uns seine Sachen nehmen und abhauen. Er schafft es nicht mehr.«

Arif rannte zum Wagen und kam mit seiner Feldflasche zurück. Er träufelte das Wasser vorsichtig in den Mund des Professors.

Tarek betrachtete seinen Kollegen misstrauisch. »Er kann nicht einmal mehr trinken. Wir sind zu spät.«

»Er lebt, also sind wir nicht zu spät.«

»Du hast selbst gesagt …«

»Ich weiß, was ich gesagt habe.« Arif sah Tarek vorwurfsvoll an.

»Er ist alt und sein Lebenslicht erlischt.«

Arif befeuchtete ein Tuch und wischte den verkrusteten Staub aus den Mundwinkeln des Professors.

»Genau, das ist er. Ein alter Mann in der Wüste.«

»Wir verschwenden Wasser und wir verschwenden unsere Zeit.« Tarek war ungehalten.

Arif deutete auf das Gesicht des Professors. »Was siehst du?«

»Einen halb toten Ungläubigen, der sich als Araber verkleidet hat.«

»Und was siehst du noch?«

»Er scheint den Verstand verloren zu haben.«

»Warum glaubst du, hat er den Verstand verloren?«

»Er grinst wie einer, der den Verstand verloren hat.«

»Nein, er lächelt. Aber er lächelt nicht wie jemand, der den Verstand verloren hat, er lächelt wie jemand, der den Tod nicht fürchtet.«

»Gut. Dann ist er ein Ungläubiger, der den Tod nicht fürchtet, ein Grund mehr, ihn sich selbst zu überlassen.«

»Warum fürchtet er den Tod nicht?«

»Was weiß denn ich.« Arif begann, wütend zu werden.

»Er fürchtet den Tod nicht, weil er auf einer Mission ist«, erklärte er.

»Mit ist völlig gleichgültig, ob er auf einer Mission ist. Von mir aus, nimm ihn mit, aber ich habe keine Lust, hier länger in der Hitze rumzustehen. Eine Mission, ich fass es nicht.«

»Jawohl, eine Mission. Und weißt du, was das bedeutet?«

Arif fasste den Professor unter den Armen und deutete auf die Füße, die Tarek unwillig ergriff.

»Das bedeutet, auch wir sind jetzt ein Teil seiner Mission. Wenn es gottgefällig ist, was er tut, dann ist auch unser Tun gottgefällig. Selbst wenn es nicht gottgefällig ist, was er tut, so ist es gottgefällig, einen Mann in Not zu retten.«

Tarek hatte aufgegeben. »Ist ja schon gut. Nur wenn er uns unterwegs wegstirbt, dann kannst du ihn allein beerdigen.«

Abschied

Cherif war schon während der gesamten Fahrt ausgesprochen guter Laune gewesen.

»Scheint ja etwas dran zu sein, an deinem Voodoozauber«, witzelte Trond.

»Ihr Weißen wisst gar nichts über das Glück, rein gar nichts.«

Cherifs gute Laune erfuhr noch eine Steigerung, als er den Briefumschlag mit dem Geld in Händen hielt, den Trond ihm überreichte, sobald sich die Umrisse der Mooney im Staubdunst der Savanne abzeichneten.

Ihre Verabschiedung fiel kurz aus und etwas hilflos. Niemand brachte ein »Auf Wiedersehen« hervor. Nicht zuletzt wohl auch deshalb, weil jeder der drei hoffte, es würde nicht dazu kommen und ihnen würden die Turbulenzen, die ihr Beisammensein ausgezeichnet hatten, in der nächsten Zukunft erspart bleiben. Ein Handschlag musste reichen. Zwischen Li Bao und dem Afrikaner genügte ein beiläufiges Winken aus der Distanz. Dann verschwand der Pick-up in einer Staubwolke.

Deutlich herzlicher fiel die Begrüßung zwischen Trond und Pont Neuf aus. Sie umarmten einander wie alte Freunde. Auch Lindbergh wedelte mit dem Schwanz, ging aber sofort in Habachtstellung, als er den dritten Mann bemerkte.

Li Bao hielt sich mit seinem Beutel in der Hand etwas im Hintergrund.

»Du siehst richtig scheiße aus, aber ich freu mich, dich zu sehen«, polterte Pont Neuf los.

»Und ich hab einen Grund mehr, mich zu freuen«, erwiderte Trond. »Endlich raus aus dem Staub. Los, lass uns abhauen.«

»Ist das unser Passagier?«

»Genau. Ihr kennt euch ja«, sagte Trond und an den Hund gewandt: »Lindbergh, kein Grund zur Sorge, er ist okay.«

»Los, lass uns gehen.« Trond wuchtete seine Tasche in die offene Ladeluke.

»Nicht so eilig, ein bisschen mehr Sorgfalt.« Pont Neuf zog Trond zurück zur Luke. »Jedes Gepäckstück wird befestigt und sei es noch so klein.« Er winkte Li Bao herbei, nahm dessen Beutel, den er skeptisch taxierte, und zurrte beide Gepäckstücke fest.

Trond hatte den Türgriff schon fast in der Hand, aber der Pilot hielt ihn zurück.

»Zuerst der Außencheck. Das ist für den Piloten so wichtig wie die Überprüfung der Ausrüstung für den Taucher. Los, komm mit.« Trond trottete hinter Pont Neuf her. »Jedes bewegliche Teil muss beim Außencheck auf seine Gängigkeit geprüft werden. Ruder, Landeklappen, alles. Man kann nämlich nicht während der Fahrt anhalten und nachsehen. Alle diese Teile werden durch Seilzüge gesteuert. Auf diese Weise kann man feststellen, ob ein Seilzug klemmt. Erst wenn das erledigt ist, kann es losgehen.«

»Warum erzählst du mir das?«

»Weil das dein erster Flug werden wird. Und dein erster Start.«

»Du machst Witze.«

»Nein, mach ich nicht.« Pont Neuf klopfte Trond auf die Schulter.

Li Bao mochte diese Art Scherze nicht. Er wäre gerne eingestiegen, aber Lindbergh hatte auf dem Sitz hinter der offenen Einstiegsluke Platz genommen und auch ein Chinese wusste, dass mit einem Bullterrier nicht zu spaßen ist.

Erst als Pont Neuf mit den Fingern schnipste, trollte sich der Hund und die drei stiegen ein.

»Wir beginnen mit dem Check vor dem Motorstart.« Pont Neuf drückte Trond eine vergilbte Liste in die Hand. »Du liest vor und achtest genau darauf, was ich mache. Das muss dir in Fleisch und Blut übergehen.

Li Bao betrachtete die Startbahn und die Umgebung misstrauisch. »Muss das sein, ich hab kein gutes Gefühl. Lass uns besser verschwinden.«

Doch der Pilot und sein Flugschüler ließen sich nicht beirren und begannen, die Sicherheitsvorkehrungen zu checken.

Trond: »Capot?«

Pont Neuf: »Verriegelt.«

Trond: »Spornrad«

Pont Neuf: »Verriegelt.«

Trond: Parkbremse.«

Pont Neuf: »Gesetzt.«

Trond: »Gurte?«

Pont Neuf kontrollierte die Gurte und blickte nach hinten. »Hey, du da, auf den billigen Plätzen. Du spielst auch mit.« Li Bao gurtete sich an und deutete fragend auf den Hund.

»Der beißt sich an dir fest, wenn wir einen Looping fliegen.« Pont Neuf schmunzelte, wandte sich wieder nach vorne und bestätigte seinem Piloten: »Gurte an.«

Trond: »Elektrische Verbraucher?«

Pont Neuf legte drei Kipphebel um. »Aus.«

Trond: »Sicherungen?«

Pont Neuf: »Check.«

Trond: »Avionic Master?«

Pont Neuf: »Defekt.«

»Und was bedeutet das?«, wollte Trond wissen.

»Kein Problem. Beim Start muss der ausgeschaltet sein.«

Trond: »Hauptschalter?«

Pont Neuf legte den Schalter um: »Ein.«

Trond: »Benzinmenge?«

Pont Neuf klopfte auf die Anzeige, woraufhin sich der Zeiger für eine Sekunde schwach aus dem roten Bereich erhob, wie ein Betrunkener aus dem Kopfkissen, wenn der Wecker klingelt.

»Ausreichend.«

Trond war nicht überzeugt. »Bist du sicher?«

»Der Schwimmer hat sich verhakt.«

Trond: »Benzinhahn?«

Pont Neuf drehte an dem etwas hervorstehenden Knauf, der Trond bereits beim Hinflug Unbehagen bereitet hatte. »Offen.«

»Kühlluftklappe?«

»Überlebenswichtig«, kommentierte Pont Neuf, »hier in dem Staub am Boden immer geschlossen halten, egal wie heiß es ist.«

Trond: »ACL?«

Pont Neuf: »Ein.«

»Was ist das?«, wollte Trond wissen.

»Erklär ich dir, wenn wir unseren Besuch abgewimmelt haben.«

Pont Neuf deutete auf die Staubwolke, die am Horizont sichtbar und beängstigend schnell größer wurde.

»Wir verschieben das mit deinem ersten Start und beschleunigen die Sache mal ein bisschen«, entschied Pont Neuf.

»Chock ganz ziehen und halten, Gashebel auf Leerlauf, Zündung eins, Zündung zwei, Propeller frei, Anlasser, gib ihm, Öldruck, check, Drehzahl 2000, Chock wieder aus, Kraftstoffpumpe aus, Avionic Master vergessen wir mal. Los geht 's.«

Pont Neuf gab Gas und die Mooney setzte sich erschreckend langsam in Bewegung. Das Motorengeräusch nahm zu, die Geschwindigkeit kaum. Dafür verringerte sich die Distanz zu den Verfolgern. Trond konnte deutlich den Transporter der Chinesen erkennen. Was hatten die hier zu suchen?

Nach einer gefühlten Ewigkeit konnte man das, was die Mooney erfasste, endlich Geschwindigkeit nennen.

»Jetzt wäre ein guter Zeitpunkt, um abzuheben«, merkte Trond an.

Pont Neuf schüttelte den Kopf. »Zu langsam. Wenn ich jetzt hochziehe, kracht die Maschine nach wenigen Metern runter wie ein Klavier. Dann zerreißt es uns das Fahrwerk und wir sind am Arsch.«

Der Transporter hatte bedrohlich aufgeschlossen, war auf gleicher Höhe, so nah, dass Li Bao deutlich das Gesicht von Commander Wu erkennen konnte. Sie saß neben einem einheimischen Fahrer auf dem Beifahrersitz und betrachte Li Bao. Mit einem Ruck nach rechts hätten sie die Tragfläche der Mooney so stark beschädigen können, dass ein Abheben unmöglich geworden wäre. Li Bao streckte drei Finger in die Luft, danach deutete er auf sich und nach vorne, wo der Pilot und Trond saßen. Danach deutete er mit einer weiteren Geste an, dass sonst niemand an Bord war. Dabei hielt er seine Hände so, als seinen sie gefesselt. Commander Wu verstand und fragte mit einer Geste, ob er ihre Hilfe benötigen würde. Li Bao lächelte und schüttelte den Kopf. Commander Wu wusste, dass Li Bao sich aus fast jeder Situation selbst würde befreien können, und gab den Befehl abzubremsen. Also verlor der Transporter an Boden und die Mooney hob ab.

»Das war knapp«, bemerkte Pont Neuf. Weder der Pilot noch Trond hatten etwas von dem Dialog zwischen Li Bao und Commander Wu bemerkt.

Trond dreht sich nach hinten. »Scheint, als ob die es doch nicht auf uns abgesehen hatten.«

Den Blick wieder nach vorne gewandt, dachte er: »Sieht ganz so aus, als ob der Professor noch lebt.«

»Gibt's hier keine Flugüberwachung?«, versuchte Li Bao das Thema zu wechseln.

»Nein, wir sind hier in Afrika, da bist du in der Luft wie auf dem Boden ganz allein auf dich gestellt. Und das ist auch gut so.«

Die Stimmung besserte sich, sobald sie in sicherer Höhe waren. Pont Neuf begann leise zu singen: »Ground Control to Major Tom, take your protein pills and put your helmet on …«

Das war das Stichwort. Trond musste seinen Bericht schreiben und nach Heidelberg schicken, möglichst bevor die Polizei mit den Neuigkeiten aus dem Konsulat dort auftauchte. Er drehte sich zu Li Bao um.

»Kommst du an meine Tasche da hinten?«

»Nix da, du fliegst. Immer nach Westen, achte auf den Kompass und halte ihn da, wo er ist. Ich leg mich was hin.«

Besorgt beobachtete Li Bao, wie Trond das Steuer übernahm.

Ein warmes, vollkommen friedvolles und leichtes Gefühl überkam Trond. Er lächelte das ehrlichste Lächeln seines Lebens. Von einer Sekunde zur anderen war alles Schwere von ihm abgefallen. Hier oben empfand er ein vollkommenes Glücksgefühl. Hier oben war sein neues Zuhause. Das monotone Brummen der beiden Maschinen, die endlose Weite und das Steuer in seiner Hand, mit dem Trond den Kurs korrigierte, sobald der Wind ihm einen leichten Stoß versetzte, als ob er mit ihm spielen wollte. Das war seine Welt! Er würde diesen verdammen Bericht verfassen, die fetteste Rechnung seit einer Ewigkeit schreiben und danach seinen Job an den Nagel hängen. Nie wieder private Ermittlungen, nie wieder Überwachungen, nie wieder Bänder abhören, nie wieder heulende, betrogene Ehemänner. Fliegen war seine Bestimmung und er fasste einen Entschluss.

»Ich will fliegen lernen«, sagte er laut.

»Du kannst fliegen.«

»Ich meine richtig, mit Pilotenschein und allem Drum und Dran.«

»Darüber reden wir, wenn wir in Dakar sind, lass mich jetzt pennen.«

Noch ein Abschied

Swartsman arbeitete sich mit routinierten Handgriffen durch das halbe Dutzend Sicherheitsschlösser, Ketten und Riegel, mit denen er seine Unterkunft bei der Abreise gegen ungebetene Gäste gesichert hatte. Eigentlich hätte ihm beim Betreten der Unterkunft ein kaum zu ertragender Muff abgestandener Luft entgegenschlagen müssen. Nichts davon. Er ließ seinen Blick durch den Raum schweifen. Alles war an seinem Platz, aber etwas stimmte nicht. Es war jemand in seiner Wohnung gewesen. Instinktiv ergriff er die schwere Eisenstange, die er zur Abwehr von Eindringlingen neben der Eingangstür stehen hatte, und inspizierte seine Behausung. Das Gitter vor seinem Schlafzimmerfenster war herausgerissen worden und ein Loch klaffte an der Stelle, an der bei seiner Abreise noch ein kleines Fenster gewesen war. Erstaunlicherweise hatte sich niemand an der Einrichtung zu schaffen gemacht. Nichts war durchwühlt worden und eine erste Inaugenscheinnahme ergab keinerlei entwendete Gegenstände. Alle elektronischen Geräte standen, mit einer dicken Staubschicht bedeckt, an ihrem Platz. Swartsman bewegte sich vorsichtig und lautlos wie ein Raubtier durch seine Wohnung, bereit, einem möglicherweise noch anwesenden Einbrecher entgegenzutreten. Eine überflüssige Vorsichtsmaßnahme, wie sich herausstellte, denn außer ihm war niemand da. Swartsman inspizierte die dicke Staubschicht, die um Umkreis einiger Meter des geöffneten Fensters alles fast fingerdick überzog. Entlang der Wand bemerkte er Spuren, die nur von einer Ratte stammen konnten. Sonst war niemand hier gewesen. Zumindest nicht nach dem Einbruch. Aber warum sollte jemand bei ihm einbrechen, ohne etwas zu entwenden?

Swartsman beschloss, bei einem Bier über diese Frage nachzudenken und öffnete den Kühlschrank. Dort fand er die Antwort. Das Bier war weg und anstelle des Sixpacks fand sich ein mit funkelnden Eiskristallen übersäter Sack. Rücksichtsvollerweise hatte der Eindringling eine Dose übrig gelassen, die Swartsman öffnete, während er den Sack aus dem Kühlschrank nahm und auf den Tisch legte. Er ahnte, was in dem Sack war, und nahm sich daher die Zeit, sein Bier zu trinken, bevor er den Sack öffnete, um sich Gewissheit zu verschaffen.

»Verdammter Chinese«, brummte er. Dann leerte er sein Bier und warf die Dose wütend in die Ecke.

»Ich bin gekommen, eine schwere Last auf deine Schultern zu legen«, zitierte er den Schamanen und ging zurück zur Eingangstür, wo er seine Tasche zurückgelassen hatte. Er nahm die Tasche, warf sie auf das Bett und öffnete sie. Dann nahm er den Zeremonienstab, den Elly Beinhorn-Rosemeyer ihm überlassen hatte, und legte ihn vorsichtig auf den Tisch.

Links und rechts neben dem Stab platzierte er die beiden Köpfe. »Der Geist der Frau hat eine Machete benutzt, wie damals. Bring die Köpfe zurück, damit wir sie zu den Toten legen können.« Das hatte der alte Schamane gesagt.

Swartsman sagte die Worte laut vor sich hin, wohl in der Hoffnung, dass sich der Zauber jetzt und hier in einer sichtbaren Reaktion manifestieren würde, aber nichts geschah. Er erinnerte sich an die Schnitzerei und durchwühlte seine Reisetasche. Schließlich legte er auch die Eule zu dem makabren Arrangement und wartete. Nichts geschah.

»Gut, wenn es denn sein muss, um endlich Ruhe zu haben.«

Swartsman packte die beiden Köpfe zurück in den Sack, legte den Zeremonienstab in seine Reisetasche, verschloss diese und begab sich in die Halle. Er wuchtete das Gepäck in den Kofferraum des alten Benz, zog das Rolltor hoch und fuhr auf den Hof. Er verschloss das Rolltor wieder und sah sich um. Er würde noch einmal zurückkommen und das Ganze hier abfackeln. Genau so würde er es machen. Dann stieg er ein und machte sich auf den Weg.

Das Notizbuch

Zurück in Dakar, hatte sich Tronds Sehnsucht nach Luxus so weit aufgeheizt, dass er sich entschloss, seine Auftraggeber für die erlittenen Strapazen bluten zu lassen. Er mietete sich im Laico l'Amitie in der Av. de la Marne ein, was gar nicht einfach gewesen war für einen Mann, der völlig verschmutzt und in traditioneller arabischer Kleidung vor der Rezeption aufgetaucht war. Die auf der Theke ausgebreiteten Kreditkarten genügten nicht, um die Vorbehalte des Portiers auszuräumen. Erst als er seinen deutschen Pass vorgezeigt hatte, bekam er ein Zimmer.

Selbst nach einer gefühlten Stunde unter der Dusche sah er immer noch braunes Wasser durch den Abfluss laufen, sobald er eine beliebige Körperpartie intensiv schrubbte. Es gab keinen Winkel seines Körpers, in den der Staub nicht eingedrungen war. Schließlich gab er auf. Er hüllte sich in das flauschige Frottee des Bademantels und unterzog die Suite einer gründlichen Inspektion. Die Durchsuchung endete an der Minibar, eine schamlose Untertreibung, denn sie war maximal mit allen denkbaren Getränkesorten ausgestattet.

Trond stellte eine Batterie Schnapsflaschen auf die Fensterbank und sah auf die Stadt hinaus. Von hier oben, mit einer Klimaanlage und dem Park zwischen sich und der Stadt, war Bamako ein ausgesprochen angenehmer Ort. Er öffnete die erste Flasche aus der Minibar und setzte sie an. Aber schon der Geruch schreckte ihn ab. Was war bloß mit ihm los, verdammt noch mal? Er wollte die ganze Batterie von Flaschen trinken, bekam aber nicht einmal einen Schluck seines Lieblingscognacs runter. Irgendetwas stimmte nicht. Es war, als rebelliere sein Körper gegen sämtliche Laster und miesen Angewohnheiten, die ihn einmal ausgemacht hatten. Wenigstens rebellierte sein Körper nicht gegen Bier. Er stellte die Schnapsflaschen beiseite, griff zum Telefonhörer und bestellte fünf Flaschen Heineken. Dann würde er es eben auf die Beschauliche machen. Rausch ist Rausch und diesen hatte er sich redlich verdient.

Trond öffnete die eine Flasche, die er in der Minibar gefunden hatte, und genoss den herben Geschmack des kühlen Getränkes. Er schloss die Augen und eine seltsame Schwere legte sich auf sein Gemüt. »Heimweh ist was für Weicheier«, murmelte er und trank die Flasche aus. Dann griff er nach dem Telefonhörer. Er gab eine beängstigend lange Zahlenfolge ein, kein Problem, Spesen, dachte er.

»Hallo?« Die Stimme am anderen Ende der Leitung klang etwas verunsichert.

»Hab dich vermisst«, flüsterte Trond.

»Schön, dass du anrufst«, sagte Aline. »Ich hab auch an dich gedacht. Erzähl, wie geht es dir?«

»Ich bin geflogen.«

Aline lachte. »Aus dem Land oder in einem Flugzeug?«

»Ich bin selbst geflogen. Gestartet, geflogen und gelandet in einem zweimotorigen Flugzeug. Es war fantastisch. Und weißt du was? Da oben habe ich einen Entschluss gefasst.«

»Über den Wolken?«

»Sozusagen. Das war mein letzter Fall. Ich werde den Privatschnüfflerjob an den Nagel hängen.«

»Schön, das ist eine gute Idee. Der Job hat dir nicht gutgetan. Was macht dein Fall?«

»Ist aufgeklärt, aber die Zielperson ist abgehauen. Hat den Verstand verloren, wie es scheint. Wahrscheinlich liegt er längst tot irgendwo in der Wüste.«

»Und ist das ein Problem für deine Auftraggeber?«

»Nein, und wenn schon, ist nicht mehr mein Problem. Ich habe den Mann gefunden und den Grund für sein Verschwinden. Was die daraus machen, ist ihre Sache. In ein paar Tagen werde ich wieder zu Hause sein.«

»Das freut mich.«

»Mich auch. Ich werde das Büro kündigen und etwas anderes machen.«

»Schon eine Idee?«, wollte Aline wissen.

»Ja, hab ich, lass uns reden, wenn ich wieder da bin.«

»Holst du mich vom Flughafen ab?«

»Natürlich.«

»Bist du noch sauer?«

»Ich war nicht sauer, vielleicht ein bisschen.«

Es klopfte an der Zimmertür.

»Ich freu mich auf dich«, sagte Aline.

»Ich mich auch. Ich gebe dir die Zeiten durch, sobald ich sie habe.«

Trond legte auf und schlurfte zur Tür. Der Bademantel war etwas kratzig für 300 Euro pro Nacht.

»Stellen Sie es in den Kühlschrank«, sagte Trond, als der Room Service erschien. »Und nehmen Sie den Schnaps bitte mit, das ist Teufelszeug.« Während er das sagte, fuchtelte er wirr mit den Fingern in der Luft herum.

»Wenn Sie schon einmal da sind«, bemerkte Trond, als der Room Service den Raum schon fast wieder verlassen hatte, und deutete auf den Ikerbey und den Tekatkat, »können Sie vielleicht meine Sachen da waschen lassen? Den Tagelmust bitte nur ausklopfen, bürsten und falten, den trägt man im Vintage Look.« Der Room Service ließ die völlig verstaubte Tuaregkluft mit langen Fingern in einen Wäschebeutel gleiten und verschwand.

Das Schöne an Luxushotels: Das Personal mochte Extravaganzen. Die geben ihm das Gefühl, an einem besonderen Ort zu arbeiten.

Trond schaltete den Fernseher ein. CNN. Endlich war er wieder ein Mitglied der zivilisierten Welt.

Nach einer zweiten Flasche Bier fühlte er sich ausreichend gestärkt, um sich mit dem Notizbuch auseinanderzusetzen. Sein Bericht war längst überfällig.

Das Notizbuch, A4, dick, in braunes Leder gebunden, erwies sich als eine Art Geschäfts-, Tage- oder Arbeitsbuch. Es begann im Juni, dem Monat, in dem der Professor verschwunden war. De Jager hatte hier alle Details festgehalten, akkurat mit Datum versehen, sowohl private Anmerkungen wie auch Details seiner wissenschaftlichen Arbeit. Manche Seiten bestanden nur aus endlosen Listen, die Trond nicht verstand. Immer eine dreistellige Zahl mit einem Buchstaben am Ende.

112G- negativ, 112H-negativ, 112Q-negativ und so weiter.

»Testreihenberichte«, murmelte er. Beim schnellen Durchblättern des Notizbuches ergab sich ein eindeutiges Bild. Der wissenschaftliche Teil der Berichte nahm mehr und mehr ab. Private Aufzeichnungen nahmen zu. Auf den letzten vierzig Seiten fanden sich überhaupt keine wissenschaftlichen Aufzeichnungen mehr. Auch das Schriftbild hatte sich deutlich verändert. Eine saubere, gut lesbare Schrift am Beginn der Einträge verwandelte sich in der Mitte der Aufzeichnungen in eine gehetzt wirkende, kaum mehr leserliche Schrift. Auf den letzten Seiten war kaum mehr als ein bizarres Gekrakel zu sehen, in dem Großbuchstaben inmitten einzelner Worte standen. Diese Großbuchstaben ergaben auf den ersten Blick keinen Sinn. Vielleicht stellten sie eine Codierung dar. Trond verweilte auf einer Seite mit auffallend vielen dieser Abnormitäten und notierte sämtliche Versalien auf einem Blatt. Er gab sich selbst fünfzehn Minuten, um einen Ansatz für diese Theorie zu finden. Irgendetwas, dem eine Bedeutung innewohnen konnte. Trond öffnete eine neue Flasche Bier und trank. Er ordnete die Buchstaben in einer Matrix an, aber der Mangel an Vokalen erstickte diesen Ansatz bereits im Keim. Er rauchte eine Zigarette, versuchte es mit den Nachbarbuchstaben im Alphabet – nichts. Nach etwas mehr als zehn Minuten gab er auf und beschloss, diese Auffälligkeit als Laune eines Verrückten abzulegen. Nicht zielführend.

Noch verwirrender als das Schriftbild waren die zahlreichen Skizzen. Da fanden sich Tanzschrittfolgen und Labahn-Notationen neben seltsamen Punktanordnungen, die Sternbilder sein konnten oder Ausdruck der Nervosität des Professors. Weder die Schrittfolgen noch die Punkte waren mit Anmerkungen versehen. Auf einer Seite stand nur die Anmerkung »später analysieren!«, was sich wohl auf die Vogelfeder bezog, die dort abgelegt war.

»Verrückt geworden«, konstatierte Trond, seine Erkenntnis wiederum laut aussprechend.

Er beschloss, sich auf den letzten Eintrag zu konzentrieren. Der war genau vier Tage alt und bestand aus einem zusammenhängenden Text ohne Skizzen oder unverständliche Anmerkungen. Zwei Tage Rückreise – sie hatten den Professor also nur knapp verfehlt. Vielleicht nur um Stunden, denn die Eintragungen waren gegen Ende deutlich lückenhafter als zu Beginn der Aufzeichnungen.

»In einer klaren Nacht mit Howard ausgeflogen, der mich um eine Illusion gebracht und trotzdem nicht betrogen hat. Ich bin doch nicht allein hier oben, wer hätte das gedacht? Es sind schon andere losgezogen, doch keiner kam so weit wie ich. Selbst er nicht und so weit wie er, kam keiner. Drei Schritte noch ans Licht.«

Trond schüttelt den Kopf. Er sah auf seine Uhr. Für seinen Bericht würde er maximal eine Stunde benötigen. Danach blieben ihm zwei Stunden bis zu einem Termin, den er auf keinen Fall versäumen wollte. Er hatte sich mit Li Bao und mit Pont Neuf zu einer kleinen Abschlussfeier verabredet. Das würde sicherlich feucht-fröhlich enden.

Trond schmunzelte bei dem Gedanken, dem Chinesen wenigstens einen Teil seines Geheimnisses abzuringen.

Dann setzte er sich an den Rechner und begann zu tippen: »Abschlussbericht«.

Eine Spur

Commander Wu war am Ende. Sie würde das jetzt abbrechen. Die Hitze und der Staub hatten sie zermürbt. Vielleicht würde ihr Einfluss noch ausreichen, um ein Straflager im Norden erbitten zu können. Sie hätte jeden Ort auf der Welt akzeptiert, solange er nicht in einer Sandwüste lag. Die Hitze lähmte die Atemwege, der feine Staub war in jede Pore ihres Körpers vorgedrungen, ihre Kleidung klebte an ihrem Leib, der einen Geruch ausströmte, den sie glaubte, noch nie an sich gerochen zu haben. Selbst während der Gewaltmärsche in ihrer Grundausbildung hatte sie vergleichbare Strapazen nicht erdulden müssen. Und ihre Ausbildung galt als eine der härtesten. Ein Schild mit Einschusslöchern kündigte den nächsten Ort an. Reggane. Commander Wu deutete auf das Schild. »Hotel?«

Der Fahrer nickte. »Hotel.«

Was immer das bedeuten würde, zumindest eine vage Aussicht auf einen klimatisierten Raum, ein Telefonnetz und eine Dusche. Selbst mit einer Klimaanlage wäre die Fahrt eine Tortur gewesen. Aber Commander Wu bemühte sich, ihre Erschöpfung zu verbergen. Sobald sie in der Lage war, eine Verbindung zur Außenwelt herzustellen, würde sie Peking darüber informieren, dass sie die Suche erfolglos habe abbrechen müssen, und das nächste Flugzeug in die Heimat nehmen. Wahrscheinlicher war, dass die Order, die Verfolgung des Professors einzustellen, bereits vorlag, aber das würde sich zeigen.

Die letzten Kilometer bis nach Reggane zogen sich endlos hin. Commander Wu trank ihre Notreserve Wasser. Völlig ausgeschlossen, dass der Professor eine solche Strapaze auf sich nehmen würde. Andererseits hatte er kein Flugzeug bestiegen, um das Land zu verlassen. Und auch die Passierlisten der Schiffe waren vom chinesischen Geheimdienst gecheckt worden. Ohne Ergebnis. Hatte er Helfer, die ihn mit falschen Papieren versorgt hatten? Selbst in Afrika war es nicht leicht möglich, völlig spurlos zu verschwinden. Vielleicht war er aber auch längst tot und lag irgendwo in der Steppe Malis.

Sie erreichten Reggane, eine Ansammlung von wenigen Häusern, die sich an zwei sandige Straßen drängten, mit einer Tankstelle und, tatsächlich. Da stand auf einem Schild *Reggane Hotel*. Der Fahrer stoppte.

Commander Wu stieg aus, nahm ihre Reisetasche und betrat das Hotel. Die Rezeption war tatsächlich besetzt, der Raum war angenehm kühl. Commander Wu bestellte ein Zimmer und war schon auf dem Weg zur Treppe, als sie einer Eingebung folgend umkehrte und dem Mann hinter der Theke das Bild des Professors unter die Nase hielt.

»Oui«, sagte der und nickte.

Eine umständliche Befragung mithilfe eines chinesisch-französischen Wörterbuchs ergab, dass der Professor vor zwei Tagen genau in diesem Hotel Quartier genommen und Reggane einen Tag später wieder verlassen hatte. Allerdings war der Mann selbst mit einem skandalös hohen Trinkgeld nicht dazu zu bewegen, die Route zu verraten, die der Professor genommen hatte. Die Nationalstraße 6 führte nach Nordwesten, Richtung Marokko, die Nationalstraße 52 nach Osten, um später in die Nationalstraße 1 Richtung Tunesien zu münden.

Unter der Dusche versuchte Commander Wu, ihre Gedanken zu ordnen. Wenn der Professor weiterhin Flughäfen vermeiden wollte, konnte er über Casablanca in die USA gelangen. Tunis hingegen wäre der kürzeste Weg nach Europa. Es gab keinerlei Indizien, die für Amerika gesprochen hätten. Commander Wu konnte sich zwar nicht erklären, was den Professor zurück nach Deutschland treiben konnte, aber immerhin war das seine Heimat.

Also würde sie diesen Weg verfolgen. Bliebe zu hoffen, dass Peking sich auf eine Fortsetzung der Verfolgung einlassen würde. Anderseits bliebe ihrer Dienststelle gar nichts anderes übrig, denn Tunis war der nächste erreichbare Flughafen. Zwei Tage Vorsprung. Das war nichts in der Wüste. Eine einzige Autopanne würde ausreichen, um den Professor zu stellen.

Obwohl sie schon eine gefühlte Ewigkeit unter dem spärlich fließenden Wasser stand, änderte sich die Farbe der Brühe, die an ihrem Körper herabfloss, nicht. Sie fing ein wenig der Flüssigkeit mit den Händen auf, um zu sehen, ob sie bereits braun aus der Leitung kam, konnte das aber nicht erkennen. Sie beschloss, sich ein letztes Mal ganz zu waschen. Das musste dann reichen.

Nach einer Mahlzeit und einem Tee kehrte ihr Lebensmut langsam zurück. Vom Hotel aus gab es keine Möglichkeit, außer Landes zu telefonieren. Man nannte ihr eine Person, die über ein Satellitentelefon verfügte, aber Commander Wu beschloss, auf eine Kontaktaufnahme mit Peking zu verzichten. Genau genommen gab es nichts zu entscheiden. Der Professor konnte in den beiden Tagen weder Tunis noch Casablanca erreicht haben, sodass sie auch keine neuen Informationen erhalten würde.

Eine Nacht in einem Bett, neue Kräfte sammeln und dann würde sie die letzte Etappe ihrer Verfolgung antreten.

Schlechte Nachrichten

»Na endlich«, brummte Frau Dr. Keitel, als sie in ihrem E-Mail-Postfach eine Nachricht von Trond fand. Sie goss sich eine Tasse Tee ein, nahm einen Schluck und öffnete die Mail.

Sehr geehrte Frau Dr. Keitel, stand da,

aufgrund fehlender technischer Infrastruktur ergibt sich erst jetzt die Gelegenheit, Ihnen meinen Bericht zum Verbleib von Professor de Jager zukommen zu lassen. Ich habe ihn als Attachment an diese Mail angefügt. Wie Sie den Anmerkungen zum Bericht auf S. 1 entnehmen können, sind alle gesicherten Erkenntnisse in Schwarz gehalten, Vermutungen habe ich farblich in Blau ausgeführt, sodass Sie sich schnell einen Überblick verschaffen können, was faktisch belegt und was hypothetisch ist. Bei Rückfragen können Sie telefonisch mit mir in Kontakt treten. Ich beabsichtige, die nächste Maschine nach Frankfurt zu nehmen, sodass die Übergabe der sichergestellten Unterlagen zeitnah erfolgen kann.

Frohe Weihnachten wünscht,

Trond Faksen
private Ermittlungen

Frau Dr. Keitel war nicht schlecht erstaunt, als sie den Anhang mit Tronds Bericht auf ihrem Rechner öffnete.

Trond hatte seinen Bericht in einem gängigen Präsentationsprogramm ausgeführt. Er war streng chronologisch geordnet und bot dem Leser die Möglichkeit, sich auf der Zeitachse zu bewegen und die Aktivitäten jedes einzelnen Tages präzise nachzuverfolgen. Verglichen mit seinem ersten Bericht, der aus wirren Ausführungen und einer Sammlung von Polaroid-Fotos bestanden hatte, erschien sein aktueller Bericht wie eine wissenschaftliche Dissertation, die höchsten Ansprüchen genügte.

Frau Dr. Keitel klickte testweise auf ein Datum und fand einen lückenlosen Tagesablauf, Skizzen von Fahrtrouten und Fotos.

Sie nickte anerkennend. Dann bewegte sie den Cursor auf die letzen Tage des Berichtes.

Sie fand die Route zum Savannenlabor und eine genaue Positionsbestimmung, die mit Google-Earth-Bildern verlinkt war.

Darunter den Bericht.

Donnerstag, den 23.Dezember 2010

Wir haben das Labor gefunden. Es liegt ca. zwanzig Kilometer außerhalb von Bamako und wird von Chinesen betrieben, wurde, muss ich korrekterweise anmerken, denn das Labor ist am 23. Dezember, kurz, nachdem wir es inspiziert hatten, von einer Pioniereinheit der chinesischen Armee geräumt und gesprengt worden. Der Professor hat sich zu dieser Zeit nicht mehr im Lager befunden und ist flüchtig. Das letzte Lebenszeichen der Zielperson besteht aus einem schriftlich verfassten Bericht in seinem Tagebuch und ist auf den 22. Dezember datiert. Ich gehe daher davon aus, dass der Professor noch am Leben ist. Im Lager sind wir auf die sterblichen Überreste seines Assistenten, Herrn Sailer, gestoßen, die wir im deutschen Konsulat in Bamako abgegeben haben.

Frau Dr. Keitel wandte sich angewidert ab, als sie das Belegfoto vom Kopf des wissenschaftlichen Assistenten sah.

Ich bin zu der Einschätzung gekommen, dass sich der Professor in einem verwirrten Geisteszustand befindet. Als Anlage erhalten Sie Auszüge aus seinem Tagebuch, das ich Ihnen, sobald ich wieder in Deutschland bin, aushändigen werde.

Die entsprechende Textseite des Tagebuches war als Foto dem Bericht angefügt. Frau Dr. Keitel überflog den Eintrag, konnte den Zeilen auf den ersten Blick jedoch keine sinnstiftenden Aussagen entnehmen. Sie würde sich zu einem späteren Zeitpunkt intensiver mit dem Tagebuch des Professors befassen. Sie wandte sich wieder Tronds Bericht zu.

Trotz intensiver Bemühungen ist es mir nicht gelungen, herauszufinden, wohin der Professor geflohen ist. Als gesichertes Lebenszeichen ist der Umstand zu werten, dass er von den Chinesen verfolgt wird.

Die folgenden Zeilen waren in Blau gehalten und damit als Spekulation gekennzeichnet.

Ich halte seinen letzten Eintrag für einen Hinweis, der sich aber von hier aus nicht konkretisieren lässt. Ich hatte bis jetzt noch keine Gelegenheit, mich intensiv mit den Aufzeichnungen des Professors auseinanderzusetzen. Ein erster Eindruck verrät jedoch, dass er sich in den letzten Wochen fast völlig von seinen wissenschaftlichen Studien abgewandt hat und sich stattdessen mit völlig banal erscheinenden Dingen befasst hat. Das kann dreierlei bedeuten:

Erstens: Er hat seine Studien erfolgreich abgeschlossen und sich mit diesen Banalitäten lediglich die Zeit vertrieben. Für diese These finden sich jedoch keinerlei Belege.

Zweitens: Er hat seine wissenschaftliche Arbeit, aus welchen Gründen auch immer, eingestellt.

Letzte Option: Er war aufgrund seiner zunehmenden Verwirrung nicht mehr in der Lage, seine Arbeiten weiterzuverfolgen. Für diese These sprechen Form und Inhalt seiner letzten Einträge.

»In einer klaren Nacht mit Howard ausgeflogen, der mich um eine Illusion gebracht und trotzdem nicht betrogen hat. Ich bin doch nicht allein hier oben, wer hätte das gedacht? Es sind schon andere losgezogen, doch keiner kam so weit wie ich. Selbst er nicht und so weit wie er, kam keiner. Drei Schritte noch ans Licht.«

Jedoch möchte ich ausdrücklich vor übereilten Schlussfolgerungen warnen. Auch wenn das Schriftbild auf einen verwirrten Geist schließen lässt, fällt auf, dass der letzte Eintrag vollständig in Hexametern ausgeführt ist, was diese Verwirrung deutlich relativiert.

Frau Dr. Keitel las den Textauszug laut vor und nickte anerkennend. Gut beobachtet. Ihr war das nicht aufgefallen, wohl auch, weil der Text linear ausgeführt war. Woher wusste dieser Prolet überhaupt, was ein Hexameter ist?

Die Assistentin meldete sich über die Gegensprechanlage, wurde aber von Frau Dr. Keitel grob mit dem Satz »Jetzt nicht, ich möchte nicht gestört werden« abgewiesen, bevor sie den Grund für die Störung ausführen konnte.

Frau Dr. Keitel nippte an ihrer Teetasse und schob sie beiseite. Dann fuhr sie mit dem Lesen des Berichtes fort.

Die Spur des Professors verliert sich im Labor der Chinesen. Ich bin mir jedoch sicher, dass es ihm gelungen ist, das Labor zu verlassen, auch wenn ich keinen Hinweis auf den Weg finden konnte, den er eingeschlagen hat. Ein Ansatz, der sich verfolgen ließe, führt nach Lanzarote, wo seine Tochter wohnhaft ist. Unsere Recherchen haben ergeben, dass er von dort aus nach Westafrika aufgebrochen ist. Nicht auszuschließen, dass er dieselbe Route für seinen Rückweg wählt, sofern er vorhat, zurückzukommen. In seinem letzten Eintrag erwähnt Professor de Jager einen gewissen Howard, den ich aber nicht identifizieren konnte. Er scheint nicht im Umfeld der Auftraggeber des Professors angesiedelt zu sein, da er außer in diesem letzten Eintrag nirgends erwähnt wird.

Aus dem Vorzimmer war deutlich eine energische Männerstimme zu hören. Unmittelbar danach klopfte es an der Tür.

»Einen kleinen Moment noch«, rief Frau Dr. Keitel und wandte sich wieder dem Bericht zu.

Wie aus Form und Inhalt der Aufzeichnungen unschwer zu erkennen ist, hat sich eine Veränderung in der Persönlichkeit des Professors ergeben, die eine weitere wissenschaftliche Zusammenarbeit meines Erachtens unmöglich macht. Ich betrachte meine Aufgabe hier in Westafrika daher als erledigt und werde die nächste Maschine nach Frankfurt nehmen. Alle sichergestellten Unterlagen werden Ihnen selbstverständlich zur Verfügung gestellt. Falls sich aus diesem Bericht Fragen ergeben, scheuen Sie sich bitte nicht, diese an mich zu richten. Sie können mich auch telefonisch erreichen. Von Anfragen bezüglich einer weiteren Bearbeitung dieser Sache bitte ich Sie jedoch abzusehen.«

Frau Dr. Keitel lehnte sich zurück und nahm ihre Lesebrille ab. Ihre Assistentin klopfte, energischer, als sie es für gewöhnlich tat, und betrat das Zimmer, ohne eine Antwort abzuwarten, wobei sie darauf bedacht war, die Tür direkt hinter sich wieder zu schließen.

»Zwei Herren von der Polizei sind da, sie lassen sich nicht abweisen, soll ich …«

Frau Dr. Keitel erhob sich und zog ihren Rock zurecht.

»Ja, das ist schon in Ordnung. Ich habe die Herren bereits erwartet. Bitten Sie sie herein, bringen Sie Kaffee und informieren Sie Herrn Dr. Mitscherlich. Er möchte sich unverzüglich hier einfinden.«

Le Bouffon

»Traust du diesem Chinesen? Ich meine, ist das ein Freund von dir? Ich werd nicht so richtig schlau aus euch beiden.« Pont Neuf bezog einen strategisch günstigen Platz in der Nische an der Bar, nachdem er sich einen Überblick verschafft hatte. Von dort aus konnte er die ganze Bar überblicken. Außerdem war Lindbergh am Kopf der Bar vor den Füßen unachtsamer Betrunkener geschützt.

»Ich würde es anders formulieren. Diesen Typen sollte man nicht zum Feind haben. Außerdem stehe ich so tief in seiner Schuld, dass ein Menschenleben kaum ausreicht, um das jemals auszugleichen. Die Details erzähle ich aber erst, wenn du mir verraten hast, woher du deinen Namen hast.«

Pont Neuf war beeindruckt, ging aber auf Tronds Anspielung nicht weiter ein. »Und du glaubst wirklich, dass er kommt? Ich meine, er hat doch, was er wollte. Er ist in Dakar und hat einen Pass, der, wie sich am Flughafen herausgestellt hat, sogar funktioniert.«

»Die Feuertaufe steht ihm erst noch bevor, wenn er das Ding in Asien auf die Theke legt. Für die Beamten hier sehen die Chinesen doch alle gleich aus.« Trond bestellte zwei Bier. »Er wird kommen, schließlich hat er den Laden doch vorgeschlagen. Aber erwarte nicht zu viel von seiner Gesellschaft.«

»Das kann ja heiter werden, aber trotzdem werden wir uns nicht davon abhalten lassen, hier ein bisschen die Rückkehr in die Zivilisation zu feiern. Warst du schon mal in diesem Laden?«

»Nein, aber ich kenn das Viertel hier. Es gibt Hunderte von diesen Schuppen am Hafen und überall ist Vorsicht geboten.«

Das Bier wurde serviert und Pont Neuf bestellte eine Schale Wasser für den Hund.

Ohne dass die beiden etwas bemerkt hätten, stand Li Bao plötzlich an der Theke und setzte sich. Er war vollkommen neu eingekleidet und trug einen teuren Sommeranzug sowie Dreihundert-Dollar-Slipper. An seinem Handgelenk funkelte eine Schweizer Uhr.

»Rennt jetzt hier irgendwo ein nackter Tourist rum, oder woher hast du das Outfit?«, wollte Pont Neuf wissen.

»Chinesen sprechen am ersten Abend nicht über persönliche Dinge«, erklärte Trond und bestellte drei Bier.

»Nein, jetzt mal im Ernst, das interessiert mich wirklich, woher hast du die Nobel-Tapete?«

»Nicht wichtig.« Li Bao winkte ab.

»Das ist doch Scheiße«, empörte sich Pont Neuf an Trond gewandt. »Ganz egal, ob die Geschichte stimmt, aber irgendwas sollte er erzählen. Das gehört sich einfach so unter Saufkumpanen.«

»Lass ihn, er ist eben anders drauf.«

Pont Neuf wollte sich mit dieser Erklärung nicht zufriedengeben, erhob sich und drängelte sich an Trond vorbei, auf den Barhocker neben Li Bao. Er rückte ihm etwas zu dicht auf die Pelle und sah ihm tief in die Augen.

»Ihr Chinesen wollt doch Anschluss an die Welt bekommen, vom Westen ernst genommen werden, oder?«

Trond versuchte, dazwischen zu gehen. »Lass ihn doch, jeder soll nach seiner Fasson glücklich werden, wenn er doch nicht reden will.«

Aber Pont Neuf ließ sich nicht beirren. »Ich hab ihn über die Grenze gebracht und ich hab das verdammte Recht, hier zu sagen, was ich will.« Dann wandte er sich wieder dem Chinesen zu: »Ich erkläre dir jetzt mal, wie zivilisierte Leute an einem Platz wie diesem hier ein paar gepflegte Bierchen trinken.« Li Bao war nicht ansatzweise beeindruckt, eher amüsiert, was den Flieger zusätzlich provozierte.

»Also, das geht so: Ich erzähle etwas, du hörst zu und wir trinken. Dann erzählt Trond etwas, und wenn es lustig ist, lachen wir und trinken weiter. Dann erzählst du etwas und vielleicht lachen wir. Auf jeden Fall trinken wir. Das Bier und der Schnaps lösen die Zunge. So lernt man sich nach und nach ein bisschen besser kennen. Wir trinken und reden und die Zeit vergeht und wenn man Glück hat, amüsiert man sich, und wenn man ganz viel Glück hat, hört jemand zu und erzählt auch etwas und man trinkt und so weiter und so fort. So macht man das in der zivilisierten Welt, wenn man dazugehören will, China Mann.«

»Ho ho ho, jetzt nimm mal ein bisschen Gas raus«, versuchte Trond zu beschwichtigen.

Li Bao ließ Trond mit einer knappen Geste wissen, dass er seine Unterstützung nicht benötigte. Er lächelte breit und nahm einen kräftigen Zug aus seinem Glas. Dann sah er Pont Neuf an.

»Wetten.«

»Wetten, was?«

»Wenn wir uns in China mit Freunden amüsieren wollen, wetten wir.«

Trond und Pont Neuf sahen einander an und beugten sich interessiert nach vorne.

»Gut, sehr gut.« Pont Neuf bestellte drei Lager.

Li Bao ließ die beiden einen Moment zappeln. Dann musterte er seine Saufkumpane ausgiebig.

»Ich wette mit euch, dass ich mehr Bier trinken kann als ihr …«

»Kannst du nicht«, unterbrach ihn Trond.

»... ohne auf die Toilette zu müssen. Wir trinken. Wer zuerst muss, hat verloren.«

Trond überlegte einen Moment. Das hörte sich eindeutig nach einem Trick an. Er blickte an der Bar herunter auf den Boden. Dann sah er Pont Neuf an. Der nickte.

»Hm.« Trond hatte sich von dem Gedanken, es könne ein Trick sein, noch nicht gelöst.

»Also, was ist?«

»Um was wetten wir?«

»Wir zählen.«

Trond zuckte mit den Schultern.

»Das ist meine Wette. Jetzt bietest du mir eine Wette an, dann Pont Neuf, dann wieder ich, dann du, sagen wir, bis wir fünf oder sechs Wetten zusammenhaben. Jede gewonnene Wette bringt einen Punkt. Am Ende des Abends werden die Punkte gezählt und der Verlierer zahlt die Zeche und den Schaden.«

»Den Schaden?«

»Wenn du es nicht mehr rechtzeitig auf die Toilette schaffst und in den Gang pisst, entsteht ein Schaden. Du wirst den Barkeeper entschädigen müssen.«

»Verstehe, verstehe. Okay, so machen wir es«, stimmte Trond etwas voreilig zu, nachdem er sich durch einen flüchtigen Blick auf die Seite vergewissert hatte, dass niemand einen Einwand vorzubringen hatte.

»Also, du bist dran.« Li Bao deutete auf das Panorama, das der Nachtclub mit seinen Besuchern bot. Das »le bouffon« war ein Etablissement, das auf den ersten Blick einen recht passablen Eindruck machte. Die Einrichtung war aus einem Guss, abgesehen von zwei Barhockern, die dem Mobiliar nachträglich hinzugefügt worden waren. Die Professionellen waren nicht von der Klasse, die sich das diplomatische Corps vorbehält, sondern rustikalerer Bauweise. Ein erfahrener Traveller hätte die Muskelmassen an Hals und Schultern des Barkeepers als untrügliches Indiz für dessen vielseitige Einsetzbarkeit gedeutet. »Worauf wartest du?«, drängte der Chinese.

»Jetzt nimm mal etwas Tempo aus dem Spiel. Immer mit der Ruhe. Das ist eine ganz neue Sache für mich, du musst mir schon etwas Zeit lassen, mich da reinzudenken.« Trond sah sich um.

»Ich wette, dass es keine Stunde dauert, bis jemand auf die Bühne geht und singt.«

»Topp.«

Beide sahen Pont Neuf erwartungsvoll an.

»Ich wette, der Barkeeper serviert den Rotwein in einem Saftglas.«

Trond und Li Bao verdrehten die Augen, nahmen die Wette aber an.

Das ungleiche Trio trank. Li Bao klopfte auf die Theke, um die nächste Wette anzukündigen.

»Ich wette, dass innerhalb der nächsten beiden Stunden ein Uniformierter hereinkommt und einen Drink nimmt.«

Pont Neuf griff nach Tronds Handgelenk und sah auf dessen Uhr. »Gilt.«

»Und ich wette, dass ich eine Flasche, die nach uns geworfen wird, fangen kann, bevor sie uns trifft«, ergänzte der Chinese.

Trond rückte demonstrativ ein Stück von seinem Begleiter ab. »Ho ho ho, was soll das denn bedeuten? Du willst doch nicht etwa eine Schlägerei vom Zaun brechen?«

Li Bao schüttelte den Kopf und wehrte diesen Vorwurf ab, indem er seine Hände erhob, als wolle er sich ergeben. »Ich werde den Streit nicht beginnen.«

»Wette angenommen«, platzte es aus Trond heraus.

»Topp«, bestätigte Pont Neuf, der sich angesichts seiner etwas flauen ersten Wette genötigt sah, nachzulegen. »Ich wette, dass Lindbergh aus dem Stand auf den Tisch da drüben springen kann.«

»Topp, Topp.« Li Bao und Trond klopften auf die Theke, was der Barkeeper mit einem missmutigen Blick quittierte, während er Gläser spülte.

Nicht nur dem Barkeeper war das seltsame Trio aufgefallen. Eine junge Frau stolzierte an den dreien vorbei, um aus den Augenwinkeln deren Reaktion auf ihren gekonnten Hüftschwung abschätzen zu können. Die fiel jedoch ernüchternd aus. Niemand beachtete sie, noch nicht. Die Zeit und die Drinks würden das ändern. So viel war sicher.

Der erste Schwung Wetten war platziert. Trond und Pont Neuf harrten erwartungsvoll aus, aber nichts geschah.

»Sollen wir …?« Der Pilot deutete mit einer Geste an, dass es vielleicht sinnvoll sei, die Wetten schriftlich festzuhalten, aber Trond antwortete, ebenfalls mit einer knappen Geste, dass er alle Details im Kopf gespeichert habe.

»Noch drei.« Vielleicht konnte man wenigstens die erste Wette etwas beschleunigen.

»Was ist mit dir? Was hast du vor, jetzt, wo du im Senegal bist?«, unternahm Trond einen neuen Anlauf, dem Chinesen eine private Aussage zu entlocken.

»Heuer oder Legion, mal sehen.«

»Legion«, echote Pont Neuf verächtlich, verzichtete aber darauf, seine Vorbehalte zu vertiefen, als Tronds missmutiger Blick ihn traf.

»Hört sich gut an.« Anders als Pont Neuf, war Trond davon überzeugt, dass Li Baos Talente sich überall auf der Welt würden sinnvoll einsetzen lassen.

»Geh zur Legion. Nach zwei Jahren bekommst du eine neue Identität. Dann stehen dir alle Wege offen.«

»Kannst du singen?«, wollte Pont Neuf wissen. Li Bao schüttelte den Kopf.

»Das ist mein Beitrag für deine neue Zukunft«, verkündete der Pilot. »Ich werde dir das Fremdenlegionslied beibringen.« Er orderte ein Blatt Papier und begann zu schreiben.

Nachdem er die erste Strophe zu Papier gebracht hatte, reichte er das Blatt an Li Bao weiter.

»Los, wir singen. Das musst du können.«

Li Bao lachte, »Nein, lass mal.«

»Nichts da«, insistierte Pont Neuf. »Legion ohne Singen ist wie«, er zögerte einen Moment, »wie chinesisches Essen ohne Stäbchen. Mein Ex-Partner war ein Ex-Legionär, ein harter Bursche, er hat die ganze Zeit gesungen, war nicht zum Aushalten aber jetzt vermisse ich es manchmal. In der Erinnerung beschönigen sich die Dinge. Los, tu mir den Gefallen.«

Li Bao nahm den Zettel und begann zu lesen.

Pont Neuf begann zu singen.

Cravate verte et képi blanc Où t'en vas-tu gai légionnaire? Je vais où le plaisir m'attend. Le ciel est pur, la lune éclaire

Bel Abbès de reflets d'argent, Et le vin rougeoit dans mon verre. Comme une joie d'adolescent Loin des locaux disciplinaires, Des gardes,

des rassemblements. Buvant sec, faisant bonne chère, Il s'en va le gai légionnaire.

Cravate verte képi blanc.

»Los, gleich noch einmal.«

Trond konnte den Text nach einmaligem Lesen auswendig und stimmte mit kräftiger Stimme in das Lied ein. Li Bao, etwas schüchterner, beschränkte sich zunächst auf die erste Zeile und suchte verzweifelt Halt an der Textvorlage.

Ein halbes Dutzend Männer betrat das »le bouffon«. Sie trugen U.S. Navy-Uniformen.

»Erste Wette gewonnen«, bemerkte Li Bao.

Pont Neuf nahm keine Notiz von den neuen Gästen, die einen Jack Russel Terrier auf ihren Tisch hievten und ein Bier für den Hund bestellten.

Pont Neuf, Trond und Li Bao sangen weiter.

Cravate verte et képi blanc Où t'en vas-tu gai légionnaire ? Je vais où le plaisir m'attend. Le ciel est pur, la lune éclaire Bel Abbès de reflets d'argent, Et le vin rougeoit dans mon verre.

Weiter kamen sie nicht. Der stämmigste der Matrosen pflanzte sich vor ihnen auf und schlug mit seiner riesigen Pranke auf die Theke: »Ich spendiere drei Bier für euch und ihr verschont uns mit diesem Schwuchtel-Singsang.«

»Schwuchtel?«, fragte Li Bao.

»Das sind Schwule«, erklärte Trond.

»Ach so, ich dachte schon, er wollte uns beleidigen.«

Pont Neuf lachte laut. »Mann, das war richtig witzig.«

Dann fuhr Pont Neuf fort:

Comme une joie d'adolescent Loin des locaux disciplinaires,

Weiter kam er nicht.

»Ich habe euch gewarnt«, bemerkte der Hüne und setzte an, sich auf Trond zu stürzen. Li Bao rammte ihm die Hand mit ausgestreckten Fingern direkt unterhalb der Rippen in die Leber, woraufhin er wie ein Sack in sich zusammenfiel. Dann ging alles ganz schnell. Einer der Matrosen warf eine Bierflasche in Richtung Theke, die Li Bao im Flug abfing, bevor sie jemanden treffen konnte. »Wette Nummer zwei gewonnen«, rief er, bevor er die Flasche zurück in Richtung des Werfers schleuderte.

Lindbergh war mit einem Satz auf den Tisch der Matrosen gesprungen, woraufhin der Jack Russel auf den Arm einer zufällig vorbeilaufenden übergewichtigen Frau sprang, die ihn schreiend fallen ließ. »Gewonnen«, rief Pont Neuf, der Lindbergh mit einem schrillen Pfiff zurückbeorderte, um ein Massaker an dem Matrosen-Maskottchen zu verhindern. Sein Beitrag an der Prügelei bestand darin, Trond und den Chinesen, der wie ein Berserker durch die Reihe der Matrosen wütete, mit den restlichen Textzeilen der Legionärs-Hymne moralisch zu unterstützen.

So schnell, wie die Rauferei begonnen hatte, war sie auch wieder vorbei. Die Navy trollte sich und das teuflische Trio rechnete ab. Trond hatte die wenigsten Punkte und musste daher die Zeche und den Schaden zahlen.

In einer kleinen Gasse standen alle drei nebeneinander an einer Mauer.

»Wenigstens bei dieser Wette gibt es eine Punkteteilung«, bemerkte Trond.

Dann trennten sich ihre Wege endgültig.

»Ich fürchte, es wird schwierig, dich ausfindig zu machen, wenn deine Zeit in der Legion vorbei ist«, sagte Trond und drückte den Chinesen an seine Brust.

»Ich finde euch, wenn mir danach steht, egal, wo es euch hintreibt.«

Auch Pont Neuf sah sich genötigt, etwas Nettes zu Li Bao zu sagen. »Du bist …«, er zögerte einen Moment, selbst wenig von seiner Aussage überzeugt, »schwer in Ordnung. Alles Gute.«

wenige Wochen später …

Tunis

Die lange Reise durch die Wüste war Commander Wu wie eine endlose Meditation erschienen. Den Blick auf einen flimmernd verzerrten Punkt am Horizont gerichtet, und um sie herum ein alles verschlingendes Nichts. Schon nach wenigen Tagen hatte sie aufgehört, darüber nachzudenken, was sie tun werde, wenn sie ihr Ziel erreicht haben würde. Sie hatte sich ganz diesem gewaltigen Eindruck ergeben, der mit einem Gefühl der Demut und der eigenen Nichtigkeit einherging. Gleichzeitig hatte ihre Reise durch die Sahara etwas von einem Triumph. Wer diese Strapazen überstand, den würde in einem lebensfreundlichen Umfeld nichts stoppen können. Die Wüste bezwungen zu haben, gab ihr Kraft und Selbstvertrauen. Ungläubig betrachtete sie das hektische Treiben in der Stadt und ungläubig betrachtete man sie, eine Chinesin, die sich wie ein Mann bewegte und die traditionell gebundene Kopfbedeckung der Tuareg trug. Diese Kopfbedeckung war ihr auf Bildern immer fremd und unsinnig erschienen. Erst in der Wüste hatte sie erfahren, dass es keinen besseren Schutz vor Sonne und Staub gab. Und jetzt, in der Stadt, trug sie den Tagelmust mit einem gewissen Stolz, wie ein Abzeichen oder eine Respektsbekundung. Sie hätte es als einen kleinen Verrat empfunden, ihn abzulegen, nachdem er ihr so treue Dienste geleistet hatte.

Die Flut der Eindrücke, die laut und mit aller Macht auf sie eindrangen, erreichte sie nicht unmittelbar. Es war, als nähme sie ihre Umgebung wie durch einen Schleier wahr. Commander Wu war immer noch im Wüstenmodus, immer noch halb in Trance. Das Einzige, was sie bewusst wahrnahm und gierig einsog, war der Geruch des Meeres.

Etwas hatte sich verändert, grundlegend verändert. Die Schwere, die noch vor Wochen, bei ihrem ersten Besuch, auf der Stadt gelegen hatte, war verschwunden. Die Menschen erschienen Commander Wu weniger feindselig, einander zugewandt. Selbst ihr gegenüber waren die Menschen offen und freundlich. Lag das an ihrer

Kleidung? War das Lächeln in den Gesichtern der Menschen eine Anerkennung dafür, dass sie sich angepasst hatte? Commander Wu war sich nicht sicher, ob sie sich verändert hatte oder ob Tunis sich verändert hatte. Auf jeden Fall erschien ihr die Stadt fremd, als betrete sie sie zum ersten Mal.

Commander Wu ließ den Wagen vor einer Boutique halten und kleidete sich neu ein, da der Sand sich all ihrer Sachen bemächtigt hatte. Dann verabschiedete sie sich von ihrem Fahrer. So herzlich, wie sie es sonst nur mit Familienmitgliedern tat. Sie hatten die gesamte Zeit wenig gesprochen, zum einen, weil es mühselig war, und zum anderen, weil es sich weder für sie noch ihn geziemte. Auch sie war für gewöhnlich um Distanz bemüht, aber das waren keine gewöhnlichen Tage gewesen. Neben der vereinbarten Bezahlung schenkte sie ihm einen der fünf Krüger Rand, die ihr als Offizier im Afrika-Einsatz mitgegeben worden waren. Der Fahrer winkte ihr zu, als sie die Tür ins Schloss warf. Einer unbewussten Eingebung folgend, ging sie nach wenigen Schritten zurück zum Wagen. »In zwei Stunden hier?«

Der Fahrer lächelte und nickte. Dann reihte sich der weiße Toyota Pick-up in den hektischen Mittagsverkehr von Tunis ein.

Commander Wu betrat das Hotel. Sie hatte entschieden, dass ihr nach all den Strapazen ein Hotel der gehobenen Klasse zustünde. Sie duschte, um den groben Dreck zu entfernen und nahm anschließend ein Bad. Sie lächelte, während sie das warme Wasser genoss, das sie umgab. Unter anderen Umständen hätte sie längst Kontakt mit Peking aufgenommen, um ihre neue Order entgegenzunehmen. Aber auch das kann einen die Wüste lehren: Alles hatte seine Zeit und jetzt war es an der Zeit, sich für die erlittenen Entbehrungen zu entschädigen. Auf ein paar Stunden mehr oder weniger kam es jetzt nicht an. Vielleicht würde das der letzte Luxus sein, den sie genießen konnte, für eine sehr lange Zeit. Sie ließ ihre Gedanken schweifen. Männliche Soldaten suchten nach einem Einsatz wie dem ihren ein Bordell auf. Jetzt empfand sie so etwas wie Verständnis, eine Sehnsucht nach Nähe, nach einem Menschen, der gut zu ihr war, keimte in ihr auf. Würde sie überhaupt noch in der Lage sein, einem Mann eine gute Frau zu sein? Sie hatte sich ihr gesamtes Leben gegen Männer durchsetzen müssen. War sie überhaupt noch in der Lage, sich einem Mann unterzuordnen? Missmut stieg in ihr auf. Unsinn. Nichts war in ihrer aktuellen Situation weniger wahrscheinlich, als einen Mann kennenzulernen, mit dem sie ihr Leben verbringen würde. Sie sprang auf, ließ das Wasser ablaufen und duschte sich kalt ab. Kaum hatte sie ihre neue Kleidung angelegt, da klingelte bereits das Telefon.

»Sie werden in der Lobby erwartet.«

»Das ging aber schnell«, dachte Commander Wu, nahm die Landkarte und ihre Notizen und machte sich auf den Weg zum Fahrstuhl.

In der Lobby warteten drei Mitarbeiter der chinesischen Botschaft auf sie. Die Stimmung war angespannt.

»Sie gehen großzügig mit den Ressourcen der Volksrepublik um«, sagte der hagere Mann mit der Brille.

»Das ist das Hotel, in der ich die Zielperson vermute.«

»Sie haben den Professor gefunden?«

»Ich habe seine Spur bis Reggane in Algerien verfolgt.« Commander Wu breitete den Plan aus und deutete auf den kleinen Ort mitten in der Wüste.

»Ich vermute, er wird genau hier innerhalb der kommenden vierundzwanzig Stunden auftauchen.«

»Die Suche nach dem Professor wird abgebrochen«, erklärte ein untersetzter Mann mit einem kindlichen Gesicht, der ganz offensichtlich der Vorgesetzte der beiden anderen Anwesenden war. »Und Sie werden sich für die Ereignisse zu verantworten haben. Wenn ich um Ihren Schlüssel bitten darf? Sie begleiten mich, die Genossen werden Ihre persönlichen Dinge holen und in die Botschaft bringen.«

Ohne eine Sekunde zu zögern, übergab Commander Wu dem Mann mit der Brille die Schlüsselkarte ihres Hotelzimmers. Ihre Gedanken überschlugen sich. Sie hatte einer alten Gewohnheit folgend, ihre Papiere, Geld und alles Wichtige am Mann. In diesem konkreten Fall waren das die Kartuschen.

»Ist das ihr Bericht?«, fragte der Untersetzte, auf ihre Mappe deutend. Sie nickte. »Gut, den nehme ich an mich. Wenn Sie mir bitte folgen wollen, unser Wagen steht vor der Tür.«

»Ich muss das Zimmer noch bezahlen.«

»Das ist bereits erledigt.«

Die beiden Mitarbeiter hatten sich bereits mit dem Schlüssel auf den Weg gemacht und der Dicke erhob sich. Commander Wu sah sich um und folgte dem Chinesen.

»Darf ich fragen, ob …«

»Dürfen Sie nicht«, unterbrach sie der Botschaftsmitarbeiter. Er ließ ihr den Vortritt. Sobald sie ins Freie getreten waren, öffnete sich die Tür einer schwarzen Limousine und ein kräftiger Mann sprang heraus, um dem Dicken die Tür zu öffnen. Der hatte sich nicht einmal vorgestellt, aber es musste sich ganz offensichtlich um einen ranghohen Offizier handeln. Für einen kurzen Augenblick hatten ihre Instinkte gegen das Geschehen rebelliert und ein Fluchtgedanke war in ihr aufgekeimt. Jetzt saß sie im Wagen und sah aus dem Fenster. Das waren ihre letzten Minuten in Freiheit, wenn man das noch als Freiheit bezeichnen konnte. Es würde ein erstes Verhör in der Botschaft geben, dann würde sie nach Peking gebracht, um dort vor ein Militärtribunal gestellt zu werden. Wenn man sie für den Tod von Fu zur Verantwortung ziehen würde, gab es keine Chance, dem Exekutionskommando zu entgehen. Im günstigsten Fall drohte ihr eine zehnjährige Lagerhaft wegen Befehlsverweigerung und Agitation. Trotz dieser düsteren Aussichten war Commander Wu vollkommen ruhig und gefasst.

Der Straßenlärm schwoll auf ein unerträgliches Maß an, besonders das Hupen. Dieses Hupen. Sie kannte dieses Hupen! Commander Wu sah zur Seite und erkannte den weißen Toyota Pick-up mit dem Tuareg am Steuer. Er sah sie fragend an. Als sie sich vergewissert hatte, dass sie unbeobachtet war, streckte sie Hände nach oben, so als wolle sie andeuten, dass sie gefesselt sei. Der Tuareg nickte. Er hatte verstanden. Der Pick-up hielt sich genau neben dem Botschaftswagen. Jetzt musste alles ganz schnell gehen. Commander Wu stieß den Fahrer an, deutete nach vorne und rief: »Da, der Professor, da drüben läuft er!« Der Chinese neben ihr suchte mit hektischen Blicken das Terrain ab und hob die Hand, woraufhin der Fahrer auf die Bremse trat. Commander Wu sprang aus dem Wagen und hechtete auf die Ladefläche des Pick-ups, der mit quietschenden Reifen anfuhr, auf die Gegenfahrbahn wechselte und im dichten Verkehr der Stadt verschwand. Da der Botschaftswagen vom nachrückenden Verkehr eingeklemmt wurde, konnte er die Verfolgung nicht aufnehmen. Das hätte auch wenig Aussicht auf Erfolg gehabt, denn niemand konnte es bei einer Verfolgungsjagd in Tunis mit einem Einheimischen aufnehmen, schon gar nicht, wenn dieser das blaue Gewand der Tuareg trug.

Nach einem Moment ungebändigter kindlicher Freude über den gelungenen Fluchtversuch, in dem Commander Wu sich hatt hinreißen lassen, einen lauten Freudenschrei auszustoßen, wurde sie sich langsam der Tragweite ihrer Entscheidung bewusst, die, in einem Sekundenbruchteil getroffen, weil man sie nicht hatte zu Wort kommen lassen, wahrscheinlich ihr ganzes Leben verändern würde.

Aniguran, so hieß ihr Fahrer, brachte sie in einen der Vororte am nördlichen Stadtrand. Hier war sie sicher. Sie würde sich ausschlafen und dann entscheiden, wie weiter zu verfahren sei. Die Verfolgung des Professors würde sie abbrechen müssen. Ohne die Informationen des Geheimdienstes hatte sie keine Chance, seine Spur wieder aufzunehmen. Commander Wu musste zugeben, dass sie den alten Spinner unterschätzt hatte. Ohne Gepäck wirklich spurlos zu verschwinden, war selbst in Afrika ein schwieriges Unterfangen. Peking war anscheinend davon überzeugt, dass der Professor nicht mehr leben würde, aber Commander Wu wusste, dass dies nicht der Fall war. Sie war sich vollkommen sicher, dass der Professor irgendeinen vollkommen verrückten Plan verfolgte. Das war auch der Grund, warum er unauffindbar blieb. Verrückte dachten in Kategorien, die normal denkenden Menschen verschlossen blieben.

Aniguran hatte seinen Gefährten die Geschichte ihrer gemeinsamen Flucht vor den Mitarbeitern des Geheimdienstes in aller Ausführlichkeit erzählt, was Commander Wu zu einer Attraktion in der kleinen Herberge machte. Jeder, dem sie begegnete, klopfte ihr auf die Schulter und sprach einige anerkennende Worte.

Am nächsten Morgen begleitete Commander Wu Aniguran in die Stadt. Sie trug den Tagelmust, ein weites Gewand und eine Sonnenbrille. Diesmal nicht zum Schutz vor Staub und Hitze, sondern zum Schutz vor neugierigen Blicken. Die ganze Stadt befand sich in heller Aufregung. Nach dem Freitagsgebet versammelten sich gewaltige Menschenmengen und zogen, laut ihre Forderungen skandierend, durch die Straßen. Das war nicht mehr dieselbe Stadt, die sie noch vor wenigen Wochen erlebt hatte. Die Menschen waren wie entfesselt. Ohne Furcht und von einer alles umfassenden Aufbruchsstimmung erfasst. In Begleitung ihres Fahrers und Freundes Aniguran tauchte Commander Wu in die Menge ein und ließ sich treiben. Vielleicht war es ja eitel und vermessen, aber Commander Wu genoss es, Teil dieser Menge zu sein. Denn das alles, was hier geschah, war ihr Werk.

»Ich wusste, dass du uns nicht enttäuschen würdest.« Burahimu erhob sich und trat an seinen Gast heran.

Swartsman war erstaunt, denn er hatte noch kein Wort gesagt. Er öffnete seinen Beutel und legte die beiden Köpfe auf den Boden der Hütte. Burahimu tastete nach dem Beutel und legte ihn beiseite.

»Der Tod hat sie nicht haben wollen, genau wie dich.«

»Sie wird sehr bald sterben, genau wie ich«, entgegnete Burahimu.

»Ich habe dir etwas mitgebracht.« Swartsman überreichte dem Schamanen den Zeremonienstab.

Der lächelte, als seine Hand das Holz ertastete. Langsam und sorgfältig ließ er das Holz durch seine Finger gleiten. »Er hat seinen Zauber verloren, er ist nur noch ein Stück Holz«, sagte er.

»Ich dachte, er würde dir trotzdem Freude machen.«

»Das tut er, mein Sohn, das tut er.« Burahimu schnalzte mit der Zunge und der Junge erschien. »Wir sind unhöflich. Hole etwas zu trinken für unseren Gast. Er wird durstig sein.«

»Ich werde nicht lange bleiben. Ich fahre heute noch zurück.«

»Das ist schade, aber ich kann dich verstehen. Möchtest du an der Bestattung teilnehmen? Du wärst unser Ehrengast.«

»Nein, es ist nichts Ehrenvolles an diesen Köpfen und ich bin froh, dass ich sie in andere Hände geben kann.«

Burahimu nickte und lächelte. »Was hast du gelernt auf deiner Reise?«

Swartsman überlegte einen Moment. »Es geschehen seltsame Dinge. Die wenigsten habe ich verstanden, und gelernt, ich weiß nicht, ob ich etwas gelernt habe. Ich hoffe, meine Erlebnisse ergeben einen Sinn, wenn etwas Zeit verstrichen ist.«

»Das ist weise gesprochen, mein Sohn. Das ist weise gesprochen.«

weitere Wochen später …

Commander Wu stellt sich

Commander Wu stand auf der Gargaresh Road und beobachtete das Gebäude. Neben dem mit Stacheldraht gesicherten überhohen Zaun waren zusätzlich Betonsockel angebracht worden, eine Art Panzersperre, die verhindern sollte, dass mit Sprengstoff beladene Fahrzeuge auf das Gelände der Botschaft gelangen konnten. Fenster im Erdgeschoss waren mit Sandsäcken verbarrikadiert, die Fenster in den oberen Stockwerken verspiegelt. Ganz sicher stünde dort oben jemand mit einem Fernglas und beobachtete sie. Commander Wu hob beide Hände leicht bis auf Schulterhöhe an, um den Beobachtern zu signalisieren, dass sie wisse, was jetzt gerade dort oben im zweiten Stock vor sich ging. Vielleicht hob sie die Hände auch, um ihr Tun anzukündigen. Nur noch eine Minute. Sie würde diesen Moment auskosten, ihre letzte freie Entscheidung. Es war Freitag. Außer Commander Wu befand sich kaum jemand auf der Straße. Alle Menschen waren in der Moschee. Gleich würden sich die Straßen füllen. Gleich würden sie sich versammeln und gleich würde dasselbe passieren wie jeden Freitag. Sie würden demonstrieren, friedlich zunächst, dann würde die Armee einschreiten, einzelne Personen verhaften, Personen, die nie wieder auftauchen würden. Es würde Widerstand gegen die Festnahmen geben, vielleicht eine Schießerei, nein, ganz sicher eine Schießerei, es würden Wasserwerfer zum Einsatz kommen und die Angestellten der Botschaft würden das Ganze beobachten, selbst auf das Schlimmste vorbereitet sein, und dann ihren Bericht nach Peking erstatten.

Auch dieses Land würde fallen, so wie Tunesien und Ägypten gefallen waren. Die Libyer spürten das und die Angestellten der chinesischen Botschaft spürten es auch. Niemand würde sie aufhalten können. Die Bewegung war stärker, als Commander Wu sich das in ihren kühnsten Träumen vorgestellt hatte, und sie würde den gesamten arabischen Raum erfassen. Auch wenn die Operation Bambusflöte nicht so verlaufen war wie geplant, so war sie doch ein voller Erfolg. Ihre ursprüngliche These hatte sich als unvollständig erwiesen. Der Drang nach Wissen hatte nicht über den Glauben triumphiert, sondern der Freiheit ihren Weg gebahnt. Die Freiheit bedeutete, dass die Menschen selbst entscheiden würden, welcher Weg beschritten würde. Der Glaube würde erst viel später fallen, aber er würde fallen. Davon war sie überzeugt.

Die Freiheit der einen bedeutete die Unfreiheit der anderen. Ihre Unfreiheit. Sie würde sich auf Jahre der Gefangenschaft einstellen müssen. Kleine Opfer mussten gebracht werden. Jetzt war es an Commander Wu, ihr Opfer zu bringen. So wie andere große Chinesen ihr Opfer gebracht hatten. Auch Deng hatte Jahre in Haft verbringen müssen, bevor sich seine Thesen durchsetzen konnten. Sie würde diese Zeit nutzen und sie würde dereinst, ebenso wie Deng, die Anerkennung finden, die sie verdiente. Sie würde die erste Frau im Staate werden, denn sie hatte die Kraft und den Glauben an die Sache, die sie vertrat. Die Straße füllte sich langsam und Commander Wu ging auf den Eingang der Botschaft zu. Sie summte die chinesische Nationalhymne:

JEDER MUSS SICH DER HERAUSFORDERUNG STELLEN. STEH AUF, STEH AUF, STEH AUF.

Howard Hughes Space Center

Den Verantwortlichen von Boeing war es gelungen, jeden Hinweis auf den Erbauer des gewaltigen Gebäudekomplexes zu tilgen. Professor de Jager stand vor dem Haupteingang des ehemaligen Howard Hughes Space Centers in Culver City, auf halbem Weg zwischen Downtown L.A. und Santa Monica und betrachtete das Logo des ehemaligen Erzrivalen, der, als nunmehr größter Satellitenbauer der USA, hier eine Produktionsstätte betrieb. Dies war geschichtsträchtiger Boden. Hier war der Lunar Lander gebaut worden und der erste geostationäre Kommunikationssatellit der Welt. Keine Tafel, kein Denkmal, nicht einmal ein Straßenname – nichts deutete auf die ungeliebte Ikone der amerikanischen Luft- und Raumfahrt hin.

»Das ist der Eingang für die Sesselfurzer«, bemerkte die Stimme, die den Professor bis hierher gebracht hatte. »Wir müssen dort lang.« Er steuerte seinen Mietwagen Richtung Süden und stoppte vor einer unscheinbar aussehenden Halle. Der Professor beobachtete die Mitarbeiter, die den Eingang passierten. Sie zogen einen Ausweis in der Größe einer Kreditkarte durch ein Lesegerät, woraufhin sich die Tür öffnete. Der Professor näherte sich der Tür und betrachtete das Lesegerät, das zusätzlich über eine Tastatur verfügte. Der Professor gab die Nummernfolge 050924 ein und die Tür öffnete sich. Er betrat ein schmuckloses Foyer, ohne zu wissen, was er als Nächstes tun oder sagen würde, allein darum bedacht, seine Ratlosigkeit zu verbergen. Er ging so langsam, wie es möglich war, ohne unentschlossen zu wirken, auf die Person hinter der Theke des Foyers zu.

»Wir haben Sie schon erwartet, die Führung stimmt's?«

Professor de Jager nickte.

Die Person deutet auf eine Tür. »Wenn Sie so freundlich wären, dort im Ankleideraum einen der Schutzanzüge überzuziehen und die blauen Schuhe überzustreifen, Mr. Holmes wird gleich da sein, er wird die Führung übernehmen. Bitte lassen Sie Ihr Handy im Spind, fotografieren ist hier im Institut nicht erlaubt.«

»Ja, gerne.« Der Professor schlüpfte in einen der Overalls und zog die Schuhe über, die, nach Größen sortiert, auf einem Bänkchen standen. Die verschweißte Glasampulle mit den Prionen ließ er in die Tasche des Overalls gleiten. Dann ging er zurück ins Foyer.

»Sie haben den Kopfschutz vergessen«, bemerkte ein Mann um die sechzig, der ebenfalls einen Overall trug, und deutete auf seine Kopfbedeckung, die aus dem gleichen Material bestand wie der Overall. Dann stellte er sich vor: »Holmes.«

»De Jager«, antwortete der Professor, was sein Führer aber gar nicht zur Kenntnis nahm.

Sie gingen zurück in den Umkleideraum und Mr. Holmes deutete auf eine Kiste mit Kopfbedeckungen.

»Für welche Art von Satelliten interessieren Sie sich?«, wollte Holmes wissen.

»Extraterrestrische Missionen.«

»Das dachte ich mir. Da haben wir nur ein Projekt, das aber ist ausgesprochen interessant.

Die Ceres Mission, hier entlang bitte.«

Professor de Jager folgte Mr. Holmes durch eine Reinraumschleuse.

»Ich werde Sie Mr. Patel vorstellen, der das Projekt verantwortlich leitet.«

Professor de Jager wurde in einen Raum geführt, der ungefähr die Größe einer halben Provinzsporthalle hatte und mit einem unfassbaren Durcheinander technischer Geräte angefüllt war. In jeder Ecke des Raumes arbeitete eine kleine Gruppe Wissenschaftler an ihrem jeweiligen Gewerk. Das unglaubliche Gewirr von Kabeln, Rechnern und elektronischen Komponenten war ebenso beängstigend wie der Umstand, dass das Durchschnittsalter der Anwesenden in dem Moment, in dem der Professor den Raum betrat, um mindestens fünf Jahre stieg.

»Lassen Sie sich vom äußeren Eindruck bitte nicht täuschen«, erklärte Mr. Patel, dem die Verwunderung des Professors ganz offensichtlich nicht entgangen war. »In zwei Wochen werden alle Komponenten in einem Korpus von der Größe eines Lieferwagens verbaut sein.«

Dann stellte er die Teams, die in der Halle verteilt arbeiteten, kurz dem Besucher vor, wobei keiner der Anwesenden sich die Mühe machte, seinen Blick auch nur eine Sekunde lang von seiner Arbeit abzuwenden.

»Das sind die Kollegen vom Max-Planck-Institut, die das Kamerasystem für die Mission beisteuern. Da drüben«, der Projektleiter deutete an das gegenüberliegende Ende der Halle, »das sind die Kollegen aus Pasadena, die das Gammastrahlen-Neutronen-Spektrometer GRaND entwickelt haben, mit dessen Hilfe wir die Elemente Sauerstoff, Magnesium, Aluminium, Silizium, Kalzium, Titan und Eisen aufzuspüren gedenken.

»Ich fürchte, ich bin weniger tief in das Projekt involviert, als Sie vielleicht annehmen«, bemerkte Professor de Jager.

»Natürlich, ich bitte um Entschuldigung, wenn man sich viele Jahre mit einem Projekt befasst, glaubt man, alle Welt wisse, was man tue. Also, ich fasse das Projekt kurz zusammen. Was hier entsteht, ist ein Forschungssatellit, der ans äußere Ende unseres Universums geschickt wird, um dort einen interessanten Himmelskörper zu vermessen. Ceres ist ein ziemlich großer Asteroid, der zu zwanzig Prozent aus Wasser besteht. Wir sprechen daher von einem nassen Asteroiden. Wir wollen ihn kartieren und seine genaue Beschaffenheit analysieren.«

»Und Sie interessieren sich für diesen Himmelskörper, weil er Wasser enthält? Darum geht es doch, oder?«, fragte Professor de Jager.

»Ja und nein.« Der Projektleiter zögerte einen Moment. Er hatte diese Entschlossenheit im Blick, die der Professor zu Beginn seiner eigenen Studien ebenfalls an sich bemerkt hatte und die er zuletzt selbst im greisen Howard Hughes erkannt hatte. »Sie müssen sich das so vorstellen: Von den ersten Überlegungen zu einem Projekt bis zu dem Stadium, in dem wir uns jetzt befinden, vergehen Jahre, Jahrzehnte mitunter. Damals war der Asteroidengürtel am Rande unserer Galaxis das Weiteste, das wir als Ziel für eine Mission ins Auge fassen konnten. Ceres war das am weitesten entfernt liegende, bekannte Wasserreservoir.«

»Und das ist heute anders?«

»Ja, wenn ich könnte, würde ich das Ding heute woanders hinschicken.«

Der Professor beugte sich interessiert nach vorne. »Wohin würden Sie es schicken?«

Mr. Patels Stimme bekam etwas Diabolisches.

»Das am weitesten entfernt liegende Wasserreservoir, von dem wir heute wissen, liegt in unserer Nachbargalaxie. Und was noch viel faszinierender ist: Dort liegt Wasser in flüssiger Form vor. Es handelt sich um einen Planeten mit dem Namen HD 85512 b.

Etwa anderthalb Mal so groß wie die Erde. Auch er umkreist eine Sonne und auch er hat eine Atmosphäre. Es ist der erdähnlichste Planet, von dem wir wissen.«

»Und warum schickt man die Sonde nicht dorthin?«

»Weil er so weit weg ist, dass wir die Daten, die er ermitteln würde, niemals bekommen könnten.«

»Aber die Sonde könnte diesen Planeten erreichen?«

»Das ist nicht das Problem. Wir haben einen Ionenstrahl-Antrieb, der den Satelliten auf der gesamten Reise permanent beschleunigt. Irgendwann ist er so schnell, dass selbst wenn der Antrieb ausfällt, er bis ans Ende aller Zeiten weiterfliegt.«

»Und man könnte ihn, nachdem er seine ursprüngliche Mission erfüllt hat, zu diesem Planeten schicken?«

»Ja, aber man könnte ihn nicht exakt dorthin steuern, das wäre reine Glückssache, eine Chance von eins zu was weiß ich. Aber …«

»Aber was?«

»Aber das würde keinen Sinn machen. Selbst wenn er HD 85512 b erreichte, wir könnten ihn nicht abbremsen und er würde ins Wasser stürzen.«

»Aber bis dahin würde er Messungen ausführen?«

»Ja, aller Wahrscheinlichkeit nach schon.«

Der Professor nickte und sah Mr. Patel tief in die Augen, als wolle er ihn hypnotisieren. »Ein faszinierender Gedanke.«

»Ein faszinierender Gedanke«, echote Mr. Patel. Dann schüttelte er sich kurz, als sei ihm das Gespräch plötzlich unangenehm geworden. »Kann ich Ihnen sonst noch weiterhelfen? Ansonsten würde ich mit meiner Arbeit fortfahren.«

»Nein, das war alles. Ich bedanke mich ganz herzlich bei Ihnen. Darf ich mich dort drüben bei den Deutschen umsehen? Das sind Landsleute von mir.«

»Aber natürlich, gerne.«

»Das sieht gar nicht aus, als ob man es so ins All schießen könnte«, bemerkte Professor de Jager und deutete auf die Holzvorrichtung, an der das Kamerasystem befestigt war.

»Das ist nur zum Transport hierher. Es wird nachher eins zu eins genauso im Satelliten verbaut.«

»Die Verkabelung, alles bleibt genauso?«

»Ja, natürlich, einen Moment bitte, ich bin gleich wieder da.« Der junge Wissenschaftler begab sich zu einem Kollegen, der ihn gerufen hatte.

Professor de Jager begutachtete die Konstruktion, in die die Optik eingefasst werden sollte. Dann zerbrach seine Ampulle und streute die Prionen auf die raue Oberfläche des Metalls. Anschließend fixierte er das Pulver mit einfachem Sprühkleber.

»Gute Reise«, sagte er laut, aber nicht laut genug, dass jemand der Anwesenden es hätte hören können.

Weitere sechs Monate später …

Trond stand vor dem Hangar und betrachtete das neue Firmenlogo, das die Maler gestern dort angebracht hatten. Der Steiger wurde gerade abtransportiert und erst jetzt bot sich ein freier Blick auf die gewaltigen Lettern, die fast die gesamte Breite des Hangars einnahmen. PN&B Cargo stand da. Lindbergh hatte sich zu Trond gesellt und stupste ihn an, wohl in der Hoffnung, er würde ein paar Schneebälle werfen, die Lindbergh dann fangen konnte, aber Trond ignorierte den Hund. Er konnte seinen Blick nicht von der Beschriftung des Hangars abwenden. Da stand es, groß und deutlich sichtbar. Man würde den Schriftzug schon von Weitem beim Anflug lesen können. Sein Umzug in das kleine Holzhaus, der Pilotenschein, die Lizenz, alles das hatte er mit Genugtuung und Freude wahrgenommen. Seltsamerweise aber stellte sich das ganz tief empfundene Gefühl von Glück, das, welches bis in die letzte Faser des Körpers reicht, erst jetzt ein, in diesem Augenblick, als er die riesigen Buchstaben auf dem Hangar betrachtete. War es eine Frage der Größe? Oder war es Willkür? Trond wusste es nicht. Eines aber wusste, spürte er. Es würde dieser Moment sein, der ihm auf ewig in Erinnerung bleiben würde. Dieses Bild: Der sich langsam entfernende Steiger und die riesigen Lettern in roter Farbe auf der grauen Wand des Hangars.

Pont Neuf lugte aus der Tür neben dem Rolltor, entdeckte Trond und setzte sich mit federnden Schritten in Bewegung. Er streichelte kurz den Kopf des Hundes, stellte sich dann neben seinen Kompagnon und betrachtete das Firmenlogo.

»Sehr gut.«

Trond nickte stumm.

»Ich hab die Dornier gestern erstmals ausgeflogen, sie ist ein Traum. Damit werden wir ganz groß rauskommen, es liegen schon Reservierungen vor.«

Trond reagierte nicht. Er winkte und Aline, die soeben aus dem Wagen gestiegen war, winkte zurück.

»Komm her, das musst du dir ansehen. Es ist fantastisch«, rief Trond.

Aline rannte zu den beiden Piloten und hakte sich bei Trond ein.

»Na, was sagst du?«

»Sehr beeindruckend. Aber etwas gefällt mir nicht.«

Trond sah erstaunt zur Seite. »Was?«

»Ihr beiden habt mir immer noch nicht erzählt, woher Pont Neuf seinen Namen hat.«

»Ich habe«, begann der Angesprochene, »aber das ist schon eine Ewigkeit her, bei einer Flugschau in Wien einen Rekord aufgestellt, der mich dummerweise meine Fluglizenz gekostet hat. Eine Wette, wenn du verstehst. Ich bin unter neun Brücken hindurchgeflogen. Das hat die Punktrichter aber nicht besonders beeindruckt. Apropos beeindrucken. Kann es sein, dass heute dein großer Tag ist, oder hab ich da was verwechselt?«

»Stimmt.« Daran hatte Trond gar nicht mehr gedacht.

»Dann komm mit, jetzt, um die Mittagszeit ist es am besten.«

»Bist du sicher, dass das sein muss?«, fragte Aline.

»Das muss sein«, antwortete Pont Neuf. »Ist so ein Männerding.«

Trond trottete hinter Pont Neuf her, der das Rolltor aufzog.

Während Trond die Cessna betrachtete, hatte Pont Neuf schon mit der Außeninspektion begonnen. »Was ist los? Ist heute Welttraumtag oder was? Komm beweg dich, das ist dein Job.«

Trond führte die Außeninspektion zu Ende und nahm Aline in den Arm. »Ich bin in ein paar Stunden wieder zurück.« Dann kletterte er in das Cockpit. Trond hatte in den vergangenen Wochen jeden Tag in einem Flugzeug gesessen und auch die Cessna war er schon einige Male geflogen. Heute jedoch stand ihm ein ganz besonderer Flug bevor. Der Flug, der ihn erst zu einem richtigen Piloten machen würde. Das hatte Pont Neuf großspurig verkündet, um dann etwas kleinlauter zugeben zu müssen, dass er selbst, folgte man dieser seltsamen Definition, erst vor wenigen Jahren zu einem richtigen Flieger geworden war.

Check, Start und der Funkdialog mit dem Tower waren Trond bereits in Fleisch und Blut übergegangen. Er liebte die immer sehr knapp gehaltene Konversation mit der Flugleitstelle und gab seine Zieldestination durch.

»Congratulation to the paintwork«, bemerkte der Fluglotse, nachdem er die Route freigegeben hatte.

Trond flog eine sanfte Kurve über Bergen und nahm Kurs auf den Sgnefjord, Richtung Norden. Dann folgte er dem Verlauf des Fjordes eine Stunde nach Westen und genoss das tiefe Blau unter sich sowie das hellere Blau des wolkenfreien Himmels. Er flog auf tausend Fuß und wurde, sobald er von den schneebedeckten Bergen auf das Wasser des Fjords wechselte, von einer sanften Thermik erfasst. Bei Balestrand verließ er den Hauptfjord und folgte einem Ausläufer des Fjordes nach Norden. Dort am Horizont erschien sie dann: in der Mittagssonne glitzernd, die gewaltige, leicht bläulich schimmernde Wand des Jostedalsbreen Gletschers.

Trond holte tief Luft. Er spürte ein leichtes Kribbeln in der Magengegend, so wie es ein Oberschüler fühlt, der sich in einer fremden Stadt versehentlich ins Nuttenviertel verirrt hat. Trond hielt gerade auf den Gletscher zu und suchte die Stelle, die Pont Neuf ihm präzise beschrieben hatte. Er ging auf siebenhundert Fuß herunter. Das war die Höhe. Allerdings überkamen ihn sofort heftige Zweifel. Pont Neuf musste sich geirrt haben. Er griff zum Funkgerät. Ohne die Frage abzuwarten, antwortete Pont Neuf: »Nein, die Höhe stimmt, halte dich genau an meine Anweisungen, dir wird nichts passieren, trau mir.« Dann war die Leitung tot.

Gut, damit war das auch geklärt. Das Kribbeln in der Magengegend wuchs sich zu einem gewaltigen Rumoren aus, zu dem sich ein leichtes Pfeifen in den Ohren gesellte. Trond erkannte den Eisabriss, den Pont Neuf beschrieben hatte, er war exakt auf Kurs. Geschwindigkeit und Höhe stimmten. Er hielt gerade auf die Gletscherwand zu. Seine Halsschlagader begann zu hämmern. Trond blickte nach unten. Tiefblau das Wasser des Fjords, davor eine schmale Landzunge. Dann blickte er nach vorne. Vor ihm tat sich die gewaltige Eiswand des Jostedalsbreen Gletschers auf, der bedrohlich näher kam. Trond kontrollierte Höhe und Geschwindigkeit jetzt im Sekundentakt, alles genau wie vorgegeben. Etwas in ihm begann zu revoltieren, aufzubegehren. »Zieh hoch die Kiste, sofort!«, schrie der Pilot in ihm. Trond sah nach vorne. Er flog waagerecht auf die Eiswand zu. Waagerecht auf eine Wand zuzufliegen war nichts anderes, als senkrecht zu fallen und das war Tronds größtes Trauma. Jede Faser seines Körpers drängte ihn, dem Reflex des Piloten in ihm nachzugeben. Er hatte vielleicht noch eine Sekunde, dann würde es zu spät sein. Seine Hände verkrampften sich am Steuer, bis sie zu schmerzen begannen, das Pfeifen in seinen Ohren übertönte mittlerweile das Geräusch der Motoren. Er starrte nach vorne, presste die Zähne zusammen, bis der Unterkiefer zu schmerzen begann. Ein letzter Blick auf den Höhenmesser. Pont Neuf war ein Idiot, er wollte ihn umbringen, das war die einzige Erklärung. Trond konnte jedes Detail, jede Verwerfung und jeden Schatten im Eis genau erkennen. Keine Chance mehr, durch ein Hochziehen der Maschine der Eiswand zu entkommen. Nur noch wenige Dutzend Meter. Das Verschwinden der Horizontlinie verwandelte seinen Flug in einen Fall. Kein freier Fall, sondern ein Sturz mit der geballten Motorkraft seines Flugzeugs. Er raste auf die Wand zu, wie er in seinen Träumen bereits Hunderte Male auf den Boden zugestürzt war. Nur dass es diesmal kein Erwachen geben würde. Kein ihm bekanntes physikalisches Gesetz konnte ihn jetzt noch retten. Er biss die Zähne zusammen, bis sein Kiefer schmerzte, und genau in dem Augenblick, in dem er all die Jahre auf dem Boden neben seinem Bett aufgeschlagen war, riss ihn die Thermik der vor der Eiswand aufsteigenden warmen Luftmassen mit einem gewaltigen Schub nach oben, senkrecht die Wand hinauf und warf ihn, wie von Götterhand geführt, mit unbändiger Kraft über die Gletscherkante. Alles fiel von ihm ab, innerhalb einer einzigen Sekunde. Jedes einzelne Erlebnis, das er bis dahin für bedeutend gehalten hatte, wurde in diesem Moment zu einer Randnotiz. Trond presste die Freude über das neue Leben das ihm geschenkt worden war, in einen Schrei, der jede Kreatur auf diesem Planeten vor Ehrfurcht hätte erschaudern lassen.

SWB Roman

Heiger Ostertag

Im geheimen Auftrag der Zarin

Im Handel erhältlich ab 13.03.2014
Taschenbuch, 295 Seiten
ISBN: 978-3-944264-35-6

Wir schreiben das Jahr 1782. Der Weimarer Geheimrat Goethe wird in den erblichen Adelsstand erhoben. Venedig führt wegen der Übergriffe auf seine Handelsschiffe Krieg gegen den Bey von Tunis. Im Juli führt Wolfgang Amadeus Mozart in Wien erstmalig seine Oper „Die Entführung aus dem Serail" auf. Der künftige Zar, Großfürst Pawel Petrowitsch, und Großfürstin Maria Fjodorowna, die Nichte des Herzog Karl Eugen, besuchen nach einer Italienreise im September das Herzogtum. Für die Sicherheit der hohen Herrschaften während der pompösen Feierlichkeiten sorgt Junker Carl von Schack, der Leiter der geheimen Polizei. Im Schutze der Ereignisse flieht währenddessen der Regimentsmedikus Schiller nach Mannheim. Auf Befehl des verärgerten Herzogs folgt Carl dem Dichter. Bald spürt er ihn auf, zögert aber absichtlich mit der Festnahme des jungen Genies. Da erreicht ihn ein neuer Auftrag, der den Edelmann in geheimer Mission über Berlin und Danzig nach Sankt Petersburg an den Hof der russischen Zarin Katharina führt …

Dr. Wolfgang Westphal

Das Fleisch Gottes

1. Auflage 2014
Taschenbuch, 380 Seiten
ISBN: 978-3-944264-01-1

2013: In Bremen geschehen eine Reihe von Morden, die nur deshalb nicht als solche wahrgenommen werden, weil sie wie Suizide oder ganz normale Todesfälle aussehen. Alle diese Delikte weisen dieselben Besonderheiten auf: Die Täter erinnern sich nicht an ihre Taten, und die Menschen, die einen Suizid begangen haben, hatten nicht gewusst, dass sie manipuliert und zu ihren Handlungen gezwungen worden waren. Für all diese Scheußlichkeiten ist der bekannte und erfolgreiche Psychiater Dr. Arnulf von Conradi verantwortlich. Dieser Mann wird aber nicht von Mordgier getrieben. Ihm geht es ausschließlich um das Verursachen und den perfekten Ablauf dieser Aktionen, verfolgen er und Gleichgesinnte doch ganz besondere Ziele.